Lucky Ones

〔美〕乔治娅·亨特 著

易真 译

人民文学出版社

著作权合同登记号　图字 01-2023-1249

WE WERE THE LUCKY ONES
Copyright © 2017, Georgia Hunter
By arrangement with The Book Group, through The Grayhawk Agency Ltd.
Simplified Chinese Translation Copyright © People's Literature Publishing House Co., Ltd. 2024.
All rights reserved.

图书在版编目（CIP）数据

我们是幸运的 /（美）乔治娅·亨特著；易真译 .-- 北京 ：人民文学出版社，2024
ISBN 978-7-02-018421-7

Ⅰ．①我… Ⅱ．①乔… ②易… Ⅲ．①长篇小说－美国－现代 Ⅳ．① I712.45

中国国家版本馆 CIP 数据核字 (2024) 第 002854 号

责任编辑　张海香
装帧设计　李思安
责任印制　张　娜

出版发行　人民文学出版社
社　　址　北京市朝内大街166号
邮政编码　100705

印　　刷　三河市博文印刷有限公司
经　　销　全国新华书店等

字　　数　379千字
开　　本　880毫米×1230毫米　1/32
印　　张　17.125　插页3
印　　数　1—5000
版　　次　2024年3月北京第1版
印　　次　2024年3月第1次印刷

书　　号　978-7-02-018421-7
定　　价　89.00元

如有印装质量问题，请与本社图书销售中心调换。电话：010-65233595

· 库尔茨一家 ·

1939 年 3 月

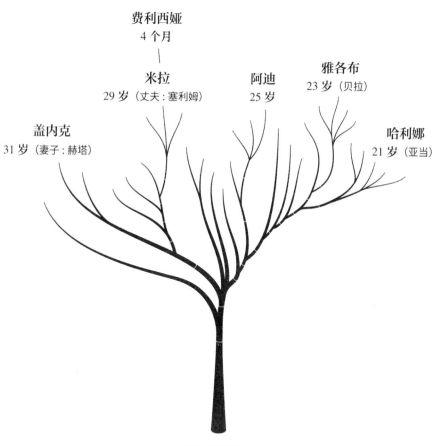

费利西娅
4 个月

米拉
29 岁（丈夫：塞利姆）

阿迪
25 岁

雅各布
23 岁（贝拉）

盖内克
31 岁（妻子：赫塔）

哈利娜
21 岁（亚当）

索尔与涅秋玛
52 岁与 50 岁

· 基于真实事件 ·

大屠杀结束时，生活在波兰的 300 万名犹太人，其中九成被消灭；而居住在拉多姆①的 3 万多名犹太人，其生还人数尚不足 300。

第　一　卷

第 一 章

阿 迪
————

法国巴黎/1939 年 3 月初

　　没想到还是熬了一夜，这不是自己最初的打算。他原本计划在子夜时分离开大公爵酒店，赶在开往图卢兹①的返程列车进站前到巴黎北站睡上几个小时。结果现在（他瞥了一眼手表）已经快早上六点了。

　　蒙马特②就是充满了这样的魔力。随处可见的爵士乐俱乐部与卡巴莱③歌舞表演，蜂拥而至的巴黎人群，他们富有朝气、目空一切，不会让自己的心情被任何事情影响，哪怕是战争的威胁——多么令人陶醉的生活。喝完杯中的干邑白兰地④，他站起身，要不要再打最后一圈呢？面对诱惑，他的内心在纠结，更何况搭乘下一班列车也能回去。但他想起塞在外衣口袋里的信，于是长舒一口气：是时候离

————

① 图卢兹（Toulouse）：法国西南部城市。
② 蒙马特（Montmartre）：位于法国巴黎第十八区。
③ 卡巴莱（cabaret）：集喜剧、歌曲、舞蹈及话剧等多种元素于一身的娱乐表演，盛行于欧洲。
④ 干邑白兰地（cognac）：产自法国干邑或周边地区的白兰地，市面上出售的干邑白兰地中，尤以"XO"（Extra Old）为最高级。

开了。他拿上外套，抓起围巾帽子，用法语向同伴道别，穿过挤在俱乐部里的十几张桌子，向门外走去，这个时间桌边还围坐着半圈老主顾，他们抽着吉坦烟①，听着比莉·荷莉戴②的《闲暇时光》③，身体随歌曲的节奏来回摇摆。

门在身后自动关上，阿迪来到屋外深吸一口气，冰冷刺骨的新鲜空气沁入肺中。笼罩在皮加尔大街上的雾气渐渐消散，鹅卵石街道在深冬星空的映衬下微光闪烁，好像一支千变万化的灰色万花筒。他意识到自己必须加快脚步才能赶上列车。他转过身，偷偷瞥了一眼俱乐部窗户，虽昨夜未眠，但玻璃上映出的年轻男子依旧打扮得体，阿迪松了一口气。他身姿挺拔，裤腰高高束起，裤脚翻边与裤身褶线笔挺如新，深色头发用自己钟爱的方式向后梳理整齐，没有丝毫发缝。阿迪缠好脖子上的围巾，动身前往车站。

在阿迪看来，这座城市的其他街道既安静又荒凉。店铺大都铁门紧锁，午后才会营业。至于有些商铺，大概永远不会再开张了，店主已经逃往乡下，窗户上贴着**无限期关闭**④的字样。然而在蒙马特，周六日几乎无缝连接，街道充满生机，艺人与舞者、乐手和学生随处可见。他们走起路来跌跌撞撞，有的刚从俱乐部出来，有的刚看完卡巴莱歌舞表演，人们笑着继续狂欢，仿佛在世间没有半点烦恼。阿迪低头前行，下颌缩在衣领里，与此同时，一位身穿银丝礼服的年轻女士大步向他走来，两个人眼看就要撞上，阿

---

① 吉坦烟（Gitanes，意为"吉卜赛女人"）：法国香烟品牌。
② 比莉·荷莉戴（Billie Holiday，1915—1959）：美国爵士乐歌手。
③ 即"Time on My Hands"。
④ 原文为法语。

迪刚好抬起头，急忙闪到路旁。"真是抱歉，先生。①"女士微微一笑，她头戴一顶黄色羽饰帽，下面的脸因羞愧涨得通红。阿迪猜对方应该是个歌手。若是在一周前，他肯定会借机搭讪。"早安，女士。②"他点了点头，随后继续赶路。

转过一个弯，阿迪来到维克托·马塞大街，空中飘来炸鸡的香味，他的肚子饿得咕咕直叫，通宵营业的米切尔餐馆外面已经排起长队。阿迪看着玻璃门内闲聊的顾客，他们面前放着热气腾腾的咖啡，餐盘上堆满美式早餐。下次再说吧，他告诉自己，接着继续向东边的车站前进。

列车刚一驶离车站，阿迪便抻出外衣口袋里的信。信是昨天寄到的，他已经读过两遍，并没有觉得哪里不妥。阿迪的手指划过信封上面的寄件地址：波兰拉多姆市华沙斯卡大街14号。

阿迪能在头脑中完美描绘出母亲写信时的模样：她坐在椴木写字台边，手握钢笔，阳光洒进来，照亮了她柔和饱满的下颌曲线。六年前，阿迪离开波兰来到法国，他知道自己肯定会非常想念母亲，但不料现实中这份思念远比想象的更加强烈。那年他十九岁，一心只想留在拉多姆，待在家人身边，将音乐作为自己的终身事业——阿迪自少年时代起便开始搞创作，没有什么比整天坐在琴键前写歌更能让他满足。但在母亲的极力敦促下，他向久负盛名的格勒诺布尔综合理工学院③递交了申请——也是在母亲的坚持下，被录取后

①② 原文为法语。
③ 格勒诺布尔综合理工学院（Institut Polytechnique de Grenoble）：法国著名的综合理工学院，位于法国东南部城市格勒诺布尔。

的他才会立刻入学。"阿迪，你天生就是当工程师的料。"母亲如是说。阿迪回忆起自己小时候，七岁的他拆解了家里坏掉的收音机，他把零件堆满整张餐桌，然后又重新组装好，收音机焕然一新。"靠音乐养活自己很难，"母亲说，"我知道这是你的爱好。你有这方面的天赋，你也应该追求自己的梦想。但是首先，阿迪，你要取得学位。"

阿迪知道母亲是正确的。于是他背井离乡，来到大学，他向家人许诺毕业就会回来。然而就在离开拉多姆这种乡下地方不久，全新的生活便向他敞开大门。四年后，顺利取得学位的阿迪在图卢兹找了份薪水丰厚的工作。他结交了来自世界各地的朋友 —— 他们来自巴黎、布达佩斯、伦敦和新奥尔良。他有了全新的文化与艺术品位，喜欢上了鹅肝酱，爱上了羊角面包新鲜出炉时散发的完美黄油香味。他在图卢兹核心地段拥有自己的房产（虽然很小），随时可以回波兰，他享受着现在的生活，每年会在犹太新年 ① 和逾越节 ② 时回家。周末他会去蒙马特，那里汇聚了无数音乐天才，你会在热力俱乐部撞见当地人与科尔·波特 ③ 共饮，也能在表演者酒吧欣赏强哥·莱因哈特④ 的即兴演出，还可以在泽利酒吧看到佩戴钻石项圈的约瑟芬·贝克 ⑤ 穿过舞台跳起狐步舞，如果你是阿迪，你会满怀敬畏

---

① 犹太新年：犹太民族重要的传统节日，犹太新年时间是犹太历提斯利月首日。

② 逾越节：犹太人三大朝圣节之一，逾越节开始时间是犹太历尼桑月第十五日（古代逾越节是从尼桑月第十四日开始庆祝，但现代犹太人根据天文学的新月定义会在第十五日），通常持续七到八天时间。关于逾越节的起源，感兴趣的读者可以参阅《出埃及记》。

③ 科尔·波特（Cole Porter，1891—1964）：美国作曲家。

④ 强哥·莱因哈特（Django Reinhardt，1910—1953）：法国爵士乐吉他手。

⑤ 约瑟芬·贝克（Josephine Baker，1906—1975）：移居法国的非裔美国艺术家、演员。

地观看这场表演。在阿迪的记忆中，他从来没有像现在这样充满灵感，一个个音符跃然纸上——抑制不住的创意让他开始思考如果搬去美国生活会怎样，那儿是这些音乐伟人的故乡，也是爵士乐诞生的地方。没准儿在美国，他能有幸让自己的作品跻身当代经典之列。这一切都是那么令人向往，唯一遗憾的就是自己和家人之间的距离会因此变得更加遥远。

阿迪取出母亲的信，突然感觉后背一凉。

亲爱的阿迪：

来信已收到。你父亲和我都很喜欢你提到的加尼耶歌剧院①演出。我们在这儿一切都好，除了盖内克，他仍然对降职的事耿耿于怀，当然我也没有责怪他的意思。哈利娜还是一如既往地性情急躁，我担心哪一天她会突然自爆。我们都在等雅各布的好消息，看他什么时候和贝拉订婚，但你是了解你弟弟的，他就是这么一个慢性子！我非常珍惜与费利西娅宝贝共度的每个午后时光。真希望你能早点见到她，我实在等不及了，阿迪。她的头发已经变长——肉桂红色的头发！我相信她总有一天能睡上整宿觉。可怜的米拉，她已经被折腾得筋疲力尽。我总是不断提醒她，一切都会好起来的。

阿迪把信纸翻到背面，调整下坐姿。母亲字里行间的情绪从此

---

① 加尼耶歌剧院（Palais Garnier 或 Opéra Garnier）：位于法国巴黎，又称"巴黎歌剧院"，由建筑师夏尔·加尼耶（Charles Garnier）主持设计，1861 年动工，1875 年竣工。

处变得阴郁起来。

　　亲爱的，我觉得有些事还是应该告诉你，从上个月开始，周围许多情况都在发生变化。罗思泰恩关闭了自家的铁器作坊——我简直不敢相信，这买卖他可是干了五十年啊。科斯曼全家也都搬去了巴勒斯坦，还带走了他的手表生意，他的店之前已经不知遭到了多少次人为破坏。阿迪，我告诉你这一桩桩坏事不是想让你担心，我只是觉得不该瞒着你。接下来我要说的话，就是我写这封信的主要目的：你父亲和我都觉得，逾越节期间你应该待在法国，等夏天再回来探望我们。我们会非常想念你，但现在回来似乎很危险，尤其是需要越过德国边境。求你了，阿迪，好好考虑一下我们的提议。这里永远都是你的家——我们会一直在此守候。在此期间，如果可以的话，别忘了告诉我们你的消息。对了，关于你新写的曲子，进展还顺利吗？

爱你的妈妈

　　阿迪长叹一口气，试图再次理解母亲的意思。店铺关门、犹太人全家移居巴勒斯坦这些事他早已听说。母亲的消息没有什么值得大惊小怪的地方。但她的语气令人不安。涅秋玛以前也会在信中说自己身边发生了怎样怎样的变化——比如盖内克被剥夺法学学位时她就非常生气，不过母亲在信里写的大都是高兴事儿，字里行间也是一种积极向上的情绪。上个月母亲还问自己要不要一起去华沙大剧院欣赏莫纽什科①的演出，信里还提到她和索尔在结婚纪念日去维日比茨基餐厅吃饭的事，维日比茨基本人在餐厅门口亲自迎接，还主动给他们准备了特别菜品，两个人非常开心。

然而这封信却不一样。阿迪发现母亲在害怕。

他摇摇头。二十五年来，阿迪从未见涅秋玛害怕过什么。全家人会在逾越节齐聚拉多姆，他和兄弟姐妹从未缺席。对母亲来说，没有什么比家人团聚更重要——但现在，她竟要求自己留在图卢兹过节。一开始，阿迪坚持认为是母亲担心过头了。但事实真的如此吗？

他望向窗外，映入眼帘的是熟悉的法国乡间风光。云朵背后，阿迪能够窥见太阳的形状；田野之上，依稀可以看到几抹春日色彩。世界看上去一片和谐，和往日别无二致。但母亲警告的话语打破了他内心的宁静，让他的心态失衡。

阿迪感到一阵眩晕，他闭上双眼，思绪回到去年九月②归乡时，他努力在头脑中寻找线索，担心自己是否遗漏了什么。他想起父亲去了波德沃尔斯基家的药房，索尔每周都会跟自己的波兰及犹太商人朋友打牌，药房的天花板上装饰着白鹰图案的湿壁画③；圣伯纳丁教堂的克鲁尔神父来家中拜访并聆听了一场独奏会，神父非常欣赏

---

① 斯坦尼斯瓦夫·莫纽什科（Stanisław Moniuszko，1819—1872）：波兰作曲家、指挥家。

② 从时间上看，阿迪上一次回拉多姆是在犹太新年。

③ 湿壁画（fresco，意为"新鲜"）：一种耐久的壁饰绘画，泛指在铺上灰泥、尚未干燥的墙壁及天花板上绘制的画作。

米拉精湛的钢琴演奏技巧。厨师为犹太新年制作了涂满蜂蜜的哈拉面包①，阿迪自己则熬夜听着本尼·古德曼②的音乐，喝着夜丘产区③的美酒，和兄弟笑谈至深夜。就连内向寡言的雅各布也放下了手里的相机，加入男人的密谈中。一切看起来都是那样正常。

阿迪觉得有些口干舌燥，他的脑子里冒出一个想法：其实这些所谓的线索早就摆在那儿了，只是没有引起自己足够的重视罢了。或者更糟，自己之所以遗漏了这些线索，是因为自己想视而不见。

阿迪突然想起那天在图卢兹歌德利花园围墙上看见的刚刚粉刷好的纳粹万字符。他想起那天在工程公司无意中听到老板在小声议论说自己是不是已经变成了公司的累赘——他们还以为阿迪听不见。他想起巴黎城内关门大吉的店铺。他想起11月水晶之夜④事件后刊登在法国报纸上的照片：破碎的店面、焚烧殆尽的犹太会堂，数以千计的犹太人正在逃离德国，他们将床头灯、马铃薯，还有上了年岁的老人一起打包，接着全部扔上手推车带走。

毫无疑问，这一切早有预兆。但阿迪却视而不见，甚至将它们抛在脑后。他不断告诉自己：墙上的小小涂鸦不会造成什么伤害；如果自己丢了工作，再找一个就好；德国的局势虽然令人不安，但那些

---

① 哈拉面包（challah）：犹太面包，外观通常像一根辫子，在安息日或重大犹太节日（逾越节除外）食用。

② 本尼·古德曼（Benny Goodman，1909—1986）：美国单簧管演奏家，被称为"摇摆乐之王"。

③ 夜丘产区（Côte de Nuits）：位于法国勃艮第大区科多尔省中南部的葡萄酒产区。

④ 水晶之夜（Kristallnacht）：指1938年11月9日至10日凌晨，希特勒青年团、盖世太保和党卫军袭击德国和奥地利犹太人的事件，被认为是对犹太人有组织屠杀的开始。

事都发生在边境附近，早晚会得到控制。然而现在，手持母亲的来信，阿迪已经非常清楚地看见了自己之前无视的那些警告信号。

阿迪睁开双眼，一个念头钻进脑中，他猛地感到一阵恶心：几个月前你就该回家看看。

他叠好信纸，装回信封，塞进外衣口袋。他决定给母亲回信。到图卢兹公寓后立刻动笔。他要告诉母亲不必担心，他会按照原定计划返回拉多姆，他现在比以往任何时候都更想和家人团聚。他要告诉母亲自己的新曲创作进展顺利，他很期待能够演奏给她听。这些想法了阿迪些许安慰，他想象自己坐在父母的施坦威钢琴前，全家人欢聚一堂。

阿迪再一次望向窗外平静的乡间风光。他决定明天就去买火车票，整理好出行的证件和自己的行囊。他等不到逾越节了。他的老板也许会气自己比预想的要提前一些离开，不过他一点也不在乎。现在最重要的就是，再过几天，他就能踏上归途。

1939 年 3 月 15 日

吞并奥地利一年之后，德国入侵捷克斯洛伐克。德军几乎没有遭遇任何抵抗，次日，希特勒在布拉格宣布成立波希米亚和摩拉维亚保护国①。此次占领，帝国不仅扩大了自己的领土，也从被侵略的地区掠夺了熟练工人以及大量用于武器生产的火药——数量大到可以装备当时一半的国防军②。

---

① 波希米亚和摩拉维亚保护国（Protectorate of Bohemia and Moravia）：纳粹德国在捷克斯洛伐克西部建立的傀儡政权。
② 国防军（Wehrmacht）：纳粹德国国家军事武装力量，包括国防军陆军、国防军海军和国防军空军。

第 二 章

盖内克

波兰拉多姆 / 1939 年 3 月 18 日

盖内克抬起下颌，唇间吐出一缕青烟，歪歪扭扭地飘向酒吧的灰色天花板。"最后一把。"他宣布道。

桌子对面的拉法尔看了一眼盖内克。"这么早？"他吸上一口烟，"莫非只要你按时回家，你老婆就答应给你来点特别服务？"拉法尔眨了眨眼，吐出一阵烟雾。赫塔晚餐时还跟大家待在一起，不过现在她已经先回家了。

盖内克哈哈一笑。他和拉法尔从小学起便是朋友，两个人最常干的事就是午餐时聚在一块儿讨论毕业舞会① 要邀请班上哪位同学，还有自己更想看谁的裸体，是伊夫琳·布伦特②，还是勒妮·阿多莉③。拉法尔知道赫塔跟盖内克以前约会过的女孩不同，不过每当赫塔不在时，他就喜欢拿这种事对盖内克冷嘲热讽。盖内克也没法责

---

① 原文为波兰语。
② 伊夫琳·布伦特（Evelyn Brent，1895—1975）：美国演员，主演《地下世界》《最后命令》等。
③ 勒妮·阿多莉（Renée Adorée，1898—1933）：法国演员，主演《白日梦》《战地之花》等。

怪他。在遇见赫塔以前，女人一直都是盖内克的弱点（当然，如果他足够诚实，打牌和抽烟同样也是他的弱点）。蓝色的眼眸，两颊上的酒窝，盖内克有种好莱坞明星般的魅力，让人难以抗拒，他二十多岁时一直自诩为拉多姆最受欢迎的单身汉，整日寻欢作乐。那时的他丝毫不介意自己有多么引人注目。直到赫塔出现，一切都变了。今时不同往日。她是如此与众不同。

盖内克感觉桌下有什么东西在摩擦自己的小腿。他瞥了一眼旁边的年轻女人。"希望你能多待一会儿。"女人说，她的目光和盖内克交织在一起。今天晚上是他和女孩第一次见面——是叫克拉拉吗？不，好像是卡拉。他记不清了。对方是拉法尔妻子的朋友，从卢布林 ① 过来的。女人翘起嘴角，脸上挂着做作的微笑，牛津鞋鞋尖还压在盖内克的小腿上。

若是换作从前，他可能会留下来。但现在的盖内克已经对打情骂俏失去了兴趣。他冲女孩微微一笑，感觉稍稍有些对不住她。"实话实说，我真的该回去了。"他边说边放下纸牌。盖内克掐灭手中的穆拉德香烟 ②，然后站起身，烟蒂插在拥挤不堪的烟灰缸里，看上去像一颗歪歪扭扭的牙齿。"绅士们，女士们——愉快的时光总是过得很快。伊沃娜，咱们下次再见。"他向拉法尔的妻子告别，朝朋友的方向点点头，继续说，"看好这个家伙，别让他惹出什么乱子，全靠你了。"伊沃娜哈哈一笑。拉法尔又眨了眨眼。盖内克竖起两根手指，同在座的人挥手告别，接着向门口走去。

---

① 卢布林（Lublin）：波兰东部城市。
② 穆拉德香烟（Murad）：由总部位于纽约的希腊烟草商索泰里奥斯·阿纳吉罗斯（Soterios Anargyros）生产的香烟，原料为纯土耳其烟草。

　　三月的夜晚冷得不同寻常。他把双手埋进外衣口袋，快步走向杰洛纳大街，满心期待回家见到自己心爱女人的情景。不知何故，两年前当他第一次见到赫塔时，他就认定对方会成为自己的女人。那个周末发生的事仍然历历在目。当时他们同在扎科帕内①滑雪，那里是位于波兰塔特拉山脉②群峰中的旅游胜地。那一年他二十九岁，赫塔二十五岁。二人碰巧共乘一辆缆车，在通往山顶的十分钟旅途中，盖内克的心就已沦陷。一开始令他倾心的是女孩两片饱满的心形嘴唇，接下来吸引住他的是藏在女孩奶白色羊绒帽与围巾后面的全部。不过女孩的德国口音很重，听她讲话让盖内克感到有些不习惯，女孩的笑容是那样自由奔放，行至半山腰时，她把头向后一仰，闭上眼睛说："难道你不喜欢冬日里松柏的味道吗？"盖内克也跟着笑起来，一开始他以为女孩是在开玩笑，但没多久他就反应过来对方是认真的；女孩性格真实，毫不遮掩自己对于户外运动的喜爱，总能从最简单的事物中发现美，这一切都让盖内克钦佩不已。他跟随女孩从山顶一路滑下，尽量不去在意对方的滑雪技术比自己强两倍，接着又跟随女孩一起登坡，盖内克邀请她共进晚餐。当对方稍作犹豫时，他微微一笑，告诉女孩自己已经预约好了一架马拉雪橇。女孩被逗得哈哈大笑，答应了约会请求，盖内克喜出望外。六个月后，他向女孩求婚了。

　　回到公寓，盖内克看见卧室门缝下面透出微弱的灯光，他很高兴。赫塔躺在床上，双腿撑起，上面放着她最爱的里尔克③诗集。赫

---

① 扎科帕内（Zakopane）：波兰极南端的小镇，位于塔特拉山脚下。
② 塔特拉山脉（Tatra Mountains）：位于中欧，喀尔巴阡山脉中最高的，也是斯洛伐克与波兰的边界山脉。
③ 赖内·马利亚·里尔克（Rainer Maria Rilke，1875—1926）：奥地利诗人。

塔的老家在波兰西部的别尔斯科，居民大都讲德语。虽然在日常交谈中她很少再使用陪伴自己长大的语言了，但她还是喜欢阅读用母语写成的作品，特别是诗歌。她似乎没有注意到盖内克已经走进屋内。

"是不是又被哪首诗迷住了？"盖内克取笑道。

"哎呀！"赫塔抬起头，"我都没注意到你进来了。"

"我怕你睡着了。"盖内克露齿一笑。他脱下外衣，扔到椅背上，朝两只手吹气，好让它们暖和一些。

赫塔微微一笑，她合上书，放到胸前，用手指夹住刚刚看到的地方，"你回来的时间比我预想的要早得多。莫非是在牌桌上把咱们的钱都输光了？所以他们把你踢出局了？"

盖内克脱掉鞋子和上衣，解开衬衫袖扣，"事实正好相反，我的分数可是遥遥领先。今天晚上过得很开心。不过没有你在身边，我感觉有些无聊。"赫塔身穿一件浅黄色睡袍，躺在白色的床单上，深邃的眼睛、完美的嘴唇，还有散在肩头的栗色波浪鬈发，宛如梦中走出的人物，盖内克再次感慨自己是多么幸运，竟能在茫茫人海中遇见对方。他脱光衣服，只剩一条内裤，然后爬上床，来到赫塔身边。"我想你了。"他用肘尖撑住身体，开始亲吻妻子。

赫塔舔了舔嘴唇，"让我猜猜，你最后喝的是 —— 比沙香槟。"

盖内克点头一笑，继续亲吻妻子，两个人的舌头碰到一起。

"亲爱的，我们得小心一些。"赫塔小声说，她推开盖内克。

"我们不是一向都很小心吗？"

"我指的是 —— 我快到日子了。"

"哦。"盖内克这才反应过来，他一把抱住赫塔，尽情感受着妻子身体的温度，赫塔头上还残留着洗发水的花香。

"要是现在就有了，我觉得不是很明智，"赫塔继续说，"你说是不是？"

几小时前，两个人在晚餐时还和朋友说起战争带来的威胁，他们从奥地利与捷克斯洛伐克是如何轻易落入帝国之手聊到拉多姆最近发生的种种变化。盖内克大声抱怨自己被律师事务所降为助理的事，他还威胁说要搬去法国。"至少在那儿，"他大发雷霆，"我的学位还有用武之地。"

"我不确定你去法国会不会变得更好，"伊沃娜说，"元首现在的目标已经不仅局限于德语地区了。万一这只是刚刚开始呢？万一波兰就是下一个目标呢？"

桌上的人安静下来，直到拉法尔再次打破沉默。"不可能，"他断言道，接着轻蔑地摇摇头，"他可以试一试，不过肯定会被人阻止。"

盖内克同意朋友的观点。"波兰军队不会让那种事发生的。"他说。盖内克现在才明白过来，原来在谈论这些话题的时候，赫塔就想好了今天晚上的借口。

当然，妻子说得对。两个人都应该小心一些。周围的人已经开始感到不安，世界正处在即将崩溃的边缘，这时让孩子出生既轻率又不负责任。然而，两个人躺在床上，身体紧紧贴在一起，盖内克满脑子想的只有妻子的肌肤，还有她贴在自己身上的大腿曲线。赫塔的话语仿佛最后一杯香槟酒里的小小泡沫，从妻子的口中飘出，又消失在自己的喉咙深处。

盖内克第三次亲吻妻子，与此同时，赫塔也闭上了眼睛。她现在的样子，应该就是所谓的半推半就，盖内克心想。他越过赫塔，伸手关灯，体会到身下妻子身体柔软的触感。房间暗了下来，他将一只手伸进赫塔的睡袍里。

"好凉!"赫塔尖叫道。

"不好意思。"盖内克小声说。

"哼,你没觉得。盖内克——"

"战争,战争,战争。"他亲吻着赫塔的颧骨与耳垂,"我已经不想再听到这个词儿了,更何况战争压根儿就没开始。"盖内克的手指顺着妻子的肋骨游走到她的腰身。

赫塔叹了一口气,接着咯咯笑了起来。

"我有个想法,"盖内克接着说,他瞪大了眼睛,仿佛刚刚接收到了什么启示,"万一战争没有爆发呢?"他摇晃着脑袋,摆出一副怀疑的姿态。"那咱们可是白白剥夺了自己正常生活的权利。而希特勒那个小杂种可就真的赢了。"他微微一笑。

赫塔抚摸着盖内克的脸颊。"这一对酒窝简直就是我的致命毒药。"她说着,摇了摇头。盖内克笑得更加起劲儿,赫塔点了点头。"你说得对,"她勉强同意道,"真是那样的话就太不幸了。"她翻身面对盖内克,手中的书砰的一声掉到地上,"去他妈的战争。①"

盖内克忍不住哈哈大笑。"说得对。去他妈的战争。"他一边说着,一边将毛毯拉过两个人头顶。

---

① 原文为德语。

第 三 章

涅秋玛

波兰拉多姆/1939 年 4 月 4 日逾越节

涅秋玛拿出家中最好的瓷器和餐具，在白色的花边桌布上用心摆好每一样东西。索尔坐在餐桌主位，一只手捧着有些磨损的皮面装帧《哈加达》①，另一只手托起闪闪发光的银色吉都什酒杯②。他清了清嗓子。"今天……"索尔开口道，他抬起头，看着围坐在餐桌旁的一张张熟悉面孔，"我们齐聚一堂，是为了纪念我们最重要的家族和传统。"索尔的眼角平日里堆满笑纹，但今天，他的眼神异常严肃，声音听起来像一个头脑清醒的男中音歌手。"今天，"他继续道，"我们齐聚一堂，是为了庆祝无酵饼③的节日，庆祝我们获得自由与解放的时刻。"他低头扫了一眼祷文，"阿门。"

"阿门。"其他人一齐附和，接着喝下各自杯中的葡萄酒。有人

---

① 《哈加达》（Haggadah，意为"讲述"）：用来传述逾越节规定的犹太文本。

② 吉都什酒杯（kiddush cup）：用于犹太教节日中的吉都什仪式（杯中盛放的通常是葡萄酒或葡萄汁）。

③ 无酵饼（matzah）：一种未经发酵的食物，据《托拉》记载，当时以色列人仓促逃难，身边所携带的干粮面饼都来不及发酵，后来无酵饼成为纪念以色列人脱离埃及奴役的食物，是逾越节家宴仪式不可或缺的部分。

递过酒瓶，众人将酒杯再次斟满。

涅秋玛起身去点蜡烛，房间里安静下来。她来到餐桌中央，划燃火柴，用手罩住，动作迅速地点燃烛芯，希望其他人不会注意到她指间不停乱颤的火焰。点亮所有蜡烛后，涅秋玛举起一只手，在烛火上方比画三个圆圈，然后遮住眼睛，吟诵起始祝福。仪式完毕，她坐回丈夫对面，双手叠放在大腿上，抬头望着索尔的眼睛。她点点头，示意他可以开始。

索尔的声音再次回荡在房间里，涅秋玛的目光落到身旁空荡荡的椅子上，那是她为阿迪预留的位置，她觉得胸口一沉，熟悉的疼痛感再次袭来。儿子的缺席让她坐立不安。

阿迪的回信是在一周前送到的。他感谢母亲的坦诚，也告诉涅秋玛不要担心。他在信中说自己一旦备齐出行所需的全部证件便会第一时间赶回家。收到回信，涅秋玛松了一口气，但又担心起来。现在自己最大的愿望就是儿子能在逾越节回来和家人团聚，当然，更重要的是母亲知道了儿子在法国平安无事。她已经尽力做到实话实说，希望儿子能理解现在拉多姆已经变成一个阴云密布的鬼地方，不值得他冒险穿越德占区回来，但也许自己的措辞还是不够严厉。毕竟离开这里的可不止科斯曼一家。还有五六户人家已经逃到别处。自家商店最近也流失了许多波兰本地顾客，上周还发生了一起流血斗殴事件，冲突双方是拉多姆当地足球队，其中一队是波兰人，另外一队是犹太人，直到今天，两伙年轻人脸上还带着伤：开裂的嘴唇、瘀青的眼睛，一见面还是剑拔弩张，她没有告诉阿迪这些事情。她不想带给儿子无谓的痛苦与烦恼，不过也许因为没说又会把他置于更加危险的境地。

涅秋玛给阿迪的回信已经寄出，她嘱咐儿子一定要注意旅途安全，但转念一想，儿子可能已经在路上了。从那天起，只要听见前厅有脚步声，涅秋玛便会跑到门口张望，一想到可能会看见阿迪的身影，看见挂在他帅气脸庞上的微笑，还有手中的行李箱，涅秋玛的心就会怦怦直跳。然而，脚步声的主人全都不是阿迪。直到今天，阿迪也没有回来。

"也许公司有事需要他处理，所以才耽搁了，"这周早些时候，察觉到母亲忧心越来越重的雅各布给出了自己的想法，"我想象不到哪个老板会允许员工在没有提前几周通知的情况下离开公司。"

但涅秋玛的想法却是：阿迪会不会被滞留在了边境？还是说他遭遇了更危险的情况？要想回拉多姆，阿迪必须北上穿越德国，或者南下经过奥地利与捷克斯洛伐克，如今这些地方都在纳粹德国统治之下。儿子也许已经落入德国人手中，这种可能性让涅秋玛好几天都睡不着觉——要是自己在信中写得再直白一些，要是自己要求儿子留在法国的态度再坚决一些，他本来是可以避免遇到这些事的。

泪水刺痛了她的双眼，涅秋玛的思绪回到二十五年前，世界大战爆发，同样是四月的一天，她和索尔被迫挤在公寓大楼的地下室里度过当年的逾越节。他们被赶出公寓，和当时许多朋友一样变成了无家可归的人。她想起地下室里令人窒息的粪便恶臭，想起不停回荡在耳边的饥饿呻吟，想起远处的炮火轰鸣，还有索尔为了给孩子雕刻玩具，拿着手里的水果刀砍削旧木柴时发出的富有节奏的刮擦声，他的指头扎满木刺，还要一根根挑出来。没有人在意节日何时开始又是何时结束，更不用说什么逾越节家宴。他们就这样在地下室里生活了三年，几个孩子靠她的乳汁勉强活了下来，而那些匈牙利军官就在他们楼上的公寓里安营扎寨。

涅秋玛望着餐桌对面的索尔。三年的地下生活几乎将自己击垮，但如今，那段日子早已远去，就像是完全发生在别人身上的事。丈夫对那些过往也是绝口不提；值得庆幸的是，几个孩子也没有留下特别深刻的记忆。从那时开始，大屠杀事件就相继发生（战争总是会伴随屠杀），但涅秋玛现在绝对不会考虑过回东躲西藏的生活，她受够了没有阳光，没有雨水，没有音乐、艺术与哲学思辨的生活，这些简单却极具养分的东西是她越来越珍惜的财富。不，她决不会再像野生动物般回到地下生活；她再也不想过那样的日子了。

更何况，事态也不可能发展到那个地步。

涅秋玛的思绪又飞回自己的童年，她的耳边响起母亲说过的话，母亲自小也在拉多姆长大，公园里的波兰坏小子经常会向裹着头巾的母亲扔石头，镇上第一座犹太会堂建成时引发了整座城市好几起骚乱。每次提到这些，母亲都会耸耸肩。"从这些事中我们学会的是：保持低调、看紧孩子。"母亲如是说。毫无疑问，这些袭击与屠杀最终都会过去。生活总要继续，以前是这样。未来也一样。

涅秋玛知道，和他们之前所经历的事情一样，德国人带来的威胁迟早也会过去。不管怎么说，他们如今的境遇已经和世界大战时截然不同。为了谋生，她和索尔不知疲倦地工作，将自己打造为这座城市的顶级专业人才。他们说波兰语，即使在家也一样，而城里其他犹太人只能用意第绪语交流，与生活并不富裕的多数犹太人不同，他们没有住在旧街区，而是在城镇中央拥有一套富丽堂皇的公寓，还雇了厨师和女佣，公寓内部配有奢华的水暖设备、从柏林进口的浴缸、一台电冰箱，还有他们最宝贵的财产——一架施坦威小型三角钢琴。他们的布料店生意越做越大；外出采购时涅秋玛小心谨慎，确保收来的都是顶级面料，他们的客户既有波兰人又有犹太人，甚至还有客人从克拉科夫①远道而来购买女装和丝绸。等孩子到了上学的年纪，夫妻俩把他们送进了精英阶层子女就读的私立学院，得益于穿在身上的定制衬衫和一口流利的波兰话，他们的孩子很快就和绝大多数信奉天主教的学生打成一片。除了尽可能给孩子提供最好的教育，索尔和涅秋玛还希望他们能有机会脱离反犹太主义②的阴影，这些潜移默化的思想在他们还没记事前就已经定义了拉多姆犹太人的生活方式。虽然整个家族以身为犹太人为傲，他们也能很好融入当地的犹太人社区，但涅秋玛为孩子选择了不同的道路，她希望能引导自己的孩子过上充满机遇并远离迫害的人生。这是她如今坚持在走的路，有时在犹太会堂，或者旧街区的犹太人面包店买东西时，涅秋玛会遭遇拉多姆那些正统派犹太人的冷眼，他们不赞同涅秋玛的做法——就好像和波兰人混在一起就会削弱她身为犹太人的信仰。不过涅秋玛没有理会这些冷遇。她清楚自己的信仰——更何况对涅秋玛来说，宗教信仰是个人的事。

涅秋玛收紧肩胛骨，挺起脊背，感受着双乳从肋骨间抬起后在胸前的重量。她怎么会变得忧心忡忡、心烦意乱，这可不像自己。振作起来，她责备道。家里一切都好，她提醒自己。家中积蓄充足。他们维持着不错的社会关系。阿迪会回来的。信里说的未必就是真的；也许过两天又会收到一封信，信里会解释他缺席的原因。一切都会好起来的。

---

① 克拉科夫（Kraków）：波兰南部城市。
② 反犹太主义（anti-Semitism）：对仇恨犹太人或犹太教的思想与行为的总称。

索尔开始吟诵卡尔帕斯①的祝福，涅秋玛将欧芹枝浸入盐水中，她的指尖轻轻碰到雅各布的手。她长舒一口气，紧张的情绪随之缓解。贴心的雅各布。母子俩四目相对，雅各布莞尔一笑，涅秋玛心怀感激，幸好雅各布还住在家里。她喜欢儿子陪在自己身边，也喜欢他沉着冷静的性格。他与众不同。他的兄弟姐妹一出生便红着脸大声啼哭，但雅各布却没有，那是二十三年前的冬天，二月清晨，窗外下着大雪，雅各布出生了，他的皮肤白得像医院的床单，他安静地躺在褟褓中，仿佛悄然落到地面的一片巨大雪花。直到雅各布终于哭出声，涅秋玛永远也不会忘记那段难熬的等待时间（当时她已经确信这个孩子无法活过当天），她更不会忘记，当自己望着怀中儿子那双漆黑的眼眸时，小家伙也在抬头看着自己，雅各布眉头微锁，仿佛陷入沉思。很快，涅秋玛便意识到儿子将会成长为一个什么样的人。没错，他是一个安静的孩子，但也很聪明。和他的兄弟姐妹一样，当时的婴儿就像是现在缩小版的雅各布。

涅秋玛望着雅各布，他正斜着身子和贝拉小声说话。贝拉拿起餐巾挡住嘴唇，掩口而笑。她的领针在烛光的映衬下闪闪发光——那是一枚玫瑰造型的金色领针，中间镶有一颗乳白色珍珠，这是雅各布送给她的礼物。两个人第一次相识是在中学，没过几个月，雅各布便送了她这份礼物。那一年他十五岁，她十四岁。当时涅秋玛只知道贝拉学习非常刻苦，她来自一个中等收入家庭（据雅各布说，她的父亲是位牙医，为供女儿上学而背上债务，目前仍在偿还中），

---

① 卡尔帕斯（karpas）：逾越节家宴传统仪式之一。"卡尔帕斯"的字意是"绿色蔬菜"，仪式中使用的多为欧芹或芹菜，进行卡尔帕斯仪式时，绿色蔬菜将会蘸到食盐水中食用，食盐水代表以色列祖先在埃及做仆役时所流的眼泪。

身上许多衣服都是自己缝制的，这一点给涅秋玛留下了很深的印象，也激起了她的好奇心，她想知道贝拉身上的漂亮衣服有哪些是在商店买的，又有哪些是自己做的。雅各布将领针送给贝拉后不久，他便宣布自己找到了灵魂伴侣。

"雅各布，亲爱的，你才十五岁呀……而且你们才刚刚认识没多久！"涅秋玛大叫起来。但雅各布不是一个夸大其词的人，而且现在，八年过去了，两个人依然在一起。涅秋玛知道他们早晚会结婚。也许当战争的话题烟消云散之后，雅各布就会向贝拉求婚。又或许当他攒够了买房的钱，他就会向对方求婚。贝拉现在也和父母同住——就在维托尔达大道西面，和他们相隔几个街区。不管是哪一种可能，涅秋玛都相信雅各布肯定早有安排。

坐在餐桌主位的索尔将无酵饼轻轻掰成两半。他将其中一半放在盘中，另一半用餐巾包好。在几个孩子还小的时候，索尔会花上几周时间精心挑选藏放无酵饼的地点，当寻找隐藏之饼①的仪式开始后，孩子们便会像老鼠一样在公寓里四处乱窜，寻找被藏起来的无酵饼。而第一个找到隐藏之饼的幸运儿将毫不留情地用它来进行交易，直到手里的兹罗提②足够去波米亚诺夫斯基糖果店买上一袋科洛奇③软糖，这位幸运儿才会带着得意的笑容离开。索尔是个商人，他也会全力以赴（孩子们称呼他为"谈判之王"），但孩子们知道其实父

---

① 隐藏之饼（afikomen，意为"饭后甜点"）：在逾越节家宴仪式中，仪式主持（通常是一家之主）会将三张无酵饼的中间一张掰成两半，把成为隐藏之饼的其中一半藏起来。找到隐藏之饼的孩子将赢得特殊奖励。
② 兹罗提（złoty，意为"黄金的"）：波兰货币单位。
③ 科洛奇（krówki，意为"小奶牛"）：波兰乳脂太妃糖，外部坚硬且脆，内部具有流动性，是常见的波兰糖果之一，在世界范围内销售。

亲内心深处柔软得像一团刚刚搅好的黄油，只要有足够的耐心和魅力，他们可以一滴一滴榨干父亲口袋里的兹罗提。当然，索尔已经有好几年没再藏过无酵饼了；孩子们都已长大，这项仪式最终还是遭到了众人的联合抵制——他们说："父亲，我们已经不是小孩子了，不太适合进行这样的活动，难道您不这么认为吗？"但涅秋玛知道，等他的外孙女费利西娅学会走路，他就会重启这项传统仪式。

现在轮到亚当大声吟诵祷文。他举起自己的《哈加达》，透过厚厚的带框眼镜仔细打量上面的文字。亚当窄窄的鼻子，突出的高颧骨，还有无瑕的肌肤在烛光的映衬下变得更加显眼，看上去颇有几分帝王气质。亚当·爱兴瓦尔德几个月前才成为库尔茨家的一分子，当时涅秋玛在布料店的窗户外挂上了**房屋出租**的招牌。她的叔叔刚刚去世，空出一间卧室，虽然最小的两个孩子还留在家中，但整幢房子还是显得冷清许多。涅秋玛最喜欢一大家子人围坐在餐桌前热热闹闹的情景。当亚当来店里询问租房事宜时，涅秋玛非常高兴；她马上就把那间卧室租给了他。

"多么帅气的小伙子！"亚当走后，索尔的妹妹泰尔扎不禁夸道，"他有三十二岁？看起来至少要年轻十岁。"

"他是犹太人，而且还很聪明。"涅秋玛补充道。两个女人小声议论起来，当这位毕业于利沃夫①国立理工大学建筑系的高材生离开华沙斯卡大街 14 号时，他还是未婚的概率会有多大呢？果不其然，没过几周，亚当和哈利娜就走到了一起。

说到哈利娜。涅秋玛叹了一口气。她生来就有一头蓬乱的蜜糖

---

① 利沃夫（Lvov）：在波兰第二共和国（1918—1939）时期是波兰的第三大城市，今属乌克兰。

色金发，一双充满激情的绿色眼睛，谁也解释不清楚为什么会这样，哈利娜是老幺，也是身材最娇小的一个。虽然个子不高，但她的性格却比别人强烈十倍。涅秋玛从没见过如此顽劣的孩子，哈利娜几乎能把一切事情带进（或带出）自己的节奏。涅秋玛想起十五岁的哈利娜在开学那天翘课去看《天堂里的烦恼》①午后场，结果被她的数学教授发现，为了不让自己被记过，她竟然去勾引教授；涅秋玛又想起十六岁的哈利娜说服阿迪和她一起在最后一刻搭上前往布拉格的夜间列车，这样第二天他们就能在拥有一百幢尖顶建筑的城市中醒来，以此庆祝两个人共同的生日。可怜的亚当，祝福他吧，他已经被哈利娜彻底迷住了。不过值得庆幸的是，当索尔和涅秋玛在场时，亚当还是表现得很有礼貌。

亚当结束吟诵，索尔对着剩下的无酵饼祷告，他掰下一小块饼，把盘子递给下一个人。家人依次掰下无酵饼，涅秋玛听着餐桌一圈接连响起的清脆声音。"耶——和——华——，我——们——的——神——"一声响彻云霄的哭喊打断了索尔的吟诵。是费利西娅。米拉的脸蓦地一红，她赶忙向众人道歉，起身离开座位，走到屋子角落，从摇篮车里抱起费利西娅。米拉两只脚来回踏步，在费利西娅耳边轻声示意女儿安静下来。索尔继续吟诵，裹在襁褓中的费利西娅不断扭动，孩子的脸涨得通红，表情越来越扭曲。当费利西娅的哭声再次响彻整个房间时，米拉只得先行告退，她急忙穿过走廊，把费利西娅抱到哈利娜的卧室。涅秋玛跟在后面。

"怎么了，亲爱的？"米拉轻声问道，她用一根手指顺着费利西

---

① 《天堂里的烦恼》(*Trouble in Paradise*)：1932 年由恩斯特·刘别谦（Ernst Lubitsch）执导的爱情喜剧电影。

娅的牙床轻轻摩擦，试图让孩子平静下来，她曾见涅秋玛这样做过。费利西娅转过头，弓着背，哭得更厉害了。

"有没有可能是饿了？"涅秋玛问。

"不久前我才喂完她。我想她可能就是累了。"

"来外婆这边。"涅秋玛说，她从米拉怀中接过费利西娅。费利西娅双眼紧闭，两只手紧紧攥着拳头。孩子的哭声转为了短促又刺耳的喊叫。

米拉一屁股坐在哈利娜的床脚。"真是对不起，母亲。"她竭尽全力控制自己不去对着正在大哭的费利西娅吼叫，"我很自责，给你们添麻烦了。"她用掌根按压着自己的眼睛，"我都没力气思考了。"

"没有人会介意的。"涅秋玛说，她将费利西娅抱到胸前轻轻摇晃起来。过了几分钟，费利西娅的哭声转为呜咽，片刻之后，她彻底安静下来，脸上的表情也恢复平静。怀里抱着孩子的感觉真是令人着迷，涅秋玛心想，她呼吸着费利西娅身上甜甜的杏仁香味。

"我实在是太傻了，竟然会觉得带孩子简单。"米拉说。她抬起头，两只眼睛布满血丝，下面的眼睑呈现半透明的紫红色，就好像睡眠不足在那里留下了一道瘀青。她已经尽力了——涅秋玛看得出来。对于新手妈妈来说，这个过程会很辛苦。这段过渡时期已经把米拉搅得心烦意乱。

涅秋玛摇了摇头，"不要给自己太大压力，米拉。事情不是你想的那样，未来可期。孩子永远不会照着你所想的那样成长。"米拉看着自己的双手，涅秋玛的思绪回到过去，想起大女儿年轻时是如何梦想成为一名母亲的——她把自己的洋娃娃照顾得非常好，她用手臂抱着它们，唱歌给它们听，甚至还有模有样地给它们喂奶；她很自豪能照顾年幼的弟弟妹妹，她为他们系好鞋带，为他们流血的膝盖绑上纱布，为他们阅读睡前故事。现在，她有了自己的孩子，却变得如此不知所措，仿佛这是她第一次把婴儿抱在怀里。

"真希望我能知道自己哪里做得不对。"米拉说。

涅秋玛靠着床脚坐到女儿身边，"你已经做得很好了，米拉。我曾经告诉过你，养孩子是很难的事情。特别是第一个。盖内克出生的时候，为了搞清楚这些事情，我几乎快要把自己逼疯了。你只是需要一点时间。"

"可是已经过了五个月。"

"再坚持一段时间。"

米拉沉默片刻，"谢谢您。"望着涅秋玛怀中费利西娅安静的睡脸，她最后轻声说，"我觉得自己就是个失败者，可怜至极。"

"并不是。你只是太累了。你能把埃斯蒂亚叫过来吗？她现在已经忙完了厨房的事情，在咱们吃完饭前，她可以帮忙照看费利西娅。"

"好主意。"米拉轻声叹了口气，感到如释重负。她将涅秋玛和费利西娅留在房间，自己起身去找女佣。当她和涅秋玛再次入座时，米拉看了一眼塞利姆。"没事吧？"丈夫用口型问道，米拉点了点头。

索尔将一大勺辣根加在自己的无酵饼上，其他人也如此照做。很快，索尔又继续吟唱起来。当苦菜三明治①的祝福结束后，终于到了正餐时间。一个个大浅盘被端上桌，整个餐厅充满家人交谈的轻声细语，还有银色汤匙刮到瓷盘发出的声响，装有盐渍鲱鱼、烤鸡、

---

① 苦菜三明治（korekh）：用无酵饼和苦菜做成的三明治。

马铃薯库格尔①和香甜苹果坚果碎②的盘子堆得高高。全家人饮着杯中的葡萄酒，安静地相互交谈，小心翼翼地不去触碰有关战争的话题，时而大声询问阿迪的行踪。

听到阿迪的名字，疼痛再次钻进涅秋玛心中，排山倒海般的忧愁向她袭来。他是不是已经被逮捕，或是被监禁，或是遭到放逐？无论哪一种情况，他一定是受到了伤害。他现在一定十分害怕。他没有办法联络自己。涅秋玛再次望向儿子空荡荡的座位。阿迪，你在哪儿？她咬了咬嘴唇。不，不要再想了，她告诫自己，但为时已晚。杯中的葡萄酒喝得太快，她感觉自己已经坠入负面情绪的深渊。她一时有些哽咽，餐桌融化为模糊的白色长条。眼泪在眼眶里打转，桌子下面突然有只手握住了自己。是雅各布。"是辣根，"涅秋玛小声说，她挥挥另一只手，眨眨眼睛，"每次吃都会这样。"她拿起餐巾轻轻擦着眼角。雅各布心照不宣地点点头，用力握紧母亲的手。

几个月后，当他们置身于另外一个世界时，涅秋玛一定会怀念这个夜晚，怀念所有家人几乎都在的最后一次逾越节，她会用身体每一个细胞祈祷自己能再次重温这样的团聚。她会好好记住再熟悉不过的鱼饼冻③的味道，好好记住银制餐具碰到瓷盘时发出的叮当

---

① 马铃薯库格尔（potato kugel）：库格尔是德系犹太人的传统食物，是以马铃薯为主要食材制成的焙烤布丁饼或炖菜。逾越节食用的马铃薯库格尔由磨碎的土豆或土豆泥、洋葱、鸡蛋、未发酵的面粉、油、盐和胡椒粉制成。

② 苹果坚果碎（apple charoset）：由苹果、核桃、葡萄酒、肉桂末等材料混合调制而成。

③ 鱼饼冻（gefilte）：德系犹太人的传统食物，由去骨捣碎的鱼肉（如鲤鱼、白鲑鱼、梭子鱼等）制成。

声，好好记住舌尖上又咸又苦的欧芹味道。她会渴望能够再次触碰费利西娅柔软的婴儿肌肤，渴望再次感受桌下雅各布掌心的重量，渴望再次体会腹中葡萄酒的温暖，这些东西能让她相信到最后一切都会好起来。她会好好记住家宴过后在钢琴边兴奋不已的哈利娜，好好记住他们一起跳舞的模样，好好记住家人是如何思念阿迪又彼此安慰说他会回来的情景。她会一次又一次重复这段回忆，记住每个美好瞬间，像品尝当季收获的最后一批上等克拉普萨梨 ① 一样，尽情享受这些美好时刻。

---

① 克拉普萨梨（klapsa pear）：西洋梨品种。

1939 年 8 月 23 日

纳粹德国和苏联签订《苏德互不侵犯条约》，这是一份秘密协议，划分了日后德苏双方在北欧和东欧大部分地区的势力范围。

1939 年 9 月 1 日

德国入侵波兰。两天后，英国、法国、澳大利亚和新西兰对德宣战。第二次世界大战欧洲战场正式开启。

第 四 章

贝 拉

———————

波兰拉多姆 / 1939 年 9 月 7 日

　　贝拉坐直身子，膝盖顶在胸前，掌心的手帕已被攥成了球。卧室门边立着一个方形皮箱，她只能勉强看出大致轮廓。雅各布坐在床边，紧挨着贝拉的脚，女孩仍然能从他的粗花呢外套上感觉出夜间空气的寒冷。她不知道父母有没有听见雅各布爬上二楼公寓，然后蹑手蹑脚地经过走廊来到自己的闺房。几年前她就把房间钥匙交给了雅各布，他可以随时来找自己，但男孩从未像今天这般大胆，竟会在这个时间过来。贝拉把脚趾塞进床褥与雅各布的大腿之间。

　　"他们要将我们送去利沃夫，到前线打仗，"雅各布上气不接下气地说，"要是有什么万一，咱们就在那边会合。"周围一片灰暗，贝拉想要看清爱人的脸，但只能窥见雅各布椭圆形的下颌轮廓，还有黯淡的眼白。

　　"利沃夫。"她点头低语。贝拉的妹妹安娜和新婚丈夫丹尼尔就住在利沃夫，这座城市位于拉多姆东南方向，相隔350公里。安娜一直希望贝拉能搬到离她更近的地方生活，但贝拉知道自己不能离开雅各布。两个人交往了八年时间，彼此之间的距离从未超过四百米。

雅各布握住贝拉的双手，二人十指相扣。他拉起两个人的手，凑到自己唇边亲吻起来。这个姿势让贝拉想起雅各布第一次说爱自己的时候。他们也是这样双手紧握，十指相扣，面对面坐在科丘斯基公园草地的毯子上。那一年，她十六岁。

"你真美。"雅各布温柔地说。他的话是那样纯粹，浅褐色的双眸是那样纯洁，贝拉几乎就要哭出来，尽管当时她也不清楚这么年轻的男孩究竟是否知道什么是爱情。即使到了今天，已经二十二岁的贝拉也无法确信任何一件事。她只知道雅各布会是自己托付终身的男人。但现在，他即将离开拉多姆，撇下她一个人。

"那你——你怎么去那儿？"她的声音很轻。她害怕一旦大声说话，强忍的情绪就会炸裂，压在喉咙深处的哭声会像洪水冲破堤坝般倾泻而出。角落里时钟敲响一点的钟声，贝拉与雅各布吓得一哆嗦，好像被一对隐形的黄蜂蜇了一下。

"我们得到的通知是一点十五分在车站集合。"雅各布说着，瞥了一眼门口，他的手从贝拉指尖滑落。雅各布用掌心握住贝拉两边的膝盖。即使隔着一层棉质睡衣，贝拉仍能感觉到爱人掌心的冰冷。"我得走了。"雅各布将胸口贴在贝拉的小腿上，两个人的额头抵在一起。"我爱你，"他深吸一口气，两个人的鼻尖碰到一起，"胜过世上的一切。"贝拉闭上双眼，雅各布亲吻着她。一切都结束得太过突然。当贝拉再次睁开双眼，雅各布已经离开，泪水顺着她的双颊流下。

贝拉爬下床，走到窗边，赤裸的双脚感受着木地板冰冷光滑的触感。她轻轻将窗帘拉向一旁，望着两层楼下的维托尔达大道，搜寻着生命的迹象——手电筒发出的光，或者其他任何东西，然而早在几周前，整座城市就已经陷入停电状态；就连街灯也漆黑一片。她什么都看不见。自己仿佛正在凝视深渊。贝拉摇开窗户，这一次她闭上双眼，用耳朵去捕捉脚步声，或者远方德军俯冲轰炸机的轰鸣。然而整条大街就像头顶的天空一样，空空荡荡，一片死寂。

一周时间里发生了太多事情。六天前，9月1日，德国入侵波兰。第二天黎明未至，敌人的炸弹就落在了拉多姆市郊。临时搭建的飞机跑道被炸毁，许多皮革厂和制鞋厂遭到破坏。父亲用木板封住窗户，全家人躲进地下室避难。趁着轰炸的间隙，拉多姆的男人开始挖战壕——波兰人和犹太人齐心协力，挥舞铲子并肩作战，在这紧要关头，所有人都在保卫这座城市。但战壕没有起到任何作用。更多的炸弹被投放下来，贝拉和父母不得不再次躲回地下室中，这次的轰炸是在光天化日下进行的，低空飞行的斯图卡①俯冲轰炸机和海因克尔②轰炸机将大部分炸弹都投在了旧街区，其中一些甚至落在距贝拉公寓50米远的地方。空袭持续了几天时间，直到攻下拉多姆西南方65公里的凯尔采③镇为止。从那时开始便有传言说国防军——德意志第三帝国的一支武装力量——马上就要到来；也是从那时开始，街道角落的广播不断传出刺耳的声音，命令年轻和有能力的人参军入伍。数以千计的男性离开拉多姆，仓促东行，加入波兰军队，每个人都心怀满腔爱国热情，还有对未来的不确定性。

贝拉的脑海中浮现出雅各布、盖内克、塞利姆还有亚当的模样，几个男人安静地走向火车站，这个地方侥幸逃过轰炸。他们穿过城

---

① 斯图卡（Stuka）：容克斯－87型俯冲轰炸机，二战期间纳粹德国空军投入使用，通称"斯图卡"，取自俯冲轰炸机德文"Sturzkampfflugzeug"的缩写，由容克斯公司（Junkers）研制。

② 海因克尔（Heinkel）：德国飞机制造商，二战期间为纳粹德国空军生产轰炸机。

③ 凯尔采（Kielce）：波兰东南部城镇。

中的服装店与铸铁厂，行李箱内只有少量个人物品。据雅各布说，有一个师的波兰步兵正在利沃夫待命。然而事实真的如此吗？为什么波兰政府花了这么长时间才动员自己的军队？从纳粹德国入侵到现在虽然只过了短短一周，但铺天盖地的全是令人沮丧的消息——希特勒的部队兵力众多，进军神速，波军人数不及对方一半。英、法两国承诺会施以援手，但截至目前，波兰民众还没有看到任何军事增援。

贝拉感到一阵恶心。这一切本来不该发生。他们现在应该在法国才对。这是他们的计划——等雅各布从法学院毕业，两个人就要移居法国。他可以在巴黎的事务所求职，也可以去图卢兹找工作，这样一来就能住在阿迪附近；他还可以兼职当摄影师，就像他哥哥会用业余时间作曲一样。阿迪给他们讲过的法国故事，还有那边自由的空气都深深吸引着她和雅各布。他们会在那里结婚生子。要是两个人能有先见之明，早一些离开该有多好，现在去法国太危险了，而且他们也不能丢下家人不管。贝拉试着想象了一下雅各布手握突击步枪木枪托的模样。他会朝敌人开枪吗？不会的，贝拉了解他。他可是雅各布呀。他根本打不了仗；他的体内没有流淌一滴好战的血液。他唯一能扣动的"扳机"就是相机的快门。

她轻轻滑上窗户。请保佑那些男孩安全抵达利沃夫。她凝视着楼下如天鹅绒般浓重的黑暗，一遍又一遍地祈祷着。

三周后，贝拉置身马车中，躺在和车身同长的窄木凳上，她疲惫不堪，但却无法入睡。现在是什么时间了？她猜应该是刚过午后。马车的帆布篷里光线昏暗，她看不清手表指针。即使望向车外也无法辨认时间。大雨刚刚过去，天空乌云密布，仿佛是披上了一件枪色①斗篷。车夫坐在马车前面，长时间暴露在恶劣的天气中，贝拉不知道他是怎么熬过来的。昨天的雨下得很大，持续时间很长，道路淹没在泥泞的雨水中，马匹强挣扎着才能保持平衡。路上有两次差点翻车。

贝拉通过清点粮食篮里剩余的鸡蛋数量来记录日期。从拉多姆出发时篮子里共有十二枚鸡蛋，今天早晨只剩下最后一枚，这就是说今天应该是9月29日。按常理来说，坐马车到利沃夫最多只需一周时间。但因为接连赶上大雨，行路变得异常艰难。车里的空气十分潮湿，到处都是霉菌的味道；贝拉渐渐习惯这样的环境，身上总是黏糊糊的，衣服永远都是湿漉漉的。

听着身下车轮的嘎吱声，贝拉闭上双眼，她想起雅各布，想起他和自己道别的夜晚，想起他双手触碰自己膝盖的冰冷感觉，想起他亲吻自己手指时的炽热呼吸。

9月8日，雅各布前往利沃夫的第二天，国防军进入拉多姆。德军先是派出一架飞机，飞机在城市低空盘旋，贝拉和父亲的目光一路追随，飞过一圈后，飞机投下一枚橙色的闪光弹。

"这是什么意思？"贝拉问，飞机渐渐远去，最后消失不见，只留下灰色的飞机云在低空逐渐膨胀开来。父亲没有回答。"父亲，我已经长大了。告诉我吧。"贝拉斩钉截铁地说。

亨利望向远方。"这意味着他们要来了。"他答道。从父亲的表情中，贝拉看到了自己从未见过的东西，向下紧绷的嘴角，双眼间

---

① 枪色（gunmetal）：一种略带蓝紫色感觉的灰度色。

拧作一团的皱纹——父亲吓坏了。一个小时后，雨下了起来，贝拉透过自家窗户望着一排排地面武装部队开进拉多姆，士兵如入无人之境。未见其人，先闻其声，坦克的轰鸣、战马的嘶吼，还有摩托车的隆隆声顺着泥泞的道路从西边先行传来。当这些士兵来到眼前时，贝拉屏住呼吸，她害怕得不敢看，但目光又无法移开，她的双眼像胶水一样粘在了这些人身上，身穿深绿军服的士兵进入维托尔达大道，他们的护目镜上沾着雨滴，这支军队是如此强大，人数是如此众多。他们蜂拥而至，空荡的城市街道顿时被填满，黄昏时分，德军已经占领政府大楼，并宣告城市已被控制，他们升起万字旗，**希特勒万岁** ① 的声音响彻大地。眼前的景象贝拉一生都不会忘记。

在官方宣布这座城市被占领后，所有人都小心谨慎起来，无论是波兰人还是犹太人，但显而易见，纳粹的首要目标从一开始就是犹太人。那些胆敢上街的犹太人往往要冒着被骚扰、被羞辱，甚至被毒打的风险。拉多姆的居民很快就意识到他们的家已不再安全，人们只在必要时才出门。贝拉只在采购面包和牛奶时出过一次门，在发现旧街区自己经常光顾的犹太市场因遭到洗劫而关门后，她又不得不绕路去最近的波兰杂货店。她走的都是偏僻小道，迈着大步直奔目的地，但返程时还是撞见了自己不想看见的场面，这些画面后来一直萦绕在她眼前，几周时间都挥之不去——一位拉比 ② 被国防军士兵团团围住，他的两只手臂被绑在身后，老人挣扎着想要摆脱束缚，但无论怎么努力都是徒劳，士兵在一旁哈哈大笑，老人的

① 原文为德语。
② 拉比（Rabbi）：犹太人中的特别阶层，主要为有学问的学者，是老师，也是犹太人中智者的代表。拉比社会功能广泛，是许多犹太教仪式的主持。

头两边都遭到了严重殴打。当她经过拉比身边时，才猛然发现老人的胡子也被点着了，贝拉感到一阵恶心。

德国人占领拉多姆几天后，贝拉收到了雅各布的信。亲爱的，看得出他写得很仓促，马上来利沃夫。他们把我们几个人安排进了公寓。我的地方足够两个人住。我受够了和你相隔两地。我需要你。求求你，快来吧。雅各布在信中附上了住址。让贝拉没有想到的是，父母竟然会同意她去那边。他们知道贝拉有多思念雅各布。亨利和古斯塔瓦认为，贝拉要是去了利沃夫还能和妹妹安娜相互有个照应。贝拉心怀感激地将脸颊贴在父亲掌心，她如释重负。第二天，她带着信找到雅各布的父亲索尔。她的父母没有钱雇车。但库尔茨家却有办法和关系搞到这些，而且她相信他们会愿意帮忙。

但索尔开始却表示反对。"绝对不行。一个人上路太危险了，"他说，"我绝对不会允许。如果你出了什么意外，雅各布这辈子都不会原谅我。"利沃夫虽然尚未沦陷，但有人猜测德国人已经包围了这座城市。

"求求您了，"贝拉央求道，"情况不会比这里更糟了。要是雅各布觉得不安全的话，他是不可能写信叫我过去的。我需要陪在他身边。我父母也已经同意了……求您了，库尔茨先生，求您了①。"贝拉用波兰语说。接下来三天贝拉不断央求索尔，但三次都遭到拒绝。到第四天，索尔终于勉强同意。

"我会雇一辆马车，"索尔说，他不断摇晃着脑袋，似乎对自己的决定感到失望，"希望我不会后悔。"

---

① 原文为波兰语。

不到一周时间，索尔就安排好了一切。他找到两匹马、一辆马车，还有车夫——一位体态轻盈的老绅士，名叫托梅克，他的双腿已经有些弯曲，脸上挂着灰白胡须，夏天时他曾给索尔当过差，非常熟悉去利沃夫的路。索尔说托梅克这个人值得信赖，而且他也是驾驭马匹的好手。索尔答应托梅克如果他能平安将贝拉送到利沃夫，两匹马和马车就归他所有。托梅克正处于失业状态，于是他欣然接受了这份差事。

"把你想带的东西穿在身上吧，"索尔嘱咐道，"这样不会显得那么惹眼。"平民百姓仍被允许在曾经的波兰领土范围内出行，但纳粹分子很快便签署了新的限制条款。

贝拉立刻给雅各布回信，将自己的安排告诉他，并在转天就踏上旅程，她穿了两双丝袜、一条到膝盖的深蓝色槽纹裙（雅各布最喜欢的一件）、四件棉衬衫、一件羊毛衫、一条黄色丝巾（这是安娜送给她的生日礼物），还有一件法兰绒大衣，至于那枚金色领针，她用项链穿好挂在脖子上，然后藏在衬衫里面，以免被德国兵发现。她将一个小针线包、一把梳子，还有一张全家福装进大衣口袋，除了这些，口袋里还有索尔坚持让她带上的四十兹罗提。她没有带行李箱，而是拿着雅各布冬天穿的夹克衫，还有里面被挖空的农夫面包①，贝拉将雅各布的禄来福来②相机藏了进去。

离开拉多姆后，他们已经通过了四处德军检查点。每到一处检查点，贝拉就会把面包塞进大衣下面假装怀孕。"求求几位大人，"她

---

① 农夫面包（peasant bread）：又称乡村面包，一种基本不含油与糖的主食面包，一般以全麦粉为原料烘焙而成，外观多为圆形或方形。
② 禄来福来（Rolleiflex）：德国相机品牌。

一只手护在腹部，另一只手扶住腰背，向对方哀求，"我丈夫在利沃夫，我必须赶在孩子出生前见到他。"到目前为止，那些国防军士兵还算可怜她，他们挥挥手，示意马车通过。

马车拖着沉重而缓慢的步伐向东行进，贝拉坐在长凳上，脑袋跟随车轮滚动的节奏轻轻摇晃。已经十一天了。他们没有收音机，无法收听新闻，但两个人已经渐渐习惯德国空军①来势汹汹的战机轰鸣，还有远处的爆炸声，从声音的方位判断，他们推测爆炸发生的地方只可能是利沃夫。直到几天前，这座城市听起来好像还处于被包围的状态。然而随后的安静让人越发感到不安。莫非城市已经沦陷？还是说波兰军队已成功牵制住德军？

贝拉无时无刻不在担心雅各布的安危。他一定是接到命令加入了城市保卫战。托梅克已经问过贝拉两次是否要掉头回去，他建议迟些日子再来试试。但贝拉坚持继续前进。她在信中告诉雅各布自己马上就来。她必须信守诺言。无论等在前方的会是什么，现在放弃未免过于胆怯。

"吁——"储物盒边传来托梅克的呼喊，但他的声音立刻就被接下来的吼叫声淹没。

"停车！立即②停车！"

贝拉坐直身子，双脚顺势甩向地板。她将面包塞进大衣里，掀起马车的帆布门帘。马车外面，泥泞的草地上站满了身穿绿色束腰外衣的士兵。是国防军。到处都是士兵。贝拉意识到这里不是检查点。应该是来到了德军前线。三名头戴灰色尖顶帽、手持木托卡宾

---

① 德国空军（Luftwaffe）：二战时期，纳粹德国空军隶属国防军。
② 原文为德语。

枪，武装到牙齿的士兵向她走来，一股寒意从贝拉脚底袭来，她觉得后背一凉。紧绷的表情、死板的步伐、笔挺的褶线——这是一群残酷无情的士兵。

贝拉爬出马车，等在一旁，努力让自己保持镇静。

打头的士兵一只手握住步枪，另一只手抬起，掌心面对贝拉的方向。"出示证件！ ①"他命令道，士兵翻转手掌，掌心朝上，"身份证！ ②"

贝拉怔住了。她不会说德语。

托梅克低声道："你的身份证，贝拉。"

第二名士兵走向储物盒，托梅克递出自己的身份证，回头望着贝拉。她在犹豫要不要交出自己的身份证，因为上面清楚地写着她是犹太人，这很可能给她带来灾难而不是好处——但她别无选择。贝拉伸直手臂，交出自己的身份证，然后等在一旁，她屏住呼吸，眼前的士兵对着证件仔细检查。她不知道应该看向哪里，便把目光投向士兵的领章，接着又看向束腰外衣上排成一列的六粒黑色纽扣，皮带搭扣上刻有一行德文字母。贝拉能够看懂，它说的是：**上帝与我们同在**。

最后，士兵抬起头，他的眼睛灰暗无光，眼神中毫无怜悯之意，仿佛头顶的乌云一般，他噘起双唇。"现在严禁平民通过！ ③"他用德语厉声喝道，接着将身份证还给贝拉。士兵好像说了句"平民怎么样"。托梅克把身份证塞回口袋，拉动牵牲口的绳索。

"等等！"贝拉气喘吁吁地说，她用一只手护住自己的腹部，但

---

① ② ③　原文为德语。

是刚才打头的士兵竖起步枪，伸出下颌指了指西边，那是他们来的方向。

"严禁平民通过！滚回家里去！①"

贝拉刚想开口抗议，托梅克立刻对着她轻轻摇头。不要这么做。他说的没错。不管他们是否相信自己已经怀孕，这些士兵是不会违反规则的。贝拉转过身，像一只泄了气的皮球，拖着步子回到马车上。

托梅克掉转车头，两匹马顺着来时的路艰难西行，他们离利沃夫越来越远，离雅各布越来越远。贝拉的大脑飞速运转。她坐立不安，心情烦躁。她拿出大衣里的面包，放到长凳上，自己爬到后门，掀开一个缝，刚好能看见外面。草地上的士兵身形越来越小，好像玩具一样，天空之上，巨大的乌云从远方逼近，在云层的映衬下，那些士兵显得更加矮小。她撂下沉重的帆布门帘，四周再次被阴影笼罩。

他们已经走了这么远。终点已近在咫尺！贝拉用指尖按压着太阳穴两侧的柔软肌肤，她想要找到解决办法。他们可以转天再来，运气好的话也许能碰上好说话的德国兵。不会的。她摇了摇头。他们可是身在前线。说真的，他们被允许通过的可能性会有多大？突然间，置身于幽闭空间的恐惧感侵袭了她全身，即使穿着这么多层衣服也无法阻挡这种感觉，贝拉拽着自己的法兰绒外衣，动作迅速地坐回长凳，来到马车前部，那里有另一扇帆布门帘，将她和托梅克隔开。她掀起门帘，眯起眼睛抬头看着储物盒。外面已经开始下起毛毛细雨。

---

① 原文为德语。

"我们明天能不能再试一次？"贝拉大声嚷道，马蹄踏在泥泞的道路上，发出沉闷的嘚嘚声。

托梅克摇摇头。"没用的。"他说。

贝拉的情绪变得激动起来，她感到体内的血液从脖颈冲到了耳朵边。"可我们不能往回走！"她瞥了一眼脚下的储备粮，"我们没有足够的粮食了！撑不住十一天！"她望向托梅克，随着马车晃动的节奏，他的肩膀来回摇晃，脑袋上下摆动，好像喝醉了一样。他没有回答。

贝拉撂下门帘，一屁股坐回长凳。自从离开拉多姆，她和托梅克之间就没有说过几句话；旅途刚开始时，贝拉曾试过跟他闲谈几句，但和陌生人聊天总感觉怪怪的，更何况他们之间也没什么话题可说。当然，托梅克肯定也和贝拉一样想要尽快抵达利沃夫。距完成他和索尔的交易只剩下几公里路程。她决定拿这一点来提醒他，然而，当她想要再次掀开门帘时，两匹马突然掉转方向，马车冲出道路。贝拉死死抓住下面的长凳，身体极力保持平衡，马车在崎岖不平的道路上颠簸，一路跌跌撞撞。发生了什么事？我们这是要去哪儿？车轮碾过碎枝，发出鞭炮般的声响，树枝像爪子一样刮着马车的帆布顶棚。他们现在应该在树林中。一个不好的想法钻入她的脑子里：托梅克不会是要把自己一个人丢在树林里吧？他只需要说一个简单的谎言，就能让索尔相信他已经将贝拉安全送到利沃夫了。贝拉的心怦怦乱跳。不，她想道。托梅克不会这么做。但随着马车一路颠簸，她没有办法不去想这个可能性——他真的不会这么做吗？

终于，马儿停下脚步，贝拉飞一般地跳下马车。周围树荫密布，天空十分昏暗；用不了多久，四周的颜色就会和马匹身上光滑的黑色皮毛融为一体。托梅克从驾驶舱的长凳上爬下。他头戴黑色礼帽，身披深色防水大衣，在阴影下几乎隐形。贝拉盯着他，心跳还在加速，托梅克开始卸起马辔头。

"不好意思一直没说话，"他边说边卸下马嘴里的嚼子，"毕竟隔墙有耳。"贝拉点点头，等着他继续说下去。"有一条小路能通到利沃夫，咱们现在离那条小路有三公里远，"托梅克继续说，"前面是一块空地。一片草地。我猜那里应该无人看守，但为了安全起见，你最好还是爬过去。草丛的高度应该足够藏起你的身形。"贝拉眯起眼睛望着空地的方向，但是四周太黑了，什么都看不见。托梅克点点头，仿佛是劝说自己计划会成功。"等穿过草地，你要继续朝东南方向走，再过大概一个小时，你就能离开树林，看见一条大路。如果你能走到那儿，我相信你已经绕过了德军前线……"他停顿片刻，"除非德国人已经把整座城市包围……如果是那样的话，你就只能等他们把战线向前推进，或者靠自己的力量穿过前线。但无论是哪种情况，"他最后看着贝拉的眼睛说，"我想你最好还是一个人独自上路。"

贝拉注视着托梅克，试图领会蕴含在对方计划背后的东西。独自上路，而且还是步行 —— 听上去简直荒唐。光是想想就觉得疯狂。她甚至能听见当自己把这个想法说给雅各布和父亲听时，他们的回答肯定都是：不要这么做。

"还有一个办法，咱们现在就掉转车头，以最快的速度往回赶，并在路上找些吃的东西。"托梅克静静地说。

回家的确是更安全的办法 —— 但贝拉知道自己不能回头。她的思绪飞速旋转。她想要咽一咽口水，却发现喉咙干得像砂纸一样，她咳出了声。托梅克说得对。没有马车在，她就不会那么引人注目。

再说，万一真的撞见德国兵，比起一个老头、一个年轻女人、两匹马和一辆马车，自己一个人通过的可能性更大。她咬着自己内侧的下嘴唇，沉默了足足一分钟。

"好吧。①"贝拉终于开口，她望着空地的方向。是的，她已经下定决心。难道还有别的选择吗？她只需再花几个小时就能进入利沃夫。就能见到雅各布。见到她的心肝②，她的爱人。她决不能在此刻回头。她一只手扶住马车，这份决心让她的四肢变得沉重。如果草地周围也有士兵巡逻，她不知道自己能否在不被发现的情况下爬过去。即使她成功爬到另一头……谁也说不好等在前方遮天蔽日树林中的又会是什么人或什么东西。够了，她轻声骂道。你已经走了这么远的路。你能做到。

"好吧③，"她深吸一口气，接着点点头，"你说的没错，这办法行得通。必须行得通。"

"那就这样吧。"托梅克轻声道。

"那就这样吧。"贝拉理了理自己赤褐色的头发，由于好几天没有洗头，她的头发厚得像羊毛一样；她现在已经放弃用梳子梳头的念头了。她清了清嗓子，"我现在就出发。"

"你最好等到早晨再走，"托梅克说，"等天不那么黑的时候。我会陪你到黎明。"

没错。她需要阳光为她照亮前方的道路。"谢谢。"贝拉小声道，她意识到等在托梅克前方的也是一段危险旅程。她爬回马车，从粮食篮里翻出最后一枚煮鸡蛋。她剥开蛋壳，拿到托梅克面前。"给你。"

---

① ② ③　原文为波兰语。

她边说边将鸡蛋掰成两半。

托梅克犹豫片刻，伸手接过鸡蛋，"谢谢。"

"告诉库尔茨先生^①，你已经尽心尽力地将我送到了利沃夫。要是……"她挺直了腰，"等我到了目的地，我会写信给他报平安。"

"我会的。"

贝拉点点头，随即陷入沉思，她要好好想想自己刚刚究竟答应了什么东西，两人之间再度归于沉默。等托梅克睡醒后，他会不会意识到这个计划过于危险呢？ 等到明天早晨，他又会不会说服自己不要去冒险呢？

"休息一会儿吧。"托梅克说，他转身走向马儿。

贝拉勉强挤出一个笑容，"我试试。"就在她即将回到车厢时，她停下脚步。"托梅克。"她唤道，对自己刚刚怀疑他的动机感到内疚。托梅克抬起头。"谢谢你 —— 带我走过这么远的距离。"

托梅克点点头。

"晚安。"贝拉道。

回到车厢，贝拉将雅各布的外套铺在地板上，接着爬上去直了直腰。她将两只手分别放在心口和下腹，慢慢呼吸，试图放松下来。四周漆黑一片，她眨了眨眼睛，告诉自己这是正确的决定。

第二天黎明时分，贝拉醒了过来，昨天夜里她睡得很轻，睡得很不踏实。她揉揉眼睛，动作有些笨拙地打开车厢侧面的门帘。外面，

---

① 原文为波兰语。

几束强烈的日光透过乌云的缝隙射下来，刚好照亮了头顶树枝的轮廓。托梅克已经将帐篷和睡袋卷起，两匹马也套好挽具。他朝贝拉点了点头，继续干起手头的工作。很明显，他并没有改变自己的想法。贝拉把一块煮马铃薯塞进自己的口袋，将剩下的三块留给托梅克。她扣好外衣纽扣，套上雅各布的外衣，然后拿起面包，爬出马车。两周以来，多数时间她都待在这个充满霉味的狭窄空间里，她管这里叫作"家"，现在，尽管前方路途艰辛，但她还是毫不犹豫地和这个"家"说了再见。

托梅克正在摆弄其中一匹马的缰绳。贝拉走了过来，她发现此刻自己竟希望能多了解对方一些，这样一来至少在离别时两个人能给彼此一个拥抱 —— 这个拥抱能够为贝拉注入力量，为她提供足够完成整个计划的勇气。然而她这一路却没有和对方好好交流过。她对托梅克知之甚少。

"我想说，我很感激你为我做的一切。"她边说边伸出手。托梅克在贝拉人生中扮演的角色虽然不大，但却起到了无法衡量的重要作用，她要感谢对方的付出，这件事对她来说突然间变得非常重要。托梅克握住贝拉的手。这一握竟出乎意料地有力。身旁的马儿逐渐变得焦躁起来。其中一匹马摇晃着脑袋，马嚼子发出有节奏的叮当声；另外一匹则喘着粗气，马蹄不断刨着地面。贝拉和托梅克也做好了准备，二人的同行之旅即将宣告结束。"哎呀，托梅克，我差点忘了，"贝拉补充道，她从口袋里抻出一张十兹罗提的纸币，"你需要买些食物 —— 这么点马铃薯可不够吃。"她把钞票递到托梅克面前，"请你收下。"

托梅克看了看自己的双脚，接着望向贝拉，接过纸币。

"祝你好运。"贝拉说。

"你也是。上帝保佑。"

贝拉点点头，她转过身，在树林的庇护下向草地前进。

没过几分钟，她便来到空地边缘，她停下脚步，扫视空地周围，搜寻是否有人在附近。目前看来，草地周围空无一人。她回头张望，不知托梅克有没有在看着自己 —— 但橡树林里只剩下空荡荡的树影。莫非他已经离开了？她突然意识到自己现在已是孤身一人，她打了一个寒战。这可是你自己同意的，她不断提醒自己。一个人更好。

她把裙子提到膝盖上面，在大腿处系了一个活扣，把面包塞进雅各布的外衣里，调整了一下姿势，好让面包固定在自己背部。一切准备妥当。现在她可以更方便地移动。她蹲下身子，轻轻将手掌和膝盖放到地面。

贝拉匍匐前进，身下的土地嘎吱作响，冰冷的泥土在指尖翻动，四肢仿佛被涂上黑色的沥青。杂草既长又尖，上面沾满潮湿的露水；她的脸和脖颈被无情割破。不消几分钟，其中一边的脸颊便渗出鲜血，全身从里到外包括内衣都已湿透。贝拉没有理会污泥与湿气，强忍着脸颊的刺痛，她跪起身子观察，前方的树林还有一百米远，她扭回头向身后张望。还是没有德国兵的影子。很好。她放低身子，继续用双手向前爬，真希望自己穿的是裤子，贝拉本来希望再见雅各布时能让他看见最美的自己，不过现在她终于意识到这不过是毫无意义的虚荣心罢了。

她在泥泞的草地中缓慢前行，她想起父母，想起临行前夜和他们一起吃的晚餐。母亲煮了蘑菇和卷心菜馅的波兰饺子 ①，这是贝拉最喜欢的食物，她和父亲两个人狼吞虎咽地吃起来。然而古斯塔瓦却几乎没有碰盘子里的食物。看到母亲盘中几乎没有动过的水饺，贝拉心中一紧。母亲本来就很瘦，德国人来了之后她变得更加憔悴。贝拉将这一切都归咎于战争带来的压力，看到母亲如此虚弱，离家更让她觉得痛苦。她想起转天，自己坐上托梅克的马车，抬头望向二楼公寓，父母站在窗边——父亲的胳膊轻轻搂住母亲纤弱的身体，母亲双手按在窗户玻璃上。她只能看清两人模糊的轮廓，古斯塔瓦的双肩在颤抖，贝拉知道母亲在哭泣。她好想跟他们挥手告别，好想微笑着说再见，好想告诉他们自己一切都好，她会回来的，请不要担心。但维托尔达大道到处都是国防军士兵；她不能冒险挥手，这样就会被人发现自己要离开。于是她转过身，掀开马车侧面的门帘，爬进车里。

贝拉的膝盖撞到了什么坚硬的东西，她疼得缩成一团，那是一块岩石。她痛得喘不过气，但仍然继续坚持向前爬，过去两周发生的事情快得让人眼花缭乱。先是雅各布的离开，接下来是德国人的入侵，然后是那封来信，以及和托梅克一起上路。直到离开拉多姆时贝拉的脑子里还是一团乱麻，心里只想着赶快到利沃夫与雅各布团聚。但她的父母呢？他们能不能照顾好自己？在她离开时万一他们发生什么意外呢？她要如何才能帮上忙？万一自己发生什么意外呢？万一自己永远到不了利沃夫呢？够了，她骂道。你不会有事的。父母也会平安的。她一遍遍重复着这些话，直到将其他可能性从头

---

① 波兰饺子（pierogi）：外观呈半圆形，和中国饺子类似，馅料分三大类：菜馅、肉馅、奶酪馅。波兰饺子以水煮为主，也有熟后再烤或煎成金黄色。

脑中全部驱赶出去。

贝拉一边爬一边竖起耳朵留意周围危险的信号，但她只能听见自己的心跳声大如雷。她怎么也想不到靠双手和膝盖前进竟会这么辛苦。一切都好沉重：胳膊、腿，还有脑袋。就好像自己在泥土地里抛了锚，身上的附属器官、包裹全身的无数层衣服、雅各布的相机、贴紧骨骼的每块肌肉，还有在寒冷清晨中贴在肌肤上的汗水，这些仿佛都是生命中不能承受的重量，她的腰被压弯，她的背被挤垮。每一处关节都在刺痛，她的臀部、手肘、膝盖，还有指节；每过一分钟，这些关节便僵硬几分。这该死的泥土。她停下来，用手背擦去额头的汗水，顺着草叶尖儿向外张望。到树林还有一半路程。还有五十米。就快到了，她告诉自己，忍住想要躺下休息几分钟的冲动。现在还不能停下来。等到了树林再休息。

贝拉将注意力放在呼吸的节奏上 —— 用鼻子吸气是两拍、用嘴巴呼气是三拍，她渐渐迷失在这疯狂的节奏中，直到一声刺耳的爆裂声划破了清晨宁静的天空。贝拉立刻卧倒，腹部和四肢紧贴地面，双手护住脑后。毫无疑问，她知道那是什么声音。一声枪响。会不会有第二发？子弹从哪里射来？它们是朝自己来的吗？她等在原地，每块肌肉都高度紧张，她在思考接下来要怎么做 —— 逃跑？还是继续隐藏？她的本能告诉自己应该装死。于是她继续趴在那里，鼻孔与泥土之间只有一厘米的距离，她的呼吸中夹杂着恐惧与湿土的气息，她在心中默默数秒。一分钟，两分钟，她竭尽全力留意着周围的动静，草丛仿佛在捉弄着她 —— 难道刚才只是风吹杂草的声音？会不会是脚步声？

终于，她再也坚持不住了，贝拉用双手撑住泥地，慢慢抬起身子。

她的视线穿过草丛，望向远处的地平线。视线范围内没有危险。也许刚才的枪声只是听起来很近。她没有去想枪声有没有可能来自前方的树林，而是继续向前爬，速度比刚才更快，全身的肌肉不再因疲惫而沉重，她的身体现在被一股令人恐惧的紧迫感占据。

你能做到。马上就要到了。你可一定要在那里等着我呀，雅各布。在你信里的地址等着我呀。每呼吸一次，她便重复一遍这些话。求你了，雅各布，你可一定要在那里呀。

1939 年 9 月 12 日

———————————

利沃夫战役：波兰军队与包围城市的德军发生多起冲突，这场争夺城市控制权的战役因此打响，德军在人数和武器装备上远超波军。面对德军的地面进攻、炮火封堵和空中轰炸，波兰军队坚持抵抗了近两周时间。

1939 年 9 月 17 日

———————————

苏联单方面撕毁与波兰签订的所有协定，从东部入侵波兰。苏联红军全速向利沃夫挺进。波兰军队全力抵抗，但是到了9月19日，苏军和德军已经将这座城市团团围住。

第 五 章

米 拉

————

波兰拉多姆／1939 年 9 月 20 日

　　米拉刚睁开眼就察觉到一丝异样 —— 有什么事不对劲。公寓里太安静了。她深吸一口气，坐起身子，挺直腰背。费利西娅。她赶忙爬下床，光脚穿过走廊，跑到婴儿房。

　　米拉悄悄推开房门，屋里一片漆黑，她眨了眨眼睛，想起自己忘记看时间了。她蹑手蹑脚地走到窗边，拉开厚厚的锦缎窗帘，柔和的日光如粉末般铺满整个房间。已是黎明时分。隔着婴儿床的木栏杆，米拉只能看见一团模糊的轮廓。她踮起脚，来到婴儿床边。

　　费利西娅侧身躺在床上一动不动，盖到耳边的粉红色毛毯①将她的小脸遮住。米拉俯下身，掀开毛毯，一只手轻轻托住费利西娅的后脑勺，专心等待女儿做出呼吸的反应、发出沙沙声或弄出其他什么动静。即使在女儿熟睡时，米拉也总是担心会有什么可怕的事情发生在她身上，这究竟是为什么呢？米拉百思不得其解。终于，费利西娅身子一蜷，长出一口气，然后翻了个身；几秒钟后，她又重归

————————————

① 原文为波兰语。

平静。米拉如释重负。她悄悄溜出房间，留下虚掩的房门。

米拉手扶墙壁，悄无声息地走进厨房，她瞥了一眼走廊尽头的时钟。现在还不到六点。

"多萝塔？"她轻声唤道。米拉几乎每天早晨都是伴着水开时水壶的哨声醒来，女佣会给她准备早茶。不过现在时间还早。多萝塔一般不会在六点半前起床，她只在工作日来帮佣，就住在厨房边上小小的女佣房里。现在她应该还在睡觉。

"多萝塔？"米拉继续喊道，她知道自己不该吵醒对方，但那种不对劲的感觉怎么也挥之不去。米拉觉得也许是自己还没有习惯每天醒来时塞利姆不在身边的感觉。两周前，自己的丈夫、盖内克、雅各布和亚当一起被派往利沃夫，加入波兰军队。塞利姆答应她一到那边就会写信，但直到现在，自己还没有收到丈夫的来信。

米拉像着魔一样关注着利沃夫的消息。据新闻报道，这座城市现在已经被包围。两天前，收音机里传出刺耳的讯息，苏联与纳粹德国结盟，好像德国一方造成的威胁还不够大。苏联撕毁了与波兰签订的和平协定，有传言说斯大林的红军现在正从东面接近利沃夫。可以肯定的是，用不了多久，波兰就会被迫投降。米拉心底其实暗暗希望他们投降；因为这样一来自己的丈夫就能回家了。

塞利姆离开拉多姆的第一个晚上，米拉辗转反侧，难以入眠，等她好不容易睡着又被噩梦惊醒，她浑身冒着冷汗，身体因恐惧颤抖不停，一度以为刚才的血腥噩梦就是现实。一开始是塞利姆，后来是她的兄弟——他们的身体支离破碎，军服被鲜血浸透。米拉已经走到了崩溃边缘，是多萝塔从不断坠落的螺旋深渊中拯救了她，多萝塔的儿子同样被征召入伍。"你可千万不能再那样想了，"一天清晨，再次经历噩梦之夜的米拉几乎没怎么吃早餐，多萝塔对着她训斥道，"你丈夫是个医生；他不会被安排上前线的。你的兄弟都很聪明。他们能相互照应。乐观一点。既为了你自己，也为了你女儿。"她朝婴儿房的方向点了点头。

"多萝塔？"米拉第三次唤道，她打开厨房的灯，注意到炉灶上的茶壶还是冰冷的模样。她轻轻叩响多萝塔的房门。啪、啪。指节敲击木门的声音很快被四周的寂静吞没。她转动把手，轻轻推开房门，望向屋内。

屋里空无一人。多萝塔的床单和毛毯整齐地叠在床脚。对面墙上竖着一颗长钉，那里原本挂了一个斜面十字架，塞利姆装在这里的小架子也变得空空荡荡，只有一张对折的纸条像帐篷似的倒扣在上面。米拉一把扶住门框，感觉自己的双腿突然间没了力气。过了一会儿，她才强迫自己拿起纸条，打开后，上面是多萝塔留给她的三个字：对不起。

米拉一只手捂住嘴巴。"你这是要干什么？"她小声说，仿佛女佣还在自己身边，多萝塔还穿着那件沾满油污的围裙，头上的银丝紧紧扎成一个枕形发髻。米拉也听过别家女佣出走的传言（有些人是要赶在波兰被德国占领前逃离这里，而有些人离开的原因更简单：主家是犹太人），但她从未想过多萝塔会弃自己而去。塞利姆支付的报酬很丰厚，多萝塔看起来也是真心喜欢这份工作。两个人从没红过脸。对方也非常喜欢费利西娅。更重要的是，过去的十个月米拉一直在适应自己的母亲角色，对她来说，多萝塔不仅是个女佣，对方已经成了自己的朋友。

米拉慢慢坐了下来，多萝塔床垫里的弹簧在身下发出一阵低吟。

没有你，我该怎么办？她不知道答案，泪水渐渐模糊了她的双眼。拉多姆在她面前摇晃起来；她现在比任何时候都需要陪伴。米拉双手扶住膝盖，她垂下头，感觉脑袋的重量在狠狠拉扯两侧肩胛骨的肌肉。最开始是塞利姆，紧接着是她的兄弟，然后是亚当，现在是多萝塔。所有人都离她而去。恐慌的种子在米拉内心深处萌芽，她的脉搏越跳越快。从今往后，她将如何照顾自己？事实已经证明，那些国防军士兵就是一群野蛮人，他们也没有马上离开的迹象。这群家伙亵渎了博德瓦纳大街的犹太会堂，将会堂的精美墙砖和其他洗劫一空，改造成马厩；他们关闭了每一所犹太学校；他们冻结了犹太人的银行账户，禁止波兰人与犹太人做生意。每天都有店铺遭到联合抵制——最开始是弗里德曼的面包店，然后是贝格曼的玩具店，接下来是福格尔曼的修鞋铺。无论自己望向哪里，都能看见绘有纳粹万字符的大量红色横幅，**犹太人皆有罪**的告示牌上绘有丑陋夸张的鹰钩鼻犹太人形象；就连窗户都被人用油漆涂上犹太人①三个字，仿佛这三个字代表一种诅咒，而不是一个人的身份。这三个字也是她的身份之一。之前，米拉可以自称母亲、妻子，或是出色的钢琴家。但现在，她只有一个简单的身份，那就是犹太人。每次外出，她都能看见自己的同胞被人当街羞辱，或者无缘无故被人从家里拖到街上，接着遭到抢劫与殴打。曾经那些理所当然的事情，比如推着费利西娅的婴儿车在公园漫步（当然，这就需要离开公寓）现在也变得不再安全。这段时间以来，一直是多萝塔冒险外出采购食物和生活必需品，也是多萝塔从邮局取回寄给自己的信件，更是多萝塔帮助

---

① 原文为德语。

她和居住在华沙斯卡大街的父母互传消息。

米拉盯着地板，走廊时钟传来微弱的嘀嗒声，时间一秒一秒过去。再过三天就是赎罪日①。不过现在已经不重要了——德国人满大街发放传单，宣称禁止犹太人进行礼拜活动。他们在犹太新年时也做了同样的事，当时米拉无视了这个命令，她趁着天黑偷偷溜进父母家中；还有一些人也做了同样的事，不过他们被德国人发现，在听说这些人的遭遇后，米拉感到有些后怕：一位和她父亲年龄相仿的男人被要求顶着块重石跑步穿过市区中心；其他人要拖着金属床框从城镇这头走到另一头，途中还会被德国兵用一米长的棍棒抽打；一个年轻人被踩死。所以，今年的赎罪日，米拉决定和费利西娅待在安全的公寓里赎罪。

那现在该怎么办？眼泪顺着她的双颊流下。她无声地抽泣，四肢瘫软，没有力气抹去眼睛与鼻子周围的泪水。看着四周空荡荡的房间，她觉得自己应该愤怒——多萝塔抛弃了自己。但她并没有生气。她在害怕。在这个屋檐下，她失去了一个信任的人，失去了可以倾诉的对象，失去了能够依靠的伙伴。那个人似乎比米拉更懂得如何照顾她的孩子。此时此刻，米拉真希望自己能向塞利姆求助，问他接下来该怎么办。费利西娅刚出生时，米拉整个人手足无措，是塞利姆坚持要雇用多萝塔。米拉起初表示反对，她的自尊心很强，决不肯让陌生人来照看自己的孩子，但事实证明塞利姆是对的——多萝塔曾经是她的救星。但现在，米拉的人生再次陷入危机，不过这一次，她失去了丈夫强有力的双手，没有人能为她指引方向。米

---

① 赎罪日（Yom Kippur）：在犹太新年后第十日，是犹太人一年中最重要的圣日，虔诚的犹太教徒会在这一天完全不吃、不喝、不工作，并到犹太会堂祈祷。

拉很快意识到了自己的处境，犹如凉水浇头，她浑身颤抖：她自己的安全感，还有费利西娅的安全感，现在全都需要靠自己的双手来获得。

　　胆汁顺着食道返流到米拉的喉咙，一股强烈的苦味刺激着她的味蕾。米拉眼前浮现两幅画面，她胃部一紧——第一幅画面是她从《论坛报》上看到的一张照片，拍摄于捷克斯洛伐克沦陷后不久，照片上是一位哭泣的摩拉维亚妇女，她恭敬地举起手臂行着纳粹礼；第二幅画面曾出现在她的噩梦中——一个身穿绿色军服的士兵要从自己怀中抢走费利西娅。啊，敬爱的上帝，请不要让他们把女儿从我身边夺走。米拉感到一阵恶心。她吐在了脚下的油毡上，溅起的污秽弄湿了她的双脚。她紧闭双眼，咳嗽几声，极力压制住重新泛起的呕吐感，还有随之而来的悔恨与心痛。你当初脑子里在想什么，为什么要这么早生孩子？和塞利姆结婚还不到三个月，米拉就怀孕了。当时的她自信满满——她什么都不想要，只想生孩子。生许多孩子。她以前总是开玩笑说要生支管弦乐队出来。但光是费利西娅一个就这么难养，而且身为母亲要付出的也比自己想象的多得多。现在他们又遇上了战争。天晓得在费利西娅一周岁生日时波兰还会不会存在……一想到这些，她又感到一阵恶心，但就在这令人厌恶的糟糕时刻，米拉终于知道自己应该做什么了。塞利姆去利沃夫时父母就让她搬回华沙斯卡大街。但米拉坚持没有搬。这间公寓现在已经是她的家了。而且她不想成为父母的累赘。当时她说战争很快就会结束。塞利姆到时就能回来，他们会从中断的地方重新开始生活。她和费利西娅能够照顾好自己，这是她当时给出的理由，更何况还有多萝塔在呢。然而现在……

费利西娅的哭声打破了四周的宁静，米拉吓了一跳。她拿起睡衣袖子擦擦嘴，将多萝塔留下的纸条折好放进口袋，接着站起身，整个房间天旋地转，她扶住墙，稳住身形。深呼吸，米拉。她决定过会儿再来清理这些脏东西，她小心翼翼地跨过地上的秽物。来到厨房，米拉漱了漱口，用冷水洗了洗脸。"来了，亲爱的！"她喊道，费利西娅的哭声再次响起。

费利西娅站在婴儿床边，两只手紧紧抓住围栏，她的毛毯① 掉到了下面的地板上。看见母亲走来，她露出灿烂的笑容，还有四颗小小的乳牙 —— 上下牙龈各长了两颗。

米拉僵硬的肩膀放松下来。"早上好，小甜心。"她轻声道，米拉拾起费利西娅的毛毯，将女儿从婴儿床里抱出来。两个月前米拉给孩子断了奶，费利西娅总算是能睡上一整宿觉了。两个人都得到更充分的休息，母女俩算是渡过了难关；费利西娅变得比之前更加快乐，米拉也不再觉得自己快要发疯。费利西娅张开双臂搂住母亲的脖子，米拉尽情享受着女儿脸颊贴来的重量，还有孩子胸口的温度。这才是我应该思考的事，她提醒自己。这才是最重要的事。"我抓住你啦。"她轻声道，一只手托住费利西娅的后背。

费利西娅抬头望向窗边，伸出小小的食指。"嗯？"她发出一声呻吟 —— 这是她对什么东西好奇时发出的声音。

米拉跟随女儿的目光。"那边？ ②"她问，"外面吗？"

---

① 原文为波兰语。

② 米拉这里说的是波兰语"tam"，意为"那边"，后边费利西娅模仿米拉，她说的是"ta"（"ta"在波兰语中是"这个"的意思，但此处是费利西娅在模仿母亲）。

"那。"费利西娅模仿着母亲的发音。

米拉抱着费利西娅来到窗边，两个人玩起平时的游戏，母亲指着女儿看到的全部东西：烟囱上落着四只身上带斑点的鸽子；街灯上有颗不透明的白色圆球；马路对面是三扇拱形石门，上面还有三个大大的熟铁阳台；两匹马正在拉车。米拉直接无视了挂在敞开窗户外的万字旗，还有店前的胡乱涂鸦，以及重新粉刷过的街道标识牌（她居住的地方已不再叫热罗姆斯基大街，而是被德国人改为赖希斯大街）。费利西娅看着马儿拖着沉重的步伐从楼下走过，米拉亲吻着女儿的额头，压到了一绺肉桂色头发，发梢把费利西娅的鼻子弄得很痒。"你爸爸一定非常想你。"米拉轻声道，她想象着塞利姆逗费利西娅笑的样子，他会把鼻子扎进女儿的头发里，假装自己要打喷嚏。"他很快就会回到咱们身边。在那之前，家里只剩下你跟我了。"她继续说，当米拉说出这些意味深远的话时，她的喉咙里依然能感觉到胆汁的强烈味道，她强忍着不去在意。费利西娅抬头望着母亲，眼睛瞪得大大的，仿佛听懂了母亲的话，她把毛毯拉到耳边，再次将脸靠在母亲胸口。

当天晚些时候，米拉决定带上几件衣服、自己的牙刷、费利西娅的毛毯，还有一堆尿布，她要穿过六个街区，回到华沙斯卡14号的父母家中。是时候了，就是现在。

第 六 章

阿 迪

————

法国图卢兹 /1939 年 9 月 21 日

　　阿迪躲在咖啡馆里，这里可以俯瞰市政厅前的巨型广场，他的面前摊开放着一沓螺旋式装订的五线谱纸。他放下手中的铅笔，揉了揉拇指与食指间酸痛肿胀的肌肉。

　　周末到小餐馆写歌已经成为阿迪的新日常。他不再去巴黎了——祖国正在遭受战火煎熬，如果这时自己还沉浸在蒙马特纸醉金迷的夜生活中，那未免也太过轻浮。阿迪现在沉浸在自己的音乐世界中，还有，他每周会去一趟波兰领事馆，几个月来他一直在想办法获取旅行签证——他需要有这张文书才能返回波兰。但迄今为止所有的努力都没有结果，令人十分恼火。阿迪第一次去领事馆是在今年三月，三周后就是逾越节，工作人员扫了一眼他的护照便摇了摇头，隔着办公桌，对方推过一张地图并指了指横在法国与波兰之间的国家：德国、奥地利、捷克斯洛伐克。"你不可能通过检查点。"他指着阿迪的护照，**宗教信仰**①一栏赫然写着**犹太教**②三个字。阿迪意识到涅秋玛在信中说的没错，他有点恨自己竟然还怀疑母亲。

————

①② 原文为波兰语。

显而易见的是，对现在的阿迪来说，穿越德国边境不仅危险，而且还违法。但即便如此，阿迪还是隔三岔五就往领事馆跑，他不停劝说工作人员，希望对方能够通融，他想用自己的坚持来打动对方。但每次他得到的回答都一样。不可能。因此，二十五年来，他第一次错过了拉多姆的逾越节家宴。犹太新年也是一样来了又去了。

除了工作、给家里写信、创作自己的音乐，还有和领事馆的干事纠缠不休之外，剩下的时间阿迪会关注《图卢兹电讯报》上的新闻。战况每天都在升级，他的焦虑也与日俱增。今天早晨他看到苏联红军已经从东部席卷波兰并试图占利沃夫。他的兄弟都在利沃夫；听母亲说，他们和拉多姆其他年轻男子一同被征召入伍。看起来这座城市随时可能会被攻破。波兰也将沦陷。等待盖内克与雅各布的将是怎样的命运？亚当和塞利姆又会怎样？波兰的明天又将如何？

阿迪的思绪陷入停顿。他的人生、他的决定，还有他的未来——没有一样东西掌握在自己手中。他不太习惯这种滋味，他讨厌这种感觉。他恨自己没有办法回家，恨自己没有能力与兄弟团聚。唯一值得庆幸的就是自己还能和母亲取得联系。他们经常通信。母亲最近一封信是在拉多姆沦陷后不久寄出的，她在信中提到家里的男人离家前往利沃夫的那一夜，母亲向盖内克与雅各布告别，她觉得自己的心都要碎了，看着哈利娜与米拉也在对亚当与塞利姆做着同样的事，她感到痛苦万分，母亲还在信中提到德军进入拉多姆的那天，她注视着德国士兵长驱直入，内心五味杂陈。母亲说整座城市在短短几个小时之内就被攻占。到处都是国防军士兵。

阿迪翻阅起自己的手稿，浏览着他的工作成果，感谢音乐能让自己不再去想那些事情。至少这些作品都是属于自己的东西。没有

人能够夺走。波兰陷入战争以来，他始终坚持创作，即将完成一首
全新的钢琴、单簧管和低音提琴协奏曲。阿迪闭上双眼，想象自己
的腿上放着键盘，他在上面敲出一个和弦，不知道这首曲子能否流
行起来。他曾经取得过一次商业成功——天才歌手薇拉·格兰①曾
经用那首曲子发行过一张单曲，歌曲描绘的是一位年轻人给远在故
乡的爱人写信。歌曲的名字就是《信》②。创作这首歌时阿迪正要离开
波兰去法国上学，他永远也不会忘记自己第一次在电台听到这首歌
时的感受，他闭上双眼，收音机的扬声器中流淌出自己创作的旋律，
当电台最后报出作曲人的名字时，阿迪倍感自豪。当时的他还做起
了白日梦，也许凭借这首《信》，自己从此可以走上职业作曲人的道
路。

　　《信》成为风靡一时的波兰热门歌曲——以至于阿迪在拉多姆也
变成了一个名人，当然，这也经常会惹来兄弟姐妹的取笑。"弟弟，
给我签个名，求你了！"每次阿迪回家，盖内克都会追在他屁股后
面大喊大叫。当时的阿迪并不介意这样的关注，而且即使从帅气大
哥的玩笑中听出了一丝嫉妒的味道，他也完全没有放在心上。当然，
兄弟姐妹都替他感到高兴，这一点毋庸置疑。他们以阿迪为荣；家人
见证了他的成长，阿迪从很小就开始创作，那时他的脚趾还够不到
父母小型钢琴的踏板。家人明白第一次成功对他来说有多重要。阿
迪知道大哥心底渴望的其实是自己的大城市生活。盖内克曾经去过
图卢兹，还在巴黎和阿迪见过一次面；每次离开，大哥都会在嘴里嘟

---

① 薇拉·格兰（Vera Gran 或 Wiera Gran，1916—2007）：真名德沃拉·格林贝
　格（Dwojra Grynberg），波兰女歌手。
② 原文为波兰语。

曦阿迪在法国的生活有多么令人向往。当然，现在的情况可不一样。
阿迪实际上是被困在了法国，这样的生活丝毫没有什么可向往的。
即使自己的祖国被德国人占领，阿迪也要想尽一切办法回去。

　　广场那边，最后几缕阳光照在市政厅前的大理石圆柱上，洒下
一片玫瑰色的余晖。一大群鸽子飞向天空，一位老妇人走向西面的
拱形游廊，望着眼前的景象，阿迪想起去年夏天傍晚，同样的日落，
相似的广场，他和几个朋友坐在蒙马特的咖啡馆喝着杯中的赛美
蓉酒①。阿迪回忆着当时的谈话内容，谈到战争时，朋友纷纷翻起
白眼，丝毫不以为然。"希特勒就是个跳梁小丑②，"他们说，"战争
有什么可聊的，咱们就是在瞎操心。自寻烦恼。③什么事都不会发
生。独裁者讨厌爵士乐！④"其中一人断言道："比起犹太人，他更
讨厌爵士乐！难道你们没看见他双手捂住耳朵经过克利希广场的样
子？"众人爆发出一阵笑声。阿迪也跟着一起笑起来。

　　阿迪拿起铅笔继续创作。一段段旋律跃然纸上，他写得很快，
希望铅笔能跟上脑海中不断冒出的音乐节奏。两个小时过去了。周
围陆续坐满了准备享用晚餐的男男女女，但阿迪几乎没有注意他们。
最后当他抬起头时，天空已经变成长春花般的深紫蓝色。天色已晚。
他结完账，合起五线谱纸，夹到胳膊下，穿过广场，走向自己位于
雷慕萨大街的公寓。

　　走进公寓大楼的庭院，阿迪打开信箱，在一小捆信件中快速翻
找。没有家里寄来的信。怀着失望的心情，他爬上四楼，走进公寓，

---

① 赛美蓉酒（Sémillon）：原产自法国波尔多地区的白葡萄品种，可用于酿造干
　　型与甜型葡萄酒。
②③④　原文为法语。

挂好帽子，将脱下的鞋子整齐地码放在门口的草垫上。他把手里的信扔到桌上，扭开收音机开关，将水壶灌满，放到炉灶上煮开。

他住的地方不大，但很整洁，只有两间屋子——一间小卧室和刚好能放下吧台桌的厨房，这个地方很适合他；他是兄弟姐妹五人中唯一单身的，母亲一直催促他赶紧找对象。阿迪打开冰箱，仔细端详着里面的东西：一盎司卡芒贝尔 ① 奶酪、半公升山羊奶、两枚斑点蛋、一个红苹果（小时候母亲经常用这种苹果给他做零食吃，母亲会把苹果切成薄片，然后淋上蜂蜜，因此阿迪总是喜欢留一个苹果在自己触手可及的地方）、用厚纸包裹的一片蒸牛舌，还有已经吃了一半的瑞士黑巧克力。他拿出巧克力。为了避免弄碎，阿迪剥开外面的银箔，小心翼翼地掰下一块送入口中，让苦中带甜的可可粉尽情在嘴里融化。"谢谢你，瑞士。②"他轻声道，接着一屁股坐到桌旁。

那摞信件最上面是最新一期的《热辣爵士》评介。阿迪浏览着标题。其中一条写着：**斯特雷霍恩** ③ **与艾灵顿公爵** ④ **结成创作伙伴**。这是他最喜欢的两位爵士乐作曲人。他始终在心里留意着两个人的作品。《热辣爵士》下面是一张浅蓝色纸条，他之前没有注意到。看到这张纸时，他的心脏剧烈跳动起来，残留在舌头上的巧克力味道也变得辛辣。他抽出纸条，翻到背面。最上面打印着三个字：**征**

---

① 　卡芒贝尔（Camembert）：法国白霉圆饼形乳酪，以法国下诺曼底大区奥恩省的村庄卡芒贝尔命名。

② 　原文为法语。

③ 　比利·斯特雷霍恩（Billy Strayhorn，1915—1967）：美国爵士乐作曲家、钢琴家。

④ 　艾灵顿公爵（Duke Ellington，1899—1974）：美国作曲家、钢琴家、爵士乐队首席领班。

兵令①。这是一道军方的征兵命令。

　　阿迪将纸条读了两遍。他被命令加入法国军团波兰纵队。他需要立即前往拉格拉夫医院②完成体检和登记工作；他将于11月6日起到法国帕尔特奈③服役。阿迪将征兵令放到桌上，盯着纸条看了好一会儿。参军。今天早晨他还在为兄弟的遭遇痛心，还在努力克制不去想他们身穿军服、害怕面对命运的模样。然而现在，自己也陷入了同样的境地。

　　阿迪感到一阵耳鸣，片刻后他才意识到是水烧开了。他起身关掉炉灶，一只手抓了抓头发。水壶的哨声逐渐减弱，阿迪还没有从刚才的震惊中回过神来，自己才刚刚适应人生的新常态，但事情的变化竟然如此之快。只需一瞬间，未来就已经改变。阿迪的思绪又回到那张征兵通告上，他走到厨房窗边，将额头抵在玻璃上，远眺着市政厅的拐角。收音机扬声器里传出悉尼·贝谢④轻柔的单簧管演奏声，但阿迪并没有心思去听。参军。几个朋友已被征召入伍，但他们都是法国人。作为一个外国人，他觉得自己可能会得到豁免。也许还有解决的办法，他心想。可印在纸条底下的一行小字说明事实并非如此。**未按时报到者将被逮捕并监禁**。该死的。他现在身体健康。正是适合战斗的年纪。不可能了，没有其他办法了。该死的。该死的。该死的。⑤

---

①⑤　原文为法语。

②　拉格拉夫医院（Hôpital de La Grave）：位于法国图卢兹。

③　帕尔特奈（Parthenay）：法国西部市镇。

④　悉尼·贝谢（Sidney Bechet，1897—1959）：美国爵士乐演奏家，擅长萨克斯管及单簧管演奏。

　　四层楼下的街道，铺路石上镶嵌着莫雷蒂 ① 设计的奥克十字 ②，在街灯的映衬下仿佛一个巨大的花岗岩文身。一轮弦月缓缓升向空中。街道如此宁静，而边境却已爆发战争，阿迪不知道这一切是怎样发生的。盖内克与雅各布现在身在何方？ 他们是在等待命令，还是此刻就在前线战斗？ 阿迪抬头望向天空，想象自己兄弟在战壕里并肩作战的模样，他无心赏月，满脑子想的都是飞过头顶的迫击炮火。

　　泪水模糊了阿迪的双眼。他伸进裤子口袋，掏出手帕，这是母亲送给他的礼物。是一年前他回家过犹太新年时母亲交给他的。母亲说手帕面料是她在米兰进货时找到的 —— 一块洁白柔软的亚麻布，母亲手工缝制了花边，还在手帕一角绣上了阿迪的全名首字母缩写：AAIK，也就是阿迪·亚伯拉罕·伊斯雷尔·库尔茨 ③。"真漂亮。"母亲递过手帕时，阿迪脱口而出。"哎呀，不是什么好东西。"涅秋玛回应道，但阿迪知道母亲在缝制手帕时倾注了多少心血，也知道她对自己的手艺充满信心。阿迪的拇指抚摸着母亲绣在上面的文字，想象她在商店里屋工作时的模样，母亲的面前放着一块布料，她用卷尺测好长短，拿起剪刀进行剪裁，旁边还摆着一块红色丝质针垫。他看见母亲扯下已经量好的丝线，将线的末端缠

---

① 雷蒙·莫雷蒂（Raymond Moretti，1931—2005）：法国抽象派画家。图卢兹市政厅广场前的奥克十字是莫雷蒂 1995 年设计的。因此，1939 年的阿迪是无法看到这个奥克十字的。

② 奥克十字（Occitan cross）：又称奥克西坦尼亚十字、朗格多克十字，或图卢兹十字，一般作为奥克西塔尼亚（Occitania）的标志。

③ 阿迪·亚伯拉罕·伊斯雷尔·库尔茨（Addy Abraham Israel Kurc）：阿迪全名，首字母缩写为 AAIK。

在手指上，用嘴唇弄湿，然后对准小得不可思议的针眼，小心翼翼地将线穿过去。

阿迪深吸一口气，感受着胸前的起伏。一切都会好起来的，他告诉自己。一定会有人阻止希特勒。法国境内还没有看到任何战斗的影子；说不定战争还没开始就结束了。图卢兹的朋友说这是一场虚假战争①，也许他们是对的，用不了多久，自己就能回到波兰，与家人团聚，重拾他搬到法国后丢下的生活。阿迪心想，要是在一年前有人给自己提供纽约市的工作机会，他会毫不犹豫地抓住。但是现在，他会不惜一切代价 —— 一切代价，只要能回家，回到母亲的餐桌前，回到父母和兄弟姐妹身边。他将手帕叠好，装回口袋。家。家人。没有什么比这些更重要。现在的阿迪总算是明白了这一点。

---

① 原文为法语。

1939 年 9 月 22 日

利沃夫市宣布向苏联红军投降。

1939 年 9 月 27 日

波兰沦陷。希特勒和斯大林迅速瓜分了这个国家 —— 德国占领了波兰西部地区（包括拉多姆、华沙、克拉科夫和卢布林），苏联则占领了东部地区（包括利沃夫、平斯克 ① 和维尔纽斯 ②）。

---

① 平斯克（Pinsk）：苏波战争（1919—1921）结束后，平斯克成为波兰第二共和国领土的一部分，1939 年苏联入侵波兰并吞并平斯克。平斯克现为白俄罗斯重要河港城市。
② 维尔纽斯（Vilnius）：原文为英语写法"Vila"。一战结束后，波兰占领维尔纽斯，维尔纽斯成为波兰第二共和国领土的一部分，1939 年苏联入侵波兰并吞并维尔纽斯。维尔纽斯现为立陶宛首都。

第 七 章

雅各布与贝拉

波兰（苏占区）利沃夫 / 1939 年 9 月 30 日

贝拉确认了一下红色门板上的黄铜号码。"三十二。"她低声道，掏出从拉多姆带来的信件，看着雅各布书写的潦草字迹，核对了两遍地址：卡里宁娜大街19号，32号公寓。

贝拉将雅各布的相机挂到脖子上，把他的外套叠在手臂前，好藏住沿途蹭上的泥土。贝拉从来没有如此狼狈过。她脱下已经扯坏的袜子，面对这样的财产损失，贝拉在心中破口大骂，她用力跺脚，尽可能甩掉鞋跟上的泥，她舔湿拇指，轻轻拍打着双颊，尽可能把脸擦干净，不过由于没有镜子，她做的这些努力都是徒劳。她的头发乱作一团，好像一簇荆棘，衣服从里到外全都湿透。当她抬起胳膊时，腋下的味道难闻至极。她太需要洗个澡了！自己看上去一定糟糕透顶。没关系。你已经来到这儿了。你做到了。去敲门吧。

贝拉的拳头在距离门板几厘米的地方停了下来，她有些犹豫。她缓缓地深吸一口气，舔了舔嘴唇，指节轻轻叩响木门，贝拉向前探着头，竖起耳朵听着。没有回应。她又敲了敲门，这一次声音大了些。就在贝拉准备第三次敲门时，她听到屋内传来一阵微弱的脚步声。她的心跳和脚步声开始同步，脚步声越来越大，她的心跳也越来越快，她突然变得惶恐起来。自己这一路跋山涉水，万一开门的不是雅各布而是陌生人该怎么办？

"谁呀？"

贝拉松了一口气——她笑了，几周以来第一次笑，她这才发现自己刚才一直都在屏气。是他。

"雅各布！雅各布，是我！"贝拉对着门板喊道，她踮起脚尖，瞬间感觉身轻如燕。还没等她继续开口，"贝拉。"伴随着清脆的咔嗒声，里面的人滑开金属门闩，门开了，屋外的空气被卷入屋内。紧接着，雅各布出现在眼前，她的挚爱，她的心肝①，现在就在注视着她，深情地凝视着她，虽然贝拉现在浑身泥土，满身臭汗，味道难闻，但不知怎的，她却觉得这一刻如此美好。

"真的是你！"雅各布压低声音道，"你是怎么……？先进来，快。"他一把将贝拉拽进屋内，紧接着锁上房门。贝拉把雅各布的外衣和相机放到地板上，等她重新站起来时，爱人的双手已经扶住了她的肩膀。雅各布轻轻搂住贝拉，从头到脚打量着自己的爱人，看她有没有受伤。从雅各布的眼中，贝拉看出了担忧、疲惫与疑惑。无论这段时间在利沃夫发生了什么，这些事情毫无疑问已经在他身上留下了深深的烙印。他看上去已经有好几天没有睡觉了。

"库巴。"贝拉开口道，有时她会呼唤雅各布的希伯来名，她没有别的意思，只想告诉对方自己一切都好，她现在已经来到了他身边，他不需要再担忧了。但雅各布显然还不知道要说些什么。他将

---

① 原文为波兰语。

爱人紧紧拥入怀中，用身体包裹住对方，贝拉有些窒息，但就在这一瞬间，她知道自己来这里的决定是正确的。

贝拉把自己的胳膊紧紧贴在雅各布的双臂下，顺势将头埋进他的锁骨窝，那是她再熟悉不过的地方，贝拉抬起前臂抚摸着雅各布的脊背。他身上的味道还是和以前一样——混杂着木屑、皮革与肥皂的味道。她能感受到雅各布的心跳，感受到爱人的脸颊重重压在自己头上。雅各布衬衣下面的肩胛骨摸起来好像两枚回旋镖，比贝拉记忆中的更加突出。两个人就这样拥抱了足足一分钟，雅各布突然向后一仰，他抱起贝拉，贝拉双脚悬在地板上空。雅各布笑着搂住贝拉在屋里旋转，不一会儿，房间的景象在贝拉眼中变得模糊，她也跟着笑了起来。贝拉的脚尖刚刚落回地板，雅各布又探过身来。她任凭自己身体的重量融化在爱人的怀中，雅各布俯下身子，两个人的额头轻轻碰在一起，贝拉感觉全身的血液都集中到了耳朵上。雅各布就这样抱着她，贝拉的身体在爱人怀中摇荡——就像交谊舞结束时的欢腾动作，过了好一会儿，雅各布才把贝拉放回地面。

雅各布的目光再次聚焦在爱人身上，他拉起贝拉的双手，表情突然严肃起来。"我真不敢相信，你竟然能来到这里，"他摇了摇头，"战斗刚一打响我就收到了你的回信。但我们很快就被动员到前线去了，当我回来时，你还是没有出现。我要是知道情况这么危急，贝拉，我发誓，我绝对不会写信让你过来。我真是担心得不行。"

"我知道，亲爱的。我都知道。"

"我不知道你是怎么熬过来的。"

"有好几次我们真是差一点就回去了。"

"你要把所有的事情都讲给我听。"

"我会的，但是首先，请让我洗个澡。"贝拉微笑道。

雅各布长舒一口气，他的眼神松弛下来，"万一你要是有个三长两短，那我……"

"嘘，亲爱的①。没事了，亲爱的。我不是在这儿吗。"

雅各布收起下颌，两个人的额头轻轻靠在一起。"谢谢，"他闭上双眼轻声道，"谢谢你能来。"

雅各布与贝拉坐在厨房的小方桌前，各自手里捧着一杯热气腾腾的红茶。贝拉刚洗完澡，头发还没干，颈部和双颊的肌肤泛着红晕——她将全身上下擦得干干净净，在水中泡了足足三分钟，接着雅各布轻轻叩响浴室的门，他一丝不挂地走进来，爬进浴缸，来到贝拉身边。

"实话实说，我不认为这是个好主意。"贝拉说。她刚给雅各布讲完托梅克的计划，她说自己怕得不行，害怕被人发现，害怕会被遣返，甚至被俘虏。但事实证明，托梅克对于德军前线的判断是正确的——从托梅克放下贝拉的地方出发，穿过草地后，贝拉确实绕过了德军前线。但是她却在走出树林后迷失了方向，她直奔北方，走了好几个小时才碰巧看见两条铁轨，她沿着铁轨走到利沃夫市郊的一个小车站。虽然满身泥土，看上去可怜兮兮，但她还是凭借口才通过了最后一处检查点，贝拉用剩下的兹罗提买了一张单程车票，坐上前往利沃夫的列车，走完了最后几公里。

"刚到这儿时我很惊讶，"贝拉说，"我没有在街上看到国防

---

① 原文为波兰语。

军 —— 我还以为城市里到处都会是他们的身影。"

雅各布摇摇头。"德国人已经离开了,"他安静地说,"利沃夫现在已经被苏联占领。希特勒命令自己的军队撤离,就在波兰沦陷的几天前。"

"等等 —— 你说什么?"

"先是利沃夫沦陷,三天后,华沙也 ——"

"波兰已经 —— 已经沦陷了?"贝拉的双颊顿失血色。

雅各布握住她的手,"你还没听说吗?"

"没有。"贝拉小声道。

雅各布咽了咽口水,他似乎不知道应该从何说起。他清了清嗓子,尽量用简洁的语言把贝拉错过的讯息都告诉了她,据雅各布说,驻扎在城市东部的波兰军队一直在等待苏联红军救援,他们等了好几天,所有人都以为红军是来保护他们的,然而,没过多久,他们就发现事情并不是这样。雅各布说苏联红军在人数上远远超过了波兰军队;利沃夫向苏联红军投降后,波兰军队司令官西科尔斯基① 将军签署了一份协定,允许波兰军官离开这座城市 ——"'向苏联政府登记,然后回家去吧。'将军说。"雅各布停顿片刻,他的目光落在自己的马克杯上。"但德国人刚一离开,数十名波兰军官就被苏联警方毫无理由地逮捕。我就是在那个时候脱下了身上的军服,"雅各布继续道,"然后决定自己最好还是躲在这里,等你来。"

贝拉盯着雅各布上下挪动的喉结。她惊得说不出话。

"又过了几天,"雅各布继续道,"华沙沦陷,希特勒和斯大林将

---

① 瓦迪斯瓦夫·西科尔斯基(Władysław Sikorski,1881—1943):波兰军事与政治领导人。

波兰一分为二。他们从中间瓜分了这个国家。纳粹德国占领了西部，苏联红军占领了东部。我们所处的利沃夫是苏占区 …… 这也就是为什么你没有看见一个德国人。"

贝拉还是说不出话。苏联现在站在德国这边了？而且波兰已经沦陷。"那你——你有没有……"她的声音越来越小，话就堵在嘴边却说不出来。

"这里发生过几次战斗，"雅各布说，"还有空袭。德国人投放了大量炸弹。我看见人们死去，也目睹了可怕的景象……但是没有。"他叹了口气，盯着自己的双手，"我没有不得不……我没有办法去伤害别人。"

"你的哥哥盖内克怎么样了？还有塞利姆？亚当呢？"

"盖内克和亚当还在利沃夫。但塞利姆……德国人撤退后，我们还没有听到他的消息。"

贝拉心一沉，"那些被逮捕的军官呢？"

"没有人再见过他们。"

"上帝呀。"贝拉低声道。

卧室里很暗，但听着身旁雅各布的呼吸声，贝拉知道他也没有睡着。她几乎快要忘记躺在床垫上睡觉的感觉有多棒了；和托梅克马车上的木头地板相比，这里简直就是天堂。她翻身面对雅各布，抬起裸露的小腿，放到雅各布的膝盖上。"我们该怎么办？"她问道。雅各布抬起腿，将贝拉的腿夹在中间。她能感觉雅各布正在看着自己。雅各布抓过贝拉的手吻起来，将她的掌心贴在自己的胸膛。

"我们结婚吧。"

贝拉笑出了声。

"真怀念你的笑声。"雅各布说，贝拉知道他现在肯定也在微笑。

当然，她的意思是接下来他们要做什么——具体说来，就是他们要继续待在利沃夫，还是返回拉多姆。他们还没聊过这个话题，还不知道哪个选择会更安全。她用鼻尖轻轻蹭着雅各布的鼻子，接着将嘴唇贴在他的唇间，她亲吻着雅各布，但片刻之后，她撤回身子。

"你是认真的吗？"她低声道，"你不可能是认真的。"雅各布。贝拉没有料到雅各布会谈到结婚的话题。至少没有想到他会在两个人重逢的第一个晚上就说这些。这场战争似乎让他变得更加勇敢。

"我当然是认真的。"

贝拉闭上双眼，全身的骨头渐渐沉入下面的床垫中。她决定明天再去讨论他们的计划。"这算是求婚吗？"她问。

雅各布亲吻着贝拉的下颌、脸颊，还有额头。"我想这取决于你的回答。"他最后说。

贝拉微微一笑。"你知道我会怎么回答，亲爱的。"她翻过身，雅各布用膝盖顶住她的腘窝，双臂环绕在她身上，用自己的体温将她紧紧包裹。两个人完美地结合在一起。

"那就这么说定了。"雅各布说。

贝拉微笑道："就这么说定了。"

"我还是不敢相信，你真的来到我身边了，"雅各布轻声说，"我太害怕了，怕你没办法来这里。"

"我也很害怕，怕再也见不到你。"

"我们不要再做这种事了。"

"不要再做什么？"

"我的意思是 …… 我们再也不要分开了。那种感觉 ——"他的声音渐渐减弱，变成了耳语，"那种感觉糟透了。"

"的确糟透了。"贝拉表示同意。

"从现在开始，我们要永远在一起，好不好？无论发生什么事情。"

"没错。无论发生什么事情。"

第 八 章

哈利娜

波兰（德占区）拉多姆/1939年10月10日

哈利娜一只手扶住甜菜，另一只手紧紧攥着菜刀，她向上吹了口气，拨开挡住眼睛的一小绺金发，身体前倾，跪在地上，重心放在膝盖处。粉红色的甜菜茎被她狠狠地按进土里，她收紧下颌，夹紧双肩，使出浑身力气向下剁去。锵！白天早些时候，她掌握到一个技巧，如果自己发动足够多的肌肉力量，那么她就能一刀切开甜菜茎，而不是每次都需要剁两下。但那已经是几个小时前的事情了。现在的她早已筋疲力尽。两条胳膊感觉像是从橡树上砍下的枝条，随时可能会和肩膀分离。现在，她需要两刀，甚至有时三刀才能切开这些菜茎。锵！

住在利沃夫的两个哥哥不久前寄信说苏联人给他们安排了些案头工作。案头工作！这个消息让哈利娜感到恼火。家里这么多人，为什么偏偏只有自己落了个田里干活的下场？战争爆发前哈利娜在姐夫塞利姆的医学实验室里当助手，她每天穿着白大褂、戴着橡胶手套；她的双手绝对不能沾上任何污渍。她回忆起自己第一次在实验室工作的情景，那时她内心笃定地认为这会是一份沉闷的工作，但只过了一周，她就发现这些研究工作竟然出乎意料地有趣 —— 你需要关注各式各样的细枝末节，每天都可能会有新发现。哈利娜愿意付出任何代价，只要能继续从事原来的工作。然而和父母的店铺一样，实验室也被没收充公，身为犹太人，一旦你失去工作，德国人会立刻给你安排新的岗位。父母被安排到一家德国自助餐厅干活，姐姐米拉在制衣厂工作，为德军前线士兵缝补军服。哈利娜不知道为何自己会被安排这样特别的工作；当城市临时就业机构的工作人员将一张抬头写着**甜菜农场**的纸条递给自己时，她还以为对方在开玩笑，甚至还笑出了声。她压根儿就没有收割蔬菜的经验。但显然这并不重要。德国人需要粮食，而地里的甜菜已经成熟，亟待收获。

她低头看了一眼自己的手，眉头一皱，感到一阵恶心。她已经认不出双手的模样；甜菜将它们染成了暗紫红色，每处缝隙都塞满泥土 —— 指甲缝里自不必说，就连指节皮肤的褶皱里也全是污秽，有些还掉进了掌心的水疱里，留下一个个凹坑。而衣服的情况就更糟了，几乎被毁得不成样子。裤子她倒不是很在意（谢天谢地自己穿的是条宽松长裤，而不是裙子），但她很喜欢上身的雪纺绸罩衫，至于脚下的鞋，那就完全是另外一回事了。纤细的方形鞋尖、小巧的平跟鞋底，这是她最新的一双布洛克系带鞋 ①。哈利娜今年夏天在福格尔曼鞋店买的，今天穿上它们，本以为自己会被安排到农场的营业部做些会计工作，总而言之，这身打扮不会有什么问题，还能给新老板留下好印象。这双新鞋原本打磨得十分光滑，呈现出漂亮的马革棕色，但现在，鞋尖已经磨损得不成样子，还脱了色，鞋子侧面

---

① 布洛克系带鞋（brogue lace-up）：一种低跟鞋，以鞋面雕花和坚固的皮革鞋面著称。起源于爱尔兰，原本用于户外或乡村，现在广泛用于各类场合。

纹路复杂的装饰孔也被泥土覆盖，看不清楚。这简直就是一个悲剧。看来事后她要花上几个小时，拿缝纫针将它们清理干净。明天她决定换上自己最破的衣服，也许可以借雅各布留下的衣服来穿。

哈利娜挺直身子，臀部坐在脚踵上，用手背抹去挂在眉毛上的汗水，她噘起下嘴唇，再次向上吹气，试图赶走那绺顽固的头发，结果自己的脸被弄得很痒。她不知道还要再等多长时间才能理发。拉多姆已经被占领了三十三天。自己常去的美发厅现在已不再对犹太人开放，对于迫切需要剪头发的她来说，这简直就是灾难。哈利娜叹了一口气。这是她第一天在农场干活，但她已经受够了。锵。

这一天过得好长。清晨起来，哈利娜就被一位国防军军官带走，对方身穿挺括的绿色军服，手臂戴着崭新的万字袖标，细细的胡子像是用炭笔画上的。军官从帽檐下面瞥了一眼哈利娜，嘴里吐出三个字："身份证！ ①"（显然，犹太人不配"你好"二字），接着用拇指戳了戳肩膀后方。"进去。"哈利娜战战兢兢地爬进货车车厢，找了个地方坐下，里面已经装了八名工人。除了一个人之外她都认识。货车行驶在两边栽满栗树的华沙斯卡大街（德国人将街名改为邮政大街，但她拒绝使用这个称呼）上，哈利娜一路低着头，害怕被人认出来；她想万一被之前的熟人看见自己像这样被装进货车运走，那得有多尴尬。

但哈利娜害怕的事情还是发生了，当货车停在科希切尔纳大街的拐角时，她抬起头，看见波米亚诺夫斯基糖果店门口站着一个人，那是自己的老同学，两个人四目相对。在中学时，西尔维娅非常想

---

① 原文为德语。

跟哈利娜做朋友 —— 她一年到头总是跟在哈利娜屁股后面，两个人的关系最后才逐渐亲密起来。她们会一起写作业，周末去对方家里玩。有一年，西尔维娅邀请哈利娜来自己家过圣诞节；在涅秋玛的坚持下，哈利娜带了一罐母亲亲手做的星形杏仁饼干作为礼物。毕业后两个人便失去了联系；关于对方的近况，哈利娜只知道西尔维娅在市里一家医院当助理护士。伴随着货车引擎空转的声音，这些回忆如潮水般涌入哈利娜的脑中，两个老友的目光穿过鹅卵石街道交织在一起。她沉吟片刻，想着要不要向对方挥手（假装一切都很正常的样子，虽然自己现在和八个犹太人在车厢里挤成一团，等待被送去工作），但还没等她举起手，西尔维娅便眯起眼睛，将目光移向别处；对方在假装不认识自己！哈利娜感觉自己受到了羞辱，她血脉偾张，一股怒火涌上心头，货车再次移动起来，接下来的半个小时里，哈利娜一直在思考，如果下次再见到西尔维娅，自己应该向对方说些什么。

他们一路向前，城市的景色很快消逝不见，双车道的公路，还有17世纪建造的砖墙消失在众人身后，取而代之的是果园、牧场，还有狭窄的泥泞小路，道路两旁种满松树与桤木。到达农场时哈利娜已经彻底冷静下来，经过长时间的颠簸，自己的下半身有些肿痛，她越发讨厌这一天了。

众人下了车，放眼望去，四周没有一处建筑，有的只是泥土，还有一排排枝叶茂密的植物根茎。望着绵延数公顷的农田，哈利娜这才意识到这里压根儿不会有什么案头工作。军官命令众人在货车边上排成一队，把篮子和粗麻袋扔到他们脚下。"茎。①"他指了指麻

---

① 原文为德语。

袋。"甜菜根。①"他用脚踢了踢篮子。虽然哈利娜学了不少德国话，但显然没有听懂"茎"啊"根"啊这些词儿，不过军官的命令倒是不难破解。把甜菜茎放进麻袋里，甜菜根放进篮子里。片刻之后，军官递给每个犹太人一把刀，刀身很长，但是刀刃很钝。哈利娜接过刀，军官打量了她一眼。"用来切菜茎。②"他扶了一下腰带上的手枪，木头枪托已经磨损得非常厉害，军官的胡子随着嘴唇的弯曲变成了鸟爪的形状。谁给他的勇气，竟敢把这么大的刀送到我们手里，哈利娜暗暗想道。

接下来的工作就是：砍、掰、摇、装。砍、掰、摇、装。

也许她应该在口袋里藏两个甜菜根，带回家给母亲。等下次食物配给前，涅秋玛可以把烤好的甜菜根碾碎，拌上辣根和柠檬制成调味料，再配上烟熏鲱鱼和煮马铃薯。哈利娜想得口水直流；她已经好几周没吃过像样的饭了。但她内心深处也明白，就为了在晚餐时能多吃一块甜菜根，这并不值得自己冒险，她可承受不起偷窃被抓的后果。

远处传来刺耳的哨声，哈利娜抬起头，距自己一百米左右的地方停着一辆货车，她只能看见大概的轮廓，货车旁边站着一个德军军官，很可能就是送他们来的那位，他举着帽子在头顶挥舞。从自己所在的菜地望过去，哈利娜看见另外两名军官开始朝货车的方向走去。她站起身，全身肌肉发出一阵哀鸣。一天里大部分时间她都在弓着身子，身体的重心全都压在右边脚踝上。哈利娜把刀扔在堆满甜菜根的篮子上面，挎起篮子的柳枝把手，靠手肘内侧的支撑来

①② 原文为德语。

084

保持平衡。她疼得龇牙咧嘴，另外一只手伸向塞满甜菜茎的麻袋，她将麻袋的线绳缠在另一侧肩膀上，一瘸一拐地朝货车走去。

日头已经落到树林后面，天空被染成一片桃红，仿佛涂上了一层甜菜汁水，哈利娜可是一整天都在收割这玩意儿。她意识到再过几天，自己就需要换上暖和一点的外衣了。军官再次吹响哨声，敦促她加快脚步，她低声诅咒着对方。她的篮子很沉；差不多有十五公斤重。在关节能够撑住的情况下，她尽可能地快步前行，她不知道自己今天收割的甜菜根会不会出现在父母工作的小餐馆里。他们已经在那儿干了一周的活儿。"还行吧……"母亲第一天回来时说，"……只是我们必须为那帮家伙准备自己都从来没吃过的美食。"

来到货车旁，留着飘逸胡须的军官伸长了手等在那里。"刀。①"他说。哈利娜把刀递给对方，将麻袋和篮子扛上车厢，接着自己也上了车。其他人已经就座，和哈利娜一样，每个人都满身泥污。接完最后一位工人，所有人都蹲坐下来，他们要回家了，蹲在地里干了一天的活儿，他们已经筋疲力尽，没有人开口讲话。

"明天同一时间。"德国军官朝哈利娜吼道，货车缓缓停在华沙斯卡大街14号。天快黑了。军官从驾驶室窗户里递出哈利娜的证件，还有一小条已经变味的面包，重量只有百十来克，像一根小木楔，这是她一天工作的报酬。

"谢谢。"哈利娜说了句德语，她接过面包，试图用微笑来掩盖语气中的讽刺意味，但军官并没有理睬她，没等哈利娜把话说完，

---

① 原文为德语。

货车就已经加速离开。"死太监。①"哈利娜小声骂道，她转过身，步履蹒跚地向家走去，摸着外衣口袋里的钥匙。

来到前厅，哈利娜撞见正在挂外套的米拉；她也是刚从军服厂回来。费利西娅坐在波斯地毯上，手里摆弄着一个银色的拨浪鼓，她正对着这个小玩意儿发出的声音咯咯直笑。

"我的天啊，"哈利娜的样子把米拉吓了一跳，"那帮家伙到底把你弄到哪儿去了？"

"我一直在务农，"哈利娜答道，"整个白天都在地里爬来爬去。你能相信吗？"

"你——在农场，"米拉打趣道，她极力控制着不让自己笑出声，"我脑子里有画面感了。"

"我知道。简直糟透了。我现在唯一能想到的，"哈利娜说，她一只脚倚住门，保持身体平衡，另一只脚脱下鞋子，脚上的水疱再一次崩开，她疼得直咧嘴，"要是亚当看见我四肢着地趴在泥里，像一头动物似的，他还指不定会乐成什么样。看看我这双鞋！"她哭道，"上帝啊，简直是一团糟。"她仔细端详着两只袜子，震惊于它们竟能沾上这么多泥，她小心翼翼地脱下袜子，避免弄脏地板。"那是什么？"她指着松松垮垮地垂在米拉脖子周围的一圈布。

"哎呀，"米拉看了一眼胸前，"我都忘了自己还戴着这玩意儿。这是我缝的东西——我不知道你管它叫什么，应该是叫背带吧，我觉得。"她转过身，指了指后面，布料绕过两边肩胛骨，在后背呈十字交叉。"我可以把费利西娅塞进这里。"她又转过身，轻轻拍了拍

---

① 原文"Szkop"为波兰语，是波兰人对第二次世界大战中德国国防军士兵的称呼。本意为"被阉割的公羊"。

荡在胸前的一圈布条，布条的长度和她的身体差不多，"在去车间和回家的路上，我能把她藏在这里。"

米拉每天都带着费利西娅一起上班，但从法律上讲，儿童是不允许出入生产车间的。严禁十二岁以下儿童进入工作场所 —— 这是德国人颁布的众多法令之一，不执行该法令的人可能会被判处死刑。米拉不能不去工作 —— 每个人都必须工作，但米拉也不能丢下费利西娅一个人在家，她还只是个不到周岁的孩子。

哈利娜折服于姐姐的心灵手巧，也很钦佩对方的勇气。她想如果自己处在米拉的位置，当自己的胸前系着孩子，当自己明知道这样做违反法令时，她还有没有勇气走进车间。自从塞利姆离开后，米拉变了许多。哈利娜总是在想，在生活还安逸时，米拉很难驾驭母亲这个角色 —— 然而现在，当周围的一切都变得艰难时，她却自然而然地扛起了母亲的责任。就好像她的身体里植入了某种第六感。现在，哈利娜再也不会担心米拉了，姐姐再也不会像从前那样，她曾经在经历了一个不眠之夜后，一蹶不振地回到家中。

"费利西娅喜不喜欢待在那儿，待在 —— 她的背带里？"哈利娜问。

"她似乎并不介意。"

哈利娜蹑手蹑脚地走进厨房，米拉开始布置晚餐餐桌。即使现在全家人的膳食已经不如从前，但涅秋玛还是坚持使用那些银制餐具和瓷器。"当你白天在缝衣服时，费利西娅会做些什么？"哈利娜问。

"她一般都在我的工作台底下玩耍。她会在装满碎布的篮子里打盹儿。令人难以置信的是，她现在变得非常有耐心。"米拉说。她的语气中不再有刚才欢快的情绪。

哈利娜来到厨房水槽前，弯下腰，用水冲洗双手和胳膊，想象十一个月大的外甥女在工作台下连续玩耍数小时的模样。她希望自己能做点什么，好帮上姐姐的忙。"今天还是没有塞利姆的消息吗？"她问。

"没有。"

水花溅到水槽的金属盆边，哈利娜陷入沉默。盖内克、雅各布、还有亚当都寄信告诉了他们在利沃夫的新住址，几个人也都登记完毕。但在他们的信中，每个人都说自从苏联占领利沃夫以来还没有人见过塞利姆。哈利娜替姐姐感到心碎。如果塞利姆还活着，不可能没有人知道他的下落。有那么几次，哈利娜想要用言语来安慰米拉——没有消息至少比坏消息要好，但其实她自己也明白，塞利姆的失踪可不是什么好事。

亚当最近一次的来信验证了姐妹俩从《论坛报》和《拉多姆生活报》上看到的新闻报道（现在，这些报纸成了她们唯一的消息来源，因为她们的收音机已被没收充公）：驻守在利沃夫的波兰军队已被遣散，德国人也已经撤离，整座城市如今都在苏联红军的掌控之下。算不上糟糕，这是亚当生活在苏联统治下的感受。他说现在有的是工作要做。事实上，他已经找到了一份工作。薪水虽然微薄，但那毕竟也是一份收入。他也可以帮哈利娜找个差事。他还有其他事情要告诉她——不过需要当面分享。他在信的结尾写道：此致，我的爱人，又及：我觉得你应该搬来利沃夫。

抛开生活在苏联统治下的恐惧，搬去利沃夫的想法让哈利娜感到一阵兴奋。她实在是太想念亚当了——他性格沉着、让人安心，温柔体贴、充满自信，哈利娜意识到跟亚当比起来，自己之前约会的那些男孩都是彻头彻尾的蠢蛋。只要能跟他在一起，她愿意做任何事。哈利娜不知道他所谓的其他事情会不会是求婚。她今年二十二岁，亚当三十二岁。他们在一起的时间也不短了；结婚是顺理成章的事。她总是在脑海中想象这样的场景，亚当拉起自己的手，她的心怦怦直跳，但当她反应过来结婚就意味着离开拉多姆时，这份激动又像潮水一般退去。无论她怎么给自己找理由，她还是觉得不能在这个时候离开父母。雅各布与盖内克如今远在利沃夫，除了自己，还有谁能照看父母？米拉要照顾费利西娅，阿迪还被困在法国不能回来——他在上一封信里说自己接到了入伍命令，十一月就要去军队报到。所以，现在只剩下她一个人了。总而言之，即使她可以说服自己只是去利沃夫待上很短一段时间，然后马上回来，这段旅程对她来说也是不可能完成的任务，纳粹德国最新颁布的法令剥夺了她离开这里的权利，而且未经特殊批准，她也不得乘坐列车。哈利娜现在别无选择。她只能待在这里。

屋外的门锁传来咔嗒咔嗒的声音，片刻之后，索尔呼喊着外孙女的名字，他的声音回荡在整间公寓里。

"我的小桃心在哪儿呀？"

费利西娅咧着嘴笑起来，她晃晃悠悠地站起身，东倒西歪地走出餐厅，来到走廊，她举起两只胳膊，像两根小小的磁铁，牵引着她奔向外公①的怀抱。哈利娜和米拉紧随其后。索尔一把抱起费利西娅，孩子哈哈大笑，爷孙两人互相嬉戏，老人冲着外孙女咆哮，轻

---

① 原文为波兰语。

咬着孩子的肩膀，费利西娅咯咯的笑声变成了尖叫。涅秋玛跟在索尔身后，哈利娜和米拉过来问候父母，几个人亲吻彼此。

"我的天啊，"涅秋玛盯着哈利娜的衣服，倒吸一口气，"发生了什么事？"

"我一整天都在收菜。您何时见我这么脏过？"

涅秋玛仔细端详起自己的小女儿，摇了摇头，"从没见过。"

"您那边怎么样呢？小餐馆的工作如何？"哈利娜问，她帮母亲把外衣挂好。

涅秋玛举起自己的拇指，周围缠着一圈绷带，上面还有血渍渗出，"除了这个，其他都挺没意思的。"

"母亲！"哈利娜凑到近前，仔细查看起涅秋玛伤口的情况。

"我没事。要是德国人能给我们锋利一点的刀，我也不至于总切到自己的手了。但是你知道吗，即使他们的马铃薯①里掺了一点我的血液，也不会杀死任何人的。"她微笑道，似乎很满意自己的这个小秘密。

"您应该小心一点。"哈利娜嗔怪道。

涅秋玛抽回自己的手，无视了哈利娜的告诫，"我给大伙儿带了点好吃的。"她从衬衫里掏出一块手帕，打开后，里面是一把削下来的马铃薯皮。"只有一点点哦，"涅秋玛提醒道，她看到哈利娜挑了一下眉毛，"我特意把皮削得厚了一些。你看，咱们现在差不多有了半个马铃薯。"

哈利娜的眼睛死死盯着涅秋玛，"你偷出来的？从小餐馆里？"

---

① 原文为德语。

"没有人看见。"

"要是有人看见了怎么办？"哈利娜的语气变得严厉起来，也许可能是严厉过头了。她不应该用这种语气跟母亲讲话，她也知道自己应该道歉，但是她没有。和米拉偷偷把孩子带到工厂车间不同（姐姐别无选择，只能这么做），自己的母亲竟然在德国人眼皮底下偷东西，还不以为意，这就是另外一回事了。

屋子里顿时安静下来。哈利娜、米拉，还有他们的父母面面相觑，众人的目光交织在一起，形成一个正方形。最后，还是米拉率先开口："没事的，哈利娜，现在我们需要这些马铃薯。费利西娅瘦得皮包骨，你看看她。母亲，谢谢您。来吧，咱们做点汤喝。"

第 九 章

雅各布与贝拉

波兰（苏占区）利沃夫/1939年10月24日

贝拉小心翼翼地迈着步子，以免踩到安娜的脚跟。姐妹俩走得很慢、很谨慎，说话时也压低声音。现在已经是晚上九点，街道空无一人。和拉多姆不同，利沃夫没有宵禁，但实际上还是有灯火管制，马路上街灯熄灭，伸手不见五指。

"真是难以置信，我们竟然连个手电筒都没带。"贝拉小声抱怨道。

"今天早些时候我走过这条路，"安娜说，"跟紧点，我知道方向。"

贝拉微微一笑。借着淡蓝色的月光，姐妹俩偷偷穿过小巷，她想起从前，自己和雅各布也曾在凌晨两点时溜出公寓，两个人钻进公园，在栗树的掩护下尽情做爱。

"就在这儿。"安娜低声道。

两人迈步跨上一小段楼梯，从侧门进入屋内。房子里面比外面还要黑。

"在这儿稍等片刻，我找根火柴点上。"安娜在手提包里翻找起来。

"遵命，长官。"贝拉笑着应道。一直以来都是自己在指挥安娜干这干那，而不是像现在这样反过来。安娜一直是个孩子，是家里的掌上明珠。但贝拉知道，在妹妹漂亮的脸蛋和安静的表象背后，她其实非常聪明，一旦下定决心，就没有她办不到的事情。

虽然比贝拉年轻两岁，但安娜却是第一个结婚的。贝拉与雅各布已经在利沃夫安了家，安娜与丈夫丹尼尔和他们住在同一条街上——这多少缓解了贝拉因抛下父母而产生的痛苦。姐妹俩经常会去探望对方，两个人总是讨论应该如何说服父母搬来利沃夫。但在父母的信中，古斯塔瓦坚持说她和亨利在拉多姆的日子还过得去。你父亲还能靠给人医牙换回一点收入，她在最近一封信中写道。他现在给德国人看病。搬家对我们来说没有意义，至少现在不行。你只要记得在方便的时候回来探望我们就行，还有，别忘了经常写信。

"你究竟是怎么找到这种地方的？"贝拉问。没有人告诉她具体地址，只是叫她一路跟随。在来时的路上，姐妹俩穿过无数蜿蜒狭窄的背街小巷，贝拉早已失去了方向感。

"是亚当找到的。"安娜答道，她一遍遍地划着火柴，但到目前为止还没有打着一个火星。"在地下组织的帮助下，"她继续说，"显然，他们之前就用过这间屋子，把这里当作安全屋之类的。这个地方已经被废弃，所以我们不用担心会有意外来客。"终于，安娜划燃一根火柴。浓烈的硫黄味道扑鼻而来，周围亮起一圈琥珀色的光。"亚当说他在水龙头边上放了一根蜡烛。"她低声道，用一只手罩住火焰，拖着脚步挪向水槽边。亚当还找到了一位拉比，贝拉知道办成这件事可不容易。利沃夫沦陷后，苏联政府剥夺了城里所有拉比的头衔，禁止他们执业；那些找不到新工作的拉比便躲了起来。据亚当说，约非是他唯一能找到的拉比，其他人都害怕主持他们的婚礼仪式，哪怕是在秘密结婚的情况下。

借着火柴发出的微弱亮光，屋里的陈设渐渐浮现在贝拉眼前。她环顾四周，灶台上似乎能看见水壶的影子，橱柜台面上依稀可见装着木头勺子的碗，水槽边的窗户上还挂着遮光帘。看来房子的主人是在匆忙间离开的。"真是太麻烦亚当了，为我们做了这么多事。"贝拉对妹妹说，不过这句话更像是说给她自己听。她是在一年前认识的亚当，当时他正好来租库尔茨家的公寓。贝拉只知道亚当是哈利娜的男朋友，一位沉着、冷酷且有些安静的男子 —— 在餐桌上你一般不会听见亚当说话。但自从到了利沃夫，亚当化不可能为可能的本领着实让贝拉大吃一惊：他凭借自己的手工能力给每个家人都做了假身份证。对苏联人来说，亚当只是在城外果园负责采摘苹果的劳工 —— 但在地下组织里，他已经成为不可或缺的仿造大师。截至目前，亚当靠一双巧手制作出来的身份证已经装进了数百名犹太人的口袋中，在贝拉看来，它们完全能够以假乱真。

有一次，贝拉问亚当为何能把那些证件做得如此逼真。

"它们就是真的。至少上面的印章是。"亚当答道，他发现自己可以用刚煮熟且剥掉壳的鸡蛋作为工具，把现有身份证上的政府印章取下来。"趁鸡蛋还热乎的时候，我把原来的印章弄下来，"亚当说，"然后再用鸡蛋把印章滚在新的身份证件上。不要问我为什么，但这招就是管用。"

"找到了！"周围再次被黑暗笼罩，安娜笨拙地翻找着另一根火柴。片刻之后，蜡烛终于被点燃。

贝拉脱下外衣，放到椅背上。

"这里很冷的，"安娜小声说，"实在不好意思。"她举起蜡烛，从水槽边走到贝拉身旁。

"没关系。"贝拉尽力控制着颤抖的身体，"雅各布已经到了吗？盖内克呢？还有赫塔？这里也太安静了。"

"所有人都到了。我猜他们应该都在前厅做准备。"

"所以，我并不会在厨房里被嫁出去？"贝拉笑道，她叹了一口气，意识到现在的自己有些紧张，虽然她曾无数次告诉自己：无论身在何处，她都要嫁给雅各布，但此时此刻，他们即将在一个鬼屋般的陌生昏暗房间举行婚礼，这让她开始感到不安。

"少来。厨房哪配得上您这高贵的身份。"

贝拉微微一笑，"我没想过自己会如此紧张。"

"今天可是你的婚礼 —— 你怎么可能不紧张！"

安娜的话回响在贝拉耳边，她慢慢镇静下来。"真希望母亲和父亲也能在这里。"她缓缓开口，听到自己讲出的话语，泪水模糊了她的双眼。她和雅各布曾商量过要等战争结束再结婚，届时他们能在拉多姆举办一个更传统的婚礼仪式，双方家人也能到场庆贺。但现在，谁也说不好战争什么时候才会结束。他们已经等了太久，所以他们做出了决定。远在拉多姆的塔塔尔家和库尔茨家送来了祝福。实际上，他们恨不得雅各布和贝拉两个人早点结婚。直到现在，贝拉也仍然对父母不能到场的事耿耿于怀 —— 即使她此刻是如此开心，雅各布也陪在自己身边，但她依然深感内疚。祖国还陷于战火之中，自己竟然还要举行婚礼，她不知道这样做究竟对不对。远在拉多姆的父母无依无靠 —— 自己这辈子从二老那里得到了太多，但自己却回报了他们太少。贝拉的思绪飞回过去：她和安娜放学回家，看见父亲坐在客厅，一条脏兮兮的小狗站在他脚边。父亲说这是给她们的礼物，从一个病人那里得到的，那个家伙在生活上遇到了困难，付不起拔牙的费用。贝拉和安娜从孩提时代起就希望能养一条狗，现在终于如愿以偿，她们高兴得尖叫起来，冲过去一把抱住父亲，父亲搂住两个女儿，高兴地笑了起来，小狗则调皮地在三个人的脚踝处咬来咬去。

安娜紧紧握住贝拉的手。"我明白，"她说，"我也希望他们能来现场。但他们非常盼望你能结婚。你不用过分担心他们。至少不该在今天晚上。"

贝拉点了点头。"只是现在的情况跟我想象的差得有点多。"她小声嘀咕道。

"我知道。"安娜又说了一遍，声音很温柔。

少女时代的两人经常躺在床上谈天说地，能聊上好几个小时，幻想未来婚礼的场景。那时的贝拉总能在脑海中勾勒出一幅完美画面：母亲为她准备好一束白玫瑰，她手捧鲜花，花香四溢，沁人心脾；婚礼现场的彩棚下，父亲撩起她的面纱，亲吻她的额头，脸上挂着微笑；雅各布心情激动，将戒指套在她的食指上①，这是两个人爱的象征，她的余生都将随身佩戴。婚礼若是在拉多姆举行，想必会与奢华无缘，这一点她很清楚。婚礼的仪式可能会很简单。但感觉一定非常美妙。不管怎样，她从未想过自己的婚礼会像现在这样秘密举行，而且是在如此冰冷的弃屋里，在远离自己父母500公里外的漆

---

① 在传统的犹太婚礼仪式中，新郎要将戒指戴在新娘的右手食指上。

黑中。但贝拉也在时刻提醒自己，毕竟来利沃夫是自己的决定。也是自己和雅各布决定在这里结婚。妹妹说得对；父母已经盼望他们结婚很多年了。她应该关注现在拥有的东西，而不是总想着那些没有的事情——特别是今晚。

"谁也没料到会是这样一个结果，"安娜接着说，"但转念一想，"她的语气变得活泼起来，"当你再见到妈妈和爸爸①时，你都已经结婚了！真是令人难以置信，不是吗？"

贝拉微微一笑，抹掉眼泪。"是啊，确实。"她小声说，贝拉想起父亲两天前的来信。父亲在信中说他和古斯塔瓦在得知贝拉打算结婚后特别高兴。我们非常爱你，亲爱的贝拉。雅各布是个好男人，他的家人也都很棒。等到重逢那天，再让我们所有人一起为你庆祝吧。贝拉没有立刻把信交给雅各布，而是塞在了自己的枕头下面，她决定等今晚两人正式结为夫妇，回到公寓后再拿给他看。

贝拉使劲儿收了收腹，双手捋着紧身连衣裙上的蕾丝花边。"很高兴自己还能穿进去，"她呼出一口气，"跟我记忆中的一样漂亮。"

当安娜和丹尼尔订婚时，母亲知道家里买不起安娜想要的那种定制服装，于是决定亲手做一件礼裙。她、贝拉还有安娜三人一遍遍翻阅着《美开乐》②和《时尚芭莎》，搜寻她们喜欢的设计样式。最后，安娜终于找到了最喜欢的款式——设计灵感源于芭芭拉·斯坦威克③的电影剧照，塔塔尔家的女人在涅秋玛的布料店里花了一整个

---

① 原文为波兰语。

② 美开乐（*McCall's*）：美国时尚女性杂志，为月刊。

③ 芭芭拉·斯坦威克（Barbara Stanwyck, 1907—1990）：美国演员，主演《慈母心》《双重赔偿》《电话惊魂》等。

下午，她们仔细比对各式绸缎、丝线，还有花边样式，手指在面料上摩挲，惊叹于世上竟会有如此奢华的东西。最后，涅秋玛以成本价把三人挑选好的布料卖给她们，古斯塔瓦又花了将近一个月时间才缝制好这件礼裙——上身是鸡心领搭配白色蕾丝花边，长长的吉普森风格收口袖，背部装饰有一排纽扣，下身是钟形拖地裙，臀部系有一条粉白色缎带。安娜非常高兴，认为这是一件杰作。贝拉私下里也希望自己有一天能穿上这条礼裙。

"很庆幸自己把这条礼裙带过来了，"安娜说，"我差一点就留给母亲了，但我不忍心和它分开。天啊，贝拉。"安娜站在贝拉身后，帮她穿好礼裙。"你简直太美了！来，"她调整好挂在贝拉脖子上的金色领针，将领针放在贝拉锁骨的正中间，"在我哭出来之前，你准备好了吗？"

"差不多了。"贝拉从外衣口袋里掏出一根金属管。她打开盖子，在底部转了半圈，小心翼翼地将少量胡椒红色口红涂到嘴唇上，她多希望现在自己手里能有面镜子。"我很庆幸你把这个也带来了。"她抿了抿双唇，将口红放回口袋。"而且谢谢你能借给我用。"她补充道。现在，市面上已经基本看不见口红的影子了（军队需要用这些原料来生产石油和蓖麻油），她们认识的女人大都很紧张自己手里剩下的物资，不会轻易跟别人分享。

"不客气，"安娜说，"所以——准备好了吗①？"

"好了。"

安娜一只手举着蜡烛，另一只手领着贝拉慢慢走出厨房。

---

① 原文为波兰语。

前厅有些昏暗，楼梯栏杆处立着两个小小的烛台。雅各布站在楼梯口。贝拉一开始只能隐约看见他的轮廓——纤细的躯干，还有微微倾斜的双肩。

"这根蜡烛我们就省着以后再用。"安娜吹灭手中的蜡烛。她亲吻着贝拉的脸颊。"我爱你。"她满脸笑容地说，安娜带着姐姐跟其他亲友打招呼。贝拉看不见他们的样子，但能听见人们小声议论着：哎呀，天啊！简直太美了！① 太美了！

新郎身旁还能看见一个人的轮廓，他一动不动地站在那里，借着蜡烛的光，贝拉只能勉强看清他脸上长长的银色胡须。她觉得这位老人应该就是拉比。她来到两个烛台中间，站在摇曳的烛光下，挽起雅各布的胳膊，胸闷的感觉现在已经消失不见。她不再紧张，也不再感觉冷。全身的血液已经流动起来。

望着新娘的模样，雅各布双眼湿润。贝拉脚下穿着妹妹的象牙白色高跟鞋，两个人变得几乎一样高。雅各布在贝拉的脸颊上留下一个吻。

"你好，我的阳光。"他微笑道。

"你好。"贝拉莞尔一笑。其中一位观礼的客人也跟着咯咯笑起来。

拉比伸出一只手。他的脸上布满皱纹。贝拉猜他得有八十多岁了。"我是约非拉比。"他开口道。他的嗓音粗哑，和他的胡须边缘一样粗糙。

"很高兴见到您。"贝拉握住拉比的手，轻轻点头。老人手指十

---

① 原文为波兰语。

分瘦弱，关节很硬，好像一捆细小的树枝。"谢谢您能来主持我们的婚礼。"她知道对方来这里要冒多大风险。

约非清了清嗓子："好了。我们开始吧。"

雅各布和贝拉一齐点头。

"雅各布①，"约非开口道，"跟我念。"

尽管雅各布十分努力，但想要跟上约非拉比的誓词还是很不容易，部分原因是他的希伯来语说得很差，但主要原因是他被新娘深深吸引，以至于无法集中精力思考哪怕几秒钟时间。身穿礼裙的贝拉惊为天人。但吸引雅各布的并不是这件礼裙。雅各布从未见过这样的贝拉，她的肌肤如此光滑，她的眼睛如此明亮，即使藏在暗影中，她的笑容也是如此完美，如同光芒四射的丘比特之弓。置身于乌黑的弃屋中，笼罩在摇曳的金色烛光下，她就像是天使一般。雅各布的目光没办法从贝拉身上移开。所以念祷词时他说错了好几处，他满脑子想的不是自己要说的话，而是马上就要成为自己妻子的贝拉，他要记住爱人身体的每处曲线，恨不得马上为妻子拍张照片，好在之后拿给贝拉看，告诉对方她看上去有多美。

约非从胸前口袋里掏出一条手帕盖在贝拉头上。"来，围着雅各布，"约非指示道，他用食指在地上画了一个圈，"绕上七圈②。"贝拉抽回挽着雅各布的胳膊，遵从拉比的指示走起圈来，高跟鞋碰到木质地板发出轻柔的声响，一圈、两圈。每次绕到雅各布面前，雅

---

① 原文为"Yacub"，雅各布的另一种拼写形式。

② 在传统的犹太婚礼仪式中，新娘要围绕新郎走上七圈。在《圣经》中，数字七表示完美、完整之意。

各布都会小声对她说:"你真是美极了。"而贝拉每次都会脸红。等她站回雅各布身边,约非又吟诵了一小段祷词,接着从胸前口袋里掏出一块叠了两折的布质餐巾。他打开餐巾,里面包裹着一个小灯泡,灯丝已经断开——时至今日,没有什么比还能运作的光源更加珍贵了,没有人会故意弄坏一个灯泡。

"别担心,灯泡已经坏了。"拉比将灯泡重新包好,慢慢弯下腰,将餐巾放在两个人的脚中间。雅各布听到嘎吱嘎吱的声响,他在想这是地板的声音,还是这位拉比身上某个关节的动静。"即使在这幸福的时刻,"约非起身站好,"我们也不能忘记生命是何等脆弱。被打碎的玻璃——象征着耶路撒冷神庙的毁灭,也象征着地球上人类生命的短暂。"他向雅各布打了下手势,接着指向地面。雅各布抬起一只脚,轻轻踩向餐巾,由于担心会被人听见,他没敢用力踩脚。①

"恭喜!"阴影中传来在场亲友的轻声欢呼,每个人都在压抑兴奋的心情。雅各布拉起贝拉的手,两人十指相扣。

"仪式结束前,"约非顿了一下,他先后看向雅各布与贝拉,"我还想再补充两句,即使在黑暗中,我也能感受到你们之间的爱。你们的内心充满对彼此的爱,你们的眼中闪烁着光芒。"雅各布握紧贝拉的手。拉比微微一笑,露出两颗缺齿,紧接着,他吟唱起最后的祝福曲:

赐福我主耶和华,我们的神,世界至高无上的主宰,

袖创造了欢乐与庆典,新郎与新娘,

① 在传统的犹太婚礼仪式中,新郎要用右脚踩碎玻璃杯(近现代婚礼中也有使用灯泡代替,因为灯泡的玻璃更薄,更容易被踩碎),然后众亲友高呼:"Mazel tov!"(意为"恭喜")

> 欢欣与欢庆，喜悦与兴奋，
>
> 友爱与手足之情，和平与友谊……

众人跟着一起唱起来，大家轻轻鼓掌，雅各布与贝拉用一个吻给仪式画上了句号。

"我的妻子。"雅各布说，他的目光掠过贝拉的脸庞。"妻子"这个词从他嘴里说出来，感觉既新鲜又奇妙。他偷偷又亲了贝拉一口。

"我的丈夫。"

两个人手拉手与来宾寒暄，亲友从前厅的阴影中走出来，和二人相拥，祝福这一对新人。

几分钟后，所有人都来到餐厅，他们要开始享用临时准备的晚宴，食物是他们偷偷藏在大衣下带进来的。没有什么特别的美味佳肴，但至少也算是一次宴请——马肉汉堡、煮马铃薯，还有自制啤酒。

盖内克拿过一个借来的酒杯，用叉子轻轻敲响杯身，他清了清嗓子。"让我们恭喜，"他举起酒杯，"库尔茨夫妇①！"

雅各布听得出来，盖内克是在极力压低自己的嗓音。

"恭喜。"众人附和道。

"他们只让我们等了九年时间！"盖内克补上一句，咧嘴一笑。他身旁的赫塔也跟着笑了起来。"但是说回正经的。恭喜我最小的弟弟，恭喜他美丽的新娘，第一次见面时，我们就很喜欢她——祝你们天长地久，百年好合。干杯！②"

"干杯！"众人齐声道。

---

① 原文为波兰语。

② 干杯（L'chaim）：希伯来语祝酒词，直译为"为了生命"。

雅各布端起酒杯，冲盖内克微微一笑，心想自己要是早一些求婚就好了，他总是这么想。如果一年前他就向贝拉求婚，两个人就能举办一场像样的婚礼——他们的父母、兄弟姐妹、姑伯姨舅都能到场祝福。他们会和着波普瓦夫斯基①的歌曲舞蹈，从细长的笛形酒杯中品尝香槟，大口享用姜饼蛋糕。毫无疑问，那个夜晚，阿迪、哈利娜还有米拉将会轮番上阵，他们会坐在钢琴前，为到场来宾弹奏爵士乐曲，还有肖邦的夜曲。他看了一眼贝拉。虽然两个人都认为在利沃夫结婚是正确的决定，但雅各布知道，即使贝拉嘴上没有说，她心里肯定也和自己一样——渴望举行一场理想的婚礼。她值得拥有那样的婚礼。就这样吧，雅各布宽慰自己，暂时将那熟悉的悔恨感抛到一边。

餐桌上觥筹交错，新郎新娘和到场来宾畅饮杯中啤酒，圆柱形杯托在烛光映衬下熠熠闪光。贝拉呛了一下，她捂住嘴巴，眉头一皱，雅各布哈哈大笑。他们已经有好几个月没喝酒了，更何况麦芽酒的味道很冲。

"好烈的酒，"盖内克说，两边的酒窝仿佛在他脸上刻下了两道阴影，"估计还没等咱们反应过来就已经喝醉了。"

"我觉得我可能已经醉了。"餐桌另一头传来安娜的声音。

其他人随即笑了起来，雅各布转过身子，手伸进餐桌下面，放到贝拉的膝盖上。"你的戒指现在还在拉多姆等着你，"他小声说，"很抱歉没能早点交给你。我一直在等待最完美的时刻。"

贝拉摇了摇头。"没关系，"她说，"我不需要戒指。"

---

① 雅努什·波普瓦夫斯基（Janusz Popławski，1898—1971）：波兰歌手。

"我知道，但是 ——"

"嘘，雅各布，"贝拉轻声道，"我知道你想说什么。"

"我会补偿你的，亲爱的。我发誓。"

"不用。"贝拉微微一笑，"实话实说，现在这样就已经很完美了。"

雅各布的内心汹涌澎湃。他凑到贝拉跟前，双唇轻轻拂过她的耳朵。"虽然跟我们想象中的婚礼不太一样，但是我想让你知道 —— 我从未像现在这样开心。"他轻声道。

贝拉的脸又红了，"我也是。"

第 十 章

涅秋玛

波兰（德占区）拉多姆 /1939 年 10 月 27 日

涅秋玛拿出家里的积蓄和贵重物品，将它们整齐地排列在餐桌上，和米拉一起清点起这些财物。

"我们应该尽可能多带一些。"米拉说。

"你说得对，"涅秋玛表示同意，"我会留一些给利利安娜。"涅秋玛的儿子与利利安娜家的孩子从小一起长大，他们在公寓大楼院子里玩砍石堆 ① 的游戏；库尔茨和索布查克两家人走得很近。

"真不敢相信我们要离开这个家。"米拉小声说。

涅秋玛抚摸着餐椅背面的红木雕花。到现在为止，还没有人真正说出"离开"这两个字，至少没有大声说出来。

"我也一样。"

当天早晨，两名国防军士兵敲响了他们的房门。"你们要在今天之内收拾好私人物品，然后从这里搬出去，"其中一个士兵说，他将

---

① 砍石堆（kapela）：波兰传统游戏，"kapela"指的是由 5 块大小不一的石头堆成的金字塔形石堆，游戏目标是用木球击中放置在圆圈（直径为 8 米）中央的石堆。

一张纸条递给索尔，最上面印着他们的新住址，"明天你们回去继续工作。"涅秋玛瞪着丈夫身旁的德国兵，士兵也瞪了回去，他的脸皱成一团，仿佛吃了什么腐烂的东西。"家具不许带走。"离开前，士兵又补充道。等门关上后，涅秋玛对着空气挥了一拳，嘴里小声嘀咕着一连串骂人的脏话，她气冲冲地离开前厅，走进厨房，将冰冷的餐巾围在脖子上。

当然，士兵的到访并不意外。涅秋玛知道那些纳粹分子早晚会来这里。现在，大批德国人涌入拉多姆；他们需要住处，而库尔茨家有五间宽敞的卧室，公寓所在的街道也是拉多姆最理想的地段。一周前，当两户犹太人被赶出这幢公寓大楼后，她和索尔便开始着手准备。他们清点起家中的银器，将它们擦拭光亮，把部分布匹藏在客厅的装饰假墙后，他们还特意联系了负责给被驱逐的犹太人分配新住所的工作委员会，请求对方能分配一个干净宽敞的地方，供两位老人还有哈利娜、米拉与费利西娅居住。然而，涅秋玛毕竟在华沙斯卡大街14号住了三十多年，她知道自己永远没办法真正做好离开这里的准备。

"快点打包吧，赶紧收拾完。"涅秋玛说，她的心情再次平复下来。在涅秋玛与米拉整理家中值钱物品的同时，索尔与哈利娜正不停往返于现在的家和他们的新住处，委员会分配给库尔茨家一间两居室，位于旧街区的卢布林大街，父女俩拎着铜水壶、床头灯、波斯地毯、几年前在巴黎买的一幅颇受欢迎的布面油画、装满亚麻布的袋子、针线包，还有一小罐烹饪用的香料。由于不知道何时才能回到自己的家，他们的行李箱里塞满了一年四季需要穿的衣服。

时间来到中午，索尔表示那边的公寓已经快被堆满。"等再把这些贵重物品带过去，"他说，"我们就没地方放其他东西了。"这种情况并没有让人感到意外，但涅秋玛的心情还是跌到了谷底。她知道家里的浴缸、写字台还有钢琴都没办法带走，还有那条古董琴凳，她用法国出产的织锦缎为凳子装上了软垫；黄铜材质的床头板上雕刻有漂亮的扇形图案和圆柱形装饰，那是索尔在两个人结婚十周年时送给她的惊喜礼物；镶有镜子的瓷器柜则是曾祖母留下的遗产；每年春天，她都会在阳台的熟铁篮里种满天竺葵和番红花——她会怀念这些东西。但是，他们怎么忍心留下索尔父亲格尔松的肖像画，让它孤零零地挂在客厅墙上呢？还有，那些靛蓝色的桌布和象牙白的小雕塑该怎么处理呢？那些都是她这么多年在旅行途中积攒下的纪念品。除此之外，她还有一个水晶餐碗，里面装满了采用吹制玻璃工艺的葡萄，涅秋玛把碗放在客厅窗台上，每天都能迎接到晨曦第一缕阳光，这个小物件又该怎么处理呢？

午后时光匆匆流逝，涅秋玛徘徊在公寓里，时而用指尖划过一册册心爱的图书书脊，时而在装满图画和作业本的箱子里翻来找去，这些都是从孩子上学开始积攒到现在的物件。虽然对新公寓来说没有任何用处，但将它们捧在手中，涅秋玛意识到这些东西才是最重要的宝物。这些东西定义了他们的人生。最后，涅秋玛还是带上了一行李箱纪念品，里面装着她怎么也无法割舍的东西：一套肖邦钢琴圆舞曲专辑、一摞家人合照，还有一本佩雷茨①诗集。她将一张活页乐谱放进行李，上面是阿迪五岁时学的勃拉姆斯②摇篮曲，他的钢琴

---

① 艾萨克·莱布·佩雷茨（Isaac Leib Peretz，1852—1915）：波兰意第绪语和希伯来语作家、诗人、剧作家。

② 约翰内斯·勃拉姆斯（Johannes Brahms，1833—1897）：德国作曲家。

老师还在乐谱边缘空白处用潦草的字迹写上了评语：非常好，阿迪，继续勤奋练习。箱子里还有一个镀金相框，上面刻着1911年，里面是米拉的照片，秃秃的头顶、大大的眼睛，年纪和现在的费利西娅差不多。还有一双小小的红色皮鞋，一开始是盖内克穿的，后来传给了阿迪，接着是雅各布，三个儿子穿着这双鞋迈出了人生的第一步。还有一个已经褪色的粉色发卡，哈利娜坚持戴了好多年。涅秋玛把跟孩子有关的其他东西小心翼翼地放进盒子里，藏到了衣柜最深处，她祈祷自己能很快回到它们身边。

现在，回到餐桌前，涅秋玛挑出一个银碗和一把长柄勺，这两样东西她要留给索布查克家。她决定把剩下的东西全部带走。"咱们先把瓷器包起来。"她说。涅秋玛从桌子上拿起一个镶着金边的茶杯，杯子边缘下方绘有雅致的粉色牡丹。母女俩用亚麻餐巾将茶杯和杯托分别包好，小心地放进箱中，接着继续打包银器——家里一共有两套银器，其中一套是索尔母亲的遗产，另外一套则是涅秋玛母亲留下来的。

"至于这两样东西，我可以用布裹好然后缝到衬衣上，看起来就像纽扣一样。"涅秋玛指着放在一大摞兹罗提纸币最上面的两枚金币——这些是家里的部分积蓄，都是在他们的银行账户被冻结前取出来的。

"好主意。"米拉说。她举起一面纯银手镜，端详了一会儿镜中的自己，看见眼睛下面重重的黑眼圈，她皱了皱鼻子。"这面镜子曾经是外婆的东西，对吧？"她问。

"没错。"

米拉轻轻将手镜装进箱子，又拿过几米长的象牙色意大利丝绸和白色法国蕾丝，她把布料叠成方格，放到镜子上面。

涅秋玛将钞票码放整齐，和金币一起放到餐巾里卷好，接着装进自己的皮夹中。

餐桌已经收拾得差不多了，只剩下一个小小的黑色天鹅绒袋。米拉拿起袋子。"里面装的是什么？"她问，"好沉。"

涅秋玛微微一笑。"把袋子递过来，"她说，"我拿给你看。"米拉把袋子交给涅秋玛，涅秋玛解开系在上面的绳子。"张开你的手。"她把袋子里的东西倒在了米拉手上。

"啊，"米拉大吃一惊，"天啊。"

涅秋玛低头望着女儿掌心闪闪发光的项链。"这是紫水晶，"她小声说，"几年前我在维也纳找到的。这串项链有一种魔力……让我无法抗拒。"

米拉反复观摩着手中的紫色宝石，她瞪大了眼睛，宝石折射着头顶吊灯的光。

"真漂亮。"她说。

"可不是吗。"

"为什么从没见您戴过它？"米拉问，她把项链举到领口，感受着宝石的重量，金色的链子落在她的锁骨上。

"我也不知道。也许看上去太招摇了吧。每次想戴的时候都有点难为情。"涅秋玛回想起自己第一次见到这条项链时的情景，拥有这样一件奢侈品的想法恰好击中了她的软肋。那是1935年，涅秋玛到维也纳进货，在去返程车站的路上，她在一家珠宝店的橱窗里发现了这条项链。她试着戴了一下，一股不同寻常的冲动告诉自己应该买下它，但刚一离开珠宝店，她就陷入了自我怀疑中，她不知道该不该后悔刚才的决定。她反复告诉自己这也是一种投资。更何况这是自己应得的。那时她的布料店生意做得风生水起，几个孩子也都长大，完成了大学最后一年的学业，已经开始独立赚钱。这条项链确实要价过高了，但她记得当时的自己是这么想的：这可是她有生以来第一次挥霍。

门外传来重重的敲门声，涅秋玛吃了一惊。她忘记了时间。国防军士兵肯定是来驱赶她们的。米拉立刻将项链扔回袋子里，涅秋玛接过袋子，塞进衬衣里面，放到乳房中间。

"看得出来吗？"她问。

米拉摇了摇头，看不出来。

"你待在这儿，"涅秋玛低声道，"看好这些东西，别走神。"她又补充道，母女俩脚边放着装有贵重物品的箱子，涅秋玛把皮夹放到箱子最上面。米拉点了点头。

涅秋玛转过身，挺直腰杆，深吸一口气，尽量让自己保持冷静。来到门口，和对方说话时，涅秋玛稍稍抬起了下颌，可能连她自己也没有意识到，她用简单的德语告诉国防军士兵自己的丈夫和女儿很快就会回来帮她们搬走最后一点行李。"我们还需要十五分钟。"她冷静地说。

"就五分钟，"士兵用德语骂道，"快点！"

涅秋玛没有说话。她转过身子，士兵脚上的皮革长筒靴擦得光亮，涅秋玛极力忍住想要啐上一口的冲动。她手里紧紧攥着公寓钥匙——她还没有做好上交的准备，涅秋玛最后一次走在自己家里，她快步走进每个房间，环视屋内，看看有没有忘记打包带走的东西，她强迫自己的目光从之前就决定留下的东西上面移开；她怕目光停留太久，自己就会改变主意，而丢下它们就会变成一种折磨。她走进卧室，调整好灯泡底座，好让它射出的光对准梳妆台正前方，她抚平床单上的褶皱。她走进盥洗室，对着一条亚麻毛巾叠来叠去。她走进雅各布的房间，把其中一扇窗帘拉正，好跟另外一扇对齐。她整理着一个个房间，似乎在期盼有谁能来陪陪自己。

最后，她回到客厅，在这里又多待了片刻，涅秋玛的目光停留在钢琴上面，她的孩子曾在这里进行过无数小时的练习，后来的好几年里，每次吃完饭，家人便会聚在一起，几个孩子轮流弹奏。涅秋玛走到钢琴边，抚摸着擦得光亮的盖板。慢慢地、轻轻地，她扣好琴键盖板。转过身，她看向墙上的橡木嵌板，看向窗边的写字台，这里能望见屋外庭院，这是她最爱的风景，她最喜欢坐在这里写信，蓝丝绒的沙发旁放着几把俱乐部椅，二者搭配恰到好处，壁炉外围装饰着一圈大理石，落地式置物架里有各式各样的音乐作品——来自肖邦、莫扎特、巴赫、贝多芬、柴可夫斯基、马勒、勃拉姆斯、舒曼、舒伯特，还有他们最喜欢的波兰作家的作品：显克维奇、热罗姆斯基、拉比诺维茨，以及佩雷茨。涅秋玛轻轻走到写字台边，抹去椴木台面上的灰尘，庆幸自己带上了信纸和最喜欢的钢笔。明天，她就会给图卢兹的阿迪写信，把家里人现在的情况和新的住址一起告诉他。

阿迪。一想到儿子马上就要离开图卢兹去参军，涅秋玛就感到寝食难安。她已经克服了另外两个儿子参军给自己带来的压力。不过盖内克与雅各布的服役期都很短；波兰很快就沦陷了。但法国还没有真正卷入这场战争。一旦法国人参战（现在看来这只是时间问题），那么战争会持续多长时间就不好说了。也许好几个月的时间里，阿迪都要穿着那身军服。也许是好几年。涅秋玛打了个哆嗦，祈祷自己的信能在阿迪动身去往帕尔特奈前寄到他手中。她也会给利沃夫的盖内克与雅各布写信。要是知道家里人被赶出了自己的公寓，两个儿子肯定会勃然大怒。

涅秋玛抬头望向天花板，她的眼中已满含泪水。这一切都是暂时的，她告诉自己。涅秋玛深吸一口气，瞥了一眼公公的照片；公公正低头看着她，表情严肃，目光尖锐。她咽了咽口水，心怀敬意地朝画像点了点头。"请帮我们照看这个家，好不好？"她轻声道。她伸出手指，轻轻摸了下自己的嘴唇，接着抚摸起四周的墙壁，最后，缓缓走向门外。

第十一章

阿 迪

法国普瓦捷 ① 城外 /1940 年 4 月 15 日

　　一望无际的深绿色柏树林下，十几名战士正在赶路，皮靴踏在泥泞的土地上，发出嘎吱嘎吱的声响。一行人马不停蹄，从黎明走到现在；再过不久，暮色便会降临。

　　过去的几个小时，阿迪一路听着身后整齐的脚步声，他已经顾不得脚上的水疱，满脑子想的都是故乡拉多姆。距上一次收到母亲来信已经过去六个月 —— 去年十月底，在即将离开图卢兹前，他收到了母亲最后一封信。母亲在信中说家里一切都好 —— 除了塞利姆，他依旧下落不明；他的两个兄弟还留在利沃夫；雅各布与贝拉马上就要结婚了。家里的店铺被强制关门。我们都被安排了其他工作，涅秋玛在信中详述了每个人被分配的新岗位。现在，整座城市实施宵禁，食物也是定额配给，那些德国人都是卑鄙无耻的家伙，不过这些都不重要，涅秋玛在信中强调，真正重要的是全家人身体健健康康，而且绝大多数亲人间还能保持联络。在结束前，涅秋玛提到已

————————

① 普瓦捷（Poitiers）：法国西部城市。

经有两户犹太人被赶出了公寓大楼，德国人强迫他们住进旧街区的小公寓里。我担心，她写道，下一个就会是我们。

在阿迪的回信中，他请求母亲务必第一时间把相关情况告诉自己，如果她真的被强迫搬家，一定要立刻通知他，而且还要把新住址告诉盖内克与雅各布，但直到离开图卢兹，他也没有收到母亲的回复。此时此刻，他已在行军途中，更是鞭长莫及。他的心里种下了一个结，而且随着时间的流逝，这个结越打越紧。家人远在波兰，自己离他们好远、好无助，他打心底里讨厌这种不安的感觉。

阿迪打开头顶的照明灯，希望自己可以尽量保持积极的心态。人们总是容易去想最坏的结果。他可不能掉入那样的思维陷阱中。因此，与其幻想父母和姐妹被赶出家门，在国防军监视下被拉到餐厅后厨或工厂里辛苦劳作，还不如想想拉多姆——曾经的拉多姆，阿迪记忆中的拉多姆。他想起家乡的春天，那是他最爱的季节，因为有逾越节家宴，还有自己和哈利娜的生日。到了春天，流淌在城市两侧的拉多姆卡河与姆莱奇纳河水位高涨，河水浇灌着黑麦田和果园，华沙斯卡大街两旁的马栗树长出新芽，远处望去好像一个又一个圆形屋顶，为前来一楼底商购买皮具、香皂与腕表的老主顾留下一道阴凉。到了春天，马尔切夫斯基大街两侧房屋的阳台上开满鲜花，空中布满深红色的罂粟——这是颇受大家欢迎的颜色，预示着漫长沉闷的冬天已经结束，人们终于可以缓口气；届时，每周四都会在科丘斯基公园举办集市，到处都是小商贩的喧嚣，你可以在那里买到腌黄瓜、碎甜菜根、烟熏奶酪，还有酸酸的黑麦粉糊；库尔茨家的邻居安东先生会邀请住在公寓大楼的孩子参观刚孵出来的小鸟，破壳而出的小家伙刚有一些鸟儿的雏形，小小的个头，浑身包裹着奶油色的羽毛，甚至都没办法抬起自己的头。小时候，阿迪最喜欢看安东家的鸽群从自家窗台飞到公寓大楼的尖屋檐上，鸽子发出轻轻的咕咕声，它们俯瞰庭院，摆出一副掌权者的姿态，待上一会儿后，这些鸽子又会飞回主人为它们搭建的木箱里。

阿迪对着回忆微笑，但很快就被拉回现实，他捕捉到了异样的声音，脑中的场景随即消散。轻轻的摩擦声。阿迪身体一僵，停下脚步，肘部抬成九十度，手掌摊开向前，指尖朝向天空。身后的士兵也立刻停住脚步。阿迪抬起下颌，仔细听着周围的动静。果然，前方几米的柏树下，一簇生长多年的灌木丛中传出沙沙声。他拉开步枪上的保险栓。

"预备。"阿迪用波兰语低声命令道，他举起步枪，枪口对准灌木丛，食指轻轻放在金属扳机处。身后的十二名士兵同样拉开保险栓，清脆的咔嗒声接连传来。沙沙声还在继续。阿迪考虑着要不要开枪，但他还是决定再等一等。如果就是一只浣熊呢？万一是个孩子怎么办？

一年前，他拿枪的次数用一只手就数得过来。年少时，阿迪的叔叔偶尔会邀请他和哥哥、弟弟一起狩猎野鸡，虽然盖内克很享受这项运动，但自己和雅各布还是更喜欢待在后方围着火堆取暖，两个人觉得这种把鸟儿从它们藏身之处驱赶出来的活动一点意思也没有。而现在，一想到自己需要背负的责任，每次举枪都会让阿迪感到头晕目眩。

阿迪和手下的士兵将枪口对准灌木丛，众人等在原地。过了一分钟，其中一片灌木下面露出一个小东西，三角的形状，黑黑的颜色，还闪着光。又过了一会儿，一条猎狗分开两边低矮的灌木枝，出现在众人眼前。猎狗的鼻子对着逐渐变暗的天空闻了闻，接着回过头，冷冷地瞥了一眼正在盯着自己的士兵，还有对准自己的十三支枪。阿迪长舒一口气，庆幸自己没有立刻开枪。他放下步枪。"你吓了我们一跳，队长①。"阿迪开口道，然而那条猎狗对这些士兵毫无兴趣，它转过身，顺着土道一路小跑，向东而去。

"看来我们有新领导了，"阿迪身后的塞勒斯取笑道，"爪子队长。"后面又传来一阵窃笑声。

"继续前进。"阿迪命令道。士兵们重新拉好保险栓，继续行军，周围的空气再次充满轻快整齐的脚步声。

悬在众人头顶的乌云越积越厚。气温逐渐降低，空气中弥漫着雨水的味道。又前进了一两公里，阿迪决定在天黑下雨前安营扎寨。与此同时，他的思绪又飞回图卢兹，想着如今的生活和六个月前相比竟会有如此大的不同。

去年11月5日，阿迪极不情愿地走出雷慕萨大街，告别自己的公寓，11月6日，按照征兵令要求，他前往帕尔特奈报到，并加入法国军团波兰第二来复枪师，简称2DSP②。经过为期八周的基础训练，他被授予法军军服，得益于他的工程学学士学位以及精通法语和波兰语两门语言，他被任命为中士③，率领十二名士官④。在2DSP里，有了手下人陪伴，阿迪感觉还不错；自从被剥夺了回家的权利，阿迪总是感觉身心疲惫，如今，他的周围聚集了一群波兰青年，这

---

① 原文为波兰语。
② 法国军团波兰第二来复枪师（the Second Polish Rifle Division of the French Army）：简称2DSP，此为波兰语说法首字母缩写。
③④ 原文为法语。

多少填补了自己内心的空虚感——但这也是军队里唯一值得欣慰的地方。即使阿迪拼尽全力，他手中的步枪也总是不听使唤，当长官朝他发号施令时，他的本能反应竟然是哈哈大笑。每次操练，为了不让自己在单调的冲刺训练和打靶练习中窒息，他会在脑子里写歌以分散注意力。抛开本身对军队的厌恶，阿迪发现如果自己能够接受这种日常，那么他的生活会过得轻松愉快一些。又过了一段时间，他发现自己在佩戴两折杠的肩章时竟有了一点自豪感，他发现自己其实很擅长带队。至少在后勤保障方面做得不错——他能带领小队从甲地行进至乙地，与此同时，他还能发现手下的优势与长处，也算知人善任。比如在行军时，巴尔泰克负责每天晚上点燃营火。帕德罗负责做饭。诺维茨基负责爬上附近最高的树，确认周边是否安全。斯洛博达负责教会所有人如何安全拉出系在腰带上的 WZ－33 手榴弹保险栓，还有当贝尔捷步枪①因为哑炮等装填故障卡在枪管里时，他们应该如何正确处理。至于塞勒斯，他的用处就是在行军时唱几首进行曲，用来打发时间，如果非要让阿迪选的话，这项工作算是他最喜欢的。到目前为止，最受大家欢迎的歌曲是《第一军旅进行曲》。当然，还有波兰传唱度最广的爱国主义歌曲《上帝拯救波兰》。

几天前，阿迪的野战排和其他2DSP士兵一起被命令向东行军50公里，目的地是法国城市普瓦捷。阿迪猜他们还要再走20公里左右。到达普瓦捷后，他们要搭乘军方车队继续行军700公里前往贝

---

① 贝尔捷步枪（Berthier）:19世纪80年代至90年代由埃米尔·贝尔捷（Emile Berthier）研制的步枪，19世纪90年代至1940年装备于法军部队。

尔福①，一座毗邻瑞士边境的城市，到达贝尔福后，他们还要前往科龙贝莱贝勒②，这座城市位于法国的马其诺防线上，距德国边境不远，他们会在那里和法国第八军会合。阿迪从未去过普瓦捷，更不用说贝尔福还有科龙贝莱贝勒了，不过他在地图上学过它们的地理位置。这几座城市之间的距离可不算近。

"塞勒斯！"阿迪回头喊道，他需要一点音乐作为消遣，"来点小曲儿。"

队列后面传来一声"遵命"，短暂的停顿后，口哨声响起。当听到第一个音符时，阿迪的耳朵便兴奋起来。他立刻认出了曲子的旋律。这首歌是《信》。这是他写的歌。其他人也听出了这首歌，跟着一起吹起来，口哨声越来越大。

阿迪微微一笑。他还没有跟任何人说过自己想要成为作曲家的梦想，也没有提过战争爆发前自己创作的歌曲，但显而易见的是，这首歌确实取得了巨大成功，以至于他的野战排都能把它记在心里。也许这是一个好兆头，阿迪心想。现在听到这首歌，可能就预示着自己会和家人重新取得联系，只是时间早晚的问题。毕竟这是一首关于信的歌。他跟着手下一起哼唱起来，在行军的同时开始构思下一封信的内容：您肯定无法相信，母亲，今天在战场上，我听到了什么……

---

① 贝尔福（Belfort）：法国东北部城市。
② 科龙贝莱贝勒（Colombey-les-Belles）：法国东北部市镇。

1940 年 5 月 10 日

纳粹德国入侵荷兰、比利时和法国。虽然盟军进行了防御作战，但荷兰和比利时在一个月内便宣布投降。

1940 年 6 月 3 日

纳粹德国炮轰巴黎。

1940 年 6 月 22 日

德法两国政府签订停战协定，将法国划分为"自由区"和德国"占领区"，其中"自由区"位于法国南部，处在贝当元帅的傀儡政权统治下，首都设在维希市，而"占领区"则包括法国北部以及大西洋沿岸地区。

第十二章

盖内克与赫塔

波兰（苏占区）利沃夫 /1940 年 6 月 28 日

午夜时分，敲门声起。盖内克猛地睁开双眼。他跟赫塔从床上坐起，两个人在黑暗中眨着眼睛。敲门声再次响起，紧接着，外面的人用俄语命令道：

"开门！"

盖内克一脚踢开床单，笨拙地在黑暗中摸索，他一把拉开床头灯，眯起眼睛，适应着突然变亮的灯光。小屋里空气闷热污浊；由于利沃夫现在仍然实施灯火管制，因此他们的窗帘永远是拉上的状态。开窗睡觉从此成了过去时。盖内克用手背抹去额头上的汗水。

"你不会是想要……"赫塔低声道，但话到一半，就被门外的叫喊声打断。

"内务人民委员部①！"门外的声音大到足以吵醒周围的邻居。

盖内克咒骂着屋外的人。赫塔睁大了眼睛。来的是那些秘密警察。他们爬下床。

---

① 内务人民委员部：简称 NKVD，原文为俄语，苏联在斯大林时代的警察机构，1946 年改称内务部，是苏联 20 世纪 30 年代大清洗的主要执行机关。

　　盖内克与赫塔已经在利沃夫居住了九个月，夫妻俩听别人提起过这种半夜三更搞突袭的搜捕行动——男人、女人，就连孩子也不会放过，他们从家里被抓走，有的被冤枉欠钱不还，有的被污蔑为抵抗者，还有的只因为是波兰人就被逮捕。据这些被捕者的邻居说，他们在半夜听见了敲门声、脚步声，还有狗叫声，但一到早晨，他们就什么动静都听不见了；房间被清理得一干二净。原本住在这里的人全都消失了。没有人知道他们被带去了哪里。

　　"我们最好还是回应一声。"盖内克说，他说服自己没什么好怕的。那些秘密警察能拿自己怎么样？他又没犯法。他清了清嗓子。"这就来了。"盖内克答道，他伸手拿过一件长袍，在开门前的最后一刻，又从梳妆台里拿出自己的钱包。他把钱包塞进长袍口袋。赫塔也在睡衣外面裹上自己的长袍，跟着丈夫穿过走廊。

　　盖内克刚一打开门，一群士兵挥舞着步枪蜂拥而入，在公寓房间里呈半圆形散开，将夫妻俩围在中间。这些士兵的军服上打着锤子与镰刀的补丁，头上戴着蓝栗相间的尖顶帽，盖内克在心里默默清点人数，他感觉赫塔挽住了自己的胳膊——一共八个人。为什么会有这么多人？他冷冷地盯着这些不速之客，双手攥紧拳头，颈后汗毛倒竖。士兵看着盖内克，没有人说话，直到其中一人向前迈了一步。盖内克打量着他的块头。个子很矮，但身体结实，如摔跤手般的体型，一副趾高气扬的模样——应该是这些士兵的长官。他冲手下人点了点头，帽檐中间的小小红星上下跳动，士兵们服从命令，转过身，列好队，从夫妻俩身旁经过，向走廊前进。

　　"等一下！"盖内克抗议道，他满脸愤怒地瞪着那些士兵的背影。"你们这些——"他差点就要骂出臭蟑螂这几个字，但是他忍住了——"你们有什么权力搜查我的家？"他感觉全身的血液都在冲击着自己的太阳穴。

带头的长官从胸前口袋里掏出一张纸条。他小心翼翼地打开纸条，读着上面的内容。

"格尔松·库尔茨？"听起来好像在说盖松·库克。

"我是格尔松。"

"我们有搜查令。"长官的波兰话说得非常差，他的口音和他的身体中线一样厚重。好像是为了证明自己行为的合法性，他在盖内克眼前晃了一下纸条，接着又叠好塞回口袋。盖内克听见士兵在隔壁房间大肆破坏的声音——梳妆台的抽屉被拉开，硬木地板上的家具被拖拽，纸张散落一地。

"搜查令？"盖内克眯起眼睛，"凭什么理由？"他瞥了一眼挂在长官身体侧面的步枪。还在军队服役时，有人给他看过苏联卡宾枪的照片，但盖内克还是头一回近距离看见真家伙。枪的型号看上去像是 M38。又或许是 M91/30。他知道这种枪的保险栓在哪里。现在是拉开的状态。"他妈的到底是怎么回事？"

长官没有理会盖内克的问题。"等在这里。"他将了将身上的武装带，大跨步穿过走廊进入里屋，好像这里是他自己的家一样。

前厅现在只剩下夫妻二人，赫塔抽回一直挽着盖内克的胳膊，双手抱在胸前，有什么东西被重重摔在地板上，她吓得往后一缩。

"这帮混蛋，"盖内克压低嗓音骂道，"他们以为——"

赫塔朝他使了个眼色。"别让他们听见。"她小声说。

盖内克咬住自己的舌头，鼻孔大张，喘着粗气。现在的情况让他没办法安静待在原地。他双手背后，在门口踱来踱去。身为律师的职业本能告诉自己必须亲眼看一看那张搜查令（那肯定不是真的），但另外一个声音又告诉自己千万不要这么做。

几分钟后，士兵再次回到前厅。他们立定站好，双脚分开与肩同宽，像公鸡一样挺起胸膛，紧握武器。负责的长官指着盖内克。"我们要把你带回去进行审讯，库克。"他说。

"凭什么？"盖内克咬着牙问，"我又没犯法。"

"就是回答一些问题。"

盖内克低头瞪着眼前的苏联人，他比对方高了一个头，长官必须抬头才能跟他进行眼神交流，盖内克从中获得了一丝快感。

"然后就能把我放回家？"

"是的。"

赫塔迈步向前。"我跟你一起去。"她说。这是一份声明，妻子语气坚定。盖内克看着赫塔，心想怎样才能说服她，不过她说得对——妻子最好能跟自己一起去。如果在自己走后，内务人民委员部又回来了该怎么办？

"她跟我一起走。"盖内克说。

"行。"

"我们需要换一下衣服。"赫塔说。

长官看了一眼手表，竖起中间的三根手指，"你们只有三分钟。"

回到卧室，盖内克换好裤子，穿上领尖有纽扣的衬衫。赫塔拉上裙子拉链，从床下掏出自己的行李箱。"以防万一，"她说，"谁知道我们什么时候才能回来。"盖内克点了点头，也拿出自己的行李箱。虽然心不甘情不愿，但赫塔说的也许是对的，也许他们即将面临最坏的结果。他带上几件内衣、一双军队配发的几乎全新的靴子、一张父母的相片、一把折叠小刀、自己的龟甲梳、一副扑克牌，还有通信录。他的手伸向长袍，拿出钱包，塞进裤子口袋。赫塔带了几双袜子、几件内衣、一把发刷、两条宽松长裤，还有一件羊毛束腰外衣。在出门前的最后一刻，他们又决定带上自己的冬衣，接着又急忙穿过走廊，走进厨房，从食物储藏室里拿走剩下的一条面包、一个苹果，还有几块腌鱼。

"还有我的钱包，"赫塔小声嘀咕道，"我差点忘了。"她飞快地走回卧室。盖内克跟在她身后，眉头紧锁，想起自己的钱包几乎已经空了。

"走吧！"等候在前厅的长官吼道。

"找到没有？"盖内克问。但赫塔没有回答。她站在衣柜门边，双手抱头，赤褐色的头发从她的指缝间散落出来。"没了。"她小声说。

盖内克举起一只拳头捂住嘴，尽力克制自己骂人的冲动，"里面有什么？"

"我的身份证，还有钱 …… 很多钱。"赫塔摸着自己的左手手腕，"我的手表也不见了。它就在 —— 就在床头柜上，我想应该是。"

"这帮蛀虫。"盖内克压低声音骂道。

长官又在催他们了，盖内克与赫塔谁也没有说话，两个人安静地朝前厅走去。

二十分钟后，他们坐在了一张小小的办公桌前，和带他们来这里的士兵一样，对面军官头上也戴着品蓝和栗色相间的尖顶帽。房间里几乎什么都没有，除了桌后墙上挂着约瑟夫·斯大林的画像；浓重的眉毛下面，总书记的眼睛像秃鹫一样俯视着盖内克，盖内克极力抑制着内心的冲动，他怕下一秒自己会把那张画像从墙上扯下来，然后撕得粉碎。

"你说你是波兰人。"对面的军官丝毫没有掩饰语气中的厌恶之情。他眯起眼睛看着手里的纸条。盖内克心想那会不会就是所谓的搜查令。

"对。我是波兰人。"

"你在哪儿出生的?"

"我出生在拉多姆,距这里350公里。"

军官把纸条放到桌上,盖内克立刻就认出了上面的字迹是自己的。现在他终于明白过来,所谓的搜查令其实是一张表格——这张调查表还是去年九月苏联占领利沃夫后不久,他和杰洛纳大街的公寓管理员续租时被要求填写的。租赁协议当时用的是带有苏联抬头的信笺纸;盖内克并没有在意。

"你家里其他人还在拉多姆?"

"对。"

"九个月前波兰就已经投降了。为什么你还不回家?"

"我在这里找了份工作。"盖内克答道,这句话半真半假。说实话,他其实并不太想回家。母亲信中描绘的拉多姆已然变成了一个糟糕的地方——犹太人被强迫全天佩戴袖标,整座城市实施宵禁,一天要工作十二个小时,法律禁止母亲走人行道,禁止她去看电影,禁止她去邮局,除非得到特许。母亲在信中写道他们被赶出了自己的家,和其他数千名原本居住在市中心的犹太人一样,被迫住进了旧街区的小房子里,面积只有原来公寓的几分之一,他们还要付租金。我们的生意被抢走,积蓄被没收,每天像奴隶一样工作,没什么酬劳,在这种情况下,我们怎么可能付得起租金? 母亲对这些境遇感到十分恼火。所以她嘱咐盖内克要留在原处。你最好还是待在利沃夫，她在信中写道。

"什么工作？"

"在一家律师事务所工作。"

军官满脸疑惑地看着他，"你是犹太人。犹太人可当不了律师。"

这些言语像是滴到热锅上的水滴，在盖内克的耳边嗞嗞作响。"我只是助理。"盖内克说。

坐在木椅上的军官向前倾了倾身子，肘尖立在桌上。"你到底明不明白，库尔茨，你的脚下现在是苏联领土？"

盖内克张开双唇，险些发作（不，先生，你说得不对；你的脚下现在是波兰领土），但他改变了主意，正是在这一刻，他明白了自己为何会被逮捕。他想起那张调查表上有一个选框，只要他勾选了，就表示他接受成为苏联公民。但是他没有填写。看来自己当初的选择是错误的，他可以自称任何人，但就是不能说自己是波兰人。但自己又怎么可能选择成为苏联人？苏联可是——苏联一直以来都是自己祖国的敌人。除此之外，他过去的每一天都生活在波兰，他也曾为波兰而战——他决不会因为国界的改变就放弃自己的国籍。盖内克感觉自己的体温正在飙升，他意识到那张调查表并不只是一个形式，它是一次甄别测试。让苏联人能够从一群弱者中筛选出那些傲骨仍存的人。只要拒绝成为苏联公民，他就会被贴上抵抗者的标签，他已经成为危险分子。他们接下来会怎么对付自己呢？他闭上嘴巴，拒绝承认军官刚才说的话，转而用冰冷倔强的眼神瞪着对面的家伙。

"而且，"军官继续说，他用食指敲了敲调查表，"你还说自己是波兰人。"

军官脖子上青筋暴露，血液的颜色逐渐变深，和制服领口的紫色绲边越来越像。"现在，这个世界上已经没有一个东西叫波兰了！"他怒吼道，口中喷出一团唾沫。

门外进来两名年轻士兵，盖内克认出他们就是刚才搜查自己房间的家伙。盖内克怒目而视，想着是不是其中哪个人偷了赫塔的钱包。一群暴徒。审讯结束了。军官甩了甩下颌，示意夫妻俩离开，盖内克与赫塔被押出警察局，送往火车站。

畜运车厢内一片漆黑，四周的空气闷热潮湿，到处都是人类粪便的恶臭。这个地方至少塞了三十几个人，不过没人知道准确的数字（当然，他们也无从知晓），车上的人早已记不清究竟有多少人已经死掉。列车沿着弯弯的铁轨一路前行，囚犯们肩挨着肩，脑袋跟随列车行进的节奏整齐地前后摇晃。盖内克闭上双眼，但坐在车里根本无法入睡，而且他还要再等几个小时才轮到自己活动身体。地板的正中间开了一个小洞，一个男人正蹲在上面排便，赫塔感到一阵恶心。车厢里顿时臭气熏天，让人难以忍受。

今天是7月23日。他们已经在这节畜运车厢里待了二十五天；每过一天，盖内克就会用自己的折叠小刀在地板上划下一道。有时候，列车会昼夜疾行，从不减速。另外一些时候，列车会停下来，车门打开后，外面是一处小车站，标识牌上的名字已经难以辨认。他们偶尔会碰到邻近村庄的居民，一些胆子较大的家伙会靠近铁轨，对众人施以怜悯 —— 真可怜……他们会被带去哪里？有的人还会拿来一片面包、一瓶水，或者一个苹果，但很快就会被那些苏联卫兵赶走，他们竖起手中的M38步枪，对着村民破口大骂。一般情况下，列车每经过一处停靠站就会卸下几节车厢，这些车厢会改变方向，朝北方或南方继续行进。不过盖内克与赫塔所在的车厢一直沿着原来的方向前进。当然，没人告诉他们会在何时何地下车，但从车厢墙壁的裂缝中往外看，他们知道自己正在向东行进。

　　盖内克与赫塔是在利沃夫上的车，两个人特地打听了一下同行者的情况。他们都是波兰人，有天主教徒，也有犹太教徒。大部分人都和夫妻俩一样，午夜时分被政府羁押，他们的故事基本相似——有的和盖内克一样，因拒绝接受苏联公民身份被捕，有的则是因为背上了莫须有的罪名，而且无法自证清白。有的是孤身一人，有的则与兄弟或妻子同行。车上还有几个孩子。最初的一段时间里，夫妻二人和其他囚犯攀谈，分享之前的生活，回忆无法团聚的家人，两人感到一丝宽慰；这让他们觉得自己并不孤单。无论等在众人前方的是什么，彼此互相取暖让这些囚犯意识到他们能够一起面对。但没过几天，他们就发现相互之间没什么话题可聊了。渐渐地，没有人再说话，整节车厢陷入死一般的沉寂，气氛如同火焰熄灭后剩下的灰烬。有的人在一旁抽泣，但大部分人都在睡觉，或者只是安静地坐着，他们将自己封闭起来，深陷于未知的恐惧中，所有人都认清了一个事实，那就是无论他们会被送去哪里，那个地方一定会离家很远很远。

　　车轮发出刺耳的声音，列车在一处小站停下，盖内克的肚子已经饿得咕咕叫。他早就忘记吃饱的感觉了。几分钟后，外面的士兵抬起金属门闩，推开沉重的车门，阳光射进车厢，洒在囚犯身上。众人揉开双目，眯起眼睛望向门外的世界。门框里的景色一片荒凉：

一望无际的冻土平原，远处是森林地带。他们是视线范围内仅有的人类。没有人站起身。他们知道，在听到许可命令之前，自己最好还是不要擅自下车。

一个头戴红星帽的卫兵走进车厢，他迈步跨过一条条腿，还有满身虱子的躯体。来到车厢最深的角落，卫兵停住脚步，俯下身子，角落里躺着一名囚犯，身体倚在墙上，下颌抵在胸前，卫兵戳了戳对方的肩膀。老人没有反应。卫兵又推了一下，男人的身体向左边倒去，额头重重砸在旁边的女人身上，女人吓得倒吸一口气。

卫兵看上去有些不耐烦。"斯捷潘！"他喊道，不一会儿，门口出现另外一位同志，头上戴着相同的帽子，"又一个。"

新来的卫兵钻进车厢。"滚开！"他吼道，角落里的波兰人四肢僵硬地爬起来。苏联卫兵弯下腰，抬起软弱无力的尸体，往车门方向拖去，赫塔移开了视线。当卫兵经过自己身边时，盖内克抬头瞥了一眼，但没办法看清死者的脸——他只能看见一条胳膊晃来晃去，和身体形成一个奇怪的角度，手臂的皮肤呈现病态的黄色，好像黄痰一样。来到门口，卫兵倒数三声，嘴里嘟囔几句，将尸体拖出车外。

赫塔捂住耳朵，她害怕如果再听见尸体撞击地面的声音，自己会叫出声来。三天时间里，这已经是被扔出去的第三具尸体了。他们像垃圾一样被丢弃，尸首在铁轨边腐烂。起初，赫塔还能勉强自己不去在意这些可怕的事情。她尽可能让自己变得麻木。有时她会假装自己在观赏一出闹剧，或者在看一部恐怖电影，她会让自己的思绪脱离肉身，就像是从空中俯瞰自己的躯体。还有的时候，思绪会把她完全带离列车，赫塔的眼前会浮现另外一个宇宙的画面，这些场景大都来自她的记忆，源于她自小长大的别尔斯科：富丽堂皇的犹太会堂矗立在马亚大街上，会堂正面是华丽的新罗马式风格建筑，搭配摩尔风格的双子塔楼；站在申杰尔尼亚山 ① 山顶俯瞰，整个村子的风景和美丽的别尔斯科城堡尽收眼底；与比亚瓦河 ② 相隔几个街区的地方有她最喜欢的公园，那里绿树成荫，小时候她和家人在这里野餐。她会尽可能让自己的思绪停留在这些画面中，用回忆来安慰自己。然而就在上周，她再也没办法假装视而不见了，一个女婴死掉了，和盖内克的外甥女差不多大。饿了几天，受了饥饿的折磨，离开了这个世界。孩子母亲的乳汁已经枯竭；那位母亲好几天没有说一句话，只是静静地坐在那里，身体紧紧抱着怀中已经没有生命的襁褓。一天下午，卫兵发现了异样。当他们从母亲怀中扯走死婴时，其他人再也按捺不住，他们大声哀求——求求你们！这不公平！就让孩子留在这里吧，求求你们！但卫兵转过身，将小小的尸体扔出车外，就像对待其他死人一样，囚犯的哀求很快就被这位母亲绝望的号啕淹没，她的心已经彻底碎成两半，她开始绝食，她的悲痛无法平息，四天之后，她的尸体也被扔到车外。

婴儿的尸体轻轻砸向地面，那一声"砰"彻底击碎了赫塔内心的平静，麻木的感觉消失殆尽，取而代之的是仇恨的火焰在她身体深处熊熊燃烧，赫塔不知道自己体内的器官是不是着了火。

第三位头戴蓝帽的卫兵走进车厢，他拿来一桶水和一篮面

---

① 申杰尔尼亚山（Szyndzielnia Mountain）：波兰西里西亚地区贝斯基德山脉的一座山。
② 比亚瓦河（Biala River）：波兰南部河流，维斯瓦河的右支流，是别尔斯科－比亚瓦市的主要河流。

包——和烟盒差不多大小的面包片，硬得像树皮一样。盖内克拿过一片，掰下一小块，把剩下的面包递给赫塔。赫塔摇了摇头，她现在恶心得想吐，根本吃不下东西。

车门被关上，车厢再次变得漆黑一片。盖内克挠着头皮解痒，赫塔拉起他的手。"情况只会越来越糟。"她小声说。盖内克耷拉着脑袋，不知道自己为什么感觉这么难受——是因为身处这样腐烂的环境无处可逃？还是自己头皮上越来越多的跳蚤大军？他调整了一下膝盖下面的行李箱位置，改用嘴呼吸，好避开那些恶臭难闻的死亡与腐败气息。过了一会儿，盖内克感觉有人在拍自己的肩膀。公用水罐传到了他这里。他叹了一口气，拿起面包蘸了蘸已经腐臭的水，接着把罐子递给赫塔。赫塔抿了一小口，然后传给右边的同伴。

"真恶心。"赫塔小声说，用手背抹了抹嘴唇。

"咱们现在只有这些东西。没有水我们就会死。"

"我说的不是水。而是其他事情。所有的事情。"

盖内克握住赫塔的手，"我知道。我们得先从这趟列车上下去，我们一定能挺过去。一切都会好起来的。"黑暗中，他感觉赫塔正在注视着自己。

"会吗？"

一股罪恶感涌上盖内克心头，他现在早已熟悉了这种感受，他认为是自己的错误才导致夫妻二人陷入如今境地。要是自己事先想到拒绝苏联公民身份可能带来的后果（要是自己能在决定命运的那天勾选上调查表的那一项），一切都会改变。两个人现在很可能还在利沃夫生活。他把头倚在身后的墙壁上。在当时的自己看来，一切的答案都是那么明显。放弃波兰公民身份就等同于背叛自己的国家。赫塔也发誓自己不会效忠苏联，如果她处在自己的位置，想必会做出同样的事情，但是，天啊，要是自己能让时间倒流就好了。

"一定会的。"盖内克点点头，他独自将懊恼吞下。无论他们会被送去哪里，至少都比待在列车上强。"一定会的。"他重复道，希望自己能呼吸一下新鲜空气。盖内克的头脑清醒了些。他闭上双眼，从登上列车的那一刻开始，自己的身体就被一股无力感占据，心里的石头总是落不下地，一路上他饱受折磨。他讨厌这种感觉。但是自己又能做些什么呢？自己的智慧、自己的魅力，还有自己的样貌（这些是他在生活中一直依靠的东西，它们总能帮自己摆脱困境），它们现在又能帮自己什么忙呢？有一次，他冲卫兵微笑，试图用礼貌换取对方的好感，结果呢，那个混蛋家伙威胁说要把自己这张英俊帅气的脸胖揍一顿。

一定会有办法的。盖内克感到胃部一阵痉挛，他的心底突然涌起一股祈祷的冲动。他并不是一个虔诚的信徒，自然也没花过太多时间来祈祷，他不明白祈祷有什么用。但他也从未像现在这样感到无助。如果说一个人总会遇到需要求助的时候，他觉得对自己来说，那个时候就是现在。不管怎样，祈祷一下总不会带来什么坏处。

于是，盖内克开始祈祷。他祈祷夫妻俩长达一个多月的迁徙之旅能早日结束；他祈祷下车后能住进宜居的环境里；他祈祷自己与赫塔身体健康；他祈祷父母平安，弟弟妹妹无事，特别是弟弟阿迪，兄弟俩有一年多没见了。他祈祷自己与家人团聚的日子能早点到来。如果战争可以尽快结束，他幻想着，也许等到十月犹太新年时自己就能见到家人。家人团聚，一起庆祝犹太新年，那将是多么美好的事情。

　　盖内克在心底默默重复祷告，车厢里有人开始唱歌。那是一首圣歌:《上帝拯救波兰》。其他人也跟着和起来，歌唱的声音越来越大。歌词回荡在黑暗潮湿的车厢里，盖内克也在安静地歌唱。求求您，上帝，请守护波兰。守护我们。守护我们的家人。求求您。

1939 年 11 月—1941 年 6 月

超过一百万波兰男女和儿童被苏联红军驱逐到西伯利亚、哈萨克斯坦和苏联控制下的亚洲地区，在那里，这些人进行着严酷的体力劳动，忍受着肮脏的居住环境、极端的严寒气候、各类疾病，还有饥饿的折磨。数以千计的波兰人因此死去。

1940 年 9 月 7 日

伦敦闪电战爆发。连续五十七个日夜，德国飞机不间断地对英国首都进行轰炸。德国空军的袭击还扩大到了周围十五个英国城市，整个战斗持续了三十七周之久。拒绝投降的丘吉尔命令英国皇家空军坚持抵抗，并毫不留情地予以反击。

1940 年 9 月 27 日

德国、意大利和日本签订三国同盟条约，建立轴心国集团。

1940 年 10 月 3 日

法国维希政府颁布《犹太人法令》，宣布剥夺居住在法国的犹太人的一切公民权利。

第十三章

阿 迪

————

法国维希/1940 年 12 月

　　阿迪徘徊在帕克酒店入口阶梯前的人行道上。虽然还没到早晨八点，但他却异常亢奋，身体每根肌肉纤维都高度紧张。他踱来踱去，意识到自己应该吃些东西才能甩掉笼罩在身上的寒意。今年的法国似乎迎来了史上最寒冷的冬天。

　　一位西装革履、满头金色短发的男人走出酒店，阿迪迟疑片刻，回忆着报纸上刊登的索萨·丹塔斯近照。不是他。路易·马丁斯·德·索萨·丹塔斯，巴西驻法大使，他应该是一头黑发，身材也更魁梧一些。他是个大块头。过去几个月，阿迪几乎搜罗了所有能够获得的大使情报。从收集的信息来看，大使是位颇受欢迎的人。特别是在巴黎，他备受崇拜，对于精英社会和政治圈里的人来说，他的名字自带一种名人气质。六月，法国向德国投降后，索萨·丹塔斯也跟着从巴黎转移到维希 —— 除了他以外，还有几位亲轴心国势力的驻外大使，分别来自苏联、意大利、日本、匈牙利、罗马尼亚，还有斯洛伐克。大使的新办公室位于美国大道，但阿迪听传言说他晚上会下榻在帕克酒店 —— 而且他私下里会为犹太人发放巴西签证，当然，是非法的。

阿迪看了一眼手表，快八点了。大使馆马上就要开门。他用嘴角呼吸，心想万一计划失败要怎么办。接下来又该做些什么？尽管承认这一点让阿迪很痛苦，但返回波兰已经是不可能的事了。法国如今已在纳粹德国掌控之下，他不但没办法拿到签证，而且继续留在原地看来也不是明智之举。在轴心国势力掌控的欧洲大陆上，他已经失去了安身之地。

申请巴西签证，阿迪曾考虑再三。据说巴西独裁统治者热图利奥·瓦加斯很欣赏纳粹德国的统治方式，本身也是半个法西斯主义者。但阿迪已经先后被委内瑞拉、阿根廷两个国家拒绝了签证申请，而且在美国大使馆外排队等待两天后，他也得到了同样的结果。他现在已经别无选择。

当然，逃亡巴西意味着自己和家人将会隔上一个大洋的距离——每想到此，他便陷入永无止境的煎熬中。距上次接到母亲从拉多姆寄来的信件已经过去十三个月。他不知道自己写给母亲的信有没有寄到她手里，不知道当母亲了解自己想要离开欧洲的想法后会不会受到伤害，会不会觉得自己背叛了整个家族。不，当然不会，他安慰自己。在有机会离开的情况下，母亲一定会支持自己的决定。而且不管怎么说，在法国的几个月里，他一直没能和家人取得联络，即使他前往巴西，情况也没什么两样。当然，在不清楚父母和兄弟姐妹是否安全的情况下离开，在家人不知道自己的计划也不晓得怎样联系自己的情况下出走，他觉得这样是不对的。为了感到心安，阿迪不断提醒自己，等拿到签证（以及在此基础上取得的常住地址）并找到安全的落脚处后，他就能将全部精力用来寻找家人的下落。

　　不过获取巴西签证并非易事。阿迪的第一次尝试就以失败告终。那是个阴雨绵绵的寒冷日子，他站在巴西驻法国大使馆门外足足等了十个小时，和几十名申请者一样迫切想要得到前往里约的签证，但只收到索萨·丹塔斯手下工作人员略带歉意的通知：现在已经没有多余的签证名额了。阿迪回到旅馆，接下来的几天里彻夜难眠，苦思冥想要如何说服那位女职员为自己破一次例，但从对方的眼神中，阿迪看得出来——她不会打破规则。阿迪需要和她的上级接触，直接去找大使本人。

　　阿迪在心里一遍遍排演着自己的说辞，他的口袋里装着自己的证件——只要巴西政府认为他有获得签证的资格，这张图卢兹波兰使馆签发的证件就能变成他的移民许可。"索萨·丹塔斯先生，您好，我叫阿迪·库尔茨，"他用法语小声背诵着台词，心想要是能用大使的母语葡萄牙语交流该有多好，"很高兴遇见您。我知道您事务繁忙，但如果您能给我几分钟时间，我保证绝对不会让您失望，而且您一定会批准我的签证申请，让我有机会前往巴西这个美丽的国家。"话题会不会切入得太早了？不，他必须长话短说。否则索萨·丹塔斯凭什么要在他身上浪费时间？只要有机会向大使证明自己的学位和在电气工程行业的经验，大使一定会对他另眼相看。巴西是发展中国家——他们肯定需要工程师。

　　阿迪整了整外衣翻领里的围巾，他从酒店一楼窗户中看见了自己的虚像，他审视起自己的模样，仿佛是透过大使的眼睛在看自己，他内心的不安暂时平息下来。他看上去精明能干，衣着搭配得体，显得十分专业。穿西服果然是正确的决定。阿迪也想过要不要穿军服，那身戎装跟随自己一路征战。如今他的肩上已是令人尊敬的三道杠：中士长，在抵达科龙贝莱贝勒后不久阿迪便得到晋升，他总是随时随地携带自己的军服——甚至有时还穿在便装里面，以防在某些场合需要快速换装。但穿上西服的阿迪才是真正的他，也是最自信的他。除此之外，如果他穿着军服，索萨·丹塔斯很有可能询问自己的复员时间和复员过程。从法律上来说，阿迪到现在还没有复员。

对阿迪来说，复员的过程非常快，也有别于常规。他在法国投降后不久便离开了军队，除一小部分法军部队外，德国人遣散了其他所有法国军队。未被遣散的部队统一听从德军指挥。阿迪本应等待官方的复员命令，但他发现新颁布的《犹太人法令》剥夺了法国犹太人的公民权利，数千人被逮捕或遭到驱逐而出境。因此，与其坐以待毙，不如先发制人，阿迪借来一台打字机，以朋友的复员证为参考，给自己伪造了一份证件——这是一着险棋，但他知道留给自己的时间已经不多了。值得庆幸的是，到目前为止，自己的复员证依然还能派上用场。没有人仔细看这些东西——包括他的排长，包括他申请从波兰移民时遇到的图卢兹波兰使馆工作人员，也包括他搭乘便车前往维希时遇到的法军货车司机。不过，他还不敢贸然把运气用在索萨·丹塔斯身上。

阶梯上传来一阵脚步声，阿迪马上集中精神。他转过身，看见一张宽阔的脸和一副更加宽阔的肩膀，一位绅士走了过来，阿迪立刻就认出了对方——是他。索萨·丹塔斯。这个男人身上的所有特质都显得那样简单直接、毫无架子：他穿着一条海蓝色的宽松长裤，一件羊绒外衣，拿着皮革公文包，走起路来脚下生风、毫不拖沓。阿迪体内的肾上腺素开始快速分泌。他清了清嗓子。"索萨·丹塔斯先生。①"他站在阶梯下向大使打招呼，用力跟大使握手，尽量不去想自己之前申请巴西签证被拒的事情。除了眼前这个人，没有人能批准他的签证了。他现在的计划必须管用；这是自己唯一的选择。冷静点，阿迪不断提醒自己。这个男人也许是你此刻生命中遇到的最重要的人，但是，你决不能表现出特别渴望的样子。做好你自己就行。

---

① 原文为葡萄牙语。

第十四章

哈利娜

波兰（德占区）与波兰（苏占区）中间地带布格河①/1941年1月

哈利娜扎好羊毛大衣的下摆，拿起一根木棍插入水中，慢慢移向布格河对岸。冰冷的河水没过了她的膝盖，拖拽着她的裤子。她停下脚步，回头张望。时间虽然已过午夜，但月亮又大又圆，好像一盘苹果派，又像是挂在晴朗夜空中的聚光灯；她能清楚地看见表姐弗兰卡的模样。"你确定自己没问题吗？"她拖着颤抖的身子问。弗兰卡正在全神贯注蹚水过河，长满雀斑的脸上神色紧绷。表姐移动得很慢，伸出一条胳膊来保持平衡，另外一条胳膊拐着柳条篮的把手，篮子紧紧贴在身旁。

"我没事。"

哈利娜主动提出要提篮子，但弗兰卡却坚持自己来拿。"你在前面探路，"她说，"看看哪些地方有沟。"

哈利娜担心的并不是篮子本身，而是藏在里面的钱。姐妹俩将五十兹罗提用一块防水帆布包好并塞进了篮子内衬的小洞里，她们

---

① 布格河（Bug River）：维斯瓦河支流，现在为乌克兰、白俄罗斯与波兰的界河。

觉得这样一来即使遭到敌人搜查，这些钱也足够安全隐蔽。哈利娜俯身靠近河水，心想在战争爆发前，五十兹罗提根本不值一提。也就能买一条新丝巾，或者在华沙大剧院里欣赏一晚上演出。但是现在，这些钱是姐妹俩一周的伙食费，是一张火车票，是逃离囚牢的出路。此时此刻，这五十兹罗提就是救命的绳索。哈利娜将木棍一头扎进河床，又试着向前迈了一步，蓝白色的月亮倒映在水面，月光仿佛在她身边翩翩起舞。

搬来利沃夫生活会更好，亚当总是在信里这样向哈利娜保证，相比生活在被德国占领的拉多姆，苏联统治下的日子并不像她现在经历的那样糟糕。哈利娜知道亚当说的没错。她讨厌蜗居在旧街区又挤又小的公寓里，其中一间卧室分给了米拉和费利西娅，父亲和母亲住在另外一间，而自己只能睡在客厅一张小得不行的靠背椅上。她受够了没有冰箱的日子，还经常会遇到好几天停水的情况。家里人总是会踩到对方的脚趾。而且更糟的是，国防军开始用绳索将临近区域隔离开来。虽然没有明说，但他们正在修建隔都①。一座监狱。很快，整座城市的犹太人就会和非犹太人完全隔离。艾萨克是哈利娜在犹太警局的朋友，据他说，国防军已经在卢布林、克拉科夫、罗兹②等地建好了隔都。住在拉多姆的犹太人目前仍能自由出入旧街区，但每个人都知道，周围的绳索早晚会被墙壁取代，整个社区都将被封锁。

"来利沃夫吧，我们可以开始新的生活，"亚当写道，"贝拉已经来了。你肯定也没问题。接下来我们再把你的父母，还有米拉一起

---

① 隔都（ghetto）：音译"隔都"，犹太人聚居区。
② 罗兹（Łódź）：波兰中部城市。

接过来。"开始新的生活。抛开现在的局势不谈，这些话听起来充满希望，甚至有些浪漫。用不了多久，自己就会和亚当结婚，这一点她十分确定。但无论生活条件有多艰难，她也决不会抛下身在拉多姆的父母和姐姐不管，自己的良知不会允许，这一点她同样十分确定。

几周以来，哈利娜一直在告诉自己：去利沃夫是不可能的。但在接到亚当的一封信后，她改变了主意，亚当在信中请哈利娜在某日某时去拉多姆恰霍夫斯基公墓外的台阶上见一见自己的同事。她忐忑不安地前去赴约，和对方见面后，她知道原来亚当已经被招募为地下组织成员。"在利沃夫，他已经小有名气，被称为最棒的仿造大师，"同事说——他没有说自己的名字，哈利娜也没有问，"他想告诉你的就是这件事，他希望你能去利沃夫。我觉得这趟旅途是值得的。"说完这番话，同事的身影便消失在科希切尔纳大街上。想必这就是亚当信中所说的"消息"，这些事情当然不能写在纸上。不过哈利娜并没有感到意外。亚当是她见过的心思最细腻的人。完美无瑕，她想起亚当第一次给自己看他绘制的建筑图纸——那是火车站大厅的透视图。干净的线条、时髦的设计，兼具美学享受与实用价值。"我在努力让自己的设计'摆脱虚假'。"他引用了自己的偶像——现代主义建筑学家瓦尔特·格罗皮乌斯①的名言。

得到这个消息，哈利娜决定前往利沃夫。她想要一个人走，但表姐弗兰卡坚决反对。"我跟你一起去，"她说，"不管你愿不愿意。"

---

① 瓦尔特·格罗皮乌斯（Walter Gropius，1883—1969）：德裔美国现代建筑师和建筑教育家，现代主义建筑学派的倡导人和奠基人之一，包豪斯学校的创办人。

两家父母对她们此次出行表示担心，当然这也是可以理解的事情。从雅各布的来信里得知，哥哥盖内克在六月底的某天晚上从利沃夫消失了。而塞利姆到现在也没有消息。父母承认现在拉多姆的日子并不好过，但至少全家人还在一起，彼此还能知道对方的情况。不管怎样，犹太人异地出行仍然属于违法行为（按照现在的法令规定，违法者将会被判处死刑），这趟旅途还是过于凶险。但哈利娜发誓自己会找到前往利沃夫的安全道路，而且保证自己不会在那里待太长时间。"亚当说他能帮我找到工作，"她说，"用不了几个月，等我身上有了足够的现金和身份证，我就会回来，这样咱们的日子也能宽裕一些。而且，有亚当的帮助，"她继续说，"我也许能知道盖内克与赫塔遇到了什么麻烦，还有塞利姆的下落。"一旦哈利娜下定决心，谁也拉不回她，索尔和涅秋玛只得勉强同意；更何况现在动摇她的想法也毫无意义。

　　河水已经没过了她的大腿。哈利娜在心里咒骂道，她心想自己要是像弗兰卡一样高就好了。该死的，太冷了。如果河水再深一点，她就只能游过去了。她和弗兰卡都是游泳健将（某年夏天，在两位父亲的指导下，姐妹俩一起在湖边学会的游泳），但这条河里的水和美丽的加尔巴特卡湖水相去甚远。一月的河水冰冷刺骨，颜色乌黑，水流湍急。贸然游过去会很危险。她们有患上低体温症的危险。还有篮子怎么办——它可能不被浸湿吗？哈利娜又想起那些钱，想起母亲是如何东拼西凑才弄到了这五十兹罗提。现在更有理由去利沃夫了，要补充家里的积蓄。这点寒冷不算什么，她不断告诉自己。这些全都是意料之内的事情。

　　昨天夜里，姐妹俩在利斯基①小镇的扎林格夫妇家中借宿，他们是库尔茨家的老友，哈利娜大约十年前在布料店里和他们第一次见面。在哈利娜认识的人里面，扎林格夫人是唯一能坐下来对着丝绸聊上好几个小时的人。涅秋玛很尊敬她，十分期待她的来访，在布料店关张前，扎林格夫人每年都会来店里两次。

　　利斯基小镇距布格河十五公里远，这条河被德苏两国指定为波兰德占区与苏占区的分界线。扎林格夫人告诉哈利娜与弗兰卡：布格河上的桥两端都有士兵把守，最安全的过河方法就是蹚过去。"河两岸距离很近，而且听说佐辛②地区的河水最浅。"扎林格夫人解释道。"但佐辛地区驻守着很多纳粹士兵，"她警告道，"并且水流很急。你们必须小心不要溺水。河水非常冰冷。"扎林格夫人说自己的侄子一周前刚顺着这条路从利沃夫来到这里。"据尤雷克说，穿过布格河后，你们要沿着河岸往南走到一个叫乌斯蒂卢赫的地方，接下来你们可以搭个顺风车去利沃夫。"

　　转天早晨，扎林格夫人往哈利娜和弗兰卡的篮子里塞了一小片面包、两个苹果，还有一枚煮鸡蛋——"简直是一顿大餐！"哈利娜惊呼道。夫人小声说了句"祝你们好运"。她亲吻着两个女孩的面颊，目送二人离开。

　　为避免被德国士兵发现和盘问，哈利娜和弗兰卡沿着小路向佐辛地区前进，两个人尽量不去想万一被抓到身上没有携带通行证会有什么下场，所谓的通行证是一张写有特别许可的纸条，准予个人

---

① 利斯基（Liski）：波兰北部瓦尔米亚－马祖里省皮什县的村镇。
② 佐辛（Zosin）：波兰东部卢布林省赫鲁别舒夫县的村庄，该村庄附近的布格河是波兰最东端。

异地出行。姐妹俩走了快三个小时。二人在黄昏时分抵达佐辛地区，她们在河岸边徘徊，寻找最窄的距离，一直等到天黑后，两个人才开始准备过河。

姐妹俩最终选中了一个地方，河两岸的距离不会超过十米；哈利娜估计她们现在已经走过了将近一半距离。"你没事吧？"她回头问道，哈利娜牢牢撑住手中的木棍。弗兰卡已经有些落后。表姐抬起眼睛，犹豫片刻，接着又点了点头，在月光的映衬下，弗兰卡的眼白仿佛是在上下跳动。哈利娜转过身，重新将注意力集中在眼前深渊一般的河水上，她看到周围有什么东西一闪而过。那是一束微弱的亮光。她怔住了，哈利娜仔细盯着光线射来的方向。亮光消失了一会儿，但很快又重新出现。一束。两束。三束！是手电筒的光。从东边的树林里射过来，在河对岸排成一列。肯定是苏联士兵。除了他们，还有谁会在如此寒冷的深夜外出？哈利娜回头张望，不知道弗兰卡有没有注意到那些光，但表姐的下颌紧贴胸脯，弗兰卡在艰难渡河。哈利娜竖起耳朵，留意着四周的动静，但只能听见一成不变的流水声。又等了一分钟，她最后还是决定什么都不说。没什么好怕的，她告诉自己。没必要让弗兰卡分心。姐妹俩很快就能蹚到对岸，等到了干燥的陆地上，她们可以先潜伏下来，静待手电筒的主人离开。

踩在脚下的河床泥沙逐渐变为岩石，继续前行几步，哈利娜感觉自己仿佛走在了大理石上。她考虑着要不要先折返回去，等找到更好更浅的地方再过河。她们可以明天再来试试，或者等下雨的时候，天上的云层更厚，姐妹俩能得到更好的掩护。可是那又有什么意义呢？从哪里过河并不重要，因为她们永远没办法知道河水到底有多深。更何况姐妹俩在佐辛地区没有熟人。她们要住在哪里呢？如果晚上睡在野外，会被冻死。哈利娜的视线扫过树林。谢天谢地，那些小光点已经没了踪影。再有四米就能到达对岸，最多五米。等到了苏联那边，也许我们的运气能好一些，她安慰自己，继续前进。

"我们还有一半 ——"哈利娜喊道，但话没说完，身后便传来"啊"的一声尖叫，紧接着是扑通一声，有什么人落水了。哈利娜立刻转过头，刚好看到弗兰卡跌入水中的一幕，只见表姐嘴巴大张，身体消失在水面下，尖叫声也随之消散。

"弗兰卡！"哈利娜倒吸一口气，她屏住呼吸。一秒、两秒。什么声音都没有。

表姐刚刚站立的地方如今只能听见流水声声，河面上明月与夜空的倒影只留下一圈圈涟漪，还有些许泡沫。哈利娜在河中四处搜索，拼命寻找表姐的行踪。"弗兰卡！"她压低声音叫道，一双眼睛已经陷入疯狂。

终于，在几米外的河流下游，弗兰卡跃出水面，她吐出刚刚呛进去的水，大口喘着气，她的眼睛上沾着几绺头发。"篮子！"弗兰卡发出一声哀号，扑向漂在自己前方的一个米黄色球体。她向前猛冲，想要抓住篮子的把手，但水流的速度实在太快。顺着湍急的河水，篮子一会儿浮起来，一会儿又沉下去，迂回行进，最终消失不见。

"不 ——"哈利娜惊慌失措的喊叫声冲破了周围稀薄的空气。她想都没想便扔下木棍、屏住呼吸，一个猛子扎进水里，奋力张开双臂向前游去。冰冷刺骨的河水像钢刀一样划破了她的脸，又像铠甲般紧紧包裹住她的身体，没过一会儿，她就感觉四肢无力，僵硬的身体仿佛变成一根顺流而下的原木。哈利娜抬起头，大口吸气，拼命拍打水面，扯着脖子好让下颌始终高过水面。篮子就在几米开外的河流下游，她已经快要看不清篮子的模样，篮子的把手像漂浮在波涛汹涌海面上的浮标，在几米外的河流下游来回摆动。

"别追了，"弗兰卡在身后哀求道，"随它去吧！"但哈利娜却更加用力地拍打水面，表姐恳求的声音越飘越远，直到最后她只能听见自己的呼吸声和耳边溅起的水花声。她拼命拍打水面，膝盖碰到河床被擦伤。她本可以站起来，但她知道如果那样做了，自己就再也追不上篮子了。她像青蛙一样蹬着双腿，眼睛死死盯着河流下游，对抗着快要冻僵的身体，抑制着内心想要放弃、想要游到对岸休息一下的冲动。

她绕过一个小弯，河面突然变宽，水流暂时放缓。篮子也放慢脚步，顺着水面的漩涡缓缓向前漂流，河面变得光滑闪亮，好像父母那架施坦威钢琴的喷漆表面。哈利娜逐渐缩短了与篮子的距离。当河面变窄、水流再次加快时，她和篮子只剩下一臂之遥。哈利娜全身的肌肉都在哀鸣，她用尽最后一丝力气，身子跃出水面，伸出胳膊，五指张开，猛地向前扑去。

当她再次睁开眼睛，惊讶地发现篮子已经抓在了自己手里。四肢可能已经失去知觉；她什么都感觉不到了。她慢慢把双脚沉入河底，找到一个落脚点。她缓缓站起来，身体尽量贴近水面，以防被冲走，踩着脚下滑溜溜的石头，哈利娜艰难地走向河对岸，她的手指紧紧抓着篮子的把手，指节周围已经毫无血色，整个手掌开始痉挛，看来等安全到达河对岸后，自己得用另外一只手把这些指头掰开了。

来到干燥的陆地，哈利娜一下子瘫倒在泥泞的河岸边，两侧的肩膀上下抖动，心脏怦怦直跳，不断撞击着她的胸腔。她蜷起身子，瞥了一眼篮子里面。食物已经被冲走。她将指头伸进内衬的小洞里，摸索着那块防水帆布。那些兹罗提！"还在！"她小声说，一时间忘记自己已经冷得不行。她脱下外衣，拿起衣服在岩石上拍打甩干，然后又披回肩上。哈利娜全身的颤抖已经转为肌肉痉挛。姐妹俩需要尽快找到一处能够休整的避难所。

哈利娜匆忙向上游走去，没过几分钟，她就听到了弗兰卡的哭声。"我在这儿！"哈利娜喊道，她冲表姐挥挥手，自己的身体现在仍然充满肾上腺素。弗兰卡也蹚过了河，此时正沿着河岸朝哈利娜的方向跑过来。哈利娜得意扬扬地将篮子举过头顶。"虽然吃的东西全都没了，不过那些兹罗提还在！"她笑容满面地说。

"谢天谢地！"弗兰卡气喘吁吁地说。她张开双臂抱住哈利娜。"我在岩石上滑了一跤。真是对不起！"她看着哈利娜的模样，"你看看，你把自己搞得像个落汤鸡一样。"

"你也一样！"哈利娜有些得意忘形，伴着冷冰冰的蓝色月光，两个人冻得浑身僵硬，从头到脚颤抖个不停，湿透的衣服向下滴着水，姐妹俩相视而笑——起初还很小声，但很快便大笑起来，直到笑出眼泪，滚烫的咸咸泪水顺着两人脸颊流下，两个人差点窒息。

"现在怎么办？"弗兰卡开口问道，两个人终于重新冷静下来。

"现在，让我们迈开步子走吧。"哈利娜挽起弗兰卡的胳膊，朝另外一只手掌吹着热气，姐妹俩走向东面的树林。

刚迈开脚，弗兰卡便停了下来。"你看！"她大吃一惊。笑容从她脸上消失，"手电筒！"至少有六七个。

"苏联红军，"哈利娜压低声音说，"肯定是他们。那帮贱人。①我还以为他们已经走了。他们肯定是听见咱们的笑声了。"

"你早就知道他们在那儿了？"弗兰卡瞪大眼睛。

"我不想吓到你。"

"那现在咱们该怎么办？要不要跑？"

哈利娜死死咬住双颊内侧，努力不让自己的牙齿打战。她也想过要不要逃跑。但之后呢？不行，她们都来到这儿了。她挺起胸膛，暗下决心，自己要表现得坚强一些，至少表面上看起来要这样，为了弗兰卡，也为了她自己。"咱们要跟他们交涉。来吧。你跟我都需要找个暖和的地方。也许他们能帮咱们。"哈利娜紧紧挽着弗兰卡的胳膊，耐心地劝说道。

"帮咱们？要是他们拒绝呢？万一他们直接开枪怎么办？咱们应该游到下游，找个地方躲起来。"

"然后等着冻死？看看咱们现在的样子；在这么冷的情况下，咱们绝对撑不过一个小时。而且，他们已经看见咱们了。不会有事的，镇静一些。"

姐妹俩小心翼翼地朝闪烁的灯光走去。

距士兵大概还有十米，手电筒后面的人影用俄语吼道：

"站住！"

哈利娜慢慢将篮子放到脚边，和弗兰卡一起将手举过头顶。"我们是盟友！"哈利娜用波兰语大声说，"我们没有携带武器！"她数了数，总共十位身穿制服的士兵正在向自己走来，她感到有些口干

---

① 原文为波兰语。

舌燥。每位士兵都是一只手举着长长的金属手电筒，另一只手握着步枪；手电筒的光和枪口全都对准了哈利娜与弗兰卡。哈利娜转过头，避免眼睛被白色的灯光灼烧。"我来利沃夫是为了找自己的未婚夫和哥哥。"她说，希望自己的声音听上去还算镇定。士兵越走越近。哈利娜低头看着身上已经湿透的衣服，又看了看身旁因寒冷而颤抖不停的弗兰卡。"行行好，"她眯起眼睛看着这些士兵，"我们很饿，身体都冻僵了。你们能不能帮我们找些吃的东西、一条毛毯，还有过夜的地方？"在灯光的照射下，哈利娜呼出的气息化作一缕缕灰色雾气，在空中转瞬即逝。

士兵排成一个圆圈，将两名年轻女子围在中间。其中一名士兵捡起篮子，检查着里面的东西。哈利娜屏住呼吸。在他发现那些兹罗提之前，她心想。必须转移他的注意力。

"我本来还能送你们一些吃的东西，"哈利娜继续说，"但现在我们仅有的一枚鸡蛋已经漂向了乌斯蒂卢赫。"她剧烈地摇晃着身体，牙齿像响板一样打着战。士兵抬起头，仔细端详起哈利娜的脸，哈利娜朝对方微微一笑，士兵又转头看向弗兰卡，审视着二人身上湿透的衣服，还有脚下浸满泥污的鞋子。哈利娜发现对方应该跟自己差不多大。也许比自己还要小。十九岁，或者二十岁的样子。

"你说你来找家人。那她呢？"年轻士兵用生涩的波兰语盘问道，手电筒的光对准了弗兰卡。

"她——"

"我母亲住在利沃夫，"没等哈利娜回答，弗兰卡抢先开口道，"她现在病得很重——没有人照顾她。"她咬字清晰，谎话说得跟真的一样，哈利娜费了一番功夫才没让自己露出惊讶的表情。弗兰卡为人坦诚直率；她到现在也没有掌握欺骗的艺术。至少到目前为止是这样。

士兵沉默片刻。啪嗒、啪嗒，河水顺着两个年轻女子的肘尖滴到鞋上。最后，士兵摇了摇头，从他的表情里，哈利娜看出了一丝同情，又或许他们只是拿两个人的遭遇当消遣。她感觉自己原本紧绷的颈部肌肉终于放松下来，双颊的血液再次流动起来。

"跟我们来，"士兵命令道，"你们负责削马铃薯皮，晚上就在我们的营地过夜。明天早晨，我们再讨论是否放你们走。"他把篮子还给哈利娜。哈利娜随手接过篮子，挎到胳膊上，拉起弗兰卡的手，在两旁士兵看守下，一路向北前进。没有人说话。空气里只有脚步声在回响——沉重的皮靴踏在地面上，发出重重的撞击声，湿漉漉的鞋底踩到草地里，发出嘎吱嘎吱的声音。走了几分钟，哈利娜看了一眼弗兰卡，但表姐的目光始终盯着前方，脸上面无表情。哈利娜太了解自己的表姐了，她察觉到表姐的下颌在微微颤抖。弗兰卡很害怕。哈利娜捏了捏表姐的手，想用这个动作告诉对方一切都会好起来的。至少她自己是这样希望的。

众人走了将近一个小时。随着体内肾上腺素慢慢退去，哈利娜的脑子里除了冷以外没有别的想法——疼痛侵袭着她的每个关节、她的双手双脚，还有她的鼻尖，现在她已经不再感到麻木，而是浑身灼热。她担心自己的血液会不会在走路时就凝结成冰。等到了营地以后，万一发现自己的鼻子被冻伤，她要不要切掉它呢？够了，她告诫自己，强迫自己不去想这些事情。

亚当。想想亚当的事情吧。她想象自己已经来到利沃夫，来到亚当公寓门口，她搂住亚当的脖子，告诉他弗兰卡摔倒的事情，还有自己是如何拍打着冰冷的河水，顺着布格河寻找篮子的故事。那时的场景再次浮现在眼前，现在看来自己当时的举动的确有些疯狂。自己究竟在想些什么？竟然会跳进那样冰冷的河水中。亚当会理解自己吗？父母肯定不会，但她知道——亚当一定能理解。没准儿他还会佩服自己。

她瞥了一眼右边的士兵。同样也很年轻。二十岁出头的模样。他也很冷。军大衣下面的身体也在瑟瑟发抖，看起来十分可怜，似乎只要能够离开这里，他愿意去任何地方。哈利娜心想，也许在这些巨大的枪支和看似十分重要的军服背后，这些年轻男子私底下都是人畜无害的模样。他们也许和自己一样迫切希望战争结束。她可以对天发誓，自己刚刚看见这个小队里个子最高的士兵偷偷看了一眼弗兰卡。那种眼神她再熟悉不过了——混杂着好奇和渴望；男人经常会用这种眼神看自己。她决定施展一下自己的魅力。她可以夸赞这些士兵的爱国主义精神，也可以用微笑说服对方放姐妹俩走才最符合他们的利益。也许弗兰卡可以和高个子士兵调调情，答应给他写信，再来一个告别之吻。一个吻！时间过去太久，自己已经快要忘记跟亚当亲吻的感觉了。哈利娜确信自己的计划能够成功，体内的血液因此提升了一些温度。这些士兵仍然保持高度警惕，这一点毋庸置疑，但她会得到自己想要的东西——她总是能如愿以偿；这是她最擅长的领域。

今天已经是姐妹俩在临时军营的第三晚了。哈利娜待在帐篷里，身上盖着一条羊绒毯，她竖起耳朵听着外面火堆旁弗兰卡和尤利安的低语。几分钟前，哈利娜留下两个人独处，自己先回到帐篷，弗兰卡和尤利安坐在火势逐渐减弱的火堆旁，尤利安的冬衣披在弗兰卡的肩膀上。弗兰卡打情骂俏的本事再次让哈利娜大吃一惊。哈利娜见过表姐过去在男孩面前的模样。无论是面对自己心仪的对象，还是想要吸引对方注意的男孩，弗兰卡总会碰壁。显然，哈利娜在这方面更胜一筹，她在假意勾引男孩这一点上毫不费力。哈利娜不知道尤利安最后能不能想明白，他只不过是引导姐妹俩通向利沃夫道路上的高个路标而已。

她恨不得两个人现在就动身前往利沃夫。过去的几天她们一直都在努力。这些士兵对她们的态度虽然生硬，但好歹还算礼貌，不过哈利娜的头脑很清醒，她知道自己和弗兰卡是两个年轻漂亮的女孩子，远在异乡，被一群寂寞的男人包围；一旦这些士兵对她们无礼，天晓得会发生什么事情。就目前的情况来看，尤利安似乎只要能和弗兰卡聊天就已经心满意足了。

她对着自己的手指吹气，弯曲着脚趾，好让身子暖和一些。毛毯起到了一定作用，但她还是感觉冰冷刺骨。身上的衣服总算是干透了，她一件也没敢脱；现在这种时候，多一层衣服就多一分温暖。她闭上眼睛，浑身打着哆嗦，不知不觉睡着了，但几分钟后就被吵醒，半梦半醒间，她听见有人爬进帐篷。哈利娜立刻坐起身，两只手条件反射地攥成拳头，心想会不会是哪个苏联士兵要扑向自己。但进来的只有弗兰卡。她松了一口气，又躺了回去。

"你吓了我一跳。"哈利娜小声说，她的心怦怦直跳。

"不好意思。"弗兰卡钻进毛毯里面，将毯子拉过两人头顶，这样一来别人就听不到她们谈话的内容。"尤利安跟我说他会带咱们离开这里，"她压低声音说，"明天就走。他说自己已经跟队长说过放咱们走的事情了。"哈利娜听到弗兰卡的语气中带着一丝欣慰,"他说他会在早上送咱们到最近的火车站。"

"干得漂亮。"哈利娜小声说。

"我答应跟他保持联系。"弗兰卡说。

哈利娜微微一笑,"你当然会这么说。"

"你知道,他并不是个坏人。"弗兰卡说,有那么一瞬间,哈利娜不知道表姐是在开玩笑还是真的动心了。"你能想象吗,"弗兰卡继续说,"我和尤利安在一起? 我们的孩子会是庞然大物。"弗兰卡说完这句话,姐妹俩爆发出一阵低沉的笑声。

"我还是不要想象了。"哈利娜最后说,她把毛毯拉回双颊的位置。她翻了个身,贴近弗兰卡。

"我只是在开玩笑。"弗兰卡小声说。

"我知道。"

哈利娜闭上双眼,任凭思绪自由飞翔,她慢慢沉入黑暗,飞到亚当身边。她不知道自己和亚当的孩子会长成什么样子。不过现在就考虑那么遥远的事情似乎为时过早,但她就是控制不住。好在她和弗兰卡明天就能出发了。终于到了这一刻。只要再过一晚,亚当。我就能来到你的身边。

第 二 卷

第十五章

阿　迪

———

地中海/1941年1月15日

　　码头上人山人海。有的在大呼小叫，惊慌失措地用肘尖推开人群冲向舷梯；有的在小声低语，似乎大声讲话会剥夺他们上船的权利 —— 他们听说这是最后一批搭载难民离开马赛的客轮之一。阿迪跟随人群稳稳地向前移动，一只手紧紧抓着自己的棕色皮革背包，另一只手攥着一张二等舱单程船票。一月的空气寒冷刺骨，但阿迪却毫不在意。每隔几分钟，他便会伸长脖子环顾四周，祈祷能在人群中看见熟悉的面孔。虽然明知这是不可能的事，但他仍然抱着最后一丝期待，希望母亲收到了自己寄给她的最后一封信，并带着家人来到法国。无论付出多大代价，他在信中写道，请一定要来维希。找到一个叫索萨·丹塔斯的人。您需要跟他交涉签证的事情。他还附上了索萨·丹塔斯的详细联系方式，包括酒店和大使馆的地址。阿迪叹了一口气，他现在意识到自己的提议是多么荒唐可笑。距上次收到母亲来信已经过去十五个月。即使她确实收到了自己的信，但全家人离开波兰的可能性有多少呢？即使母亲自己幸运地找到了出路，但她也绝对不会抛下其他人独自离开，这一点阿迪再清楚不过了。

　　每靠近客轮一步，阿迪的心就绷紧一分。他捂住左边肋骨，护住疼痛的地方。他能感觉到自己心跳的频率，他的脉搏好像一块计时器，一直在倒数计时，直到自己离开欧洲大陆为止。直到海洋将自己和最爱的家人分开为止。他在码头遇到许多波兰难民（这些幸运儿仍和家乡的亲人保持着联系），他们用阿迪无法彻底理解的词语描述着国家现在的境况：拥挤不堪的隔都，公开进行的殴打，数千名犹太人死于酷寒、饥饿还有其他疾病，了解到这些情况，阿迪的心情变得更加糟糕。有个从克拉科夫来的年轻妇人告诉阿迪，她的丈夫，一位从事诗歌研究的教授，和城里其他几十名知识分子一起被抓到了瓦维尔城堡①，他们在城墙上站成一排，被德国人用枪杀害。女人继续诉说，泪水顺着她的脸颊流淌下来，他们的尸体被扔下城墙，沉入维斯瓦河②中。女人靠在阿迪肩头哭泣，阿迪抱着对方，他用尽全力想要将这些画面从自己脑海中抹去。他没有办法承受这么多的负面消息。

　　距客轮只有咫尺之遥，阿迪梳理着身边乘客使用的语言：法语、西班牙语、德语、波兰语、荷兰语，还有捷克语。同船乘客大都像他一样带着小小的旅行包——里面放着个人物品，这是他们新生活的起点。阿迪的行李箱里装着一件翻领毛衣、一件带领衬衣、一件贴身内衣、一双备用袜子、一把梳齿完好的发梳、一小片军方配发的肥皂、一些细绳、一把剃须刀、一支牙刷、一本记事簿、三册皮封袖珍

---

① 瓦维尔城堡（Wawel Castle）：位于克拉科夫城市中央，修建于 13 至 14 世纪，后历经几次扩建。
② 维斯瓦河（Vistula River）：又译"维斯杜拉河"，是波兰最长的河流。

笔记本（已经写满了东西）、他最爱的录有肖邦《A 大调军队波兰舞曲（作品40之1）》①的78转②唱片，还有一张父母的照片。阿迪的上衣口袋里放着笔记本，内页已经书写过半，裤子口袋装着几枚硬币和母亲送给他的亚麻手帕。他还带了1500兹罗提和2000法郎（这是他的全部积蓄），都放在了他的蛇皮包里，包里还有十六份文件，他凭借这些材料从军队复员，并最终取得巴西签证。

阿迪与索萨·丹塔斯大使在维希的会面过程十分简短。"把你的护照留给我的秘书，"两个人走到离酒店很远的地方，确保没有人偷听后，索萨·丹塔斯对阿迪说，"告诉她是我同意的，明天你再来一趟。你的签证会在马赛等着你。有效期九十天。大概在1月20日前后会有一艘客轮驶向里约——"阿尔西纳号"，如果我没记错的话。我不知道何时才会有下一艘船，也不清楚还会不会有。你必须登上那条船。到了巴西以后，你需要更新签证。"

"这是当然，"阿迪郑重向大使道谢，他伸手掏出钱包，"我该怎么报答您呢？"索萨·丹塔斯大使摇摇头，阿迪立刻就明白大使并不是为了钱才不惜冒着失去工作和名声的风险为犹太人发放签证的。

转过天来，阿迪拿回自己的护照。最上面是大使亲手书写的六个字：准予入境巴西。阿迪亲吻着护照上的字和大使秘书的手，他丢掉部分物品，收拾好行囊，搭上顺风车，一路向南而去。他身穿军服，希望这身制服能帮自己搭到便车；坐火车可能会快一些，但阿迪想避开车站的检查点。

---

① 40之2指《C 小调波兰舞曲》，二者都是肖邦名曲。
② 78 转（78 RPM）：指每分钟转78圈，"RPM"是"revolution per minute"的缩写，指每分钟转速。

抵达马赛后，阿迪立刻前往大使馆，自己的签证果然等在那里，他着实吃了一惊。编号52。阿迪盯着数字看了好久才把签证最后塞进护照，他连跑带颠儿地来到港口。"阿尔西纳号"巨大的黑色船身笼罩住整片港湾，阿迪笑出了眼泪，心中顿时五味杂陈，既有前往自由世界的希望和期许，又有离开欧洲抛下家人的不安与悲痛。

"请问下个月还有没有开往巴西的船？"他询问着海事局官员。"孩子，"窗口后面的工作人员摇摇头，"庆幸自己能赶上这条船吧。"工作人员说的没错。现在，允许驶向美洲的客轮越来越少。但阿迪不愿放弃希望。他窝在港口附近的咖啡馆，花了一个下午给母亲写下这封信。

亲爱的妈妈：

但愿这封信能寄到您手中，愿您和家人一切安康。我已经订好了去巴西的船票，乘坐的是"阿尔西纳号"客轮。我们会在五天后，也就是1月15日出航，目的地里约热内卢。船长预计我们会在两周后抵达南美大陆。等安顿好以后，我会第一时间将自己的住址写信告诉您。请记住我跟您说过的话，到维希找索萨·丹塔斯大使。请一定要注意安全。期待您的回信，我现在度秒如年。

永远爱您的

阿迪

1941年1月10日

离开咖啡馆前，阿迪走进洗手间，脱下军服，换好西装。这一次，他没有像往常一样将制服放进背包，而是团成一个球，扔进了垃圾箱。

阿迪的船舱比标准间要小一些。他脱下鞋子，侧身走动，小心翼翼以免蹭到晃来晃去的床铺，床铺约有一肩来宽，床头板是胡桃木贴皮，床罩和被套是灯芯黄色，两样东西看上去起码用了十年。床垫已经有些塌陷，对面放着一张桃花心木小凳和几排置物架。阿迪把鞋子放到最下面的架子上，背包搁在小凳上，外衣和软呢帽挂在洗手间门后的挂钩上，他看了一眼洗手间里面。这个洗手间（这是他花大价钱购买二等舱船票的理由）也是小得出奇。往里面看，便池上方摇摇晃晃地垂着一个莲蓬头，莲蓬头末端连接着金属软管，而金属软管连在墙内部，另一边的微型陶瓷水槽上挂着一面小圆镜。一想到可以洗热水澡，阿迪全身的肌肤都兴奋起来 —— 上一次洗热水澡还是一周前。他立刻脱掉衣服。

阿迪将衬衣、背心和裤子叠好，整齐地摆在床头，拿好肥皂、发梳和剃须刀走进洗手间，他的身上还穿着内裤和袜子。他把莲蓬头插入墙上的底座，转动金属把手到热水位置。水压虽然有些小，但水温还可以，莲蓬头流出的水打在阿迪身上，肩膀的压力得到了缓解。他轻声哼起小曲，开始擦洗身体（连同内裤一起，全身都打上肥皂），直到泡沫涂满全身，阿迪才心满意足地开始顺着身体各个部位慢慢转圈搓洗。待内衣附近的泡沫全部冲洗干净，他脱下裤袜挂到水槽边，接着继续往身上打肥皂，任凭水流冲洗着裸露的肌肤，洗了好久，他才再次转动把手，结束淋浴。他拿起洗手间门后栏杆上的白色毛巾，将身体擦干，嘴里仍旧哼着小曲。来到镜前，他刷完牙、梳好头、刮掉胡子，用手指抚摸着方方的下颌，仔细检查还有哪里没弄干净。最后，他拧了拧湿衣服上的水，用带来的细绳拉出一条晾衣绳，接着把衣服搭在上面晾干。走出洗手间，阿迪换上备用内裤，穿好西装，微微一笑；感觉自己如获新生。

来到甲板上，阿迪走向船头，途中频频向身边经过的难民点头问候，他无意中听见有人在问：你听没听说萨莫拉①也在船上？他在想如果真的撞见萨莫拉自己能不能认出他来；这位西班牙前总统购买的肯定是上层甲板的头等舱。阿迪听到的对话大都和签证有关，为了弄到签证，有的人想出了巧妙的计划，有的人则付出了不懈的努力。我排了整整十八天队。我贿赂了大使馆的工作人员。我不得不抛下自己的姐妹，真是太糟糕了。

关于船上到底有多少难民，众说纷纭——我听说有六百人上了船……这艘客轮的载客量可只有三百……难怪会挤成这个鬼样子……住在三等舱里的穷哥们儿一定很可怜。二等舱就已经够拥挤了，但阿迪知道，跟住在下面三等舱的人相比，自己的情况已经好上百倍。

阿迪遇见的难民中有一半是犹太人，其中一些人提到了索萨·丹塔斯：要不是有大使在……其他难民则来自不同地方，有为了逃离佛朗哥②政权统治的西班牙人，有法国社会主义者，还有所谓"堕落

---

① 尼塞托·阿尔卡拉－萨莫拉（Niceto Alcalá-Zamora，1877—1949）：1931—1936年任西班牙第二共和国总统。
② 弗朗西斯科·佛朗哥（Francisco Franco，1892—1975）：前西班牙国家元首，1939—1975年独裁统治西班牙长达三十多年。

的艺术家"，以及整个欧洲大陆的"不良分子"，所有人都要去巴西避难。大部分人都抛下了自己的亲人（兄弟姐妹、父母、堂表亲，甚至成年的子女），没有人知道未来会怎样。但抛开这些说不准的事情，他们现在每个人都登上了船，藏在众人心底的情绪已经转为对未来生活的期待，大家高兴得忘乎所以。"阿尔西纳号"定于17时启航，船上顿时充满了希望与自由的空气。

走过整整一艘客轮的距离，阿迪终于来到船头，他发现一扇海蓝色大门，门上的黄铜铭牌用法语写着：**音乐休息室，头等舱专用**。一个音乐厅！阿迪笑出了声，自己的运气也太好了。他屏住呼吸，转动把手，门锁住了，他有些沮丧。也许会有人来开门，阿迪自言自语道，他站到栏杆边，看着在甲板上漫步的男男女女。果然不出所料，几分钟后，蓝色大门被人推开，里面走出一位身穿白衣的年轻船员；等对方的身影消失在人群中后，阿迪伸出脚趾挡住即将关闭的门。来到里面，映入眼帘的是一个楼梯间。他三步并作两步爬上楼梯。

休息室里空无一人。樱桃色的地板闪闪发光，地面铺着一块大毛毯，由几块材质柔软的小羊毛毯拼接而成，颜色有红、金，还有靛蓝。朝向客轮右舷的墙上是一扇巨大的落地窗，从天花板直通地面，窗外正好可以看见港口，对面的墙上镶满镜子，使得整间屋子给人感觉更加宽敞。房间的角落里装饰有锃亮的木头柱子，旁边还有宽敞的拱形出入口，阿迪猜另一侧应该通向头等舱。休息室的一边摆放着真皮沙发、几张圆桌和十几把椅子，而栖息在另一边角落里的是一架施坦威大型钢琴——看见这个东西，阿迪欣喜若狂。

阿迪走到近前，打量起乐器大小。据他猜测，这架钢琴应该制造于20世纪初，时间在大萧条①前，之后生产商就将钢琴的尺寸缩减为如今的小型。阿迪对着琴罩吹了一口气，乐器周围立刻飘起一团灰尘，在阳光的照射下闪闪发光，阿迪眨了眨眼睛。钢琴下面放着一张漂亮雅致的圆凳：雕花的胡桃木凳腿，铸铁的海豚形凳脚，两样东西都在吸引着他坐上一坐。阿迪轻轻旋转着圆凳，调整好座椅高度，他坐了上去，凳子表面很光滑，轻微有些磨损。他抬起琴键盖板，双手放在琴键上，一瞬间突然有些不知所措，一股乡愁涌向心头。阿迪活动了一下踝关节，脚趾悬在延音踏板上。他已经好几个月没享受过弹钢琴这样奢侈的事了，不过对于先演奏哪首曲子，他从来没有迟疑过。

当肖邦《F小调圆舞曲（70之2）》的第一个音符回荡在房间里时，阿迪闭上双眼，头向前倾。一瞬间，他回到了十二岁，回到了拉多姆，回到了父母的钢琴边，坐在了琴凳上，每天放学后，他和哈利娜还有米拉会在这里轮番练习一个小时。当三个人的技巧足够娴熟后，他们开始学习弹奏肖邦的作品，对库尔茨家来说，这是一个神圣的名字。当阿迪第一次零失误弹完整首肖邦练习曲后，他充满了成就感，那种感觉直到现在自己也还清楚记得。"肖邦大师一定会自豪。"母亲拍着他的肩膀平静地说。

阿迪睁开眼睛，惊讶地发现身边已经聚集了一小群人。这些观众衣着光鲜。女士头戴钟形帽，身穿华丽的海狸毛领大衣，男人头戴软呢帽或圆顶礼帽，身穿定制的西服三件套。空气中弥漫着些许古龙水味道，稍稍缓解了从下层甲板公共空间传来的恶臭，让人感

---

① 大萧条（Great Depression）：指1929—1939年之间全球性的经济大衰退。大萧条是20世纪持续时间最长、影响最广、强度最大的经济衰退。

到一丝愉悦。显然，这群难民身处更高阶层，不过阿迪心里清楚，即使他们的身体包裹在上等的皮毛和花呢布里，这艘船上的每个人都在逃离同样的悲惨命运。

"太棒了！太动听了。"当最后一节音符飘落休息室，阿迪身后闪出一位意大利人，他满脸笑容，为阿迪用意大利语喝彩。"安可①！"旁边的女人跟着喊道。阿迪露齿一笑，抬起双手。"恭敬不如从命。②"他耸了耸肩，无须别人再次开口。

一曲奏毕，大家鼓励他继续弹奏下一曲，每一声"安可"过后，听众便增加几个，阿迪的热情也高涨几分。他演奏了许多经典曲目：贝多芬、莫扎特、斯卡拉蒂③，把自己搞得浑身大汗。他脱下外衣，解开衣领。围观的人越聚越多，他转而弹奏起流行乐曲，其中有他钟爱的美国爵士乐作曲家路易斯·阿姆斯特朗④、乔治·格什温⑤，以及欧文·伯林⑥。当他演奏到艾灵顿公爵的《大篷车》时，客轮的汽笛声响起。

"我们要出发了！"有人尖叫道。阿迪用一段即兴演奏圆满结束《大篷车》的表演，他站起身，休息室里瞬间变得热闹起来。阿迪拿好外套，跟随众人一起来到右舷甲板，他们注视着"阿尔西纳号"驶

---

① 安可：法语词"encore"音译，意为"再来一曲"。
② 原文为法语。
③ 斯卡拉蒂：斯卡拉蒂父子均为意大利作曲家。父亲：亚历山德罗·斯卡拉蒂（Alessandro Scarlatti，1660—1725）。儿子：多梅尼科·斯卡拉蒂（Domenico Scarlatti，1685—1757）。
④ 路易斯·阿姆斯特朗（Louis Armstrong，1901—1971）：美国爵士乐音乐家。
⑤ 乔治·格什温（George Gershwin，1898—1937）：美国作曲家、钢琴家。
⑥ 欧文·伯林（Irving Berlin，1888—1989）：俄裔美国作曲家、作词家，被广泛认为是美国历史上最伟大的词曲作家之一。

离港口，引擎发出阵阵低鸣。汽笛声再次响起——长长的似喉音，它在空气中回荡，仿佛是在向岸边的世界告别，几秒钟后，客轮缓缓驶向大海。

众人也跟着移动起来，他们走得很慢，仿佛要融入夕阳之中，橙色的太阳挂在低空，地中海的水面闪闪发光。几名乘客欢呼起来，但大部分人和阿迪一样静静注视着客轮向西而行，他们经过拿破仑三世建于19世纪的宏伟法罗宫①，经过矗立在马赛旧港的粉色石墙和落寞灯塔。"阿尔西纳号"驶入深海，太阳已经不见了身影，蔚蓝的大海逐渐变为一片漆黑。客轮沿弧线向南航行，周围的景色变为无尽的开阔水域。客轮加快了航行速度，阿迪意识到地平线的那一头是非洲大陆。再继续向前就能到达美洲大陆。阿迪回头望着客轮留下的长长尾迹，海面泛起的泡沫渐渐消散，马赛已经变成了一幅微缩图画。"现在也只能先道一声：永别了②。"阿迪轻声低语，整座城市消失在他身后。

众人已在海上航行超过一周，现在的阿迪已经成为头等舱休息室的常客，休息室也在某种程度上变成了音乐厅——这里为大家提供了舞台，每天晚上，乘客聚集于此，他们唱歌、跳舞、表演自己擅长的节目，这里为大家提供了场所，他们能够沉浸在音乐与艺术的海洋里，能够暂时忘掉身后的世界。钢琴已经从房间的角落推到了正中央，周围放了几排椅子，围成一个半圆，其他不同种类的乐器

---

① 法罗宫（Palais du Pharo）：位于法国马赛西海岸，俯瞰马赛旧港和新港全景。法罗宫为拿破仑三世和皇后所建，供二人来马赛时居住。
② 原文为法语。

也纷纷登场 —— 非洲鼓、中提琴、萨克斯管，还有长笛。客轮上的音乐人才多到令人瞠目。一天晚上，阿迪抬头看见克兰兹兄弟出现在人群里，他险些从凳子上摔下来 —— 他可是听着收音机里两人的钢琴音乐会长大的，还不只这些，坐在他们旁边是波兰最优秀的小提琴家：亨里克·谢林①。阿迪估算了一下，今晚至少有一百人聚在这间休息室里。

但他的眼中只有一个人。

阿迪右边两点钟方向，女孩坐在第二排椅子上，她的身旁还有一位女士，两个人有着一样的浅色双眸，象牙色肌肤，她们坐姿端正，自信十足。这必然是一对母女。阿迪提醒自己不要总是偷看。他清了清嗓子，决定今晚最后一曲演奏自己的作品：《信》。每次弹到小节末尾，阿迪便会偷瞄一眼女孩。船上漂亮的女人不下几十个，但这个女孩却是如此特别。她应该还不到十八岁。女孩身穿一件白色翻领罩衫，领口里面戴着一条闪闪发光的珍珠项链。头上的卷发是用手指打理而成，灰金色的秀发在颈后扎成一个宽松的圆髻。他不知道女孩来自哪里，之前怎么没有注意到她。他决定今晚结束前向女孩介绍一下自己。

演出结束，阿迪鞠躬谢幕，他起身离开圆凳，休息室爆发出一阵掌声。穿过拥挤的人群，他再次看了一眼女孩，两个人目光交织在一起。阿迪露齿一笑，他的心脏怦怦直跳。女孩还以微笑。

已经是午夜时分，津宾斯基用他的戏剧朗诵为整个夜晚画上完美句号，他是一位导演兼演员，同样深受船上乘客喜爱，他朗诵的

---

① 亨里克·谢林（Henryk Szeryng，1918—1988）：波兰裔墨西哥小提琴家。

段落选自维克多·雨果的《心声集》①。人群逐渐散去，阿迪静静地等在通往头等舱的拱形入口前，他闪躲着路人的视线，避免陷入不必要的交谈之中——这并非易事。几分钟后，女孩和她的母亲出现了。阿迪挺直腰板，当母女俩走到近前时，他伸出一只手，递到女孩母亲面前。"绅士和男孩的区别在于，"涅秋玛曾跟自己说过，"只有先经过女孩母亲同意，你才能向她的女儿介绍自己。"

"晚上好，夫人……②"阿迪小心翼翼地开口道，他伸出的胳膊停在二人中间。

女孩母亲停下脚步，突然被人拦住去路，夫人看起来有些恼火。这位夫人的举止姿态，向后耸起的肩膀还有紧闭的双唇，都让阿迪想起在拉多姆教导自己的老钢琴教师——那是一位令人敬畏的女士，多亏了她的严格教育，阿迪才成长为现在这样的音乐家，不过他绝对不愿意和这种类型的女人喝上一杯。夫人极不情愿地握住阿迪的手。

"勒夫贝尔。"她说话略带口音，一双冰蓝色的眼睛从头到脚打量着阿迪。"来自布拉格。③"她继续道，夫人的目光终于落回阿迪的眼睛上。她的脸很长，涂着淡紫色的唇彩。她们是捷克斯洛伐克人。

"阿迪·库尔茨。遇见您是我的荣幸。④"阿迪不知道母女二人能听懂多少法语。

"我也是。⑤"勒夫贝尔夫人答道。沉默片刻，夫人转身面对女

---

① 《心声集》（*Les Voix Intérieures*）：法国浪漫主义文学家维克多·雨果（Victor Hugo）的诗集。

②③④⑤　原文为法语。

儿，"我来介绍一下，这是我的女儿，艾丽丝·卡。①"

艾丽丝卡。阿迪现在终于能够看清女孩身上的罩衫是用上好的亚麻布缝制而成，她的下身穿着海蓝色的及膝长裙，材质是昂贵的克什米尔羊绒。阿迪觉得母亲一定会对她印象深刻，想起母亲，一股淡淡的哀愁又萦绕在他心头，他强忍着吞下这份情感。现在，你什么也做不了，他告诉自己。等到了里约，你才能再写信给她。

艾丽丝卡伸过手来。她有一双浅蓝色眼睛，和她的母亲一样，两个人四目相对。"您演奏的音乐非常动听。"艾丽丝卡说，她直视着阿迪的双眼。女孩的法语很流利，握手也很用力。女孩身上散发出的自信气质让阿迪吃了一惊，也深深吸引住了他。阿迪发现这个年轻女孩除了有张迷人的脸蛋之外，她的身上还隐藏着别的东西。阿迪松开手，但一瞬间就后悔了。他已经有一年没有摸过女人了——他并没有意识到自己竟会如此渴望。他的手指仿佛过电一般。整个身子都像是被闪电击中。

"船上的人都称呼您为司仪，您知道吗？"艾丽丝卡莞尔一笑，露出唇边的两个小小酒窝。她抬起手整理了一下锁骨边的珍珠项链。

"我听说了，"阿迪答道，努力不让自己显得慌张，"很高兴你能喜欢我的钢琴演奏。音乐一直是我最热爱的事情。"艾丽丝卡点点头，她始终保持微笑。女孩的双颊像桃花一样红，不过看起来她并没有涂胭脂。"布拉格是一座迷人的城市。那您二位都是捷克斯洛伐克人。"阿迪的目光从艾丽丝卡身上移开，转而与女孩的母亲寒暄。

"没错。您是？"

---

① 原文为法语。

"我来自波兰。"阿迪如鲠在喉。他甚至不知道自己的国家现在是否还存在。他再一次把这些烦心事抛在脑后，不愿破坏此刻的美好。

勒夫贝尔夫人皱了皱鼻子，好像她要打喷嚏一样。显然，波兰不是她期待的答案——或者说不是她希望听到的答案。不过阿迪并不在乎。他的目光回到女儿身上，脑子里冒出一连串问题。你是怎么登上"阿尔西纳号"的？你的家人现在何处？勒夫贝尔先生呢？你最喜欢哪首歌？如果明天你愿意坐下来看我演奏，我愿意把你喜欢的歌曲弹上一百遍！

"好了，"勒夫贝尔夫人说，她脸上的笑容已经快要消失，"天色不早了。我们也要休息了。感谢您的音乐会演奏；整个过程令人愉快。"她朝阿迪轻轻点了点头，挽起女儿的胳膊，两个人穿过拱形出入口，走向自己的船舱，母女二人脚上擦得光亮的高跟鞋轻轻踏在硬木地板上。

"晚安①，阿迪·库尔茨。"艾丽丝卡回过头说。

"晚安②！"阿迪应道，回答的声音似乎有些大。他身体每个细胞都希望艾丽丝卡能留下多待一会儿。他是不是应该邀请她留下来呢？跟她打情骂俏的感觉实在太棒了。这让他回到了那种——平时的感觉。还是算了吧，他可以等。要有耐心，他对自己说。哪天晚上再说吧。

---

①② 原文为法语。

第十六章

盖内克与赫塔

西伯利亚阿尔特奈 ① / 1941 年 2 月

　　盖内克与赫塔怎么也没有想到西伯利亚的冬天竟会如此难挨。周围的一切都在结冰：营房的泥土地面冻得硬邦邦。散落在原木床四周的稻草结满了霜。鼻毛上裹着一层冰碴。甚至啐出的唾沫在还没接触地面时就冻成了球。在这种情况下，井里竟然还能有水，这简直就是个奇迹。

　　盖内克在睡觉时也要全副武装，浑身裹得严严实实。比如今晚，他脚下蹬着靴子，头上套着帽子，双手裹着去年十月下雪时买的手套，身上还披着冬衣（还好自己在离开利沃夫前的最后一刻带上了它），即使穿了这么多衣服，盖内克还是冻得浑身疼痛。这种感觉十分强烈。跟扛着斧头劳作数小时后肩胛骨之间隐隐作痛的感觉截然不同，这是一种侵入骨髓的剧烈阵痛，从脚踵一路延伸到股骨，随后进入内脏，再扩展到双臂，继而引发全身不由自主的痉挛抖动。

　　盖内克不停地弯曲手指，扭动脚趾，一想到自己可能会冻掉一

---

① 阿尔特奈（Altynay）：位于俄罗斯斯维尔德洛夫斯克州乌拉尔山区。

根手指或脚趾，他就感觉一阵恶心。十一月以来，营房里几乎每天早晨都有人醒来时发现自己身上某些部位被冻黑；一旦遇上这种事情，这些囚犯别无选择，只得将坏死的肢体截掉。盖内克就曾目睹一个男人拿起折叠小刀，用已经变钝的刀片锯下自己冻僵的小脚趾，男人疼得满地打滚；一旁观看的盖内克差点昏厥过去。盖内克挪到赫塔身边。睡觉前他用火将砖块烤热，用毛巾包好放在脚下，但现在这些砖块已经变得冷冰冰。盖内克想再点燃一些柴火，可是两个人已经用掉了配发给他们的两根木柴，在罗曼诺夫的看守下，溜出去从木柴堆里偷一根的风险实在太大，一旦被抓，后果不堪设想。

盖内克与赫塔就这样来到这片荒凉的土地。六个月前，他们第一次踏上这里，四周炙热的空气让人无法呼吸。盖内克永远也不会忘记那一天，呼啸前行的列车终于抵达最后一站，外面的人打开车门，映入眼帘的是一望无际的松树林。他跳下列车，一只手握住赫塔的拳头，另一只手拿着自己的行李箱，他的头上全是跳蚤，脊椎周围长满疥癣，四十二个日日夜夜，盖内克一直倚在车厢内布满倒刺的木墙上。还不错，盖内克心想，他看着周围的景色。虽然他们现在置身于一片林海，孤立无援、背井离乡，但两个人总算是能活动活动腿脚了，而且终于可以背着人方便了。

顶着八月的炎炎烈日，众人徒步前行，所有人都陷入脱水状态，每个人都饿得头晕目眩，两天后，他们来到一片空地，眼前是一排长长的用原木搭建而成的单层营房，一看就是仓促间完成的。他们放下手中的行李，筋疲力尽，满身臭汗，迎接他们的是罗曼诺夫，他是负责看守营房的卫兵，一头黑发，眼神像钢铁般冰冷。"离这里最近的城镇，"罗曼诺夫说，"在十公里远的南边。我已经告诉过那里的村民，说你们已经到了。他们不想跟你们扯上任何关系。现在，"他指着地面咆哮道，"这里就是你们的新家。你们在这里工作，你们在这里生活；还有，你们这辈子都不会再回到波兰。"

盖内克起初并不相信这些鬼话 —— 他告诉自己斯大林还没有这么大本事。但随着时间流逝，他生活在这里的日子从几天变成几周，几周又变成几月，关于未来，他一无所知，焦虑一点点侵蚀着他的意志。难道这就是结局？难道他们这辈子就只能这样在西伯利亚砍树砍到死？难道他们真的会像罗曼诺夫说的那样永远都没办法回家？如果事情真的变成那样，盖内克不知道还能否保持自我。过去这段时间，他没有一天不在提醒自己，当初就是因为自己所谓的骄傲才让夫妻二人深陷这可怕的营房中 —— 这件事像一块重重的石头，压得他喘不过气，他害怕自己哪天就会崩溃。

更糟的是，现在需要盖内克照顾的已经不止妻子一人，这一点更让他备受煎熬。离开利沃夫时赫塔就已经怀孕，只是当时她没有察觉 —— 当然，这是一个意外惊喜，如果两个人还在波兰，他们一定会进行庆祝。夫妻俩发现怀孕时，他们已经被囚禁在列车里好几周了。被捕前赫塔就提到过自己的月事还没有来，但考虑到当时的压力，他们并没有在意。一个月后，赫塔的月事还是没有来。又过了六周，虽然处在极度缺乏食物的状态，但赫塔的腰还是胖了一圈，一切都在预示着腹中胎儿的到来。如今，距离预产期只剩下几周时间 —— 但现在，他们正处在西伯利亚的寒冬时节。

扬声器的喇叭嗞啦作响，静电干扰的声音穿透四周冰冷的空气，盖内克打了个哆嗦。他低吟一声。喇叭里一天到晚都在播放各种宣传标语——似乎凭借持续不断的咆哮就能说服这些囚犯承认斯大林的共产主义才是解决一切问题的答案。众人耳边整日充斥着这些狂热的革命意识形态宣传，盖内克已经基本可以流利地使用俄语进行交流，他也能听懂大部分废话的意思，所以现在的他没办法完全屏蔽掉这些声音。他轻轻搂住妻子，掌心抚摸着她的肚子，等宝宝来踢自己的手（赫塔说夜里胎儿的活动最频繁），但等了半天也没有什么动静。赫塔呼吸的声音有些大。天气这般寒冷，加上喇叭声音嘈杂，妻子究竟是怎么睡着的，真是个谜。她一定是累坏了。生活每天都很艰辛。他们通常要冒着严寒砍树，接着将原木拖运出去，他们需要穿过湿滑结冰的沼泽地，越过风雪交加的沙丘，到达空地后，他们还要把原木抬上雪橇码好，再让马匹拉走。每天工作十二个小时后，筋疲力尽的盖内克已经到了精神崩溃的边缘，但他腹中至少没有装着孩子。过去两周盖内克每天早晨都会央求赫塔待在营房不要动，他担心妻子会劳累过度，害怕分娩时她还被困在树林里，膝盖以下还深陷积雪中。除了生存必需品之外，他们已经卖掉了所有纪念品和多余的衣服，额外换得一些食物，两个人都明白，一旦赫塔停止工作，他们的口粮就会减半。"不劳者，不得食。"罗曼诺夫不断提醒他们。夫妻俩还能怎么办？

扬声器终于安静下来，盖内克呼出一口气，松了松下颌。他在黑暗中眨着眼睛，默默许下一个愿望，希望这是夫妻俩在这个冻死人的鬼地方度过的第一个也是最后一个冬天。他打心底里没想过自己还要在这里度过第二年的冬天。是你把全家人带到这里来的，你自然能找到逃出这里的方法。他会找到办法的。他们可以直接逃走。但之后又能去哪儿呢？他必须想出一个万全之策。找到保护家人的方法。妻子，还有未出生的孩子。他们就是自己的全部。想想看，其实只要打个钩就可以了——只要在战争结束前，假装自己效忠苏联政府就行。不，自尊心不允许他这样做。一定还有别的方法，他可以当一名抵抗者。他妈的——自己究竟干了些什么，把全家人置于如斯境地。

盖内克双眼紧闭，他动用全身每一个细胞，希望自己能够回到过去。他要带全家人去一个更好、更安全的地方。一个更温暖的地方。他的思绪飞到加尔巴特卡湖，望着眼前的清澈湖水，无数个夏日午后，他和弟弟妹妹在湖中游泳，在附近的苹果园玩捉迷藏。他来到尼斯①的阳光海岸，他曾经与赫塔在这里游玩了一周，两个人躺在黑色卵石滩上晒太阳，他们喝着起泡酒，吃着大份的淡菜薯条②。最后，他的记忆跳回拉多姆。要是能再次坐进维日比茨基餐厅享用一顿饕餮盛宴，或者到当地电影院和朋友观看一部系列电影，他愿意做任何事。

就这样，盖内克迷失在自己的世界中，回忆的片段如同裹在身上的毛毯，帮他驱走寒意。远处突然传来一声狼嚎，凄厉的叫声回荡在树林间，盖内克的思绪被拉回冰冷的营房。他睁开双眼。树林里到处都是狼——他在工作时也会经常撞见，不过最近晚上的狼叫声变得越来越大，靠得越来越近。盖内克不知道这群狼在闯进营房前会饿到什么程度。害怕被狼撕碎啃食似乎显得有些孩子气，就像小时候，每次盖内克挑食不吃卷心菜，父亲就会用类似的玩笑来吓

---

① 尼斯（Nice）：法国东南部城市。
② 淡菜薯条（moules frites）：比利时名菜，也在法国和北欧各国流行。淡菜是贻贝煮熟加工成的干品。

唬他——但是，在这片冰雪覆盖的西伯利亚森林里，这种离奇的事却极有可能发生。

就在盖内克想着自己要如何与一头饿狼搏斗时，他的心突然怦怦跳了起来，一堆可怕的"如果"情形钻进他的脑海：万一自己没有那么强壮，最后输给了狼呢？万一赫塔在分娩时出现其他并发症呢？万一自己的孩子也和之前出生在营房里的三个婴儿一样夭折呢？或者情况比这更糟，万一孩子活了下来，但赫塔没有呢？现在这些囚犯中只剩下一位医生。登博夫斯基。他答应会帮忙接生。但是赫塔……如今，阿尔特奈囚犯的平均生存概率一天比一天小。八月时共有三百多名波兰人来到这里，现在已经死去四分之一——有的死于饥饿，有的死于肺炎，有的死于低体温症，还有一个死于难产，盖内克不敢多想，同胞的尸体被葬在树林里，暴露在冰天雪地和群狼口下，这里的气候实在太过寒冷，土地冻得结结实实，实在没有办法给他们一个体面的葬礼。

又是一声狼嚎。盖内克抬头向门口张望。月光从门缝底下透进来。头顶上方，他依稀能辨认出悬在房梁上的冰锥，冰锥的影子落在泥土地上，好像一把把匕首。盖内克重新躺回草垫，他别过脸，用颤抖的身体紧紧贴住妻子，希望自己能快点睡着。

第十七章

阿 迪

————

西非达喀尔 ①/1941 年 3 月

阿迪和艾丽丝卡坐在沙滩上，两个人面朝大海，望着流动的夕阳渐渐沉入地平线下。一阵凉风吹得二人身后巨大的椰树叶子沙沙作响。这里是新月形的拉瓦狄奥海滩 ②，他们俩已经是第三次来这里了。海滩藏在达喀尔动物园和一座古老的基督教公墓之间，距达喀尔港口一个小时路程。每次来这里，阿迪和艾丽丝卡都能完全沉浸在二人世界中。

阿迪轻轻掸去沾在前臂上的银色沙砾，时间已经过去十周，他的胳膊如今已经晒成深褐色，看上去和巴尔托纳面包 ③差不多。当他一月从马赛港口启航时，怎么也不会料到自己现在会滞留在非洲大陆，而且还晒得一身古铜色。"阿尔西纳号"被英国当局扣留在塞内加尔 —— "这是艘法国客轮，而法国已经不再是我们的盟友。"这是

————

① 达喀尔（Dakar）：西非国家塞内加尔首都，位于佛得角半岛、大西洋东岸。
② 拉瓦狄奥海滩（Plage de la Voile d'Or）：位于塞内加尔。
③ 巴尔托纳面包（baltona bread）：小麦和黑麦粉以 6∶4 的比例混合制作而成的酵母种面包，在波兰颇受欢迎，外观多为棕色。

船长得到的解释 —— 从那时开始，阿迪的皮肤便逐步适应了西非大陆的烈日。

"阿尔西纳号"已经停在港口两个月了。船上的乘客毫无头绪，他们不知道何时才能（或者还能不能）继续上路。阿迪现在唯一能确定的日期，也是他心里最清楚的日期，就是再过两周，自己的签证就会过期。

"我真想游个泳。"艾丽丝卡用肩膀轻轻蹭着阿迪。

据当地人说，这片海域有大白鲨出没，两个人一开始并不相信。但后来他们在报纸上看见了一个个新闻标题 ——《遭到鲨鱼袭击》《死亡人数飙升》，而且当两个人站在"阿尔西纳号"船头时，他们能看到水面下有许多长长的灰色影子，好像一个个潜水艇。沙滩上还有许多尖尖的心形牙齿，这些都是被海水冲过来的，走路时一不小心就有可能扎进脚底。

"我也是。要不要诱惑一下命运①？那些美国人不是经常这么说吗？"阿迪微笑道，两年半前，他学会了这个表达方式。当时他正在蒙马特尔欣赏卡巴莱歌舞表演，身旁坐着一位来自纽约黑人社区的萨克斯管演奏者，名叫威利。阿迪到现在还记得两个人聊天的内容。他告诉威利自己的父亲曾在美国住过一段时间（那是一段让阿迪好奇不已的冒险故事），接下来，他连珠炮似的抛出无数问题，没完没了地询问可怜的威利在纽约生活是什么样子。几小时后，阿迪最感兴趣的部分来了，威利教给了他一些地道的美国习语表达，阿迪把它

---

① 诱惑一下命运：原文是"tempt the fate"，这里是阿迪说错了，应该是"tempt fate"（玩命、冒险）。

们都记在了笔记本上。其中他最喜欢的是冒险、好运①、功亏一篑②
这几个词儿。

艾丽丝卡笑着摇摇头。"诱惑一下命运？你确定自己说的没错
吗？"她问。阿迪十分痴迷于自己的美式语录，所以即使有时说错了
也不太愿意承认。

"也许说得不太对。但你愿意吗，要不要来？"

"如果你去的话我就去。"艾丽丝卡说，她眯起眼睛看着阿迪，
好像是在说你敢不敢接受这个挑战。

阿迪摇摇头，惊讶于艾丽丝卡的淡定，还有她在面对危险时依
旧能保持微笑。尽管已经在达喀尔停留了两个月，但她似乎并没有
感到惊慌失措，除了偶尔抱怨一下这里的高温之外。阿迪转头面对
艾丽丝卡，调皮地朝她耳边的金发吹气，他仔细端详起女孩的头皮，
就好像母亲过去在拉多姆超市里检查鸡皮的样子。"看起来刚刚好，"
他一只手握成杯状，"现在正好是晚餐时间。我敢打赌那些鲨鱼的肚
子也一定饿了。"他夹住艾丽丝卡的膝盖。

"你这只野兽③！"艾丽丝卡尖叫着拍打起阿迪的手。

阿迪趁机抓住她的手，"野兽？这个词儿我没听过。"

"你是个野兽，"她说，"就是怪物！明白吗？④"两个人通常会用
法语交流，但最近艾丽丝卡每天都会教阿迪说十来个捷克词语。

---

① 好运（break a leg）：有"祝你好运""祝你演出成功"等意思。
② 功亏一篑(close but no cigar)：有"差不多,但还没成功""差不多,但还没答对"
　等意思，这里引申为"功亏一篑"。
③ 原文为捷克语。
④ 原文为法语。

"怪物？"阿迪戏谑道，"对我来说不算什么，芭贝特①！"他搂住艾丽丝卡，一口咬住她的耳朵，两个人顺势向后一倒，头轻轻落在沙滩上。

他们是两周前发现的这片沙滩。此处空气新鲜，与世隔绝，简直就是天堂。客轮上其他乘客没有勇气冒险走到这么远的地方，而当地人似乎对这片海滩也不太感兴趣。"真是可惜了他们那一身黑皮肤，不知道他们为什么对这里没兴趣。"艾丽丝卡曾经这样打趣道，闻听此言，阿迪便问她之前有没有见过黑人。和"阿尔西纳号"上的许多船客一样，在来达喀尔之前她从未见过黑人。实际上，大部分"阿尔西纳号"上的欧洲难民都拒绝和当地的西非居民交流，阿迪觉得这很荒唐。毕竟种族歧视（这也是纳粹的本质）就是迫使大部分人逃离欧洲的原因。

"为什么我不能试着去了解那些非洲人呢？"当艾丽丝卡问阿迪为何他觉得有必要和当地人交往时，阿迪如此反问道。"我们并不比他们高贵。而且，"他继续说，"与人交往非常重要——他们能帮你了解一个地方。"来到这里以后，阿迪已经和海港附近的许多店家交上了朋友，而且还和其中一位进行了物物交易——他拿朱迪·嘉兰②的照片换得一条彩色细绳手链，照片是从杂志上撕下来的，而杂志应该是"阿尔西纳号"头等舱乘客落在休息室的，至于那条手链，阿迪已经将它系在了艾丽丝卡的手腕上。

阿迪看了一眼手表，站起身，顺势将艾丽丝卡拉了起来。

"已经到时间了吗？"艾丽丝卡噘起嘴。

---

① 芭贝特（Babette）：艾丽丝卡的法语爱称。
② 朱迪·嘉兰（Judy Garland，1922—1969）：美国演员。

"是呀，亲爱的。①"

两个人拿好鞋子，沿着沙滩，顺着来时的路往回走。

"真不想离开这里。"艾丽丝卡叹了口气。

"我知道。不过迟到的代价咱们可担待不起。"经过和哨兵沟通，两个人获得了特别许可，他们能在每天中午和晚上六点之间离开"阿尔西纳号"。但如果他们没有遵守宵禁命令，这点特权就会被取消。

"勒夫贝尔夫人今天怎么样？"阿迪边走边问。

艾丽丝卡咯咯笑了起来，"我们的贵妇人！她……怎么说来着……易怒。②还是那么脾气暴躁。"

过去一个月里，艾丽丝卡的母亲已经表明了自己的态度，那就是她坚决不同意阿迪追求自己的女儿。当然，艾丽丝卡向阿迪保证这跟他是犹太人没关系（因为勒夫贝尔全家也都是犹太人），原因在于他是波兰人。在玛格达莱娜心中，自己的女儿在瑞士寄宿学校受过良好教育，拥有无限光明的未来，一个波兰人怎么配得上。阿迪决心要赢得勒夫贝尔夫人的支持，他费尽心思，用最大程度的尊重和顺从来迎合夫人。

"不用担心我母亲，"艾丽丝卡哼了一声，"谁都不可能讨她欢心。她早晚会同意的。只是需要一些时间。更何况现在的情况有点……不同寻常③，你说呢？"

"我也是这么想的。"阿迪说，虽然他还从未遇到过不喜欢自己的人。

两个人走得很慢，享受着四周开阔的天地，他们聊着音乐、电

---

①②③　原文为法语。

影，还有最爱的食物。艾丽丝卡追忆起在捷克斯洛伐克成长的时光，说起在日内瓦国际学校认识的好友洛雷娜，还有在普罗旺斯度过的夏日；阿迪说起自己在巴黎居住时最喜欢的咖啡馆，还有他的纽约梦，他要去黑人社区的爵士音乐酒吧里亲耳聆听那些伟人演唱。这样的聊天方式感觉很棒，在两个人的世界被搅得天翻地覆之前，他们都是这样和朋友交谈的。

"关于战争爆发之前的生活，你最怀念的是什么？"艾丽丝卡问，她抬头望着阿迪，两个人继续往前走。

阿迪没有丝毫犹豫。"巧克力！黑巧克力，瑞士产的。"他眉开眼笑地说。"阿尔西纳号"早在几周前就不再供应巧克力了。艾丽丝卡笑出了声。

"你呢？"阿迪问，"你最怀念什么？"

"我很想念我的朋友洛雷娜。我跟她无话不谈。虽然在信里也能这样，但毕竟和当面交流不同。"

阿迪点点头。我也有想念的人。我想念我的家人，他想告诉艾丽丝卡，但他没有开口。艾丽丝卡的父母已经分居多年，她和父亲并不亲近，她的父亲和许多朋友都住在英格兰，其中也包括洛雷娜。她有个舅舅住在巴西，然后就没有其他亲人了——这是她全部的家族成员。阿迪也知道，虽然每天都会发些牢骚，但艾丽丝卡其实非常爱自己的母亲。她从来没有体会过与这位贵妇人分别的滋味。她不会像阿迪一样夜不能寐，担心自己抛下的亲人现在过得怎样。对阿迪来说，两个人的情况有着天壤之别。这份担忧有时令他无法承受。关于父母的行踪，他没有任何线索，也不清楚自己的兄弟姐妹、堂表亲、姑伯姨舅，还有尚在襁褓中的外甥女如今身在何处——他甚至不知道他们是否还活着。他所知道的全部消息都来自新闻报道，所有的文字都传递着绝望。最新一期的报纸验证了"阿尔西纳号"上波兰同胞告诉自己的消息——纳粹党人开始收拢整个犹太社区，他们用警戒线将四周隔离，强迫四五个犹太人挤在一个小房间里。这就是所谓的隔都。现在，波兰的几个主要城市大都建有一座隔都，有的城市甚至有两座。一想到父母被驱逐出自己的公寓（他们被强迫让出自己的家，那是阿迪生活了十九年的地方，是全家人辛苦工作才买下的房子），阿迪就感到一阵反胃。但是，他没办法和艾丽丝卡讨论这些新闻，也不能跟她讲自己家人的情况。他曾经试过几次，他知道，哪怕只是大声说出家人的名字，也能让他感觉家人还在自己身边，他们还活着，至少还活在自己心中。但每次他刚一说起这些，艾丽丝卡就会岔开话题。"一提起家人，你的表情就会变得十分悲伤，"她说，"我相信他们一定会平安无事的，阿迪。咱们就说说那些高兴的事情吧。那些值得咱们期待的事情。"于是，阿迪只好迁就她，而且（如果他对自己足够诚实的话）这也是为了让自己分心，让自己从这令人窒息的莫名压力中得到片刻喘息，于是，两个人便会聊起那些愉快的话题。

转过一个弯，"阿尔西纳号"的轮廓映入眼帘，圆柱形的蒸汽塔高耸在地平线上。从远处望去，和停在旁边的庞然大物比起来，"阿尔西纳号"看上去就像是一艘玩具船——旁边停放的一艘250米长的战舰，装有四连炮塔，整艘战舰直插云霄，足足有四层楼那么高。和"阿尔西纳号"一样，这艘"黎赛留号"战舰也被英国人扣在这里。两艘船何时才能启航还是未知数。"我们应该心怀感恩，"每当勒夫贝尔夫人抱怨他们的处境有多么令人绝望时，阿迪就会这样劝对方，"至少我们还有遮风挡雨的屋顶，还有可以果腹的食物。情况原本可能更糟。"实际上，情况的确可能更糟。他们可能会陷入饥荒，不得不去乞食，以求得一些残羹剩饭，或者到排水沟去挖些烂米粒，他们在一周前刚看到几个西非儿童在做这种事情。他们本来可能会被困在欧洲。至少在这个地方，他们还能在晚上睡个安稳觉，这里有取之不尽的鹰嘴豆，最重要的是，他们还持有巴西签证，可以通往一个能让他们过上自由生活的国家。迎接众人的将是全新的开始。

来到港口，阿迪又看了一眼手表。还剩下几分钟时间，两个人在路边的报刊亭歇了歇脚。看见新闻标题后，阿迪的心一沉。《西非日报》头版写着：《格拉斯哥遭受德国空军袭击》。欧洲战场每天都会带来坏消息，情况一天比一天糟。国家相继沦陷。最开始是波兰，然后是丹麦和挪威、芬兰部分地区、荷兰、比利时、法国，接着是波罗的海诸国。意大利、斯洛伐克、罗马尼亚、匈牙利和保加利亚已经加入轴心国集团。阿迪想起威利，还有住在蒙马特的朋友，他们曾经对战争嗤之以鼻，现在他们身在何处？他们还留在法国吗？还是像自己一样已经逃走？

阿迪突然想起再过几周就是逾越节——这已经是第三个被迫与家人分开的逾越节了。今年，家人是不是也会想办法庆祝这个节日呢？阿迪感觉如鲠在喉，他转过身子，希望艾丽丝卡没有注意到自己眼中的悲伤。艾丽丝卡。他已经爱上了她。爱上了她！明明还有那么多烦心事，自己怎么还会产生这样的情感？除了情不自禁，没有什么能够解释这一切。爱情的感觉很美妙。考虑到身边发生的种种事情，这份感情对自己来说就是一份礼物。他掏出母亲送给自己的手帕，轻轻擦去眼角渗出的泪水。

　　艾丽丝卡挽起阿迪的胳膊。"可以回去了吗？"她问。

　　阿迪点了点头，挤出一个笑容，两个人继续向客轮走去。

1941 年 4 月 7 日

———————————

　　拉多姆市两处隔都大门已经被封，27000 名犹太人被囚禁在瓦罗瓦大街的主隔都，另外 5000 名犹太人被关在城外稍小的格里尼斯隔都。两座隔都一共只有 6500 个房间，犹太人被迫挤在狭小的空间里。生活环境和食物供给日益恶化，疾病迅速蔓延开来。

第十八章

米拉与费利西娅

波兰（德占区）拉多姆/1941年5月

工人之间在窃窃私语，好像一阵风吹过高高的草丛。"党卫军①。"德国军队。"他们要来了。"米拉双颊顿失血色。她抬头停下手中的缝纫工作，匆忙间食指被针扎破。

一个多月前，拉多姆市的两处隔都大门被封。城里大部分犹太人（那些还没住进隔都的）被告知要在十天之内，也就是三月底前离开现在的住所。少数幸运儿与家处隔都边界的波兰人完成了房屋交易。但多数犹太人只能在仓促间寻找住处，这绝非易事，隔都早已人满为患，而且在这之前，由于德军占领了附近的普日蒂克②并将村子改造为军营，那里的犹太难民纷纷逃进隔都，这里的居住环境变得更加恶劣。当然，库尔茨家早在一年半前就被赶出了自己的公寓，他们早就住进了旧街区。从某种程度上说，他们是幸运的，至少不

---

① 党卫军（Schutzstaffel）：缩写是 SS，又称党卫队，德国纳粹党武装力量。在纳粹党专政时期，对内执掌纳粹党纪律检查，对外维护纳粹党执政。国防军与党卫军的区别在于，前者是正规军，是国家军队，后者隶属于纳粹党。

② 普日蒂克（Przytyk）：位于波兰中东部马佐夫舍省，距拉多姆市西部20公里。

用如此疯狂地寻找住处。全家人现在反而能安心地待在卢布林大街的两居室公寓里，透过二楼窗户望着下面数千名申请入住的犹太人。

四月，隔都被封锁后不久，驻守在城市里的国防军士兵全部被替换成了党卫军的人，后者开启了罪恶的新时代。甲壳虫一样的黑色军服、闪电形状的S标志，你一眼就能认出他们，党卫军士兵以身为最纯粹的德国人而骄傲。关于他们的流言很快在犹太人中传开，据说那些想要加入党卫军的士兵需要提供家族历代种族成分的证明，时间要追溯到18世纪初。"这些人是真正的信徒，"米拉的朋友艾萨克警告她，"他们视你我如草芥一般。记住我说的话。在他们眼中我们连狗都不如。"作为犹太警局的一员，艾萨克需要频繁接触那些党卫军，这并不是什么值得羡慕的工作——他已经见识到了这帮家伙的本事。

有传言说党卫军会对工厂搞突袭。这种事经常发生——没有事前通知，一大群党卫军士兵突然来到隔都工厂，命令犹太人排成一队，他们清点完人数后开始检查犹太人的许可证件。想在隔都生活，犹太人必须获得许可，以证明自己有工作价值。大部分没有许可证的人（老人、病患，还有年幼的孩子）都遭遇了放逐。还有一小部分人藏在隔都里；这些人宁愿冒着被发现的风险（甚至冒着可能会被当场杀死的危险）也不愿和家人分开，特别是现在，身在瓦罗瓦隔都的犹太人已经听说了那些被放逐至奴隶劳工营的犹太人的遭遇。米拉尽量不让自己去想万一费利西娅被发现会怎样，过去几周她一直绞尽脑汁地想着能让女儿躲过突袭的方法——并祈祷妹妹能够平安归来。

哈利娜在今年二月时给家里寄来一封信。她说自己和弗兰卡已经顺利到达利沃夫，她在一家医院里找到了工作；等存够了钱，带好亚当答应给家里人画的那些"图画"①，她就会马上回家。米拉希望哈利娜口中的"马上"就是这几周。家人每月的食物配给最多能维持十天。饥饿感与日俱增；米拉每次哄女儿睡觉时都会用指尖轻抚费利西娅的后背，她发现女儿的脊椎骨一天比一天突出。涅秋玛偶尔能在黑市里买到一两枚鸡蛋，但光这点东西就让她花费了五十兹罗提、一张桌布，还有一个陶瓷茶杯。他们在急速消耗着家里的积蓄，从原来公寓带过来的生活用品也几乎耗尽——更令人不安的是，这种被囚禁的生活看起来似乎没有尽头。

日常生活更是糟糕透顶——饥肠辘辘的身体、疲惫不堪的劳作，还有居住在这种挤死人的环境里所带来的幽闭恐惧。对隔都的人来说，这里毫无隐私可言，人们也没有思考的空间。日子一天天过去，周围的街道越来越脏、越来越挤。唯一在隔都茁壮成长的生物就是虱子，这些小虫子越长越大，犹太人已经开始管它们叫"黄金面包"了。如果你在身上发现了一只虱子，你要赶快烧掉它，并祈祷它不会传染给你斑疹伤寒。米拉和父母变得越来越绝望。他们现在比以往任何时候都需要哈利娜——他们需要钱，需要身份证，更重要的是，他们需要哈利娜身上那股坚定的信念。她的决心。他们需要一个可以让自己振作起来的人，他们需要对方能够直视自己的眼睛，然后满怀信心地告诉他们还有办法。这个办法能让全家人逃离隔都。

米拉放下手中的针线活，舔了舔指尖渗出的血，束腰外衣的纽孔已经缝制了一半。"费利西娅。"米拉压低声音说，她把椅子向后一

---

① 哈利娜在信中使用的是"drawings"，即"图画"一词，实指亚当为库尔茨家的人仿造的身份证，由于信件内容有可能被纳粹党人事先审查，所以哈利娜使用这种隐晦的表达方式。

撒，看了一眼膝盖中间。工作台下面的费利西娅抬起头，她的手里拿着一个线轴——她正在玩游戏，把线轴从一只手滚到另一只手上。

"干啥？ ①"

"过来。"

费利西娅张开双臂，米拉小心翼翼地把女儿举到自己的髋部，连走带跑地来到车间远处的角落，这里沿墙边立着一排长轴的粘胶人造丝、羊绒和再生毛料，旁边还有一排纸袋，每样东西差不多都是费利西娅两倍大小，周围还堆放了许多碎布。米拉放下费利西娅，回头看了看对面角落的房门。车间里几个缝纫工抬头看了一眼，又继续干起手里的活。

米拉蹲下身子，平视费利西娅，她拉起女儿的手。"还记得咱们那天一起玩的捉迷藏吗？"她调整呼吸，一字一顿地问。留给米拉的时间不多了，但费利西娅必须准确理解母亲接下来要说的话。"记住，你藏在这里，假装自己是一座雕塑，好不好？"米拉看了一眼纸袋。母女俩第一次演练时，米拉示范了如何"成为一座雕塑"，费利西娅看见母亲站在那里一动不动，好像是从一块大理石上雕刻出来的作品，她还咯咯笑出了声。

费利西娅点了点头，表情瞬间严肃起来，看起来不像一个只有两岁半的孩子。

"我需要你为我藏起来，亲爱的。"米拉打开放在最下面的纸袋，她之前在上面标记了一个小小的"×"，她抱起费利西娅，将女儿轻轻放进纸袋。"宝贝，坐下。"她说。

---

① 原文为波兰语。

费利西娅坐在纸袋里，膝盖抵在胸前，感觉下面的地板在移动，母亲将纸袋推到墙根。"身子向后倚。"米拉在上面做着指示。费利西娅试着直起腰，后背贴在冰冷的水泥墙上。"现在我要把袋口系上，"母亲说，"周围会变得很黑，但只需要忍耐一小会儿。一定不要动，就像咱们练习过的那样。就像一座雕塑。不要发出声音，在我找到你之前不要动一根手指头，好不好？你听明白了吗，亲爱的？"母亲的眼睛瞪得大大的，一眨不眨。她说得太快了。

"明白。"费利西娅小声说，虽然她不知道母亲为什么要把自己一个人丢在这么黑的地方。上一次感觉还像做游戏。她回忆着母亲装成雕塑的样子，看起来好傻。但今天，从母亲急促的声音中，费利西娅没有听出任何好笑的东西。

"好孩子。要像雕塑一样。"母亲压低声音说，她举起一根手指放在唇边，接着弯下身子亲吻女儿的头顶。母亲在发抖，费利西娅心想。她为什么在发抖呢？

纸袋立刻被卷起封好，费利西娅的耳边充斥着嘎吱嘎吱的声响，周围的世界变得漆黑一片。她竖起耳朵，想要抓住母亲在房间里渐行渐远的微弱脚步声，但却只能听见缝纫机转动的声音，还有距唇边一指宽的纸袋跟随自己呼吸节奏发出的轻微沙沙声。

但没过多久，她就听见了新的声音。门开了。紧接着是一阵骚动——有喊着奇怪话语的男人声音，接着是许多张椅子在地板上刮擦的声响。然后是脚步声，好多脚步声，突然从自己身边经过，又走向房间另一边。所有人都在往门外走，包括那些工人！男人继续大喊大叫，直到最后的脚步声也渐行渐远。门砰的一声被关上。周围的世界又安静下来。

　　费利西娅数着自己的心跳，竭尽全力竖起耳朵听着周围的动静。棉花碎屑弄得自己手肘和脚踝很痒，她特别想动一动，特别想挠一挠痒的地方，特别想大喊一声。但是她依然能感受到母亲抚摸自己时颤抖的身体，于是费利西娅决定最好还是按母亲说的继续安静地坐在这里。她对着黑暗眨起眼睛。又过了一会儿，就在她觉得屁股开始有些痛时，房门被人打开。又是脚步声音。她身体一僵，立刻就察觉来人不是自己的母亲。这些脚步声的主人在房间里四处走动，他们脚上的靴子重重落在地板上。

　　很快，伴随着脚步声，外面还传来说话的声音。听不懂的词语更多了。费利西娅的心怦怦乱跳，她怕自己心跳的声音太大，不知道会不会被房间里的男人听见。她紧闭双眼，轻轻吮吸着周围漆黑幽禁的空气，默默告诉自己要像一座雕塑、像一座雕塑、像一座雕塑。脚步声越靠越近。外面的人每踩上一脚，地板便跟着跳动一下。无论来者何人，他和自己的距离一定只有几厘米！要是被发现，他们会把自己怎样？紧接着，她听见有什么东西被碾碎的恐怖声音——有什么重重的东西和旁边的纸袋撞在一起，也许是一只靴子。她吓得喘了一口气，但立刻用双手捂住嘴。她浑身发抖，感觉双腿之间有一股潮湿温热的东西流了出来，她吓了一跳，但为时已晚，她失禁了。

　　外面的男人又开始大喊大叫，他们说话的语气单调。"滚出来，滚出来，无论你在哪儿！"这些人不断出言辱骂。眼泪顺着费利西娅的脸颊流淌下来。她忽然抬起双手，以最快的速度遮住脸，忍住马上就要打出来的喷嚏。万一弄出动静，自己一定会被发现，他们一定会把自己抓走——他们会把自己带去哪儿？费利西娅屏住呼吸，一个只有两岁半的孩子，正在使用全身每个细胞的力量，来祈祷这些人赶快离开。

第十九章

哈利娜与亚当

波兰（苏占区）利沃夫 /1941 年 5 月

哈利娜在半睡半醒之间梦见了哥哥盖内克，无论之前他陷入了怎样的人间炼狱，现在的他已经逃出生天并且回到了利沃夫。此时此刻，哥哥就站在哈利娜的公寓外面敲门，由于原来的住所已经充公，他需要容身之处。哈利娜侧过身，感受着亚当身上传来的体温，但紧接着，她胃部一紧，意识到自己并不是在做梦。外面真的有人在敲门。

她迷迷糊糊地坐起来，伸手抓住亚当的胳膊。"几点了？你听见了吗？外面到底是谁——有可能是谁？"她心里还是隐约觉得外面的人是盖内克，或者说她内心想要这样认为。

亚当打开床头灯。"也许是弗兰卡？"他猜道，用掌跟揉搓着惺忪的睡眼。

今年一月，哈利娜与弗兰卡来到利沃夫，弗兰卡在亚当公寓南边两个街区的地方找到了住处。她经常会来串门，但从没有在半夜来过。哈利娜翻身下床，穿好长袍，看了一眼钟表——凌晨一点半。完全站定后，她等着有没有人继续敲门。过了一会儿，敲门声再次响起，比刚才更加急促 —— 砰、砰、砰、砰、砰，能够感觉外面的人在用自己的拳头边缘又快又重地敲击着木门。

"内务人民委员部！"

哈利娜瞪大双眼，"这帮贱人。①"她压低声音骂道。

据她所知，斯大林已经把最后一批"不良分子"用列车遣送到了东部，现在已经过去好几个月。盖内克就是被内务人民委员部抓走的 —— 他的邻居确认了这一点，和这次一样，也是在午夜响起的敲门声。塞利姆很有可能也是这样被带走的 —— 所以这就是为什么无论哈利娜怎么找都找不到姐夫的行踪。他们现在难道是要来抓自己了？还有亚当？

两个人曾经讨论过是否要分开住，以防遇到这种情况，在地下组织工作的亚当随时面临风险 —— 一旦被抓，毫无疑问他会遭到放逐或被杀，但哈利娜十分固执。"我长途跋涉穿越布格河来到这里，途中还差点死于低体温症，可不是为了跟你分开住，"她说，"你的身份证足可以假乱真。如果他们来抓你，你就用它来脱罪。"亚当同意了，而且没过多长时间，在雅各布与贝拉的见证下，他们举办了一场时长十五分钟的安静婚礼，两个人正式结为夫妻。现在，哈利娜不知道当初自己应不应该那样固执地坚持和亚当住在一起。

亚当跳下床，套好衬衫，"我去开门，看看他们要干什么 ——"

"哈利娜·爱兴瓦尔德！"门外传来另一个人的说话声，比刚才的音量更大，同样讲的是俄语，"立刻开门 —— 否则你将被逮捕！"

"找我？"哈利娜低声道。自从在医院工作以来，她就开始学习

———————

① 原文为波兰语。

和使用俄语。"他们找我干什么？"她拢了拢耳后的头发，感觉自己心跳得十分厉害。他们已经做好了心理准备，认为门外的人是来找亚当的，但现在敲门的人指名道姓要找哈利娜，两个人顿时有些不知所措。

"还是让我——"亚当还想继续开门，但这一次被哈利娜打断。

"这就来了，等我一会儿！"她回应道。她转身面对亚当，系好长袍上的棉织腰带，"他们知道我住在这儿，"她说，"藏起来也没用。"

"他们现在倒是知道了，"亚当压低声音说，他的双颊憋得通红，"咱们的身份证——你我本来能躲过一劫。"

哈利娜意识到了自己的错误。"我敢肯定他们找我没什么事，"她说，"走吧。"两个人一起快步穿过走廊。

到目前为止，利沃夫的生活相对来说还不是那么艰难。他们使用的是自己的本名，虽然身为犹太人，但是他们和城里其他波兰人享受同样的待遇。他们找到了工作，弗兰卡是女佣，亚当是铁道工程师，哈利娜则在城里的军事医院当技术员助理。他们住在城镇中央的公寓里；与拉多姆不同，利沃夫没有隔都。每天的日子都很简单。他们去工作，然后回家，赚的钱也足够生活。哈利娜把为数不多的结余都储蓄起来，等她回到拉多姆就能派上用场。亚当依然在利用工作之余制作身份证。利沃夫的生活大都平淡无奇。没有人干涉他们。直到现在为止。

来到门口，哈利娜重拾起自己的信心。虽然身材娇小，但她挺直腰板，努力让自己看上去高大，她打开门闩。门外站着两名内务人民委员部官员，他们一脸严肃地朝哈利娜快速点了一下头，算是打了招呼。

"有什么能帮二位的？"哈利娜用俄语问道，一只手仍然抓着门把。

"爱兴瓦尔德女士，"其中一位官员开口道，"我们需要你马上跟我们去一趟医院。"

"发生了什么事？"她问。

"我们需要你的血。利文赫德医生在实验室等着我们。"

利文赫德是哈利娜的主管。他每天的工作就是检测血液 —— 寻找匹配的输血血型，检测传染性疾病的血液样本。哈利娜的工作就是协助他做好测试准备，并在利文赫德通过显微镜观察载玻片时将他的发现记录下来。

"什么意思 —— 我的血？"哈利娜有些怀疑地问。

"我们有位将军需要急救。他失血过多。利文赫德医生说你的血型和他匹配。"所有的医院员工都被要求在入职前进行血液测试。不过即使在实验室工作了这么长时间，也没有人告诉哈利娜她的血型是什么，但显然这些信息早已记录在案。

"医院里其他人不能献血吗？"

"不能。跟我们走吧。"

"实在抱歉，但你们来得不巧。我感觉不是很舒服。"哈利娜撒谎道。她仍在怀疑对方的来意。万一这是个圈套怎么办？内务人民委员部是不是在耍花招？好把自己骗出门，然后逮捕，接着遣送别处。

"你说的这些恐怕不关我们的事。你需要立刻出发。快点去换衣服。"

哈利娜沉吟片刻，心想要不要抵抗到底，但她很快就有了更好的答案。"好吧。"她小声说。她回到卧室，亚当紧随其后。这并不是什么圈套，她告诉自己。内务人民委员部为什么要煞费苦心编造这样一个故事？从她打听到的情况来看，他们明明不需要任何理由就能逮捕自己。更何况即使夫妻俩要被放逐，他们也不可能只抓走自己而放过亚当。

"我跟你一起去。"回到卧室，亚当立刻说。

"我敢肯定他们不会同意的，"哈利娜说，"利文赫德也在医院。我相信他，亚当。而且如果他们只需要我的血，那么明天早晨我就能回来。"

亚当摇了摇头，从他的眼中，哈利娜看到了恐惧。"如果你不能在几小时内回来，我就会去找你。"

"好吧。"哈利娜不认识那位苏联将军，也不知道他负责哪些事务。如果给他输血，救活了这位将军，会不会让自己也成为对方的同谋？哈利娜打消了这些胡思乱想的念头，她不断提醒自己，这不是她能左右的事情。一直以来她总能逢凶化吉，是因为她严格按照对方的要求去做。如果他们需要自己的血，那就拿去吧。

来到医院，所有的事都仿佛发生在一瞬间。她被一路护送至实验室，途中她得知将军是当晚早些时候被送进医院进行的紧急外科手术。她刚坐定，一位身穿白大褂的医生就命令她卷起袖子。

"两只手都要？"哈利娜问。

"对。①"

---

① 原文为俄语。

哈利娜将罩衫的袖子卷到手肘位置，看着眼前身穿白色外套的男人，对方应该是个医生，只见他将两支针管、一条橡皮止血带、一个棉签、两包绷带、一瓶外用酒精，还有一大堆血液采集管（她数了数，有十二管）放到了哈利娜旁边的金属托盘上。一分钟后，他举起针管，凑到哈利娜手臂前，斜向上将针头推进她的血管里。很疼，比她想象中要疼，但哈利娜咬紧牙关，决不退缩。对这些男人来说，她就像是一个提线木偶，但是她至少还能控制自己——她要通过自己的表情传达出一种力量。几秒钟后，第一支采血管已经变成深紫红色。医生用一只手松开捆在她上臂的止血带，另外一只手取下已经装满的采血管，接着换上一支空采血管，针头还埋在哈利娜的血管里。他身后站着一个护士，每当集满一支采血管，她便立刻将它拿走。采到第六管时，哈利娜体内的血液已经流得像水滴一样缓慢，医生让她不断攥拳松拳，直到采血管集满。最后，医生拔出针头，在她的肘部缠上一圈绷带，接着将注意力悄悄转移到她另外一条胳膊上。

等到凌晨三点，哈利娜终于被允许回家。她几乎献出了一升血液。她现在头重脚轻，不知道如果输血成功，那位将军能不能活过今晚。不过她不在乎。她只想赶快回到亚当身边。哈利娜离开之前，医生递给她一张纸条，上面用潦草的字迹写了几句话。"以防万一，如果有人问你为什么晚上出门，你就拿给他们看。"他说。来医院时是登门的那两个内务人民委员部官员开车送她来的。但拿到这张纸条，她便知道不会再有人送自己回家了。也罢，哈利娜心想。她很高兴自己终于能摆脱他们。她接过纸条，转身离开，一句话也没有说。

哈利娜居住的公寓和医院相隔七个街区。她每天都走这条路，再熟悉不过了。但在夜深人静的时刻，这座城市给人的感觉却是如此陌生。周围的街道漆黑一片，空无一人。她的鞋跟踏在铺满鹅卵石的道路上，越往前走，她越觉得有人跟在自己后面，或者有谁等在前方的阴影里。你只是太累了，她告诉自己。不要再瞎想了。但她就是控制不住。在这样筋疲力尽的状态下，她无法保持自我。首先，她感觉很冷——虽然已经进入五月，但夜晚依然寒冷。她全身颤抖不停。更糟的是，她头晕目眩、四肢无力，仿佛喝醉一般。离家还有一半的路，由于害怕自己被人跟踪，她脱下鞋子，用尽身上最后一丝力气，一路小跑穿过剩下三个街区。

还没等她从口袋里掏出钥匙，公寓的门就被人打开，亚当出现在门口，刚才穿在身上的衣服一直没有脱。

"谢天谢地，"他说，"我正要出去找你。快进来。"他一把搂过哈利娜，大拇指碰到她肘部的瘀青，疼得她龇牙咧嘴。"哈利娜，你没事吧？"

"没事。"她应道。哈利娜微微一笑，试图掩饰自己身上的疼痛和精神错乱的状态，但并没有什么用。要是亚当知道他们从妻子身上抽走了多少血，他一定会气得发疯，而更让他生气的就是自己没办法阻止这一切发生。"只是累了。"她又说道。

亚当锁好身后的门，将妻子拥入怀中，隔着丈夫的衬衫，哈利娜感受着爱人的心跳。"我简直要担心死了。"亚当轻声道。

哈利娜用来跑回家的最后一丝力气也消耗殆尽，她突然觉得自己要昏过去。"明天早晨我就会好起来的，"她说，"不过现在我需要躺下来。"

"没错，当然。"亚当把她扶上床。调整好枕头方向，将毛毯盖到哈利娜肩头，然后递来一杯水和几小片苹果，这是他早就准备好放在她床头柜上的。

"你把我照顾得真好。"哈利娜小声说。她已经闭上了眼睛，呼吸有些沉重。"把我们照顾得都很好。"

亚当轻抚着她侧面的头发，亲吻着妻子的额头。"很高兴你能回来。"他说。亚当脱下衣服，关掉灯，爬上床，"你简直都要吓死我了。"

哈利娜感觉有一股困意要把自己拉入深渊之中。"亚当？"她唤道。她马上就要迷迷糊糊地睡过去。

"我在，亲爱的。"

"谢谢你。"

1941 年 5 月

———————

　　巴西独裁统治者热图利奥·瓦加斯签署了一道法令，开始限制犹太人入境，他将犹太人称作"不良分子和不能被同化的人"。得知索萨·丹塔斯未经允许在法国为犹太人发放了大量入境签证后，瓦加斯大为震怒，他开始驱逐那些想在巴西寻求自由的难民，并签署第3175号法令，强迫索萨·丹塔斯大使退休。

第二十章

阿　迪

法属摩洛哥 ① 卡萨布兰卡 ②/1941 年 6 月 20 日

　　阿迪审视着整个卡萨布兰卡港口，码头外面停放着好几排公共汽车，舷梯下站着两列皮肤黝黑的士兵，形成一条人体隧道。"阿尔西纳号"船长告诉乘客这艘客轮将从达喀尔出发，到北边的卡萨布兰卡进行"维修"。然而，这些全副武装的人看起来可不像维修小队，他们命令难民全部下船。

　　原来这就是摩洛哥，阿迪自顾自地想道。

　　"阿尔西纳号"最终在达喀尔港口停留了近五个月时间，船上的乘客忍受着炎炎酷暑。当客轮再次起航，时间已经进入六月，乘客手中的南美签证大都已经过了九十天的有效期。我们接下来该怎么办？万一瓦加斯不同意延长我们的许可期限呢？我们又能到哪里去？现在，这艘客轮要循着来时的路向北折返，眼看他们离欧洲大

---

① 法属摩洛哥（French-Occupied Morocco）:1912 年 3 月法、摩两国签订的《非斯条约》将摩洛哥变为受法国保护的国家。1956 年独立。1957 年定名摩洛哥王国。

② 卡萨布兰卡（Casablanca）:阿拉伯语本名达尔贝达，位于摩洛哥西部大西洋沿岸，全国最大的港口城市、经济中心和交通枢纽。

陆越来越近，乘客的负面情绪不仅没有得到缓解，反而随着时间的推移变得越来越焦虑。没有人相信他们去卡萨布兰卡是因为机械技术上的原因。为了平息难民歇斯底里的不安情绪，"阿尔西纳号"船长向大家保证会联系有关政府部门，确保将乘客送往里约——船长说他会给维希市的巴西驻法使馆发电报，请求延长乘客签证的有效期，以补偿他们被浪费的几周时间。但电报究竟有没有发出去，以及大使馆方面有没有接到电报，没有人知道，而且客轮刚刚停靠在卡萨布兰卡港口，所有的船员和船上的难民就被命令下船，连同船长在内。少数能够支付旅馆费用的乘客可以选择住进市中心，但大部分人将会被送去城镇外面的隔离营，等待亲轴心国的摩洛哥政府决定是否允许"阿尔西纳号"再次出发。

　　阿迪走下舷梯，士兵挥舞着手里的步枪，指了指公共汽车的方向，然后冲着挤在码头上的一大群外国人吼道："动起来！动起来！①"阿迪上了一辆公交车，找到一处靠窗的座位，面朝码头方向，寻找着勒夫贝尔母女的身影，她们现在一定和那些头等舱乘客一起站在船头的阴影里，等待被送往市中心。阿迪扫视着窗外的人群，玻璃上沾满泥污，几乎看不清外面的情况。他跪在座位上，将窗户摇下几英寸，透过缝隙向外张望。当汽车引擎发动时，他看见了艾丽丝卡——至少他觉得自己是看见了，他看见了女孩的一头金发；她好像也在踮着脚尖，望着自己的方向。阿迪把头塞进窗户缝里，向女孩挥手，不知道她能不能认出自己。片刻之后，汽车猛地驶离码头，卷起一阵烟尘。

---

① 原文为法语。

开了有四十五分钟，大篷车在一处沙漠地带缓缓停下，四周用带刺的铁丝网围了起来。阿迪走进去之前瞥了一眼挂在入口处的木牌，上面写着：**卡夏·塔尔达**。隔离营里到处都是蚊虫飞蝇，泥土地上挖了几个坑算是厕所，拜这所赐，周围的空气充斥着排泄物的恶臭，让人避无可避。阿迪和两个西班牙人挤在一间帐篷里，帐篷本身是设计给一人使用的，睡觉时阿迪的头挨着两个人的脚，在经历了两个难挨的夜晚后，阿迪觉得自己已经受够了这里。第三天一早起来，他悄悄接近营房门口的卫兵，用流利的法语和对方交谈，希望能到市里为大家采购生活必需品。"我们的厕纸用完了，还有肥皂也是。我们现在剩下的饮用水也严重不足。没有这些东西，大伙儿就会生病。有人可能会因此死掉。"他指着袖珍笔记本的其中一页，上面用潦草的字迹写着：卫生纸、肥皂、瓶装水①。"我能听懂你们的语言，我也知道大家需要什么东西。送我去城镇上；我会采购这部分必需品。"阿迪把口袋里的零钱弄得叮当作响，然后继续说，"我手里还有一些法郎；只要我的书包能装下，我会尽可能多买，而且花的都是我自己的钱。"他微微一笑，然后耸耸肩，好像自己刚刚提出了一个慷慨的建议——要么接受，要么拉倒。卫兵沉吟片刻，勉强同意了他的请求。

士兵开车将阿迪放到泽劳维大街路口，告诉他在一个小时内买好东西，然后在同样的地方会合。"一个小时！"阿迪大叫一声，随即出发，他穿梭在卡萨布兰卡市中心，大街上有驴车驶来，他闪身躲避，经过一处香料市场，他深吸一口气，感受着五颜六色的香料

---

① 原文为法语。

散发出的浓烈又陌生的香气。当然，他不可能在一个小时内回来。他只有一个目的，那就是找到勒夫贝尔母女，幸运的是，这个任务比他想象的要简单许多。他在一家户外咖啡馆里发现了她们的踪影，两个人正举着细长的笛形香槟杯，品尝着法兰西75鸡尾酒①；周围还坐着一群身穿礼服的长脸男人，他们在用马克杯喝茶，母女俩仿佛置身于鸽群中间的两只长尾小鹦鹉。看见阿迪后，艾丽丝卡直接从椅子上跳了起来。在短暂的庆祝重逢之后，阿迪希望自己现在能跟她们一起返回旅馆，在那里可以避人耳目。当然，在这种时候寻求她们的庇佑似乎稍显冒昧，但用不了多久，等候在泽劳维大街上的卫兵就会发现自己上当受骗，然后过来找阿迪算账。勒夫贝尔夫人不情愿地答应了他的请求，条件是在众人等待"阿尔西纳号"命运的这段时间里阿迪只能睡在地板上。

五天后，摩洛哥当局宣布"阿尔西纳号"是一艘敌船，并声称他们在船上发现了走私物品。阿迪和勒夫贝尔母女觉得这样的指控令人难以置信，但不管这是不是一艘敌船，指控船上携带非法货物，就说明摩洛哥政府实际上已经做出了决定。也就是"阿尔西纳号"不会再离开卡萨布兰卡了。被扣押在卡夏·塔尔达的人也重获自由，加上那些没有住在帐篷里的幸运儿，所有的乘客都获得了船票原值百分之七十五的退款。这些人现在要自寻出路了。阿迪和勒夫贝尔母女想过要不要留在卡萨布兰卡，当局政府可能会给他们颁发摩洛哥签证，但很快他们又想到了更好的办法。卡萨布兰卡如今已经卷入战火，和法国一样，维希政府统治下的摩洛哥也不是安全的地方。

---

① 法兰西75鸡尾酒（French 75）：名称源自第一次世界大战期间由法国制造的75毫米口径的军用轻型野战炮，在电影《卡萨布兰卡》中出现多次而出名。

206

他们必须尽快离开这里。这里聚集了六百位难民，大部分人都在想方设法逃出生天。他们需要制订一个计划，而且必须要快。他们花了几天时间从各个渠道收集情报（流亡国外的人、政府官员、码头工人，还有记者），他们得知有一艘船将从西班牙开往巴西。从报纸上看，西班牙和葡萄牙仍然保持中立。阿迪和勒夫贝尔母女决定立刻前往北边的伊比利亚半岛，只有那里还有开往南美大陆的客轮，经过进一步调查，这些船将从西班牙西部的加的斯港出发。然而要去加的斯港，首先要想办法到达丹吉尔①，这座城市位于北非海岸，距卡萨布兰卡340公里，接着他们要横渡直布罗陀海峡，那是一处如同漏斗般的狭窄水域，所有来往于地中海与大西洋之间的水上船只都要经过那里——这片水域在一年前遭到维希法国空军的猛烈轰炸，现在处于英国海军的严密监视和防御下。如果他们能穿过海峡抵达塔里法②，再继续往北走100公里就是加的斯。这条路充满艰辛。但是从现有的资料分析，这是他们唯一的选择。他们很快收拾好行李，阿迪出门寻找能够把他们带去丹吉尔的交通工具。

丹吉尔港口停满了各种船只，有的从塔里法来，有的要到塔里法去，它们冒着蒸汽，等待穿越海峡。阿迪数了数，一共有三艘英国航空母舰、几艘货轮，还有几十条渔船。他和勒夫贝尔母女来到码头，争论应该搭乘哪艘船。港口的另一端有售票处，但是购票肯定需要签证。他们决定最好还是自己雇一个船长。

"他怎么样？"阿迪指着一位渔夫说，渔夫身上的皮肤被日头晒

① 丹吉尔（Tangier）：摩洛哥北部城市，位于直布罗陀海峡丹吉尔湾口。
② 塔里法（Tarifa）：西班牙南部市镇，位于西班牙和欧洲最南端。

得皲裂，下颌长着一圈蓬松的大胡子，他正坐在自己渔船的方形船尾吃午饭。他的渔船是一条很小的平底船，船身的蓝色油漆已经有些脱落 —— 正好不会引人注目，阿迪希望能找到一条既不显眼又能安全把几个人送到塔里法的船，这样在横渡海峡时就不会有人注意到他们。渔船窄窄的船头上插着一面褪色的西班牙国旗，旗子随风轻轻摇摆。然而，当勒夫贝尔夫人第一次提出请求时，渔夫却摇了摇头。

"太危险了。"他用西班牙语说。

勒夫贝尔夫人摘下手表。"这个怎么样？"她用西班牙语问，阿迪吃了一惊。

渔夫眯起眼睛，看了一圈码头上的情况，似乎是在观察有没有政府的人盯着自己，接着又抬头对着三人审视一番，考虑自己该如何抉择。阿迪对三人的打扮还是比较有信心的 —— 虽然他们是难民，但每个人都打扮得体，看上去值得信任。"手表给我。"最后，渔夫气冲冲地说。

勒夫贝尔夫人把手表塞进钱包。"先把我们送到塔里法。"她冷冷地说。渔夫嘴里嘟囔着什么，挥手让几人上船。

阿迪放低身子，第一个登上小船，他将众人的行李放好。谢天谢地，还好在卡萨布兰卡时勒夫贝尔母女决定把她们携带的三个巨大旅行箱先行托运到巴西，寄给勒夫贝尔夫人的哥哥。她们现在随身只带着皮革手提箱，和阿迪的大小差不多。行李放好之后，阿迪伸手搀扶两位女士，母女俩小心翼翼地登上船，眼睛一直盯着洒在船尾上的一小摊浑浊海水。

渔船一路颠簸。勒夫贝尔夫人在船侧吐了两次。艾丽丝卡双颊毫无血色。没有人说话。好几次，他们的小船差点被路过的货轮吞没，阿迪屏住呼吸，不敢动弹。他注视着前方岩石密布的塔里法海岸线，祈祷他们可以神不知鬼不觉地到达对岸（当然，船也不要翻），然后踏上西班牙的土地。

1941 年 6 月 22 日—30 日

　　局势发生了意想不到的变化，希特勒与斯大林反目，撕毁了《苏德互不侵犯条约》，纳粹德国向东方战线发起全面进攻，其中包括苏联占领的波兰地区。战斗规模十分巨大，此次侵略代号为"巴巴罗萨行动"①。经过一周苦战，驻守在利沃夫的苏联军队战败；然而在撤退前，内务人民委员部屠杀了数千名波兰人、犹太人、乌克兰知识分子、政坛活跃分子，还有关押在城市监狱中的囚犯。德国人公开宣称此次大屠杀的罪魁祸首是犹太人，而受害者主要是乌克兰人。此举激怒了亲德的乌克兰自卫队②，他们和特别行动队③（SS 死亡小队④）一同发起治安行动，目标是城中的犹太人。数千名没有来得及避难的犹太男女被当街脱光衣物，他们遭到毒打，甚至被杀。

---

① 巴巴罗萨行动（Operation Barbarossa）：指二战期间纳粹德国入侵苏联所使用的作战代号，其名称来自罗马帝国皇帝腓特烈一世的绰号"红胡子"（Barbarossa，意为"红胡子"）。

② 乌克兰自卫队（Ukrainian militia）：又称"乌克兰国家自卫队"或"乌克兰人民自卫队"，由乌克兰民族主义组织在波兰总督府和后来的乌克兰总督府辖区内成立的准军事组织。成立于 1941 年 6 月，纳粹德国实施巴巴罗萨行动入侵苏联后。

③ 特别行动队（Einsatzgruppen）：简称别动队，又名突击队，是纳粹德国占领区党卫军中的一等兵组成的部队，是大规模执行抓捕、屠杀、搜捕的部队。

④ SS 死亡小队（SS death squad）：即党卫军特别行动队。

第二十一章

雅各布与贝拉

波兰（苏占区）利沃夫／1941 年 7 月 1 日

利沃夫完蛋了。六月底，就在希特勒对苏联发动奇袭后不久，整座城市陷入疯狂，雅各布、贝拉、哈利娜和弗兰卡开始了躲躲藏藏的生活。

几个人已经在公寓大楼地下室里躲了一周多。他们的波兰朋友彼得有时会带来外面的消息和食物 —— 这是只有一个成员的临时救援组织。"城市里到处都是特别行动队的人，除此之外好像还有一些乌克兰自卫队的人，"彼得在第一次探望他们时留下了这些讯息，"他们的目标是犹太人。"当雅各布询问事情缘由时，彼得告诉他们是因为内务人民委员部在撤退前屠杀了城市监狱里的许多囚犯，其中有好几千名乌克兰人，而犹太人是造成这一切的罪魁祸首。"显然这个说法并不成立，"他说，"囚犯中也有几百名犹太人 —— 但这对他们来说并不重要。"

楼上传来一下敲门声。是彼得。要是他被人发现在私下里援助犹太人，那么他也会成为德国人的目标，这已经不是什么秘密了。雅各布站起身。"我去开门。"他点燃一根蜡烛，蹑手蹑脚地走上楼梯。

除了有关大屠杀的消息之外，彼得还会经常给他们送来食物 —— 一小袋面包和奶酪。他通常会在每天傍晚过来一次。

"小心点。"贝拉小声说。

昨天，距大屠杀开始已经过去十天，彼得带来了不好的消息，报纸上说城里死亡的犹太人数量预计已经达到三千五百人，简直太可怕了。要是死了十个人、二十个人，哪怕是一百个人，贝拉也能相信。但是，好几千人？这个统计数字过于可怕，让她无法承受，而且自从德国入侵开始，她就再也没有听到妹妹的消息，脑海中不好的预感挥之不去。她一次次想象着妹妹安娜美丽的身体也像那些受害者一样躺在街头 —— 彼得说他需要跨过许多尸体才能来到他们的公寓门口。贝拉央求彼得能不能去安娜的公寓打探一下情况；他已经去过两次，但每一次带回的消息都是无人在家。

雅各布爬上楼梯，贝拉竖起耳朵听着上面的动静。很快，上面又传来敲门声，还是只有一下，这次是雅各布从里面敲的，紧接着，门外回应了四下快速的敲门声。这是彼得的暗号，说明现在开门是安全的。合页发出一阵哀鸣，楼下的贝拉松了一口气，继续听着楼上的模糊谈话声。

"一切都会好起来的。"贝拉身旁的哈利娜说。

贝拉点了点头，感谢小姑子传递给自己的力量。亚当也失踪了。他坚持在大屠杀期间留在地面上，他说反抗军现在比以往任何时候都需要他的力量。到目前为止，哈利娜还没有收到亚当的消息，但是她此刻却在为贝拉打气。

两个女人安静地坐在原地听着楼上的动静。过了一会儿，楼上的说话声戛然而止，贝拉身体一僵。头上沉默的空气持续了两秒、三秒、四秒，差不多有半分钟。"事情有些不对劲。"贝拉压低声音说。恐惧感在自己的胸中蔓延开来；无论彼得带来了什么消息，她都不想知道。终于，楼上的屋门发出一声尖叫，紧接着是门闩被扣上的声音，雅各布迈着沉重且缓慢的步伐走下楼梯。当雅各布回到地下室时，贝拉感觉自己已经无法呼吸。

雅各布将蜡烛和一片面包递给哈利娜，接着弯腰坐好。"贝拉。"他轻声说。

贝拉抬起眼睛，她摇了摇头。求求你，不要告诉我。从雅各布的脸上，她知道自己的预感是对的。天啊，不要。

雅各布咽了咽口水，盯着地板看了好一会儿，然后才张开手掌。他的掌心放着一张纸条，"彼得发现的，塞在安娜公寓的门缝底下。贝拉，对不起。"

贝拉盯着皱皱巴巴的纸条，好像自己面对的是一颗即将引爆的炸弹。她把腰贴在身后的墙上，甩开雅各布伸过来的手。雅各布和哈利娜交换了一下眼神，两个人都很担心贝拉，不过她并没有注意到。不管自己的丈夫拿来的是什么东西，也不管他究竟得到了什么消息，贝拉都知道自己的世界将被摧毁，她现在浑身无力，身体僵硬。只需要一瞬间，一切都会发生天翻地覆的变化。雅各布就这样安静耐心地等在一旁，终于，贝拉鼓起勇气拿起纸条。她用双手捧着皱皱巴巴的纸条，一眼就认出了妹妹的字迹。

他们要抓走我们。我觉得他们会杀了我们。

　　贝拉努力撑住自己的身体，她突然觉得天塌地陷，身下的地板好像消失了。她把纸条揉作一团，身后的墙也开始旋转，她感到眼前一黑。她举起拳头，放到额头，接着号啕大哭起来。

第二十二章

哈利娜

———

波兰（德占区）利沃夫/1941 年 7 月 18 日

"准备好了吗？"沃尔夫问。

两个人在街角停下，这里距劳动营只剩下一个街区。哈利娜点了点头，她仔细观察着眼前的营地——劣质的水泥结构，装在围墙四周的带刺铁丝网。劳动营门口有一名卫兵，卫兵脚边还有一条德国牧羊犬。如果事情没有按照预想的那样发展，那么未来一段时间自己就只能在营房里仰望这些围栏了。但她还有别的选择吗？她已经不能再继续等下去了。坐视不管只会让自己彻底毁灭。也会让亚当陷入同样的命运，当然，前提是他的身心还没有被摧毁。

"你还是赶快行动吧，"沃尔夫说，"以免让他们认为咱们在谋划什么事情。"

哈利娜看了一眼街道东面，相隔两个街区远的地方有家咖啡馆，外面摆放了几张桌子，那里是他们指定的集合地点。

"好的。"哈利娜说。她深吸一口气，挺直腰板。

"你确定要自己一个人去吗？"沃尔夫摇摇头，好像希望她能说不。

哈利娜将注意力放回眼前的劳动营上，"是的，我确定。"

沃尔夫是亚当在地下组织认识的同志，他坚持要跟哈利娜一起从城中心走到劳动营，但哈利娜也很固执，她说等到了劳动营，沃尔夫必须留在后方——她给出的理由是：万一自己的计划失败了，至少他还能回利沃夫组织救援。

沃尔夫点了点头。这时一对波兰夫妇手挽手从他们身边经过。等二人走远，他凑到哈利娜近前，好像是要亲吻她的面颊。"祝你好运。"他小声说，然后向右一转，朝咖啡馆的方向走去。

哈利娜咽了咽口水。这简直太疯狂了。自己现在本该在回拉多姆的路上，她心想，夏日的高温突然让她觉得有些窒息。父亲派来一辆货车。有传言说利沃夫近期还会有一场大屠杀，索尔在听到第一次大屠杀的消息后写了这封信，回拉多姆来吧。待在我们身边安全些。雅各布、贝拉，还有弗兰卡都在今天早晨离开了。只有哈利娜留了下来。

哈利娜在七周前，也就是六月初时回过一次家。她带上亚当制作的身份证和自己积攒的兹罗提——不过这两样东西对身处隔都的父母和米拉来说已经没有了任何用处；黑市的物资已经枯竭，而且在瓦罗瓦隔都墙内，一张雅利安人身份证毫无用武之地。哈利娜想过要不要留在拉多姆，但医院的工作还能提供微薄收入（现在辞职并不明智），而且亚当在利沃夫地下组织的地位举足轻重，他不可能搬回来住。话又说回来，隔都公寓如此狭小，根本没办法再容纳两个人。因此，她在家里住了没几天便返回利沃夫，手里拿着医院主管批准的出行许可，还有仔细包裹在餐巾里的一套银器，这是外祖母留下的遗产。"拿着它们，"哈利娜临行前，涅秋玛坚持让女儿带上，"也许你能靠这些东西把我们救出去。"后来，希特勒撕毁与斯大林的协定，特别行动队席卷利沃夫；再后来，发生了一场大屠杀，父亲派出货车接回家人。哈利娜拒绝了父亲让她回家的请求，她倍感煎熬，不愿去想父亲是付出了多大代价才搞来的那辆车。她知道家人现在需要她。但她也不能抛下亚当一个人离开利沃夫。更何况亚当现在仍然下落不明。

哈利娜回忆起两周前，利沃夫的战斗总算结束，他们终于可以安全走出藏身之所。哈利娜狂奔五百米跑回原来居住的公寓，发现那里早已人去楼空。亚当不见了。看起来他走得十分匆忙 —— 只带了自己的行李箱、几件衣物，还有藏在厨房水彩画后面的假身份证。哈利娜把整间公寓翻了个底儿朝天，她想找到亚当留下的纸条、讯息，或者任何线索，她想知道丈夫到底去了哪里，却一无所获。接下来的三天，她走遍了两个人之前约定用于紧急情况会面的安全地点，每个地方都去了不下十次 —— 包括圣乔治大教堂台阶下的拱门、大学校园前的石头喷泉，还有苏格兰咖啡馆后面的栏杆，但是哪里都没有亚当的影子。

直到沃尔夫找上门，哈利娜才知道整件事的来龙去脉。显然，据沃尔夫说，大屠杀期间的某天晚上，德国兵闯进了亚当的公寓。他被关进了利沃夫市中心外面的劳动营 —— 沃尔夫能得到这些信息，是因为地下组织中有人成功贿赂了劳动营的卫兵，对方作为中间人协助地下组织与营中犯人进行通信。一周前，沃尔夫收到了亚当从营中传出的消息：请帮忙打探一下我妻子的情况。纸条上写了这样一句话。亚当在落款处用的是他和哈利娜在假身份证上使用的名字 —— 布尔佐萨。地下组织一直在设法营救亚当，但直到现在也没有成功。听到这个消息，哈利娜大大松了一口气 —— 至少亚当还活着，但她同时又感到一阵恶心，不知道那些德国人会怎样处置他。如果他们知道亚当加入了地下组织，那他现在就已经是个死人。"我手里有些银器，"她告诉沃尔夫，"一套餐具。"沃尔夫迟疑地点了点头。"也许能管用，"他说，"值得一试。"

哈利娜的手提包拎在肩头，她紧紧握住上面的皮革提手。你只有一次机会，她提醒自己。千万别搞砸了。她走向站在劳动营入口的卫兵，心跳的速度是平时的两倍，哈利娜觉得自己即将走上舞台表演，而台下坐着一位难缠的观众。

德国牧羊犬首先注意到了哈利娜，它开始狂吠，绑在身上的皮带紧绷，肩膀处的黑褐皮毛倒竖，一副气势汹汹的模样。哈利娜没有退缩。她抬头挺胸，使出浑身力气，怀揣完成任务的使命感，迈开大步走向前。卫兵的手腕被皮带拽得死死的，为了保持平衡，他不得不叉开双脚站立。哈利娜走到卫兵跟前，德国牧羊犬已经接近歇斯底里的状态。哈利娜对着卫兵微微一笑，表情有些不自然，她等着牧羊犬安静下来。叫声停止的同时，她迅速从手提包里掏出自己的身份证。

"我的名字是哈利娜·布尔佐萨。"她用德语说。和俄语一样，说德语对她而言也是易如反掌；自从纳粹入侵拉多姆以来，她就在不断精进自己的德语水平。哈利娜平日里很少说德语，不过令她没有想到的是，这些话竟然会如此自然地从自己嘴里说出来。

卫兵没有理她。

"我的丈夫竟然被当成了犹太人，恐怕你们搞错了。"哈利娜将假身份证递给卫兵，"他现在被你们抓了进去，我来这儿是要把他接回家。"她把手提包紧紧贴在身体侧面，肋骨能感觉到隆起的餐具。

上次使用这些刀叉还是在父母的餐桌前。要是当时有人告诉她这些刀叉将来能换回自己丈夫的性命，她肯定会哈哈一笑，不以为然。卫兵开始检查证件，哈利娜上下打量着卫兵。和镇上其他德国人不同，那些人的脖子几乎和头一样粗，但眼前这个家伙脖子又细又长。阳光照到他脸上，在眼窝和颧骨边留下深深的阴影。哈利娜不知道对方是不是一直这么瘦，他是不是也像自己一样忍饥挨饿。像其他欧洲人一样吃不饱饭。

"我凭什么要相信你的话？"卫兵终于开口问道，他把身份证还给哈利娜。

哈利娜的上嘴唇渗出了汗。她的大脑飞速旋转。"别闹了，"她摇晃着脑袋生气地说，好像士兵冒犯了自己，"难道我看起来像犹太人？"她用力瞪着卫兵，绿色的眼眸一眨不眨，她祈祷自己一直以来依仗的自信心能够帮她渡过这次难关。"很显然你们这次搞错了，"她说，"再说了，犹太人怎么可能用得起这般上好的银器？"她从手提包里拿出银器，掀开餐巾一角，露出勺柄。在阳光的照射下，勺子闪闪发光。"这可是我丈夫的曾曾祖母留下的东西。顺便说一句，她可是德国人，"哈利娜继续道，"姓贝格霍斯特。"她用拇指抚摸着雕刻在勺柄上的字母 B，心里默默感谢母亲坚持让自己带上这些银器离开拉多姆，同时也默默向已故的外祖母道歉，外祖母以自己的姓氏为荣，她姓鲍姆布利特。

卫兵对着银器眨了眨眼。他环顾四周，确定没有其他人看见。接着又把注意力转回哈利娜身上，他低下头，两个人四目相对，卫兵有一双泥灰色的眼睛。

"听着，"他说，声音小到几乎是在耳语，"我不认识你，而且老实说，我也不关心你丈夫是不是犹太人。但如果你说你丈夫是德国后裔，"他顿了顿，低头看了一眼哈利娜手中的银器，"我想我们的头儿肯定能帮到你。"

"那就带我去见他。"哈利娜毫不犹豫地说。

卫兵摇了摇头，"严禁访客入内。把你手里的东西给我，我会带给他。"

"无意冒犯，您贵姓——？"

德国卫兵犹豫片刻，"里希特。"

"里希特先生。不过我不会交出这些东西，除非你把丈夫还给我。"她将银器放回手提包，用手肘死死按住。她内心在颤抖，但她双腿挺直，寸步不让，脸上的表情沉着冷静。

卫兵眯起眼睛，紧接着又眨了眨眼。看来他似乎并不习惯别人命令他怎么做。至少不习惯被一个市民命令。"他会砍掉我的脑袋。"里希特冷冷地说。

"那就留着你的脑袋。也留着那些银器。为了你自己。"哈利娜反驳道，"你看起来很想用这些餐具。"她屏住呼吸，担心自己会不会说过头了。她说最后一句话并不是想羞辱对方，但是听上去却有点像讽刺。

听到她的提议，里希特沉吟片刻。"他叫什么？"最后，他开口问道。

哈利娜感觉自己的肩膀一下子就轻松了。"布尔佐萨。亚当·布尔佐萨。戴着一副圆眼镜，皮肤白皙。在那帮家伙里，他看上去可是一点儿也不像犹太人。"

里希特点了点头。"我不会给你任何承诺，"他说，"一个小时之后回来。带上你的银器。"

哈利娜点了点头。"那好吧。"她转过身，迅速离开劳动营。

来到咖啡馆，哈利娜在一张户外餐桌旁找到了沃尔夫，他正在假装看报，面前放着一杯菊苣咖啡。当她坐到沃尔夫对面时，劳动营门口已经不见了里希特的身影。"你能抽出一个小时时间吗？"哈利娜问，她抓住椅子，好让两只手保持镇静，好在两个人周围的桌子旁边没有顾客。

"当然，"沃尔夫压低声音答道，"发生了什么事？我什么都看不见。"

哈利娜闭上眼睛，片刻之后，她呼出一口气，让自己的心跳平稳下来。她再次抬起头，看见沃尔夫脸色苍白，原来他和自己一样紧张。

"我答应把银器给他，"她说，"他当时就想拿走，但我说只要他能把丈夫还给我，他就能得到这些银器。"

"你觉得他能成功吗？"

"不好说。"

沃尔夫摇了摇头，"亚当总说你非常有勇气。"

哈利娜咽了咽口水，突然感觉疲惫不堪，"全部都是在演戏。希望他能相信吧。"

沃尔夫朝女侍者打了个手势，哈利娜陷入沉思，直到现在为止，这场战争在许多方面还是让她觉得那样不真实。一切都是暂时的，家人能撑过去。生活很快就能回到正轨，她总是这样告诉自己。她会好起来。家人也会好起来。父母挨过了世界大战，他们不也活过来了吗？随着时间推移，他们会把抓进手里的这些烂牌扔回牌堆，然后重新洗牌，开始新的人生。但局势急转直下。一开始是塞利姆，然后是盖内克与赫塔——他们都失踪了。人间蒸发。接下来是贝拉的妹妹安娜。现在是亚当。看起来，自己身边的犹太人正在一个个消失。突然之间，战争带来的影响就这样真实地呈现在自己眼前——理解了这一点，哈利娜变得有些抓狂，她现在正在努力克服一个自己既害怕又讨厌的事实，那就是面对战争，她是如此弱小无力。从此以后，她开始想象事情最坏的结果，她看见被囚禁在苏联监狱的塞利姆、盖内克与赫塔最后饥饿而死，她在心里罗列了亚当会在劳动营里遭受的长长酷刑名单，她告诉自己：凭借亚当的外貌和他手中的身份证，如果到现在他都没有逃出来，那么劳动营里的情况一定糟透了。

还有，阿迪怎么样了？自全家搬进隔都以来，他们已经快两年没有听到他的消息了。他有没有按照信中说的那样参军入伍？法国已经投降。法国军队还存在吗？她常常想要回忆起阿迪的声音，但是她发现自己已经想不起来了，于是只好作罢。她的心中还有一线希望：无论阿迪、盖内克、赫塔还有塞利姆身在何处，他们一定会平安无事。几个人肯定知道家人有多牵挂他们。

女侍者将第二杯咖啡放在哈利娜面前的托盘上。她点头致谢，看了一眼手表，发现只过去了五分钟，突然感到有些灰心丧气。她意识到这将会是漫长的一个小时，于是她摘下手表，放到托盘边，这样一来她在看时间时就不会那么引人注目。接下来，她就这样等待着。

第二十三章

盖内克与赫塔

西伯利亚阿尔特奈/1941 年 7 月 19 日

赫塔拖着一小截松木走向森林中间的空地。她用床单把四个月大的儿子约泽夫绑在胸前。赫塔小心翼翼地迈着步子，留意着地面上正在熟睡的毒蛇和一半躯体埋在土中的蝎子，她轻轻哼着歌曲，好把注意力从咕咕乱叫的肚子上转移开。距吃完上一片面包又过去了好几个小时，如果今天幸运的话，她能得到一小块鱼干。

约泽夫在褫褓中扭动着身子，赫塔将原木放到地上，拿起沾满汗渍的棉袖口擦擦额头，她眯起眼睛，抬头望着天上。日头高挂当空；小泽（这是夫妻俩给孩子起的小名）肯定是饿了。赫塔走到空地边，找到一棵高高的落叶松，来到树荫下，小心地弯下腰，盘腿坐到地上。赫塔能从这里看见五十多米外的河边，盖内克和几个工人正在堆放原木。现在正值七月，烈日炎炎，远处的人影模糊不清，仿佛将要融化。

赫塔小心地从床单做成的背带里抱出约泽夫，把儿子轻轻放在双腿间，用脚踝撑住孩子头部。约泽夫一丝不挂，只裹着一片尿布，身上的皮肤和母亲一样粉嫩，摸起来黏糊糊的。"热坏了吧，是不是，宝贝儿。"她轻声说，祈祷这闷热的天气能够早点结束，不过她知道至少还要再过一个月才能降温，而且虽然夏季气温炎热，但也比十月的彻骨严寒容易忍受。约泽夫抬起头，他拥有和父亲一样的天蓝色眼睛，他没有眨眼，也没有辨别能力，就这样直勾勾地盯着母亲，这是他唯一的交流方式，赫塔一时间也不知道该做什么，只好对着孩子微笑。她解开自己的罩衫，约泽夫的眼睛看着头顶的落叶松树枝。"上面有小鸟儿吗？"赫塔笑着问。

虽然盖内克不愿意承认（他管阿尔特奈叫"一望无际的屎伯利亚"），但不可否认的是，这片森林是如此美丽，当然，除了这令人窒息的高温和地狱一般的环境。这里似乎远离人类文明，周围被松树、云杉和落叶松环绕（这是赫塔能想到的全部绿色植物），头上是广阔的天空，脚下是穿梭林间奔腾向北的黑水河，置身于大自然中，赫塔觉得自己不过是沧海一粟。她感受到了内心的安宁。约泽夫正在吃奶，赫塔闭上双眼，伴着柔和的微风，聆听着燕子与鹡鸰在头顶的树枝上叽叽喳喳，赫塔心存感激，感谢上天保佑，自己怀中的孩子能够健康成长。

约泽夫就降生在营房冰冷的泥土地上，时间是今年3月17日午夜前。孩子出生当天赫塔还在搬运原木，一开始，她的子宫每隔十分钟收缩一次，接下来是七分钟，然后是五分钟，赫塔这才终于请朋友尤利娅帮忙去找盖内克，她不知道靠自己一个人还能不能走回营房。"当宫缩的时间缩短到三分钟时，"登博夫斯基医生告诉她，"你就知道孩子要出生了。"但尤利娅是一个人回来的，她说盖内克被派去镇上跑腿，在盖内克回来前的这段时间先让自己的丈夫奥托帮忙。尤利娅搀扶着赫塔，两个人手挽手慢慢往回走，一到营房，她便立刻叫来登博夫斯基医生。

两个小时后，盖内克回来了，他差一点没有认出赫塔。虽然身处寒冷的北极地区，但赫塔浑身被汗水浸透，她双眼紧闭，以有助于分娩的姿势躺在床上，她嘴巴大张，不停吸气呼气，她的呼吸沉重而急促，仿佛正在吹灭一团顽固的火焰。她的额头上沾着一团被汗水打湿的黑发。尤利娅守在旁边，在宫缩间隙帮她做背部按摩。"你赶回来了。"赫塔有气无力地说，她在翻身时看见盖内克，一把抓住丈夫的手，接着用力一捏。尤利娅祝他们一切顺利，说完便离开了，赫塔又继续忍受了六个小时的骨裂疼痛，最后，不幸中的万幸，孩子顺利降生。时间已经指向十一点四十五分，盖内克坐在妻子身边，登博夫斯基医生蜷缩在赫塔双腿间，约泽夫进行着生命的第一次呼吸。伴随着婴儿啼哭，登博夫斯基医生用波兰语宣布"是个男孩"——他们生了个儿子，赫塔和盖内克注视着对方，两个人双眼湿润，目光疲惫不堪。

当天晚上，夫妻俩将约泽夫抱上稻草床，让孩子睡在中间，外面裹上赫塔的羊毛围巾、盖内克额外带来的两件衬衣，还有一件小小的针织衫，这是之前出生在营房里的婴儿留下的；裹上这些衣服，他们现在只能看见约泽夫基本不怎么睁开的眼睛，还有粉色的双唇。他们总是担心孩子不够暖和，害怕晚上翻身会压到他。但很快，深深的疲劳感侵袭了两个人，让他们把这些担忧抛在脑后，就好像遮住太阳的暴风雪，没过几分钟，三个人全都陷入梦乡。

日子一天天过去，约泽夫越长越大，赫塔又回去工作了，她和盖内克已经习惯睡觉时两人中间隔着褓褓。而真正的麻烦是在早晨，约泽夫每天都会哭醒，他的眼睛冻得没法睁开。后来，赫塔学会将温热的母乳滴在他的眼睑上，然后慢慢让约泽夫睁开眼睛。

直到现在，赫塔也不敢相信儿子已经出生四个月了，这一切都像是个奇迹。时光流逝，她记录着约泽夫的每个"第一次"：第一次微笑、长出第一颗牙齿，还有第一次翻身躺下。她不知道下个"第一次"会是什么：是吮吸自己的拇指？还是学会爬？还是说出第一个词语？每取得一次里程碑式的成长，赫塔便会给家里写信，渴望能收到别尔斯科家人的回信。但自从离开利沃夫后，她就再也没有听到家人的消息了。她收到的最后一封信来自哥哥齐格蒙德；他带来的消息令人沮丧。留在别尔斯科的犹太人越来越少，他在信中写道。其中一些人显然是一开始就加入了波兰军队。其他人则乘火车离开这里再也没有回来。我一直在央求家人，齐格蒙德写道，求他们赶快离开，或者快点藏起来。但洛拉怀孕的月份太大了，长途跋涉很危险。赫塔意识到，姐姐的孩子现在应该快一岁了。至于咱们的父母，齐格蒙德继续写道，他们固执地不肯离开。我建议全家搬到利沃夫去找你，但他们拒绝了。赫塔想着素未谋面的孩子，她已经是小姨了，但还不知道姐姐生的是男孩还是女孩，也不知道小泽还能不能和他的表亲见面。此刻，这种想法显得如此不切实际，毕竟他们之间相隔了如此遥远的距离，周围的世界也早已支离破碎。

赫塔经常会为家人祈祷。尽管身在阿尔特奈，但只要一有时间，她便会用来祈祷，她现在什么都不要，只想尽快回归自由的生活。有时她希望自己能跳到未来的时空，去到战争结束的世界。但有时她又希望时间能够静止。因为没有人知道未来会怎样。万一战争结束后，她回到波兰却发现家人已经不在了呢？她不敢再想下去。就好像要去直视太阳一样。她没办法做到。也不想这么做。于是，她把这些想法暂时抛在脑后，至少现在，她和盖内克身体健康，孩子能够茁壮成长，这给她带来些许安慰。

傍晚回到营房，赫塔发现盖内克脸上挂着微笑。"有什么好消息吗？"她问。她从怀中抱起约泽夫，将床单铺在泥土地上，把孩子放在床单上。重新站起身，她伸手抚摸着丈夫的脸颊，发现他的酒窝竟是如此可爱。

盖内克两眼放光。"我认为局势终于要发生转变了，"他说，"赫塔，苏联可能很快就要和咱们站在同一阵营了。"

一个月前，他们得知希特勒撕毁了与斯大林的协定，纳粹德国开始入侵苏联。这个消息震惊了全世界，却没有怎么改变他们在阿尔特奈的处境。

听到这个消息，赫塔歪起头，"战争一开始时咱们也是这么想的，难道不是吗？"

"你说得对。但是今天下午，奥托和我听那些卫兵在小声议论要把咱们这些犯人送去南边组建军队。"

"军队？"

"亲爱的，我想斯大林很快就要签署咱们的特赦令了。"

"特赦。"听到这个词，赫塔感觉有些不可思议。等等。为什么要给特赦？因为他们是波兰人吗？赫塔一时间不太能理解这些概念。但如果这意味着他们能重获自由，那么不管结果如何，赫塔还是决定欢迎这次特赦。"我们会被送去哪里？"她问出声。从他们听到的消息来看，现在已经没有了波兰，他们无家可归。

"斯大林应该是想把咱们送上战场。"

赫塔看着丈夫，望着他憔悴的身体，他的发际线又往后退了一些，他的锁骨塌了下去。尽管如此，他还是很英俊，但两个人都知道盖内克并不是打仗的材料。她想了想营房里的其他人，他们不是身患疾病就是饥肠辘辘，或者二者兼有。只有奥托不同，他的体格天生就是一个重量级拳击手，除此之外没有一个囚犯能上战场。她刚想开口提出自己的意见，但是看到盖内克眼神中的希望，她又把这些想法咽了回去，赫塔跪到约泽夫身边，孩子正忙着练习翻身趴下的新技巧。赫塔试着想象了一下未来的场景：身穿军服的盖内克和苏联士兵站在一起，他们为斯大林（这个把他们流放到这里、宣判他们终身劳役的男人）而战。听起来还不如现在的生活。她不知道这对自己和约泽夫意味着什么——如果盖内克被送上战场，母子二人的未来会怎样？

"你知道这个特赦会在什么时候签署吗？"赫塔问，她轻轻帮约泽夫翻了个身。约泽夫高兴地拍打双臂，露出一对小酒窝，像极了他的父亲。

"不知道。"盖内克说，他蹲下身子，坐到赫塔旁边。他捏了捏约泽夫的膝盖，约泽夫咕咕乱叫，拍打着父亲的手。盖内克微微一笑，"但是我想应该会很快。很快。"

第二十四章

阿 迪

————

巴西弗洛雷斯岛 ①/1941 年 7 月底

早起已经成为阿迪的习惯，当其他被扣押的人还在睡梦中，他已经早早来到外面绕着小小的弗洛雷斯岛散起步。他需要锻炼身体，更需要一个小时的独处时间 —— 这两样东西能让他保持头脑清醒。当然，眼前的景色也起到了一定作用。黎明时分的瓜纳巴拉湾 ② 景色迷人，在万物寂静的时刻，海水就像是一面镜子，倒映着整个天空。但是到了上午十点，这里就会挤满频繁来往于里约热内卢港口的各类船只。

今天早晨，太阳还没升起，阿迪就被落在窗台上的翠鸟吵醒，小家伙扯着嗓子鸣叫，仿佛在唱着一曲短抒情调。阿迪想再睡个回笼觉，梦中他又回到了拉多姆，家人还是他离开时的模样。父亲坐在餐桌前看着《拉多姆生活报》周末版，母亲哼唱着小曲坐在对面给毛衣的肘部打上皮革补丁。盖内克与雅各布在卧室打牌，费利西娅

————

① 弗洛雷斯岛（Ilha das Flores）：又译"花岛""繁花岛""伊利亚－达斯弗洛里斯"，位于巴西东南部里约热内卢州瓜纳巴拉湾东岸。

② 瓜纳巴拉湾（Guanabara Bay）：大西洋海湾，位于巴西东南部。

晃晃悠悠地迈着步子，她想捡起脚边的布偶猫，米拉与哈利娜坐在小型钢琴前轮番弹奏，乐谱架上放着贝多芬的《月光奏鸣曲》。梦里唯一没有出现的就是阿迪自己。但他并不在意；他能对着这幅画面看上几个小时，只是在空中盘旋就能让他心满意足，他沉浸在这些温馨的场景中，沉浸在一切都还正常的简单生活中。但是翠鸟在那里叫个不停，梦中的画面逐渐消失，阿迪坐起身，揉了揉惺忪的睡眼，叹了口气，穿好衣服，外出散步。

阿迪边走边采集着路旁的野花，过去三周里他慢慢熟悉了每种花的名字：喇叭花、芙蓉花、杜鹃花，还有他最喜欢的天堂鸟——扇形的花冠、红蓝各异的鲜艳花瓣，像极了正在空中飞翔的鸟儿。岛上还有一种百合花，他似乎对此过敏。有一次，他失足踏入那片百合花丛，结果接下来的十五分钟一直在打喷嚏，他用母亲送给自己的手帕遮挡，那条手帕他一直带在身边，就像护身符一样。

回到餐厅，他把摘好的花插进餐桌的玻璃杯中，这里是他每天和勒夫贝尔母女吃早餐的地方。工作人员走了过来，阿迪微笑着跟他寒暄："今天怎么样，你好吗？"——这是他到这里后学会的第一句葡萄牙语。

"我很好，是的，先生。"工作人员递过一杯巴拉圭茶。

阿迪端着茶来到门廊，把椅子转向西面里约海岸线的方向。自从他们的客轮抵达南美以来，他慢慢爱上了巴拉圭茶的苦涩味道。他举杯饮茶，享受着平静的清晨时光，感受着热带地区的气味，聆听着无处不在的鸟鸣。若是换作平日，他可能会闭上眼睛，沐浴在这迷人的景色中。当然，现在的情况和平日相去甚远。他仍处在危险之中，还不能真正放松身心。因此，他没有闭上眼睛，而是注视着前方的海岸线，回忆过去几个月里发生的种种——想着来到这座巴西海岸小岛前自己付出的所有努力。

从结果来看，虽然渔船的质量差了些，但阿迪在丹吉尔选择的渔夫还是平安地将他和勒夫贝尔母女送到了塔里法。三个人搭乘公共汽车从塔里法一路北上来到加的斯，在那里他们得知有一艘名为"合恩角号"的西班牙客轮将在一周内启航前往里约。"我可以卖给你们船票，"加的斯港工作人员说，"但你们的签证已经过期，我可不保证他们会让你们下船。"这并不是他们想听到的消息，但就目前已知的情况来看，"合恩角号"是他们唯一的希望——这个推测后来得到了证实，他们在港口看到了"阿尔西纳号"的船客，这些人也幸运地穿过海峡抵达加的斯。阿迪和勒夫贝尔母女没有耽误时间，他们当即买好单程船票，登上"合恩角号"，并安慰自己：如果能成功到达南美大陆，他们是不会被遣返回来的。

登上船后，阿迪不得不面对一个事实，那就是自己手里的法郎只剩下一点点。这意味着在巴西他要白手起家——这是他需要努力克服的现实，冒着蒸汽的"合恩角号"就这样朝着西南方向的里约一路前进。整个旅途花了十天时间。这几天，船上的难民都没怎么合眼，刚登船时他们就被警告说之前已经有至少六艘船被遣返回西班牙——有可能会被遣返，有的人因此威胁要自杀。"我发誓我真的会跳下去，"一个西班牙人告诉阿迪，"我会在佛朗哥动手前先自杀。"

阿迪、艾丽丝卡，还有勒夫贝尔夫人紧紧握着手里已经过期的签证，他们坚定不移地相信"阿尔西纳号"船长已经如约将电报送到了维希市的巴西驻法使馆。如果索萨·丹塔斯大使收到了请愿书，那么他一定会想办法帮助众人。即使他没收到电报，那仍然还是有一线希望，巴西总统热图利奥·瓦加斯也许能理解难民的处境，然后在入境时延长他们的签证期限。毕竟，这趟旅程耽误了很长时间，但错并不在他们。

7月17日，"合恩角号"停靠在里约港口，他们的运气还算不错，乘客被允许上岸。阿迪喜出望外。但是，自由的生活没有持续多长时间。三天后，巴西警方敲响了阿迪、勒夫贝尔母女和三十七位"阿尔西纳号"乘客的房门，这些人在登上"合恩角号"时签证就已经过期，他们被押回港口，众人登上一艘货船，来到距里约海岸线七公里外的弗洛雷斯岛，也就是他们现在被扣押的地方。

"我们被当作人质了，"来到岛上的第一天，勒夫贝尔夫人情绪激动，"简直荒谬①。"没有人告诉他们被扣押的理由。他们只能猜测是由于自己的签证过期，这样的猜测后来被一位精通葡萄牙语的乘客证实，他曾经偷偷看到过一张书面通知，上面写着瓦加斯打算把这些难民遣送回西班牙。

阿迪又喝了一口茶。他不相信那位乘客说的话，过了六个月，他还是要回到自己出发的地方，回到被战争毁灭的欧洲大陆。"阿尔西纳号"的乘客已经逃到了这么远的地方。肯定有人能说服总统网开一面，留他们在这里生活。也许艾丽丝卡的舅舅就有这个本事——三个人刚到里约时就住在舅舅家里。舅舅看上去人还不错，也很有钱。但话又说回来，一个普通市民又有什么办法接近总统呢？他们需要一个具有影响力的人。就像勒夫贝尔夫人经常说的，"只要找对了人，签证总会有办法的。"勒夫贝尔母女有办法通过行贿手段搞到

---

① 原文为法语。

签证，但是这个"对的"人究竟是谁，阿迪到现在也没有头绪。他非常确定的一点就是：自己在巴西举目无亲、语言不通、身无分文，一点儿忙也帮不上。他已经尽了最大的努力，把三个人带到了南美大陆——至于剩下的事情，虽然难以启齿，但是已经超出了他可以控制的范围。

据勒夫贝尔母女说，他们现在的希望都握在一个叫哈格瑙尔的人手中，他也是"阿尔西纳号"上的乘客，祖父住在里约，和巴西外交部长有一些联系。一周前，哈格瑙尔买通了岛上的卫兵，把信送到了祖父手上，向他说明了自己现在的处境，希望祖父能够代表他们这些人质向部长求情。每个人都同意这个计划，看上去很有希望成功。现在，除了等待消息之外，他们已经没有什么能做的事情了。

喝完茶，阿迪摇着手里的陶瓷杯，他想起艾丽丝卡，想起昨天晚上她在自己脖子上留下的吻痕，她说这是"将她的美留下来"的意思。两个人在达喀尔时就已经决定结婚——当然，勒夫贝尔夫人强烈反对。不过阿迪并没有因为夫人反对就惊慌失措。他觉得只要花上足够时间，自己是可以说服这位贵妇人的，他是值得艾丽丝卡托付终身的人。

阿迪望着驶向里约港口的驳船，他不知道自己的家人会不会喜欢艾丽丝卡。她很聪明，而且是犹太人。她富有激情，说话得体，能言善辩。他的兄弟姐妹一定会很喜欢她。父亲也一样。但母亲呢？阿迪有时会在脑子里听到涅秋玛在警告自己——艾丽丝卡是一个被宠坏的孩子，她不会成为你所希望的那种妻子。她的确是被宠坏了，阿迪承认这一点，但他知道这并不是母亲可能反对的真正原因。

一段关系始于真诚，涅秋玛曾经这样告诫自己，这是一切的基础，相爱就意味着要互相分享——分享你们的梦想、你们的错误，还有你们最深层的恐惧。建立在谎言与虚假之上的关系终将崩塌毁灭。阿迪花了很多时间来理解母亲话中的含义，他感到有些羞愧，自己和艾丽丝卡说了这么多关于布拉格、维也纳还有巴黎的事情（他们谈论了许多战争开始前充满魅力的生活），但直到现在，他还是没办法跟她开口聊自己的家人。他已经有两年没有听到父母和兄弟姐妹的消息了。整整两年！在外人面前，他总是表现出一副积极乐观的样子，但在内心深处，这种未知的恐惧几乎将他撕碎。他已经开始有些精神分裂了。艾丽丝卡则性格开朗、知觉敏锐，她清楚自己想要什么样的未来。阿迪本能地知道她不会理解自己为何会在夜里梦见拉多姆，而不是里约，她也不会明白为何在这样的局势下，自己还是希望能在家里醒来，希望能在华沙斯卡大街的老房子里醒来。他抚摸着杯子边缘。他知道艾丽丝卡也失去过亲人的陪伴。小时候父亲的离开给她造成了很大打击——也许正因为此，她才说服自己不要总是活在过去，因为那样做没有任何意义。阿迪意识到艾丽丝卡的世界里没有回忆，也不允许悲伤。

你根本就不需要在拉多姆和里约之间做选择，阿迪不断提醒自己。至少不是现在。你已经来到了这里，置身在南美大陆一座几乎被废弃的小岛上，这里有你心爱的女人。阿迪闭上眼睛，想象了一下没有艾丽丝卡的生活。他将会失去和欧洲大陆的一切联系，那是他和艾丽丝卡两个人共同的根。他将会失去她的笑容、她的爱抚，还有她从未来而不是过去找寻快乐的坚定信念。不，他不能没有她。

第二十五章

雅各布与贝拉

波兰（德占区）拉多姆城外／1941 年 7 月底

货车车厢里，雅各布与贝拉蹲在供应物资堆成的墙后，两个人膝盖抵在胸前，背靠背撑在一起。弗兰卡和父亲摩西、母亲泰尔扎、弟弟萨拉克躲在对面的墙底下。突然，前面的货车司机破口大骂。刹车片嘎嘎作响，货车放慢速度。离开利沃夫后他们只因为加油停过两次车；其他时间他们都按照索尔的指示向西北的拉多姆一路疾驰。

货车现在缓缓前行。外面有人在说话，声音透过供应物资墙传进了他们的耳朵里。是德国人。

"停车！ ① 把车停下！"

"不要停车，"雅各布压低声音说道，"求求你，千万不要停车。"一旦被发现，他们的下场会怎样？虽然身上带着假身份证，但很明显他们是在进行非法的运输活动。否则几个人为什么要躲在车厢里呢？

---

① 原文为德语。

雅各布身旁的贝拉没有讲话，她看上去毫不畏惧。失去安娜以后，再次面对恐惧时她已经变得无动于衷。雅各布还从未见过贝拉如此伤心欲绝。只要能帮到妻子，他愿意做任何事情。多希望贝拉能跟自己说说话。但是雅各布仍然能从妻子的眼神中看见痛苦与伤痕。她需要时间来愈合伤口。

雅各布伸手搂住贝拉，将她拉到自己身边，货车停了下来，他在脑子里想着要编个什么借口。只要德国人能放他们走，他决定把自己的相机送给对方。但就在货车停下的一瞬间，车身猛地向后一斜，引擎发出一阵轰鸣。货车急速转向，他们一时间感觉车子是在靠两个轮子保持平衡。受到重力影响，车厢里的箱子轰然倒塌。外面，德国士兵的声音越来越大，对方听上去很生气，似乎在威胁司机。货车开始提速，一时间数枪齐射，子弹穿过车厢木板打在雅各布头顶上方，和他只有几英寸距离，木板上留下两个小小弹孔。混乱之中，他和贝拉把自己的身体埋进膝盖中。雅各布一只手挡在自己脑后，另外一只手护住贝拉脑后，他不断祈祷，货车引擎发出阵阵轰鸣，听上去已经到了极限。快点。再开快一点。士兵的叫喊声已经听不见了，只留下枪声还在追赶他们。

一开始，贝拉不愿意回拉多姆，她还抱着一线希望，安娜可能还活着。"我要去找妹妹。"她厉声道，雅各布被她愤怒的语气吓了一跳。当局势安定下来后，他们离开藏身的地方，发现德国人在利沃夫周边建了许多羁留营，只要被认为"有嫌疑"，这个人就会被抓进羁留营，然后被无限期地关押起来；贝拉固执地要去搜查这些羁留营，她觉得妹妹有可能被关在里面。雅各布并不赞同这个想法，他不希望妻子靠近德国人的羁留营，但他也知道自己没办法反对。于是，接下来的一周里，贝拉冒着被监禁的风险四处奔走。但直到最后她也没能发现哪里有安娜的关押记录，也没有找到妹夫丹尼尔。后来从邻居口中，贝拉才终于知道到底发生了什么事：安娜和丹尼尔在德国人第一次入侵利沃夫时躲了起来，一起避难的还有丹尼尔的兄弟西蒙。大屠杀第二天晚上，国防军士兵闯进他们的公寓，士兵拿着通缉令要逮捕西蒙，称他为"激进分子"。但西蒙没有在家——他刚好冒险出门寻找食物。"那我们就逮捕你。"士兵按住了丹尼尔的胳膊。他没有别的选择，只能跟对方走，而安娜坚持要跟丈夫待在一起。邻居说那些国防军还逮捕了好几十人，她有一个朋友住在附近农场，看见这帮人被送上大篷车，带到树林边缘，然后听到阵阵枪声，好像烟花一样，枪声一直持续到深夜。

尽管很不情愿，尽管内心充满痛苦，但贝拉最终还是放弃了寻找妹妹，她同意索尔派货车来接他们。从此以后，她便很少再开口讲话。

货车又稍微放慢了速度，雅各布抬起头。求求你了，千万别再来一次。他竖起耳朵听着外面有没有枪声和喊叫声，但他只能听见柴油发动机的隆隆声。他闭上双眼，祈祷众人已经安全过关。希望隔都的生活会比利沃夫要好一些。当然，他很难想象日子还能再坏到哪里去。至少他们离家人更近。除了这些，难道还能有别的指望吗？

贝拉坐在一旁，不知道他们这些人能不能活着回到拉多姆。如果能，她就要面对自己的父母。亨利和古斯塔瓦被分到了稍小的格里尼斯隔都，距拉多姆市区几公里远。届时她将不得不把发生在小女儿身上的遭遇告诉自己的父母。

距安娜消失已经过去三周。闭上双眼的贝拉还能感受到胸中那股熟悉的疼痛，这是深入骨髓的痛，好像在自己胸口挖了一个大洞，身体的某个部分消失了。安娜。从贝拉记事开始，她就一直幻想着自己和安娜的孩子可以一起长大 —— 大屠杀开始前，这份幻想几乎就要化作现实，安娜暗示说自己和丹尼尔有一个激动人心的好消息要分享给她。在那段短暂的时光里，贝拉终于能将战争的事情抛在脑后，尽情沉浸在关于孩子的幻想中，沉浸在表亲共同成长的美梦中。但是现在，自己的妹妹再也不会有孩子了，妹妹也不会再见到自己的孩子了。眼泪顺着贝拉的脸颊流到下颌，她默默咀嚼着这份冰冷又难以消化的残酷现实。

1941 年 7 月 25 日—29 日

    第二场大屠杀席卷利沃夫。据称，此次大屠杀由乌克兰民族主义者组织，德国人在幕后支持，被称为"彼得留拉日"①，以犹太人为清洗对象，罪名是勾结苏联军队。据估算，有两千名犹太人被杀。

---

①   彼得留拉日：原文是"Petlura Days"，应为"Petliura Days"，指 1941 年发生在利沃夫的第二次大屠杀，得名于乌克兰政客西蒙·彼得留拉（Symon Petliura）。彼得留拉在 1917 年俄国十月革命后开始组织乌克兰民族主义匪帮，成立乌克兰人民共和国并自任领袖；失败后流亡法国，组织"乌克兰民族共和国"流亡政府；1926 年 5 月 25 日被犹太无政府主义者刺杀身亡。

第二十六章

阿　迪

————

巴西弗洛雷斯岛 /1941 年 8 月 12 日

"那是什么船？"艾丽丝卡问。

阿迪早晨围着小岛散步时就发现了这条灰色小船。艾丽丝卡刚一起床就被带到了船停靠的码头，阿迪想让她亲眼看一看。

"看上去像是海军的船。"

"你觉得是冲咱们来的？"

"我想不到还能有别人。"

这条船会把他们带向何方？阿迪与艾丽丝卡的脑子里浮现出无数种可能性。这条船会不会把众人送去里约？那是印在"阿尔西纳号"船票上的"目的地"，旁边的日期还是二月初，虽然已经过去六个月，难道说他们现在终于可以完成旅途了？还是说这条船会把众人带上另外一艘更大的客轮，接着把他们送回欧洲？如果是后者，他们是会被送回马赛还是其他地方？他们还能不能申请新签证？如果可以，还会不会有客轮允许从欧洲启航穿过大西洋？

中午，被扣押的"阿尔西纳号"乘客聚在自助餐厅，阿迪和艾丽丝卡的疑问终于有了答案。

"今天是你们的幸运日。"身穿白衣的军官对众人宣布道,从对方说话的语气中很难判断他是不是在开玩笑。哈格瑙尔在一旁翻译。

"瓦加斯总统,"军官继续说,"已经同意延长你们的签证期限。"

难民集体松了一口气。一些人激动得大叫起来。

"收拾好你们的行李,"军官命令道,"你们会在一个小时后离开这里。"

阿迪咧嘴一笑。他一把搂住艾丽丝卡,把她抱了起来。

"当然,有一点需要说清楚,"军官继续说,他抬起一只手,仿佛是要压住即将爆发的狂欢,"总统可以随时以任何理由取消你们的特权。"

"总会有这样的条款。"勒夫贝尔夫人发出一阵嘘声。但是难民并不在意这一点。他们现在被允许留在这里。餐厅里顿时变得热闹起来,众人拍背庆祝,亲吻彼此脸颊,男男女女拥抱在一起,又哭又笑着。

两个小时后,阿迪和勒夫贝尔母女来到海岛码头,三个人站成蛇形。虽然没人敢站出来直接提问,但流言还是在众人间悄悄蔓延开来 —— 究竟是谁最后说服了瓦加斯,让他们这些流离失所、签证过期的难民可以留在这个国家。不过以后最好还是不要再谈论此事了吧。

登上船,阿迪与艾丽丝卡放好手提箱,帮勒夫贝尔夫人找到一个靠近中间的座位,随后向小船前方走去。他们握住船头的金属栏杆，看着水手解开拴在码头上的绳索。引擎发出一阵轰鸣，预示着新生活的开始，小船起锚入水，阿迪最后看了一眼自己生活了二十七天的小岛。众人缓缓离开小岛，船下靛蓝色的海水被搅成白色，阿迪意识到自己内心深处也许还会怀念这个地方。芳香四溢的野花，如交响乐般不停演奏的鸟鸣，这座岛带给他舒适安逸的感觉。在弗洛雷斯岛，阿迪每天的工作就是散步、喝巴拉圭茶，然后等待。等到了里约，自己再次恢复自由身，他便又要靠双手重新讨生活。他需要学习当地语言，申请工作许可，寻住处，找工作，养活自己。这些都不是容易的事情。

行至半程，船头掉转向西，朝陆地方向驶去。阿迪和艾丽丝卡呼吸着咸咸的空气，身体斜靠在波光粼粼的海面上，两个人眯起眼睛，望着瓜纳巴拉湾入口处塔糖山①上的花岗岩圆顶。整个行程时间不长（最多十五分钟），但每一秒感觉都过得很慢。

"不敢相信这一切居然真的发生了，"船只停靠在码头，艾丽丝卡心怀敬畏地说，"经历了一路的等待与期盼……我们现在终于来到了旅途的终点。我简直不敢相信，从我们离开马赛到现在已经过去了七个月。"

"的确如此。"阿迪附和道，他将艾丽丝卡拥入怀中，亲吻着她。她的双唇好温暖，艾丽丝卡抬头看着阿迪，女孩的蓝色眼睛明亮又清澈。

难民陆续下船，他们被带到由白砖砌成的海关大楼里，众人被命令在此等候——这是一项几乎不可能完成的任务。三个小时后，

---

① 塔糖山（Pão de Açúcar）：位于瓜纳巴拉湾西侧的圆锥形花岗岩山峰，因形似塔糖而得名。

文书工作终于结束，阿迪、艾丽丝卡，还有勒夫贝尔夫人匆匆离开海关大楼，三个人走到环埃尔瓦达大街。阿迪招手拦下一辆出租车，在不知道应该去哪儿之前，他们一路向南，朝艾丽丝卡舅舅所在的伊帕内马 ① 公寓前进。

转天早晨，阿迪浑身僵硬地醒来，昨天他睡在了地板上，由于侧着身子，所有的重量都压在了一边肩膀上。"咱们出去探险吧！"艾丽丝卡小声说，她从床上跳下来，起身去准备咖啡。

阿迪穿好衣服，走到窗边，看着楼下铺满鹅卵石的救世主大街，接着抬头望着清晨的天空，口袋里剩下的几枚硬币叮当乱响。他几乎破产，但却拒绝用勒夫贝尔母女的钱来接济自己。不过今天阳光明媚，他们也应该庆祝一下，虽然这场仪式迟到了几个月。

"走吧。②"阿迪说。

艾丽丝卡留给母亲一张纸条，保证自己会在日落前回家。"那我们去哪儿呢？"她问，两个人离开舅舅的住处。他们踏上新家的探险之旅，艾丽丝卡在阿迪身旁一蹦一跳，看得出来她很兴奋。

"先去科帕卡瓦纳 ③ 怎么样？"阿迪提议道，他告诉自己现在可以尽情加入艾丽丝卡的行列，分享她的兴奋与激动，分享她对于新生活的热情。来吧，拥抱这一切。至少为了她也要这样做。等明天再去担心工作、住处，还有家人的下落吧，等明天再去想自己要如

---

① 伊帕内马（Ipanema）：位于巴西里约热内卢市区南部。
② 原文为葡萄牙语。
③ 科帕卡瓦纳（Copacabana）：位于巴西里约热内卢市区南部。

何追查家人的行踪吧，他现在终于来到了一座拥有邮局的城市。他希望自己能被允许永久居住在这里。

"科帕卡瓦纳，好极了①！"

两个人先是向南走到海边，接着沿伊帕内马扇形海岸线继续向东前行，几分钟后，他们来到一块巨大的头盔形岩石旁，两人这才意识到他们谁也不知道科帕卡瓦纳究竟在哪儿。艾丽丝卡提议去头张地图，但阿迪指了指海边一位女士，她的穿着打扮一看就是里约当地人：泳装、棉质短袍，还有皮凉鞋。"咱们去问问她吧。"他说。

听到他们的问题后，女士微微一笑，她伸出两根手指，然后指了指自己的食指。

"这里是伊帕内马②，"她解释道，"前面的海滩才是科帕卡瓦纳。③"她指了指远方，海滩的尽头有一块巨大岩石。

"谢谢。④"阿迪说，他点了点头，表示自己听明白了。"这里很漂亮。⑤"他补充道，阿迪伸出一只手，掌心朝上，顺着海岸线的方向一扫，女士回以微笑。

阿迪和艾丽丝卡绕开名为阿尔波亚多的巨型岩石，又走了几分钟，他们来到这片长长的半月形海湾最南端——这里，金色沙滩与深蓝色海浪完美交融在一起。

"我想咱们已经到了。"阿迪静静地说。

---

① 原文为法语。
②③④⑤ 原文为葡萄牙语。

"看看这些山！①"艾丽丝卡小声说。

两个人在此驻足片刻，他们望着绿色群峰在天空中留下的一道道轮廓起伏。

"看——你能搭那辆缆车上山。"阿迪指着群峰中最高的那座，一辆缆车正在爬向山顶。

海边的人行步道是黑白相间的石子马赛克，二人漫步其中，路面有节奏地起起伏伏，感觉好像踏在了一朵巨大的浪花上。阿迪盯着眼前的马赛克，出乎他的意料，这些石头的形状和方向竟各不相同，能将如此众多的石子紧密排列在一起，这工作量想必十分惊人。黑白石子的边缘完美契合，呈现出和谐的美感。我们正走在一件艺术品上，阿迪若有所思地想道，他抬头望向海岸线，不知道这些景色在母亲、父亲，还有兄弟姐妹的眼中会是怎样。他们一定会爱上这里，阿迪心想，但就在这一瞬间，他的内心涌起一股罪恶感。他怎么好意思一个人待在这里！待在这样的人间天堂！家人还不知道正在遭受怎样的不幸与折磨，他们正深陷深不可测的地狱。忧郁的阴影笼罩在他的脸上，还未等这股负面情感侵袭他的全身，艾丽丝卡指了指海滩的方向。

"显然，咱们还要把皮肤晒得更黑一些。"她笑着说，几个皮肤黝黑的当地人正在沙滩上踢着足球，以欧洲人的标准来看，阿迪和艾丽丝卡虽然已经有了一身古铜色肌肤，但是和那些人相比，他们还是太白了。

阿迪吞下心中的苦水，转而看起眼前的这场盛大表演，品味着

---

① 原文为法语。

艾丽丝卡声音中的喜悦。"科帕卡瓦纳。"他低声道。

"科帕卡瓦纳。"艾丽丝卡轻轻哼道，她抬头看着阿迪，两只手轻抚爱人的面颊，亲吻着他。

阿迪的身体变得柔软。艾丽丝卡的吻仿佛凝固了时间。两个人的双唇碰在一起，阿迪停止了思考。

"你渴吗？"艾丽丝卡问。

"总是很渴。"阿迪点了点头。

"我也渴了。咱们去喝点东西吧。"

顺着海边的人行步道向前走，两个人来到一处售卖茶点小吃的蓝色货车旁，红色的遮阳伞上写着：欢迎来到巴西！①

"有椰子！"艾丽丝卡大叫一声，"是用来吃的还是喝的？"她向摊主打着手势，示意二者的区别，希望对方能明白自己的意思。

遮阳伞下的巴西年轻人被艾丽丝卡的热情逗得哈哈大笑。"喝的。②"他说。

"你们这里收法郎吗？"阿迪问，他举起一枚硬币。

摊主耸了耸肩。

"好极了。我们买一杯。"阿迪说，摊主随即选出一颗椰子，他拿起一把和脚差不多长的大砍刀，迅速地削去上面的壳，插进两根吸管，然后递给两人，一旁的阿迪和艾丽丝卡都看呆了。

"椰子汁。③"他扬扬得意地说。

阿迪微微一笑。

"你们是第一次来巴西吗？④"摊主问。对普通路人来说，他们

---

①②③④　原文为葡萄牙语。

看上去肯定像是来度假的游客。

"是的，第一次来。①"阿迪回答，他模仿着摊主的口音。

"欢迎来巴西。②"摊主笑着说。

"谢谢。③"阿迪回应道。

艾丽丝卡接过椰子，阿迪付好钱。两个人再一次谢过摊主，然后继续走在铺满马赛克的人行步道上。艾丽丝卡品尝着第一口椰子汁。"感觉很不一样。"她在回味片刻后评论道，接着把椰子递给阿迪。

阿迪用双手捧着椰子 —— 这个东西的外壳有很多毛，比自己想象的要重一些。他试探性地把椰子凑到鼻子底下闻了闻，一股类似坚果的微妙味道，他抬起头，再一次眺望远方的地平线。你会爱上这里的，他心想，希望这份情感能够传递到遥远的大西洋彼岸。虽然和家乡的景色不同，但你会爱上这里的。他喝了一小口，用舌头感受着椰汁的异国风味，味道有些奇怪，好像牛奶，而且很甜。

---

①②③　原文为葡萄牙语。

1941 年 7 月 30 日

苏联与波兰在伦敦签订《苏波协定》①。

1941 年 8 月 12 日

苏联签署特赦令，宣布释放被扣押在西伯利亚、哈萨克斯坦和苏联控制下的亚洲地区劳动营中幸存的波兰公民，条件是为如今站在同盟国一方的苏联作战。数千名波兰人离开劳动营，前往乌兹别克斯坦，他们将在瓦迪斯瓦夫·安德斯②将军的率领下，重新组建一支波兰军队（亦称波兰第二军）。安德斯将军自己也是刚刚获得释放，他被监禁在莫斯科的卢比扬卡监狱③里长达两年之久。

① 《苏波协定》(The Sikorski-Mayski Agreement)：又称《西科尔斯基—梅斯基协定》，即《苏联政府和波兰共和国政府友好互助宣言》。
② 瓦迪斯瓦夫·安德斯（Władysław Anders，1892—1970）：波兰军队领导人。
③ 卢比扬卡监狱（Lubyanka prison）：卢比扬卡大楼位于俄罗斯首都莫斯科，建于 1898 年，原为"全俄保险公司"总部，俄国十月革命后被全俄肃反委员会接手，成为秘密警察总部，后成为内务人民委员部、克格勃总部，现在是俄罗斯联邦安全局总部。卢比扬卡监狱位于卢比扬卡 2 号楼院内。

第二十七章

盖内克与赫塔

哈萨克斯坦阿克纠宾斯克 ①/1941 年 9 月

三周前的八月，他们离开了营地，如果从第一天到这儿开始计算，时间过去差不多刚好一年。对盖内克与赫塔来说，离开阿尔特奈的过程在许多方面都跟来时很像，只不过这一次，畜运车厢的顶棚窗户是敞开的，而且病患数量要比健康人多得多。最后两节车厢是专门用来装病号的，里面挤满了身患疟疾和斑疹伤寒症的人，整整二十一天的旅途，十几个人死在半路。盖内克、赫塔与约泽夫最终逃过一劫 —— 他们用手帕捂住口鼻，赫塔把六个月大的约泽夫塞进胸前的背带里，在孩子能够忍受的前提下尽可能让他贴在自己身上。夫妻俩饥肠辘辘，睡眠严重不足，但两个人却努力保持积极乐观的心态 —— 毕竟他们现在已经不再是囚犯了。

"我们到哪儿了？"列车缓缓进站，其中一位流亡者大声问道。

"站牌写着'阿克 —— 纠 —— 宾斯克'。"有人回答。

"阿克纠宾斯克是他妈哪儿？"

---

① 阿克纠宾斯克（Aktyubinsk）：哈萨克斯坦西北部城市，阿克纠宾斯克州首府，今已恢复为哈萨克历史地名阿克托别。

"我想是在哈萨克斯坦。"

"哈萨克斯坦。"盖内克小声说，他站起身，望着畜运车厢外面的景色——对他来说，这是一片陌生的土地，陌生得如同进入一间干净的厕所、穿上一件整洁的衬衫、吃上一顿像样的饭，或者在夜里睡上一个安稳觉。这里的车站和其他地方没有什么不同——毫无特点，长长的木头月台上零星点缀着几盏熟铁燃气灯。

"能看见什么吗？"赫塔问。她坐在地板上，约泽夫在怀中熟睡，她不想挪动身子。

"不太能看得清。"

就在盖内克准备坐回赫塔身边时，一样东西引起了他的注意。他把头探出车门外，先是眨了一下眼睛，然后又眨了一下。真是活见鬼了。他看见几米开外的月台上，两个身穿军服的男人推着一辆小车走过来，车上似乎装满了刚刚烤好的面包。但是，让盖内克心情激动的并不是那些面包，而是绣在军官四角帽上的白鹰标志。他们是波兰士兵。波兰人！

"赫塔！快过来看！"

盖内克扶着妻子站起来，赫塔挤到丈夫身旁，来到车厢门口，这里已经聚集了六七个人，他们都在张望刚才盖内克看见的东西。毫无疑问，阿克纠宾斯克驻扎着波兰士兵。盖内克胸中燃起一团希望。在他身后有人开始欢呼，车厢的氛围一瞬间被点燃。外面的人打开车门，流亡的人一拥而出，他们觉得自己的身体变得比几个月前更加灵活敏捷。

"每人一片。"肩扛两颗星的中尉对众人喊道，绝对没错，他们说的是波兰语，瘦得皮包骨的人群一拥而上，将推车团团围住。后面又跟过来两名士兵，他们推着一个闪闪发光的银色茶水桶，桶身雕刻有波浪形的西里尔字母，上面写着：咖啡 ①。若是换作两年前，盖内克肯定会对这种谷物咖啡不屑一顾。但是现在，他觉得没有比这更好的礼物了。咖啡既热又甜，搭配着手中尚有余温的面包，盖内克与赫塔激动得一饮而尽。

流亡的人带着一肚子疑问："你们怎么会在这里？这附近有军营吗？我们是不是现在就要应召入伍？"

推车后面的两名中尉摇了摇头。"军营不在这里，"他们向众人解释，"军营驻扎在鲁斯科耶 ② 和塔什干 ③ 地区。我们的工作只是给你们送来食物，确保你们能够继续向南前进。从属于苏军的波兰军队正在从四面八方集结。我们将在中亚地区完成改编。"

流亡的人点了点头，列车的汽笛声响起，众人纷纷低下头。他们不想离开。人们不情愿地爬回车厢，列车开动起来，他们俯下身子，在铁轨边疯狂挥手。其中一名中尉伸出两根手指，向众人敬了一个波兰军礼，这一举动点燃了车厢内的流亡者，他们大声呼喊着一齐回礼，列车开始加速，车轮咔啦咔啦作响，每个人都心潮澎湃。盖内克伸手搂住赫塔，亲吻着约泽夫的额头，他笑容满面，衣着光鲜的同胞、流淌在血液中的温热咖啡、腹内的面包，还有拂过脸颊的微风，无不让他的精神为之一振。

---

① 原文为波兰语。
② 鲁斯科耶（Wrewskoje）：位于乌兹别克斯坦。
③ 塔什干（Tashkent）：乌兹别克斯坦首都，塔什干州首府，位于乌兹别克斯坦东部。

对这些流亡者而言，在阿克纠宾斯克车站吃到的面包和咖啡可以算是整个旅途中最像样的一顿饭了。他们继续向乌兹别克斯坦前进，但在接下来的几天里都没有东西吃。盖内克与赫塔不知道列车会在何时何地停下来。每次列车停下时，那些手头还有东西或者口袋还有余钱的乘客就会和当地人进行交易，那些当地人守在铁轨旁边，胳膊上斜挎的篮子里装满美味佳肴——圆形的发酵面包、发酵乳酸奶、南瓜子，还有红皮洋葱，再往南走一些，当地人手里的东西就变成了甜瓜、西瓜，还有干杏仁。当然，大部分流亡者，包括盖内克与赫塔在内，都清楚他们根本买不起那些食物，与其饥肠辘辘地看着那些吃不到嘴的东西，还不如做更重要的事情——每次停车，他们就会跳下车厢，或排队上厕所，或排队到水龙头（乌兹别克人管这个东西叫"开水"）前接水，已经风干变空的葵花子轻轻拂过众人脚面，他们要竖起耳朵留意蒸汽的哒哒声，还有列车引擎的第一声震动，因为一旦听到这些声音，就表示他们马上就要离开，而列车总是毫无征兆地突然开动。当听见列车启动时，不管有没有上完厕所，也不管有没有灌满水桶，这些人都必须快速跑回车厢。没有人想被丢下。

又经过三周，盖内克终于来到鲁斯科耶的临时招募中心，他正在排队，静候自己的轮次。一位年轻的波兰军官坐在桌子前。

"下一位！"军官喊道。盖内克向前迈了一步，前面还有两个人，他马上就能加入波兰第二军了。早起排队时，前面队伍的人已经将这座城市本就不大的街区绕了整整两圈，但当时的盖内克还没有下定决心。自从记事以来，这是自己第一次怀揣如此强烈的使命感。

他想，也许为波兰而战就是自己一直以来的宿命。除此之外，这样做也是一种救赎——让他有机会纠正自己曾经做出的错误决定，正是那次糟糕的决定，才导致他与赫塔经受了整整一年的地狱生活。

盖内克目前还不清楚被接纳的新兵会在何时何地报到应召。他希望全家人在乌兹别克斯坦停留的时间不会太长。分配给他们的一室公寓虽然比阿尔特奈的营房好得多，但那里又热又脏，到处都是老鼠。一开始的几个晚上，两个人总是觉得有一双双小脚从自己胸前快速跑过，这种不快的感觉每次都会令二人惊醒。

"肯定有什么地方搞错了。"前面队伍里的应征者说。

"很抱歉。"坐在桌后的军官答道。

盖内克竖起耳朵听着。

"不对，肯定搞错了。"

"没有，先生，恐怕没有搞错，"军官略带歉意地摇摇头，"安德斯将军的军队不接收犹太人。"

盖内克感到胃部一阵痉挛。他说什么？

"可是——"应征者一时语塞，"我千里迢迢来到这里，你的意思是告诉我……但这是为什么啊？"

盖内克看见军官拿起一张纸，然后念道："'根据波兰法律，具有犹太血统的人不属于波兰公民，而是属于一个犹太国家。'我很抱歉，先生。"他的语气中没有恶意，但是简洁的语言告诉众人他要继续接待下一位应征者。

"那我该怎么办——"

"抱歉，先生，这不是我能决定的。有请下一位。"

入伍的申请被放到一边，刚才的应征者垂头丧气地离开队伍，小声发着牢骚。

安德斯的军队不接收犹太人。盖内克摇了摇头。他绝对不会允许德国人剥夺犹太人为国而战的权利，但现在做这种事的却是波兰人。如果无法加入军队，他不知道自己与赫塔将面临怎样的下场。他们很有可能被扔回狼窝，再次过上被迫劳役的日子。去他妈的。盖内克情绪激动。

"有请下一位。"

此时的盖内克与招募桌后的军官只剩一人之隔，他会被要求填写那些文书表格。他攥紧双拳。额头渗出粒粒汗珠。那张表格就是一粒老鼠屎，他的心里有一个声音在对自己说。这是生或死的抉择。你之前也经历过同样的场面。想一想吧。你千里迢迢来到这里，可不是为了被拒绝。

"有请下一位。"

还没等前面的人离开桌子，盖内克先行拉低帽檐，遮住眉毛，快速闪向一旁，他安静地离开了队伍。

他穿梭在这座气候干燥、岩石剥落的城镇里，各种思绪一齐涌上心头。总的来说，他现在很生气。他已经献出了自己的决心，甚至是自己的生命，来为波兰而战。但他的国家怎么能因为一个人的宗教信仰就剥夺这个人为国而战的权利！如果他一开始没有固执地把自己当作波兰人，他后来又怎么会遇到那些乱七八糟的事。他想要放声大叫，想要挥拳砸墙。但他马上又想到自己在阿尔特奈经历的一年时间，他要求自己冷静下来。我必须参军，他提醒自己，这是唯一的出路。

他来到街角，在一座小清真寺门前停下。他抬头望着结实的金色圆顶，心里突然有了主意。他想到了安德烈斯基。

从表面上看，盖内克与奥托·安德烈斯基之间没有任何共同之处。奥托是虔诚的天主教徒——他以前是工人，永远绷着一张脸，宽阔的胸腔好像一个低音鼓；盖内克则是犹太人，他身材苗条、体态柔软，脸上还有一对酒窝，一直到最近他的工作都是坐在律师事务所的办公桌后面。奥托是头野兽，而盖内克则是个迷人精。但是除了这些不同之处，两个人在西伯利亚森林建立的友谊牢不可破。最近这段时间，在有限的空闲里，两个人会一起扔骰子（骰子是手工雕刻的），或者用盖内克带来的扑克牌玩红心大战，虽然牌已经被玩烂了，不过一张都没有少。赫塔与尤利娅·安德烈斯基之间的关系也越来越亲近，她们发现原来大学时两个人还曾代表各自的滑雪队进行过比赛。

"我需要你教我成为一名罗马天主教徒。"当天晚些时候，盖内克对奥托说。他刚向奥托和尤利娅解释完今天发生在招募中心的事。"从此以后，"他宣布，"如果有人问起来，就说赫塔和我都是天主教徒。"

盖内克是一个聪明的学生。短短几天时间，奥托便教会了他背诵我们的父与圣母玛利亚，教会了他怎样用右手而不是左手画十字，教会了他要不假思索地说出现任教皇的名字：庇护十二世，原名欧金尼奥·马里亚·朱塞佩·乔瓦尼·帕切利。一周以后，盖内克终于鼓起勇气再次回到招募中心，他用强有力的握手和自信的微笑与办公桌后的年轻军官寒暄。当他在招募表格的**宗教**一栏中写下罗马天主教这几个字时，他的手丝毫没有颤抖，蓝色的眼睛目光坚定。盖内克还有身为家庭成员的赫塔与约泽夫被收入花名册，他正式成为安德斯波兰第二军士兵，他向军官敬了一个军礼，以示感谢，接着说了句"上帝保佑"。

在正式成为新兵的前夜，奥托邀请盖内克与赫塔来到自己的公寓庆祝。盖内克带上了他的扑克牌。几个人依次传递着奥托偷偷藏起来的伏特加酒，他们一边玩着纸牌游戏①，一边拿起满是凹痕的锡酒瓶喝酒。

"敬新加入我们的天主教朋友。"奥托举起杯，喝下一大口，然后将酒瓶递给盖内克。

"敬我们的教皇。"盖内克继续说，他喝了一小口，将锡酒瓶递给赫塔。

"敬我们人生崭新的一页。"赫塔说，她看了一眼睡在旁边摇篮里的约泽夫，四个人沉默片刻，每个人都在思考未来几个月会发生什么。

"敬安德斯将军。"尤利娅尖声道，周围的气氛活跃起来，她将酒瓶举过头顶，仿佛是在庆贺胜利一般。

"为赢得这场该死的战争干杯！"奥托吼道，盖内克哈哈大笑，这场战争距鲁斯科耶（这是一座地处中亚、四周尘土飞扬的小镇，盖内克到现在也总是说不对名字）十万八千里，现在就预测获胜，听上去不太可能，也有些荒唐可笑。

伏特加酒又回到盖内克手中。"愿幸运女神与我们同在。"他用波兰语说，然后举起锡酒瓶。愿幸运女神与我们同在。看起来他们似乎就是缺了那么一点好运气。他心里的声音在告诉自己，他们会需要这些运气的。

---

① 纸牌游戏（oczko）：一种类似于 21 点的纸牌游戏。

1941 年 12 月 7 日

————————

日本轰炸珍珠港。

1941 年 12 月 11 日

————————

阿道夫·希特勒对美国宣战；同日，美国对德意两国宣战。一个月后，第一支美国军队从北爱尔兰登陆，抵达欧洲战场。

1942 年 1 月 20 日

————————

万湖会议在柏林召开，帝国军事指挥官莱因哈德·海德里希① 勾勒出一个"最终方案"，计划将滞留在德占区的几百万犹太人全部放逐到东部的灭绝营②。

————————————————

① 莱因哈德·海德里希（Reinhard Heydrich，1904—1942）：纳粹德国高官，曾任党卫军上级集团领袖，主持召开万湖会议，制订犹太人问题的最终解决方案。

② 灭绝营（extermination camp）：又称"死亡营"（death camp），二战期间纳粹德国为进行工业规模人口屠杀而建立的基础设施。

第二十八章

米拉与费利西娅

波兰（德占区）拉多姆城外 / 1942 年 3 月

车厢里还算温暖，但车窗大开，三月的寒风打在母女二人脸上。米拉与费利西娅已经站了一个多小时，周围的人挤作一团，根本没有坐的地方，不过车上的乘客心情很好，有的人甚至激动得快要晕过去。车厢里的人都在小声议论着自由的话题，自由会是什么感觉，自由会是什么味道。车上是来自瓦罗瓦隔都的四十多位犹太人，他们是少数幸运儿：医生、牙医，还有律师——拉多姆市里最追求自由以及受教育程度最高的专业人士，他们被挑选出来，即将移居美国。

米拉起初还有些怀疑。所有人都疑心重重。去年十二月美国就已经对轴心国集团宣战。今年一月美军已经登陆爱尔兰。希特勒为什么还要把犹太人送往敌国呢？不过上个月，他把一群犹太人送到了巴勒斯坦，不管别人怎么想（有人说犹太人没有被送去巴勒斯坦，而是被杀了），关于这些人已经平安抵达特拉维夫的流言在隔都里传开。因此，当机会降临时，米拉立刻就报了名。她确信这是自己的机会。

费利西娅的胳膊搂住米拉的大腿，她靠在母亲身上保持平衡。"外面是什么样子呀，妈妈①？"费利西娅问 —— 每隔几分钟，她就会问同样的问题。她太矮了，根本看不见窗外的风景。"只能看见树，亲爱的。苹果树。还有牧场。"米拉有时会把费利西娅举到自己的髋部，这样一来孩子就能看见窗外的风景。米拉向女儿解释了她们即将要去的地方，但三岁半的费利西娅并不清楚美国这个词语背后蕴含着什么意义。"爸爸怎么办？"当米拉第一次把计划告诉女儿时，费利西娅提出了这样的问题，米拉的心都要碎了。费利西娅并没有关于父亲的记忆，但她担心万一塞利姆回到拉多姆，自己和母亲却不在了该怎么办。米拉向她保证，等她们安全抵达美国，自己会想尽一切办法把母女俩的住址寄给塞利姆，这样一来爸爸就能来美国和她们团聚，或者等到战争结束，她们再回波兰。"这样做是因为，"米拉对女儿说，"待在这里太不安全了。"费利西娅点了点头，但米拉知道对于一个孩子来说，要完全理解这些事太难了。而且米拉自己也毫无头绪，她不知道未来会怎样。

只有一件事是肯定的，那就是费利西娅在隔都的处境越来越危险。把女儿藏进碎布袋（然后离开）是米拉做过最艰难的抉择。她永远也忘不了那天，党卫军对车间进行突击搜查，自己只能等在外面，祈祷费利西娅能够乖乖听话保持不动，祈祷德国人能径直走过女儿身边，祈祷自己把孩子独自一人留在车间的决定是正确的。当党卫军撤离、米拉和工人被允许返回岗位后，她全力冲刺到堆满碎布袋的墙根下，从袋子里抱出浑身颤抖、下身已经湿透的女儿，感激的

① 原文为波兰语。

热泪顺着米拉的双颊流淌下来，她哭得歇斯底里。

那天，米拉在车间发誓，她要给费利西娅找个安全的藏身之所——必须在隔都外面，一个党卫军不会去搜查的地方。几个月前，去年十二月，她把女儿塞进一张内部填满稻草的床垫，然后屏住呼吸，顺着公寓二楼窗户将床垫扔下。她们住的地方位于隔都边缘。艾萨克在下面接应。身为犹太人警察，他被允许住在隔都外面。他们的计划是让艾萨克把费利西娅送到一户天主教家庭中寄养，在那里，女儿可以伪装成雅利安人，在别人的照顾下活下来。把孩子从二楼扔下来是一场危险的赌注，但谢天谢地，他们成功了。和计划的一样，床垫在费利西娅下坠过程中起到了保护作用。艾萨克拉起费利西娅的手，两个人离开隔都，目送二人离开，米拉哭成了泪人，她既害怕又欣慰，害怕的是她要把女儿托付给陌生人照顾，欣慰的是费利西娅没在坠楼过程中受伤。无论孩子待在哪里都比在隔都安全，在这个地方，疾病像野火一样蔓延，似乎每天都会有犹太人死去，他们有的没有证件，有的上了年纪，还有的病入膏肓被发现后，他们或是被子弹击中头部直接死亡，或是被毒打后扔到街上，在众目睽睽下等死。你做的是对的，当天晚上，米拉翻来覆去睡不着，她一次又一次地对自己说着这句话。

然而，转过天来，米拉在公寓的门缝下面发现了艾萨克的纸条——上面写着：交易取消，22时退回包裹。米拉不知道究竟是哪里出了问题，是那家人改变了主意？还是费利西娅长得太像犹太人，让她看起来不像是那家人的亲生骨肉？当天晚上十点，米拉将几张床单系成一条绳子，顺着二楼窗户搭到楼下，费利西娅白皙的指节紧紧抓住绳索，她又重新回到隔都。更糟的是，一周之后，费利西娅浑身发热、呼吸急促，她感染了严重的肺炎。米拉从未像现在这样希望塞利姆能回来——他肯定能更有效地治疗女儿，比瓦罗瓦诊所里任何一位医生都强。费利西娅恢复得很慢；有两次米拉都以为自己将彻底失去女儿。最后，靠着艾萨克偷偷带进来的一根煮熟的桉树枝，他们才终于打通费利西娅的气管，让她能够再次呼气顺畅，最后慢慢痊愈。

费利西娅总算是又能站起来活动了，几天后，党卫军宣布他们将从瓦罗瓦隔都里挑选一批犹太人送往美国。就是现在列车上的这些人。米拉想象了一下成为美国人之后的生活，她看见了温暖的家，储藏室里堆满食物，孩子们健康快乐，无论犹太人与否，每个人都能自由地在街上漫步，自由地工作生活。米拉抬起一只手，轻轻放在费利西娅头顶，望着窗外光秃秃的山毛榉一闪而过。她憧憬着美国的新生活，心情激动难捺。但同时又觉得十分痛苦，远赴美国就意味着抛下家人。米拉一时有些哽咽。在隔都与家人道别时，她的决心几乎要被动摇。她捂住胃，那里依旧痛得厉害，仿佛刚刚被刀刺破的伤口。她十分努力想说服父母报名，但被二老拒绝了。"算了吧，"他们说，"德国人是不会要两个上了年岁的小商贩的。还是你们去吧，"他们坚持道，"比起待在这里，费利西娅应该过上更好的生活。"

她在脑中罗列着父母剩下的贵重物品。他们手里应该只剩下二十兹罗提，而且已经卖掉了大部分瓷器、丝绸和银器。他们还留有一匹花边布料，必要时可以拿来交易。当然，还有那条紫水晶项链——好在涅秋玛还没有卖掉它。而且比任何财富都重要的是，她现在有哈利娜陪在身边。就在雅各布与贝拉回来后不久，哈利娜与亚当也搬回了拉多姆。他们现在靠假身份证住在隔都外面，在艾萨克的帮助下，夫妻俩偶尔还能偷偷给隔都的家人送来一枚鸡蛋或一些兹罗提。而且雅各布也陪在父母身边。米拉离开前，他跟姐姐说自己会在贝拉工作的工厂里找份差事。那个地方距隔都不超过二十公里，他保证会去经常看望索尔与涅秋玛。父母现在并不孤单，米拉提醒自己，她的内心得到些许安慰。

列车外面突然咝咝作响，刹车片发出一阵尖锐的声音。列车放慢了脚步。米拉望向窗外，铁轨两边是一望无际的空旷田野，她有些惊讶。真是停在了一个奇怪的地方。也许会有另外一辆列车来接他们，然后带他们继续前往克拉科夫，等到了那里，听说会有来自红十字会组织的美国人把他们护送到那不勒斯。外面的人打开车门，米拉和车上的乘客被命令下车。来到车厢外面，米拉的眼睛顺着铁轨延伸的方向看去；前方空无一物。她的胃部感到一阵翻腾。她立刻就意识到了事情不对劲，他们被一群人包围。她一眼就认出对方是乌克兰人。他们的身材高大魁梧，满头黑发，胸膛宽阔，和几小时前在拉多姆车站把他们送上车的那些皮肤白皙、轮廓分明的德国人截然不同。乌克兰人大声下着命令，米拉握紧费利西娅的手，她马上就明白了自己身处险境。这还用说吗？自己怎么会如此天真？他们是自愿来到这里的，他们自以为拿到了通向自由的车票。费利西娅抬头看着母亲，女儿瞪大了眼睛，米拉唯一能做的就是控制自己的双腿不要发软。这是她的决定。是她将母女二人置于如斯境地。

人群被分为两列，前进二十米后，所有人都来到草地上，每个人都被分配了一把铁锹。"挖！"其中一个乌克兰人用俄语吼道，他将双手握成杯状放在嘴边代替扩音器，步枪的金属枪管反射着逐渐减弱的午后阳光，"快挖，否则我们就开枪了！"

犹太人开始挖洞，乌克兰人在四周绕起圈子，他们一个个咬牙切齿，仿佛一条条野狗，这些士兵挺着肩膀大声下达命令，嘴里骂着侮辱人的话。"你们这些带孩子的人，"其中一个士兵大叫道，米拉和其他三位带小孩的人抬起头，"快点挖。每个人挖两个洞。"

米拉叫费利西娅坐在自己脚边。她低头挖洞，一只眼睛始终留意着女儿。偶尔她也会看一眼别人的情况。有的人在啜泣，眼泪静静地顺着他们的脸颊流下，落到冰冷的土地上。剩下的人看起来有些茫然，他们的眼睛呆滞无神，浑身像泄了气的皮球。没有人抬头看。也没有人开口讲话。铁锹撞击着冰冷坚硬的泥土地，三月稀薄的空气中只有这一种声音在回荡。没过多久，米拉的双手就已经磨破流血，她的腰背被汗水浸湿。她脱下身上的羊毛外衣，放在一旁的土地上；但没过几秒钟，她的衣服就被人一把抓起扔到了列车旁边，那里的衣服已经堆成了小山。

乌克兰人一直在密切监视着他们，确保每双手都在挥舞铁锹，每个人都在干活挖洞。列车旁边，一位身着队长服装的军官正在审视这边的情况。他看上去像是德国人，一名党卫军军官。也许是中尉——米拉已经能从他们的徽章中分辨出众多的纳粹军衔，但距离实在太远，她不能肯定那个男人到底是什么职位。无论他是谁，很明显他会是下令开枪的那个人。米拉不知道当他被安排这项任务时脑子里在想什么。米拉将全身的重量都压在了铁锹的木柄上，结果掌心又被削下一块硬币大小的皮肉，她疼得龇牙咧嘴。不要管它，她命令自己不要去在意疼痛。她不想为自己难过。下面的土地被冻得硬邦邦，她的进度慢了下来。也好。这能为她争取一点时间。能让她在生前和女儿多待上一会儿。

"妈妈①，"费利西娅小声说，她拽着米拉的裤子，女儿盘着腿坐在母亲脚边，"妈妈②，你看。"

米拉顺着费利西娅的视线看过去。草地中有个犹太人突然扔下手中的铁锹，他转身走向列车旁的德国军官。米拉认出他是弗里德曼医生，战争爆发前他是拉多姆市一位杰出的牙科医生。塞利姆之前经常去见他。两个乌克兰士兵也注意到了他，他们扣上扳机，瞄准他前进的方向。米拉屏住呼吸。他会害死自己的！但是队长命令手下放下武器。

米拉松了一口气。

"发生了什么事？"费利西娅小声问。

"嘘——嘘，亲爱的。没事，"米拉轻声说，她抬起脚，用力压下铁锹，"不要动，好不好？就待在这里，待在我能看见你的地方。我爱你，我亲爱的女儿。待在我身边就好。"米拉看见弗里德曼医生和那位德国军官交谈了几句。医生说话的语速很快，嘴巴几乎快要碰到他的脸颊。过了一分钟，队长点了点头，指了指身后。弗里德曼医生低下头，然后快步走向空荡荡的列车，爬进车厢里面。他被赦免了。但为什么？在拉多姆，隔都里的犹太人经常会被叫去给德国人帮忙——也许，米拉心想，弗里德曼医生之前曾给那位队长看过牙，那个德国人意识到自己可能还需要他来诊治。

米拉的胃里一阵翻腾。她当然没有帮过德国人什么忙。她最好还是抱着费利西娅逃命。她看了一眼树林边界，距自己现在的位置两百米远。不可能。她们没办法逃跑。她们会被立刻击毙。

①② 原文为波兰语。

264

　　一阵狂风袭来，卷起堆在草地上的大量泥土，米拉紧紧靠在铁锹上，眼睛被蒙上一层沙子，她不停眨着眼，思考着现在的情况：没有能够回报的人情、没有可以逃跑的地方。她们现在已经走投无路。

　　正当她全神贯注思考这些必然会发生的事情时，一声枪响划破了四周的空气。她转过头，刚好看见后排一个人应声倒地。他刚才是想逃跑吗？米拉捂住了自己的嘴，她立刻看向费利西娅的方向。"费利西娅！"但是女儿呆住了，费利西娅的眼睛死死盯着面朝下倒在泥土地上的尸体，鲜血从男人的脑后涌出。"费利西娅！"米拉再次喊道。

　　终于，她的女儿转过头。费利西娅瞪大了眼睛，说话的声音很小，"妈妈？ ① 他们为什么——"

　　"亲爱的，看着我，"米拉恳求道，"看着我，只看着我就好。一切都会没事的。"费利西娅的身体在颤抖。

　　"可为什么——"

　　"我不知道，亲爱的。过来，离我近一点。就坐在我的腿边，看着我，好不好？"费利西娅爬到母亲腿边，米拉马上抓起女儿的手。费利西娅把手递给母亲，米拉弯下腰亲吻着。"没事的。"她小声说。

　　当她再次站起身，周围喊叫声四起。"谁还想接着跑？"说话的人带着嘲讽的语气，"都看见了吧？看见你们的下场了吧？还有谁？"

　　费利西娅抬头望着母亲，眼泪在眼眶里打转，米拉死死咬住双颊内侧，一刻也不敢松劲儿。她不能哭，至少现在不能哭，至少在女儿面前不能哭。

---

① 原文为波兰语。

第二十九章

雅各布与贝拉

波兰（德占区）拉多姆城外军需物资工厂 ①/1942 年 3 月

　　雅各布挥舞着手帕走向工厂入口。"不要开枪！② 不要开枪！"他气喘吁吁地说，雅各布有些上气不接下气，他呼吸急促、气息浅短。他扛着行李箱和相机连跑带颠地赶了将近十八公里的路，到这里时已经累得不成人形。右胳膊的肌肉会酸上一周，而且长途跋涉还导致他脚底肿胀，甚至长出了脓疮，只不过现在的雅各布还没有注意到这些。

　　党卫军的卫兵举起手枪，扣上扳机，对准雅各布的方向。"别开枪，"雅各布再次请求道，他来到近前，将身份证递给卫兵，"求求您，我来这里探望我的妻子。她在 ——"他看见拴在卫兵腰带链子上的匕首，突然间舌头一打结，"她在等我。"他说得有些含糊，听上去好像只有一个字。

　　卫兵仔细检查着雅各布的证件。上面登记的都是他的真实信息；

---

① 军需物资工厂（Armee-Verpflegungs-Lager Factory）：为德军生产军粮和营帐等物资的军工厂。

② 原文为德语。

在隔都和这间工厂里，伪装成别人没有任何意义。

"籍贯。"卫兵一边查阅着雅各布的证件一边问道，不过他说话的语气不像是在提问，更像是在陈述某个事项。

"拉多姆。"

"年龄。"

"二十六岁。"

"出生日期。"

"1916年2月1日。"

卫兵不停盘问着雅各布，直到他确定眼前的这名年轻男子就是证件上这个人。

"你的居留证呢？"

雅各布咽了咽口水。他没有居留证。"我申请了一张，但是——求求您了，我来这里探望我的妻子……她的父母现在病重。我必须把消息带给她。"雅各布不知道自己嘴里说出的谎言会不会听上去过于明显。卫兵肯定会看穿这一点。"求求您了，"雅各布继续哀求，"情况紧急。"他的眉毛上已经冒出一层汗珠；在正午阳光的照射下显得晶莹闪亮。

卫兵一脸严肃地盯着雅各布看了一会儿。"在这儿等着。"最后，卫兵嘴里嘟囔了一句，他用眼睛瞅了瞅自己前方的空地，转身走进一扇没有标记的门，身影随即消失。

雅各布遵守着卫兵的命令。他把行李箱放到脚边，等在一旁，两只手紧紧攥住自己的毡帽。上一次见贝拉还是去年十月，那已经是五个月前的事了，之后她便被派去军需物资工厂工作，每个人都把那里简称为军需厂。在那之前，夫妻俩和贝拉的父母一起住在格里尼斯隔都，沿着工厂所在的道路一直往下走就是。贝拉现在依旧承受着严重的精神创伤。每天过得都很漫长且凄惨，而雅各布却没有办法安慰她，失去妹妹的贝拉身陷绝望的深渊。雅各布永远也不会忘记她离开家的那天。他站在隔都门口，手指握成一团，紧紧抓着大门的铁栏杆，眼睁睁看着妻子被押上停在门外的货车。上车前，贝拉转过身，表情凝重，一脸愁容，雅各布飞给她一个吻，泪水模糊了他的双眼，他看见贝拉抬起一只手放到唇边；雅各布不知道妻子这个举动是想要回给他一个吻，还是为了不让自己哭出来。

贝拉去工厂后不久，雅各布就申请换到了瓦罗瓦隔都，这样他就能和自己的父母住在一起。他和贝拉通过写信保持联络。阅读妻子的文字让雅各布内心感受到了一丝安宁 —— 安娜消失以后她便很少再开口讲话，但似乎用笔将想说的话写下来对她更容易一些。在军需厂，贝拉写道，她被安排的工作是为德军前线士兵修补皮靴和手枪皮套。"你应该来我这里，"她在最近一封信中劝说雅各布到工厂来，"这里的领班人还不错。而且工厂营房比隔都公寓大多了。我想你。非常想你。求求你了，来吧。"

雅各布知道，当自己看见"我想你"这三个字的时候，无论如何他也要去妻子身边。虽然这意味着要离开自己的父母，但是他们现在有哈利娜照顾。在有需要的时候，他们也能使用那些假身份证。入冬前，母亲偷偷存了一些马铃薯、面粉和卷心菜。还有那串紫水晶。自己不会离开他们太远。只是十八公里的距离。他可以给父母写信，在必要时去看望他们，雅各布就这样劝说自己。

但是，他在隔都负责的工作却把离开这里变成了一项艰巨的任务。在隔都，工作就是一个人的生命线 —— 如果德国人认为你具备从事某项工作的能力，那么一般来说，你就有活着的价值。当德国人发现雅各布会摆弄相机后，他们立刻就让他干起了摄影师的工作。每天早晨，他可以走出瓦罗瓦隔都的拱形铁门，按照主管的要求拍摄各种照片——武器、军械、制服、甚至女人。每隔一段时间，他的主管就会召集两个金发碧眼的波兰女孩，只要给她们一点点兹罗提，或者一顿晚餐，她们就会心甘情愿地光着身子在雅各布的相机前摆上各种姿势，她们会披上破破烂烂的动物皮毛，这是专门为拍摄这种照片而保留的道具。一天的工作结束后，当雅各布回到隔都，他需要把胶卷上交，他不知道这些照片最后会交给谁审阅，也不知道他们为什么要拍摄这种照片。

但是今天却与以往不同。虽然和平时一样，他认领了当天的拍摄任务，但这一次，他带着一口袋尤纳克烟，还有永远也不会完成的任务走出主管的办公室。要是自己被工厂拒绝，他就不得不返回瓦罗瓦，而手里的胶卷空空如也，自己定下的这次出逃计划很可能会要了他的命。

雅各布看了一眼手表。下午两点钟。再过三个小时，他的老板就会发现自己不见了。

工厂的门被打开，贝拉走了出来，和离开那天一样，她还是穿着那条深蓝色长裤和白领衬衫。贝拉头上包着一块黄色头巾，只露出前额一小部分头发。看见雅各布，她微微一笑，雅各布心头一暖。她笑了。

"你好啊，我的小太阳。"他开口道。两个人匆匆抱了一下对方。

"雅各布！我没想到你会来。"贝拉说。

"我知道，很抱歉，我不想——"雅各布停顿片刻，贝拉点头表示理解。夫妻俩这几个月写的所有书信都会被审查；雅各布要是把自己的计划写在信里告诉她，那未免显得过于愚蠢。

"我去跟领班说，"贝拉说，她回头看了一眼站在自己身后几米外的卫兵，"你姐姐成功离开隔都了吗？"

在雅各布最近写的一封信里，他把米拉计划搬去美国的事告诉了贝拉。"她在今天早晨离开的，"雅各布回答，"她，还有费利西娅。"

"太好了。让人松了一口气。很高兴你能来，库巴，"贝拉说，"在这儿等我。"卫兵押着她回到工厂，雅各布猛然想起口袋里的香烟，但是太晚了——他本来是想把这些香烟偷偷塞到贝拉手里，这样她就能用这些东西贿赂领班。他在心里默默骂着自己，现在，他又要一个人等在外面，伫立在寒冷的冬天，手里攥着自己的帽子。

回到工厂，贝拉走到领班迈尔长官的办公桌前，他是一位身材魁梧的德国人，有着宽宽的脑门，浓密的胡须保养得很好。"我丈夫从隔都那边过来看我，"她觉得最好还是开门见山，她的德语已经说得非常流利，"他现在就在外面。他是一位优秀的工人，迈尔先生。他身体健康，很有责任心。"贝拉顿了一下。犹太人不会向德国人求情，但现在她别无选择，"求求您了，您能帮他在这间工厂里找份差事吗？"

迈尔算是一个体面人。过去的三个月里他对贝拉一直很好——比如在犹太赎罪日当天允许她黄昏后进食，隔三岔五放她回格里尼斯隔都探望父母，批准她在工厂外面散步。贝拉的工作效率很高——几乎是厂里大部分工人的两倍。也许这就是迈尔优待她的原因。

迈尔用拇指和食指划过自己的胡须。他打量着贝拉，眯起眼睛，好像在寻找什么不可告人的动机。

贝拉摘下系在项链上的黄金领针，这是很久以前雅各布送给她的礼物。"求求您，"她拿起小小的玫瑰花领针，和镶嵌在里面的珍珠一同递到迈尔面前，"这是我身上仅有的东西。您拿走吧。"贝拉伸手等待对方答复，"求求您。您一定不会后悔。"

最后，迈尔向前靠了靠身子，两只胳膊搭在办公桌上。两个人四目相对。"库尔希①，"长官的德国口音很重，"拿回去，库尔希。"他叹了一口气，接着摇了摇头，"我会为你破一次例，但我可不会为其他人破例。"他转身对着站在办公室门口的卫兵说："就这样吧。放他进来。"

---

① 库尔希（Kurch）：贝拉婆家的姓氏为"库尔茨"（Kurc），但由于迈尔长官浓重的德国口音，将"库尔茨"说成了"库尔希"。

第三十章

米拉与费利西娅

———————————

波兰（德占区）拉多姆城外 /1942 年 3 月

身旁的泥土已经垒到半米高，米拉知道眼前的深坑即将成为自己的坟墓。"再挖深点。"一个乌克兰士兵大吼道，他正在来回巡视，一副趾高气扬的模样。

米拉双手流出的血液已经凝结成块，三月的天气虽然寒冷，但她整个身子都被汗水浸透。她脱下毛衣，披在费利西娅肩上，把围巾紧紧绑在右手上，现在这只手更痛一些。她抬起脚，用力踩下铁锹，她没有理会脚底的刺痛，抬头看了一眼铁轨的方向，观察着那边的情况。

队长双手抱胸站在列车前。几节车厢开外还有十二三个乌克兰士兵，这些人似乎等得有些无聊，他们胡乱摆弄着帽子，放在手里转来转去，步枪也被随意地背在身后。有几个人踢着脚下的泥土。另外一些人在聊天，其中一个人说了句话，其他人听完后肩膀便跟着摇晃起来。除了这些士兵，同样在列车那边的还有巴巴利安夫妇。又有两位犹太人加入了弗里德曼医生的行列 —— 显然，他们也曾为德国人提供过特殊帮助，因此得到赦免。米拉咬紧牙关，从脚下的坑里掀起一铁锹土，接着倒在土堆上面。

"快看。"米拉身后有人小声说。一个年轻的金发女郎丢下铁锹。她大踏步地朝铁轨那边走去，她要去德国队长身边，女孩抬头挺胸，黑色外衣紧紧贴合着腰部曲线，衣服下摆在身后随风飘动。米拉的心怦怦乱跳，她想起了自己的妹妹哈利娜，除了眼前这个女人，也只有妹妹能干出如此虚张声势的事情。周围的人开始小声议论、指指点点，列车旁的乌克兰士兵举起步枪，枪口对准女孩；其他士兵也跟着举起枪。年轻的逃亡者举起一只手。"别开枪！"她用俄语喊道，然后加快脚步奔向那群男人，她几乎要跑起来。乌克兰士兵举着手中的武器，米拉屏住呼吸。费利西娅也在看着眼前的这一幕。手持步枪的士兵看了一眼德国队长，等待开枪许可，但队长却抬起下颌，注视着眼前这个身材娇小却毫无畏惧的犹太人走向自己。他摇了摇头，说了一些米拉没办法破译的话，乌克兰士兵慢慢放下手臂。

年轻女人已经来到铁轨边，米拉看了一眼她的模样。她很漂亮，五官标致，身上的肌肤像瓷器一样白皙。即使在很远的地方也能看见她的一头草莓金发①，应该是天生的。如果是漂染的话一眼就能看出来，如今在隔都，染头已经成为常态——只要能让自己看上去不那么像犹太人。米拉看见女人单手叉腰，另一只手随意地比画着什么，她只说了几句话就逗得德国人哈哈大笑。米拉眨了眨眼睛。她争取到了队长的赦免。就靠那种方式。她付出了什么呢？是性？还是钱？米拉心中五味杂陈，队长的行为让她恶心，而那位毫无畏惧

---

① 草莓金发（strawberry blonde）：既不是单纯的红发，也不是单纯的金发，而是两种颜色的混合，一般人很少天生会有这种发色。

的金发美女又让她心生嫉妒。

　　周围的卫兵大声呵斥着窃窃私语的人群，犹太人闭上嘴巴继续挖坑。米拉想象了一下自己是否也能摆出那副大胆挑衅的表情，昂首挺胸地穿过草坪。天哪，看在老天爷的分上，她可是一个母亲啊——而且即使年轻时她也从未像哈利娜那样善于跟人打情骂俏。自己还没等靠近那辆列车就会被射杀。而且即使有机会走到德国人跟前，她又能和对方说些什么呢？怎样才能诱使他放了自己呢？*我一无所有*——

　　就在这时，她突然冒出一个想法，后背的汗毛倒竖起来。

　　"费利西娅！"米拉轻声唤道。费利西娅抬起头，母亲的声音听起来有些紧张，她吓了一跳。米拉压低声音，以防被别人听到，"看着我的眼睛，亲爱的——你看见站在列车旁的那个女人了吗？"米拉看向列车的方向，费利西娅顺着母亲的视线看过去。她点了点头。米拉呼吸急促。母亲的身体在颤抖。没时间再怀疑自己了——*是你把女儿置于如斯境地；至少你要试着把女儿救出去*。米拉蹲下身子，假装清理掉进鞋里的砾石，这样一来她就能看着费利西娅的眼睛。米拉一字一顿地慢慢说："我想让你跑到她身边，假装她是你的母亲。"费利西娅皱着眉头，有些蒙了。"等你跑到她身边以后，"米拉继续说，"紧紧抓住她，千万别松手。"

　　"不要，妈妈 ①……"

　　米拉伸出一根手指，放到女儿唇边，"没事的，你会没事的，按我说的做。"

---

① 原文为波兰语。

泪水在费利西娅的眼眶里打转。"妈妈①，你也会一起来吗？"她的声音小到几乎听不见。

"不，亲爱的，现在还不行。我需要你按我说的做——自己一个人。你明白吗？"费利西娅点了点头，她垂下眼睛。米拉抬起费利西娅的下颌，母女俩四目相对，"好吗？②"

"好。③"费利西娅小声说。

女儿眼中的悲伤，以及即将付诸行动的计划，这两样东西都让米拉感到窒息，她觉得自己已经无法呼吸。她鼓足勇气，对着女儿点了点头，"如果那边的男人问起来，你就说那个女人是你的妈妈④。好不好？"

"我的妈妈。⑤"费利西娅重复着母亲的话，但是这些话从自己嘴里说出来，听上去是如此奇怪、如此有问题，就像是喝下了一剂毒药。

米拉站起身，她又看了一眼列车旁边的女人，对方好像正在讲故事；德国人听得津津有味。米拉拿起披在费利西娅肩膀上的毛衣。"现在就出发，亲爱的。"她小声说，朝列车的方向点了点头。费利西娅爬起来，抬头望着米拉，用眼神哀求母亲——不要逼我！米拉蹲下身子，双唇轻轻抵在费利西娅额头。再次站起身，她紧紧倚在铁锹上；米拉已经感觉不到双腿的存在了，这一刻，所有的感觉仿佛都不对了。她张开嘴巴，感觉有什么东西在抓着自己的喉咙，身为母亲的那部分灵魂在不断央求自己改变主意。但是她不能。没有其他办法了。这是她唯一能想到的方法。

---

①②③④⑤　原文为波兰语。

"走！"米拉命令道，"快点！"

费利西娅转过身，面对列车的方向，她回头看了一眼母亲，米拉再次点了点头。

"就是现在！"米拉压低声音说。

费利西娅跑向列车，米拉本想继续挖坑，但从脖子以下，她的整个身体都僵住了，她唯一能做的就是看着女儿，她无法呼吸，自己精心安排的逃亡计划就像是慢动作一样发生在自己眼前。漫长的几秒钟过后，没有人注意到这个小小的身影正在穿越草地。费利西娅距列车只剩下三分之一的路程，一名乌克兰士兵终于发现了异样，他指了指小女孩。其他人也跟着抬起头。其中一个士兵对着费利西娅喊了几句米拉也听不懂的命令，对方紧接着举起手中的步枪。一瞬间，草地上所有人的目光都汇聚在了女孩小小的身影上，他们看着孩子一路狂奔，费利西娅的膝盖抬得高高的，手臂摆得大大的，看上去有些慌乱，似乎随时可能摔倒。

"妈妈！ ①"费利西娅的喊叫声划破了周围稀薄的空气，这一声呼喊是那样尖锐、那样刺耳，又是那样绝望。虽然眼前这一幕正如米拉所期待的那样，但听见女儿管那个金发女人叫妈妈，米拉的心都要碎了。米拉的目光在费利西娅、德国队长，还有举着步枪等待命令的乌克兰士兵间来回切换。"妈妈！ 妈妈！ ②"费利西娅一遍遍地大声呼叫，女儿慢慢接近铁轨。德国人瞧见费利西娅后摇了摇头，看起来似乎有些疑惑。年轻女人先是看了一眼费利西娅，紧接着又看了一眼自己身后。她也在疑惑。周边的乌克兰卫兵转着脑袋环顾

---

① ② 原文为波兰语。

草地四周，试图找到小女孩是从哪里跑出来的。看你们谁敢站出来指认，米拉无声地下着命令，她庆幸自己还没有开始给费利西娅挖第二个坑。没有人移动。又过了漫长的几秒钟，费利西娅终于来到列车旁，女孩止住喊声，一把抱住金发美女的大腿，将头埋进对方的大衣里面。

米拉知道自己应该回去继续挖坑，但是她没办法控制自己，她就这样盯着列车的方向，年轻女人低头看着抱住自己大腿的女孩。女人抬头望向草坪，扫了一眼米拉这边。求求你，求求你，求求你，米拉摆着口型。把她带走吧。带她一起走吧。求求你了。过了一秒钟、两秒钟。终于，女人弯下身子，把费利西娅抱到自己的髋部。女人说了些什么，米拉距离太远听不见，对方把手放到费利西娅脑后，亲吻着女孩的脸颊。乌克兰士兵面面相觑，随后厉声催促那些看热闹的犹太人回去继续挖坑。米拉松了一口气，她低下头，稳了稳心神。没事了。现在你可以安心了，她对自己说。她再次抬起头，看见费利西娅双手搂住女人的脖子，女儿的头靠在对方肩膀上，胸腔还在起伏，还没有从激烈的奔跑中平复下来。

"把衣服脱掉！全部！现在就脱！"

犹太人你看看我、我看看你，每个人都感到惊慌失措。他们慢慢放下手中的铁锹，松开鞋带，脱掉裤子，解下衬衫。米拉的手伸向罩衫最上面的纽扣，她的手指在颤抖。有些人已经处在半裸状态，他们浑身发抖，苍白的肌肤和脚下的棕色泥土形成鲜明对比。

"快点！"

站在草地上的犹太人无力地抬起双手，他们想要捂住身体裸露的隐私部位，乌克兰士兵弯腰捡起众人脱下的衣服。米拉不想脱衣服。她知道用不了几秒钟自己就会被人发现，然后就会被强迫脱光，她解下衬衫的那一刻就是一切结束之时。女儿会眼睁睁地看着母亲被射杀。米拉转着手指上的结婚戒指，自己暂时沉浸在回忆中，她想起塞利姆将这枚厚重的黄金戒指套进自己的指节，那时两个人对未来充满希望——突然，她眨了眨眼睛。

没有丝毫犹豫，她飞一般地冲向列车，跨过脚下坑坑洼洼的土地，追随着女儿的脚步。她拼尽全力，以最快的速度向前奔跑。金字塔状的土堆、阴影中的坟墓、身穿制服的军人，还有皮肤苍白的身体在她的余光中变成模糊的影像，她没有看自己的女儿，而是死死盯着能够帮助自己摆脱困境的人——德国队长。她知道枪声随时可能响起，一颗子弹就会把自己掀翻在地。快速奔跑让米拉的视野变得狭窄，她在心里默默数秒，好让自己保持镇静。只要跑到列车那儿就行了，她命令自己，冰冷的空气灼烧着她的肺部，用力奔跑让她觉得自己的小腿像是着了火。列车旁边的年轻女人抱着费利西娅转过身，现在的费利西娅看不见母亲正在向自己跑来。

就这样，米拉奇迹般地跑过了二十米距离。现在的她已经来到列车旁，毫发未损地站到了德国队长身边，她气喘吁吁，双腿抖个不停，她把自己的结婚戒指塞到队长手里。"很贵的。"她极力调整着呼吸，尽量不让自己和费利西娅有眼神接触，听见母亲的声音，费利西娅转过头看着她。队长看着米拉，转着手里的黄金戒指，用牙咬了一口。现在，米拉能清楚地看见队长肩膀上的银色条纹，他是一名上尉。米拉希望自己能拥有前凸后翘的身材，或者一双性感的嘴唇，或者能说一些有趣的话，或者跟他打情骂俏，好说服他救免自己。但是她什么都没有。她只有这枚戒指。

耳边传来一声枪响。米拉膝盖一软，本能地抬起双手护住脑后。她保持半蹲的姿势，回头观察身后的情况。她发现枪口瞄准的并不是她，而是草地中的某个人。这一次是个女人。和米拉一样，她也想要跑过来。米拉慢慢站起身，立刻扭头看向费利西娅。才当了"母亲"没一会儿的女子用另外一只手捂住费利西娅的眼睛，轻声在孩子耳边说着什么，米拉内心充满感激。守在周围的乌克兰士兵大吼着走到刚才射杀的死者旁边，一个士兵把尸体踢到坑里。

"真他妈够乱的，"德国军官说，他把米拉的戒指扔进口袋，"在这儿等着。"他怒气冲冲地说，将两个女人留在了列车旁。

米拉的呼吸依旧很急促，她看着眼前的年轻金发女人。"谢谢你。"她小声说，女人点了点头。费利西娅转过头，眼睛死死盯着米拉。

"妈妈。①"她小声说，眼泪顺着鼻子的弧线流了下来。

"嘘，嘘，没事了。"米拉小声说。她现在唯一能做的就是不去碰自己的女儿，控制自己想要拥她入怀的冲动。"我现在就在这儿，亲爱的。没事了。"费利西娅再一次把头埋进陌生人的大衣翻领里。

草地上的士兵继续朝人群大喊大叫。"排好队！"士兵命令道。他们的声音冷酷无情。犹太人哆哆嗦嗦地站在挖好的坟墓边，上尉命令乌克兰士兵在犹太人身后站成一排。

"走吧。"米拉伸出胳膊搂住女人的腰。她们匆匆走进几乎空无一人的车厢，和其他被赦免的人合到一处。刚一离开士兵的视线，

---

① 原文为波兰语。

米拉就一把抱起费利西娅，紧紧拥入怀中，尽情感受着女儿的体温、头发的香气，还有脸颊的触感。几个人挤作一团，蜷缩在车厢角落，背对着草地的方向。他们能听见外面有人在哭泣。米拉用双手捂住费利西娅的耳朵，把她的头靠在自己胸前，想要为女儿挡住这些声音。

费利西娅紧闭双眼，但是她仍然能察觉到一些异样。她知道接下来会发生什么。从听到第一声沉闷的枪响开始，有什么东西在她的心中生了根，虽然只有三岁半，但她知道自己永远也不会忘记这一天——冰冷刺骨的空气，残酷无情的土地；后排男人试图逃跑时脚下颤抖的大地；从他脑袋的洞里流出的鲜血好像被打翻的壶里流出的水；跑步时她的胸口好痛，自己之前从未像今天这样狂奔，而且还是跑向一个从未见过的陌生女人；现在，外面又响起了枪声，一声接着一声，一声接着一声。

第三十一章

阿 迪

巴西里约热内卢 /1942 年 3 月

　　自八月来到巴西之后，阿迪慢慢发现：避免让自己过多沉浸在未知世界和被自己抛下的另一个宇宙的最好方法，就是永远都不要停下脚步。如果阿迪足够忙碌，那么他就能更好地沉浸在里约这座城市中。他可以尽情欣赏遍布城中的石灰岩，欣赏绿树成荫的层峦迭峰，还有耸立在美丽海岸线背后的马尔山脉①分支；油炸盐渍鳕鱼的香气无处不在，勾人食欲；市中心铺满鹅卵石的狭长小路熙熙攘攘，道路两旁是葡萄牙殖民时代留下的五颜六色的建筑和现代化商业高楼；蓝花楹树开满鲜花时，日历上虽然写的是秋季，但实际上却是巴西的春天②。

　　来到这里以后，阿迪和艾丽丝卡几乎每个周末都会去街上探险，他们去过伊帕内马、莱米③、科帕卡瓦纳，还有乌尔卡④，他们顺着自

------

① 　马尔山脉（Serra do Mar）：位于巴西东南部的山脉和断崖，总长达 1500 公里。

② 　巴西城市里约热内卢位于南半球，和北半球季节相反。

③ 　莱米（Leme）：位于巴西里约热内卢市区南部，毗邻科帕卡瓦纳、乌尔卡和博塔福古。

④ 　乌尔卡（Urca）：位于巴西里约热内卢市区南部。

己的嗅觉找到了各式各样的小商贩，尝到了香甜的巴西玉米粽①、五香虾串、可口的正餐②，还有烤乳酪③。有一次，两个人路过一家桑巴舞酒吧，阿迪在笔记本上记下地址，他们在当天傍晚又回到这里，和当地人一起畅饮冰镇的卡琵莉亚鸡尾酒④，他们发现当地人十分热情好客，酒吧里的音乐听起来既新奇又充满活力，和之前听过的任何曲子都不相同。当然，晚上大都是艾丽丝卡买单。

　　独自一个人时，阿迪的生活通常会被更加现实的问题占据——比如自己还能不能付得起下个月的房租。他的工作许可经过七个月才终于批准下来。中间这段日子他一直疲于奔命，暗地里接一些零活儿，勉强维持生计，他最开始在一家装订厂打工，后来又去了一家广告公司当绘图员。这些工作虽然薪水微薄，但是由于没有工作许可，他什么事也做不了，只有继续等待。他在科帕卡瓦纳租了一间25平方米的单身公寓，每天睡在地板上，下面铺着一张棉地毯（这是他在给新结识的朋友家里装完电气系统后收到的礼物），直到存够了钱，阿迪才终于买了一张床垫。就连洗澡一开始用的都是科帕卡瓦纳海滩公共淋浴间的水龙头，后来他才终于交得起水费。阿迪意外发现城镇北部的木材厂愿意以近乎白送的价格卖给自己一些

---

① 巴西玉米粽（pamonha）：巴西传统食物，将甜玉米和其他食材用玉米叶包裹起来煮熟后食用，外观类似粽子。
② 原文为葡萄牙语。
③ 这里使用的乳酪是巴西产的凝乳乳酪（queijo coalho）。
④ 卡琵莉亚鸡尾酒（caipirinha）：巴西国民鸡尾酒，以卡沙夏酒（即甘蔗酒）为基酒调制而成的鸡尾酒。

木材废料，靠着这些东西，他做了一个床架、一张桌子、两把椅子，还有一组架子。在圣克里斯托旺①的跳蚤市场里，阿迪说服摊主以自己能够担负的价格出售给他一套碟子和餐具。上个月，虽然艾丽丝卡总是在催他和自己去吃一顿正宗的巴西烤肉，但他却买了一件更贵的物品，一个能够持续使用的东西——一台克罗斯利牌六管超外差式收音机。他买的是二手货。收音机已经坏了，但定价很低，阿迪喜出望外。他花了二十分钟时间拆开收音机，找到故障原因——很简单就能修好，真的，只需要用一点木炭在电阻器上稍作修整即可。修理的过程很简单。他非常认真地听着收音机里的内容。他收听着欧洲传来的消息，但新闻播报的内容越来越让人绝望，阿迪转动调台旋钮，找到播放古典音乐的频道，让内心得到些许慰藉。

　　和在弗洛雷斯岛的时候一样，住在里约的阿迪也是每天很早就醒来，起床后会先到床边地毯上晨练。今天早晨，时间虽然还没到七点，但阿迪早已汗流浃背。里约的夏天即将结束，但气温依旧炎热，不过他却慢慢爱上了这种感觉。他躺在地毯上，双腿做着蹬自行车练习，三层楼下的大西洋大道②上，他听见有人掀开了咖啡馆和报摊前的金属格栅门。相隔一个街区的东方，炽热的太阳从大西洋升起，日光猛烈地照射在科帕卡瓦纳的白色沙滩上。今天是周六，再过几个小时，这片新月形海湾就会挤满游客：一身古铜色肌肤的女士会穿着紧身泳衣躺在红色遮阳伞下休憩，而穿着游泳短裤的男人则会在

---

① 　圣克里斯托旺（São Cristóvão）：位于巴西里约热内卢州里约热内卢城市北部，是一个传统社区。
② 　大西洋大道（Avenida Atlântica）：巴西里约热内卢重要的海滨大道，全长4公里，跨越科帕卡瓦纳和莱米两个街区。

一旁玩着永远不会结束的足球游戏。

"一、二、三……"阿迪数着次数，他把双手背在脑后，扭动身体，先用左边肘尖触碰右边膝盖，再用右边肘尖触碰左边膝盖。艾丽丝卡有一次问他为什么用德语数数。"考虑到在欧洲发生的这些事情……"她倚在床边，疑惑不解地望着他。这是两个人之间聊过的最接近战争的话题。阿迪自己也没办法解释，只是他每次都会想象出一个教官来督促自己完成训练动作，而这个教官就是一位下颌方正的德国人。

做完仰卧起坐，阿迪站起身，抓住悬在门口的木条，接着又做了十个引体向上，他把自己吊在那里，全身放松，享受着脊椎被拉伸到地面的感觉。心满意足后，他马上冲了个澡，换上一条亚麻短裤，一件白色尖领棉汗衫，一双帆布网球鞋，戴上一顶巴拿马草帽。他把新买的金属框眼镜挂在汗衫的尖领上，伸手拿起放在床上的信封，塞进短裤后面的口袋里，然后离开公寓，锁上身后的房门。

"早上好！①"阿迪来到圣克拉拉大街，走进他最喜欢的露天果汁酒吧，坐在遮阳篷下哼起歌，他的后背已经被汗水浸透，衣服紧紧贴在身上。收银台后面，拉乌尔笑容满面。阿迪和拉乌尔是在一场临时组织的海滩足球比赛中认识的。"你不是本地人，对吧？"看见阿迪胸前白皙的皮肤，拉乌尔咯咯地笑道。再后来，他知道阿迪还没尝过番石榴的味道，于是坚持邀请阿迪转天到自己的果汁酒吧来。打那以后，只要一有工夫，阿迪就会到酒吧打上一晃。他无法抗拒那些味道各异的酒水。杧果、木瓜、菠萝，还有百香果。里约的味道

---

① 原文为葡萄牙语。

与巴黎截然不同。

"早上好！一切都好吗？①"

"都挺好的②，"阿迪答道，他现在已经能说一口流利的葡萄牙语，"你呢？③"

"没什么好抱怨的，朋友。太阳当空照，周围热死人，又是忙碌的一天。让我想想，"拉乌尔自言自语道，他看着面前摆在柜台上的各式饮料，"——对了！今天我准备给你来点特别的，给你加一些——阿萨伊浆果④。对你身体有益，算是巴西特产。不过你可千万不要被它的颜色吓到。"

拉乌尔为阿迪调制果汁，两个人聊起了天。

"今天有什么打算？"拉乌尔问。

"今天我准备庆祝一下。"阿迪扬扬得意地说。

拉乌尔拿起一粒橙子，用力挤压，橙汁滴入盛有紫黑色阿萨伊果泥的杯子中。

"是吗？⑤庆祝什么？"

"你知道我的工作许可终于批准下来了吧？然后，我终于找到了一份工作。真正的工作。"

拉乌尔挑了一下眉毛，他举起手中的杯子，"恭喜你！⑥"

"谢谢。一周后我就会前往米纳斯吉拉斯州⑦工作。他们希望我能在那里住上几个月，所以，这个周末我就要和现在的生活说再见了，我也要和你道别了，朋友，还有里约这座城市。"

---

①②③⑤⑥ 　原文为葡萄牙语。

④ 　阿萨伊浆果（açaí）：又称巴西莓，为棕榈科花椰属物种，产于巴西亚马孙地区的棕榈科植物。外观形似蓝莓，圆形、黑紫色，可食用。

⑦ 　米纳斯吉拉斯州（Minas Gerais）：位于巴西东南部，人口数量居全国第二，是巴西城市最多的一个州。

阿迪早在几个月前就听说了那个工作机会，米纳斯吉拉斯州地处巴西内陆。项目名称叫里奥多西①，其中包括为村庄建造医院。他当时就申请了该项目的首席电气工程师职位，但当他和项目经理会面后，对方摇了摇头，他们说如果阿迪没有工作许可，那他们也无能为力。"把你的葡萄牙语练好，等你拿到工作许可后再来找我们吧。"他们说。上周，就在拿到工作许可的当天，阿迪又联系了项目经理。他们立刻就聘用了他。

"我们会在科帕卡瓦纳等你回来。"拉乌尔将果汁递给阿迪，接着从身后拿起一根香蕉。他把香蕉扔给阿迪。"算我的。"他眨了眨眼睛。

阿迪接过香蕉，在柜台上放下一枚硬币。他试着喝了一口果汁。"啊，"他舔了舔沾在上嘴唇上的紫色果汁，"味道不错。"阿迪的身后已经排起长队。"你真是个受欢迎的家伙，"阿迪补充道，他转身准备离开，"几个月后再见啦，朋友②。"

"再会，朋友！③"拉乌尔冲着他喊道，阿迪转身离开。

阿迪把香蕉塞进裤子后面的口袋，和那封信放在一起，他看了一眼手表，顺着圣克拉拉大街继续往前走。到下午三点前的时间都属于阿迪自己，时间一到，他就要去伊帕内马海滩和艾丽丝卡会合，两个人约好一起游泳。之后两人还要到同样旅居国外的同胞家里共进晚餐，他们是几周前在拉帕④的桑巴舞酒吧认识的。不过首先，他要把信寄出去。

---

① 里奥多西（Rio Doce）：里奥多西同时也是位于米纳斯吉拉斯州的市镇。
②③ 原文为葡萄牙语。
④ 拉帕（Lapa）：位于巴西里约热内卢市区中部。

他现在已经是科帕卡瓦纳邮局的常客了。每到周一，他便会带着一封信来邮局，上面写着父母在华沙斯卡大街的家庭住址，他会打听有没有寄给自己的信。不过到目前为止，他得到的答案都出奇一致，始终都是令人同情的没有。从他上次收到拉多姆的消息到现在已经过去两年半。虽然他尽量不让自己去想这些事情，但每次去邮局都像是在自己的伤口上又撒了一把盐。周复一周、月复一月，他不知道家里到底发生了什么事，痛苦与日俱增。有时他甚至没胃口吃饭，他感觉五脏六腑疼痛难忍，整个晚上也没办法平息。有时这种感觉又像是勒在胸前的一根金属线，这根线随时可能会撕开自己的胸膛，将他的心切得支离破碎。《里约时报》的一个个新闻标题只会让他更加焦虑：34000名犹太人在基辅城外遭到杀害，5000人死在白俄罗斯，还有数千人死在立陶宛。这是一场大规模的杀戮，比任何一次大屠杀的死亡人数都多，这些数字过于惨烈，让人无法完全消化；如果阿迪思考得太过深入，他就会看见自己的父母还有兄弟姐妹也成了这些统计数字的一部分。

巴西现在也在为战争做准备。和斯大林一样，瓦加斯也宣布加入同盟国阵营，在南大西洋海岸同德军的 U 型潜水艇开战，为美国供应铁和橡胶，从一月开始还允许美国空军在巴西北部海岸布防。巴西已经实打实地卷入了这场战争，但阿迪总是感到很惊讶，自己身在里约，却一点战争的影子都没有见到。这里的生活一如既往，音乐无处不在，就像是陷入战争前的巴黎。餐厅里座无虚席，海滩上人满为患，桑巴舞酒吧歌舞升平。阿迪有时也希望自己能够切断和战争的所有联系，似乎当地人都能做到——他们只沉浸在周遭的事物里，彻底忘记了战争这个东西，毕竟那个充斥着死亡与毁灭的世界与这里相隔9000公里，是如此遥不可及。但是，还没等这个想法在他心中生根发芽，他立刻就把自己痛骂一顿，他感到羞愧难当。自己怎么能不去在意那些事？一旦他决意切断这些联系（一旦他决定让一切随风而去），就意味着他要开启一段没有家人的人生。如果自己这样做了，那就等于宣判了家人的死亡。所以，他不能让自己闲下来。他把注意力转移到工作上，放在艾丽丝卡身上，可是他从来没有一天忘记过家人。

阿迪拿出放在后面口袋里的信，指尖划过信封上的拉多姆老地址，心中思念着自己的母亲。与其臆断最坏的情况，不如在脑海中重新构建起曾经失去的一切。他想起过去，每到周日，当家里的厨师休息时，涅秋玛就会负责准备全家的晚餐，她用手指将葛缕子① 籽小心压碎，放到剁碎的紫甘蓝和苹果上。他想起自己小时候，每次出门和回家时，母亲都会抱起自己，这样他就能用手触摸挂在公寓拱形门廊上的犹太教门柱圣卷②。每天早晨，母亲都会来到自己床前，俯身亲吻自己的额头，唤他起床，他能闻见母亲头天晚上涂抹在脸颊上的雪花膏散发出来的淡淡丁香花味道。阿迪不知道母亲的膝盖在天寒时还会不会痛，不知道天气转暖时母亲还会不会在阳台的铁篮子里种番红花 —— 当然，如果她还有阳台的话。您现在到底在哪儿呀，妈妈？您在哪儿？

阿迪意识到战争期间自己的信很有可能没办法寄到母亲手中。也有可能他的信已经寄到母亲手中，但母亲的信却到不了自己手里。

---

① 葛缕子（caraway）：香料。外观像莳萝，味道却像小茴香。
② 门柱圣卷（mezuzah）：是一块放在装饰盒内的羊皮纸，上刻有指定的希伯来语《圣经》经文，放在犹太家庭的门框上。

阿迪希望自己能有一个住在欧洲中立国家的朋友，对方可以作为自己和家人之间的通信中转。当然，还有一种可能，就是他的信都寄到了原来的老地址，而家里人早就不住在那儿了。父母有可能被关在隔都，或者身陷更加糟糕的处境，他无法承受这些想法。他开始给自己的医生写信，给自己的钢琴老师写信，给父母公寓大楼的管理员写信，求他们把知道的消息告诉自己，要是他们恰好知道自己父母和兄弟姐妹住在哪儿，阿迪请对方把自己的信转交给他们。虽然到现在为止，他还没有收到一封回信，但是他仍然不肯停笔。在信纸上书写文字、和家人以这种形式进行交流、看着信封上的拉多姆三个字——这一切都能让他保持理智。

阿迪推开科帕卡瓦纳邮局的门，呼吸着屋内熟悉的纸张与油墨味道。"早上好，库尔茨先生。①"柜台后面，阿迪的朋友加布里埃拉向他致以问候。

"早上好，加布。"阿迪答道。他把信交给对方，上面已经贴好了邮票。加布里埃拉摇了摇头，然后接过信。阿迪已经没有必要再问了。

"今天还是什么都没有收到。"她说。

阿迪点了点头，表示理解。"加布，下周我就要搬到内陆去了，因为工作原因，我会在那儿待上几个月。我不在的时候，万一要是有寄给我的信，你能帮我收好吗？"

"没问题。"加布里埃拉亲切地笑道，语气中透露出他不是唯一一个等待海外消息的人。

①　原文为波兰语。

阿迪离开邮局，心情沉重，他意识到自己身上肩负的不只是家人的命运，还有其他东西。上周，艾丽丝卡两次提到结婚的话题；她先是问婚宴需要准备什么食物，后来又问去哪里度蜜月比较好。阿迪每次都转移话题，在家人依然下落不明的情况下，他发现自己没办法考虑结婚的事情。

阿迪的思绪飞回达喀尔的海滩，那段日子他和艾丽丝卡都抱着对自由生活的强烈向往，虽然前方的道路充满危险，未来也尽是不确定的事情，但他们的爱情却在这些激流中越来越坚固……他们能不能成功抵达里约？他们会不会被遣返回欧洲？无论发生什么事情，他们告诉对方要永远在一起！现在，他们终于来到了安全的地方。不需要再去贿赂渔夫，不需要再为过期的签证烦恼，也不需要再花上几个小时走到荒无人烟的沙滩做爱。但是现在，两个人却吵架了，这是他们这么长时间交往以来第一次吵架。关于邀请谁来参加婚宴这件事，两个人争论不休——艾丽丝卡说自己的朋友都很有趣，而阿迪的朋友都是知识分子，过于呆板。"没有人想坐在一起讨论尼采的话题。"艾丽丝卡有一次抱怨道。一些琐碎的小事都能让两个人大吵一架，比如哪条才是去超市最近的路，摆在商店橱窗里的登山帆布鞋究竟值不值那个价。（"我觉得不值。"阿迪说，但他知道艾丽丝卡第二天肯定会穿着那双鞋在自己面前炫耀。）就连收音机调台这样的事也能让他们斗嘴——"别再听那些新闻了，阿迪，"有一次，艾丽丝卡生气地对他说，"听得让人压抑。我们听听音乐好不好？"

阿迪叹了口气。要是母亲在身边就好了，他可以和母亲聊上一个小时，向她请教如何与自己将要迎娶的女人相处。两个人要多沟通，涅秋玛会说，如果你爱她，你就必须对她诚实。两个人之间没有秘密。但是他们之间已经在沟通了。他们对彼此也的确很诚实。他们也曾坦言，来到南美大陆之后，两人之间的感觉似乎变得不太一样。有一次，两个人甚至讨论起要不要取消婚约。但是谁也不想就这样放弃。对艾丽丝卡来说，阿迪就像是拴住她的锚，而对阿迪来说，艾丽丝卡就像是联结现在与过去世界的线。从艾丽丝卡的眼中，阿迪看见了欧洲大陆。看见了自己曾经的生活。

阿迪本能地朝市政剧院的方向走去，他想起上周艾丽丝卡说过的话，当时他再一次向对方吐露心声，告诉她与家人失联让自己心急如焚。"你担心过头了，"艾丽丝卡说，"我讨厌你这样，阿迪。我不想从你的眼中看见悲伤。在这里，我们就像鸟儿一样自由；放轻松，享受一下现在的生活。"像鸟儿一样自由。然而现在，阿迪失去了太多太多，完全没办法感受到自由的气息。

第三十二章

米拉与费利西娅

波兰（德占区）拉多姆 /1942 年 4 月

米拉、费利西娅与另外四名犹太人回到隔都，人们开始用"屠杀"来代指几个人遭遇的事情，自此以后，党卫军似乎彻底释放了自己的兽性。他们也许是意识到了自己的本事，又或许之前只是在压抑本性。他们现在已经无须掩饰。发生在瓦罗瓦隔都的暴力事件每天都在升级。自从米拉回来以后，短短几周内又发生了四起围猎事件。其中一次，犹太人被党卫军押到火车站、装进畜运列车；还有一次，犹太人被直接带到城墙边上射杀。如今，再也没有所谓的名单，也没有关于巴勒斯坦或美国自由生活的虚伪承诺。取而代之的是一轮又一轮突然袭击、一次又一次工厂搜捕，犹太人站成一排，像东西一样任人清点。德国人似乎永远都在清点人数。每天都有犹太人被杀，有的是因为躲起来被抓到，有的则是因为没有工作许可。甚至还有的人被肆意枪杀。上周，在结束了工厂一整天的辛苦劳作后，米拉和朋友安东尼娅下班回家，途中她们撞见两个党卫军士兵在街上闲逛，士兵漫不经心地打开手枪皮套，跪下身，开枪射击，好像是在进行打靶练习。米拉悄悄闪进旁边的小胡同里，庆幸费利西娅没有跟在自己身边，但安东尼娅却吓坏了，她径直跑到了士兵眼前。米拉听见几声枪响，子弹打在街边双层公寓的砖墙上，接着又弹到别处，她跪倒在地，在心里默默祈祷。德国兵的脚步声渐渐远去，米拉大着胆子走出小巷，看见安东尼娅脸朝下趴在几米外的鹅卵石大街上，她的朋友一动不动，肩胛骨中间留下一个弹孔。说不定刚才死掉的人会是自己，米拉有些后怕，隔都建立之初保留的那点秩序现在早就被破坏殆尽，这样的事实让她感到恶心。德国人现在把杀戮当作游戏。米拉知道说不准哪一天，自己就会迎来末日。

"记住，走路的时候不要穿鞋，玩的时候要保持安静。"米拉一遍遍教着费利西娅，她看了一眼手表，自己可不能迟到。由于担心把费利西娅带去工厂可能会被人发现，米拉决定工作时把孩子留在家里，让女儿自己照顾自己。

"求你了，妈妈①—— 我能跟你一起去工厂吗？"费利西娅哀求道，她一点儿也不想一个人待在家里。

但米拉态度坚决。"很抱歉，亲爱的。但你最好还是待在家里，"她给女儿讲道理，"我和你说过 —— 你现在已经是个大姑娘了，工厂车间的操作台已经快装不下你了。"

"我能变小！"费利西娅再次请求母亲。

米拉的双眼湿润了。每天早晨她都要在心里做一番思想斗争，这种感觉简直糟透了，从女儿的话语中，米拉听出了失望，自己一次又一次地让女儿失望。但是她决不能心软。去工厂太危险了。

---

① 原文为波兰语。

"工厂不安全，"米拉耐心解释道，"而且时间也不会太长。我现在正在想办法离开这个地方。你和我一起走。咱们现在要有耐心，我需要花些时间来准备。"

"我们会见到爸爸吗？"费利西娅问。米拉眨了眨眼睛。过去的一周里，这已经是女儿第三次提到塞利姆了。米拉没办法责怪孩子。在自己最绝望的时候，她也曾花上数个小时给费利西娅讲父亲的故事，米拉沉浸其中，她用这种自欺欺人的方式，自顾自地以为只要一直念着塞利姆的名字，丈夫就能回到自己身边，告诉她答案，告诉她怎样才能活下去，告诉她如何才能让女儿平安。米拉给费利西娅讲了无数故事，她告诉女儿爸爸是一位英俊潇洒的医生：他向上推眼镜的动作；还有结婚几个月后，当米拉第一次告诉丈夫自己怀孕时，塞利姆嘴角上扬的模样（好像米拉与塞利姆之间的爱情必须通过某种外在的形式才能表现出来）；后来，费利西娅出生了，塞利姆学会了用数女儿脚趾的方式逗孩子开心，他会亲吻女儿的肚子，不知疲倦地玩着"躲猫猫"① 游戏。费利西娅已经快把这些故事和父亲的相貌特征背下来了，这些东西好像已经变成了自己的记忆。

塞利姆一定会回来的，米拉在这件事上倾注了太多希望，因此，只要一谈到任何能够保护家人周全的计划，女儿自然会把父亲计算在内。但是现在，米拉开始觉得丈夫生还的可能性越来越小，而且她也清楚，自己沉迷于幻想中的时间越久，母女俩的处境就会越危险。两年来，她们一直在担惊受怕，一直在恐惧会面对最坏的结果。米拉已经受够了。她坚持不下去了。是时候放下塞利姆了，她需要

---

① 躲猫猫（peek-a-boo）：一种逗乐婴儿的游戏，玩法是父母用双手蒙住自己的脸，然后靠近婴儿，将手突然拿开，变出怪相并大叫一声，从而逗乐婴儿。

扛起自己肩上的责任，为了自己，也为了费利西娅。与其不停为丈夫担心，不如直接哀悼对方的离去，至少这样能让自己好过一些。于是米拉下定决心，直到自己和女儿真正安全，她都必须相信丈夫已经死了，这是唯一能让自己保持冷静的方法。

但是她没办法把这些告诉费利西娅，没办法向快四岁的女儿解释她这辈子都可能见不到父亲了。"你需要让她有个心理准备，"涅秋玛总是这么说，"你不能一直给她无谓的希望；她会因此恨你的。"母亲说得对。但米拉还没有做好心理准备，她还没想好该如何开口，她也不知道要怎样面对心碎的女儿。所以，她要找到别的方法。她会告诉女儿部分真相。她拉起费利西娅的手，紧紧握在自己手中。

"我是真的愿意相信你爸爸会回到咱们身边。但是，我——我不知道他现在在哪儿，亲爱的。"

费利西娅摇了摇头，"他遇到了什么事吗？"

"不。我也不知道。但是有一点我敢肯定，如果他现在平安无事，那么无论他身在何方，都会把你放在心上，把咱们放在心上。"米拉勉强挤出一个微笑，她的声音很温柔，"我们会想办法找到他的，我保证。等离开隔都，咱们就能更方便地去问周围的人。但在那之前，我们必须考虑怎样做对咱们最好。对你，还有我，你听明白了吗？"

费利西娅低头看着地板。

米拉叹了一口气。她蹲下身子，双手轻轻搂住女儿的臂膀，期待孩子能抬头看一眼自己。费利西娅抬起头，眼里含着泪水。"我知道，独自在家待一整天的滋味不好受，"米拉安静地说，"但是你要知道，这是最好的解决办法。你在这里很安全。但是在外面……"米拉看着门外摇了摇头，"你能明白吗？"

费利西娅点了点头。

米拉又看了一眼手表。她快迟到了。她必须一路小跑赶到车间。她提醒费利西娅在食物储藏间里还有面包可以吃，走路的时候只能穿着袜子，如果在米拉外出工作期间有人敲门，一定要乖乖躲进壁橱里藏好，那是母女俩约定的秘密地点，要一动不动地待在里面，就像一座雕塑一样。

"再见，亲爱的。"米拉向女儿告别，亲吻着费利西娅的脸颊。

"再见。"费利西娅小声说。

来到屋外，米拉锁好公寓的门，她闭上双眼，开始每天早晨的例行祈祷，但愿德国兵不会在自己外出工作时闯进公寓，希望九个小时之后，当她回到家时，可以看到女儿完好如初地站在那里，和自己早晨离开时一样。

费利西娅皱了皱眉头。她感觉自己的头在嗡嗡作响。父亲就在外面某个地方，这一点她十分肯定。他会回到母亲和自己身边。虽然母亲可能不太相信，但是自己十分确信。她在心中预想了一千遍，她不知道自己见到父亲时会是什么感觉，费利西娅想象着父亲一把抱起自己，想象他会像变魔术一样消除自己的饥饿感，让自己全身都包裹在幸福中。母亲刚才说要想办法逃出隔都。也许这个新计划成功后她们真的能找到父亲。但费利西娅双肩一沉，她想起之前的两次计划。一次是床垫。一次是名单。两次的结果都是那么可怕。每次都让她们重新回到起点。每次都让她们的情况变得更糟。母亲总说要等待，总说要有耐心。她讨厌这个词。

米拉用了几周时间终于集齐计划成功所需的物品：一双手套、一条旧毛毯、一把剪刀、两根针、几捆黑色丝线、两粒纽扣、一把废布料，还有一张报纸。这些都是她偷偷从工厂车间带回来的，有的藏在胸罩里，有的放在腰带内，之前有个工人因为在冬衣口袋里藏了一个线轴，被德国人发现后当场射杀，米拉非常清楚其中的风险。

每天晚上，米拉都把脸贴在二楼窗户的玻璃上，仔细观察排列在隔都四周的砖结构公寓楼，认真研究瓦罗瓦与卢布林大街拐角处的隔都正门，这里有三扇大门——中间是一扇供车辆出入的拱门，两边各有一扇供行人出入的窄门。每天晚上都是相同的场景：六点前，那些身穿时髦大衣、头戴毡帽的德国夫人会来到隔都门口。她们慢悠悠地走进专供车辆出入的大门，聚集在铺满鹅卵石的入口处，等待自己的丈夫——那些隔都守卫下班。有的人怀中抱着尚在襁褓里的婴儿，有的人牵着自己的孩子。与此同时，三百多名犹太人也结束了一天的工作，从隔都外的劳动营集体返回，他们走的是两边专供行人出入的门，和那些女人混在一处。六点一到，卫兵就会带着夫人和孩子离开，他们的身影消失在专供车辆出入的拱门外，紧接着，三扇大门全部关闭，直到第二天早晨才会再次打开。

米拉确认了一下时间。五点五十分。隔都门口，一个小男孩从他母亲身边跑开，一把抱住前面卫兵的腿。米拉不知道这群陌生人中是否有人住进了父母的老房子，她不知道哪个女人沐浴在母亲的陶瓷浴缸里，也不知道哪个孩子坐在他们钟爱的施坦威钢琴前练习音阶。一想到在华沙斯卡大街14号里住着这样一个生活惬意的纳粹家庭，米拉就感到一阵恶心。

她看着被关上的隔都大门。现在刚好六点整。

这一次，米拉觉得自己的计划一定能成功。而且必须成功。她和费利西娅都能逃出去。她们要在光天化日之下从这里走出去，要在那些该死的卫兵眼皮底下走出去。

已经过了宵禁时间，整个隔都安静下来。米拉和母亲站在厨房的小桌边，之前拿来的物资整齐地摆在两个人面前。旁边点着一支蜡烛用来照明。"真丢脸，我竟然把图样落在了店里。"涅秋玛轻声道，她把报纸裁剪成大衣的形状。"你得穿暖和些，"她继续说，"衣服没有内衬。"米拉点了点头，她把毛毯铺在地板上，将母亲临时裁好的图样固定在上面，接着沿报纸边缘小心翼翼地剪去多余的羊毛。剪刀在她和涅秋玛之间传来递去，两个人重复着刚才的步骤，依次剪好大衣的袖子、翻领、衣领，还有口袋。全部完成后，两个人面对面坐到桌子两边，开始缝制衣服。

母女俩专心工作，时间飞速流逝。她们时不时会抬头看一眼对方，彼此相视一笑，两个人的眼睛如同玻璃般光亮透明——她们已经好久没有像现在这样一起缝东西了，这种感觉真好，母女俩回忆起很久之前坐在一起缝缝补补的午后时光，那时费利西娅还没有出生——而母女俩也常常会利用那段时间进行颇具意义的深入交流。

凌晨三点左右，涅秋玛蹑手蹑脚地走进食物储藏室，拉开抽屉，拿出藏在底下的保险箱。回到厨房，涅秋玛手里拿着四张面值五十兹罗提的纸币。"给，"涅秋玛说，"你用得上。"米拉接过其中两张，把剩下的两张留在桌上。

"您把这些钱收好，"米拉说，"我没事。我很快就会跟哈利娜会合。"

哈利娜是在三周前离开的拉多姆，亚当被分配到华沙铁路公司，负责修补城市沦陷前被德国空军炸毁的铁轨。弗兰卡和她的弟弟还有父母跟着哈利娜一起去了华沙。她刚在那边安顿好，就给家里寄来了信，催促米拉赶紧搬来华沙：我们在市中心租了一间公寓，她在信中写道（米拉知道，这句话意味着妹妹现在和雅利安人一样住在隔都外面），我正在想办法和皮翁基①兵工厂沟通，看看能不能给父母安排个职位。至于你，华沙这边的工作机会非常多。弗兰卡也在附近找到了工作。我们这里有你需要的全部东西。来吧——想办法过来吧！

涅秋玛把钱推回米拉面前。"我们在这里有工作，还有定量配给卡。接下来有一段时间你要全靠自己，"她朝窗户那边点点头，"你比我们更需要这些钱。"

"母亲，但这是最后的——"

"不，并不是。"涅秋玛用食指轻轻拍了拍自己的胸骨。米拉几乎忘得一干二净。还有那些金子。两枚金币，包裹在象牙白色的棉布里——母亲把它们伪装成了衣服上的纽扣。"而且还有那串紫水晶，"涅秋玛又补充道，"必要时我们可以卖掉它。"那些银器救了亚当的命。而其他东西他们早已变卖或者换回了额外的食物、毛毯和药品。谢天谢地，他们目前还不需要和涅秋玛的紫水晶说再见。

"那好吧。"米拉把钞票塞进大衣领子，一边两张，接着把衣领缝好。

---

① 皮翁基（Pionki）：波兰东部城镇。

当她第一次提出这个计划时，米拉请求父母跟自己一起逃往华沙，但是他们坚持认为这样太危险了。"去找你妹妹还有弗兰卡吧，把费利西娅带到安全的地方，"他们说，"有我们在只会碍事。"虽然很痛苦，但米拉不得不承认父母说得对。没有他们在，她成功逃跑的概率会大大提升。现在，父母行动不便，说话时还稍微能听出一点孩提时代就有的意第绪口音。对他们来说，假装雅利安人是很困难的。哈利娜在信中提到了皮翁基兵工厂，妹妹计划把索尔和涅秋玛送去那里。但与此同时，父母在这边仍有工作要做，所有人都知道在隔都里，工作才是唯一重要的事情。

微弱的银色日光洒进屋内，涅秋玛放下手里的针线活。米拉将桌上剩余的布料碎屑扫到掌心，藏到水槽下面。她们的工作完成了。米拉系好脖子上的围巾，这是用党卫军制服剩下的碎布拼接起来的，她张开双臂，伸进新大衣的袖子里。涅秋玛站起身，顺着衣服的缝合处来回摸索，检查纽孔周围有没有松掉的线，仔细查看只差一厘米就要垂到地板上的衣服下摆。涅秋玛整理好大衣的翻领，捋顺一边的袖口，让整件大衣看起来更加平整。最后，她退后一步，点了点头。

"不错，"她小声说，"看上去挺好。能成功。"她擦去眼角的泪。

"谢谢您。"米拉轻声道，她张开双臂将母亲拥入怀中。

转天五点三十分，米拉从车间赶回家。涅秋玛从咖啡厅回来时，米拉正在门口给费利西娅穿衣服。

"父亲呢？"米拉问，她给费利西娅套上第三件衬衫。父母回家的时间比平时晚了几分钟，她不禁担心起来。

"他今天负责刷盘子，"涅秋玛说，"他还要在餐馆多待几分钟把工作做完。他会回来的。"

"为什么我要穿这么多衣服，妈妈①？"费利西娅问，她抬头看着母亲，眼神里充满疑惑。

"因为——"米拉小声说，她蹲下身子，视线和女儿齐平。她轻抚着费利西娅耳后几绺漂亮的肉桂色头发，"今天晚上我们就要离开这儿了，亲爱的。"她故意没有告诉女儿计划的细节——因为她自己也十分紧张，她不希望费利西娅跟着一起紧张。

费利西娅脸上闪过一丝激动的神情，"离开隔都？"

"对②，"米拉微微一笑，然后双唇一紧，"但是，你要完全按照我说的话去做，这很重要。"她继续说，即使她知道费利西娅一定会这么做。米拉在女儿的细腰周围套上第二条裤子，帮她穿好冬衣，拿起一双袜子套在女儿手上当作连指手套。最后，她把一顶小羊绒帽戴在费利西娅头上，将散在帽子外面的头发塞进里面。

涅秋玛递给米拉一条手帕，里面裹着一块面包，这是她一天的口粮。米拉把手帕塞进自己的衬衫里。"谢谢。"她小声说。她在厨房的抽屉夹层里找出亚当给自己制作的身份证，然后塞进钱包。回到前厅，她穿上新缝制的大衣，系好围巾，戴好帽子手套。最后，她没有像往常一样套好袖标，而是用牙齿和手指一起将袖标从缝合处扯开。费利西娅惊得倒吸一口气。"别担心。"米拉说。虽然费利西娅年纪还小，不需要佩戴袖标，但是她知道在隔都里如果被抓到没有佩戴袖标会有什么下场。米拉将白色的棉质袖标套在胳膊上，

---

①② 原文为波兰语。

将蓝色的大卫之星 ① 标志朝向外面,另一只手捏在缝合处,接着抬起胳膊。涅秋玛在后面缝了两针,她没有打结,而是直接剪去了多余的线。米拉调整了一下袖标的位置,她听见楼梯口传来父亲的脚步声。

"看看我的小宝贝儿!"索尔眉开眼笑,他张开双臂,步履蹒跚地从门口走进来。索尔弯腰抱起费利西娅,左右摇摆,亲吻着她的脸颊。"我的天啊,"他说,"穿这么多衣服,你感觉就像是一头大象!"费利西娅咯咯笑了起来。她很尊敬外公 ②,很喜欢被外公紧紧抱住无法呼吸的感觉,也很喜欢外公眨着眼睛给她唱小猫摇篮曲的模样(外公说这是他小时候妈妈给他唱的歌),外公还会抱着费利西娅转圈圈,直到她被弄得头晕目眩,他会把外孙女抛到空中然后接住,感觉就像她在飞一样。

"你不会再用到那玩意儿了,对不对?"索尔放下费利西娅,指着米拉的胳膊问,他的眼神瞬间变得严肃起来。

"我得靠它走到门口。"米拉咽了咽口水。

"你说得对。确实如此。"索尔点了点头。

米拉看了一眼手表。五点四十五分。"我们得走了。费利西娅,抱抱你的外公外婆 ③。"费利西娅抬起头,突然间有些沮丧。她没有意识到外公外婆还要继续留在隔都。涅秋玛跪下身子,将费利西娅拥入怀中。

---

① 大卫之星(Star of David):又称六芒星、所罗门之星等,是犹太教和犹太文化的标志,图案是由两个正三角形叠成的六角形。纳粹德国统治时期,犹太人被迫佩戴此标志,以实现纳粹将其隔离和屠杀之目的。白底蓝标是波兰犹太人的标志,欧洲其他地区黄底黑标居多。

②③ 原文为波兰语。

"再见。①"费利西娅喃喃道,她亲吻着外婆的脸颊。涅秋玛闭上双眼,久久不愿睁开。等涅秋玛站起身,索尔弯下腰,费利西娅抱着外公的脖子。"再见,外公。②"她把鼻子塞进外公的锁骨窝里。

"再见,小精灵,"索尔小声说,"我爱你。"

米拉现在唯一能做的就是努力不让自己哭出声。她张开双臂,一把抱住父亲和母亲,她紧紧搂着他们,内心不断祈祷,希望这不是最后一次团聚。

"我爱你,米丽娅姆,"母亲小声说,她唤着女儿的希伯来名,"上帝保佑。"

就这样,米拉和费利西娅离开了公寓。

米拉环顾街道四周,留意着党卫军的身影。视线范围内没有看到他们,她拉起费利西娅的手,两个人径直走向隔都大门。她们走得很快,风打在脸上,很痛。天快黑了,母女俩向前走,两个人呼出的气息化作一缕缕半透明的灰色蒸汽,消散在夜色之中。

母女俩与隔都大门之间只剩下一个街区的距离,周围已经可以看见卫兵的影子,米拉打开大衣。"进来,"她轻声道,指了指自己的鞋,"站在我的脚上,抓住我的腿。"费利西娅踩了上去,米拉感觉女儿小小的身体压在了自己脚上,孩子的双手抱住了自己的大腿。"抓紧了。"费利西娅抬头看了一眼母亲,睁大眼睛点了点头,米拉合上外衣,将女儿整个遮住。两个人继续向大门走去,这一次速度慢了下来,尽管一条腿上多了11公斤的重量,但米拉在走路时还是尽力

---

①② 原文为波兰语。

保持平衡，以免让自己看上去一瘸一拐。

　　隔都入口两扇专供行人进出的拱门周围驻守着许多卫兵，每边都有十五个，也许是二十个人，卫兵的肩膀上都扛着步枪。一大群犹太人从门外蜂拥而入，他们全天都在隔都外辛苦劳作，每个人都疲惫不堪，双眼无神，几个卫兵在旁边大声清点人数。"快点！"其中一个卫兵大声嚷道，他举着手中的警棍在头顶挥舞，好像拿着一个套马的绳索。

　　米拉伸长脖子，望着一脸疲倦的犹太人从自己身边快速走过，她好像是在寻找什么人——也许是她的丈夫，又或许是她的父亲。似乎没有人注意到她，米拉慢慢穿过人群，走向隔都大门。很快，她和中间专供车辆进出的大门之间只剩下几米距离，如她所料，那里已经聚集了十几名德国妇人，每个人都把自己裹在大衣中，身边孩子的脸也被冻得通红。

　　由于费利西娅压在身上的额外重量，米拉的腿开始痛起来。她停下脚步，看了一眼手表。五点五十三分。她的身体在颤抖，她已经想过无数遍逃跑失败的下场。我是不是疯了？她自己也不知道答案。这样冒险究竟值不值得？紧接着，她的世界陷入一片黑暗，她又回到了那次围猎中，母女俩蜷缩在空荡荡的车厢里，米拉的双手抱住费利西娅的头，她想保护女儿不受那些残忍画面的影响，但这一切都是徒劳的，两个人都听见了枪声，还有撞击声，虚弱无力、全身赤裸的尸体不断撞击着冰冻的土地，这一切就发生在距她们二十米远的地方。

　　米拉的上嘴唇已经渗出了汗。你可以做到，她小声对自己说，甩掉所有的顾虑。只要数数就行，她心想。这是父亲在米拉小时候教给她的办法。"数到三。"父亲说,而且无论遇到怎样艰巨的挑战(不管是拔牙,还是从指甲里把刺挑出来,抑或是将双氧水倒在出血的膝盖上),数数都能让事情变得简单。

米拉的右边突然传来一阵马蹄声,犹太居民委员会①的马车来了,马匹拉着装有食物的货车通过专供车辆出入的大门然后停下,六七个党卫军士兵围上来检查,他们大喊大叫,入口附近一瞬间变得喧闹起来。就是现在,米拉意识到——她要的就是所有人的注意力都被分散的时候。

数到三。米拉屏住呼吸,开始数数。一……二……三,她转身背对大门,打开外衣,伸手摸了摸费利西娅的头。一秒钟后,费利西娅已经站到了米拉身边,拉着母亲的手。米拉用另一只手扯下绑在胳膊上的白色袖标,伴随着令人激动的砰、砰两声,涅秋玛刚刚缝上的两根细线被扯断。她把袖标团成一团,迅速塞进口袋。没有人看见,她告诉自己。从这一刻开始,你就是一个德国家庭主妇,来这里接其中一名卫兵回家。你是一个自由的人。要像她们一样思考。像她们一样行动。

"紧紧跟在我身边,"米拉冷静地命令道,"目视前方,看着隔都的方向。不要向后看。"米拉用余光看见自己左边已经有几个德国女人找到了丈夫。他们两人一组站在那里聊天,双手抱在胸前取暖。她捏了捏费利西娅的手。"动作慢一点。"她小声说,母女俩一起慢慢向后退,朝大门的方向挪动,为了避免被别人发现,她们的动作就像是相机中的慢镜头。米拉强迫自己紧绷的颈部和下颌肌肉放松

---

① 犹太居民委员会(Jewish Council):二战期间纳粹德国在欧洲占领区的犹太人社区(主要为隔都)内安置的行政机构。

下来，模仿着周围德国女人脸上悠然自得的表情和行为举止。两个人离大门越来越近，米拉突然觉得旁边似乎有人离自己太近，她闪身想要躲开。但刚一侧身，一位德国少妇就从后面撞上了她，对方当时正伸长脖子看着相反的方向。

"真是对不起。①"女人向米拉道歉，她整了整自己的帽子。米拉闻到了洗发水的味道。

米拉微微一笑，摆了摆手。"没什么。②"她摇摇头，静静地说。女人透过水晶般的蓝色眼睛盯着米拉看了一会儿，接着低头看了一眼费利西娅。然后转身离开，身影消失在人群中。米拉长舒一口气，又捏了捏费利西娅的手。她们继续往后退，朝专供车辆出入的大门挪动。母女俩身后又走来许多已婚妇女 —— 她们有时会歪着下颌望向米拉这边，但目光似乎落在更远的地方。你现在是她们中的一员，米拉提醒自己。只要她们一直背对大门，只要她们足够小心，她不断祈祷，母女俩就一定能混入其中。现在，慢慢地走，先是右脚，然后左脚。停下来。右脚，左脚。停下来。不要那么紧张，她告诉自己，稍微放松了一下自己的手掌，她刚才一直紧紧抓着女儿套在袜子里的手不放。右脚。左脚。右脚。左脚。稳住，马上就到了。

最后一批犹太人也都返回隔都，米拉用眼角余光看见两边专供行人出入的大门已经关闭上锁。突然有人从米拉身后经过，她的手肘撞到了什么硬硬的东西，千钧一发之际，她赶忙闭上嘴巴，差一点叫出声来。

"动起来！"卫兵吼道，不过对方并没有停下脚步，而是径直从

---

①② 原文为德语。

米拉身边走过。

终于，米拉感觉有什么东西遮住了自己头顶。她们现在已经来到了主入口——那扇专供车辆出入的拱形大门下面。一阵狂风冲击着母女俩的脊背，米拉伸手压住帽子，防止被吹飞。她压低帽檐，低头看着费利西娅，女儿现在脸色苍白，但表情十分镇静。集中注意力，米拉提醒自己。胜利就在眼前！继续数步数。一……二……她们慢慢向后退。三……四……走到第五步时，米拉已经能够看见入口外面的围墙，牌子上写着：**传染病危险：禁止入内**。

她简直不敢相信。她们竟然走到了隔都墙外！但是她知道，接下来的几步才是最关键的。这一刻她已经在脑海中像电影场景一样排演了无数遍，直到她确信这个计划能成功。

米拉深吸一口气，鼓起最后一丝勇气。就是现在。"来！"她压低声音说。她拉起费利西娅，两个人向后转体180度。

接下来，两个人继续向前走，将隔都甩在身后。右脚，左脚——慢一些，不要太快，米拉心想，她抑制住想要奔跑的本能冲动。右脚，左脚，右脚，左脚。她想要挺起双肩，抬起下颌，但是她感觉好像有一个手提钻在不停冲击着自己的心脏，她的胃里像是吞进了一团带刺的铁丝网。她竖起耳朵，留意着身后随时可能响起的叫喊或枪声。然而，她只能听见自己和女儿的脚步声，米拉每走两步，费利西娅就要迈三步才能跟上，两个人的鞋跟轻轻踏在卢布林大街的人行道上，母女俩加快移动速度，她们现在已经远离了那些卫兵，远离了他们的妻子，远离了工厂车间，远离了那些肮脏的街道，还有所谓的传染病。

一直走到罗穆亚尔达·特劳古塔大街，米拉才第一次向右转弯，继续安静地穿过六个街区后，母女俩走进一条无人的小胡同。来到这里，置身于阴影中，米拉的心才慢慢平静下来。颈部周围紧张的肌肉也随之放松。再过片刻，等自己重新振作起来后，她要回到华沙斯卡大街，回到父母的老房子，敲响她们的邻居和朋友索布查克家的房门，请求对方留自己和女儿住一晚。明天，她就要用自己的假身份证安排往华沙去的行程。她们现在还不算安全（一旦被抓，她们就会被杀），但她们已经逃出了隔都监狱。至少计划的第一步已经成功。你可以做到，米拉告诉自己。她回头看了一眼身后，确定没人跟踪自己，接着停下脚步，俯下身子，一只手轻轻托起费利西娅的脸颊，用双唇亲吻着女儿的额头。

"乖孩子，"她小声说，"乖孩子。"

第三十三章

索尔与涅秋玛

波兰（德占区）拉多姆 / 1942 年 5 月

索尔与涅秋玛躺在床上，两个人手牵着手，谁也没有睡着。夫妻俩盯着天花板，心中焦虑苦闷，无法安然入睡。

有传言说瓦罗瓦隔都很快就会被清洗。没有人知道这句话究竟意味着什么，但是这些流言传得越来越邪乎，加上最近在罗兹发生的事，越发让人不寒而栗。据罗兹地下组织成员说，德国人把居住在当地隔都的上千名犹太人驱逐到了附近的海乌姆诺灭绝营 ①，罗兹的隔都可比拉多姆这边大多了。那些犹太人还以为自己被送去了劳动营。但就在几天前，两名囚犯从那里逃了出来，他们跑到华沙，口中所述的经历的事情骇人听闻，涅秋玛听说后吓得头脑一片空白。他们说海乌姆诺那边压根儿就没有什么工作。犹太人被塞进货车 ②，每次差不多有150人，车里被灌进毒气，所有人都窒息而死 —— 男

---

① 海乌姆诺灭绝营（Chelmno extermination camp）：纳粹德国在位于波兰罗兹市外 50 公里内尔河畔的海乌姆诺村建立的灭绝营。

② 这里指的是"毒气车"（gas van 或 gas wagon），即改装成移动毒气室的货车。二战期间纳粹德国用来大规模灭绝人口使用。

人、女人、孩子，甚至还有婴儿，一切都发生在短短数小时内。

涅秋玛以前总是安慰自己，他们挨过了之前的大屠杀，这场战争与杀戮迟早也会过去。但是罗兹传来的消息让她意识到他们今时今日的处境完全不同。他们遭受的已经不仅仅是严重的饥饿与贫穷。他们面对的不是迫害。而是灭绝。

"纳粹不会成功的，"涅秋玛说，"会有人阻止他们。"

索尔没有回答。

涅秋玛慢慢喘了一口气，随之而来的沉默令人窒息，她意识到自己浑身都在痛。甚至眼皮都在疼，好像是想要快点得到休息。涅秋玛的身体有时会让她产生错觉。她不知道自己和索尔是怎么有力气坚持下来的。他们生活在无尽的痛苦、疲惫与饥饿中——餐馆工作的时间很长，但发放的物资却少得可怜，夫妻俩每天都会遭遇许多恐怖的事情，为了能让自己撑下去，他们不得不学会无视这些惨剧，玩起自欺欺人的心理把戏，天天面对这一切，两个人早已被耗得油尽灯枯。如今，夫妻俩已经麻木，即使再听见隔都城墙内不断响起的枪声，他们也不会再有反应，就算看见躺在街道上的同胞尸体，或者遇见在那里挣扎的将死之人，他们也只会绕道走开，有时经过隔都大门，夫妻俩会主动挡住眼睛，党卫军会在这里处决犹太人，士兵将绳子套在犹太人的脖子上，然后慢慢将一排排犯人绞死，他们会尽可能延长死者受苦的时间，好让其他犹太人看见和明白：这就是违反规则的后果。这就是那些无礼者、挑衅者，还有倒霉蛋的下场。有一次，涅秋玛撞见一个被吊起来的小男孩，差不多五六岁的样子，似乎再过几分钟就会死掉，涅秋玛没办法直视孩子的眼睛，但是她看了一眼男孩的双脚，没有穿鞋，小小的脚掌是那样苍白，两边的脚踝因为痛苦而扭曲。她多么希望自己能凑到男孩近前，伸出双手抚摸对方，想办法让他能不那么痛苦，但是她知道，一旦自己那样做了，就会有一颗子弹穿过自己的脑袋，或者一根绳索套在自己的脖子上。

"至少现在美国也加入了战争，"她说的同样也是隔都里其他人心中泛起的一线希望——虽然只有微乎其微的可能性，但好歹这也算是他们能抓住的救命稻草，"也许他们能阻止德国人。"

"也许吧，"索尔勉强同意，"但对咱们来说那就太晚了。"他的声音变得嘶哑，涅秋玛知道他在憋着眼泪。"如果他们要清洗拉多姆隔都，那么你和我就会是最先被清洗的对象。他们可能会放过年轻人。但是谁知道呢，也许就连年轻人也不能幸免。"

涅秋玛的内心深处知道丈夫说得对，但她不想承认这一点，至少不能大声说出来。她拉起并亲吻着索尔的手，将丈夫的掌心贴在自己的脸颊上。"亲爱的。我不知道未来会发生什么，但无论前方有什么在等待你我，至少我们还有彼此。我们会一直在一起。"

一个月前，他们至少还能向自己的孩子寻求帮助。但现在，隔都里只剩下两位老人。雅各布与贝拉在格里尼斯隔都附近的军需厂工作，而米拉，涅秋玛祈祷她能在华沙与哈利娜顺利会合。她和费利西娅在逃出隔都后并没有被送回瓦罗瓦，但这也不能说明什么。如今的局势越来越糟，夫妻俩真正的希望只剩下哈利娜。但哈利娜似乎也没能在皮翁基兵工厂给他们找到合适的工作岗位，留给两个人的时间已经不多了。"我现在正在努力搞定工作调动的事，"哈利娜在最近的来信中向父母保证，"一定要坚强，不要失去信心。"

至少他们现在还能和哈利娜保持联络——在艾萨克的帮助下，

他们还能偷偷将信寄到隔都外面，也还能收到隔都外面寄来的信。至于那些直到现在都下落不明的孩子，涅秋玛不敢去想象他们的命运。自从盖内克与赫塔两年前从利沃夫消失后，她就再也没有收到自己长子的消息，而她和阿迪已经有四年没见面了。她可以付出一切，甚至自己的生命，只要能知道自己的孩子安然无恙。

涅秋玛抬手捂住自己的心脏。对于一个母亲来说，活在对孩子命运的恐惧与不安中，没有什么比这更糟的了，即使是每天地狱般的隔都生活也不能与之相提并论。周复一周、月复一月、年复一年，涅秋玛饱受折磨，与日俱增的苦痛在她心里划开了一个大口子。她不知道自己还能承受这样的痛苦多长时间。

指尖下面，涅秋玛能感觉到自己心脏的微微跳动。她想哭，但泪水早已干涸，她的喉咙干得好像一张纸。她在黑暗中眨着眼睛，女儿的话语回响在耳边。一定要坚强，不要失去信心。"哈利娜一定会找到办法把咱们送去工厂的。"过了一会儿，涅秋玛说，她的声音小到近乎耳语。不过索尔没有回答，从他缓慢的呼吸节奏中，涅秋玛知道他睡着了。

我们的命运，涅秋玛心想，就掌握在哈利娜手中。老人的思绪飞回哈利娜小时候 —— 她从小就是一个渴望得到关注的孩子，如果没有得到足够的关注，她的解决方法就是找到易碎的东西然后摔掉。或者直接大喊大叫。等上了中学，她总是借口自己身体不好，不想去上学；涅秋玛会伸手摸她额头，偶尔会让她待在家里，用不了几分钟，你就会看见她从走廊一路小跑到客厅，接下来的几个小时里她会一直趴在沙发上，手里捧着米拉的杂志，撕下自己喜欢的服装图片。

战争开始后，哈利娜真的成长了许多。也许她真的可以带他们逃出这里。哈利娜。涅秋玛闭上眼睛，想要休息一下。她渐渐沉入梦乡，想象自己回到了老房子的窗前，她望着华沙斯卡大街两旁的栗子树。楼下的街道空无一人，但天空中有无数鸟儿在飞翔。半梦半醒间，涅秋玛看着遨游在云朵间的鸟儿，看着它们一会儿飞出云朵，一会儿又钻进云层，鸟儿有时会落在树枝上，它们环顾四周，接着继续飞向天空。涅秋玛的呼吸缓慢。她睡着了，她看见哈利娜在自己头顶翱翔，女儿张开双臂，像一对翅膀，明亮的眼睛机警有神，她找到了带他们逃出这里的办法。

第三十四章

哈利娜与亚当

波兰（德占区）华沙 /1942 年 5 月

"你觉得咱们会不会被人检举了？"哈利娜小声说。她和亚当在华沙租了一间公寓阁楼，两个人现在就坐在厨房的小桌旁。

亚当摘下眼镜，揉了揉眼睛。"咱们在华沙这边几乎没有什么熟人。"他说。夫妻俩已经在公寓里住了一个月时间，他们起初觉得这里比较安全。但是昨天，房东太太在没有提前打招呼的情况下噔噔噔地爬上楼梯，像猎狗一样四处打探，盘问他们的家庭背景、工作情况，还有成长经历。"更何况咱们的身份证也毫无破绽。"亚当继续说。在仿造两个人的身份证时，亚当格外小心。他们选择的假名"布尔佐萨"一听就是典型的波兰天主教徒。得益于他们的假身份证和自身的相貌（哈利娜有着一头金发和一双绿色眼睛，而亚当则有着高高的颧骨和白皙的皮肤），他们很容易就能假装成雅利安人。但是两个人是最近才来到华沙，这个事实他们没有办法回避，他们身边没有朋友，也没有家人，这些事情让夫妻俩看上去有些可疑。

"那咱们该怎么办？ 要不要搬家？"

亚当戴好眼镜，透过又厚又圆的镜框边缘望着哈利娜。"那样一来不就等于承认咱们有问题了嘛。我想⋯⋯"他停顿片刻，指头敲打着蓝白相间的方格桌布，"我想我找到了解决的办法。"哈利娜点了点头，等待丈夫说出答案。他们现在迫切需要一个解决问题的好办法。否则房东太太早晚会把他们的情况报告给警察。

"亚历山德拉怀疑咱们是犹太人，也不管证件上写的是什么⋯⋯我一直在想怎样才能跟对方解释咱们其实不是犹太人 —— 唯一能够证明的方法，我指的是确实能够证明的方法⋯⋯就是让她亲眼看见咱们不是犹太人。好吧，再准确一点，是我不是犹太人。"

哈利娜摇了摇头，"我没有听太明白。"

亚当叹了一口气，显得有些坐立不安。"我想到了一个办法。准备试着⋯⋯"他看了一眼自己的大腿，似乎感觉不大舒服，亚当的话说到一半就被外面传来的声响打断。有人爬上了楼梯，正往阁楼这边走来。"是她。"亚当小声说，脚步声越来越近。他和哈利娜四目相对。亚当指了指悬在水槽上面的灯。"灯！"他说。哈利娜疑惑地看着他。"水槽边上的灯，关掉它。"亚当解开自己的皮带。

"为什么？"哈利娜问，她赶忙跑到水槽边。就在这时，外面响起了敲门声。

"这就来了。"亚当应道。

哈利娜拉了一下灯绳，关掉了灯。亚当把双手伸进裤子里面，动作迅速地做着什么。

"我的上帝啊，你到底⋯⋯"哈利娜倒吸一口气。

"相信我。"亚当小声说。敲门声越来越大。亚当起身走到水槽边，扣好腰带。哈利娜点了点头，朝门口走去。

"你们在里面吗？让我进去！"门外的人尖叫道，似乎已经到了歇斯底里的边缘。亚当朝哈利娜竖起大拇指。片刻之后，亚历山德拉冲进公寓，瞪着两个人。

"你好，亚历山德拉。"哈利娜寒暄道，她看了一眼亚当，亚当双手放在身后的陶瓷水槽上，一副若无其事的模样。

亚历山德拉没有理会哈利娜，她气势汹汹地走向亚当。"我就长话短说了，"她在与亚当一臂之隔的地方停下，眼睛眯成一条缝，"我从别人那里听说了一些事，我有理由相信你对我们撒谎了。他们说你是犹太人！而且你知道吗？"她伸出长长的手指对准亚当，"我竟然还维护你们——我告诉了他们你们的名字，向他们保证你们和我们一样都是虔诚的基督徒，但是现在，我也不是那么确定了。"她的上嘴唇沾着白色的唾沫星子，"他们说的是真的，是不是？"她吼道，"你们是犹太人，是不是？"

亚当举起双手，"请——"

"请什么？请原谅你把我们的生命置于如此危险的境地？你知不知道我们有可能因为藏匿犹太人而被捕，然后被送上绞刑架？"

亚当挺直腰杆。"无论谁跟你说了什么，他们说的都是谎话，"他的语气十分冷静，"而且实话实说，我现在很生气。我们整个家族没有一滴犹太人的血液。"

"我凭什么相信你？"亚历山德拉咆哮道。

"你的意思就是说我骗人了？"

"我有证人，"亚历山德拉双手叉腰，胳膊和身体组成两个三角形，"你说你不是犹太人。但你没办法证明这一点。"

亚当的双唇抿成一条绷紧的细线。"我不需要向你证明任何东西。"他说，但愿这几个字自己说得足够慢。

"你这么说，分明就是在撒谎！"亚历山德拉厉声道。

亚当注视着房东太太的目光。"好吧。你想要证据？"他的手伸向自己的皮带。哈利娜还待在门口没有动。她站在亚历山德拉身后倒吸一口凉气，接着立刻捂住嘴巴。就在亚当解开皮带的同时，亚历山德拉发出了奇怪的声音，好像是在打嗝。还没等房东太太提出异议，勃然大怒的亚当已经解开了裤子，他把两边拇指塞进腰带里面，用力一推，整条裤子连同内裤都被褪到了膝盖以下。哈利娜遮住了自己的眼睛，她看不下去了。

亚历山德拉惊得目瞪口呆。浑身动弹不得。

亚当撩起衬衫。"对你来说，这够不够得上证据？"他大叫道，裤子已经掉到了脚踝边，在地上堆成一团。他低头看了一眼，自己伪装的东西形状可怖地暴露在外。今天早晨，他对着镜子，利用生蛋清和水混合而成的溶液，把肉色绷带贴在了自己的生殖器上。他希望在暗影的保护下，这些绷带看起来能像自己的包皮 ①。看见绷带还牢牢贴在那里，亚当松了一口气。

透过指间的缝隙，哈利娜眯起眼睛看着水槽边的丈夫。角落里很暗，她只能勉强看清亚当生殖器的形状。她现在终于理解为什么他要让自己关掉水槽上方的灯了。

"上帝啊，够了！"终于，亚历山德拉怒气冲冲地吼道，她一脸厌恶地转过身，灰溜溜地向门口走去，看上去好像有些恶心。

哈利娜松了一口气，亚当的计划成功了，她有点被吓蒙了，她不知道丈夫带着腹股沟上的绷带走了多长时间。她清了清嗓子，打

---

① 按照犹太教教义，出生后第八天的男婴需要举行割礼（即割包皮）。

开房门，示意亚历山德拉离开。

"竟敢说我们是犹太人。"亚当小声抱怨着，他弯下腰，提好裤子。

房东太太紧张地拍打着自己的罩衫，脖子周围起了一片红疹。她回避着哈利娜的眼神，一言不发地出门下楼。哈利娜锁好身后的门，等脚步声消失后，她回头看了一眼亚当，接着摇了摇头。

亚当伸手摸着天花板，他耸了耸肩。"我没有想到其他办法。"他说。

哈利娜捂住了嘴。亚当看了一眼自己的脚，接着又看了一眼哈利娜，两个人四目相对，亚当扬起嘴角，微微一笑，哈利娜捂着嘴无声地笑起来。过了好一会儿，她才冷静下来。哈利娜擦去眼角笑出的泪水，走到亚当身边。"你应该提前告诉我一声。"她将额头靠在亚当胸前。

"来不及。"亚当小声说。他伸手搂住哈利娜的腰。

"真希望我能看见亚历山德拉那张脸，"哈利娜说，"她出门的时候看起来好可怜。"

"她的下颌都快掉到地板上了。"

"你真勇敢，亚当。"哈利娜轻声道。

"我只是幸运罢了。看见绷带还在那里，说实话我也吓了一跳。"

"感谢上帝！你可把我紧张坏了。"

"抱歉。"

"那玩意儿，现在 —— 还在吗？"哈利娜低头看了一眼两人中间的地方。

"亚历山德拉离开时我就扯下来了。我简直快要被逼疯了。那些玩意儿捆了我好几个小时 —— 你竟然没发现我走路的姿势很奇怪，这一点倒是让我很意外。"

哈利娜又笑了起来，她摇了摇头，"扯下来的时候痛不痛？ 一切都好吗 —— 下面？"

"我想还好吧。"

哈利娜眯起眼睛。体内涌起的肾上腺素让她的身体变得敏感，和丈夫接触就像是触电一样，亚当的体温一瞬间让她无法抗拒。"我最好还是检查一下。"她伸手解开亚当的皮带，闭上眼睛亲吻着丈夫，亚当的裤子再一次掉到脚踝边，在地上堆成一团。

1942 年 8 月 4 日

傍晚时分，警察在拉多姆市格里尼斯隔都外面拉上警戒线，周围立起探照灯；100 到 150 名儿童与老人被当场杀害；转天，又有约 1000 名犹太人被列车运往特雷布林卡灭绝营①。

---

① 特雷布林卡灭绝营（Treblinka extermination camp）：纳粹德国在波兰东部特雷布林卡村建立的灭绝营。

第三十五章

雅各布与贝拉

波兰（德占区）拉多姆军需厂/1942年8月6日

　　贝拉摇摇晃晃地站在男厕所的马桶圈上，竖起耳朵留意着雅各布的敲门声。她把自己的冬衣搭在肘部，一只手扶在隔间墙上保持平衡，另一只手紧紧抓着小皮箱把手。洗手间的门很小，这种姿势对她来说是一种折磨：如果挺直腰板，她的头就会从上面露出来；如果站到地上，她的脚就会从下面露出来；如果稍微挪挪身子，她就有摔下去的危险，甚至有可能失足跌进脚下散发恶臭的马桶里。值得庆幸的是，刚刚过去的三十分钟里没有人进入厕所检查情况。但贝拉一直保持着现在的姿势，她竭尽全力忍耐着闷热的高温、下背部的抽搐，还有粪便与尿液的恶臭。雅各布，快一点。你怎么花了这么长时间？

　　如果计划进展顺利，夫妻俩就能悄无声息地逃离军需厂，然后跑去附近的格里尼斯隔都。贝拉仍然抱着父母尚在人间的一线希望，她会在隔都找到他们。二老能够逃过一劫。不过她也有不好的预感。父母可能已经离开人世。

　　隔都已经被清洗。贝拉与雅各布在波兰警局的朋友事先给过警告。上学时他们就和鲁本关系很好，得知鲁本被派到军需厂巡逻，夫妻俩觉得自己看到了希望；两个人觉得鲁本没准儿能帮上忙。但是后来贝拉撞见他两回，每次鲁本都径直走开，既没有对她点头，也没有看她一眼。当然，这并不奇怪 —— 现在这种事情非常普遍，老朋友之间的关系发生了新变化。不过让贝拉猝不及防的是，一周前，鲁本突然拽住她的胳膊，把她推进一间贮藏室，跟着走进房间，锁上两人身后的门。贝拉以为自己会遭遇不测，无论鲁本想对自己做什么，她希望整个过程能够快一些。但出乎贝拉的意料，鲁本一脸悲伤地望着她。"很抱歉我一直没有理睬你，贝拉，"他说话的声音比耳语大不了多少，"如果我跟你讲话，他们会要了我的脑袋 —— 总之，听说你的家人都在隔都，对不对？"他在一片漆黑中问道。贝拉点了点头。"今天，我听说他们会在一周内清洗格里尼斯隔都。到时那里只会剩下一些零碎工作，少部分人可能会被赦免，但也会转移到瓦罗瓦隔都，至于剩下的人 ……"鲁本低头看着地板。当贝拉问他剩下的犹太人会被送去哪里时，鲁本回答的声音很小，贝拉费了好大劲儿才听清楚。"我听两个党卫军的人说，在特雷布林卡附近有一处集中营。"鲁本小声说。"是劳动营吗？"贝拉问，但鲁本没有回答，而是摇了摇头。

得知这个消息，贝拉恳求工厂领班迈尔先生能让她把父母接到军需厂。不知何故，迈尔竟然同意了，而且还签发了通行证，允许她找一天晚上前往两公里外的格里尼斯隔都。鲁本一路护送着她。但贝拉的父母拒绝离开。"如果你觉得我们能这样大摇大摆地走出隔都，那你一定是疯了，"父亲告诉她，"虽然这位迈尔先生说我们能为他工作，但你要是敢把这些话告诉给隔都卫兵 —— 告诉他们我们要离开隔都为别人工作，他们会哈哈大笑，然后开枪射穿我们的脑袋，当然，还有你的脑袋。这种事我们之前见过太多了。"

贝拉能够看见父亲眼中的恐惧。但是她仍然很执着。"求求您了，父亲。他们已经夺走了安娜。不能让他们再夺走你们了 —— 至少你们要试一试。鲁本也会帮忙的。"为了给父亲施加压力，她不自然地用起了高腔，嗓音里充满绝望。

"对我们来说太危险了，"母亲摇了摇头，"走吧，贝拉。走吧。照顾好你自己。"

父母没有同意贝拉的计划，他们放弃了希望，女儿心里有些怨恨。她已经给了两个人逃出生天的机会 —— 让他们把命运掌握在自己手中，但他们却没有勒紧缰绳，而是停住了脚步，瘫坐在马鞍上，被恐惧吓破了胆。"求求你们了！"贝拉苦苦哀求到最后，她一头扎进母亲怀中，泣不成声，泪水顺着脸颊哗哗直流，但她看见父母的双肩塌了下来，他们的眼睛陷了下去 —— 他们已经失去了反抗的力量。在安娜离开以后，他们的力量就像是被虹吸管抽走了一样。他们的精力消耗殆尽，整天生活在恐惧与害怕中，他们已经老了，身体只剩下一副空壳。最后，贝拉和鲁本离开格里尼斯隔都，将父母留在了那里，贝拉已经处在崩溃的边缘。

四天后，8月4日午夜，正如鲁本所说，格里尼斯隔都清洗行动开始。即使身在两公里外的工厂，贝拉也能隐约听到枪声，紧随其后的是让人痛彻心扉的尖叫。贝拉已经有好几个晚上没睡着觉了，她变得无助，她开始发狂，她的身体机能没法正常运转，她彻底崩溃了。雅各布在工厂营房发现贝拉时，她蜷缩成一团，像婴儿一样躺在地上，她没有说话，也没有看自己的丈夫。她什么都做不了，只能躺在那里啜泣。雅各布不知道能说什么来安慰她，他躺在贝拉身边，紧紧抱住哭泣的妻子。枪声响了几个小时才终于停下。与此同时，贝拉也安静下来。

转天黎明，雅各布把贝拉抱回床上，告诉营房卫兵自己的妻子生病了，没办法工作。"你确定她还活着吗？"卫兵问，他歪着头看了一眼营房里面，贝拉仰面躺在床上一动不动，额头上盖着一块湿布。一个小时后，迈尔通过扬声器宣布军需厂即将关闭，厂内的犹太人将会被转移到另一间工厂，他们需要立刻收拾好行李。预计离开的时间是，迈尔说，明天早上九点整。不过雅各布知道他们会被送去哪里。他们必须逃出这里。当天晚上，雅各布强迫贝拉吃下一块面包，求她赶快振作起来。"我需要你跟我一起离开这里，"他说，"我们不能再待在这里，你明白吗？"贝拉点了点头，雅各布解释了一下自己的计划，他需要一把剪线钳，贝拉没太能跟上雅各布的思路。在雅各布离开前，他请求贝拉转天早晨八点三十分时到男厕所与自己会合。

夏日的阳光射在头顶的瓦楞铁皮屋顶，厕所隔间的空气令人窒息。贝拉担心自己会昏过去。早上起床时她就已经用尽全力，这副身体似乎已经不再属于自己，全身的肌肉也不听使唤。扬声器发出噼里啪啦的声响，贝拉眨了眨眼睛，感谢在这时能让自己转移一下注意力。里面传出迈尔的声音。

"所有工人——到工厂门口领取你们今天的口粮。带好你们的行李。"

贝拉闭上眼睛。很快，工厂前就会排起长队。她在脑中勾勒出卫兵将犹太人押往车站的场景，她不知道父母是不是也被同样一群人送上了死亡之旅。她有些反胃。雅各布去哪儿了？她已经设法在八点二十五分来到厕所，比原定时间提前五分钟。但现在至少过去了半个小时。他应该在这里才对。求求你了——贝拉祈祷着，每隔几秒钟，她就能听见汗水顺着下颌滴到水泥地上的声音，她强忍着内心想要冲出厕所大声喊叫的冲动，要真是那样做了，卫兵就会把自己抓起来。求求你了，雅各布，快一点。

终于，她听到外面传来四下轻轻的敲门声，"啪、啪、啪、啪"。她长舒一口气，小心翼翼地走下马桶圈。她在里面轻轻敲了两声，很快，外面又传来四下敲门声。她打开门。雅各布站在外面点了点头，看见贝拉如约出现，他松了一口气。"抱歉我来晚了。"他小声说。他接过贝拉的行李箱，领着她走出洗手间，来到墙边。贝拉擦去脸上的汗水，大口呼吸着新鲜空气，庆幸自己现在终于可以抓着雅各布的手，只要跟在他后面走就可以了。

"你能看见男子营房前面的那片麦田吗？"雅各布指着前方问道，"那就是咱们要去的地方。首先我们要到营房去。"

贝拉眯起眼睛看向营房，和这里差不多相隔三十米远。营房前面是锁链与带刺铁丝组成的护栏，将工厂团团围住，铁丝网外面就是他们的目的地——一片生长旺盛的麦田。

"我们要跑过去，"雅各布压低声音说，"希望不会有人发现。"雅各布躲在厕所拐角，从这里小心谨慎地观察着工厂后面的状况，把自己看到的东西讲给贝拉听：犹太工人从工厂门口开始绕着整个建筑排队，厕所这边刚好能看见队尾；三名卫兵守在后面，示意剩下的几个工人赶快来排队。漫长的几分钟后，雅各布回头拉起贝拉。"他们离开了，"他说，"动作快。咱们走！"

贝拉猛地往前一冲，转眼之间，两个人已经全力冲向营房，他们脚下生风，背朝工厂方向。仅仅过了几秒，贝拉就感觉自己的肺在尖叫，但她知道自己必须紧紧抓住雅各布的手，她现在很想回头看看有没有人发现他们——不过她害怕一旦这样做了，自己就会因为恐惧而突然停下脚步。三十米渐渐缩短为二十米，然后是十米、五米，来到男子营房后面，雅各布与贝拉放慢脚步，将后背靠在已被风化的木板上，他们大口喘着气，两个人的肺在燃烧。贝拉弯下身子，双手扶住膝盖，感觉心脏像鞭子一样在抽打自己的胸膛。这段奔跑几乎要了她的命，但也因此激起了她内心的某样东西。至少，从此刻开始，她觉得灵魂又重新回到了身体里。

两个人尽可能在呼吸时保持安静，虽然这样做有些费力，他们竖起耳朵留意着脚步声、喊叫声，或者枪声。但什么都没有听到。雅各布又等了足足一分钟，他稍稍探出头，看了一眼外面的情况。似乎没有人发现他们。

"来吧。"雅各布说，两个人现在已经脱离了卫兵的视线，他们走向篱笆墙。来到近前，雅各布跪下身子，拿起剪线钳，动作迅速、有条不紊地剪断铁丝，直到剪开足够两人出入的洞，他的额头上全是汗。"你先走，亲爱的。"他掀开铁丝网。贝拉趴在地上，从洞口爬了出去；雅各布把行李箱递给贝拉，跟着爬了出去，接着将身后的铁丝网尽可能地恢复原状。"尽量放低身子。"他说。

两个人来到草地上，用手和膝盖支撑住身体往前爬，两旁熟透的麦秆随风摇摆，将他们包裹其中，雅各布与贝拉缓缓向前移动，他们的身后是刚刚剪开的铁丝网，是军需厂，是挤在畜运列车里的无数男男女女，前一天晚上，这些人还睡在两人身边。又是四肢着地，贝拉想起战争刚爆发时自己穿越草地前往利沃夫的早晨。那时的她好像也面临着诸多危险——前方路上有太多未知。但至少那个时候，她的妹妹还活着。她的父母还活着。

爬了几分钟，她和雅各布停下，两个人跪起身子，他们的视线越过草丛望向工厂。他们已经爬出好远——军需厂已经变得很小，好像一块放在地平线上的米黄色墙砖。

"我觉得到这里应该就安全了。"雅各布说。他轻轻拍打着周围的麦秆，弄出一个类似巢穴的地方，好让两个人伸展一下四肢。小麦草长得很高；即使坐起身子，两个人的头也不会暴露在外。贝拉全身已经被汗水浸透，她脱下外衣，铺在地上，爬到衣服上。雅各布又望了一眼工厂的方向。"咱们应该等到晚上再走。"贝拉点了点头。雅各布动作迅速地坐到贝拉身边，从口袋里掏出半颗煮马铃薯。"这是从昨天的晚饭里省下来的。"他边说边打开手帕。

贝拉一点也不饿。她摇了摇头，双腿聚拢到胸前，下颌放到膝盖上。一旁的雅各布皱了皱眉头，他咬了咬嘴唇。他们还没有聊过昨天晚上在格里尼斯隔都到底发生了什么。但又有什么好说的呢？贝拉也想过要不要敞开心扉，说一说接连失去母亲、父亲，还有妹妹之后的感受——她失去了所有家人，她不知道如果在利沃夫大屠杀时自己和安娜躲在一起会怎样，她也不知道如果能说服父母一起来军需厂又会怎样，故事会不会有不一样的结局呢？用不了多久，工厂也会像隔都一样被清洗，但如果父母接受了军需厂的工作，那么至少他们可以一起逃出这里。但是贝拉没办法开口聊这些事情。她的悲伤无法言表。

一阵微风吹来，周围的麦子跟着摇晃起来，麦秆发出沙沙的声响。雅各布搂着贝拉的肩膀。贝拉闭上眼睛，泪水打湿了她的睫毛。两个人安静地坐在 起，时间一分一秒流逝，除了等待，他们什么也做不了，几个小时过去，琥珀色的午后阳光渐渐消逝，天黑了。

第三十六章

哈利娜

波兰（德占区）拉多姆市附近村庄/1942 年 8 月 15 日

　　哈利娜的父亲开着一辆黑色的小型菲亚特汽车，他嘴里哼着小曲，拇指拍打着木头方向盘。哈利娜和涅秋玛肩挨肩地坐在索尔身后。他们的老朋友和老邻居索布查克家再次施以援手，把汽车借给了他们。哈利娜也想过用火车把父母从拉多姆接到华沙，但是她担心会在车站遇到太多检查点。哈利娜希望开车是更安全的选择，虽然这意味着他们还要四处寻找燃料，如今燃料的价格可是异常昂贵，而且很难找到。哈利娜答应索布查克会把菲亚特的油箱加满再还给他们，她还特意提到自己家被赶出公寓前留给他们的银碗和长柄勺，哈利娜让利利安娜继续用着，以上两点算是借车的条件。

　　后排的哈利娜望着父亲的身影，索尔正在欣赏窗外的风景——蔚蓝的天空、碧绿的乡村，阳光照在蜿蜒的维斯瓦河上，水面闪闪发光。她本来想自己开车，但索尔坚持由他来驾驶。"不行，不行。还是让我来吧。"他边说边点了点头，好像这是自己应尽的义务，但哈利娜知道，父亲不会放过这次宝贵的开车机会。整整十四个月，他和涅秋玛住在墙砖与铁丝网围成的世界里，每天都要佩戴蓝星袖标，被迫从事单调辛苦的劳作。哈利娜微微一笑，行驶在开阔的大路上，她知道父母的感觉一定棒极了。三口人一时陶醉在香甜成熟的自由气息中，这种味道仿佛飘进车窗里的椴树花香。

涅秋玛刚刚讲述完在皮翁基兵工厂工作与生活的情况。"在那里，我们感觉自己太老了，"她说，"其他人几乎都是孩子。你也应该去听听他们在聊些什么——我坠入爱河了……她甚至都算不上漂亮……他都好几天没跟我说话了，这种嫉妒，这种戏剧性；我几乎都忘记了原来年轻竟是这么累人的事情。不过，"她压低声音，往哈利娜身边靠了靠，坦言道，"有时听听这些聊天也挺有意思。"

哈利娜不禁笑出声，她想象了一下这些无聊话充斥在父母耳边的场景。听到母亲说皮翁基的生活要比隔都好时，她很开心，要不是亚当在工厂关闭前一周发来警告，哈利娜甚至觉得战争结束前和父母一直住在工厂也不错。"很抱歉我没能早一点得到消息，"他说，"工厂随时可能会关闭。"一旦不再需要犹太人工作，他们就会被送到可怕的灭绝营，哈利娜知道，自己必须赶在这种事情发生前带父母离开。

当然，德国人不会允许哈利娜带着父母离开皮翁基。她明白想要办成此事，自己必须打破常规。一周前，哈利娜带上自己的雅利安人身份证，口袋里装好兹罗提，她来到工厂，准备贿赂门卫，好在父母结束工作后偷偷将他们带走——她可以跟门卫说这两个人是自己的老朋友，被误当成犹太人。但是她去的时候正好赶上周五，母亲和其他女工去了公共浴室；那天傍晚哈利娜还有工作要做，她没办法等母亲回来。今天早晨，哈利娜知道留给自己的时间不多了，而且一百兹罗提可能不够，她决定带上母亲最后的珠宝——那串紫水晶项链。离开隔都前往皮翁基的当天，涅秋玛把这条项链偷偷交给艾萨克，求他务必尽快把项链安全送到哈利娜手上。艾萨克立即给华沙的哈利娜写了封信，告诉她自己有一件特殊的紫色包裹要给她，让她务必尽快赶过来。

如果德国人胆敢接受犹太人的贿赂，希特勒会让他们付出生命的代价，不过把亚当从劳动营里救出来以后，哈利娜知道这条法律并没能阻止那些纳粹分子收受贿赂。正如她所料，当哈利娜将闪闪发光的紫水晶递到门卫眼前时，对方面露喜色。十五分钟后，门卫把哈利娜的父母带了出来。

"在这里向左转。"哈利娜指着一个木牌说，上面写着维拉诺夫，一处位于华沙市郊的小村庄。他们驶离大道，轮胎下的路面变为泥土地，索尔瞥了一眼后视镜，看见哈利娜和涅秋玛肩挨肩坐在一起，享受着母女间的亲密时光，他微微一笑。

"说说你的事吧，还有其他人怎么样了。"涅秋玛说。

哈利娜犹豫片刻。父母还不知道发生在格里尼斯隔都的事，也不知道贝拉全家的情况。她还不敢告诉他们。刚过去的几个小时是那样开心，自己一直和母亲聊着无关紧要的小事，感觉就像是回到了平常的生活。她不想这么早就把家人再次拉回这个悲伤的世界。于是，她没有说这些话题，而是把亚当最近从房东太太手中死里逃生的故事告诉他们，虽然现在她把这件事当作笑话来讲，但当时她可真是吓坏了；她跟父母讲自己现在在华沙给一个德国商人当厨师；米拉也刚刚找到工作，姐姐也同样假装成雅利安人，如今在一个有钱的德国人家里帮佣。

"费利西娅怎么样了？"索尔转过头问，"我太想她了。"

"米拉的房东从最开始就怀疑费利西娅的身份，"哈利娜解释道，"房东一看见费利西娅忧郁的黑色眼睛就断言她是犹太人。虽然米拉靠身份证勉强过了关，但费利西娅的情况就不是那么乐观了。不过我已经找到了一个朋友，对方愿意收留她。"哈利娜尽可能保持轻松的语调，她知道当米拉做出和女儿分开并把孩子交给别人照顾的决定时，内心有多煎熬。

"那她岂不是变成孤单一人了，米拉也不在她身边？"索尔问，哈利娜透过后视镜看着父亲的眼睛，父亲的笑容消失了，他凭借直觉就猜出了自己没有说出口的事。

"没错。两个人都不太好过。"

"真是个小可怜儿，"涅秋玛温柔地说，"费利西娅肯定寂寞坏了。"

"是啊。她讨厌这样。但这是最好的选择。"

"雅各布呢？"涅秋玛问，"他还在军需厂吗？"

哈利娜再次犹豫片刻，她低头看着自己的大腿。"对，据我所知他应该还在那儿。我给他写信说你们要离开瓦罗瓦隔都，然后他问我有没有办法把贝拉的父母也一起从格里尼斯隔都接走，但是……"哈利娜咽了咽口水。车里的空气顿时安静下来。"我尽力了。"哈利娜小声说。

涅秋玛摇了摇头，"什么意思？"

"就是……他们已经……格里尼斯隔都已经被清洗。"汽车引擎隆隆作响，哈利娜的声音小到几乎听不见，"艾萨克说现在那边只剩下一小部分人，至于其他人……"她实在没办法说出口。

涅秋玛捂住自己的嘴，"天啊，不。瓦罗瓦隔都呢？"

"显而易见，下一个就是瓦罗瓦隔都。"

哈利娜听见父亲的呼吸变得沉重起来。眼泪顺着母亲的脸颊流淌下来。旅途开始时家人重逢的喜悦已经荡然无存。接下来的几分钟没有人开口讲话。最后，还是哈利娜打破了沉默。"开慢一点，父亲——在下一个路口向左转。"她越过索尔的肩头，指着一条狭窄的小路。他们顺着小路又往前开了两百米左右，来到一间小农舍，屋顶是用茅草搭成的。

涅秋玛轻轻擦了擦眼角，吸了吸鼻子。

"就是这儿？"索尔问。

"是。"哈利娜回答。

"他们怎么称呼来着？"涅秋玛问，"房子的主人。"

"古尔斯基。"

亚当是通过地下组织名单找到的古尔斯基一家，名单上都是愿意收钱来藏匿犹太人的波兰人。哈利娜甚至不知道古尔斯基是不是他们的真名，她只知道对方可以收留自己的父母；她现在工作稳定，也能负担得起费用。

哈利娜熟悉这处农舍——她之前来过一回，一方面是为了认识一下农舍主人，另一方面也是为了观察周边的生活环境。女主人外出没在家，不过哈利娜见到了不愿意透露自己名字的古尔斯基先生，两个人相处得还算融洽。古尔斯基先生人到中年，满头灰白发，拥有鸟儿般的体型和亲切和蔼的眼神。"您确定夫人不会反对吗？"临走前，哈利娜道出了自己的疑问。"啊，没事的，"古尔斯基先生说，"当然，她可能会有一些紧张，不过这很正常，她同意的。"

开到农舍附近，索尔放慢了菲亚特汽车的速度。视线范围内没有看到其他建筑。

"你选的地方不错。"涅秋玛点头道。

哈利娜看了一眼母亲，听到涅秋玛的夸赞，她像孩子一样摆出一副骄傲的姿态。她顺着母亲的目光打量起眼前的农舍，低矮方正的房屋框架、厚厚的松木侧板、白色的百叶窗。她选择古尔斯基的一部分原因是他们看上去值得信任，还有一部分原因是这里虽然地处乡下，但距华沙市区只有一小时车程；附近也没有其他邻居，哈利娜希望这样能降低父母被人检举的风险。

"虽然条件不算多优越，但这里的私密性很好，"哈利娜说，"可别住得太惬意了。据古尔斯基先生说，那些蓝色警察①已经来过这里两次了，他们在搜查有没有被藏匿起来的犹太人。"听说抓到一个犹太人就能换回一袋糖或者一打鸡蛋。波兰人对待悬赏的态度异常认真。德国人也一样。他们甚至还专门起了个名字：犹太人狩猎②。只要抓到犹太人就行，生死不论，反正也没有什么区别。对于那些胆敢藏匿犹太人的波兰人，德国人也会判他们死刑。

"古尔斯基夫妇答应不会告诉任何人，当然，也包括他们的家人和好友。但是，你们要随时带着自己的假身份证，"哈利娜继续说，"以防万一。我们不能指望这里不会有人来。"

涅秋玛捏了捏哈利娜的手肘，"放心吧，亲爱的。我们不会有事的。"

哈利娜点点头，但是自己现在没办法不去担心父母。照顾二老

---

① 蓝色警察（Blue Police）：二战时期波兰德占区的波兰警察。
② 犹太人狩猎（Judenjagd）：纳粹德国自1942年在波兰德占区发动的针对隐藏起来的犹太人的搜捕行动。

已经成为她的习惯。她满脑子想的都是这些事情。

索尔转动钥匙，关闭点火装置；引擎声戛然而止，车里顿时安静下来，透过落满飞虫的挡风玻璃，他和涅秋玛望着自己的新家。农舍门前是一条蓝色的石板路，门板上安着一个马蹄形的黄铜门环，在阳光的照射下熠熠闪光。

"这次肯定没问题了。"索尔说。他透过后视镜看着哈利娜。父亲的眼睛红了。

"但愿如此，"哈利娜轻声说，"咱们进去吧。"

索尔将座位向前调了调，涅秋玛和哈利娜慢慢挪出车外，打开菲亚特的后备厢，取出他们剩下的行李 —— 一个小小的帆布背包，里面装着夫妻俩的换洗衣服、几张照片、索尔的《哈加达》，还有涅秋玛的手提包。

"这边走。"哈利娜说，父母跟着她绕到农舍后面，两棵枫树间拴着长长的细绳，上面挂着五六件泛灰的衬衫，旁边还有一片小菜园，里面种着豌豆、卷心菜和番茄。

哈利娜对着后门敲了两下。一分钟后，窗户后面闪出古尔斯基先生的脸，不一会儿，门开了。"请进。"古尔斯基先生示意几个人进屋。三个人悄悄走进小屋的背光处，索尔拉上身后的门。房间还是哈利娜记忆中的模样 —— 很小，天花板很低，对面的墙根放着一把佩斯利花纹① 扶手椅、一张饱经风霜的沙发，还有一排书架。

"您一定就是古尔斯基夫人了，"古尔斯基先生旁边站着一个身材苗条的女人，哈利娜微笑着跟对方寒暄，"我叫哈利娜。这是我的母

---

① 佩斯利花纹（paisley）：一种旋涡状的花纹。

亲，涅秋玛，这是我的父亲，索尔。"女人动作迅速地点了点头，她双手抱在腰间，看起来好像一个球。

哈利娜瞧了瞧古尔斯基夫妇，又看了看自己的父母。虽然被囚禁了很长时间，但索尔与涅秋玛的身材依然丰满，身体四周看起来软绵绵的。和他们相比，古尔斯基夫妇两个人的腰都很细，肩胛骨突出，看起来像两具骷髅。

索尔放下背包，向前一步伸出手来。"感谢您为我们做的一切，古尔斯基夫人，"他说，"能够收留我们，说明您很慷慨，也很勇敢。我们逗留的这段时间里会尽可能不去打扰您的生活。"古尔斯基夫人打量了一会儿索尔，然后才举起一只手，索尔一把握住。轻一点儿，哈利娜祈祷着，你可别把她弄骨折了。

"夫人，"涅秋玛也伸出手，"如果有什么我们能帮忙的，请一定告诉我们。"

"你们真是太客气了，"古尔斯基先生说，他看了一眼妻子，"而且——叫我们的名字就行了，阿尔贝特和玛尔塔。"玛尔塔点了点头表示同意，不过她绷着下颌。女人的行为举止让哈利娜略感不快。她不知道古尔斯基夫妇在一家三口来这儿之前聊过什么。

"我很快就会回来，"哈利娜说，她指了指书架，"在我离开前，您能跟我的父母解释下这个的工作原理吗？"

"当然。"阿尔贝特说。索尔和涅秋玛看着阿尔贝特抱住小书架，轻轻推动，书架沿着厚厚的松木板墙开始滑动。

"下面装了轮子，"索尔解释道，"我都没注意。"

"没错，你看不到，但是有了这些轮子，移动书架就容易得多——而且动静也会小很多。"阿尔贝特伸手扶住墙面，"从地面到天花板，这面墙总共由八块松木板搭建而成。从下往上数到第三块板，按下这两个钉子，"他边说边把手指放到两个铁钉上，"你就会听见咔嗒一声。"索尔眯起眼睛盯着墙面，阿尔贝特用力按下铁钉。正如他所说，墙里传来咔嗒一声，接着弹出一扇小方门。"我把铰链的位置和木板的接缝排在了一条直线上，除非你知道这里有扇门，否则没人会发现。"

"真是细致的工作。"索尔小声说，他对眼前的机关感到由衷钦佩，阿尔贝特会心一笑。

"门后面是三级台阶，里面通往一处狭小空间。在那里你们可没办法站起来，"阿尔贝特说，索尔与涅秋玛伸长脖子望着墙后的漆黑空间，"不过我们在下面铺了几条毛毯，给你们留了一个手电筒。里面和夜晚一样黑。"索尔来回摆动门板，将小门反复打开又关上。"这个东西，"阿尔贝特指着一个金属门闩说，"能让你们从里面把门锁上。"阿尔贝特把门推回墙上，咔嗒一声过后，他又将书架拉回原位。"跟我来，"阿尔贝特回头向众人招手，"带你们看看房间。"玛尔塔闪到一边，走在最后，阿尔贝特领着库尔茨一家三口穿过不长的走廊，来到距书房不远的卧室。

"等安全的时候，"阿尔贝特说，"你们可以睡在这里。"索尔与涅秋玛走进房中，四周是白色的泥灰墙，屋里放着两张单人床。一个简单的橡木梳妆台，梳妆台上还挂着一面生锈的镜子。"如果有人到访，我们会提前通知你们。玛尔塔的妹妹萝萨每周会来两次。要是有人不请自来，我们会想办法在门口拖延时间，好让你们躲进小空间里。当然，你们要带上所有东西，所以你们的行李最好还是别打开。"

"你有儿子吗？"索尔问，他看见墙角有一副拳击手套。

玛尔塔吓得往后退了一步。

"是，他叫扎哈里亚斯，"阿尔贝特说，"他加入了波兰家乡军①。"

"我们已经好几个月没收到他的消息了。"玛尔塔静静地说，她的眼睛盯着地板。几个人默默回到书房，途中谁也没有讲话。

涅秋玛把手放在玛尔塔肩膀上。"我们有三个儿子。"她说。

玛尔塔抬起头，"是吗？那——他们现在在哪儿？"

"其中一个，"涅秋玛解释道，"我们得到的最新消息是他在拉多姆城外的工厂工作。至于另外两个儿子，我们已经好久没听到他们的消息了，准确地说，从战争开始就没有了。其中一个被俄国人带走了，我们的二儿子在战争爆发时还待在法国。不过现在，我们也不知道……"

玛尔塔摇了摇头。"很抱歉，"她小声说，"这种感觉一定糟透了，不知道他们在哪儿，也不晓得他们是否平安。"

涅秋玛点了点头，两个女人之间产生了情感上的共鸣，哈利娜感到一丝安慰。

阿尔贝特走到妻子身边，伸手搂住她的后腰。"用不了多久，"他的语气突然变得严肃起来，"这场罪恶的战争就会结束。我们所有人都能回归原来的生活。"

库尔茨家的人点了点头，但愿他的话能变为现实。

"我真的要走了，"哈利娜说，她从钱包里抽出一个信封交给阿尔

---

① 波兰家乡军（Home Army）：二战期间进行抵抗运动的波兰军队，成立于1942年2月。

贝特，里面装着两百兹罗提，"一个月后我再来。您知道我的住址；万一有什么意外，"她避开父母的眼神，"请立刻写信通知我。"

"当然，"阿尔贝特说，"下个月见。祝你平安。"古尔斯基夫妇离开书房，给库尔茨一家三口留下点私人时间。

房子里只剩下三个人，索尔对着哈利娜微微一笑，他环顾四周，又对着房间微微一笑，他抬起胳膊，掌心朝向天花板。"你把我们照顾得很好。"他说。父亲的眼角布满鱼尾纹，哈利娜内心突然涌起对父亲的需要，一旦她走出书房，她就会怀念父亲的微笑。她走到父亲身边，将脸颊埋进他柔软的胸膛。

"再见，父亲。"她小声说，哈利娜想要珍藏此刻被父亲体温包裹的感觉，希望父亲不要放手。

"照顾好自己。"索尔说，两个人站起身，父亲将菲亚特汽车钥匙交给女儿。

哈利娜的泪水在眼眶里打转，绿色的瞳孔稍稍有些放大，她转身面对母亲，好在屋子里光线昏暗——她答应自己不会再哭泣。坚强一点，她提醒自己，他们在这儿很安全。一个月后你就能再见到他们。"再见，母亲。"她说。母女俩相互拥抱，亲吻着彼此的脸颊，从涅秋玛胸前的起伏中，哈利娜知道母亲也在努力克制不让自己哭出来。

哈利娜把父母留在布满机关的书架旁，自己径直向门口走去。"等到了九月我再回来，"她说，一只手已经握住了门把，"我会尽量给你们带来好消息。"

"一定。"索尔说，他紧紧握着涅秋玛的手。

面对离别，如果父母和自己一样感到不安，那他们还真是把这种情绪隐藏得很好。哈利娜打开房门，眯起眼睛看着午后的阳光，观察有没有人躲在阿尔贝特晾晒的衬衫后面偷偷监视。她走出门外，再次回望父母。他们的脸被阴影遮住。"我爱你们。"她对着父母的轮廓告别，接着关上身后的门。

1942 年 8 月 17 日—18 日

拉多姆市较大的瓦罗瓦隔都被清洗。两天时间里，800 名居民被杀，包括正在避难的老人、残疾人，还有隔都医院的病人。约 18000 名犹太人被列车运往特雷布林卡。3000 名年轻的犹太熟练工人作为强迫劳动力被留在了拉多姆。

第三十七章

盖内克与赫塔

波斯 ① 德黑兰 /1942 年 8 月 20 日

　　一道橘红色的闪光猛地从两个人肩膀中间穿过。盖内克吓得一哆嗦。赫塔本能地用手护住约泽夫的脸。算上这一家三口，老旧的皮卡里塞了二十名被招募的波兰人，他们挤在一起，肩挨肩地坐在和车厢长短差不多的胶合板上。车上的人来自不同的劳动营（跟盖内克与赫塔一样都是被赦免的人），他们现在要为同盟国而战。每个人的身体状况都很糟糕——疖子、皮癣和疥疮遍布全身，汗津津的头发黏在前额，里面长满虱子。破烂不堪的衣服松松垮垮地罩住一个个骨瘦如柴的身体，车厢里的恶臭仿佛令人讨厌的恶心影子一样笼罩在整辆车上。几个病情严重的人倒在盖内克与赫塔脚边，他们的身体蜷成一团，单凭自己的力量没办法坐起来，似乎再过几个小时就会走到生命的尽头。

　　他们已经沿着里海海岸走了整整三天，货车行驶在狭窄的土路上，两旁是一座座沙丘，偶尔还能看见几棵棕榈树。"我想咱们快到

---

① 波斯（Persia）：伊朗旧称。

德黑兰了。"盖内克说。尘土飞扬的道路两旁站着许多波斯人，车上的人瞪大眼睛望着他们，他们也盯着车上的人。"我们看上去一定很可怜。"赫塔小声说。

对他们来说，抵达德黑兰就意味着5000公里的长途跋涉终于结束。从阿尔特奈劳动营被释放到现在已经过去一年，从离开鲁斯科耶最后一天算起到现在也过去了九个月，一家三口被迫在乌兹别克斯坦过冬。一月和二月他们过得异常辛苦。每天的口粮只有八十克面包和一碗稀得像水的汤，他们的身体日渐消瘦，体重降到了原来的四分之三。要是没有安德斯将军发放的毛毯，他们很可能会被冻死。

但是他们也很幸运。数百名和他们一样到乌兹别克斯坦参军的人最后都永远沉睡在了鲁斯科耶的大地上。每周都会有一辆马车来到村庄，车轮咕噜咕噜地转，将一具具骸骨收集上来，这些人最终被疟疾、斑疹伤寒、肺炎、痢疾还有饥饿打败。死尸被人用干草叉收进马车，然后带到城外丢到一处。待尸体堆积如山，就会有人泼上原油，一把火将他们烧光，虽然尸首已经化作灰烬，但难闻的气味却久久不能散去。

到了三月，所有人都意识到斯大林既没有能力也没有意愿为这些登记在安德斯军队名下的流放者供应像样的粮食和装备。根据登记人员的记录，这里共有44000名新兵等待乌兹别克斯坦方面的命令；然而苏联方面提供的口粮只够维持26000人生存。愤怒的安德斯逼迫斯大林同意让自己的军队撤到波斯，他的士兵要在那里接受英军照料。斯大林最终同意，盖内克与赫塔又经历了为期四个月的大规模迁徙，他们从撒马尔罕和奇拉科奇出发，穿过绵延2400公里的大草原和沙漠，来到里海东岸的土库曼斯坦克拉斯诺沃茨克港口。

在那里，等待他们的是手持大帆布袋的苏联内务人民委员部；众人被告知要把他们不能带走的东西留下 —— 然而这个命令毫无意义，大部分人什么都没有，除了自己的名字和背上的衬衫。"还有钱和文件。"内务人民委员部的人补充道。他们在登船前会被搜身。"私自将钱或文件带出这个国家的人会被逮捕。"盖内克与赫塔早在几个月前就花光了剩下的兹罗提。他们的波兰护照在利沃夫时就被没收。两个人放下自己的特赦证明、阿尔特奈签发的暂住许可，还有鲁斯科耶签发的外国护照。他们的口袋里没有一分钱，也没有一张身份证，他们成了真正意义上的流浪者。但这并不重要 —— 只要能逃离苏联的铁拳统治，只要能享受到英国人和安德斯将军的关怀和照料，他们愿意付出任何代价、满足任何要求。众人爬上陡峭的舷梯，登上"卡冈诺维奇号"，这艘生锈的货轮将把他们送到波斯港口巴列维，闷热的空气中弥漫着海水的咸味，直到这一刻，每个人才第一次嗅到了自由的气息。

然而在经历了几天的海上漂泊之后，自由的气息很快被呕吐物、粪便和尿液的味道驱散。他们经历了地狱般的四十八小时，数千名乘客肩挨肩挤在船上，脚下的鞋子沾满排泄物，头皮被无情的烈日烤得噬噬作响，海洋的味道让众人胃部翻腾。船上每平方厘米的空间都塞满了人：控制室、甲板、楼道，甚至救生艇内都是人。几十个人死在途中，船上的乘客伸出手，他们将软弱无力的尸体举过头顶，在空中传递，等到了最近的栏杆处，尸体被扔下船，沉入海中。

八月，盖内克与赫塔终于抵达巴列维，这是一座位于里海南岸的波斯港口。船上的乘客累得失去知觉，饥饿、口渴还有晕船搞得他们头晕目眩，众人得知上艘载有一千多名乘客的轮船在穿越里海时沉没了。他们在巴列维的露天海滩上睡了两天，随后而来的皮卡车队将众人运往德黑兰，据说波兰军队有一个师的兵力等在那里。

又有什么圆圆的东西从盖内克头顶飞了过去，这一次他条件反射地伸手接住。他不知道当地人为何还要这般嘲弄车上的可怜人。然而当他摊开手掌，赫然发现自己接到的竟然是个橙子。一个漂亮的橙子。新鲜的橙子。颗粒饱满的橙子。这是两年来他的手指碰到的第一个水果。盖内克转过头，他想知道是谁扔的橙子，他看见路旁站着一位头戴红褐色头巾的女士，身边还牵着两个小男孩。女士对着盖内克微微一笑，棕色的眼睛饱含温柔与同情，一瞬间，事情终于清楚了：扔过来的橙子并不是嘲讽 —— 而是礼物。这是食物。盖内克把橙子放在双手掌心来回滚动，泪水止不住地流下来。这是一份礼物。他对着波斯女士挥起手，女士也招手回应，随后转身离开，只留下一片尘埃。盖内克已经忘记上次是什么时候遇到这样善待他人又不求回报的陌生人了。

他用脏兮兮的指甲抠开橙子，剥去橙皮，递给赫塔一瓣。赫塔咬下一小块，剩下的放到约泽夫嘴边，儿子皱了皱鼻子，赫塔轻声笑了起来。"这是橙子，小泽。"她说。对儿子来说，这是一个新词。"橙子。① 很快，你就会喜欢上它的。"

盖内克掰下一瓣橙子放进嘴里，他闭上眼睛咀嚼。橙子的味道在口中爆开。这是他吃过的最甜的东西。

他们的营房面朝北方，能够俯瞰里海海岸，远处是灰紫色的厄

---

① 原文为波兰语。

尔布尔士山脉 ①。"我们莫非是来到了天堂？"赫塔小声说，她拉起盖内克的手，一行人离营房越来越近。两位头戴军帽的年轻英国女兵冲他们点了点头，将众人带到一连串又长又窄的营帐前，为了通风，每个营帐的帆布门帘都被掀起扎好。"男士站到右边，女士站到左边。"女兵解释道，她们用手指了指两边的营帐，上面写着两个字：**消毒**。

来到男士营帐，盖内克迫不及待地脱光衣服 —— 为了挨过西伯利亚的冬天，他已经把多余的衣服用来交换了柴火和额外的口粮；从那以后，他几乎每天都穿着同一条裤子、同一件衬衫，还有同一条内裤。他裸着身子向前走，靠近一根软管，闻到里面喷出的液体味道，盖内克觉得自己的鼻孔在燃烧。"到时你们就想闭上眼睛了。"前面刚刚消完毒的新兵喊道。消毒淋浴搞得盖内克浑身刺痛，不过他却尽情享受着这一切，任凭冰冷的溶液冲刷着自己的肋骨，将肌肤上面的污垢洗净，把流亡的时光带走。消毒结束后，他睁开双眼，看见自己那堆破烂衣服已经被人拿走，他松了一口气，那些衣服肯定要被烧掉。他甩了甩残留在身上的消毒液，味道有些刺鼻，他排在别的新兵后面，前边放着一个桶，桶里装的像是海水，他拿起海绵冲洗起来 —— 海绵！要不是后面还有许多人等着，他肯定还要继续狂欢个一两分钟，这是几个月以来盖内克洗的第一个真正意义上的澡。他身上现在混杂着液氯与海水的味道，有人递给他一条毛巾，领着他来到另一间营帐，这里堆满了干净整洁的衣服：内裤、内衣，还有各种尺寸型号的制服。他挑了一条轻便的卡其色裤子，套上一件带领的短袖衬衫，盖内克感受着胸前柔软的棉花触感，这简直太

---

① 厄尔布尔士山脉（Elburz Mountains）：位于伊朗高原与里海沿岸低地之间。

奢侈了。来到第三间营帐，有人递给他一双白色帆布鞋、一个软木头盔、一袋枣、六根香烟，还有一张面额不大的薪水支票。"七点整吃早饭。"盖内克刚要转身离开，军需官对他说道。

"早饭？"他早已习惯一天只有一顿饭的生活，早起就能有食物滋润肠胃，这种生活听起来就像是在异世界。

"你知道的，就是面包、奶酪、果酱，还有茶。"奶酪、果酱，还有茶！盖内克点点头，口水不自觉地流了下来，他兴奋得说不出话。

盖内克在海滩边找到赫塔，约泽夫坐在她的腿上，赫塔旁边还放着一篮橙子。妻子身上也穿着同样的卡其色宽松长裤和衬衫，只不过是女款。约泽夫光着身子，下面挡着一块尿布，赫塔用海水沾湿手帕，披在约泽夫头上。盖内克踢着脚下的沙子，陶醉在细小滚烫的颗粒触感中。一个卖葡萄的年轻波斯男孩从他身边走过。两个人坐在海边，谁也没有说话，他们注视着远方的地平线，看着波光粼粼的里海海面，望着若隐若现的锯齿形厄尔布尔士山脉。"我觉得咱们来对了地方。"盖内克微笑着说。

1942 年 8 月

德黑兰：安德斯手下的士兵刚刚抵达德黑兰，斯大林便催促这些波兰人奔赴战场，但安德斯坚称他们需要更多时间进行休整。许多新兵都死在了德黑兰——其中一些人由于身体过于虚弱，没能挨过长途迁移，还有一些人的死因是由于肠胃无法承受突如其来的饱餐。剩下的人得到波斯人的悉心照料和英国提供的物资补给，身体逐渐恢复了往日的强壮。十月，崭新的军服和真皮军靴送到了波兰士兵手中，德黑兰军营的士气空前高昂。

1942 年 8 月 23 日

斯大林格勒战役爆发。在轴心国势力的帮助下，纳粹德国发动了历史上最血腥的战役之一，旨在将自己控制的欧洲地区势力范围进一步扩张，并夺取俄国西南部城市斯大林格勒的控制权。

第三十八章

费利西娅

波兰（德占区）华沙/1942年9月

　　费利西娅安静地唱着歌——这是一首关于小猫的曲子，是外公教给她的，她蹲在厨房的油毡地板上，像搭积木一样摞起一个个金属碗。每隔几分钟，她就会看一眼挂在灶台上面的圆形钟表（母亲最近教会了她怎样看时间），看到五点还有几分钟，知道母亲会过来看自己。租赁这间公寓的是哈利娜小姨的朋友。这里比隔都公寓好多了，不过在隔都时母亲至少每晚都会回家。但到了华沙两个人却分开了，母亲住在这条街前面的公寓，个中原因费利西娅到现在也不能理解。只有周末母女俩才能聚在一起，米拉每周都会来公寓给房东送钱。住在这里的夫妇白天也要工作，所以费利西娅已经习惯了自己一个人打发时间。屋子里还藏着一位上了年纪的老人，名叫卡尔，他是几周前刚来的，不过费利西娅也不怎么跟他说话——卡尔大部分时间都在看书，或者待在自己的房间里，费利西娅觉得这样也好，回答陌生人尤其是陌生男人的问题会让她感到不安。

　　公寓门锁有响动，费利西娅抬头看了一眼时钟分针。太早了。母亲到这儿的时间通常都是五点刚过，从没在五点前来过，而且住在公寓里的夫妇六点前都不会回来。恍惚间，费利西娅觉得外面的人可能是自己的父亲。他身穿军服，走进门来对自己说："我可找到你了！"但很快她就怔住了，她不知道自己是不是应该躲起来。母亲告诉自己要格外小心陌生人。公寓的门被打开又关上，片刻后，她听见了说话声。费利西娅放松下来，她听出来人是米拉的表亲弗兰卡。

"费利西娅，亲爱的，是我。弗兰卡。你妈妈没办法过来了，"她一边解释，一边从前厅走向厨房，"你在这儿呀！"她发现费利西娅正坐在厨房的地板上，周围摆着许多碗。"你妈妈一切都好，只是今天需要工作到很晚。"弗兰卡把一个盒子放到餐桌上，弯腰给费利西娅一个拥抱。

"她要工作到很晚吗？"费利西娅问，她看着弗兰卡身后，似乎期待母亲能出现。

"她争取明天过来看你。"弗兰卡站起身，"你还好吧？这里一切都顺利吗？"

费利西娅抬头看着弗兰卡。表姨看起来有点紧张，似乎在赶时间。

"我没事。你会留下来陪我吗？"费利西娅问，虽然她知道答案。

"我也希望能留下，亲爱的。但是今晚我有工作要做，而且萨比娜还在楼下等我。她跟我一起来的，帮我放哨，我来把钱放下。我本来不应该出现在这里。"

费利西娅叹了一口气，她凑到近前看了看弗兰卡放在餐桌上的盒子。"这是什么？"她问。费利西娅马上就四岁了，她一直在求母亲给自己买件新连衣裙。在她看来，也许弗兰卡带来的就是她想要的东西。

"这是一双鞋。万一有人问我为什么来这儿，我觉得最稳妥的回答就是说自己是来送东西的。"弗兰卡说。

"哦。"费利西娅的眼睛与盒子在同一水平线上。她踮起脚尖，想要看一眼盒盖底下的东西，她不知道一双新鞋看上去会是什么样子，闻起来会是什么样子。但是里面的牛津鞋已经磨损得不成样子。

"你有什么需要的东西吗？"弗兰卡问，她从衬衫里掏出一个信封。

费利西娅低头看着地板。她想要好多东西。她没有回答。

弗兰卡把信封塞进老地方——灶台上方的画框后面。"那位先生在哪儿呢——他叫什么名字来着？"弗兰卡问，她看了一眼手表。

费利西娅刚要跟弗兰卡说卡尔今天还没从房间出来过，外面突然传来重重的敲门声。费利西娅一开始还以为来人肯定是弗兰卡的朋友萨比娜。但弗兰卡吓了一跳。她看了一眼手表，又看了一眼费利西娅。两个人四目相对，一时间不知所措。敲门声再次响起，弗兰卡抬起桌布，指着桌子底下。

"藏起来，快！"她小声说。

费利西娅钻进桌子底下。敲门声第三次响起；听起来像是金属撞击木头的声音。费利西娅意识到如果没人应门，外面的人就会把门撞开。

弗兰卡调整了一下桌布位置，和地面之间只留下一厘米距离。"这就来了！"她应道，弗兰卡蹲下身，隔着桌布小声对费利西娅说，"如果他们发现了你，你就说自己是管理员的女儿。"

我是管理员的女儿。这是费利西娅需要记在心底的话，以防有人发现她藏在这里。不过自从搬到公寓以来，几个月里她还没有遇到需要说这句话的时候；直到今天，房东不请自来。"我是管理员的女儿。"她小声说着，感受了一下说谎的滋味。

弗兰卡刚一打开门，费利西娅就听见了说话声。她听出有三四个人在外面大喊大叫，他们说的是德语。说话的都是男人。这些人跺着脚，从前厅走进厨房。金属碗被震得哗哗乱响，在地板上散作一团，桌子底下的费利西娅吓了一跳。

混乱中，费利西娅还听见了弗兰卡的声音，她语速很快 —— 她解释说自己不住在这里，是来送鞋的，但德国人似乎并不买账。"住口！①"一个士兵吼道，费利西娅屏住呼吸，这些人退回走廊，走向卧室。周围突然安静下来。费利西娅想要逃跑，想要大声呼喊弗兰卡的名字，不过她还是决定数数。一、二、三。还没有数到四，外面又传来更大的喊叫声，费利西娅听见了卡尔的声音，她吓得一哆嗦。这些人是来抓他的吗？

很快，费利西娅听见许多人正在朝自己这边走来，他们脚下的靴子砰砰直响，外面的人又回到厨房，喊叫声接连不断，卡尔在哭，他在哀求，声音听起来很可怜："求求你们了，不要抓我！我有证件！"费利西娅在为他祈祷，祈祷德国人在看过证件后就会离开，但她的祈祷并没有用。外面传来一声枪响。弗兰卡发出一声尖叫，片刻之后，砰的一声，有什么重重的东西倒在了油毡地板上，整个地面都在晃动。

费利西娅捂住嘴巴，努力不让自己发出任何声音。她心跳得很

---

① 原文为德语。

快、很剧烈，感觉下一秒就会从自己的喉咙里蹦出来。

其中一个入侵者哈哈大笑。费利西娅努力调整呼吸，她的身体在颤抖。外面有什么东西在沙沙作响。又有几个人跟着笑起来。莫非是那些兹罗提。"看见没有？"费利西娅听见一个嘶哑的声音在讲着蹩脚的波兰语，应该是对弗兰卡说的，"看见那些想要藏起来的人的下场了吧？告诉住在这里的人，我们还会回来。"

好像有什么东西在费利西娅周围流动。一条深红色的丝带，像蛇一样缓缓流向桌布下面。当费利西娅意识到这是什么东西时，她几乎要吐出来。她悄悄挪到桌子另一侧，把膝盖抵到自己胸前，用力闭上眼睛。

"是，长官。"弗兰卡的声音小到几乎听不见。

终于，说话声与脚步声渐渐远去，咔嗒一声过后，公寓的门被关上。德国人离开了。

费利西娅想要马上离开这里，以最快的速度爬出桌子，远离眼前的血腥场景，但是她做不到。她把头埋进膝盖，接着哭了起来。没过多久，弗兰卡也钻进桌子底下，抱住已经缩成一个圆球的费利西娅。

"没事了，"弗兰卡小声说，她不断摇晃着费利西娅的身体，将自己的嘴唇贴到孩子耳边，"没事了。一切都会好起来的。"

第三十九章

阿 迪

——————

巴西里约热内卢 /1943 年 1 月

阿迪结束了自己在内陆地区的工作，从米纳斯吉拉斯州返回里约热内卢的第一站，他直奔科帕卡瓦纳邮局。在米纳斯时，阿迪每晚都在祈祷自己能收到家人回信，但走进邮局，看到加布里埃拉的眼神，他马上就知道自己的希望破灭了。

"对不起，阿迪，"柜台后的加布里埃拉说，"真希望我能给你带来好消息。"她看起来真的很难过。

阿迪勉强挤出一个笑容。"没关系。不过是我的痴心妄想罢了。"他捋了捋自己的头发。

"欢迎回来。"就在阿迪转身要离开时，加布里埃拉对他说道。

"下周见。"阿迪故作乐观地说。

走出邮局，阿迪低下头，胸口又开始痛起来。自己就像个傻瓜，一直沉溺在所谓的希望之中。他吸了吸鼻子，努力不让眼泪流下来，然后挺起胸膛。光在这里想是没有用的，他告诉自己，你必须拿出实际行动。做点什么。什么都行。他决定今天下午去趟图书馆。他要翻翻国外的报纸，看看能不能发现线索。也许他能找到一些消息来给自己提提劲儿。在米纳斯读到的消息令人沮丧，甚至有时还会把阿迪弄糊涂。有篇文章指出希特勒灭绝欧洲犹太人的行为是"一场有预谋的大屠杀"，文章报道的死亡数字让人无法想象。但另外一篇文章又说"犹太人的处境"被过分夸大了，犹太人并没有遭到灭绝，而仅仅是遭到迫害。阿迪不知道究竟应该相信谁。不过最令人愤怒的是，他发现自己能找到的信息少得可怜，而且经常被放在期刊中缝位置，好像那些编辑自己也不确定消息的真假，好像**战争爆发至今已有超过1000000人死亡**这样的标题不配被放在头版头条。显然，巴西人毫不关心欧洲犹太人的命运。但阿迪满脑子想的都是这些事情。

他戴上墨镜，手不自觉地伸进口袋，找到母亲送给自己的手帕，他不断揉擦着白色的亚麻布，直到眼中的泪水彻底变干。他看了一眼手表。十五分钟后，他要和艾丽丝卡一起吃午饭。

阿迪在米纳斯工作期间，艾丽丝卡去探望过他，但那次见面并没有修复两人已经开始破裂的关系。阿迪告诉艾丽丝卡自己现在心事重重，除了家人之外没办法思考别的事，听到这些，艾丽丝卡失望至极。"我也希望自己能理解你的感受，"她说，这是阿迪第一次看见她哭，"阿迪……万一你永远找不到家人呢？接下来你要做什么？你要怎么处理这些事？"阿迪不想听到这些，也不愿去想背后的含义，他讨厌艾丽丝卡提出的问题，虽然他也在问自己同样的事。

"我还有你。"阿迪轻声道，但他的话听上去干瘪无力。事到如今，一切都已明了。两个人都很清楚，只要阿迪的家人还下落不明，他就没办法全身心投入到和艾丽丝卡的新生活中——没办法全心全意地爱她。阿迪知道艾丽丝卡的眼泪并不是为他而流；这些眼泪是为她自己而流。她已经开始设想没有阿迪的未来了。

　　来到街区尽头，阿迪走向坎帕尼亚咖啡馆的户外餐桌。他到得有点早。艾丽丝卡还没有来。他坐在一张空桌旁，不知道两个人接下来的谈话会不会导致婚约取消 —— 如果结果真的变成那样，那么他们又该何去何从。阿迪的心情有些沉重，他掏出胸前口袋里的皮面笔记本。他已经好几个月没写歌了，对父母的思念、对艾丽丝卡的思念、关于爱与被爱的意义，这些东西在他心中调和成一段旋律。他在空白页上画好五线谱，添上熟悉的四分之三拍记号。当第一个音符跃然纸上，阿迪的心中便有了答案，这支新曲将会是一首小调慢速圆舞曲。

第四十章

米 拉

———

波兰（德占区）华沙／1943 年 1 月

埃德加蹦蹦跳跳地走在米拉身边，他在一周前刚过完五岁生日。寒冷的天气将他的鼻头冻得通红，鼻涕直往下流。"这条路不是去公园的，克雷姆斯基夫人。"他说话的语气仿佛是要显示自己比米拉聪明得多。

"我知道。我们中途要去趟别的地方。时间不会很长。"过去四个月米拉一直在华沙的纳粹家庭里帮佣，她现在已经能说一口流利的德语。

在贝克尔家（米拉听说原先住在这里的是一户犹太人，她猜现在这家人应该住在隔都），米拉的名字是伊萨·克雷姆斯基。埃德加的父亲是盖世太保①的高级军官。他的母亲贡杜拉懒得像只家猫，虽然在家务活上缺乏积极性，但脾气却异常急躁，而且有着强烈的权利意识 —— 她是个自以为是的家伙，喜欢摔门和挥霍丈夫的钱。米拉的工作远没有想象中的好，但至少能有钱赚，虽然每天围在别人家

————————————

① 盖世太保："Gestapo"音译，是德语"国家秘密警察"（Geheime Staatspolizei）的缩写。

的孩子身边让米拉很难过，但她还是很喜欢埃德加，他是个被宠坏的孩子，而且这份差事比她之前在瓦罗瓦车间要好得多。与隔都不同，在华沙她起码还享有表面的小小自主权。

米拉每天早晨的工作就是用湿抹布擦拭家具、清理浴室瓷砖和准备早饭。下午她要带埃德加去公园。无论天气好坏（下雾还是下雨，下冰雹还是下雪），贡杜拉都坚持让自己的儿子在外面待上一个小时。每天米拉和男孩都会沿着相同的路线，从贝克尔家出来，沿着斯捷平斯卡大街一路向南走到拉齐恩基公园。但是今天，米拉偏离了常规路线，走到了几个街区西面的泽布斯卡大街。这样做十分冒险（米拉还不知道她要怎么说服埃德加回家后不提绕道的事），但伊迪丝告诉米拉一定要在白天来，米拉现在十分需要见她。

伊迪丝是个裁缝，二人相识是在米拉来贝克尔家工作后不久。伊迪丝每周都会来公寓，或缝补桌布，或为贝克尔夫人定制连衣裙、为贝克尔先生定制夹克、为埃德加定制灯笼裤。昨天伊迪丝来家里时正好赶上贡杜拉出门，米拉正在擦拭抽屉里的银器，两个人攀谈起来。她们相处得很融洽，用自己的波兰母语轻声交流。米拉不禁怀疑伊迪丝也是假装雅利安人的犹太人，这个预感得到了验证，伊迪丝无意中提到自己小时候生活在奥科波瓦大街东面——米拉立刻就想起那里原本属于犹太人居住区，现在已经成为隔都的一部分。米拉跟伊迪丝聊起费利西娅，伊迪丝提到城镇外有座罗马天主教女修道院，那里会收留成为孤儿的孩子。"我会帮你问问那里还有没有多余的房间。"伊迪丝刚说完这句话，贡杜拉就回来了，在接下来的时间里，两个女人默默干完了手头工作。离开前伊迪丝把一张小纸条塞进米拉手里，纸条是从贝克尔家杂志的书角上撕下来的，伊迪丝在上面用潦草的字迹写下自己的住址。"我就住在这条街前面，"她小声说，接着又补充道，"你一定要在下午早些时候过来，那时我的邻居都在工作—— 他们……警惕性都很高。"

米拉看了一眼掌心的三角形小纸片，确认了一下上面的地址：泽布斯卡大街4号。

"别的地方是哪儿？"埃德加想知道答案，"我想去公园。"

"你母亲要我去一趟伊迪丝那里，就是那个裁缝，"米拉说了个谎，"你也认识她，你见她来过家里。她上周还帮你量过衬衣尺寸。"

"因为什么事？"

"没事。只需要一会儿。"米拉按响了伊迪丝名字旁边的门铃，幸亏这位裁缝在写住址时加上了自己的姓氏，片刻之后，扬声器里传来伊迪丝的声音。

"谁呀？"她用波兰语问。

米拉清了清嗓子。"伊迪丝，我是—— 我是伊萨。埃德加也在。求求你了，能占用你一点时间吗？"几秒钟后，楼门发出一阵嗡鸣，米拉和埃德加走进狭窄的楼梯井，爬上三楼，来到标着3B的房间门前。

伊迪丝微笑着迎接米拉。"你们好，伊萨、埃德加。快进来吧。"两个人走进屋内，埃德加始终绷着一张脸。

"很抱歉突然来打扰你。"米拉说。她看了一眼埃德加，不知道他能听懂多少波兰语，然后又抬头看着伊迪丝，"昨天，你提到的那个女修道院……"

伊迪丝点了点头表示理解，"是。修道院在弗沃茨瓦韦克镇，距这边八十公里。今天我给那里寄了封信，让他们知道有个孩子需要帮助。一旦收到回信，我会立刻通知你。"

"谢谢。"米拉松了一口气，"我 —— 真的非常感谢你的帮助。"

"这是我应该做的。"

埃德加拽了拽米拉的裙子，"我们能走了吗？已经一分钟了。"

"好的，我们走了。我们这就去公园。"米拉起身离开，她换回德语，尽量维持表面上轻松愉快的语气。

"谢谢你能来，伊萨，"伊迪丝说，"在外面要注意保暖。"

"我们会的。"

转过天，米拉刚把外套挂在贝克尔家前厅的衣架上，她就察觉到了一丝异样。公寓里死气沉沉，周围安静得出奇。贝克尔先生现在应该在工作，平日里米拉一进门就能看见贡杜拉磨磨蹭蹭地写着今天的家务清单，而埃德加不是在拍皮球就是在满屋子乱跑，想象自己正在参加战斗，嘴里大喊大叫："砰！砰！砰！"他竖起两只手，好像两把手枪。但今天，公寓里安静的空气让米拉全身血管都感到一股寒意。

米拉穿过走廊来到卧室，她打了一个哆嗦。里面没有人。她又走向厨房，路过餐厅时立刻就停下了脚步。餐厅最里面有人，对方面无表情地坐在餐桌主位。即使站在门口，米拉也能看见贡杜拉脸红脖子粗的模样，对方的眼睛里闪着怒火。米拉克制住想要马上逃跑的冲动，她转身面向贡杜拉，不过自己仍然站在门口。

"贝克尔夫人？您没事吧？"米拉的双手叠在腰间。

贡杜拉怒目而视，她打量了一会儿米拉。夫人从牙缝里挤出一句话，她的嘴唇几乎没有动，"不，伊萨，我有事。埃德加跟我说昨天你们去公园时，你绕路去了趟裁缝家里。"

米拉屏住呼吸。"是，我们去了。我道歉，我应该提前告诉您。"

"对，你是应该提前告诉我。"贡杜拉的声音突然提高了几度，语气比米拉之前听过的还要严厉，"你老实告诉我，你去那儿干什么？"

米拉已经料到埃德加会告诉他的母亲，所以她早就在脑子里想好了说辞。

"我问她能不能在这周末来我家一趟，"米拉开口道，"我现在急需一条新裙子。这件事我不好意思跟您说。"米拉低下头，"这条裙子我已经穿了一年了，而且我 …… 我也买不起新的。伊迪丝有一次跟我说她有多余的布料可以卖给我，比店里的价格便宜些。"

贡杜拉瞪着米拉，慢慢地左右摇头，"一条裙子。"

"是的，夫人。"

"那这条裙子在哪儿？"

"我们已经说好了，她会给我做，下周就能拿来。"

"我不相信你。"一分钟前还能保持镇静的贡杜拉开始歇斯底里起来。

"恕我冒昧，能问一下为什么吗？"

"因为你在撒谎！从你的眼睛里我就能看出来！那条裙子是假的，你的名字也是假的，所有东西都是假的！"

埃德加从贡杜拉身后的门里探出头，"妈妈？①发生了什么 ——"

"我跟你说了，待在房里别出来，"贡杜拉骂道，"回去！"埃德

---

① 原文为德语。

加立刻消失不见，贡杜拉站起身，椅子蹭到木地板，发出很大的声音，"你竟敢把我当傻子来耍，伊萨——我都不知道这是不是你的名字，你是叫伊萨吗？"

米拉把双手放到身体两侧，"我当然叫伊萨，夫人。而且您完全有理由生气，我没有告诉您我们去裁缝那里也是事实。对此我真的深感抱歉。不过您说我身份造假，那真的是冤枉我了。而且听到您这么说，我有些生气。"

贡杜拉走向米拉，米拉看见夫人脖子上青筋暴露，好像一条紫色小蛇，她往后退了一步，身体的本能告诉自己应该立刻转身逃跑，离开这里。但她并没有这么做——逃跑就等于承认自己撒谎了。

贡杜拉慢慢逼近，米拉现在已经能够感受到对方的呼吸，夫人停下脚步，双手攥成拳头，吐出的都是愤怒的气息。听起来像是狗在咆哮。"我已经告诉卡蒂了，"她厉声道，"我告诉他你不值得信任。你就在这儿给我等着，他会逮捕你，就在这儿等着！"

米拉慢慢向后退到走廊。"夫人，"她镇静地说，"您有些反应过度了。也许喝点水能有所缓解。我给您倒一杯。"就在米拉转身要去厨房时，她察觉到了身后传来的危险信号——她看见一个影子快速飞过自己的头顶。她想闪身躲过，但为时已晚。砰的一声，一个花瓶重重砸到了米拉的后脑勺，那声音很像两件重物相撞时发出的闷响。花瓶碎片散落在她脚边。

米拉的世界一时变得昏暗起来。灼热的疼痛感随即传来。她闭上眼睛，伸手想要扶住门框，好在手指找到了地方。她睁开眼睛，另一只手摸了摸脑袋后面；被花瓶砸到的地方肿了起来。她看了一眼手指。令人惊讶的是竟然没有流血。只是疼痛。你应该早点离开这儿。

"天啊。天啊。"贡杜拉哭了起来,"你没事吧? 我的上帝啊。①"

重新恢复身体平衡,米拉小心翼翼地跨过脚下的花瓶碎片,穿过走廊,来到壁橱,拿出扫帚。她回来时贡杜拉仍然站在原地,不断晃着自己的脑袋,她的眼神已经疯狂,跟那些已经疯掉的女人差不多。

"我没打算 —— 对不起。"她呜咽道。

米拉没有回答。她扫起地。贡杜拉一屁股坐到餐椅上,嘴里还在自言自语。

米拉端着堆满垃圾的簸箕来到厨房,她把玻璃碎片倒进水槽下边的废料桶,将簸箕放回壁橱。厨房台面上放着两个空牛奶瓶,她一手拿起一个,重新折回餐厅,强忍住从后脑延伸到眼窝的放射性疼痛,心中有个声音一直在求她离开这里,越快越好。"我去一趟奶站。"路过餐厅门口,米拉对贡杜拉说,她的语气很镇静。和进门时一样,她安静地离开公寓,并且下定决心永远不会再回来。

---

① 原文为德语。

第四十一章

贝 拉

————

波兰（德占区）华沙 /1943 年 1 月

两个人应该是母女，站在商店柜台后的贝拉心想，她看着眼前正在仔细挑选连衣裙的两个德国女人。同样乳白色的肌肤，同样尖尖的下颌，行为举止也差不多，她们都歪着头，手指在商店悬挂的一排排连衣裙上划来划去。贝拉眨了眨眼睛，努力不让自己的眼泪流下来。

"你穿这件应该很好看，"女孩说，她拿起一件羊绒裙，放到母亲面前比了比样子，"这个颜色跟你很搭。和眼睛的颜色正好互补。"

贝拉与雅各布已经在华沙生活了六个月。他们也曾想过要不要留在拉多姆，但和华沙相比，拉多姆就像一个小城镇，他们害怕自己会被人认出来。而且那边也没有工作。两处隔都全部被清洗，只有极少数年轻工人还留在里面。贝拉的父母当然也不在了。正如鲁本之前警告的那样，他们和其他人一样遭到德国人驱逐，如今这已经不再是什么秘密 —— 如果你被送到特雷布林卡，那么你不可能再活着回来。

于是，如今的隔都大门已经没了卫兵把守，贝拉与雅各布走进空荡荡的公寓，收拾好还能找到的少量个人物品，祈祷自己的假身份证还能派上用场，他们几乎花光了所有积蓄，勉强支付了车费，搭上了前往华沙的列车，现在，夫妻俩手中只剩下一点点兹罗提。

刚到华沙时，贝拉觉得换个地方也许能摆脱悲伤。但现在看来，无论走到何方，无论看向何处，都能勾起她的回忆。公园里有三姐妹在一起玩耍。父亲正在帮小女儿搭乘马车。还有眼前这对母女，两个人经常光顾贝拉工作的商店。这简直就是一种折磨。她已经失眠了好几周。她没办法思考。也吃不下饭。当然，首要的原因是现在粮食短缺，但贝拉发现一想到吃饭自己就会感到恶心，她的身体拒绝进食。贝拉的颧骨越来越高，掀开衣服，肋骨从皮肤下面突出来，好像一个只有黑键组成的钢琴键盘。贝拉就像一个正在踩水的人，手腕绑着重物，随时可能会溺死。她的内心悲恸欲绝，她讨厌雅各布没完没了地问自己有没有事，更讨厌他总想把食物塞进自己嘴里。"回来吧，亲爱的，"雅各布每次都会这样哀求，"你看起来离我好远。"但是贝拉自己也没有办法。只有做爱时她才会隐约觉得有点找回从前的自己，但这种感觉很快就会消失。夫妻间的肌肤之亲让她知道自己还活着——但每次完事后泛起的罪恶感又是如此强烈，让她感到非常恶心。

来华沙的头几周，贝拉知道自己不能再这样沮丧，不能一直沉浸在悲伤的海洋中。她迫切想要找回自我。成为一个更好的人、一个更好的妻子。她要接受已经发生的事实。她要继续前进。但先是失去妹妹，而后又失去父母——这是一种撕心裂肺的痛。贝拉清醒时，家人的死亡不断侵蚀着她的身体，贝拉睡着时，这些事像梦魇一样缠绕着她。每天晚上，她都能看见妹妹被拽进树林，看见父母被押上开往死亡的列车。每天晚上，她都在梦里想着怎样才能救他们。

到了十一月，她需要用别针固定住裙子的腰身部分，才能不让衣服从臀部滑下去。到这时她才意识到问题的严重性，雅各布说得对。她需要吃东西。她需要照顾好自己。她需要雅各布。贝拉不知道现在是否为时已晚。夫妻俩已经分居好几个月——雅各布说分开更安全，这样他们的假身份证就更有说服力，但贝拉知道，雅各布没办法再继续袖手旁观，他不忍看到妻子的情况一天天恶化下去。但自己又怎么能责怪他呢？她一直沉浸在悲痛中，几乎忘记了该怎样去爱这个男人，在自己的世界崩塌前，雅各布可是自己的全部。贝拉发誓，她要把破碎的自己重新拼接起来。

"这件衣服我们买了。"母亲将连衣裙放到柜台上。

贝拉深吸一口气，忍住泪水。"好的，"她说，她的德语现在已经说得很流利了，"您很有眼光。"贝拉挤出一个笑容。不要让对方看出你的不安。她把零钱递给那位女士。

母女俩离开后，贝拉闭上眼睛，她刚才一直在努力保持镇静，现在已经筋疲力尽。总会有这样或那样的事勾起你的回忆，她心想，但也会有过得不那么糟的时候，当然，有时也会糟糕得让你无法承受。但最重要的是，她告诉自己，即使在最艰难的日子里，即使悲伤把自己压得喘不过气，自己也必须坚强地走下去。她必须起床、穿好衣服，然后去工作。她会接受每一天的到来。她会一直向前进。

第四十二章

米拉与费利西娅

波兰（德占区）华沙 / 1943 年 2 月

母亲告诉费利西娅自己终于为她找到了一处安全的住所（母亲称之为修道院），但费利西娅对此表示怀疑。"那里有许多小朋友跟你做伴，"米拉想让女儿打起精神，"各种年纪的女孩子。还有和蔼可亲的修女来照顾你。你不会再感到孤单了。"虽然费利西娅迫切需要陪伴，但她想要的是母亲的陪伴。她不想面对米拉再次抛下自己的事实。"其他孩子也跟我 —— 跟我一样吗？"她不知道那些女孩是否会像母亲说的那样成为自己的朋友。她们是天主教徒，米拉说，然后又告诉费利西娅她在那里也会成为一名天主教徒。所以那些女孩自然愿意成为她的朋友。"只要乖乖听修女的话就行，亲爱的，"母亲继续说，"而且我答应你，她们一定会把你照顾得很好。"

在修道院的第一天，费利西娅的肉桂色头发被染成了金黄色。她已经不再是费利西娅·卡伊勒；她现在的名字叫芭芭拉·塞德兰斯克。她学会了如何比画十字，如何领受圣餐。在修道院住了一周后，一位修女发现费利西娅念祷词时在对口型，于是把她拽到修道院院长办公室，询问她的成长经历。出乎费利西娅的意料，院长用斩钉截铁的语气告诉修女："我认识这孩子的父母很长时间了。和其他孩子一样对待她就可以。"实际上，由于费利西娅营养不良，院长对她要比对其他孩子更好一些。趁别人不注意，院长经常会让她偷偷咬一口蛋糕，允许她每天在户外多晒几分钟太阳，每次到了自由活动的时间，院长就会在附近巡视，一旦有年龄稍大的女孩用侏儒称呼这位骨瘦嶙峋的新来者，或者高声侮辱费利西娅，或者拿树枝捅她，院长就会上前阻止。

米拉将羊绒帽拉低到眉毛附近，沿着修道院花园的分轨式木篱笆往前走，她努力辨认着在花园里玩耍的孩子。她每周可以来探望一次费利西娅，但这次来访却在计划外。她没办法控制自己。她不想和女儿分开。米拉环视花园，看着一个个包裹得严严实实的孩子，不知道哪一个才是费利西娅。这些女孩全都穿着深色冬衣，戴着帽子，模样都差不多。她们在花园玩耍，边跑边喊，粉嫩的嘴唇一张一合，呼出的气息化作云雾，在空中转瞬即逝。米拉露出了笑容。孩子的笑声让她充满希望。终于，她注意到一个女孩，比其他人要瘦弱一些，她一动不动地站在原地，盯着米拉的方向。

米拉故作悠闲地走近篱笆，她多想挥挥手，多想跳进木头围栏，一把抱起女儿，偷偷带回华沙，但是她忍住了。费利西娅也走到篱笆附近，孩子抬着头，不知道母亲为什么会来 —— 费利西娅一直有记下母亲到访的日期，孩子肯定知道现在距下次计划来访还有一段时间。米拉微微一笑，轻轻点头。她用眼神告诉女儿，不用担心。

费利西娅也点了点头，表示自己明白。母亲扔来一块石头，费利西娅走到长凳前，一只脚踩在凳子上，她弯下腰，假装在系鞋带。

由于低头的缘故，她的帽子掉到地上，已经有些脱色的金黄头发垂了下来，环绕在她长着雀斑的小脸周围。费利西娅望着双腿中间的母亲，在确定没有人看见的情况下，她向母亲挥了挥手。

我爱你，米拉摆着口型，向女儿抛来一个飞吻。

费利西娅笑了起来，回了一个飞吻。我也爱你。

米拉拼命忍住眼泪，她看着费利西娅站起身，调整了一下头上的帽子，一路小跑回到了其他孩子身边。

第四十三章

盖内克

巴勒斯坦特拉维夫/1943年2月

　　盖内克的胃又开始痛了。胃痛来袭时（最严重时甚至每隔半小时就会发作一次），他会疼得弓起身子，表情痛苦不堪。"疼的时候是什么感觉？"赫塔问，盖内克是从去年冬天开始第一次胃痛。"就像是有人用干草叉在我的肠子里来回搅动一样。"他说。赫塔求他去看医生，但盖内克不想去。他觉得自己的消化系统只是需要时间来习惯现在的规律饮食。"不会有事的。"他坚持道。而且德黑兰有很多人的情况比他还要糟糕，要是因为自己的病情把珍贵的医疗时间和资源用光，那也太说不过去了。

　　不过那是在伊朗的时候。现在他们已经来到了巴勒斯坦，在英军的照料下，他和安德斯军队的波兰战友现在拥有六间医疗营帐、大量供应物资，还有一个医生团队。胃痛的毛病现在依然没有好转——而且痛感逐渐加剧，盖内克怀疑自己的胃黏膜是不是出现了溃疡。"是时候了，"昨天，赫塔对盖内克说，她的语气中已经听不出多少心疼的感觉，更多的是沮丧和失望，"求你了，盖内克，去看看医生吧，别拖到来不及的时候。不要让能治好的疾病把你击垮，毕竟咱们已经经历了这么多事情。"

　　盖内克坐在床边，脚趾轻轻摩擦着地面，他全身赤裸，只穿了一件背后开口的白色棉服。医生来到盖内克身后，将听诊器上冰冷的圆形听头贴到他的肋骨上，大夫询问着盖内克的病情，听到他的回答，医生的鼻子不时发出嗯嗯声。

　　"躺下来。"医生指示道。盖内克把两条腿甩到床上，他躺了下来，医生的手指按在胃部的苍白肌肉上，盖内克疼得龇牙咧嘴。"我想你应该是得了胃溃疡，"医生说，"不要再食用柑橘属的植物，远离一切酸性食物。不要再吃橙子或柠檬了。试着吃些清淡的食物。我这里有帮助中和你胃部反应的药。你先服用着，一周后咱们再看看疗效如何。"

　　"好的。"盖内克点了点头。

　　医生整理了一下脖子上的听诊器，将笔塞回白大褂的胸袋中。"我还会回来，"他说，"你先待在这儿不要动。"

　　盖内克看着他转身离开。上一次穿病号服还是十四岁做扁桃体切除手术的时候。手术的大部分细节他已经记不清了，但他仍然记得术后每天都能喝到鲜榨苹果汁，除此之外，做完手术的一周里，母亲对自己宠爱有加。这是他长久以来一直都在渴望的事。现在，只要能再次见到母亲，无论让他做什么都行。从离家那天算起，到现在已经过去了三年半。

　　家。他想了想过去的四十二个月，自己竟然走过了这么远的路。他想起利沃夫的公寓，想起内务人民委员部重重敲响房门的那一夜；他想起自己收拾行囊，知道一旦离开就不会再回来。他想起困了自己好几周的畜运车厢——里面昏暗潮湿、疾病肆虐，他想起西伯利亚的营房，想起约泽夫出生时冰冷刺骨的夜晚。他想起从西伯利亚到哈萨克斯坦，再到乌兹别克斯坦、土库曼斯坦，最后到波斯，这一路上自己见到的无数尸体，他想起自己居住了四个月的德黑兰军营，他管那里叫作家，他想起从德黑兰到特拉维夫的旅途，他们沿着扎格罗斯山脉①的狭窄小路蜿蜒前行，他脑子里想的却是车子很有可能失速从海拔1500米高的地方跌落谷底。他想起巴勒斯坦的美丽海滩，等他出海奔赴战场后，自己一定会特别想念那里；最近军营里一直有人在讨论这件事，他们说安德斯的军队将会被送往欧洲战场，奔赴意大利前线。

当然，他真正的家永远只有拉多姆。这一点他不会忘记。他叠起双脚，闭上眼睛，思绪立刻飞出医疗营帐，来到他再熟悉不过的地方——华沙斯卡大街，在他从小长大的公寓里，全家人齐聚一堂。盖内克坐在客厅的蓝丝绒沙发上，墙上挂着祖父格尔松的画像，自己的名字就是取自祖父。赫塔在一旁给约泽夫喂奶。阿迪坐在施坦威钢琴前演奏科尔·波特的《万事皆空》，他弹奏的是即兴版本。哈利娜与亚当随着音乐的旋律翩翩起舞。米拉与涅秋玛围坐在壁炉的胡桃罩旁聊天，索尔抱着费利西娅在空中旋转，母女俩边看边笑。雅各布站在客厅角落的椅子上，透过禄来福来的相机镜头捕捉着眼前的一幅幅画面。

盖内克愿意付出任何代价，只要能回到战争开始前的拉多姆，再次体验和家人一起吃晚餐、一起听音乐的团聚时光。盖内克的眼

---

① 扎格罗斯山脉（Zagros mountain range）：伊朗第一大山脉，位于伊朗高原西南部。

前浮现着父母客厅中的场景，但这些画面很快又被另一段记忆覆盖。他感到肠胃一紧，腹部传来一阵剧痛，他想起这周早些时候路过上尉营房时无意中听到的对话："这也太夸张了吧，"其中一名上尉说，"超过一百万人？""还有人说超过两百万呢，"另一个人应道，"他们清洗了数百处集中营和隔都。""这帮该死的混蛋。"一开始说话的上尉骂道。营房里顿时安静下来，盖内克想要闯进营帐获取更多信息，但他抑制住了内心的冲动。他还算清醒。盖内克知道自己眼中流露出的恐慌会出卖他——毕竟他现在可是天主教徒。但上百万人？毋庸置疑，他们在说犹太人的事。他的母亲、父亲、妹妹，还有小外甥女——据他所知，他们应该还都在隔都。还有自己的姑伯姨舅和堂表亲。他给家人寄过几十封信，但从未收到一封回信。上帝保佑，他祈祷着，希望这只是被夸大的数字。请保佑我的家人平安。

盖内克如鲠在喉，他提醒自己，要心怀感激，至少他还待在赫塔和约泽夫身边。一家三口还在一起，他们的身体也还健康。天晓得三个人会在这里待上多长时间，但是从目前的情况来看，能把家安在特拉维夫这样的地方，自己还是很幸运的。这座城市坐落于碧绿的地中海沿岸，处在白色海滩与棕榈树林的环绕之中，比他之前见过的所有地方都要美。甚至就连空气都让人感到愉悦，到处都弥漫着甘甜的橙香和夹竹桃味道。他们到这儿的第一天，赫塔就用一个词概括了这里的所有特点："天堂"。

窃窃私语的说话声、隔壁病人翻身时帆布床发出的嘎吱声，还有医护人员在更换床下夜壶时金属的碰撞声——医疗营帐内的喧嚣将盖内克拉回现实，等他回过神，有什么东西引起了他的注意。是一个人说话的声音。是自己的熟人。是生活在过去世界的人。这个声音让他想起了家。真正的家。他睁开眼睛。

营帐内的病人大都在睡觉或读书。少数病人在和身边的医生小声进行交流。盖内克环顾四周，竖起耳朵聆听。刚才的声音消失了。也许是自己的错觉——他还沉浸在拉多姆的回忆中。但没过多久他又听见了那个声音，这次他从床上坐了起来。在那儿，他找到了方向，立刻回头——说话的是位医生，背对盖内克站在和他相隔三个床位远的地方。盖内克坐在床边晃着两条腿，对医生的身份感到好奇。对方比自己要矮上一头，身姿挺拔，深色头发剪得短短的。盖内克目不转睛，一直等到对方转过身，医生戴着一副圆眼镜，手里拿着写字板，在上面快速记录着什么。盖内克一眼就认出了对方。他站起身，心脏差点没从嗓子眼儿里蹦出来。

"嘿！"盖内克大吼一声。营帐里约有二十几个病人，六七位医生，还有几个护士，所有人都停下手里的工作，一齐望向盖内克。他又大喊一声："嘿，塞利姆！"

医生放下写字板，抬起头，环顾四周，目光最后落在盖内克身上。他眨了眨眼，摇了摇头。

"盖内克？"

盖内克从病床上跳了起来，完全忘记自己后面处在半裸状态，他冲向自己的妹夫，"塞利姆！"

"你……"塞利姆一时语塞，"你怎么会在这儿？"

盖内克同样激动得说不出话，他一把搂住塞利姆，几乎要把他从地板上举起来。医疗营帐里的人看见眼前这一幕，全都露出微笑。几个护士看见盖内克裸露的后身，交换了一下眼神，压低声音咯咯一笑，接着回到了自己的岗位。

"你不知道见到你我有多高兴，兄弟。"盖内克一边摇着头一边说。

塞利姆微微一笑，"我也是，见到你真好。"

"你从利沃夫消失了。我们还以为永远失去了你。发生了什么事？等一下，塞利姆——"盖内克后退一步，和妹夫保持一臂距离，他伸出双手抓住塞利姆，端详起对方的脸，"告诉我，你有没有收到家里人的消息？"与妹夫的重逢燃起了盖内克内心的某样东西——那是混杂着希望与渴望的情感。也许这是一个好兆头。既然塞利姆还活着，那么其他人应该也还在人间。

塞利姆两肩一沉，盖内克的双手也垂到了身体两侧。"我刚想问你同样的问题，"塞利姆说，"他们用船把我运到哈萨克斯坦，不允许我在劳动营里给家人写信。我寄出的所有信件都没有回音。"

盖内克压低声音，确保营帐里不会有人听见。"我写的信也一样，"他轻声说，心情有些沮丧，"最后一次收到家里的消息还是我跟赫塔在利沃夫被捕前。已经快两年前的事情了。那时米拉还在拉多姆，和我父母一起住在隔都。"

"隔都。"塞利姆小声说。他的脸色变得惨白。

"很难想象，我理解。"

"他们——他们已经清洗了隔都，你听说没有？"

"听说了。"盖内克说。两个男人陷入沉默。

"我一次次地告诉自己，他们不会有事的。"盖内克继续说，他抬头望着营帐顶上的椽子，好像在寻找答案，"但我还是希望知道明确的答案。"他低下头，和塞利姆四目相对，"一无所知真的让人恐惧。"

塞利姆点了点头。

"我也经常会想起费利西娅，"盖内克说，他想起自己还没有告诉妹夫约泽夫的事，"她现在应该 —— 三岁了吧？"

"四岁了。"塞利姆的声音听上去有些恍惚。

"塞利姆。"盖内克开口道。他停顿片刻，舔了舔嘴唇，场面有些尴尬，自己现在全家团聚，但其他人却生死未卜，塞利姆很有可能已经失去了所有家人，"赫塔跟我生了一个儿子。他是在西伯利亚出生的。等到三月他就满一周岁了。"

塞利姆看起来很高兴。他微微一笑。"恭喜，兄弟，"他说，"他叫什么名字？"

"约泽夫。我们一般称呼他小泽。"

两个人盯着自己的脚看了一会儿，不知道接下来还能聊些什么。"你被送到了哈萨克斯坦的哪个劳动营？"最后，盖内克开口问道。

"多林卡。我是那里的医生。也负责给附近镇子里的人看病。"

盖内克点了点头，塞利姆的职业技能在拉多姆不受人重用，但他承受住了俘房集中营、特赦，还有军队的磨炼，他的经历颠覆了盖内克的认知。"真希望在我们的劳动营也能有两个像你这样的医生。"他说，接着摇了摇头。

"你被送去了哪里？"

"说实话，我也不太清楚。距我们最近的镇子叫阿尔特奈。周围的环境像屎一样。唯一的好事就是小泽出生。"

塞利姆打量着盖内克瘦弱的身躯，他询问道："你感觉还好吗？"

"哦，还行 —— 除了我的胃，其他还好。阿尔特奈把我的身体搞垮了。该死的苏联人。医生认为我得了胃溃疡。"

"我已经治疗过几个像你一样的病人了。如果你还是感觉不好，一定要让我知道。我会看看自己能不能帮上忙。"

"谢谢。"

营帐另一头传来病人的呼喊声，塞利姆拿起写字板，"我该走了。"

盖内克点了点头，"明白。"就在塞利姆转身要走的时候，盖内克突然想到了什么，他伸手抓住妹夫的肩膀。"等等，塞利姆，在你走之前，"他说，"我想告诉你，我一直在想要不要给红十字会写信，如今我在军队里，家人能联系上我。"盖内克的朋友奥托就是通过这种方式和自己的兄弟重新取得联系，盖内克不禁会想自己是不是也能同样幸运，"或许咱们可以一起去，填写表格，发些电报。"

塞利姆点了点头。"值得一试。"他说。

两个人约定几天后在特拉维夫的红十字会办事处碰面。塞利姆把写字板夹在腋下，再次转身离开。

"塞利姆，"盖内克的脸上挂着微笑，"见到你真的很开心。"

塞利姆回以微笑，"我也是，盖内克。咱们周日见。我很期待见见你的儿子。"

盖内克晃着脑袋走回病床。塞利姆——竟然会在巴勒斯坦和他相遇，真是不可思议。这是一个好兆头。他决定不再把红十字会的搜索范围限定在波兰境内，他要扩大到整个欧洲，还有中东地区，甚至美洲大陆。只要家人还活着，他们就能通过定位服务和自己取得联系。

他爬回床上，躺了下来，一只手放在心脏位置，另一只护住胃，此时此刻，疼痛似乎平息了下来。

1943 年 4 月 19 日—5 月 16 日

华沙隔都起义 ① : 在清洗华沙隔都的行动中，希特勒总共放逐和灭绝了约30万犹太人。仍留在华沙的5万名犹太人密谋发动一场武力反击。逾越节前夜，在纳粹德国即将发动最后一次清洗前，起义爆发了；隔都居民拒绝被驱逐，众人奋起反抗，在坚持了一个月后最终被纳粹德国彻底击垮，整个隔都付之一炬。数千名犹太人在战斗中丧生，有的被活活烧死，有的窒息而亡；起义中幸存的犹太人被送往特雷布林卡以及其他灭绝营。

1943 年 9 月

驻扎在特拉维夫的安德斯军队被派往欧洲战场前线，与意大利军队展开正面交锋；女人和孩子则留守在特拉维夫。

---

① 华沙隔都起义（Warsaw Ghetto Uprising）：亦称"华沙犹太人起义"。

第四十四章

哈利娜

———

波兰（德占区）华沙/1943 年 10 月

"坐下。"铁路警局的军官生气地低声道，他指着办公桌对面的金属椅子。

哈利娜双唇紧闭，一脸怒容。站立的时候她更有自信。

"我说了，坐下。"

哈利娜听从了军官的命令。她坐了下来，视线刚好和挂在德国军官腰带上的枪管持平。

哈利娜意识到，用不了多长时间。自己的运气就会用光。

哈利娜是在当天早晨离开的华沙市中心公寓，她和亚当吻别，告诉丈夫自己要到很晚才会回来。她计划下班后去趟火车站，乘车前往维拉诺夫，接着再步行四公里到乡下的古尔斯基家看望父母，顺便缴纳十月的费用。她会在那里待上一个小时，然后返回华沙。她已经去过三次维拉诺夫了，购买车票和上下列车时都需要出示证件，到目前为止，她的假身份证都能顺利帮她过关，毫无破绽。

但是今天，她只是勉强通过了华沙火车站检票这一关。当哈利娜站在铁轨旁等车时，一个盖世太保（希特勒的秘密警察）向她走来，对方要求她出示身份证。"为什么你要看我的证件？"她用波兰语问（她现在能说一口流利的德语，但是她从别的渠道了解到，这些盖世太保最怀疑那些能说德语的波兰人）。

"日常检查。"对方回答。他仔细查看着哈利娜的身份证，询问她的姓名和出生日期。

"布尔佐萨，"哈利娜语气肯定地说，这些信息她早已熟记于心，"1917年4月17日。"但军官却摇了摇头，列车已经进站。"你跟我来一趟。"他拽着哈利娜的胳膊走出车站。

"你在哪儿工作？"军官问。他仍然站在那里。

哈利娜和自己的新雇主德恩先生两周前才刚刚见面。那天他应邀出席哈利娜前雇主的家宴，哈利娜负责给家里的女佣和厨师打下手。德恩先生是奥地利人——他是一位成功的银行家，六十多岁的年纪。哈利娜想起那晚自己第一次服侍德恩先生用餐，德恩先生就在近距离看着自己工作。显然，哈利娜给他留下了深刻的印象，这一点丝毫不令人意外——哈利娜的家里既有厨师又有女佣；她了解什么是一流的服务。当天晚些时候，德恩先生送给哈利娜一个惊喜。她当时正站在厨房水槽边，德恩先生走了过来；她甚至都没有发现有人走进厨房，直到德恩先生站在了自己身边。

"肖邦？"德恩先生的提问让哈利娜有些措手不及。

"您说什么？"她应道。

"你刚刚正在哼唱的旋律，是不是肖邦的曲子？"

哈利娜甚至都没有意识到自己刚才在哼唱旋律。"是的，"她点了点头，"我想应该是。"

德恩先生微微一笑。"你在音乐方面很有品位。"他说完便转身离开。第二天，她就收到安置中心的通知，告诉她接下来一周要为德恩先生服务。哈利娜不知道对方是不是怀疑自己是犹太人。但到目前为止，德恩先生似乎很喜欢自己。

"我为格哈德·德恩先生服务。"哈利娜回答，她叹了一口气，似乎很反感这个问题。

"他是做什么的？"

"奥地利银行华沙分行行长。"

"你主要干些什么工作？"

"我是他的女佣。"

"他的电话是多少？"

哈利娜凭记忆背出银行的电话号码，然后就是等待军官拨打电话确认。这些该死的日常检查。这群该死的盖世太保。还有该死的波兰人，他们经常向德国人打小报告出卖犹太人。他们这么做到底图什么？就为了一公斤白糖？今时今日，友情变得毫无意义。在拉多姆时她就明白了这一点，她想起被送去甜菜农场的那天，路上她遇见了学校时期的好友西尔维娅，但对方却假装不认识自己 —— 即使到了华沙，她也会常常想起那天的场景，来到这里，她已经有好几次被指控为犹太人。

不仅那位疑神疑鬼的房东太太。还有哈利娜前雇主的朋友，一个德国女人，有一天，这个家伙尾随哈利娜走了整整一条街，最后，她凑到哈利娜近前，两个人肩挨肩，她用充满恶意的语气低声说着："我知道你的秘密了！"哈利娜想都没想，一把将女人拉进小巷子，她把一周薪水都塞进了对方手里，咬牙切齿地告诉对方闭上嘴巴 —— 不过后来哈利娜意识到最安全的办法应该是死不认账。没过多久，由于担心如果不继续给对方钱，那个女人很有可能会把自己的身份告诉她的雇主，于是她便换了一份工作。

之前还有一个国防军士兵似乎认出哈利娜是从利沃夫过来的，当时她还没有使用假名。为了一探虚实，她选择了稍微柔和的方式，邀请对方到皮耶克纳大街一家纳粹分子经营的咖啡馆，喝了杯浓咖啡。两个人聊了足足一个钟头，哈利娜将自己的魅力尽数展现，最后，士兵看起来似乎被迷住了，他已经不再好奇哈利娜以前的生活；临走前，哈利娜亲吻了士兵的脸颊，她的直觉告诉自己即使对方真的认出了她的身份，那位士兵也会把这个秘密埋在心底。

可是，对于那些站在克洛多纳大街上看热闹的波兰人，哈利娜深感无力，今年五月，为了镇压起义，党卫军使出最终手段，他们将城里的隔都夷为平地，将最后留在里面的居民全部清洗。"看呀，犹太人在燃烧。"路过此处的哈利娜听见其中一个波兰人说道。"咎由自取。"另外一个人评论道。哈利娜唯一能做的，就是压住心头的怒火，她恨不得一把扯起这些家伙的衣领，拼命摇晃他们的身体。那天，她几乎想要放弃雅利安人的身份，她想和起义的犹太人并肩作战。无论结局如何，她一定要参与其中，挺直腰板和德国人抗争到底。但同时她又提醒自己，她还有父母需要照顾。还有姐姐需要照顾。她要先保证自己的安全，才能保证家人的安全。于是，她站在远处，看着被烧毁的隔都，内心充满悲伤和仇恨，但同时又感到骄傲——在此之前，她从未见过如此英勇壮烈的自卫抗争。

军官拿起听筒放到耳边，他盯着哈利娜。哈利娜用挑衅与愤怒的眼神回敬对方。一分钟后，听筒另一端传来说话声。

"请帮我叫德恩先生听电话。"军官说。等了很长一段时间，听筒另一端终于有声音传来。"德恩先生，很抱歉打扰您。我在火车站抓到一个人，她声称为您工作——但我有理由相信她的真实身份和她所说的并不相符。"空气突然安静下来。哈利娜屏住呼吸。她集中注意力，保持现在的姿势：两肩下沉，后背挺直，膝盖和双脚紧紧并拢。"她说她的名字是布尔佐萨——布—尔—佐—萨。"听筒那头再次安静下来。莫非德恩先生挂断了电话？自己还有没有备用计划？她听见有人在小声说着什么，是德恩先生的声音，但是她听不清。无论他在说些什么，德恩先生的语气听起来有些生气。

电话线路的信号估计不太好，军官放慢了语速，一个字一个字地说起来："她、的、身、份、证、上、说、她、是、天、主、教、徒。"听筒那边再次传来德恩先生的声音。这一次比刚才声音要大。军官把听筒拿开，和耳朵保持一拳距离，他皱了皱眉头，直到听筒那头的咆哮平息下来。哈利娜听见了几个词："羞耻……确定……我自己。"

"既然您都确定了。好的，好的，不，不用过来。没有必要。我——是，我理解，我们会的，先生，马上。再次跟您说声抱歉，对不起打扰您了。"军官砰的一声挂断电话。

哈利娜长舒一口气。她站起身，一个巴掌拍到桌子上。"我的证件。"她一脸厌恶地说。军官皱着眉头，隔着桌子把哈利娜的身份证推了过来。哈利娜一把夺过证件。"简直不可理喻。"转身离开之前，她厉声说道，声音不大，刚好能让军官听见。

1944 年 1 月—3 月

———————

　　为确保通往罗马的进军路线，盟军向位于意大利中部拉齐奥大区 ①
的蒙特卡西诺 ② 德军要塞发起一系列进攻，但均以失败告终。

———————

① 拉齐奥大区（Lazio Region）：位于意大利中西部。"大区"是意大利的一级
行政区，每个大区下划分为若干个二级行政区——"省"。拉齐奥大区首府为
罗马，罗马同时也是意大利首都。
② 蒙特卡西诺（Monte Cassino）：又译"卡西诺山"，位于意大利拉齐奥大区弗
罗西诺内省卡西诺郊外的一座石山，标高 519 米。

第四十五章

盖内克

意大利中部桑格罗河 ①/1944 年 4 月

"这样会好受一些。"奥托说，他靠在椅背上，双臂交叉抱在胸前。盖内克点了点头，控制住想要打哈欠的冲动。外面的雨下起来没完没了，他的胃里塞满豌豆浓汤——这种豆子简直硬得不行，勺子能像旗杆一样插在碗里，盖内克现在迷糊得快要睡着。伙食营的前方，指挥官帕夫拉克爬上一米高的木头平台，这里勉强算是一个讲台，长官会在这里发表演说。帕夫拉克脸上的表情十分严肃。

"看起来今天晚上有活儿干了。"盖内克说，营帐里说话的人渐渐安静下来，他们一齐看向前面的指挥官，帕夫拉克有一双宽阔的肩膀。

"上次你也这么说。还有上上次。"奥托气鼓鼓地说，他摇了摇头。

盖内克与奥托，还有 40000 多名安德斯军队士兵从四月开始就已经驻扎在意大利桑格罗河沿岸。众人刚刚抵达这里，帕夫拉克就拿

---

① 桑格罗河（River Sangro）：位于意大利中东部。发源自亚平宁山脉，最终注入亚得里亚海。

着地图告诉每个人他们所处的是战略要地 —— 这里距蒙特卡西诺的德军要塞只有两天路程，再往东南方向前进120公里就是罗马。卡西诺是拥有1400年历史的修道院，四周建有坚固的岩石城墙，海拔高度520米 —— 但最重要的是，这里是纳粹防线的中心。驻守于此的德军凭借修道院的有利地形随时监视着周边情况，一旦发现有敌人靠近，他们就会从上方发动攻击。盟军已经尝试进行了三次攻击 —— 但到目前为止仍然无法攻破修道院。

"也许今晚会不一样。"盖内克说。奥托翻了翻白眼。

盖内克没有理会奥托的抱怨，他还是很感激自己身边有朋友在。奥托现在是唯一陪伴自己的人了，两个人离开特拉维夫，与赫塔、约泽夫，还有奥托的妻子尤利娅道别，他们和军队一起穿过埃及，乘坐英国军舰横跨地中海来到意大利。当然，在这之前他们只用冲锋枪进行过简单的实弹射击练习，但无需过多的言语，两个人都清楚地知道，一声令下，他们手中的枪口就要对准真正的敌人，他们要在战场上照应彼此，一旦其中一个人发生不测，另外一个人就要担起照顾两个家庭的责任。

"先生们！"帕夫拉克吼道，波军第一侦察旅的战士立刻集中精神坐好，"听好了！我有消息要告诉大家。我们一直等待的任务命令终于下来了！"

奥托眉毛一挑。他看了一眼盖内克。你竟然说对了，他摆着口型，朝盖内克一笑。盖内克放下叠在一起的双腿，向前挺直身子，他的情绪突然高涨起来。

帕夫拉克清了清嗓子。"盟军和罗斯福总统已经召开会议，决定对蒙特卡西诺发动第四次大规模进攻，"他开口道，"计划的第一阶段——代号**王冠行动** ①——需要进行大规模的佯动作战，目标是陆军元帅凯塞林 ②。但计划的目的是：要让凯塞林相信盟军放弃了进一步进攻修道院山 ③ 的打算，而我们的任务就是挺进奇维塔韦基亚 ④。"

曾经有人向盖内克与奥托详细说明了前三次进攻蒙特卡西诺的情况，每次都是极其惨烈血腥的失败。第一次进攻发生在今年一月，英法联军兵分两路，分别从修道院东西两翼发起进攻，试图形成夹击之势，与此同时，法国远征军正在冰天雪地的北部地区与德军第五山地师展开战斗。然而，英法联军遭遇了猛烈的迫击炮炮火攻击，被冻伤的远征军战士虽然距胜利只有一步之遥，但最后仍是寡不敌众。第二次进攻发生在今年二月，盟军派出上百架战斗机，进行了一轮又一轮轰炸，不断向卡西诺地区投放450公斤级的炸弹，修道院被炸成一片废墟。盟军派遣新西兰军攻占废墟，但由于地势过于陡峭，军队无法进行机动作战，反而是德军伞兵抢先抵达屋顶大开的修道院。一个月后，盟军向蒙特卡西诺发起第三次进攻，新西兰军在卡西诺周围投下1250吨炸药，将小镇夷为平地，把德军防线拉长到极限。盟军派遣印度军一个师的兵力前往修道院周边进行夺取作战，在连续九天不断受到迫击炮、火箭炮和烟雾弹攻击后，盟军再次被迫撤离。

---

① 王冠行动（Operation Diadem）：指1944年5月盟军向蒙特卡西诺发动的第四次进攻作战，是意大利战役的组成部分。

② 阿尔贝特·凯塞林（Albert Kesselring，1885—1960）：纳粹德国军队元帅。

③ 修道院山（Monastery Hill）：因蒙特卡西诺（卡西诺山）上的修道院而得名。

④ 奇维塔韦基亚（Civitavecchia）：意大利中部城镇，位于拉齐奥大区，属重要港口。

　　盖内克在心中梳理着这些数字。三次进攻失败。数以千计的伤亡者。他们的指挥官凭什么认为第四次进攻能成功？

　　"这一次的战术是声东击西，"帕夫拉克喊道，"要让德军情报机关成功拦截下我们的作战讯息，要让他们看见盟军派遣军队前往萨莱诺① 和那不勒斯'进行'"——在说到"进行"这个词时，帕夫拉克竖起手指，打了个引号——"两栖登陆作战。盟军空战部门会派出侦察机，在奇维塔韦基亚海岸上空进行引人注目的侦察活动，向德军密探放出假消息。这些战术是保证此次任务成功的关键。"

　　帕夫拉克手下的士兵点了点头，他们不约而同地屏住呼吸，等待最关键的信息：下达给他们的命令。帕夫拉克清了清嗓子。雨水滴落在众人头顶的防水帆布上。

　　"这一次，在对蒙特卡西诺发动的第四次进攻中，"帕夫拉克说，他的声音比刚才低沉了些，"有十三个师被分配了夺取卡西诺周边地区的任务。美国第二军将沿着7号公路从西海岸向罗马发起进攻；法国远征军会从东面攀登奥伦奇山脉② ；英国第十三军则会从中路向利里河③ 谷挺进。而安德斯的军队，我认为是被分配了此次行动中最危险的任务。"他停顿片刻，看了一眼手下的士兵。没有人说话，他们都在专心听着，每个人都牙关紧闭，脊椎像枪管一样笔直。帕夫拉克小心翼翼地说着接下来的每个字，"先生们，我们 —— 波兰第二军的士兵 —— 被分配的任务是：攻占修道院山。"

　　这些话像一记重拳打在盖内克的食道上，他顿时感到有些喘不

---

① 萨莱诺（Salerno）：意大利西南部城市，坎帕尼亚大区萨莱诺省省会。

② 奥伦奇山脉（Aurunci Mountains）：位于意大利拉齐奥大区南部。

③ 利里河（Liri）：位于意大利中部。

上气。

　　"我们要做的是今年二月印军第四师没能做到的事：占领并孤立修道院，把战线向前推进至利里河谷。我们会在那里同英国第十三军会师。加拿大第一军将作为后备力量在必要时进行突破作战。如果成功的话，"帕夫拉克继续说，"我们就能刺破古斯塔夫防线 ①，将德国第十军暴露在外。我们会打开通往罗马的道路。"

　　营帐里的士兵开始窃窃私语，新兵们都在理解自己肩上的任务究竟有多重要。盖内克与奥托四目相对。

　　"我对咱们这支队伍充满信心，"帕夫拉克点了点头继续说，"这将会是历史上属于安德斯的时刻。这将会是波兰闪耀的时刻。团结起来，要让祖国为我们感到骄傲！"他将食指和中指举到帽檐边，营帐里的情绪像火山一样爆发，士兵纷纷从椅子上跳起来，他们有的在欢呼，有的在挥舞拳头，有的在敬礼，还有的在大喊大叫。"这是属于我们的时刻！这是我们闪耀的时刻！上帝拯救波兰！"众人齐声喊道。盖内克也跟着站了起来，但是他却没办法沉浸在这场狂欢中。他两腿发软，胃里一阵翻腾，担心自己会把晚饭吐出来。

　　战士们重新坐好，帕夫拉克告诉大家法国远征军已经开始在拉皮多河 ② 两岸秘密建桥，这些桥目前都隐藏在军事伪装下，安德斯的军队需要通过这些桥才能到达修道院。"到目前为止，还没有人注意到这些桥，"他说，"等桥全部建好，我们就从这里动身，沿拉皮多河向东进发。为保密起见，我们要在夜间以小组为单位行军，无线电

---

① 古斯塔夫防线（Gustav line）：二战期间纳粹德国在意大利设置的防线，是冬季防线（Winter Line）最重要的防御工事，防线中心是蒙特卡西诺（修道院）。
② 拉皮多河（River Rapido）：位于意大利弗罗西诺内省的一条河流。

一定要严格保持在静默状态。收拾好你们的行装，先生们，准备好战斗。移动的命令随时可能下达。"

　　盖内克盘腿坐在自己的小帐篷里，他把尚未干透的换洗袜子和内衣卷好捆紧，塞到包裹最底下。他调整了一下头上的照明灯。帕夫拉克的话又在自己脑子里嗡嗡作响。该来的总会来的 —— 他要上战场了。这次任务会变成什么样？前方难以预料，这是自然，但他害怕的恰恰就是这种不确定性，甚至比爬上520米的高山、冲向岩石堡垒后面将武器对准自己的德国军队还要可怕。

　　盖内克知道，从卡西诺到加埃塔湾①的三十公里范围内，盟军一共驻扎着二十个师级兵团，波兰只是其中之一，除了他们，还有美国、加拿大、法国、英国、新西兰、南非、摩洛哥、印度和阿尔及利亚。既然有这么多国家，为什么盟军要把最艰巨的任务交给波兰人呢？为什么不选择那些从精英训练营里出来的人，而要选他们这些从劳动营里出来的人呢？这些人可是在中东地区休整了将近一年时间，指挥官才认为他们能够上战场了。这些都说不通啊。全世界竟然对安德斯的军队如此有信心，这虽然是一种荣誉，但也同样有违常理。当然，还有另外一种可能性，只是盖内克不愿意接受 —— 这群波兰的乌合之众毫无价值，他们最大的用处就是充当自杀式行动的炮灰。不能这么想，盖内克提醒自己，他们被选中一定有什么理由；他们是波兰人，他们会用满腔激情来弥补准备上的不足。

　　他把一套羊绒内衣和一双手套塞入包裹，接着又放进一本杂志

---

① 加埃塔湾（Gulf of Gaeta）：邻近意大利西海岸，因意大利中部拉齐奥大区拉蒂纳省城市加埃塔得名。

和一副扑克牌。他的目光落在床垫旁边的书上，那是亚辛斯基①的《我烧毁了巴黎》，书本已经有些破损，他从书的内封中抽出一张军队抬头的空白信纸，掏出胸前口袋里的钢笔。他将行李暂时放在一旁，侧身躺在床上，将空白信纸放在书的封面上。

最亲爱的赫塔，他写了个开头便停下笔。要是能把任务告诉妻子，想必自己能感觉好一些——他的第一个任务就是占领卡西诺！德军防线的关键！他试着想象了一下自己在战场上的模样，那些画面是如此不真实，就像电影中的场景。赫塔要是知道他的任务，会不会对自己的丈夫另眼相看呢？盖内克即将亲身参加这场崇高伟大的战斗。他会成为永垂不朽的英雄。或者说至少有可能会成为那样。还是说赫塔会像盖内克一样被眼前艰巨的任务吓坏——他在错误的时间出现在了错误的地方。盖内克知道妻子一定会害怕。她会祈祷自己平安。不过赫塔永远不会知道这件事，盖内克提醒自己。他被禁止以文字形式记录任何相关信息，因为一旦被敌方拦截，对方就有可能发现盟军的计划。于是他写道：

> 特拉维夫的生活还好吗？但愿一切顺利。我们现在还在意大利。这里的雨总是下个不停。我的帐篷，我的衣服，所有东西都是湿漉漉的——我都快忘记衬衫彻底晾干是什么感觉了。我在这里无所事事，每天就是隐蔽起来等待命令，时间基本都花在了打牌和读书上，不过翻来覆去就是那几本——斯特鲁

---

① 布鲁诺·亚辛斯基（Bruno Jasieński，1901—1938）：波兰诗人、小说家，代表作有《饥饿之歌》等。

格①、亚辛斯基、施特恩②、沃特③。还有一本莱斯米安④诗集，我想你应该会喜欢，书名是《森林故事》，你可以找找看。

盖内克听着落在帐篷尖顶上的雨声，回忆起周末在山里度假时初次遇见赫塔的情景。当时他穿着一件白色针织条纹毛衣，下身是一条英式粗花呢裤子，赫塔坐在他旁边，两个人离得很近，她穿着一身时髦的天鹅绒滑雪衫，脸颊冻得粉红，头发刚刚洗过，还散发着薰衣草的香味。现在回想起来，两个人的相遇是那样地不真实——就像是做了一场梦。

虽然总在下雨，他继续写道，但这里的斗志空前高昂。甚至就连佛伊泰克都很有精神，它拖着笨重的身子，在营帐周围四处溜达，寻找哪里有宣传册。你真应该看看它现在长得有多高大。

佛伊泰克列兵是安德斯军队官方登记的唯一一位四脚成员，它是一头熊。在伊朗被发现时就是孤儿。佛伊泰克在波兰语中的意思是"微笑斗士"，它现在已经成为波兰第二军的非官方吉祥物。它跟随军队从伊朗走过伊拉克、叙利亚、巴勒斯坦、埃及，最后来到意大利。一路上，它学会了运输军火和敬礼；它喜欢和别人打拳击，若是得到一瓶啤酒或者一根香烟作为奖励，它会愉快地点头回应，接着

---

① 安杰伊·斯特鲁格（Andrzej Strug，1871—1937）：波兰作家、社会党人，代表作有《黄色十字架》等，多描写波兰社会党人斗争情况。

② 阿纳托尔·施特恩（Anatol Stern，1899—1968）：波兰诗人、作家、剧作家，代表作有诗集《未来》等。

③ 亚历山大·沃特（Aleksander Wat，1900—1967）：波兰诗人、作家，代表作有《我的世纪》等。

④ 博莱斯瓦夫·莱斯米安（Bolesław Leśmian，1877—1937）：波兰诗人，代表作有《草地》等。

将两样东西一口吞掉。由于身上的这些特质，佛伊泰克很快就成了波兰第二军中最受欢迎的成员。

盖内克趴在床上，阅读着刚刚写好的信。妻子会不会识破文字背后的东西呢？赫塔非常了解盖内克，每次他有事隐瞒，妻子都能一眼识破。他将《我烧毁了巴黎》翻到背面，拿出一张照片。照片上的人是赫塔，她坐在特拉维夫的矮墙上，穿着一件崭新的灰色立领连衣裙。站在赫塔旁边的是身穿军服的盖内克。他想起奥托拍摄这张照片时的场景。尤利娅抱着约泽夫，奥托倒数三个数，就在他即将按下快门时，赫塔突然挽住盖内克，身体靠向丈夫，她调皮地翻着自己的脚趾，好像正在和恋人约会的女学生。

他十分想念妻子——比世上任何情感来得都要强烈。他也十分想念约泽夫。

我不知道下一次给你写信会是什么时候。我们很快就会去别的地方。一旦安定下来，我就会联系你——请不用担心。

赫塔当然会担心，盖内克心想，他后悔自己用词不当。他自己就在担心。恐惧。他咬着笔尖。三次失败。这些士兵之前还都是囚犯。胜利女神似乎没有站在波兰第二军这边。

你过得怎么样？他开始写结束语，小泽怎么样？请尽快给我回信。你不知道我有多爱你，有多想你。此致，盖内克。

第四十六章

阿 迪

————

巴西里约热内卢 /1944 年 4 月

阿迪和艾丽丝卡取消了婚约，就在他从米纳斯吉拉斯州回来的那天晚上。两个人本来就不应该结婚，双方在这点上达成了共识。但做出这样的决定并非易事 —— 谁也不想回到孤身一人的状态，谁也不想被当作主动放弃的一方，即使他们都清楚在这种情况下，放弃才是最好的选择。两个人都表示今后他们还会是朋友。尽管过程很辛苦，但当二人做出分手的决定后，阿迪顿时感觉无比轻松，压在身上的千斤重担似乎就这样消失了。

当然，勒夫贝尔夫人在得知婚约取消的事情后也变得异常激动，颇具讽刺意味的是，没过多长时间，她又重新喜欢上了阿迪。明眼人都看得出来，在阿迪成为自己女婿的可能性正式归零后，这位贵妇人终于可以和眼前的波兰小伙展开正常的社会交往了。她开始在周末邀请阿迪来公寓弹琴，请他用一双巧手帮忙修理自己出故障的收音机。她甚至还从中牵线，让阿迪与美国通用公司的联络人员建立关系，以便他日后移民北美。

分手后的一个月，阿迪将生活的重心放在了工作上，放在了每周末去邮局的路上，放在了能够带给他战争信息的收音机广播和期刊上。没有一样东西能让他打起精神。发生在意大利安齐奥①和蒙特卡西诺的无尽战斗；落在南太平洋和德国境内的炸弹——所有的一切都让阿迪感到恶心。唯一的好消息就是他偶然间得知美国总统富兰克林·罗斯福签署了一道行政命令，成立了战时难民事务委员会②，按照条款规定，该组织的职责是"从迫在眉睫的死亡危险中拯救那些正在遭受敌人压迫的受害者"。至少在某些地方，有人正在帮助这些难民，阿迪心想，他不知道自己的父母、兄弟和姐妹是否有机会获得救助。

阿迪的情绪跌落低谷，朋友乔纳森敲响了他在科帕卡瓦纳的公寓房门。"下周末我要举办一场派对，"乔纳森用时髦的英国口音说道，"你一定要来。如果我没记错，你的生日应该快到了。你已经蛰伏了够长时间了。"阿迪有些抗拒地摆了摆手，但是还没等他拒绝邀请，乔纳森继续说："我把在大使馆工作的姑娘也请了过来。"他冲阿迪一笑，接着说，你需要来次约会，兄弟。有关美国大使馆姑娘的逸事，阿迪听得耳朵都快磨出了茧子——她们在里约侨民的小圈子里很出名，这些女孩不仅长相出众，还颇具冒险精神，但他还从来没有亲眼见过她们。"我可是认真的。你一定要来，"乔纳森敦促道，"稍微喝上一杯。一定会很有趣的。"

到了周六晚上，阿迪来到乔纳森位于伊帕内马的公寓，他站在

---

① 安齐奥（Anzio）：意大利沿海城市，位于罗马以南51公里。

② 战时难民事务委员会（War Refugee Board）：1944年1月由美国第三十二任总统富兰克林·罗斯福建立。

房间角落，喝着卡沙夏酒和水，有一搭没一搭地和周围人闲聊。他有些心不在焉，总是想起家人的事。再过两天就是自己三十一岁的生日。也是哈利娜二十七岁的生日，阿迪不知道妹妹现在身在何方。两个人上次一起庆祝生日还是六年前。阿迪想起自己二十五岁生日那天，兄妹俩在拉多姆新开业的酒吧里待了一整晚，两个人都喝了许多香槟，他们不停跳舞，直到双脚都痛得不行。他一遍遍回味着那天晚上发生的细节，不断让回忆翻转以保持新鲜感：兄妹俩分享的柠檬戚风蛋糕留下的强烈余味；两个人跳舞时妹妹双手的触感；还有打开第二瓶瑞纳特香槟时瓶塞发出的令人激动的声音，酒里的气泡灼烧着他们的喉咙，才喝了几小口，两个人的舌头就没有了感觉。前一天晚上刚好是逾越节。全家人像往常一样在华沙斯卡大街的公寓里举行了热闹的庆祝仪式，他们先是聚在餐桌旁，接着又围坐到客厅的钢琴前。

阿迪摇晃着杯中的饮料，看着冰块围绕玻璃杯旋转，不知道哈利娜是不是也在某处思念着自己。

阿迪再次抬起头，屋子对面的一个身影吸引了他的目光。一位褐发女郎。她站在窗边，手举酒杯，正在听朋友说话 —— 在这样嘈杂的海浪中，她就像是一座平静的港湾。是在大使馆工作的姑娘吗？肯定是。一瞬间，屋子里其他人都变成了透明人。阿迪仔细打量起眼前的年轻女士，她个子很高，身材苗条，脸上的颧骨好像两道优雅的弧线，笑起来的样子随和亲切。她穿着一条浅绿色的棉质绕颈裙，前面的开襟用纽扣系好，后面则是露背设计，一直开到腰部，手腕上戴着一块手表，表带样式简单，脚下是一双棕皮凉鞋，细细的鞋带松松垮垮地缠绕在她纤细的脚踝周围。她的眼睛是那样温柔，她的表情落落大方，似乎没有任何需要隐藏的事情。她很美 —— 一种引人注目的美，但她却没有抢任何人的风头。即使隔着这么远的距离，阿迪也能感觉到对方的谦逊与稳重。

管他呢，阿迪心想。也许乔纳森说得对。阿迪的内心开始紧张躁动起来，他放下酒杯，穿过房间。就在阿迪走到近前时，女孩刚好转过身。阿迪伸出一只手。

"阿迪，"他寒暄道，接着一口气继续说，"请原谅我英语说得不好。"

褐发女郎微微一笑，"很高兴认识你。"她握住阿迪的手。阿迪猜对了 —— 她肯定是美国人。"我叫卡罗琳。无需抱歉，您的英语说得很好。"她放慢了语速，女孩的发音吐字温柔圆润，阿迪不知道哪个词是开始，哪个词是结束，但待在她身边却让自己有一种回家的感觉。阿迪意识到眼前这个女孩由内而外散发着一种包容与安逸的气质 —— 她似乎对现在的生活很满足，生活就是如此简单。阿迪的内心泛起一阵涟漪，他想起自己曾几何时也和女孩一样。

尽管阿迪英语很差，但卡罗琳却很有耐心。当他结结巴巴地不知道要说什么时，她会等待阿迪厘清思路，从头再说一遍，女孩不断提醒阿迪不用着急，慢慢讲。他问女孩来自美国哪个州，女孩回答是南卡罗来纳，那是她出生的地方。"我喜欢在那里长大，"卡罗琳答道，"住在克林顿①的居民关系都很好，人们积极参与学校与教堂组织的活动……但我知道自己不会一直留在那里。我只是 —— 需要出来看看。我开始觉得自己身处的世界太小了。就是有些对不起

---

① 克林顿（Clinton）：美国南卡罗来纳州劳伦斯县城市。

母亲。"卡罗琳叹了一口气，她说母亲在得知自己和最好的朋友弗吉尼娅准备前往南美洲时非常震惊，"她认为我们两个人都疯了，竟然想要离开南卡罗来纳。"

阿迪点了点头，微微一笑，"你们——怎么说来着……你们没有害怕。"

"我猜你是想说我们很勇敢。不过，我想我们只是渴望经历不同寻常的人生罢了。"

"我父亲也曾离开过波兰，"他说，"他来到美国。也是为了探险。那时他还年轻。没有带孩子。他总是跟我说我一定会爱上纽约。"

"那他为什么回去？"卡罗琳问。

"为了帮我母亲，"阿迪说，"祖父去世后，母亲需要独自照顾家里的五个孩子。父亲想要帮忙。"

卡罗琳微微一笑，"听你这么说，你父亲应该是个不错的男人。"

两个人的交谈被第三者打断，来人正好是卡罗琳的朋友弗吉尼娅，后面还跟着一个叫金纳的女孩，两个姑娘把卡罗琳拉走了。金纳说她们还要去参加另外一个聚会，她向阿迪眨了眨自己的蓝色眼睛，一把拽起卡罗琳的胳膊。三个女孩步伐轻快地走向门口，阿迪看着她们的后脑勺，心想要是聊天没有这么快结束该多好。

阿迪很快也离开派对，临走前，他友好地拍了拍乔纳森的后背。"谢谢你，兄弟①，"他说，"很高兴能来这里。"

阿迪在回家路上一直想着卡罗琳的事情，而且在接下来的一周里，他几乎每一分钟都在想她。女孩身上有某种东西让他迫切想要

① 原文为葡萄牙语。

深入了解。因此，在知道她住在莱米后，阿迪鼓起勇气，在新买的法英字典帮助下，他写好一封信，塞到了女孩门缝下面。

亲爱的卡罗琳：

上周末和你的聊天很愉快。如果你能不胜感激，那么我将很高兴带你去贝尔蒙德餐厅吃饭，就在科帕卡瓦纳皇宫酒店附近。我提议咱们这周六4月29日八点在皇宫酒店碰面，我请你喝一杯餐前酒 —— 希望能在那里见到你。①

此致

阿迪·库尔茨

几天后，阿迪来到科帕卡瓦纳皇宫酒店，他穿着刚刚熨好的衬衣，拿着一朵紫兰花，这是他从路边花架上摘下来的，和第一次遇见卡罗琳时一样，他的心怦怦乱跳。他看了一眼时间 —— 马上就到八点了，卡罗琳穿过玻璃转门走进酒店大厅。看见阿迪后，女孩向他招了招手，阿迪立刻就忘记了紧张。

来到酒店酒吧，两个人聊起里约，谈及他们热爱的生活和喜欢的事情。阿迪的英语水平大有进步 —— 他从未像现在这样主动学习，不过水平依然很差。不过卡罗琳似乎并不介意。

"我第一次去吃巴西烤肉，"她脸蓦地一红，"就把自己吃撑了。我觉得在盘子上剩下肉不太好，所以我就强迫自己把它们都吃光，

---

① 阿迪英文不好，原文中有语法错误。

但结果他们却会给我端来了更多！"

阿迪开玩笑说里约当地人走路的速度慢得让人受不了，他伸出两根手指，在吧台上对比着自己和当地人走路的节奏。"这里的人似乎都不会着急。"他摇着头说。

在贝尔蒙德餐厅，卡罗琳将点餐的权利交给了阿迪。阿迪点了一道椰奶虾①，这是将大虾放进椰奶里炖煮而成的菜肴，在边吃边谈中，阿迪得知卡罗琳的姓氏是马丁，她上面还有三个哥哥——爱德华、泰勒，还有维纳布尔，阿迪让卡罗琳不断重复着这些名字，三位哥哥现在都还住在克林顿。

"我们小时候在后院里养了一头奶牛。"卡罗琳说，提到自己的童年回忆，女孩的眼睛里泛着光。奶牛的名字是萨拉，阿迪差点没被呛到——他向卡罗琳解释说自己妹妹哈利娜的希伯来名也叫萨拉。卡罗琳脸一红。"哎呀，希望我没有冒犯到你。"她说，"萨拉是我们家的一员！"她继续说，"我们会给它挤奶，有时还会骑着它上学。"

阿迪微微一笑，"听起来，你家这位萨拉的脾气倒是没有我家那位固执。"顺着这个话题，他给卡罗琳讲起哈利娜的事情，他想起有一回妹妹刚刚看完电影《一夜风流》，她坚持要把头发剪短，好让自己看起来像克洛代特·科尔贝②，在被大家劝说那个样子不适合她之后，她有好几天都拒绝出门。两个人哈哈大笑，阿迪发现谈论家人

---

① 椰奶虾（moqueca de camarão）：巴西风味美食，在各种食材香料制成的浓汤中加入虾与椰奶炖煮而成。

② 克洛代特·科尔贝（Claudette Colbert，1903—1996）：另译"克劳黛·考尔白"，美国演员，代表作有《自君别后》《心底相思》等。

的感觉原来这么棒，只是听到家人的名字，似乎就能证明他们还活着。

卡罗琳也跟阿迪聊起自己的家人，聊起她的父亲，他是克林顿长老教会学院的数学教授，直到1935年去世之前，他都一直在讲台上授课。"从小到大，我们没有享受过什么奢侈的东西，"她说，"除了教育。想必你也能理解，有一个教授当父亲，他会有多看重子女的教育问题。"

阿迪点了点头。虽然他的父母并不是教授，但是接受良好教育也是他的家庭成长过程中最重要的事情。"你怎么称呼你的父亲？"阿迪好奇地问，"他叫什么名字？"

卡罗琳微微一笑，"他的名字叫艾布拉姆。"

阿迪看着她，"艾布拉姆？和亚伯拉罕听上去差不多。"

"对，艾布拉姆。就是从亚伯拉罕转化而来。这是我们家族的名字，从曾祖父那里继承下来的。"

阿迪微微一笑，从口袋里掏出母亲送给自己的手帕，平铺在两个人之间的桌子上。"我的母亲，她……"他用手比画着针和线，模仿着缝纫的动作。

"她缝制的？"

"对，在我离开波兰之前，她为我缝制的。你看这里，"阿迪用手指着手帕的一角，"这些就是我名字的 —— 用英语应该怎么说来着？"

"首字母。"

"这些就是我名字的首字母 —— 这个 A 就是我的希伯来名，亚伯拉罕。"

卡罗琳凑到手帕近前，观察起上面的刺绣，"你也叫亚伯拉罕？"

"是的。"

"我们两家人对于起名都有很好的品位。"卡罗琳微笑道。

阿迪叠好手帕，放回口袋里。也许两家人来自同一个祖先，他心想。

卡罗琳沉默片刻。她低头看着自己的大腿。"三年前，我母亲去世了，"她说，"她去世那天我都没有陪在她身边，这是我最后悔的事情之一。"

卡罗琳的坦诚让阿迪吃了一惊，她和自己才刚刚认识。阿迪和艾丽丝卡交往了好几年，她却几乎不提起自己过去的经历，更不用说那些遗憾事了。阿迪点了点头，表示理解，他想起自己的母亲，希望自己能说些什么来安慰她。也许当卡罗琳知道自己也非常想念母亲后，她就不会再感到孤单了。当然，他还没有告诉对方自己和家人失去了联络。他已经习惯不去谈论这些话题了，他甚至不知道自己是否有能力承受这些事情。他应该从何说起？

他抬起头，看着卡罗琳的眼睛。她的内心是如此真诚，如此温柔。你可以跟她说说看，阿迪意识到这一点，试一下。

"我能理解你的感受。"他说。

卡罗琳看起来有些意外，"你的母亲也去世了吗？"

"不完全是。我也不知道，你懂的。我的家人，我觉得，应该还在波兰。"

"你觉得？"

阿迪看着自己的大腿，"我也不敢肯定。我们是犹太人。"

对面的卡罗琳拉起阿迪的手，她的眼中含着泪水，就在这一瞬间，埋在阿迪心中多年未曾诉说的故事喷涌而出。

　　两周以后，阿迪来到卡罗琳的办公室，两个人坐在办公桌前，桌子被推到窗户底下，窗户朝东而开，窗外是莱米海滩，两个人眼前放着一堆羊皮纸文稿。自从上次在贝尔蒙德餐厅吃过饭，两个人几乎天天见面。联系红十字会，请求他们帮忙寻找阿迪的家人，这是卡罗琳的主意。阿迪负责口述，卡罗琳负责记录，他俯下身子，靠在卡罗琳的手臂旁。女孩的乐观让阿迪重新振奋起来，他说话的速度越来越快，卡罗琳几乎没办法跟上。

　　"等会儿，等会儿，慢一点。"卡罗琳笑道，"你能再拼一遍母亲的名字吗？"她抬起头，天鹅绒般的棕色虹膜在阳光的照射下闪闪发光。她手中的钢笔在纸上翱翔。阿迪清了清嗓子。卡罗琳的眼神饱含温柔，褐色头发散发的肥皂香味一时间打乱了阿迪的思路。他拼出涅秋玛的名字，尽量让自己的英语发音标准，防止写错字母，然后他又说出父亲的名字，接下来是他的兄弟姐妹。阿迪发现和自己相比，卡罗琳书写起来毫不费力，她的字很好看。

　　写完信，卡罗琳从钱包里抽出一张纸条。"我问过大使馆了，"她把纸条放到两人中间，比画着上面一连串城市的名字，"红十字会的站点似乎遍布全球各地。以防万一，咱们最好把信多送几个办事处。"阿迪点了点头，浏览着卡罗琳选出的十五座城市，有马赛、伦敦、日内瓦、特拉维夫，还有德里。每个城市旁边她都写上了地址。

　　两个人小声说着话，卡罗琳将阿迪的信又仔细抄写了十五遍。全部写完后，她把一摞信纸放到一起，轻轻在桌子上拍了拍，把信纸边缘对齐，然后交给阿迪。

　　"谢谢你，"阿迪说，"这对我非常重要。"他继续说，一只手放在心脏位置，希望自己的发音足够标准，好向女孩传达她的帮助对自己来说有多么重要。

卡罗琳点了点头，"我知道。那边发生的事情简直骇人听闻。希望你能收到回信。至少到目前为止，你已经做了所有能做的事情。"她的表情很真诚，她的话语令人欣慰。虽然和女孩相识不过几周，但阿迪知道自己不用费心去猜测卡罗琳在想什么。她说出的话就是心里的想法，没有丝毫掩饰。他觉得这种性格是如此与众不同。

"你有一颗金子般的心。"阿迪说，他知道自己说出的话听起来有些老掉牙，但是他并不在意。

卡罗琳的手指很长，指尖很细。她摆了摆手，摇了摇头。阿迪发现她并不是很擅长接受夸奖。

"明天我就会把这些信送去邮局。"他说。

"要是收到回信，你可别忘了告诉我。"

"当然。"

透过窗户，阿迪望着东边的莱米岩和深蓝色的大西洋，他看着欧洲的方向。"总有一天，"他说，试着让自己的声音听起来充满希望，"总有一天，我会找到他们的。"

1944 年 5 月 11 日

———————————

　　第四次也是最后一次蒙特卡西诺战役爆发。正如事前预料的那样，盟军对德军发动奇袭。法国远征军摧毁了德军南部防线，隶属英国第八集团军的第十三军攻进内陆地区，占领卡西诺镇，并在利里河谷向德军发起进攻。波兰军队向卡西诺发动的第一次进攻以失败告终，波军伤亡近 4000 人，两个营的兵力被彻底摧毁。在持续不断的进攻下，修道院仍像坚不可摧的堡垒一般挺立。

第四十七章

盖内克

意大利蒙特卡西诺/1944 年 5 月 17 日

迫击炮炮弹飞过头顶。盖内克举起双手护住头盔后面，整个身子紧紧贴住山体。膝盖和手肘撞到无情的岩石，传来一阵刺痛，牙缝里塞满尘土沙砾，近距离的炮火不断在耳边轰鸣，盖内克早就已经习惯了这些。距山顶还有四百米，躲在修道院废墟后面的敌军残余势力（应该还有一个团兵力，约800名德国伞兵）还在发动一轮又一轮火力猛攻。盖内克不禁想知道敌人的弹药究竟是从哪儿来的。不过用不了多久，他们就会弹尽粮绝。

波兰军队成功发动了对德军的奇袭，虽然他们在人数上远超那些纳粹士兵，但安德斯的军队还是处于明显劣势。经过几天的空中轰炸，半山腰被炸得到处是碎石，爬坡作战变得异常艰难。他们看不见敌人的位置，只有在抵达修道院山顶后才能恢复视野；与此同时，由于缺少安全的掩体，士兵大部分时间都暴露在敌军的视野下。

盖内克的身体还紧紧贴在山坡上，他咬牙切齿，口中不停咒骂。参军本来应该是个安全的选择。能让他逃离西伯利亚。能让他全家团聚。事实也的确如此，但只维持了很短时间。此时此刻，他安全得就像是射击场的靶心，家人则远在4700公里之外的巴勒斯坦。盖内克不禁想起五天前，波兰军队尝试对蒙特卡西诺发动第一轮进攻，和之前三次一样，这次战斗最终也以惨烈的失败告终。他们遭遇了迫击炮、轻型武器的火力阻击，还遇到了给予他们毁灭性打击的75mm装甲炮，经过几个小时奋战，安德斯的先头部队，整个步兵师全军覆没。行动开始后不久，波兰第二军就被迫撤退，报告的伤亡人数将近4000人。盖内克与奥托庆幸自己被分配到了后方的步兵师——但他们同时也破口大骂，尽管敌我双方都付出了惨痛代价，但修道院依然在德国人的控制下。到目前为止，关于这场战役他们收到的唯一令人振奋的消息来自朱安①将军，他是法国远征军指挥官，据将军报告，远征军已经攻占马约山②，现在正前去支援驻扎在利里河谷的英国第十三军。然而，占领修道院的任务依然落在波兰军队头上。当天早晨，他们对修道院发动了第二轮进攻。

迫击炮炮弹越来越多。头上炮火轰鸣。高射炮打到岩石上，发出军鼓一般的砰砰砰声。山下有人在尖叫。盖内克始终将身体放低。他想着赫塔，想着约泽夫，他想找块岩石然后躲在下面直到战斗结束。但他的脑子里忽然闪过一幅画面——他的家人被纳粹分子抓住，接着被送入死亡营。据说已经有数百万犹太人牺牲，自己的家人也在其中。他感觉如鲠在喉，双颊憋得通红。他不能躲起来。他已经上了战场。如果任务成功，他就能击碎德国人的野心，告诉全世界波兰仍然是一股不可忽视的力量，虽然他们曾在欧洲失败过。他抬

---

① 阿方斯·朱安（Alphonse Juin，1888—1967）：法国远征军总司令、法军总参谋长。

② 马约山（Monte Maio）：位于意大利境内亚平宁山脉上，海拔940米。

起舌根，将混杂着金属气息的恐惧一口吞下，盖内克意识到，无论这是不是一次自杀式行动，如果自己有机会终结这场悲惨的战争，那么他肯定不能放弃。

　　等炮火平息下来，盖内克顺着山坡向上攀爬了几米，他始终将身体放低，留意着周围的地雷或绊网。为了防守此处要塞，德军在他们身后布下了一连串的地雷和陷阱，这已经夺去了盖内克几十名战友的生命。盖内克曾经被训练过如何排雷，但他不知道在这种情况下，如果在前进的路上发现一枚爆炸物，自己是否还有能力完成任务。"轰隆！"盖内克的右边传来一声雷鸣般的巨响。爆炸的冲击将他掀翻在地，几乎吹散了周围的空气，差点把他击垮。刚刚他妈的是什么玩意儿？他的耳朵一阵嗡鸣。有传言说驻守在卡西诺的敌军伞兵配备了曾在安齐奥战役中使用过的28 cm口径K5列车炮，安德斯的士兵对此议论纷纷。德国人给这门列车炮起了个名字叫利奥波德。盟军则称它为安齐奥·安妮。它的炮弹重达250公斤，射程超过130公里。他们不可能把那个玩意儿搬到山上，盖内克理性地分析道，他试着调整呼吸——要是他们真有这个玩意儿，他敢肯定现在自己早就被炸成了碎片。周围的空气再次流动起来，耳边又响起冲锋枪的声音。他抬起下颌，调整好呼吸，继续向上攀登了几米。

1944 年 5 月 18 日

在对蒙特卡西诺发动的第二轮进攻中,波兰第二军遭遇了火力强大的德军从高地接连不断发射的大炮及迫击炮封堵。由于缺少自然掩体,战斗过程异常惨烈,双方不时陷入白刃战。得益于法国远征军成功挺进利里河谷,德国空降兵军团从卡西诺后撤,将希特勒防线①转移到北方新的防御位置。5 月 18 日清晨,波兰军队终于攻占修道院。整支队伍遭受重创,只有少数几名士兵有力气爬过最后几百米距离。当他们抵达修道院,废墟之上升起了一面波兰国旗,人们唱起《蒙特卡西诺的红罂粟》②,歌颂波兰胜利。通向罗马的道路被打开了。

1944 年 6 月 6 日

诺曼底登陆日:代号"霸王行动",诺曼底战役爆发,这是一次大规模的两栖登陆军事作战行动,156000 名盟军士兵在艾森豪威尔将军的率领下,向重兵防守的五十公里诺曼底海岸发起狂风暴雨般的进攻。在退潮时间,借助恶劣的天气条件,依靠战略欺骗计划,盟军打了纳粹德国一个措手不及。

---

① 希特勒防线(Hitler Line):二战期间纳粹德国在意大利中部地区设置的防线,是冬季防线的一部分,位于古斯塔夫防线后方。
② 《蒙特卡西诺的红罂粟》(The Red Poppies on Monte Cassino):波兰军队歌曲,创作于 1944 年 5 月蒙特卡西诺战役波兰军队攻占德军要塞后。

第四十八章

雅各布与贝拉

波兰（德占区）华沙 /1944 年 8 月 1 日

  听到第一声爆炸，贝拉全身的血液嗖的一下从头顶蹿到脚趾。她想都没想，迅速卧倒，趴在服装店里面的收银台下。爆炸的地方应该离这里很近，收银台抽屉里的硬币被震得叮当乱响，外面有人在大喊大叫，接着传来一阵急促的枪声。贝拉爬到柜台角落，从里面探出头，透过玻璃橱窗观察店外的情况。三名身穿军服、手持闪电冲锋枪①的男子从她眼前跑过。又有一枚炸弹落了下来，贝拉本能地举起双手护住头部。到底还是发生了。家乡军起义了。② 她必须逃出去。越快越好。

  服装店后面有一个小房间，贝拉把那里租了下来，她爬进房间，大脑飞速旋转，思考要带走什么东西。钱包、发刷（不，不带发刷，那不重要）、钥匙，虽然她不知道这栋大楼明天是否还在。最后一刻，她抬起床垫，抽出两张照片（其中一张是她的父母，另外一张是小时候的贝拉与安娜）塞进外套的褶边里。就在她思考要不要去锁商店前

---

① 闪电冲锋枪（Błyskawica submachine gun）：波兰家乡军装备的武器。
② 即 1944 年 8 月 1 日的华沙起义。

门时，窗外又有四名身穿军服的士兵快速跑过，她立刻丢下了这个念头。贝拉赶忙跑回商店后身，悄悄从后门逃了出去。

来到外面，街上空无一人。她停下脚步，调整好呼吸。雅各布的话还萦绕在她耳边。"我住的大楼里有一处坚固的地下室，"一周前，他告诉贝拉起义随时可能爆发，"如果这里发生了战斗，去那里找我。"贝拉需要穿过维斯瓦河才能见到自己的丈夫。

贝拉一路小跑，朝东北方的沃伊托夫斯卡大街前进，途中她听到德国空军飞机的嗡鸣离自己越来越近，她赶忙闪身躲进一条小胡同。她把身体贴在砖墙上，伸长脖子数着飞机的数量，一共六架。它们飞得很低，好像秃鹰一般。她不知道自己要不要等飞机飞过去，要不要等空中安全后再逃跑，但她决定最好还是不要浪费时间。她需要去找雅各布。这条路你已经走过几十次，她理智地进行分析——路上只需十分钟。走吧，向前进。

贝拉加快脚步，尽自己最大的努力，一边跑一边观察空中的情况，但是路面凹凸不平的鹅卵石让一心二用变得异常艰难。有两次她差点儿就崴了脚，最后，为了安全起见，她决定还是看着脚下的路，用耳朵去听飞机的动静，而不是抬头望天，脚下凭感觉走。穿过六个街区，她听到一架斯图卡轰炸机的轰鸣，它飞回来了。她闪身躲进另外一条小巷，飞机的影子掠过她的头顶。上帝保佑，千万不要，她祈祷着，双眼紧闭，身子贴在后面的墙上，在原地静静等待。飞机的轰鸣渐渐远去。她睁开眼睛，继续上路。其他人都跑到哪儿去了？大街上一个人都没有。他们肯定都藏起来了。

起义爆发丝毫不令人意外。居住在华沙的每个人都听到了传言，虽然没有人知道准确时间，但他们都做好了这一天真正到来的准备。

相比之下，贝拉与雅各布就要幸运得多，他们还有亚当从地下组织带来的最新情报。"起义随时可能爆发，"亚当上周末说，"家乡军在等待苏联红军到来。"

据《信息公告》①报道，轴心国集团已经到了强弩之末。盟军正在从诺曼底突破纳粹防线，更有传言说盟军将在意大利发动大规模进攻。根据亚当的解释，波兰家乡军希望在苏联红军的帮助下将德国人赶出首都，让欧洲战场的胜利天平向同盟国倾斜。

这个目标听起来很伟大。雅各布与亚当曾经商量过要不要偷偷加入家乡军——他们十分想要帮忙。但哈利娜说服两人不要去，贝拉对此心存感激。虽然哈利娜自己也非常希望回到自由解放的波兰。但家乡军那帮家伙对犹太人可并不友好，不仅如此，波兰军队面临的局势仍然是敌众我寡，哈利娜提醒两个人。华沙现在依旧是德国人的天下。要认清形势，哈利娜提醒道，看看隔都起义后发生了什么。万一苏联红军不肯合作呢？家乡军把希望寄托在斯大林身上，但他之前就背叛过波兰，哈利娜警告道，她恳求雅各布与亚当保持理智。求求你们了，她说，地下组织也需要你们的力量。和敌人战斗的方式有很多种。

贝拉向右急转弯，继续向东就是沃伊托夫斯卡大街，谢天谢地，总算能看见前面的维斯瓦河了。然而靠近河边，她放慢了脚步。桥去哪儿了？桥——不见了。被毁了。只剩下一堆咝咝作响的铁板和眼前宽阔的河水。她加快脚步，沿着河岸向北走，祈祷能看见一座完整无损的桥。

① 《信息公告》（*Biuletyn Informacyjny*）：波兰地下组织秘密发行的期刊。

穿过十个街区，她感觉自己的肺在冒火，身上的衬衫已经被汗水浸透，看见托伦斯基大桥依然挺立，贝拉这才松了一口气。然而现在，空中到处都是容克斯轰炸机。贝拉没有理会头顶上的威胁，她强忍着胸中的灼烧和股四头肌的酸痛，压抑住内心想要找个地方躲起来的冲动，以最快的速度冲向河对岸。

来到桥中间，对面突然跑过来十几个人。他们迈着大步，疯狂地向贝拉冲来。贝拉觉得双腿发麻，不过从穿着上她发现这些人应该都是波兰人。是平民百姓。其中几个人脖子上挂着步枪。其他人手里举着干草叉和铁锹。还有极个别人手里攥着切肉刀。他们大喊大叫，朝贝拉飞奔而来，贝拉已经筋疲力尽，她的呼吸声音太大，根本听不清对方在说什么。直到两拨人快要撞上，贝拉才发现那些男人是在对着自己大喊。"你跑错方向了！"人群咆哮道，他们像战士一样将手中的武器举过头顶，"和我们一起战斗！为了波兰！为了胜利！"贝拉边跑边摇头，眼睛盯着前面的路，极力保持身体平衡。一直跑到雅各布公寓门前，她才再次抬起头。

今天是他们藏起来的第八天；外面的炮火依然没有停息。贝拉与雅各布每天都很烦恼，他们不知道其他人（哈利娜、亚当、米拉、弗兰卡和她的家人）是不是已经找到了安全的藏身之所，他们也不知道等炮火最终停息之后，华沙城会变成什么样子。

一起躲在地下室的还有一对夫妻，两个人带着十八个月大的孩子和一捆干草，令雅各布与贝拉大吃一惊的是，他们竟然还牵着一头奶牛。虽然费了一些力气，但几个人最终还是把这头不听话的畜生哄进了地下室。奶牛身上的味道让人无法忍受——排泄出来的粪便除了铲到墙角外别无他法，不过它身上的奶水总是很充足。他们每天要上两次楼，把桶装的新鲜牛奶用炉火煮沸，"这样一来就能给宝宝喝了。"婴儿的母亲说，虽然贝拉相信新鲜的牛奶也不会损害孩子健康。她想过要不要提出反对意见——在现在这种情况下，冒险上楼不仅很危险，而且也是彻头彻尾的愚蠢行为，不过她最后还是没有开口，她不想打破几个人之间的友好氛围。今天轮到贝拉去热牛奶了。

她看了一眼手表。距上一次爆炸已经过去快三十分钟。短暂的平静。雅各布与贝拉一起来到楼梯口，他朝妻子点了点头。

"注意安全。"他说。

贝拉也点了点头，她提着桶走上楼梯，快步穿过走廊来到厨房。到了灶台前，她把牛奶倒进煮锅，划燃一根火柴，转动燃烧器下面的黑色旋钮，点燃灶火。煮上牛奶后，贝拉蹑手蹑脚地来到窗边。外面街道的景色看上去如此不真实。达努西大街三分之一的建筑被夷为平地。其他建筑虽然还没塌，但顶棚已被炸毁，好像被斩首一般。她抬头望着天空，一大群德国空军战斗机蜂拥而至，在自己的头顶嗡嗡作响，贝拉诅咒着这群混蛋。该死的家伙。一开始，这些飞机看起来还很小，但它们越飞越近，来到眼前时又突然转变航向，最后不知消失到哪里去了。贝拉离开窗边，但愿自己还能看见这些飞机的动向。她竖起耳朵听着周围的动静，看着锅里的牛奶，希望它快点煮开。过了一会儿，头顶上方的引擎轰鸣声越来越大。她听见雅各布在用扫帚把敲击自己脚下的地板，这是让她回地下室的信号。他肯定也听见了飞机的声音。说时迟那时快，在距他们不远的地方，德国人投下一枚炸弹，整幢房屋开始颤抖，摆在架子上的陶瓷碟碗撞到一起。雅各布又开始敲击地板，这一次比之前更加用力。隔着地板，贝拉甚至还能听见他在叫自己。

"贝拉！"

"这就来了！"贝拉喊道，她转动旋钮关掉炉灶。又一枚炸弹落下。距离比刚才更近。也许在同一个街区。她应该丢下所有东西，立刻转身逃走，但贝拉还是决定先拿条抹布裹住自己的手，她要把牛奶带回去。就在她要端起煮锅把手时，她的耳朵捕捉到了之前从没听过的声音。一开始听上去像是猫叫，好像猫科动物发出的低沉哀鸣。别管什么牛奶了，贝拉骂道，她扔下洗碗布，转头就跑。但是太迟了。她刚走到门口，窗户就被炸开。厨房里瞬间被烟灰染成一片黑色，贝拉整个人都被掀翻在地。她的双手无助地在空中划来划去，身体的动作就像是相机中的慢镜头，她像是在水下游泳，又像是要逃离一场噩梦。到处都是碎玻璃和弹片。架子上的碗碟碎了一地。贝拉重重摔到地上，身子趴在地上一动不动，她用双手护住脑后，想要呼吸空气，但四周全是烟雾，她感到窒息。又一枚炸弹落了下来，身下的地板都在晃动。

雅各布在大声呼喊，不过他的声音听起来好遥远，就像被消音了一样。她现在没办法睁开眼睛，只能给全身来一次精神扫描。她动了动手指和脚趾。四肢健在，而且似乎还能正常活动。但是浑身湿漉漉的。是在流血吗？但是自己并没有感到疼痛。有什么东西在燃烧吗？虽然还是头昏脑涨，但她勉强坐了起来，她猛地咳嗽几下，接着睁开眼睛。房间里烟雾弥漫；仿佛有人在自己眼前放了一块污迹斑斑的玻璃。她眨了眨眼睛。等她再次回过神，贝拉发现炉灶后面喷出了一团灰色的东西，歪歪扭扭地一直延伸到天花板上。贝拉怔住了——自己有没有关掉炉灶？她关掉了，对吧？没错，没错，已经关掉了。她看着散落一地的残骸：窗户玻璃的银色碎片，摔碎的碟子，断裂的木条，还有严重损毁的大块弹片。那口煮锅倒在碎石中间，周围是一摊牛奶。她低头看了一眼身上的衣服——她没有流血；她只是被牛奶溅湿了。

"贝拉！"雅各布喊道，他的声音充满恐惧。他一下子就出现在贝拉面前，蹲到她身边，双手扶住她的肩膀，抚摸着她的脸颊。"贝拉！你没事吧？"

贝拉能听见他的呼喊，但是声音很微弱。她点了点头。"没事。我——我没事。"她含含糊糊地说。雅各布扶着贝拉站起来。周围好像有什么东西烧焦的味道。"是炉灶吗？"雅各布问。炉灶开始发出咝咝的声音。

"我关掉它了。"

"咱们赶快离开这里。"

贝拉的双腿摇晃个不停，走路时像踩着一副高跷。雅各布扶着妻子站起来，把她的胳膊搭在自己的肩膀上，半搀半抱地走回地下室楼梯。

"你确定没事吗？我还以为——我还以为……"

"没事，亲爱的。我没事。"

1944 年 10 月 17 日

"[华沙]必须从地球上彻底消失,这个地方只能作为国防军的交通运输站而存在。没有一粒石子能够立在这片土地之上。所有的建筑都必须被夷为平地。"

——党卫军军官会议上,
党卫军首领海因里希·希姆莱①如是说

---

① 海因里希·希姆莱(Heinrich Himmler,1900—1945):纳粹德国重要政治头目,曾任内务部长、党卫军首领。

第四十九章

米　拉

————

波兰（德占区）华沙城外/1944年9月底

　　自八月初华沙遭遇空袭以来已经过去近八周。当第一枚炸弹落下时，米拉就想借一辆车把费利西娅从弗沃茨瓦韦克镇修道院接回来，但她知道自己没办法走到那里。至少不会活着走到那儿。华沙已经沦为巨大的战场。每个人都躲了起来。德军驻扎在城市周围，他们躲在碉堡里等待机会，一旦家乡军露出丝毫破绽，他们就会疯狂反扑。离开这里是不可能的。于是她逃到哈利娜位于斯塔乌基大街闹市区的公寓里，已经不知道过去多少个日夜，她和妹妹还有亚当躲在大楼狭窄的管道间里，在黑暗中听着上面的城市被摧毁。

　　每隔一周左右，地下组织的朋友就会送来一小袋食物并分享给他们一些消息。没有一条消息能让人看到希望 —— 波兰家乡军在人数上远远少于敌人，而且在装备方面更是相差悬殊；据了解，沃拉区 ① 已经有10000名居民被处死，旧城区也有7000人遇难；还有数千人被送去了死亡营；即使是重病缠身的人也没能幸免于难 —— 在沃

————

① 沃拉区（Wola）：波兰首都华沙的一个行政区，位于华沙西部。

尔斯基医院治疗的所有病人几乎都被杀害。德国人把整座城市团团围住，随着时间的推移，家乡军变得越来越绝望。"斯大林到底有没有派出增援部队？"每一次收到地下组织的消息，亚当都会这样发问。他得到的答案永远都是没有——苏联方面没有任何增援迹象。空袭还在继续，渐渐地，曾经繁荣一时的波兰首都从地球上慢慢消失。仅仅一周时间，城市三分之一的建筑就被夷为平地，然后是一半，接下来是三分之二。

米拉现在的状况更是雪上加霜，一想到自己和费利西娅天各一方，她就痛苦万分。她不清楚爆炸有没有波及弗沃茨瓦韦克镇，她竟然从来没有想过要问问修道院里有没有避难所。如今的食物少得可怜，米拉也没有胃口吃东西，她的裤子越来越松，自己的腰和髋都没办法兜住了。她陷入了绝境。日子一天天过去——她从躲起来那天开始计数，现在已经过去五十二天，她变得越来越疯狂。似乎每隔几分钟就会有一枚钢铁炸弹落下，大地跟着摇晃起来，炸弹所到之处，房屋、商店、学校、教堂、桥梁、汽车，还有人类，所有的一切都会被撕成碎片。但米拉却无能为力，她能做的只有竖起耳朵听着地上的声音，在黑暗中等待外面的消息。

第五十章

哈利娜

──────

波兰（德占区）克拉科夫蒙特卢皮奇监狱①/1944年10月7日

哈利娜被钥匙插进锁孔的金属声吵醒，牢房的门被人推开，铁栅栏剐蹭着四周的水泥墙。哈利娜眯起一只眼睛，另一只眼睛肿得没办法睁开。

"布尔佐萨！"贝茨厉声说，"起来。现在。"

哈利娜缓缓站起身，每一次呼吸都能感受到后背传来的刺痛。她已经被囚禁了四天，其间经历了十几次审讯。每次回到牢房，哈利娜的身上就会新添几处伤痕，紫色的瘀青一次比一次深。她就快要投降了。但她知道自己必须吞下这些痛苦和屈辱，吞下从鼻子、额头还有上嘴唇中流出的血液。她决不能被打倒。她很聪明，知道那些屈服的人都不会活着回来。但她也不想死在这座破监狱里。她决不能（也决不会）输给这些盖世太保。

哈利娜被捕入狱是在博尔将军②举起白旗宣布华沙起义失败的

──────────

① 蒙特卢皮奇监狱（Montelupich Prison）：位于克拉科夫，二战期间被盖世太保使用，被认为是波兰最可怕的纳粹监狱之一。

② 塔德乌什·博尔－科莫罗夫斯基（Tadeusz Bór-Komorowski，1895—1966）：波兰家乡军领导人。

几天后。直到最后，斯大林的军队，那些所谓驻扎在城外的士兵也没有出现；经过六十三天的战斗，家乡军被迫投降。10月2日，城市陷入一片寂静，这是两个月来的第一次。哈利娜冒着危险走到外面，她惊魂未定、满身污秽、饿得半死，华沙城依旧在燃烧，整座城市已经面目全非。斯塔乌基大街上只剩下两处建筑没有倒塌，她居住的公寓大楼是其中之一。而其他建筑都已被摧毁。有的房屋被拦腰炸开，露出里面的家具摆设，现场一片混乱，令人震惊不已——马桶、床头板、瓷器、茶壶，客厅沙发与扭曲的金属弹片以及碎石瓦砾胡乱堆在一起，大部分房屋被炸得只剩下空壳，好像被掏空内脏的鱼。哈利娜小心翼翼地走在混乱的城市中，寻找着雅各布与弗兰卡的踪迹——这几乎是不可能完成的任务，许多通路已被炸毁，无法穿行。她先来到弗兰卡家门口，在台阶上还摔了一跤——整个建筑已被夷为平地。弗兰卡和她的父母还有弟弟不知去向。一个小时后，她终于来到雅各布的公寓，却发现这里同样遭到重创。当雅各布与贝拉一起从废墟中出现时，哈利娜差点昏死过去。他们平安无事。不过所有人都饥肠辘辘。

那时候，哈利娜的脑子里一团乱麻。弗兰卡和她的家人失踪了。哈利娜知道自己还不能离开华沙，她要找到他们。但是她、亚当、雅各布还有贝拉现在的情况很糟。众人饥饿难忍、浑身伤痛，而且冬天马上就要到了。起义爆发前，哈利娜的雇主德恩先生被调去了克拉科夫。"如果你需要帮助，来城中心的银行找我，就在克雷帕尔斯基市集广场上。"他说。哈利娜别无选择，只能向德恩先生求助。亚当表示反对，他的理由当然是哈利娜一个人去克拉科夫不安全。但哈利娜坚持要走。华沙城现在仍有部分地下组织成员在活动，他们比以往任何时候都需要亚当。还有米拉，她现在迫切需要见到费利西娅。"如果你留在这里，不仅可以想办法把米拉送到弗沃茨瓦韦克镇，还可以继续搜寻弗兰卡的下落，"哈利娜说，"求你了，我一个人不会有事的。"她答应亚当，自己现在立刻动身，等拿到足够过冬的钱后便马上回来。亚当终于同意了。哈利娜和一个年轻的犹太人做完交易（用自己的大衣换回一袋马铃薯，作为其他人的口粮）后便踏上前往克拉科夫的旅程。

然而，就在一天后，哈利娜精心拟订的计划在克拉科夫火车站遭遇意外，刚下火车，她就被捕入狱。逮捕她的盖世太保对哈利娜的故事丝毫不感兴趣，对方也不准备联系德恩先生进行验证。"那就给我的丈夫拍电报。"哈利娜说，她丝毫没有掩饰自己的愤怒。盖世太保再次无视了她的请求。一个小时后，哈利娜被押上警车，离开克拉科夫市中心，她被送到了臭名昭著的蒙特卢皮奇监狱。哈利娜穿过监狱门口的红色砖墙，抬头望着建筑四周的铁丝网和碎玻璃，她立刻就知道自己回不去华沙了。至少不会很快回去。亚当要是知道了一定会备受打击。

"布尔佐萨！"

"来了。"哈利娜咕哝道。她跨过其他犯人的胳膊和腿，一瘸一拐地向门口走去。

牢房里住了三十几个女囚犯，令人意外的是只有很少一部分是犹太人，至少从她了解的情况来看是这样。这里只有四五个犹太人，她是其中之一。大部分被监禁在蒙特卢皮奇女子监狱的都是小偷、抢劫犯、间谍，还有抵抗组织成员。据盖世太保所说，哈利娜犯下的罪行就是她的宗教信仰。不过她永远不会承认。她的信仰永远不会成为罪名。

"拿开你的手。"她咆哮道，贝茨锁上身后的牢门，将哈利娜的一只手扭到背后，将她推到走廊上。

"闭嘴，小黄人。"

起初，哈利娜以为她得到这个绰号是因为自己的一头金发，但很快她就意识到这个称呼源于欧洲犹太人被迫佩戴的黄色大卫之星。

"我不是犹太人。"

"你的朋友平库斯可不是这么说的。"

哈利娜的心脏重重敲击着自己的肋骨。平库斯。他们是怎么知道这个名字的？她在离开华沙前，曾经拿自己的大衣和一个犹太男孩进行了交易，男孩的名字就是平库斯。平库斯一定也被他们抓住了，男孩供出了哈利娜的名字，希望能借此救自己一命。她在心里骂着对方的愚蠢。"我不认识什么平库斯。"

"平库斯，拿了你大衣的犹太人。他说他认识你。还说你跟身份证上的不是同一个人。"

平库斯，你这个没有骨头的混蛋。

"犹太人怎么可能出卖犹太人？"哈利娜怒气冲冲地说。

"这种事情每天都在发生。"

"好吧，我告诉你，我不认识你说的这个人。他在撒谎。为了活命，他能告诉你任何事。"

这是一间没有窗户、血迹斑斑的牢房，盖世太保将这个地方专门用作审讯室，哈利娜不厌其烦地做着同样的解释，这次，她认出了对面的两个暴徒，上次审讯自己的也是他们——其中一个人眼睛上有道可怕的伤疤，另一个人走起路来一瘸一拐。

"你把自己的大衣给了他，"伤疤男吼道，"按你的话来说，如果你是波兰人，那你为什么要跟犹太人做交易？"

"我不知道他是犹太人！"哈利娜继续假装道，"我已经好几周没吃东西了。他那里有马铃薯。我能怎么办？"突然间，哈利娜的双脚离开了地面，有人拽着衣领将她举了起来，她的肋骨砰的一声撞到墙上。"我不知道他是犹太人。"哈利娜气喘吁吁地说。

咔的一声。哈利娜的额头也撞到了墙上。

"你撒谎！"

哈利娜痛得头晕目眩。整个身体都软了下来。"你……你还看不出来吗？"她啐了一口，"这是报复！那帮犹太人……想要报复……波兰人！"

又是咔的一声，鲜血顺着她的鼻子流了下来，滚烫的、浓烈的血液味道。你可千万不能动摇。

"他对着自己母亲的坟墓发誓，"其中一个盖世太保嘘道，"你还有什么话可说？"

"那些犹太人……恨我们。"砰。哈利娜从牙缝里挤出这句话，她的脸被死死摁在墙上，"一直都是……这就是报复！"

嘎吱一声。一记重拳打在哈利娜的下颌，她闭上了嘴。

"看看你的样子——你看起来就是一个犹太人！"

哈利娜的呼吸变得沉重，嘴里含着鲜血，"不要……羞辱……我。看看你……你的女人。金发……还有……蓝眼。她们也是犹太人吗？"

咔。她的脑袋再次撞到墙上。鲜血流到了睫毛上，刺痛着她的眼睛。

"我们凭什么相信你？"

"凭什么不？我的……我的身份证不会说谎！还有……我的老板……德恩先生。给他打电话。他在克雷帕尔斯基市集广场的银行工作。我已经告诉过你们了……我正要去见他，结果你们这群混蛋就把我抓起来了。"她说的这部分当然是真话。

"忘记那个什么德恩吧。他对我们没有用。"瘸子男发出一阵嘘声。

"那就给我的丈夫拍电报。"

"唯一对我们有用的就是你，小黄人，"伤疤男吼道，"你说你是波兰人。那你给我背一下主祷文！"

哈利娜摇了摇头，假装自己很生气的样子，她在心里默默感谢父母当年把她送去了波兰中学读书，而没有让自己待在拉多姆的犹太人学校里。"又来了。我们在天上的父，愿世人都尊你的名为圣……"

"行了，行了，够了。"

"给我的老板打电话。"哈利娜继续为自己辩护，她已经筋疲力尽。德恩先生是她最后的底牌，她最后的希望。她不知道这些德国人究竟有没有联系过他。也许德恩先生被华沙起义军抓住了，根本就没有去成克拉科夫。也许盖世太保打过电话了，但德恩先生最终还是放弃为她担保。但是他之前说的是如此坚决，"来克拉科夫。找我，我一定会帮忙。"她尽力了。现在她也来到了这里。虽然被关押了还不到一周，但她的身体已经破烂不堪。她不知道自己还要承受多少次这样的审讯。她听新来的女囚犯说，华沙城现在依旧是一片火海。她无时无刻不在担心亚当的安危，自己一直没有回去，丈夫肯定担心坏了，还有米拉，在哈利娜离开华沙前，姐姐的身体和精神几乎要崩溃，还有弗兰卡，她依旧下落不明，而自己最担心的还是父母的安危。古尔斯基夫妇每个月都盼着能收到钱，这样他们才会保证父母的安全，而现在他们已经快两个月没有收到任何东西了。她能否把父母生还的希望寄托在古尔斯基夫妇的善良和慷慨上？她亲眼见过夫妇二人居住的小房子；他们只能勉强养活自己。哈利娜总是禁不住在想——阿尔贝特把她的父母赶出小屋，他无法直视两位老人的眼睛，只能说：很抱歉，我也想让你们留下，但是要么你们离开，要么咱们一起挨饿。这也是自然的，用不了多久，古尔斯基就会认为哈利娜已经死了。她的家人也会认为自己死了。

我一定会回去找你们的，哈利娜默默在心里说道，这句话是对自己说的，也是对亚当和父母说的，但愿他们能听见自己的声音，最后，哈利娜被押回了自己的牢房。

第五十一章

米 拉

————

波兰（德占区）华沙城外 / 1944 年 10 月

通往修道院的路比平时要长上两倍。许多街道已经无法穿行，米拉不得不掉转车头，费力地绕上好远的路。原本熟悉的风景一去不复返 —— 约泽菲那的木桶工厂、姆什乔诺夫的制革厂如今全都不见，只剩下满地的碎石瓦砾。

米拉向前探了探身子，她眯起眼睛，透过挡风玻璃看着前方的路，这辆 V6 是偷来的。车子是她和亚当在相隔哈利娜公寓一个街区的路边发现的，当时汽车整个被掀翻在地；他们一共叫来六个人才把车子重新翻过来。亚当用跳线跨接的方式帮米拉启动车子。汽车侧面的四块玻璃都没有了，不过没有大碍。而且幸运的是，油箱里还剩下四分之一左右的燃料 —— 正好够她往返修道院。

米拉有些焦虑，她用拇指拍打着方向盘，前面是一片废墟。应该是走错路了，米拉心想。是不是拐错弯了？这几周以来她都没怎么睡觉 —— 她有可能迷路了。修道院应该就在那儿，前面，她发誓⋯⋯就在这时，她看到了一个黑黑的东西，好像是一块碎石板，从土里伸出来。她突然感到一阵恶心，她认出那是一块黑板。她走对了地方。修道院已经被夷为平地。消失了。这里被炸成了碎片。

米拉没有多想，她顾不得关上引擎，立刻爬下车，冲向前方，这里是她和女儿上一次见面的地方，周围的野草长得很高，她纵身跃过散落一地的碎砖块和篱笆桩。她看见一把小写字椅四脚朝天地倒在地上，忽然觉得膝盖发软。她嘴巴大张，但却喘不上来气，她感觉自己快要昏厥。接下来，她的哭喊像尖刀一样划破了十月的天空，她拼命地大口吸气，哭喊声一次比一次惨烈。

"女士，女士。"一位年轻男子将米拉摇醒。虽然对方就跪在自己身边，但米拉还是听不清他在说什么。"女士。"他说。

米拉感觉有双手扶住了自己的肩膀。她的喉咙感到一阵刺痛，双颊满是泪痕，脑袋里有个声音不停在说：看看你干的好事！你就不应该把女儿留在这里！她的心脏不停抽动，就好像有人用标枪刺穿了她的胸腔。

米拉抬起头，她眨了眨眼睛，一只手放在胸前，另外一只手扶住额头。等回过神来，她发现有人帮自己关掉了 V6 的引擎。

"那边有一间地下室，"年轻男子解释道，"这几天以来我一直在想办法到下面去。我叫蒂莫提乌斯。我的女儿埃米莉亚也躲在那里。您的女儿是……？"

"费利西娅。"她小声说，米拉的脑子一片混乱，竟然忘了女儿在修道院的名字是芭芭拉。

"来吧，帮我一下，咱们应该还有希望。"

米拉和蒂莫提乌斯轮流搬开堆在修道院废墟上的碎石。

"看，"蒂莫提乌斯指着前面说，"这里应该是楼梯井。如果咱们把这边清理干净，应该就能找到地下室的门。"

两个人搬了差不多两个小时，蒂莫提乌斯停下手里的活，他跪下身子，将头贴到地面。"我听到了声音！你有没有听见？"

米拉也跪下来，她屏住呼吸，竖起耳朵。过了一会儿，她摇了摇头，"我什么也没听见。什么样的声音？"

"像是敲东西的声音。"

米拉的心跳突然加速。两个人站起身，继续清理周围的碎石，这一次他们有了新目标，心中燃起了一线希望。片刻之后，就在米拉弯腰准备搬起一块水泥板时，她怔住了。她听到了。是声音。没错，就是敲东西的声音，从两个人脚下传来。"我听见了！"她倒吸一口气。米拉把脸贴近废墟，使出全力喊道："我们听见你们了！我们就在这儿！我们马上就过来！"紧跟着米拉的呼喊，下面又传来一声敲击。还有一阵低沉的叫声。泪水从米拉的双眼喷涌而出。"是她们。"她又哭又笑，但马上又提醒自己，这一声敲击有着无数的可能性。也许意味着下面只有一个幸存者。

他们加快清理速度，米拉擦去脸颊的汗水和眼泪，蒂莫提乌斯呼吸急促，他集中注意力，两边的眉毛拧成一团。两个人的手都在流血。脊椎周围的肌肉开始痉挛。中途他们也会休息一两分钟，时间虽然不长，但两个人会聊一聊家常，好让自己不去想最糟糕的情况。

"埃米莉亚今年多大了？"

"七岁了。费利西娅呢？"

"到十一月她就六岁了。"

米拉问蒂莫提乌斯是哪里人，但是避开了埃米莉亚母亲的话题，她不希望被问到费利西娅父亲的事情。

他们刚刚完成一半的清理工作，而太阳就要落下山，这意味着他们最多还剩下一个小时，之后天就会完全黑下来。但两个人都知道，在打开通往楼梯井的道路之前，他们谁也不会离开。

"我带了一个手电筒，"蒂莫提乌斯说，他似乎读出了米拉内心的想法，"咱们今晚就要把她们救出来。"

当两个人终于来到地下室门前时，天空已经挂满繁星。米拉本以为能听见更多的喊叫声，能和之前敲击地面的人进行更多交流，但自从双方第一次互动之后，米拉就再也没听到任何回应了，里面没有任何动静，她突然意识到，自己感到恐惧的并不是满地碎石，也不是黑暗，更不是把门撬开的艰巨任务，而是死一样的寂静。无论躲在里面的人是谁，对方现在肯定能听见外面的声音——所以为什么里面如此安静？她用颤抖的双手举起手电筒，照亮门把，稍稍把脸别过去一点，看着蒂莫提乌斯打开门。

"你没事吧？"蒂莫提乌斯问。

米拉不确定自己还能不能往前走。"我想应该没事。"她小声说。

蒂莫提乌斯挽着她的胳膊。"来吧。"他说，两个人一起走进门后的阴影中。

手电筒射出的窄窄光线照亮了前方一米左右的地面，两个人拖着步子，安静地向前走。一开始，在灯光照射下，除了布满裂纹的水泥地面和空气中飞扬的尘土，他们没有看到任何东西。但片刻之后，两个人在光线照亮的地方发现了脚印，一秒钟后，米拉听见距他们不远的地方有人在说话，她差点没跳起来。她认出那是修道院院长的声音。

"我们在这儿。"

米拉将手电筒的亮光移向说话人。沿着地下室对面的墙壁,她发现了好多人,有大人也有孩子。小孩大都躺在那里一动不动。少数几个人还能揉揉眼睛坐起来。跑过去呀! 米拉的内心在呼喊,找到费利西娅! 她就在那边,她必须在! 但是她却没有动。她的双脚像是被固定在了地上,两边的肺在抗拒着空气,她突然闻到了粪便的味道,还嗅到了更加可怕的东西。米拉意识到那是死亡的气息。闻起来是死亡的味道。她的思绪飞速旋转。万一费利西娅不在那边呢? 万一炸弹落下时她正好在外面呢? 又或者她在那边,但已经变得一动不动了呢? 她太虚弱了,没办法坐起来,甚至可能……

"过去吧。"蒂莫提乌斯轻轻推了米拉一把,她走在男人身边,屏住呼吸。有人咳嗽了一声。两个人慢慢走向修道院院长,院长还能坐在那里,不过很明显已经没办法站起来。两个人走到院长身边,米拉举起手电筒,照了照其他人。这里至少有十几个人。

"院长,"米拉小声说,"我是米拉·库尔茨,是费利西娅……我的意思是我是芭芭拉的母亲。还有 —— 这位是蒂莫提乌斯……"

"我是埃米莉亚的父亲。"蒂莫提乌斯自我介绍道。

米拉将手电筒的光打到自己身上,接着又打到蒂莫提乌斯身上,"这些孩子。她们……"

"爸爸?"黑暗中传来一声轻柔但充满恐惧的呼喊,蒂莫提乌斯怔住了。

"埃米莉亚!"蒂莫提乌斯跪到女儿面前,一把抱起她,孩子的身影消失在父亲的怀抱中。两个人都哭了起来。

"很抱歉我们没能早点过来,"米拉小声对院长说,"你们 —— 你

们在这里待了多长 ——"

"妈妈。①"

费利西娅。米拉将手电筒的光打到墙上，顺着墙边快速打量着每个人，终于，她找到了自己的女儿。她眨了眨眼睛，强忍住泪水，费利西娅挣扎着想要站起来。在亮光的照射下，女儿的眼窝在小小的脸蛋上显得异常突出，即使隔着这么远的距离，米拉也能看见女儿的脖子和脸上长满了水疱。

"费利西娅！"米拉将手电筒塞到院长手里，飞一般地扑向女儿，"我的宝贝。"米拉跪在费利西娅身边，一只手扶住她的脖子，另一只手搂住她的双腿，她捧起女儿。费利西娅轻得几乎没有什么重量。女儿的身体好烫。米拉觉得太烫了。费利西娅的嘴里在咕哝着什么。好像是想说身体很痛，但却没办法表达，也没有精力去解释哪里痛。米拉轻轻摇晃着女儿。"我知道。我很抱歉。真的很抱歉。我来了，亲爱的。嘘。我就在这儿。你没事了。你会没事的。"米拉不停重复着这些话，像哄婴儿一样摇晃着怀中发烧的女儿。

米拉听见身后有人在跟她讲话。是蒂莫提乌斯。他的声音很温柔，但是语气很急切。"在华沙我有认识的医生。你需要带女儿去见他，"他说，"立刻就去。"

---

① 原文为波兰语。

1945 年 1 月 17 日

苏联军队攻占华沙。同日,德军从克拉科夫撤退。

1945 年 1 月 18 日

随着盟军的不断逼近,纳粹德国开始了最后挣扎,他们转移了奥斯维辛和周围几个集中营的犹太人;约 60000 名囚犯被迫靠双脚行进至波兰西南部城市沃济斯瓦夫,此次长距离迁移日后被称为"死亡行进"。数千人在迁移前就被杀害,超过 15000 人死在途中。剩下的生还者被装进沃济斯瓦夫的货运列车,运往位于德国的集中营。在接下来的几周和几个月里,类似的长距离迁移也发生在其他集中营里,如施图特霍夫、布痕瓦尔德,还有达豪。

第五十二章

哈利娜

波兰（德占区）克拉科夫蒙特卢皮奇监狱/1945 年 1 月 20 日

　　一道虹光穿过三米高的铁窗射到对面墙壁，照亮了一块水泥方格。根据方格的位置，哈利娜判断现在应该很晚了。天很快就会黑下来。她闭上双眼，眼皮很沉，身体疲惫不堪。昨天晚上她几乎没有睡觉。一开始，她将昨夜的失眠归罪于寒冷的天气。身上的毛毯已经破旧不堪，下面的稻草垫根本无法抵御一月份冰冷刺骨的地板。不过和平时的蒙特卢皮奇相比，昨天夜里的动静确实有些大。好像每隔几分钟，楼上牢房就会传出刺破天际的尖叫声，路过走廊的犯人哭个不停，哈利娜每次都会被吵醒。笼罩在监狱里的凄惨氛围令人窒息；而且这些事随时可能发生在自己身上。

　　哈利娜的狱友已经从最初的32人减少到12人。其中几名囚犯被发现是犹太人，她们早在几个月前就被带走了。每个钟头都有犯人进进出出。上周，一个波兰女人被送了进来，罪名是从事间谍活动，服务对象是家乡军。两天后，她在黎明前被推出牢房；等太阳升起时，哈利娜听到一声尖叫，紧接着是一声枪响 —— 那个女人再也没有回来。

434

哈利娜侧过身子，两只手放在膝盖中间，她昏昏欲睡，支棱着耳朵听着旁边床上两个狱友的小声对话。

"事情有些不太对劲。"其中一个人说，"他们的行为有些奇怪。"

"确实如此，"另一个人表示同意，"但这又能代表什么呢？"

哈利娜也察觉到了一些变化。德国人的行为有些怪异。像贝茨就突然不见了，不过对她来说倒是一件好事——她已经有好几周没被带去审讯室了。现在进入牢房的看守除了带走犯人，就是扔下一罐稀汤，哈利娜能接触到他们的时间很短，每个人看上去都行色匆匆。一副心不在焉的样子。甚至有些紧张。狱友说得对。肯定发生了什么事。有传言说德国人马上就要输掉这场战争。苏联红军已经进入华沙。这些传言到底是不是真的呢？哈利娜无时无刻不在担心父母的安危，他们应该还藏在某处，还有亚当、米拉、雅各布和贝拉，他们应该还在华沙。还有弗兰卡和她的家人——她不知道亚当有没有找到他们。华沙是不是很快就能解放？下一个会不会就是克拉科夫？

牢房的门被人推开，"布尔佐萨！"

哈利娜吓了一跳。她挣扎着坐起来，缓缓站起身，走向牢房门口，身上每处关节都僵硬得不行。

门口的德国兵满身酒臭。他紧紧抓着哈利娜的手肘，两个人穿过走廊，但他们并没有右转来到审讯室，德国兵推开楼梯井的门——四个月前，也就是去年十月，哈利娜第一次从这里走下来，接着被关进蒙特卢皮奇深处的女子监狱。

"上去。①"德国兵命令道，他放开哈利娜的手肘。他说上去。

① 原文为德语。

哈利娜扶住金属栏杆，她紧紧抓着扶手，每走一步都害怕自己会突然摔倒。爬上楼梯，德国兵带着她穿过另一扇门，又经过一条长长的走廊，哈利娜来到一间办公室，磨砂玻璃门上印着两个黑体字：哈恩。走进屋内，办公桌后面坐着一个男人（哈利娜猜对方应该就是哈恩先生），他身穿制服，上面有两道闪电标记，那是安全警察 ① 的标志。哈恩先生点了点头，德国兵立刻闪到一边，只剩下哈利娜一个人浑身颤抖地站在门口。

"坐下。"哈恩用德语说，他瞥了一眼办公桌对面的木头椅子。他的眼神很疲惫，头发稍显凌乱。

哈利娜小心翼翼地低下身子，坐在椅子边缘。她的精神高度紧张，不知道这些盖世太保会用什么方式杀掉自己，是给她一个痛快，还是让她受尽折磨。她不知道自己的家人，如果他们还活着的话，会不会收到自己的死讯。

哈恩将桌上的一张羊皮纸推到哈利娜面前，"布尔佐萨夫人。这是你的出狱手续。"

哈利娜先是盯着对方看了好一会儿。然后才低头看了一眼羊皮纸。

"布尔佐萨夫人，现在看来，对你实施的逮捕行为是无效的。"

哈利娜抬起头。

"这几个月来我们一直在想办法联系你的老板，德恩先生。但是我们发现他的银行关门了。不过我们最终还是找到了他，他说你就是身份证上的那个人。"哈恩紧紧攥着一边的拳头，"现在看来，是

---

① 安全警察（Sicherheitspolizei）:1936 年至 1939 年期间由盖世太保和刑事警察合并建立。

我们弄错了。"

哈利娜长舒一口气。她瞪着对面的男人，压抑许久的怒火顺着脊椎喷涌上来。整整四个月，她被关在监狱里，忍受着饥饿与毒打。整整四个月，她无时无刻不在担心家人的安危。然而现在，她得到的只是一个毫无诚意的道歉？她张大嘴巴，一脸愤怒，但却没有开口。她把想说的话咽了回去。随着整个人放松下来，她的怒火渐渐平息，她感觉有些头晕脑涨。整个房间天旋地转。这是她有生以来第一次说不出话。

"你现在可以走了，"哈恩说，"出门的时候记得带好你的物品。"

哈利娜眨了眨眼睛。

"你听不明白吗？你可以走了。"

她用两只手撑住椅子扶手，小心翼翼地站起身。"谢谢。"在哈利娜站定之后，她小声说道。谢谢，她默默地说，这一次，是对德恩先生说。他再一次帮助了自己。拯救了她的生命。她想不出将来要如何报答德恩先生。她没有什么东西能给对方。但总有一天，她会找到办法来回报他。不过当务之急，她需要和亚当取得联系。老天保佑，他可一定要平安无事。家人也一定要平安无事。

来到监狱办公室，哈利娜拿回自己的钱包和进来时穿戴的衣物，她走进洗手间换好衣服。贴在肌肤上的衬衫和裙子此刻感觉是如此华丽，但她却被自己的样子吓了一跳。"我的天啊。"她瞥见水槽上方镜子里的自己，不禁轻声感叹。她的双眼布满血丝，眼眶周围是茄子一样的深紫色。颧骨的瘀青已经变成暗绿色，特别是右眼眉毛上的伤口——现在已经结了厚厚一层痂，黑乎乎一片，周围还起了一圈红疹，看起来十分吓人。她的头发乱得一团糟。她倚在水槽边，双手捧起一点清水泼在脸上。最后，她从手提袋里掏出一个小夹子，用手指反复捋着一绺金发，用夹子将头发别在额前，想要遮住眉毛上的伤疤。

她叠好已经穿得破破烂烂的连体囚服，将衣服放到地板上，在自己的皮夹里来回翻找，竟然奇迹般地找到了自己的手表和钱包。当然，里面的钱早已不翼而飞，那些本来是要付给古尔斯基夫妇的房租。但是她的假身份证还在。她的工作许可证还在。写有德恩先生信息的卡片还在。而且亚当的身份证也还在——哈利娜在皮夹的软内衬里摸到了这个东西，她悬着的心才终于放下来。这是亚当真正的身份证。上面印着亚当的真名，爱兴瓦尔德。战争爆发后，新婚不久的哈利娜与亚当就互相交换了两个人原来的身份证。这是亚当的主意。"你永远不知道我们什么时候会用到这些证件，"他说，"在那之前，最好还是不要让别人发现咱们的真实身份。"哈利娜剪开皮夹的软内衬，将亚当的身份证缝在里面。哈利娜被捕后，皮夹立刻就被没收，她根本没有时间转移亚当的身份证。好在那些德国兵没有发现。哈利娜松了一口气，还好他们看漏了，虽然浑身的关节依然肿胀，但哈利娜还是以最快的速度离开了监狱。

走到外面，一月的酷寒重重拍打在哈利娜脸上。鹅卵石街道上冰雪覆盖。她来时还是十月初，温度相对来说也算暖和，她把自己的冬衣拿去和平库斯进行了交易。哈利娜单薄的身体根本扛不住冬天的严寒。她竖起领子，遮住脸颊，两只手缩进口袋，阳光十分刺眼，她眯起眼睛，感到有些不适。寒风如刀片般切割着她的双颊，膝盖传来一阵强烈的刺痛，但哈利娜没有理会这些，她走得很快，她想要尽快拉开和蒙特卢皮奇之间的距离，同时思考接下来要做什么。

　　走到卡缅纳大街，哈利娜停在一处报摊前，她突然意识到，离开监狱后，到目前为止自己还没有在街上看见一个德国人。她扫了一眼报纸，得知苏联人已经在三天前占领华沙，她感到一阵兴奋。纳粹分子已经开始从克拉科夫撤退。而且在法国的德军也正在从阿登高地①撤离。这些都是好兆头！也许在蒙特卢皮奇听到的传言是真的——也许这场战争马上就会结束。

　　报摊周围还聚集着几个波兰人，哈利娜仔细观瞧，看看有谁能告诉自己德恩先生的住址在什么地方。哈恩说银行已经关门，但现在德国人撤退了，银行也许还会重新开张。毕竟那些警察最后还是找到了德恩先生。如果他不在银行，那哈利娜就必须查出德恩先生的家庭住址，她已经下定了决心。她一定要找到德恩先生。当面向他道谢。答应会报答他，然后再向他借一笔钱。足够买食物的钱，足够让她回到华沙的钱，等她回去之后，她祈祷能看见家人平安无事。

---

① 阿登高地（Ardennes）：欧洲森林台地，位于比利时东南、卢森堡北部和法国东北部。

第五十三章

哈利娜与亚当

波兰（苏占区）维拉诺夫 /1945 年 2 月

"就在这儿，向左转。"哈利娜说，亚当开着大众车拐进一条狭窄的小路，驶向古尔斯基家。"谢谢你能陪我来。"她又说。

方向盘后的亚当看了一眼妻子，他点点头，"应该的。"

哈利娜把手放在亚当的膝盖上，发自内心感谢丈夫的陪伴。她永远也不会忘记自己从克拉科夫回到华沙公寓的那天，亚当在等她回家。米拉、费利西娅、雅各布还有贝拉也在公寓里。兄弟姐妹齐聚一堂，那种感觉难以形容。然而，当亚当告诉她直到现在也没有弗兰卡一家的消息时，刚刚兴奋的情绪又马上降至冰点。他们仍然下落不明。而亚当的父母、三个兄弟姐妹（两个兄弟和一个姐姐，姐姐还带着两岁大的儿子）也失踪了，就在哈利娜去克拉科夫后不久。亚当用尽了各种办法寻找他们，但至今没有结果，哈利娜能够体会亚当内心的痛苦。

一开始，她没想让丈夫陪自己去维拉诺夫，她觉得这样不好 ——不过她知道亚当是不会让自己单独上路的，而且万一那里只剩下一幢空屋子，或者自己从古尔斯基夫妇那里得到了什么坏消息，想必到时她没办法一个人回华沙。

亚当慢慢停下大众车，透过布满灰尘的挡风玻璃，哈利娜盯着古尔斯基家的农舍。整间农舍看上去疲惫不堪——仿佛战争给予了它沉重的打击。屋顶上少了十几块木瓦，百叶窗的白色油漆开始剥落，像裂开的桦树皮一样。门前的蓝色石板路周围长满杂草。哈利娜觉得胃里一阵翻腾。农舍看上去像是一间废弃的小屋。亚当说冬天时他给古尔斯基家寄过两封信，一是打听家里的情况，二是答应会尽快把钱送过去，不过他一直没有收到回信。

哈利娜摸了摸留在眉毛上的难看疤痕，接着把手伸进口袋，里面放着装有兹罗提的信封——哈利娜最后还是在克拉科夫找到了德恩先生，并且成功借到了钱，信封里是总款的一半。上一次给古尔斯基夫妇送钱还是七个月前的事，哈利娜也有七个月没见到父母了，她现在唯一能做的就是尽量不去想万一自己的噩梦成真该怎么办。"就停在这儿吧。"哈利娜小声说，她极力想要放空自己，这些可怕的情景稍有不慎便会钻进她的脑子里：穷困潦倒的古尔斯基夫妇不得不把父母送去火车站，让两位老人拿着假身份证自生自灭；玛尔塔的妹妹在房间里四处窥探，发现了书架后面的机关墙，威胁要告发阿尔贝特窝藏犹太人之罪，除非他把两个人赶走；邻居在后院晾衣杆上看见了父母换洗下来的衣物，比古尔斯基夫妇平时穿的要大一些，心存疑虑的邻居把情况报告给了蓝色警察；盖世太保突然到访，父母还没来得及藏进墙里就被发现。这些可能性无穷无尽。

亚当关掉引擎。哈利娜深吸一口气，接着微张双唇，缓缓吐出。

"准备好了吗？"亚当问。

哈利娜点了点头。

她下了车，走在前面，领着亚当来到农舍后面。等到了门口，她转过身，摇了摇头。"我不知道自己行不行。"她说。

"你可以的，"亚当说，"还是说你想让我来？"

"还是你来吧，"哈利娜小声说，"两下。敲两下。"

亚当绕到妻子前面，哈利娜的视线避开房门，看着脚下有许多小小的黑色蚂蚁正在排队爬过石阶。亚当用指节敲了两下门，接着握住哈利娜的手。哈利娜屏住呼吸，竖起耳朵。身后不知什么地方，一只林鸽在咕咕地叫。还能听见狗叫的声音。一阵风吹过，鳞片般的柏树叶子沙沙作响。终于，屋里有脚步声传来。如果来人是古尔斯基夫妇，那么从夫妇俩的表情上就能知道事情的答案，哈利娜意识到了这一点，她抬起头，盯住门把，等待有人应门。

开门的是阿尔贝特，他比上次见面时更加消瘦，脸色更加苍白。看见哈利娜后，他挑了一下眉毛。"是你！"他用手捂住嘴巴，难以置信地摇了摇头。"哈利娜，"他捂着嘴说，"我们还以为……"

哈利娜强迫自己直视对方的眼睛。她张开嘴，但却说不出话。她想知道答案，但却没有勇气询问。她想通过观察对方的眼神得到结果，但却只能看出惊讶，对于自己的到访，阿尔贝特显然感到很意外。

"快请进，"阿尔贝特说，他摆了摆手，示意两个人进屋，"这些日子以来我一直都很担心，华沙传来的都是坏消息。城市竟然被毁成那个样子。你到底是怎么……"

亚当向阿尔贝特做了自我介绍，几个人进屋后，阿尔贝特关上身后的门，所有人立刻被黑暗包围。

"这边，"阿尔贝特打开灯，"这里实在太黑了。"

哈利娜眨了眨眼睛，在书房里四处搜寻，想找到和父母相关的蛛丝马迹，任何可能的线索都行，不过这间屋子和她记忆中的一模一样。窗台上依旧摆着蓝色的陶瓷花瓶，角落里依旧放着绿色的佩斯利花纹扶手椅，沙发旁的橡木边几上搁着一本《圣经》——没有什么特别的东西。她扫视对面的墙，目光落在装有隐藏轮子的书架上。

阿尔贝特清了清嗓子。"好了。"他边说边走到书架旁。

哈利娜咽了一下口水。一丝希望涌上心头。

"刚才我就看见你们的车子了，但是我不认识，"阿尔贝特说，他轻轻将书架推到松木板墙的一边，"我觉得他们最好还是躲起来。以防万一。"

他们最好还是躲起来。

挪开书架后，阿尔贝特敲了敲原来摆放书架的位置。"库尔茨先生、库尔茨夫人。"他轻声唤道。

哈利娜的双颊顿时恢复了生气。她期待着接下来的重逢，浑身鸡皮疙瘩都起来了。站在哈利娜身后的亚当把双手放在妻子肩膀上，身子凑到近前，下颌蹭着她的耳朵。"他们就在这儿。"他小声说。有人在地板下面走动。哈利娜竖起耳朵，全神贯注听着下面的动静——二位老人拖着脚步向自己这边走来，鞋跟碰到木头，发出沉闷的声响，咔嗒一声，门闪开了。

然后，他们出现了。先出来的是父亲，紧随其后的是母亲，他们弯下腰、眯着眼睛往前爬，走出古尔斯基家的秘密空间，来到灯火通明的书房。涅秋玛直了直腰，发现哈利娜站在自己眼前，她的嘴里发出奇怪的声音。阿尔贝特闪到一旁，母女二人紧紧抱在一起。

"哈利娜。"索尔轻声唤道。他张开双臂抱住母女俩,闭上眼睛,将鼻子埋在妻子与女儿的头顶中间。三个人就这样紧紧相拥,他们融为了一体,全家人无声地哭泣,过了好长一段时间,母亲、父亲、女儿才终于分开,他们擦去泪水。看到亚当也在,索尔似乎有些惊讶。

"库尔茨先生。"亚当微笑着点了点头。自从他和哈利娜结婚以来,他还没有好好见过自己的岳父岳母。索尔哈哈大笑,伸过一只手,一把抱住亚当。

"来吧,孩子,"索尔说,他的眼角布满鱼尾纹,"叫我索尔就行。"

第 三 卷

1945 年 5 月 8 日

欧洲战场胜利日 ①。德国投降，同盟国宣布取得欧洲战场胜利。

---

① 欧洲战场胜利日（V-E Day）：其中"V-E"指的是"Victory in Europe"，即"欧洲战场胜利"。

第五十四章

库尔茨家

波兰罗兹 / 1945 年 5 月 8 日

亚当不断摆弄着收音机的调频旋钮，直到扬声器里传出噼里啪啦的说话声。"再过几分钟，"播音员用波兰语说，"我们将为您同步翻译美国白宫的现场播报。敬请关注。"

哈利娜推开客厅窗户。三层楼下的林荫大道空无一人。似乎每个人都待在家里，守在收音机旁，收听罗兹（以及欧洲乃至全世界曾被占领的地区）在过去十年里一直期盼与等待的消息。

哈利娜将全家人带到罗兹的决定非常明智。他们在华沙努力生活了一段时间，但这座城市已经变成一片废墟，根本不适宜居住。全家人讨论过要不要搬回拉多姆，他们还冒险回去过一次，在索布查克家里住了一晚。但是他们发现华沙斯卡大街的公寓和父母的商店现在已经成为波兰人的所有物。让哈利娜没有想到的是，当她迈上熟悉的台阶，迎接自己的却是眉头紧锁的陌生人，他们盯着哈利娜，声称自己并不打算离开，而且还理直气壮地说虽然这里曾经是哈利娜家的财产，但现在已经是他们的东西了。

这次会面激怒了哈利娜，她勃然大怒；亚当帮她恢复了理智，他提醒哈利娜现在战争还没有结束，他们还要继续装成雅利安人，乱发脾气只会带来不必要的危险。哈利娜垂头丧气地离开拉多姆，她决定在战争结束前要为全家人找到一个可以安居的城市 —— 必须是工业化程度较高的地方，他们能找到工作和住所，公寓的地方要够大，父母也能住进来，她之前已经说服父母待在维拉诺夫，直到官方宣布战争结束。哈利娜听说罗兹市有空置的公寓和工作机会，还设有红十字会办事处。果然，来这里没多长时间，哈利娜就找到了住的地方。和其他城市相比，罗兹隔都被清洗的时间最晚，犹太人居住的旧街区里还剩下数百间闲置房屋，而且搬进这里的波兰人还不多。虽然一想到曾经住在这里的人所遭遇的事就会反胃，但哈利娜知道他们负担不起中心城区的租房费用。她挑选了两间相邻的公寓，这是她能找到的最宽敞的房间了。屋里一半家具都没有了，不过周围还有许多空房子，哈利娜东拼西凑，把公寓变得适于居住。

全家人安静下来，雅各布搬来五把椅子，在壁炉前围成一个半圆，收音机放在了壁炉架的最上边，好像一个墓碑。"坐吧，亲爱的。"他招呼贝拉坐下。贝拉小心翼翼地坐在椅子上，一只手护住隆起的腹部。她已经怀孕六个月了。米拉、哈利娜、亚当还有雅各布也分别落座，费利西娅蜷着身子坐在地板上，膝盖抵在胸前。米拉的指尖轻轻拂过费利西娅的头发，新长出的发根已经恢复了往日的红色。看着受苦的女儿，米拉的心都要碎了。费利西娅在修道院地下室感染的坏血病已经基本痊愈，只是关节处仍会隐隐作痛。但至少女儿恢复了胃口，米拉松了一口气 —— 刚刚救回女儿时，费利西娅有好几周都拒绝进食，她说吃东西会很痛。

终于，扬声器里传出哈里·杜鲁门的声音，这是美国新上任的总统，全家人倾身向前，竖起耳朵。"这是一个既庄严又光荣的时刻。"杜鲁门的声音夹杂着大量的静电噪声。当地的播音员进行着实时翻译。"艾森豪威尔将军告诉我，"杜鲁门继续说，"德军已经宣布向盟军投降。"他稍作停顿，然后继续说，"自由的旗帜已经飘扬在了整个欧洲大陆之上！"

"自由"和"飘扬"这些词语回荡在房间中，像庆典现场飘在空中的五彩纸屑。

全家人盯着收音机，然后面面相觑，总统发言中的押头韵词句①缓缓落在每个人的腿上。亚当摘下眼镜，抬头望着天花板，拇指和食指捏住鼻梁。贝拉擦去眼角的泪水，雅各布紧紧握住妻子的手。米拉咬着嘴唇。费利西娅看着大人的反应，她抬头看着母亲，眼神中充满好奇，不知道为什么大家都在哭，自己听到的明明是好消息才对。

哈利娜想象了一下6000公里之外的西方世界，美国总统坐在办公桌后，摆出一副胜利者的姿态。杜鲁门将今天称作 V-E 日，即欧洲战场胜利日。然而对哈利娜来说，胜利这个词听上去是如此空洞，甚至有些不真实。对他们来说，哪有什么胜利可言，华沙已然成为一片废墟，许多家人依旧下落不明，他们现在居住的地方曾是罗兹最大的隔都，现在还能感受到200000名犹太人的亡灵 —— 据传言，这些人大都死在了海乌姆诺和奥斯维辛灭绝营的毒气室里。

隔壁公寓传来一阵欢呼声。街上已经有人在大喊大叫，他们的声音透过窗户传进屋内。罗兹城的百姓已经开始庆祝。整个世界都

---

① 原文为："The flags of freedom fly all over Europe！"

已经开始庆祝。希特勒失败了 —— 战争结束了。这意味着，从理论上讲，他们已经重获自由，可以恢复库尔茨、爱兴瓦尔德还有卡伊勒的身份。他们可以再次成为犹太人。但公寓里没有一丝庆祝的气氛。还有那么多家人下落不明，有那么多同胞死去，他们没有办法庆祝。预估的死亡人数每天都在增加。起初是一百万，然后是两百万 —— 数字越来越大，已经到了他们没办法理解的地步。

杜鲁门的演讲结束了，波兰播音员说红十字会组织未来将在欧洲各地相继设立几十个办事处和难民营，请幸存者及时前去登记。亚当关掉收音机，客厅再次安静下来。接下来要说些什么呢？最后，还是哈利娜率先打破了沉默。"明天，"她尽量让自己的声音听上去平静，"我会再去一趟红十字会，再次确认咱们所有人的名字都已经登记在册。我会问一下难民营的事 —— 还有我们什么时候才能得到失联者名单。我已经安排了行程，准备把父亲和母亲从乡下接来。"

楼下街道的欢呼声越来越大。哈利娜站起身，走到窗边，轻轻关上窗户。

第五十五章

库尔茨家

波兰罗兹 /1945 年 6 月

　　哈利娜每天都会沿着相同的路线从罗兹公寓出发，第一站先到城镇中心的红十字会临时指挥中心，第二站去新成立的希伯来移民援助协会，最后一站是美国犹太人联合救济委员会（简称联救委）——她希望能打听到失联家人的下落。不出门的时候她会翻阅当地报纸，看着长长的失联名单，以及幸存者刊登的寻人启事。收音机里也有专门的电台帮助幸存者寻找家人；哈利娜也拨打过两次电话。上周，她在波兰犹太人中央委员会（联救委建立的机构）发布的名单中发现了弗兰卡的名字，她的内心顿时燃起了希望。弗兰卡一家四口被送去了卢布林郊外的马伊达内克灭绝集中营；全家人本来生还无望，但奇迹发生了，弗兰卡、萨拉克，还有泰尔扎活了下来。不过弗兰卡的父亲摩西就没那么幸运了。哈利娜准备把自己的表亲和姑姑接到罗兹，但整个过程需要几个月时间；弗兰卡所在的难民营里有数千人等待援助。现在，至少哈利娜的父母已经搬到了罗兹；她最后还是成功把二老从乡下接了过来。

　　他们一定对自己感到厌烦了，在去红十字会的路上，哈利娜心里嘀咕道，那里的志愿者都很熟悉她了。每次见面，他们都会冲哈利娜微微一笑，接着摇摇头，一脸悲伤地对她说："抱歉，还是没有消息。"但是今天，哈利娜刚刚关上身后的铝合金门，一名志愿者就冲到她面前。"这是给你的消息！"女志愿者高声尖叫道，她举着手里的白色纸条在头顶挥舞。周围有十几个人一齐回头。这个房间总是充满悲伤的氛围，女志愿者激动的语气此时听上去有些不太和谐。

哈利娜停下脚步，她先是回头张望，接着又看了一眼志愿者。"给我的？ 是什么 —— 什么东西？"

"这个！"志愿者伸直手臂，用拇指和食指夹住电报，大声读道，"'和塞利姆在意大利。到波兰第二军找我们。盖内克·库尔茨。'"

听到哥哥的名字，哈利娜突然觉得整个房间开始旋转，她下意识地张开双臂，以防自己摔倒在地。"你说什么？ 他在哪儿？"她的声音有些发颤，"让我看看。"哈利娜接过电报，她的头还是有些晕。波兰第二军？ 那不是安德斯的军队吗？ 还有塞利姆也在？ 全家人都以为他已经死了啊！ 哈利娜感到有些窒息。罗兹城里几乎每个人都在谈论安德斯将军 —— 他和他的士兵都是英雄。他们拿下了蒙特卡西诺。塞尼奥河①畔、博洛尼亚战役中都有他们战斗的英姿。哈利娜摇了摇头，她想象了一下盖内克和姐夫塞利姆身穿军服在战场上创造历史的模样。不行，她想象不出来。

"你自己看吧。"

哈利娜紧紧抓住电报，拇指指甲因用力过度而变成白色。她祈祷这个消息千万不要有什么差错。

---

① 塞尼奥河（River Senio）：意大利河流，全长 92 公里。

和塞利姆在意大利
到波兰第二军找我们
盖内克·库尔茨

　　是真的，哥哥的名字就在落款处。她抬起头。周围的人注视着哈利娜，大家都在期待她的回应。哈利娜的嘴巴张开又合上，她咽了咽口水，不知道吞下的是眼泪还是笑容，她自己也搞不清楚。"谢谢！"终于，她用沙哑的嗓音说，将电报紧紧抱在胸前，"谢谢！"

　　哈利娜不停亲吻着电报，办事处爆发出一阵欢呼。她无暇顾及双颊的泪水。她现在只有一个想法：这个消息千真万确。他们还活着。她将电报塞进衬衫口袋，转身离开办事处，拔腿就往家里跑。跑过十二个街区，她三步并作两步地迈上公寓门口的楼梯，哈利娜冲进家里，在厨房里找到父母，两个人正在准备晚餐。

　　母亲抬起头，只见哈利娜气喘吁吁地站在门口看着自己和索尔，女儿的脸很红。"没事吧？"涅秋玛担心地问，她本来要切胡萝卜，现在刀停在了半空，"你刚才在哭吗？"

　　哈利娜一时不知该从何说起。"米拉在家吗？"她上气不接下气地问。

　　"她和费利西娅去市场了；一会儿就回来。哈利娜，到底发生了什么事？"涅秋玛放下刀，用塞在腰带上的洗碗巾擦了擦手，一旁的索尔也停下手里的活。"哈利娜，告诉我们——发生了什么事？"他仔细端详起哈利娜，父亲的眉毛拧成一团，很是担心。

　　"我——我收到了一个消息，"哈利娜说，"米拉到底什么时

候 ——"话说到一半，外面传来开门的声音，她立刻闭上嘴巴。"米拉！"她冲到前厅，和刚进门的姐姐打招呼，一把接过米拉胳膊上的帆布手提袋，"谢天谢地，你总算是回来了！快过来。"

"你怎么上气不接下气的？"米拉问，"你全身都是汗！"

"消息！我收到了消息！"

米拉瞪大了眼睛，浅褐色的虹膜瞬间被周围的白色海洋包围。"什么？什么消息？"消息有好有坏。米拉和费利西娅跟着哈利娜穿过走廊。

来到厨房门口，哈利娜示意父母跟自己一起去客厅。"来。"她招呼道。全家到齐后，哈利娜深吸一口气。她几乎没办法控制自己。"我刚从红十字会回来。"她从衬衫口袋里掏出电报。但愿自己的双手还能保持镇定，这张纸条现在可是无价之宝，哈利娜捧起纸条，拿给家人看。"这是今天收到的电报，从意大利发过来的。"她大声朗读着电报上的讯息，小心翼翼地念清楚每一个字："'和塞利姆在意大利，到波兰第二军找我们。'"她抬起头，看着母亲、父亲、姐姐，还有费利西娅，她的目光在几个人身上来回游走，泪水再次模糊了她的双眼。"签名：'盖内克·库尔茨。'"哈利娜继续说，她的声音哽咽了。

"你说什么？"米拉把费利西娅拽到自己身边，将女儿的头轻轻靠在自己的肋骨旁。

涅秋玛挽住索尔的胳膊，好让自己站稳。

"再念一遍。"索尔小声说。

哈利娜重复了一遍电报上的讯息，接着又继续念了第三遍。读到此时，涅秋玛已经泣不成声，小小的公寓里回荡着索尔沉沉的笑声。"这是我这辈子听到过的 …… 最好的消息。"索尔说，他的肩膀在颤抖。

全家人开始两两相拥，索尔与涅秋玛、米拉与费利西娅、米拉与哈利娜、哈利娜与涅秋玛，五口人最后抱成一团，仿佛组成了一个巨大的车轮，他们的双手搂住其他人的腰，额头抵在一起，费利西娅挤在中间。全家人紧紧相拥，他们笑着、哭着，时间在此刻静止，索尔一遍遍背诵着电报上的讯息。

哈利娜第一个抽出身。"雅各布！"她尖叫道，"我要把这个消息告诉雅各布！"

"没错，去吧，"涅秋玛说，她擦去眼角的泪水，"告诉他今天晚上来家里吃饭。"

"我会的。"哈利娜喊道，她已经飞向了走廊。

一阵急促的脚步声后，公寓的门被人打开又关上。"妈妈？ ①"费利西娅小声说，她抬头看着母亲，似乎在等待解释。但米拉没有说话。她的眼睛一会儿看向左边，一会儿又看向右边，好像在寻找屋子里的透明人。也许是一个亡灵。

注意到外孙女的情况后，涅秋玛轻轻拍了拍索尔的肩膀。"你能去给费利西娅沏点茶吗？"她小声说。索尔看了一眼米拉，他点了点头，招呼费利西娅跟自己去厨房。

屋子里只剩下母女二人，涅秋玛走到米拉面前，挽住女儿的胳膊，"米拉，怎么了，亲爱的？"

米拉眨了眨眼睛，摇了摇头，"没事，母亲 —— 我只是 ——"

---

① 原文为波兰语。

"过来。"涅秋玛说，她和米拉一起坐到客厅的小餐桌旁，这是全家人吃饭的地方。

米拉慢慢向前走，她坐下来，思绪早已不知飞向何方。米拉将肘尖杵在桌上，双手合成一个大拳头，下颌放在拇指上。两个女人一时间谁都没有开口。

"你没想过还能找到他 —— 这有些出乎意料，"涅秋玛开口道，她小心翼翼地选择措辞，"你没想过他还活着。"

"是的。"米拉的眼角泛着泪花，泪水顺着她的脸颊流下。涅秋玛轻轻擦去女儿的眼泪。

"现在，你终于能松一口气了，不是吗？"

米拉点了点头。"是啊。"她抬起下颌，看着母亲的脸，"只是 —— 过去六年里，我一直以为他已经 —— 已经死了。我已经习惯了这样的日子。甚至已经接受了这样的事实，听起来是不是很可怕。"

"我能理解。为了费利西娅，你需要放下过去。你做了每个母亲都会做的事。"

"我不应该抛下他。我应该一直怀抱希望。什么样的妻子才会抛弃自己的丈夫？"

"没事的，"涅秋玛说，她的声音很轻柔，充满了理解与体谅，"你还能怎么想呢？你没有收到他的消息。我们都以为他已经死了。不过现在，这些都不重要了。"

米拉转过头，望着厨房的方向。"我需要和费利西娅谈谈。"自从向费利西娅坦白说自己也不清楚塞利姆的下落后，米拉就越来越少跟女儿提及丈夫的事了 —— 她已经做出了选择，为了自己，她选择相信塞利姆已经死了。但费利西娅始终不愿相信。过去的一年里女儿总是在问父亲的事，费利西娅不断央求米拉给自己讲一些细节。"父亲在她心中的形象是那样高大，"米拉继续说，"万一她——她失望了怎么办？塞利姆离开时，费利西娅还是个婴儿，身体健康，一张粉嘟嘟的小脸……万一——"米拉闭上了嘴巴，她没办法形容这些年费利西娅身上究竟发生了多大变化。

涅秋玛握住米拉的双手，母女俩掌心相对。"米拉，亲爱的，我知道事情发生得很突然，但是换个角度想想：上帝给了你一个机会，一个珍贵的、几乎不可能得到的机会，你可以重新来过。塞利姆是费利西娅的父亲。费利西娅会爱塞利姆的。塞利姆也会爱费利西娅的，就像你爱自己的女儿一样。这份爱是无条件的。"

米拉点了点头。"您说得对，"她小声说，"我只是讨厌那种感觉，他根本不了解自己的女儿。"

"给他一些时间，"涅秋玛说，"也给你自己一些时间——这样你们才能厘清头绪，搞清楚如何才能再次成为一家人。要有耐心。尽量不要让自己过分担心。你这辈子已经担心的够多了。"

米拉从母亲的掌中抽回自己的手，她擦去脸颊的泪水。她不知道无忧无虑的生活是什么样的，也不知道怎样才能在没有被安排的情况下生活。自从战争开始以后，每一天的每一分钟，她的生活都被安排得满满当当。米拉不知道自己有没有能力主宰自己的人生。

当天晚上，费利西娅睡着后，全家人坐在餐桌前，他们仔细端详着面前的地图。哈利娜已经给盖内克发了电报，告诉他家人基本都还活着，而且情况也还不错。仍然没有阿迪的消息，她写道，你什么时候方便？咱们在哪儿见面？

確定下一步要做什么总是很难。因为一般来说，下一步就意味着全新的开始。他们要考虑在什么地方安家。从哪里从头再来。战争期间他们的选择很少，而且面对的风险很高，他们的任务只有一个。在某种程度上来说也很简单。那就是：放低下颌，提高警觉。他们要未雨绸缪。能多活一天是一天。不要被敌人打败。进行长期规划对他们来说既是一种麻烦也是一份负担，就像你的肌肉明明已经萎缩了，却还是要强迫收缩一下。

"首要的问题，"哈利娜看着桌上的地图说，"就是我们还要不要留在波兰？"

索尔摇了摇头。他的眼神很严肃。最近这段时间，除了盖内克从意大利发来的消息之外，他几乎找不到笑的理由了。两周前，在得知妹夫摩西的死讯后不久，他又发现自己的一个姐姐、两个兄弟、四个堂表亲，还有六个甥侄也遭到杀害，战争开始时他们一直住在克拉科夫。他原本拥有一个大家族，但现在只余下少数亲人。这些消息给他造成了沉重的打击。他用食指按住桌子。"待在这里，"他眉头紧锁，"咱们并不安全。"

其他人安静地坐在一旁，思考着已知和未知的事情。德国人已经投降了，这一点毫无疑问，但对幸存的犹太人来说，战争还远没有结束。库尔茨家听说那些返乡的犹太人有时仍会遭到陌生人突然搭话，他们会遇到抢劫，甚至还会被杀。之前就发生过一起屠杀事件，起因是一名刚回乡的犹太人被当地人控告绑架波兰儿童——他被吊死在树上，几天后，又有几十名犹太人被当街枪杀。索尔的话似乎很有道理。

全家人的目光一齐转向涅秋玛。她点头表示同意，然后看了一眼丈夫，接着又低头盯着地图。"我同意。咱们应该离开这里。"这句话犹如千斤重担压得她喘不过气。涅秋玛从来没想过"离开"这个词能从自己嘴里说出来。六年前，希特勒宣布要灭绝整个大陆的犹太人，当时这句话听起来是那样荒谬。没有人相信如此冷血的计划能够成为现实。但现在，他们知道了这就是现实。他们从报纸上、从照片中看见了现实，他们开始计算那些死亡数字。现在，没有人会否认敌人是有能力灭绝他们的。"我认为这是最好的选择。"她继续说，涅秋玛咽了咽口水。离开这里，就意味着要离开所有曾经属于他们的东西——他们的家、他们的街道、他们的商店、他们的朋友，一想到这些，涅秋玛就无法释怀。但她又不断提醒自己，这些都已属于过去。这样的生活一去不复返。现在住在他们家里的是陌生人。即使他们很想夺回属于自己的家，但现在的涅秋玛和索尔还做得到吗？还有，他们的朋友如今还剩下谁？隔都早在几年前就被清洗。据他们所知，拉多姆现在已经没有了犹太人。索尔说得对。留在波兰非明智之举。历史会一再重演。这是她现在确信的真理。

"我也是这么想的，"米拉说，"我想让费利西娅在一个她能感觉安全的地方长大，在一个她能感觉——正常的地方。"米拉眉头一蹙，她不知道对女儿来说，什么样的生活才算是"正常"。费利西娅只经历过被猎杀的生活。她要被迫藏起来。她要偷偷摸摸地溜出隔都大门。她要在陌生人的照看下成长。她马上就要七岁了，除了一岁以前，她的整个人生都在战争中度过，费利西娅知道别人杀她的理由是因为自己是犹太人，这是多么恶心的事实。米拉和自己的兄弟妹妹起码还知道这并不是生活的全部。但对费利西娅来说，这场战争、这些迫害、这些为了活下去而进行的日常斗争——这些才是费利西娅所理解的"正常"。泪水模糊了米拉的双眼。"想想我们经历的一切,"她说,"想想费利西娅经历的一切。发生在这里的事永远都不会从我们的记忆中抹去。"她摇了摇头,"这里有太多的亡灵,有太多的回忆。"

坐在米拉旁边的贝拉跟着点了点头,雅各布为自己的妻子感到心疼不已。她的决定无须言表;所有人都知道贝拉是不可能再回拉多姆的。她的父母和妹妹全都离开人世,那里已经没有任何值得留恋的东西。雅各布抓起贝拉的手,两个人十指相扣,他不禁回想起妻子深陷绝望的那段岁月,自己差一点就完全失去了爱人。雅各布想起贝拉是如何一步步推开自己。看见妻子变成那副模样,看见爱人离开自己消失无踪,雅各布心如刀割。他从未感觉如此无助。所以后来,当贝拉终于一点点振作起来,终于开始努力生活下去时,雅各布才会感觉那样欣慰。在华沙的时候,他就看到原来的贝拉正在慢慢回来,但真正帮她恢复力量、助她痊愈的,是这次怀孕,是她腹中的新生命。

雅各布抬头望着父母。从母亲故作镇定的样子来看,她似乎已经知道他接下来要说什么。不过是旧事重提——雅各布已经告诉过母亲,自己和贝拉准备搬去美国,但这些话并不是那么容易说出口。"贝拉的叔叔住在伊利诺伊,"他平静地开口道,"他已经同意做我们的担保人了。当然,这并不能保证我们可以获得签证,但这只是开始。而且我认为,接受对方的邀请对我们来说很重要。"其他人当然能够理解,至少在美国,贝拉还能得到余下家人的陪伴。

"等到了芝加哥,"贝拉说,她依次看向涅秋玛和索尔,"我们还能咨询为其他人办理签证的事情。如果你们对美国感兴趣的话。"

"我们暂时会留在波兰，"雅各布继续说，"至少要等到孩子出生以后。"

找到担保人，移民美国。这个想法像压在涅秋玛心头的巨石。如果要让她决定，她希望接下来的每一分钟都能和自己的孩子生活在一起。但她无法跟雅各布争论。如果不接受贝拉叔叔的帮助，那他也太不明智了。如果没有担保人，想得到美国签证就是天方夜谭。

雅各布继续解释道，虽然现在欧洲和美国之间处于禁航状态，但这些限令很快就会解除。"而且现在就有从不来梅港出航的客轮。"他趴在地图上，指着德国西北部的一座城市说。"我们的打算是，等孩子出生后，"他说，"先到斯图加特的难民营里找个临时的落脚处。在那里我们得到签证的概率会大大提升。"

桌子对面的哈利娜盯着雅各布，她噘起嘴，看起来有些反胃。她震惊于哥哥想要搬去德国的想法。"难道波兰没有难民营吗？"她怒气冲冲地问，"你在这边生活不是更好吗？"她激烈地摇着头，绿色的眼眸质疑着哥哥的决定，"我宁可割破自己的喉咙，也决不会踏上恶魔的腹地。"

哈利娜的语气很严厉，若是换作以前的雅各布，他可能会十分困扰，但现在不会了。他发现保护家人的责任已经落到了哈利娜身上——她只是在担心哥哥的安危。他注视着哈利娜的眼睛，眼神中充满理解，他也知道搬去德国的想法很疯狂。"相信我，哈利娜，事情的确没有那么简单。但如果去德国就能让我们离美国的新生活更近一步，那么无论付出什么代价，我们都会去那里。此时此刻，我觉得咱们可以换一种说法，那就是咱们已经度过了最难挨的日子。"

屋里的人一时陷入沉默，过了一会儿，哈利娜开口道："那好吧，"

她说，"雅各布，你和贝拉有留在这里的理由。但我们没有。我觉得大家在这一点上已经达成了一致。我提议咱们到意大利去。去找盖内克与塞利姆。等到那儿以后，全家人再从长计议，考虑下一步安排。"她望着父母。

涅秋玛和索尔交换了一下眼神。"我现在真想知道阿迪到底还……"涅秋玛没有继续说下去，她换了一下措辞，"我想知道阿迪在哪里。"其他人也都安静下来，他们迷失在自己所恐惧的事物之中。不过涅秋玛点了点头，"意大利。"

"战争期间墨索里尼可是希特勒的盟友，这一点我们不能忘记，"索尔说，"因此我提议咱们还是尽可能找一条平民检查点少的路线。"

于是，全家人最终做出如下决定：未来几个月，雅各布与贝拉将从罗兹搬到斯图加特，如果一切顺利，他们最终能踏上美国的土地，家里其他人则动身前往意大利。

全家人俯身看着地图，他们要从罗兹出发，沿西南方向前进，目的地是意大利，亚当用手指比画着行进路线，列出部分途经城市，他确定这些地方都设有红十字会办事处：卡托维兹①、维也纳、萨尔茨堡、因斯布鲁克。他没有提克拉科夫，他认为妻子最好还是待在蒙特卢皮奇监狱半径五十公里以外的地方。这条路线需要穿过捷克斯洛伐克和奥地利。他们一致认为这是最佳路线。

"我会写信给泰尔扎、弗兰卡还有萨拉克，让他们知道咱们的计划，"哈利娜把自己的想法大声说了出来，"我会去一趟联救委，咨询是否可以提供他们全家人的路费，这样咱们两家人就能在意大利会合。

---

① 卡托维兹（Katowice）：波兰南部城市。

我还会去趟红十字会，和那里的女孩聊一聊 —— 也许她们能帮忙规划路线，或者告诉咱们路上是不是还有其他红十字会办事处。我们还需要准备伏特加和香烟。有了这些东西，咱们就能顺利通过检查点。"

涅秋玛看着索尔，展望着旅途的前景。前往意大利并非易事。但如果他们能顺利抵达，她就能和自己的大儿子重逢。费利西娅就能见到自己的父亲！一想到这些，她就变得高兴起来。战争刚开始时，她不知道自己和索尔是否还能活到战争结束，也不知道自己的孩子是否还能活到战争结束，更不知道全家人是否还能团聚，重新融为一体。从德国人闯进拉多姆的那天开始，她的世界就被碾为碎片。从那以后，她眼睁睁地看着自己曾经坚信的所有生活常识（她的房子、家人，还有安全感）全都被抛到九霄云外。现在，过去的碎片开始慢慢落回地面，五年多来，她第一次相信只要自己付出足够的时间和耐心，她就能把之前的生活重新缝合起来，至少表面看起来是这样。生活永远不会回到从前 —— 涅秋玛是聪明人，她深知这一点。但他们现在就在这里，大部分家人都在一起，涅秋玛开始觉得发生在自己身边的这一切就是个奇迹。

当然，她还是没办法不去想那些遗失的片段，包括摩西的死、索尔家族亲属的离世，还有亚当仍然下落不明的亲人 —— 尤其是她心中仍有一个巨大的空洞，能填补这里的只有她的二儿子。阿迪现在到底怎么样了？每当她想解开这个谜团，每当她想知道自己可能永远不会再知道的真相时，她的精神就会跌入无尽的深渊 —— 她明白，自己的世界、自己的那件针织作品，在缺少阿迪的情况下，永远不可能完成。

第五十六章

哈利娜

奥地利阿尔卑斯山／1945 年 7 月

　　哈利娜站在林间空地，她抬头仰望，只能看见铁青色的天空。虽然已是晚上八点，但周围的光线依然充足，要是手里有本书，她直接就能读起来。父母、米拉，还有费利西娅已经睡着了，几个人汗渍斑斑的身体随意地躺在帐篷里，他们的头底下枕着手提包和小皮包，里面装着全家人剩下的所有财产。听着附近山杨树上啄木鸟的嗡嗡声，哈利娜叹了口气。还有一个小时天才会黑 —— 再过两个小时，自己才会睡觉。哈利娜决定还是充分利用这最后一点亮光，她拉开手提包内侧口袋的拉链，掏出一块手帕。她打开手帕，拿起里面的香烟，在面前的地上摆成一排，数着还剩多少。还有十二支。她希望这些香烟足够用来贿赂下一个检查点的卫兵。

　　在巴里 ① 会合，盖内克在双方最后一次通信中写道。虽然平民出行仍有诸多限制，但哈利娜、涅秋玛、索尔、米拉和费利西娅一刻也没有耽搁，他们很快就离开了罗兹。只有亚当留了下来。"你们先

————————

① 巴里（Bari）：意大利东南部城市、普利亚大区首府、巴里省省会。

走吧，"他告诉哈利娜，"我留下来挣点钱。"他在当地电影院里找了份稳定的工作。"等你们安定下来后，我会去意大利找你们。"他说。哈利娜没有跟他争论。几周前，在国际寻人服务局发布的确认死亡人员名单上，亚当发现了自己的父母、兄弟姐妹和侄子的名字。没有其他信息，只有九个名字，和数百名死者一样，用墨水写在纸上。亚当悲恸欲绝 —— 没有人告诉他家人是怎么死的，什么时候死的，亚当觉得自己快要发疯。哈利娜知道他留下的理由并不是为了工作。他需要找到答案。

于是，哈利娜和其他人先行离开，尽可能多地带上香烟和伏特加。哈利娜雇了个司机把全家人送到了卡托维兹，这座城市位于罗兹以南200公里。到达卡托维兹后，凭借哈利娜依然流利的俄语，他们成功搭上去往维也纳的顺风车，这是一辆为苏联红军运送供应物资的货车。整个旅途花了好几天时间。库尔茨家的人躲在货车里，藏在装满制服和罐装肉的板条箱中间，全家人忧心忡忡，他们担心在穿越捷克斯洛伐克或奥地利边境时会不会被人发现未持有许可文书，他们可能会被遣返回国，甚至被监禁起来。

到达维也纳后，他们又搭乘顺风车来到格拉茨①，一行人在南部阿尔卑斯山的石灰岩地带下了车，抬头望去，山峰高耸入云，顶部白雪覆盖，整座山脉横贯奥地利，沿西南方向一路蜿蜒到意大利。费利西娅现在仍然瘦得皮包骨，哈利娜不知道父母和外甥女能不能承受住长途跋涉的辛苦 —— 阿尔卑斯山巍峨壮丽，比她之前见过的所有山峰都要高。但除非他们想面对遍布火车站和边境地区的十几

---

① 格拉茨（Graz）：奥地利东南部城市，是奥地利第二大城市。

处检查点，否则靠双腿穿越阿尔卑斯山是最好的选择。在格拉茨休息了一周后，库尔茨家扔掉部分行李，在空出的地方装满面包和水，他们花光剩下的积蓄（亚当坚持让全家人带上他积攒下来的一点点钱）雇用了名叫威廉的年轻奥地利男孩当向导，带领全家人穿越阿尔卑斯山脉。"算你们走运，今年夏天来得比以往要早一些，"威廉在启程当天说，"南部阿尔卑斯山一年有十个月都被冰雪覆盖，每年这个时候整座山脉通常是无法通行的。"

他们每天要从早晨七点一直走到晚上七点。事实证明，作为向导的威廉确实发挥了重要作用，但某天早晨，全家人醒来后发现男孩不见了。值得庆幸的是，他没有带走剩下的食物，还留下了自己的地图。哈利娜骂着这个胆小如鼠的奥地利男孩，自己迅速扛起了团队领导者的责任。

哈利娜用手帕裹好香烟，重新塞回手提包内，她掏出胸前口袋里的地图，沿边角轻轻打开；由于使用得过于频繁，地图的边缘软得像天鹅绒一样，褶皱处已经磨得很薄，随时可能会裂开。哈利娜拂去地上的碎石子，放下地图，用满是污垢的指甲比画着从他们现在所处的大概位置到菲拉赫①之间的路线，菲拉赫是距南阿尔卑斯山脚最近的镇子，毗邻意大利北部边境。她估算了一下，大概还要再往南走四十个小时，也就是说他们会在四天后到达意大利。这对全家人来说是个挑战。他们的肺部虽然已经逐渐适应了3000米的海拔高度，但他们的鞋子却没办法适应如此高强度的使用和如此崎岖的山路，鞋跟已经快要磨没了。他们现在需要格外小心，特别是在下坡时。

① 菲拉赫（Villach）：奥地利南部城市。

哈利娜考虑着要不要暂时休整一下，让每个人的腿脚都能得到充分恢复。前一天，索尔被路上的树根绊了一下，差点崴脚。每个人都疲惫到了极点。每天十二小时的长途跋涉已经是很难完成的任务了。他们的补给还有限，剩下的面包和水只能再维持四到五天。所以，他们必须继续前进，哈利娜做好了决定。他们最好还是直奔意大利。其他人肯定也会同意。

一只白尾鹰盘旋在空中，巨大的翼展让哈利娜惊叹不已，她看了一眼挂在附近树枝上的背包，确认自己已经将带子系紧，包里装着他们的供应物资。闭上眼睛吧，她告诉自己。哈利娜把地图重新塞回衬衫口袋，接着合起双手，身子向后一倒，用掌心托住头。一整天都在赶路，她的身体早已疲惫不堪，但现在的哈利娜却紧张得无法入睡。一个又一个念头以平时三倍的速度在她脑子里来来回回，就像栖息于此的啄木鸟接连不断发出的敲击声。万一自己选错了下山路线该怎么办？全家人可能会因此迷路，弹尽粮绝，永远到不了意大利。万一他们到了意大利却遭到当地政府遣返该怎么办？这个国家一个月前还在纳粹分子的掌控之下。万一亚当在罗兹出事了该怎么办？自己至少要花好几周时间（也许会更长）才能安定下来，才能给丈夫回信。

哈利娜望着渐渐变暗的天空。令她失眠的不光是这些假设的情境。她本身也是兴奋得无法入睡。用不了几天，她就能和自己的大哥重逢了！这么多年过去，再次见到盖内克会是什么感觉？她无法想象。再次听到他的笑声。再次亲吻他带着酒窝的脸颊。全家人再次坐到一起，讨论接下来的安排。他们会共同规划战争结束后的未来，这个想法本身就让人兴奋和陶醉——光是想到这一点，哈利娜的心就会怦怦跳个不停。也许贝拉说得对 —— 她的叔叔可以做整个库尔茨家族的担保人，他们可以搬去美国。他们也可以去北边的英国，或者南边的巴勒斯坦，甚至跨越半个地球到澳大利亚去。当然，全家人最终的去向取决于哪个国家愿意为他们敞开大门。

别再想了，赶紧睡觉，哈利娜告诉自己。她侧过身子，拿胳膊当作枕头，把头靠在手肘上，另一只手放在下腹部。这个月比平时晚了两周。她想要算一下日子，数一数上次和亚当见面后又过去了多少天，但最后还是作罢。这几年来，她已经习惯了向前看，几乎忘记了如何回忆过去。离开罗兹前后几天发生的事在她的记忆里已经变得模糊。有没有可能？也许。有可能。但也有可能就是来晚了。这种事以前也发生过。被监禁在克拉科夫的四个月里，她一次也没来。她承受的压力太大了。食物又太少了。世事难料，哈利娜暂时放下了思考，她微微一笑。什么情况都有可能。不过现在，你要做的是把全家人安全带到意大利。要把精力集中在眼前的事情上。集中在接下来的四天里。此时此刻，她决定停止思考，休息一下，这才是最重要的事情。

第五十七章

库尔茨家

意大利亚得里亚海沿岸 /1945 年 7 月

　　费利西娅睡在米拉旁边的座位上，脸颊枕在母亲大腿上，身体蜷缩成婴儿一样。米拉紧张得无法合眼，她一只手扶住费利西娅的肩膀，自己的额头抵在窗户玻璃上，眼睛望着蔚蓝的亚得里亚海，列车沿意大利长靴的鞋跟部位一路向南高速行进，目的地是巴里。见到丈夫时，自己要跟他说些什么呢，米拉已经在心中预演了无数遍。答案似乎显而易见 —— 我好想你。我爱你。发生了太多事……我不知该从何说起。不过即便只是想一想，这些话说出来感觉也有些勉强。

　　涅秋玛跟她说过要有耐心。不要杞人忧天。但米拉就是没办法控制自己。她不知道对方还是不是战争开始前她熟悉的那个塞利姆，她想象着两个人回归夫妻日常生活后的情景 —— 塞利姆重新成为一家之主，他负责赚钱养家，掌控全家人的前途命运。她能接受这一点吗？她能学会退居幕后，再次依靠自己的丈夫吗？米拉和费利西娅两个人生活的时间太长了，现在要把这个家交给别人打理，她不知道自己有没有做好准备。即使那个人是费利西娅的父亲。

　　过道对面，哈利娜扇着手里的报纸。她本来坐在米拉对面，但一边和姐姐聊天，一边看着窗外倒退的景色，她有些反胃，于是换了一个正向的座位。她怀孕了。哈利娜现在十分肯定。胃里空空时她就会觉得恶心，乳房开始出现肿胀和疼痛，裤腰也变得越来越紧。怀孕！真是让人既害怕又兴奋的东西。她还没有告诉家人。她打算到巴里后再说。她还要想个好办法，把这个消息带给远在罗兹的亚当——也许自己可以奢侈一把，给丈夫打个电话。我刚刚徒步穿越了阿尔卑斯山，然后，我就怀孕了，她准备这样跟亚当说。战争开始前，如果有人对哈利娜说她二十八岁时会在身怀有孕的情况下带领全家人徒步穿越一座山脉，那么她肯定会笑得前仰后合。她可不是什么乡下的野丫头！在山上长途跋涉三周，睡着泥土地，吃着发霉的面包，喝着变质的水？还带着腹中的胎儿？绝对不可能。

　　哈利娜回忆起过去几周的旅途，出乎她意料的是，虽然条件艰苦，但自己却没有听到一句抱怨。米拉每天要背着费利西娅走好几个小时，她一路艰难跋涉，毫无怨言；父母一瘸一拐地向前走，情况一天比一天恶化，两位老人没有叫苦；还有费利西娅，她的鞋子实在太小了，长满水疱的脚趾把其中一只鞋戳了个洞，在母亲没有背她的时候，大人每迈出一步，她就需要迈两大步才能跟上。

　　值得庆幸的是，全家人最终顺利越过边境进入意大利，整个过程有惊无险。"我们是意大利人。①"哈利娜对塔尔琴托②检查点的英国当局工作人员撒谎道。当卫兵稍有迟疑时，哈利娜打开手提包。"我们要回去和家人团聚。"她边说边掏出剩下的香烟。

---

① 原文为意大利语。
② 塔尔琴托（Tarcento）：位于意大利东北部乌迪内省一个市镇。

　　第一次行走在意大利的土地上，这种感觉很奇妙。全家人里只有涅秋玛来过这儿——为了给自家布料店采购丝绸和亚麻，她每年会来米兰两次。为了消磨时间，也为了缓解众人因下山而导致的膝盖疼痛，涅秋玛讲起之前旅行的经历——米兰市场的商贩给她起了个外号叫"瞎老虎"，因为在最后做出决定前，涅秋玛总是要挨个货摊进行比较，她会闭上双眼，用拇指和食指反复揉搓布料样品。只要事关产品质量，没有人能骗过她——"我能猜到它们会卖多少里拉①，每次都猜得八九不离十。"她骄傲地说。

　　刚到意大利，哈利娜就打听好了去往最近村庄的路。几个人徒步行走了六个小时，途中喝光了所有的水；接近黄昏时分，众人终于来到镇郊，他们走到一幢小屋前，敲响房门，每个人都有些神志不清。哈利娜知道他们不能继续睡在野外了，全家人只剩下一块面包，而且滴水皆无，她在心里默默祈祷，无论何人出来应门，希望对方在看见满身泥污、可怜兮兮的一家人后能动动恻隐之心，不要怀疑他们的身份。开门的是一对年轻的农民夫妻，男子的眼神亲切和蔼，夫妇俩招呼一家人进屋，哈利娜松了一口气。涅秋玛用自己掌握的一点点意大利语和夫妻俩交流，不一会儿，全家人狼吞虎咽地吃上了农民夫妇为他们准备的食物：口味辛辣的蒜油意大利面。当天晚上，夫妻俩在地上铺好毛毯，五位库尔茨家成员躺在上面，睡了几个月来最好的一觉。

　　转天早晨，对意大利夫妇千恩万谢过后，库尔茨家一行人继续徒步向车站走去。途中，他们看见几辆军绿色的吉普车，从上面下

---

① 里拉（Lira）：意大利1861年至2002年使用的货币单位，1999年后意大利开始使用欧元，2002年里拉正式退出流通。

来一群美国士兵，哈利娜微笑着朝对方招手。其中有个美国人能说
一口流利的法语，他很想知道波兰现在的情况。哈利娜言简意赅地
告诉众人华沙遭到了无法估量的严重破坏，她和家人背井离乡，一
路跋山涉水，最后终于安全来到意大利，听到这些，美国士兵纷纷
摇头，不敢相信自己的耳朵。

两拨人分开前，年轻的中士蹲到费利西娅身边，在口袋里掏着
什么东西，他有一双蓝色的眼睛，军服上缝着他的名字：T. **奥德里
斯科尔**。"这个给你，亲爱的。"他说话的口音与费利西娅之前听过
的都不一样。孩子的脸蓦地一红，帅气的美国兵递给她一样东西，
外面是棕色的银箔包装纸。"这是好时巧克力。希望你喜欢。"奥德
里斯科尔中士说。

"谢谢。"米拉谢道，她捏了捏费利西娅另外一只手。

"谢谢。"费利西娅安静地学着舌。

"下一站你们准备去哪儿？"美国兵问，他站起身，拍了拍费利
西娅的脑袋。那个会说法语的士兵帮忙翻译。

"去巴里找我们的家人。"哈利娜说。

"从这个地方到巴里还有好远。"

"我们已经走过很远的路了，对自己的脚程有信心。"哈利娜微
笑道。

"稍等片刻。"说罢，奥德里斯科尔中士转身离开，几分钟后，
他回来了，手里拿着一张5美元纸币，"坐火车会快一些。"他把纸币
塞到哈利娜手中，回敬了一个微笑。

涅秋玛和索尔坐在哈利娜对面，两位老人醒醒睡睡，下颌随车

轮在铁轨上震动的节奏上下抖动。哈利娜端详着父母的模样，好像自己变成了盖内克，她发现战争让父母变得更加苍老。和被关进隔都之前相比，他们看上去老了有二十岁，父母每天都过着东躲西藏的日子，他们还差一点饿死。

"列车将在五分钟后到达巴里！ ①"列车长提示道。

米拉用指尖轻抚着费利西娅的脖子和脸颊上因坏血病而留下的凹痕与伤疤。女儿现在已经长发及肩，不过耳朵后面还是金发。费利西娅双目紧闭，眼球在眼皮底下转个不停。她的额头一阵阵抽搐。米拉意识到女儿即使在睡觉时也会感到害怕。过去的五年彻底夺去了她的纯真。米拉的眼中流下一滴泪水，顺着她的脸颊落到费利西娅罩衫的领子上，棉质的衣服被打湿，留下一个完美的灰色圆点。

米拉擦去眼角的泪水，她又想起塞利姆。想起自己无法回避的问题。塞利姆会怎么看待费利西娅呢？ 他对女儿一无所知。费利西娅又会怎么看待他呢？ 昨天，女儿问米拉自己应该如何称呼塞利姆。"作为开场白，叫父亲怎么样。"米拉建议道。

几分钟后，列车缓缓进站，米拉的心跳开始加速。她希望自己能坦然接受上帝送给她的这份礼物，她和费利西娅即将见到自己的丈夫、父亲。他的家人（塞利姆的父亲，一位为人谦卑的钟表匠，还有他的八个兄弟姐妹）现在都怎么样了呢？ 恐怕只有上帝才晓得吧。她只知道塞利姆其中一个姐妹尤金妮亚已经搬去了巴黎，其中一个兄弟戴维搬去了巴勒斯坦；至于其他人，米拉觉得他们应该还留在华沙。起义爆发前她试过去找他们，但没有找到，他们要么是凭借自

---

① 原文为意大利语。

己的力量离开了华沙，要么就是被抓到了不知什么地方 —— 她没有发现任何蛛丝马迹。她意识到，虽然这场战争留下了许多无法想象的伤痛，但很快能够和丈夫重逢，这是上天给予自己的祝福。对大多数人来说，他们愿意付出任何代价，只要能像米拉一样和自己的家人团聚。

车厢外传来尖锐的刹车声。窗外的景色也放慢了速度。米拉已经能够看见前方一百米左右的巴里车站，月台上挤满了等待的人群。她轻轻捏了捏费利西娅的肩膀，将女儿唤醒，然后暗暗对自己发了个誓：她会敞开心扉，拥抱自己的丈夫。她要努力描绘出一幅祥和的画面，不管这样做有多难。为了费利西娅。女儿还躺在自己的腿上，孩子的头发还是有些难看，脸上留着粉红色的伤疤，米拉不知道塞利姆看见这些后会有什么反应，父女之间没有任何共同的回忆，她不知道费利西娅会不会学着去爱自己的父亲，但无论接下来会发生什么，米拉告诉自己，一切就交由命运来决定吧。

第五十八章

库尔茨家

意大利巴里/1945 年 8 月

　　巴里车站乱成一团。月台上里三层外三层挤满了人：有身穿军服的士兵，有牵着小孩的祖父母，还有穿着漂亮连衣裙的女士，她们挥舞着手臂，踮起脚尖，小腿后面用木炭画上了长长的线，远远望去就好像真的穿着丝袜。

　　库尔茨家一行人依次下车，哈利娜走在最前面；涅秋玛和索尔紧随其后；米拉扛着皮革背包走在最后，另一只手紧紧牵着费利西娅，背包的带子在肩头缠了好几圈。为避免踩到前面人的脚跟，他们拖着步子往前移动，五个人仿佛融为一体。

　　"咱们就在这里等会儿吧。"哈利娜回头喊道，全家人穿过拥挤的人群，来到一处建筑的遮檐下，上面写着**巴里中央车站**，旁边还有个箭头指着**罗马广场**的方向。全家人始终保持近距离，在遮檐下站成一团，他们望着月台的方向，寻找熟悉的面孔。他们还不曾见过盖内克与塞利姆身穿军服的模样，不过他们提醒自己只需留意穿着波兰军服的士兵。

"该死①，"哈利娜嘟囔道，"该死，我太矮了。什么都看不见。"

"听听有没有人在说波兰语。"涅秋玛提议道。

月台上能听到好几种语言——意大利语自不必说，还有人在用俄语、法语、匈牙利语交流。但到目前为止，他们还没有听到波兰语。说意大利语的人声音最大。这些人在慢慢往前移动，他们一边说话，一边疯狂地打着手势。

"你们能看见什么吗？"哈利娜大声嚷道，好盖过喧闹的人群。

米拉摇了摇头。"目前还没有。"她是这群人里个了最高的。她以自己为中心，环顾茫茫人海，目光偶尔会停在陌生人的后脑勺上，等对方转过身，发现和自己的丈夫或哥哥毫无相似点后，立刻又把目光转向下一个人。

"妈妈。②"费利西娅喊道，她捏了捏米拉的手。

"怎么了，亲爱的？"

"你看见他了吗？"

米拉摇了摇头，她勉强一笑。"还没有，亲爱的。但我肯定他就在这里。"她迅速弯腰吻了一下费利西娅的脸颊。

等米拉再次站起身，人群中一个身影吸引了她的目光，她的心脏仿佛停止了跳动。她看到一张侧脸。英俊帅气。身材高挑。一头黑发，虽然发际线比自己记忆中的要往后移了一些……有没有可能是他？"盖内克！"米拉喊道，她举起手臂在头顶挥舞。涅秋玛在米拉身后倒吸一口气。盖内克转过身，他的眼睛一亮，望着声音传来的方向，寻找着家人的身影，最后，他的视线终于与米拉交汇。

---

①② 原文为波兰语。

"在哪儿？你在哪儿看见的？"哈利娜大声喊道，她在一旁上蹿下跳。

盖内克的声音从头顶上方传来，即使在四周的喧闹中也能听清。"米拉！"他猛地将手臂举过头顶，不小心打掉了前面人的帽子。盖内克弯腰去捡帽子，身形消失了片刻，等再次站起身，他就已经开始向米拉这边移动。"你们待在那儿别动！"盖内克喊道，"我过来找你们！"

"是他！是他！是他！"哈利娜、索尔，还有涅秋玛附和道，他们兴奋异常，在原地跳来跳去。只是听见盖内克的声音，就足够让全家人庆祝了。

米拉放下背包，把费利西娅举到自己腰上。女儿在修道院地下室失去的体重还没有完全恢复——米拉用单手搂住女儿臀部就能轻而易举地把她抱起来。米拉指着盖内克。"看见没有？就在那儿。他就是你的舅舅，盖内克！那个相貌英俊的家伙，脸上总是挂着大大的微笑，还有一对酒窝。跟他招招手！"费利西娅笑了起来，跟着母亲一起挥手。

"父亲呢？他没有和舅舅一起来吗？"费利西娅的声音几乎淹没在周围嘈杂的吵闹声中。

米拉冷不丁地冒出许多想法，这些念头像锣槌一样又快又狠地敲击着她的神经——万一塞利姆不在这里呢？万一在上次通信过后他又遇到了什么事情呢？万一他去了别的地方呢？万一他没有勇气和母女俩见面呢？你到底在哪儿啊，塞利姆？"我还没有看见你父亲。"米拉开口道，哥哥越走越近，她发现有个人一直跟在盖内克身后。对方一头黑发，比盖内克要矮上一头。米拉一开始竟然没有注意到他。"等等。我想我看见他了！他就跟在你舅舅后面。"

费利西娅伸长了脖子。"你先跟他打招呼。"女儿说，她突然之间变得害羞起来。

米拉点了点头，她把费利西娅放到地上，牵起女儿的手，"好的。"

"盖内克——他是不是快过来了？"涅秋玛问，"塞利姆也跟着一起来了吗？"

米拉转身看着母亲。"是的，塞利姆跟着他一起来了。来吧，"她扶起涅秋玛，轻轻把母亲拉到自己身前，"盖内克马上就要过来了。您应该第一个跟他打招呼。"

盖内克被一群当地人堵在了后面。米拉看出他已经有些不耐烦了，他侧过身子，强行推开路人。周围的人用意大利语冲着他大吼大叫，但盖内克丝毫未予理会。

涅秋玛终于看见自己的大儿子走过来，他一身戎装，风度翩翩，比记忆中的模样还要帅气，原本就在眼眶里打转的眼泪如决堤的洪水般顺着老人的脸颊流下。"盖内克！"四目相对，涅秋玛一时间竟说不出其他话来。盖内克的双眼也湿润了。两个人抱成一团，母子俩相拥良久，仿佛合二为一，他们时而开怀大笑，时而悲伤流泪，毫不掩饰内心的情感，沉浸在无拘无束的欢乐中，两个人的身体晃来晃去。涅秋玛闭上双眼，感受着儿子的体温辐射全身，盖内克轻轻晃着母亲。

"我真的好想您，母亲。"

涅秋玛激动得说不出话。当母亲离开儿子的怀抱后，盖内克抬起手掌擦去眼角的泪水，对着家人眉开眼笑。还没等他开口，哈利娜就跳过来一头扑进哥哥怀里。

"你们做到了。"盖内克笑道,"我简直不敢相信,你们竟能走过这么远的距离。"

"你肯定想不到。"哈利娜说。

"还有你 ——"盖内克满面笑容地看着自己的外甥女,"瞧瞧我们的小可爱! 上一次见你时,你还没有一只小猫大呢! "费利西娅的脸霎地一红。盖内克蹲下身子,抱住费利西娅和米拉,米拉也紧紧搂住哥哥。

"盖内克,见到你真是太好了。"米拉哭道。

最后,盖内克走到父亲面前,他体验到了这辈子以来时间最长、力度最强的拥抱。"我也十分想念您,父亲。"盖内克哽咽道。

就在父子相拥的同时,米拉的注意力又回到拥挤的人群中。塞利姆就站在一米开外的地方,他的手里拿着自己的帽子。两个人的目光停留在对方身上,片刻之后,米拉动作僵硬地举起一只手,好像是想朝塞利姆招手,接着她又叫费利西娅跟自己一起打招呼。

"我不想打扰你们一家团聚。"塞利姆说,他向母女二人走来。

看着眼前的男人,米拉感到有些无法呼吸 —— 棕色的短发、圆圆的眼镜、优雅的姿态。她原以为丈夫身上会发生很大变化,但实际上他根本就没怎么改变。米拉张开嘴巴。"我 —— 塞利姆,我……"虽然几周以来她一直在反复思考此刻要说些什么,但是她发现自己的大脑现在已经变成一片空白。

"米拉。"塞利姆说,他走到米拉身边。

塞利姆一把将妻子拥入怀中,米拉闭上眼睛。丈夫身上带着淡淡的香皂味道。片刻拥抱过后,米拉推开塞利姆,她弯下腰,轻轻拉起女儿的手。"费利西娅，亲爱的，"她轻声说，看了一眼女儿和塞利姆，"这就是你的父亲。"

顺着母亲的目光，费利西娅的视线停留在父亲身上。

塞利姆清了清嗓子，他望着费利西娅和米拉。米拉站起身。去吧，她点点头。塞利姆俯下身子，单膝跪地，这样一来费利西娅不用抬头也能看见父亲的眼睛了。

"费利西娅……"塞利姆开口道，他咽了咽口水，随后调整了一下呼吸，继续说，"费利西娅，我给你带了礼物。"他从口袋里掏出一枚刚铸好的银币，放到费利西娅手里。费利西娅将硬币放在掌心，仔细观瞧。"这是伊朗的一对年轻夫妇送给我的，"塞利姆继续说，"作为我帮助他们接生的谢礼。你看见这头狮子了吗？"他指着硬币上面的浮雕，"他拿着一把剑。上面是他的皇冠。硬币的反面……"他轻轻将费利西娅掌心的硬币翻过来，"这是波斯语，表示数字五。当然，对我来说，这个标志看起来更像是一颗爱心。"

费利西娅抚摸着硬币上的浮雕。

塞利姆抬头看了一眼米拉，妻子正在微笑。

"真是一份特别的礼物。"米拉说，她的一只手放在费利西娅肩膀上。费利西娅抬头看了一眼母亲和父亲。

"谢谢你，爸爸。"费利西娅说。

塞利姆一时陷入沉默，他仔细端详着眼前的小女孩。"我能不能抱你一下，费利西娅？"他问。费利西娅点了点头。塞利姆轻轻搂住女儿单薄的身子，费利西娅转过头，脸颊放在父亲肩膀上，一旁的米拉紧紧咬住嘴唇，努力不让自己哭出来。

第五十九章

雅各布与贝拉

波兰罗兹 / 1945 年 10 月

这是辆德国列车。畜运车厢遍体刮痕，锈迹斑斑，上面用白色油漆潦草涂写着**科布伦**，指的是德国城市科布伦茨。

身穿家乡军制服的士兵沿着铁轨顺次关闭车门，留在月台上的几名乘客互相帮忙登上列车。雅各布与贝拉也在最后上车的几个人中间。

"准备好了吗？"雅各布问。

一旁的贝拉点点头。她怀中抱着熟睡的维克托，这是两个人的儿子，已经两个月大了。"你先上车吧。"

有人在车厢外面放了一个木箱，上车比原来容易了一些。雅各布抬起手中的行李，车厢里的空气污浊难闻，尽是尘土与腐烂的味道。他颤颤巍巍地踩着木箱，坐到车厢边缘，尽量不去想之前发生在这里的事情，毫无疑问，曾经有上百人、上千人，也许更多的人被这辆列车送往特雷布林卡、海乌姆诺，还有奥斯维辛等地——这些名字如今已经成为死亡的代名词。想到贝拉的父母肯定也是被这样的列车带走的，雅各布感觉胸中一紧。

贝拉站在月台上，她微笑着抬头望着自己的丈夫，雅各布差一点就要哭出来。妻子的坚强让他敬畏。两年前，贝拉几乎丧失了求生的意志。雅各布已经认不出妻子的模样。如今，贝拉已经变回了雅各布最初爱上的那个她。而且现在夫妻俩也不再只有彼此。他们组建了自己的家庭。雅各布伸过手来。

"轮到我们了，"贝拉小声说，"接住他了吗？"她在松手前问。

"接住了。"

雅各布亲吻着维克托的脸颊，他用手肘搂住儿子，另一只手抓住贝拉。三个人上车后，车里其他乘客一下子就围了上来。维克托的身上有一种特别的魔力，他散发着麦乳精的香气，全身的肌肤柔软光滑，吐出的气息给周围疲惫不堪的幸存者带来了希望。

外面传来一声哨响。"两分钟！"列车长用波兰语吼道，"还剩两分钟！列车会在两分钟后出发！"

车厢里坐满了人，但还没到拥挤的程度。雅各布与贝拉认识车上大部分乘客——有几个是从罗兹过来的，还有少数来自拉多姆。大部分都是犹太人。他们将前往斯图加特难民营。他们得知联合国善后救济总署 ①（简称联总，现在人们通常用这个组织的英文首字母缩写 UNRRA 来称呼它）和联救委已经在那里开设了商铺，旨在为难民提供舒适的居住环境和充足的食物供应，对大多数人来说，能吃饱这件事还是头一次。在斯图加特，雅各布与贝拉希望能更方便地和伊利诺伊的叔叔取得联系。如果一切顺利，全家人到时就能获得

---

① 联合国善后救济总署（United Nations Relief and Rehabilitation Agency）：首字母缩写"UNRRA"，成立于 1943 年 11 月 9 日，由 44 个国家代表在美国白宫签订《联合国善后救济总署协定》成立的国际组织，发起人为美国总统罗斯福。UNRRA 中的联合国并非后来在美国旧金山组成的联合国，而是指二战期间同盟国参战国家。

移居美国的许可。到美国去。这两个字仿佛代表了自由，代表了机遇，代表了一切都能重新开始。美国。这两个字有时听上去过于完美，就像夜曲的最后一节音符，绕梁三日不绝于耳。乐曲终会结束消失，但他们的梦想却能实现，夫妻俩提醒自己。他们希望贝拉叔叔的担保人资格能够尽快获批，之后，他们需要的就只是三张签证了。

雅各布与贝拉最近常常会聊到一些话题：如果计划顺利，儿子就会在美国长大。摆在维克托面前的将是全新的生活、全新的语言和文化，夫妻俩不知道这意味着什么。当然，孩子会过得更幸福，两个人总是这么说，虽然他们并不知道在美国长大是什么样子。

车外传来第二声哨响，贝拉吓了一跳。

"哎呀！"雅各布大叫道，"我差点忘了！"他把维克托放到贝拉怀里，拿起相机，俯下身子，迅速回到月台上。

贝拉摇了摇头，在车厢门口低头看着他，"你要去哪儿？列车马上就要出发了！"

"我打算拍张照片，"雅各布说，他挥了挥手，"这边，快一点，所有人，看这里。"

"现在？"贝拉问，不过她没有过多争辩。她招呼车上其他乘客加入自己，大家聚到车门口。他们站在一起，每个人都昂首挺立，笑容满面。

透过禄来福来相机的镜头，雅各布观察着自己的拍摄对象。这些人穿着带领的风衣、下摆过膝的羊毛裙、定制的罩衫，还有包脚的皮鞋，镜头完美聚焦，他发现无论从哪个角度看，大家的表现都比自己原先预想的要好得多。虽然每个人都疲惫不堪。但所有人脸上都写着骄傲二字，雅各布微笑着抬起头。咔嗒。就在车轮移动前的一刹那，他按下快门。

"快点，亲爱的！"贝拉喊道，雅各布一把拽住车门，回到车厢。

家乡军士兵昂首阔步地走过来，他关上车厢底部的门。"开着吗？"他指着顶部的门问。

"开着吧。"车厢里的乘客立刻表示同意。

"随便吧。"士兵说。

列车缓缓前行。雅各布与贝拉站在车门口，两个人望着外面的世界和自己擦身而过，景色移动的速度一开始很慢，但随着列车提速在不断加快。雅各布一只手抓住木门，另一只手搂住贝拉，贝拉靠在丈夫身上保持平衡，她低头亲吻着维克托的头顶。维克托抬头看着母亲，他没有眨眼，而是凝视着母亲的目光。

"下次再见吧，波兰①。"雅各布说，他和贝拉都很清楚，很可能不会再有下次了。

列车开始提速，贝拉抬起头，望着一闪而逝的波兰风景，映入眼帘的是圣亚历山大·涅夫斯基大教堂，17世纪的石头外墙、红色屋瓦、镀金圆顶。"永别了。"她小声说，列车行进在铁轨上，发出咔嗒咔嗒的声响，贝拉的声音淹没在这富有节奏的震动中，他们一路向西，朝德国前进。

斯图加特城西区的难民营与其说是营地，倒不如说是城市街区。四周没有栅栏，没有边界，只有一条双车道山顶公路，名为俾斯麦大街，街道两旁都是三四层楼高的建筑。雅各布与贝拉住的地方家具一

---

① 原文为波兰语。

应俱全，他们听说这要感谢德怀特·D.艾森豪威尔将军，欧洲战场胜利日后不久，将军来到恩茨河畔法伊英根①附近的集中营。营中的情景让将军大为震惊与愤怒，艾森豪威尔命令斯图加特当地人为战后幸存的犹太人提供住所；当地人拒绝了他的要求，将军失去耐心，随即发布紧急疏散令。"拿好你们的个人物品，但要留下家具、瓷器、银器，还有其他所有东西，"他命令道，然后继续说，"你们只有二十四小时。"

来到斯图加特城西区的犹太人大都一无所有——他们没有住处、没有家人，名下也没有任何财产，难民营带给众人一种复兴之感。俾斯麦大街如今已经成为战争幸存者的家园，有些人来自拉多姆，包括鲍姆医生，贝拉小时候找他看过扁桃体炎，医生现在负责每月为维克托检查身体。时至今日，难民营中的犹太人终于可以继续遵循他们的传统，公开庆祝他们的节日，这是长久以来都被禁止的事情。十一月底，光明节的第一夜，美国军队里的犹太牧师邀请众人到斯图加特歌剧院进行庆祝，所有人都兴高采烈。雅各布与贝拉还有数百位难民一道乘坐电车来到城中央，由于人数太多，电车只有站票。当众人结束庆典离开剧院，每个人都深有感触，他们有生以来第一次体会到如此强烈的归属感。

难民营中的居民从来不会谈论战争的话题。就好像他们想要尽快忘记那些失去的岁月，他们需要开始全新的生活。大家也是这么做的。春天到了，难民营中开满火焰百合花，四周的空气弥漫着浪漫的氛围。每到周末这里都会举办婚礼，每个月都会有五六个婴儿出生。犹太人致力于重建教育体系（这是另外一件奢侈品，战争期间，

---

① 恩茨河畔法伊英根（Vaihingen an der Enz）：位于德国巴登－符腾堡州的市镇。

太多人失去了受教育的机会），让难民营中的年轻人能够接受良好教育。公寓变成了教室，孩子在这里学习各种知识，从犹太复国主义到数学、音乐、绘画，还有裁缝。这里也有为成人开设的课堂，教授牙医、金属加工、皮革加工、黄金加工，还有裁缝刺绣。贝拉负责教授内衣、紧身胸衣和礼帽的制作方法。

刚来斯图加特的几个月里，雅各布与贝拉把时间基本都花在了UNRRA和美国总领事馆的办公室，他们找UNRRA的美国工作人员领取定额配发的食物、衣服和其他生活必需品，每天去领事馆咨询移民申请的情况。"有没有收到我叔叔弗雷德·塔塔尔的消息？"贝拉每次都会问同样的问题。但到目前为止，他们只收到过一封电报，时间还是在他们刚到难民营时，贝拉的叔叔在电报上写道：正在办理担保人手续。打那以后，他们还没有收到其他消息。

在一个温暖的周六下午，贝拉和维克托来到俾斯麦大街不远处的临时足球场，母子俩坐在球场边的毯子上。

"看见你爸爸在那边了吗？"贝拉问，她把头靠在维克托身上，指着球场的方向。雅各布双手叉腰，站在对手球门附近。他看了一眼母子俩的方向，朝两个人挥挥手。雅各布帮忙组织起了难民营里的足球联赛；比赛不仅能让自己的身体得到很好的锻炼，还能让他不再过分关注移民申请的情况。他和队友每天都会练习，每周比赛两次，对手基本上都是犹太难民，偶尔也会和斯图加特当地球队进行较量。和德国人比赛的场地要比犹太人联赛的场地好得多，不过雅各布也习惯在好场地踢球，他之前就在拉多姆打过波兰联赛。现在的他也能深刻体会一场比赛是如何迅速变味的，德国人一上场，雅各布就能分辨出哪些人是来享受比赛的，而哪些人仍然对犹太人抱有明显敌意。面对后者时，通常用不了几分钟，对方就会恶语相向——肮脏下贱的犹太人、背后伤人的贼、一群畜生，你们都是罪有应得。雅各布的队友已经习惯了这份敌意，虽然他们经常有能力打败对手，但在中场休息时，球队最后还是决定放水，让那些混球赢得比赛，这也是为了大家好，因为他们深知一群暴怒的德国人会干出什么事来，无论是在球场上，还是在球场下。

一声哨响。比赛结束了。雅各布一侧的膝盖擦破了皮，衬衫上沾了一道道棕色泥土，不过整个人神采奕奕。他跟对方球员握手致意（这是一场友好的比赛——贝拉只会出席和犹太人球队的比赛），接着一路小跑来到场边。

"你好，我的太阳！"他边说边亲吻着贝拉的嘴唇，他的嘴上都是汗，雅各布凑到维克托跟前，"你看见我进球了吗，大男孩？咱们要不要绕场一周进行庆祝？"他搂起维克托的胳膊，拉着儿子跑起来。

"小心点，亲爱的！"贝拉朝雅各布喊道，"他还撑不住脑袋的重量！"

"没事！"雅各布回头大声笑道，"他喜欢这样！"

贝拉叹了一口气，看着维克托秃秃的脑袋上下晃动，雅各布在完成绕场一周前是不会回来的。维克托咧着嘴笑起来，贝拉能看见他嘴里长出的全部四颗牙齿。

"你觉得他什么时候才能长大踢球？"已经完成绕场一周的雅各布问。他轻轻将维克托放回贝拉身旁的毯子上。

"用不了多久，亲爱的，"贝拉答道，她也跟着笑了起来，"用不了多久。"

第六十章

阿 迪

————

巴西里约热内卢 /1946 年 2 月

阿迪漫步在科帕卡瓦纳的大西洋大道上，脚下是黑白相间的马赛克人行步道，同行的还有塞巴斯蒂安，他是阿迪在"阿尔西纳号"上结识的少数波兰朋友之一，来自克拉科夫，是一位作家，两个人边走边聊。和阿迪一样，塞巴斯蒂安也穿过了直布罗陀海峡，登上了"合恩角号"——"我把手腕上的黄金袖扣卖了，那可是我祖父留下来的东西。"他说。他和阿迪虽然都住在里约，但两个人并不经常见面，不过每次相聚，他们都很高兴可以有机会换回母语交流。从某种程度上说，能够使用自己的母语交流也算是种安慰——就像是在对曾经的生活致敬，那段时光和那些地方如今只存在于两个人的记忆中。于是，每次聚在一起，他们总会讨论自己最怀念的波兰小事：对塞巴斯蒂安来说，他最怀念的莫过于春天的罂粟花香，还有香甜可口、塞满玫瑰酱精华的玫瑰油炸甜甜圈，除此之外，当华沙大剧院有新歌剧上演时，他便会心情激动地前往现场；阿迪最怀念的是仲夏夜步行去影院观看查理·卓别林的新电影，路上他会停下脚步，聆听楼上建筑敞开的窗户里传出的音乐，那是罗曼·托滕伯格①的斯特拉季瓦里乌斯小提琴②发出的动人旋律，在斯塔里花园池塘滑了一天冰后，回到家中，阿迪会将母亲烘焙的星形饼干泡在浓厚香甜的热可可中，那种味道让人欲罢不能。

当然，除了油炸甜甜圈和滑冰，阿迪和塞巴斯蒂安最想念的还是自己的家人。有那么一段时间，他们经常谈论父母和兄弟姐妹，两个人会比较无数种可能性，猜测家人到底身在何方；但几个月过去了，接着几年也过去了，亲人依旧杳无音信，高声谈论他们的命运似乎也变得不再那么容易，从此以后，两个人便很少再提及家人的话题。

"最近有没有克拉科夫那边的消息？"阿迪问。

塞巴斯蒂安摇摇头，表示没有，"你呢，有拉多姆那边的消息吗？"

"没有。"阿迪说，他清了清嗓子，尽量让自己的声音听上去不那么沮丧。自美国总统哈里·杜鲁门所谓的欧洲战场胜利日以来，阿迪比之前更加努力地与红十字会沟通，他怀揣希望与梦想，企盼随着战争结束，自己的家人能于茫茫人海中现身。但到目前为止，他收到的消息都是欧洲某个地方又发现了数量惊人的集中营，特别是波兰。盟军似乎每天都能发现一处新的集中营，还有少数濒临死亡的幸存者。报纸上开始刊登相关的照片资料。画面极其恐怖。照片上的幸存者看起来更像死尸。他们的肤色几乎变成半透明，两边

①　罗曼·托滕伯格（Roman Totenberg，1911—2012）：波兰裔美籍小提琴家。
②　斯特拉季瓦里乌斯小提琴（Stradivarius）：由意大利提琴制作师安东尼奥·斯特拉迪瓦里（Antonio Stradivari）制作的小提琴。

的颧骨、眼睛，还有锁骨窝已经完全塌陷，留下一个个空洞。大部分人都穿着条纹囚服，由于后背的肩胛骨过于突出，这些衣服就像是挂在他们身上，模样十分可怜。幸存者光着脚，头发被剃光。那些上身赤裸的人一个个骨瘦嶙峋，腰线附近的肋骨和髋骨分别向外突出了足足一拳距离。每次无意中看见这些照片，阿迪都会忍不住盯上好一会儿，他的内心充满愤怒与绝望，又害怕会遇见自己熟悉的面孔。

家人已经死于希特勒的集中营，这种可能性或许已经成为现实。他的兄弟身穿条纹服。美丽的姐姐和妹妹躺在地上，两个人被剃光头发。母亲和父亲互相搀扶彼此，他们奄奄一息，毒气已经灌满整个肺部。当这些情景偷偷钻进他脑子里时，阿迪会本能地抗拒它们，他会换个思路，认为父母和兄弟姐妹还是他离家时的模样 —— 盖内克从他的银烟盒中掏出一支香烟，雅各布一脸微笑地搂住贝拉的肩膀，米拉坐在小型钢琴前，哈利娜大笑着将自己的一头金发甩到身后，母亲手握钢笔坐在写字台边，父亲站在窗边望着外面的白鸽，嘴里哼唱着鲁日茨基的《风流浪子》①选段，为了庆祝阿迪二十岁生日，这部歌剧是父亲和他一起去华沙看的。除了这些画面之外，阿迪拒绝以其他任何方式来铭记自己的家人。

塞巴斯蒂安换了别的话题，两个人继续向前走，午后的阳光洒在科帕卡瓦纳海岸，海浪溅起的泡沫熠熠闪光，他们眯起眼睛看着眼前的景色。

"坐下来吃点东西怎么样？"阿迪问，两个人已经走到莱米岩附

---

① 《风流浪子》(*Casanova*)：波兰作曲家卢多米尔·鲁日茨基 (Ludomir Różycki，1883—1953) 创作的歌剧。

近，这里是海滩北部的尽头。

"好呀。说了这么多油炸甜甜圈，我都饿了。"

两个人在岩石底下左转来到安谢塔大街，阿迪指了指卡罗琳的公寓，那里正好能够俯瞰莱米海滩。

"卡罗琳最近怎么样？"塞巴斯蒂安问。

"还不错。就是最近总说要回美国之类的。"

"照我说，她是想带你一起回去吧？"塞巴斯蒂安笑道。

阿迪羞涩地一笑。"是这样计划的。"去年夏天阿迪就迫不及待地决定向卡罗琳求婚。两个人是在当年七月结的婚，塞巴斯蒂安和卡罗琳的朋友金纳作为他们的伴郎伴娘。不过即使卡罗琳回到美国，那里也没有能够迎接她的父母亲了，想到这里，阿迪的笑容渐渐消失。卡罗琳之前就和阿迪说过她的父亲早在战争开始前就过世了。而母亲也在卡罗琳搬到巴西后不久离开了人世。有的人来不及见父母最后一面，而有的人失去了和父母的联系，不知道对方死活，也不晓得何时能再见面——究竟哪一种更糟？阿迪也不知道答案。他边走边思考着这个进退两难的问题。卡罗琳至少已经得到了确定的答案。但阿迪还没有。万一自己永远得不到答案呢？万一自己余生都无法得知家人的情况呢？而且更糟的是，他总是在想：要是自己当时没有离开法国，而是想办法回到了波兰，事情又会发生什么样的变化呢？

阿迪的思绪回到拉多姆火车站，回到和母亲最后一次见面时。时间指向1938年。已经是快十年前的事情了。当时他只有二十五岁。阿迪回家过完犹太新年，转天清晨离开拉多姆时，母亲一路把他送到车站。阿迪的手伸进口袋，指尖揉搓着母亲送给自己的手帕，候车时，母亲紧紧搂住阿迪，母子俩的手肘紧紧贴在一起；母亲嘱咐他要注意安全，亲吻着他的脸颊，紧紧抱着他，和儿子道别，母亲举着手帕在头顶挥舞，目送列车缓缓离开——涅秋玛就这样摇啊摇，直到自己变成了月台上的一个小点，一个小小的人影，但仍然久久不愿离去，列车早已离开了她的视线。

"去大猪头烤肉店坐会儿吧。"塞巴斯蒂安提议道，阿迪眨了眨眼睛，思绪回到现实。他点了点头。

时间虽然还不到五点，但店外摆放的塑料餐桌周围已经坐满了抽烟聊天的巴西人，他们的桌上摆着油炸鳕鱼饼和梵天酒①。阿迪看到其中一张餐桌旁坐着三对引人注目的情侣。女人集中坐在一边，看样子正在全神贯注地聊天，谈话内容想必很吸引人；几个人语速很快，互开玩笑时眉毛会有节奏地上下挑动，三位黑发男子坐在她们对面，身体后仰靠在椅背上，他们在欣赏四周的风景，几个人下颌松弛，食指和中指间夹着香烟。其中一个男人看上去有些过于放松，阿迪担心他会不会睡着，然后从椅子上翻过去。

阿迪和塞巴斯蒂安走到侍者面前，侍者伸出五根手指，意思是说还要再等五分钟外面才有餐位。两个人边等边聊起周末的计划。塞巴斯蒂安打算傍晚去圣保罗拜访一位朋友。而阿迪的计划就是跟卡罗琳待在一起。他看了一眼手表——快五点了。她很快就会从大使馆下班回家。阿迪刚要开口问塞巴斯蒂安对于圣保罗的印象（他还没去过那边），他就突然觉得有人拍了一下自己的肩膀。阿迪转过头，身后站了一位年轻男子，看上去二十四五岁的样子，外表干净整洁，

---

① 梵天酒（Brahma Chopp）：巴西著名啤酒品牌。

一双浅绿色的眼睛立刻就让阿迪想到了妹妹哈利娜。

"不好意思，先生。"陌生人开口道。

阿迪看了一眼塞巴斯蒂安，微微一笑，"又遇到一位波兰人！今天真是棒极了！"

年轻人看上去有些尴尬，"很抱歉打扰到你们。我不是有意听到你们在用波兰语交谈，但我有些事要问……"他先是看了一眼阿迪，然后又看了一眼塞巴斯蒂安，"不知您二位有谁碰巧认识一位叫阿迪·库尔茨的先生。"

阿迪的头向后一仰，发出哈的一声！与其说是笑声，倒不如说是叫声，距他们最近的一桌客人吓了一跳。年轻人低头盯着自己的脚。

"我知道希望不大，"年轻人摇了摇头继续说，"不过住在里约的波兰人不多，但我就是一直没有找到这位库尔茨先生，仅此而已。看来文件上记录的是老地址。"

阿迪在三周前就搬了家，新公寓在卡瓦略·门东萨。他伸出一只手，"很高兴见到你。"

年轻人眨了眨眼睛，"您——您就是阿迪？"

"你又惹上了什么麻烦事？"塞巴斯蒂安假装关心道。

"我哪儿知道。"阿迪打趣道，淡褐色的眼睛一闪一闪。他看了一眼塞巴斯蒂安，冲对方眨了眨眼睛，接着又把注意力转回面前的年轻波兰人身上，"不如你来告诉我吧。"

"啊，没有什么麻烦，先生，"年轻人说，他还握着阿迪的手，"我在波兰领事馆工作，我们收到了一封电报，是寄给您的。"

听到"电报"这个词，阿迪突然觉得双腿一软。年轻人紧紧抓住他的手，阿迪这才没有摔倒。"一封电报？ 谁寄来的？"阿迪的表情瞬间变得严肃起来。他的眼睛扫视着陌生人的脸，好像在绞尽脑汁破解一道难题。

年轻人解释说自己不能泄露任何信息，阿迪只能亲自去一趟大使馆，从莱米到那边需要半个小时路程。"办公室十分钟后就下班了，"他继续说，"最好还是……"还没等年轻人说完"周一再去"，阿迪就已经夺门而出。

"谢谢你！"阿迪边跑边回头喊道，"塞巴斯蒂安，我欠你一顿酒！"他嚷道。

"去吧！"塞巴斯蒂安回应道，不过阿迪已经跑出老远，没有听见朋友的加油声，阿迪一路狂奔，穿行在褐色肌肤的人群中，他的头一会儿沉下去，一会儿又飘起来，和他相比，周围的游人则是悠闲地漫步在人行步道上。

赶到大使馆时，阿迪浑身上下已被汗水浸透，白色的棉质内衣也全都湿透。时间已经指向五点十分。领事馆大楼已经上锁。阿迪用指头不断敲击木门，直到里面有人出来回应。"求求您！"被告知大使馆已经关门后，阿迪气喘吁吁地央求道，"我收到了一封电报。对我非常重要。"

大使馆的工作人员看了一眼手表。"很抱歉，先生，但——"他刚一开口就被阿迪打断。

"求求您，"他变得有些结巴，"我可以做任何事。"

很明显，对两个人来说，"大使馆已经关门"这句话阿迪是不会接受的。门口的工作人员最后点了点头，松了松自己的领带。"好吧。"他叹了一口气，示意阿迪跟自己进来。

两个人来到一间小办公室，旁边的门牌写着 **M. 桑托斯**。

"您就是桑托斯吗？"阿迪问。

工作人员摇摇头，阿迪跟着他走进办公室。"我是罗伯托。桑托斯负责接收电报。没有签收的电报他都放在这边了。"罗伯托绕过办公桌，"请坐。"他指了指一张椅子，他从衬衣口袋里掏出眼镜戴上，低头看着一沓六英寸大小的纸条，纸条上的字看起来像是刚刚写好的。

阿迪紧张得根本没办法坐下。"我叫阿迪，"他说，"阿迪·库尔茨。"

"名字的拼写告诉我，"罗伯托说，"先说姓氏。"他舔了舔大拇指，推了推鼻子上的眼镜。

阿迪拼了一遍自己的名字，然后在办公室里踱来踱去，他咬着自己的舌头。这是唯一能让自己安静下来的方法。最后，罗伯托停了下来，从纸堆里抽出一张纸条。

"阿迪·库尔茨，"他念道，然后抬起头，"是你吧？"

"是！是！"阿迪将手伸进钱包。

"不用拿身份证，"罗伯托摆了摆手，"我相信你就是阿迪·库尔茨。"他看了一眼电报内容，把纸条放到办公桌上，推给阿迪，"看起来应该是两周前就送到了，是红十字会那边寄来的。"

阿迪接过纸条，稳了稳心神。要是坏消息，想必自己会从报纸上看到，从那些死亡名单上看到，但一封电报……他告诉自己，电报上发来的不会是坏消息。阿迪双手紧紧抓着这张窄窄的纸条，他把电报放到眼皮底下，读起上面的文字。

亲爱的弟弟 —— 非常高兴在红十字会名单上看见你
妹妹们和父母都跟我在意大利 ——

雅各布等待美国签证 尽快回信 —— 爱你的盖内克

    阿迪凝视着纸片上的文字。卡罗琳两年前寄给世界各地红十字会办事处的信件，其中一封送到了哥哥手中。他摇晃着脑袋，不停眨着眼睛，一瞬间觉得自己的精神飞到了九霄云外。他好像是在大使馆的天花板上俯瞰整间屋子，俯瞰罗伯托，俯瞰自己，他的手里还抓着电报，盯着铺满整张纸条的小小黑字。阿迪放声大笑，笑声将他拉回现实。

    "能不能帮我个忙，先生，"阿迪说，他把电报放回桌上，推给罗伯托，"您能帮我念一下上面的字吗？ 我只是想确定一下自己不是在做梦。"

    罗伯托大声朗读起电报上的讯息，阿迪的笑声逐渐消失，他的头变得轻飘飘的。阿迪一只手放在办公桌上撑住自己，另一只手捂住嘴巴。

    "你没事吧？"罗伯托有些担心地问。

    "他们还活着，"阿迪捂着嘴巴轻声说。这句话在他心中留下了深深的烙印，他突然站起身，双手捂住太阳穴，"他们还活着。我能 —— 我能再看一眼电报吗？"

    "这就是你的东西。"罗伯托将电报放回阿迪手中。阿迪拿起纸条，紧紧贴在自己的胸口，他闭上双眼。片刻后，阿迪抬起头，泪水从他的眼角溢出，包裹着汗水，顺着他的脸颊流下。"谢谢！"他说，"谢谢！"

1946 年 3 月 29 日

----

　　250 名装备美国军用步枪的德国警察闯入斯图加特难民营，他们想要搜查整片建筑，并宣称自己已经得到美国军方授权。此次事件引发了双方冲突，数名犹太人受伤。来自拉多姆的塞缪尔·丹齐格被杀。他的死亡以及此次袭击事件被美国媒体大肆报道；不久后，美国政府施行了更为宽松的政策，向犹太难民敞开国门。

第六十一章

雅各布与贝拉

北海 ①/1946 年 5 月 13 日

站在"海鲈鱼号"船头，雅各布举起禄来福来相机，他来回调整光圈，透过镜头看着自己的妻子和儿子。海风徐徐吹过，扑面而来的是咸咸的味道和凉爽的感觉，还有一丝春天的气息。贝拉将维克托抱在怀中，对着镜头微笑，咔嗒一声，雅各布按下快门，定格住眼前的画面。

当天早晨，他们从不来梅港出发，沿威悉河 ② 一路航行到北海。等傍晚时分，这只"鲈鱼"便会掉转船头，向西横穿大西洋，"鲈鱼"是贝拉给这艘船起的爱称。

三周前，雅各布与贝拉收到了斯图加特美国总领事馆的确认函——其间他们还参加了一次体检（身患重病的难民不会被美国政府批准入境）——他们的担保人资格已经获得认可，签证已经在不来梅港办理完毕。负责体检的是鲍姆医生，雅各布、贝拉与维克托

---

① 北海（North Sea）：北大西洋一部分，位于大不列颠岛以东，斯堪的纳维亚半岛西南和欧洲大陆以北。

② 威悉河（Weser River）：德国境内河流。

的每项指标都很完美。完成照片信息采集工作后，一家三口收到了颁发给他们的身份证。两周后，他们告别斯图加特的朋友，搭乘夜间列车离开。到达不来梅后，全家人来到写有**移民集结区**的指示牌下，在地板上睡了整整一周，直到“海鲈鱼号”驶入港口，他们才被允许登船。

“鲈鱼”是一艘可容纳千名乘客的旧式军舰 —— 同型号的舰船是第一批将欧洲难民运往美国的船只。这是自由之船。由于名下没有任何存款，雅各布和贝拉在联救委的帮助下支付了总计142美元的费用；联救委还为每名登船的难民发放了5美元零钱。雅各布与贝拉将之前 UNRRA 配发给他们的咖啡都保存了下来，离开斯图加特前，他们用这些备受青睐的咖啡粉进行交易，换回两件干净衬衫（雅各布换了一件清爽的蓝色衬衫，贝拉换了一件扇形领子的白色罩衫）和维克托的白色棉帽。他们想用最体面的方式和贝拉的叔叔弗雷德在美国见面。

一个年轻女人走到他们跟前，她的嘴里在嘟囔着什么。自从登船以来，每隔一分钟就会有人过来跟夫妻俩搭话，有的会问维克托几岁了，有的会问孩子在哪里出生，还有的就是过来恭喜贝拉与雅各布能带孩子一起去美国。

“孩子多大了呀？ ①”年轻女人看着贝拉怀中的婴儿问。

“到八月就一周岁了。”贝拉用法语答道。

年轻女人微微一笑，“他叫什么名字呀？”

“我们给他起名叫维克托。”贝拉用食指背轻抚着维克托脸上柔

---

① 原文为法语。

软的肌肤。她和雅各布并没有花多久就决定好了两个人长子的名字。维克托①这三个字充分表达出夫妻俩对战争结束的欢欣与喜悦，他们也渐渐意识到，虽然两个人一路来经历了许多看似无法克服的挑战，但结果他们不仅成功地活了下来，还将新生命带到了这个世界。雅各布与贝拉常常也会陷入沉思，总有一天，等维克托长大后，儿子就会明白自己名字背后所蕴含的意义。

女人扬起下颌，接着点了点头，她的眼睛盯着维克托的嘴唇，那是粉嫩的爱心形状，随着孩子呼吸的节奏微微开合。

"他很漂亮。"

贝拉也在看着自己的儿子，"谢谢。"

"他睡得可真香呀。"

贝拉微笑着点点头，"是呀，就好像在这个世界上没有任何需要他操心的事情。"

---

① 维克托（Victor）：有"胜利"之意。

第六十二章

库尔茨家

巴西里约热内卢 / 1946 年 6 月 30 日

"你最好还是快一点。"卡罗琳微笑着对阿迪说,她正躺在萨马里塔诺医院的产科病床上。"快去。"她继续说,像老师在教育自己的学生,她不会接受否定的回答,"我们不会有事的。"卡罗琳操着自带的美国南部口音,故意拉长语调,漫不经心地说着不会有事这几个字。

阿迪看了看妻子,又看了看睡在床脚边保育箱里的凯瑟琳。女儿是两天前出生的,比预产期提前三周,体重只有两公斤。医生向夫妻俩保证孩子很健康,不过出院前孩子至少要在恒温箱里待上一周,她需要恒温和富氧的环境。阿迪亲吻着妻子,"卡罗琳,"泪水模糊了他的眼睛,"谢谢你。"

卡罗琳不仅通过红十字会帮他找到了家人,还将自己的美国战争债券 ① 兑换成现金,这是她名下唯一的积蓄,她用这笔钱为阿迪家人支付了从意大利到里约这边的交通费用。阿迪求她不要这样做(他

---

① 战争债券(war bond):一般在战争时期发行,主要用于筹集军费。

发誓自己会想办法搞定这些钱），但卡罗琳却十分坚持。

卡罗琳摇了摇头，"又来了，阿迪。我为你感到高兴。赶快去吧！"她催促道，捏了捏阿迪的手，"你就要迟到了。"

"我爱你！"阿迪笑容满面，说完便夺门而出。

父母搭乘的客轮将于十一时抵达里约。与涅秋玛和索尔一同登船的还有妹妹哈利娜、妹夫亚当、一位名叫阿拉的表亲（涅秋玛在信中说这位表亲在战争刚开始时就和家人失去了联络，自己靠东躲西藏活了下来），还有赫塔的哥哥齐格蒙德（战争开始前阿迪只和他见过一面）。至于盖内克、赫塔、两个人的儿子约泽夫，米拉、塞利姆和费利西娅，阿迪的表亲弗兰卡、萨拉克还有姑姑泰尔扎则会在那不勒斯搭乘下一班客轮来里约。十五位亲属。面对这样的事实，阿迪一时间竟有些不知所措。来到巴西后他的心中始终只有一个梦想，那就是：找到自己的家人，知道他们安然无恙，然后把他们带到里约，全家人重新开始。他一次次地告诉自己，这个梦想是可以实现的，但也有可能无法实现 —— 他曾在梦中见过那样的情景，虽然只是一场梦，但最终会慢慢变为困扰阿迪余生的一场噩梦。

不过后来，他收到了那封电报，接下来的几周，阿迪又哭又笑，过去十年里大部分时候都像藤壶一样附着在他灵魂深处的负罪感和担忧全都消失了，一时间他竟有些不知所措。他感觉全身都变得轻松，身上的担子没有了 —— "我自由了。"卡罗琳有一次问阿迪现在感受如何，他给出了这样的答案。他只能想到这个词来形容自己现在的感受。他自由了，他终于可以全心全意地相信自己如今不再是孤身一人。

阿迪立刻就回复了盖内克的电报，恳求他来里约 —— 眼下这段时期，瓦加斯再次向难民敞开巴西国门。暂居意大利的家人欣然同意。盖内克回信说他们立刻就去申请签证。当然，获取签证和前往南美的整个过程不会很快，不过这也给了阿迪更多时间，他能做好充分准备，迎接家人到来。

事情决定好以后，阿迪便着手安排家人的生活起居：他在大西洋大道上给父母租了一间公寓；在自己居住的卡瓦略·门东萨大街上给哈利娜和亚当租了一间单居室公寓；在贝尔福罗舒大街上给表亲和姑姑泰尔扎租了一间两居室公寓。他给每个地方都置办了一些必要的家具，都是自己手工制作的——有床架、一张桌子，还有两套架子。在卡罗琳的帮助下，他从圣克里斯托旺的跳蚤市场买回一大摞各式各样的盘子和银器、一堆坛坛罐罐、几件围裙，还有几幅可以挂在墙上的便宜帆布油画。公寓房间看起来有些朴素；和华沙斯卡大街的漂亮公寓（阿迪在那里度过了自己的青春）相比略显苍白，但他已经尽力了。

"这段时间估计他们要像大学生一样过日子了，希望他们不会介意。"看着父母即将入住的公寓，阿迪唉声叹气地对卡罗琳说，那时凯瑟琳还没出生。和阿迪记忆中母亲起居室里的漂亮椴木写字台相比，眼前这张自己一周前手工制作的简易胶合板书桌看上去一瞬间变得滑稽起来。

"哎呀，阿迪，"卡罗琳安慰道，"他们一定会很感激你所做的这一切，除此之外我想不到别的。"

阿迪开着临时从塞巴斯蒂安那里借来的雪佛兰汽车，高速行驶在班比纳大街上，两旁的棕榈树在他的余光中化作两条绿色丝带。他不断摇着头。直到现在阿迪还觉得自己好像活在幻想的世界中。

两天前，阿迪感觉女儿的小手第一次钩住了自己的小手指——而且再过不久，他就能触碰到自己的母亲、父亲、妹妹、哥哥、表亲、素未谋面的外甥女，还有后来出生的侄子。他曾无数次幻想过重逢的场景。但后来他意识到自己压根儿就不需要去想那些，因为这个世界上没有任何东西能让他真正体会到那种感觉，他必须亲眼见到家人的身影，亲身感受他们脸颊的温度，亲耳听见他们的声音。

阿迪开着车，思绪飞回1939年3月清晨的图卢兹，他打开母亲的信，信上说拉多姆的局势发生了变化。他想起自己在法国军队服役期间的事，想起自己是如何伪造那些复员文书（这些东西现在还放在他的蛇皮钱包里）。他在脑海中勾勒出自己挽着艾丽丝卡的胳膊，两个人一起登上"阿尔西纳号"的情景，他想起自己在达喀尔和当地人进行物物交易，想起自己是如何凭借口才逃离卡萨布兰卡的卡夏·塔尔达营地，最后又登上"合恩角号"。他想起自己横渡大西洋的整个旅程，想起自己被囚禁在弗洛雷斯岛的那几周生活，想起自己在里约装订厂找到的第一份工作，想起自己无数次前往科帕卡瓦纳邮局和红十字会办事处的日子。他想起乔纳森的派对，想起自己鼓起勇气向卡罗琳搭话时心跳得有多快和多激烈。他想起在大猪头烤肉店外面遇到的绿眼睛领事馆工作人员，想起印在薄薄电报纸上的文字——这些文字在一瞬间改变了一切。阿迪已经有七年半的时间没有和家人见面了。七年半！他们有将近十年的空白需要填补。从哪里开始好呢？关于家人，他有太多太多的事情想要了解，关于自己，他亦有太多太多的故事想要告诉他们。

十一点整，阿迪抵达港口。他匆忙停好车，差点将雪佛兰的手刹拽下底座，他一路小跑奔向海关大楼，这是一座白色砖结构建筑，将阿迪和瓜纳巴拉湾隔开。这座大楼他已经来过四次——前两次是刚到里约时，后两次是在上个月，他来确认家人出港时具体需要办理的手续。工作人员告诉阿迪，乘客下船后会被带到护照管理办公室，然后是另一间办公室，他们要在那里回答一系列问题，最后他们的签证才会得到确认并盖章。在所有环节结束前，禁止阿迪和家人见面。

阿迪的心情异常兴奋，根本没办法老实待在里面，他绕过海关大楼，走了没多久，瓜纳巴拉湾一瞬间映入眼帘。港口边停靠着十几条小渔船，还有几艘货船，但只有一条船搭载着他的家人。不到五百米远的地方，一艘客轮正在向岸边驶来，两个巨大的涡轮机冒出滚滚蒸汽，直冲向晴朗的天空。这是个大家伙。"卡希亚斯公爵号"。肯定是这艘船！

船越靠越近，阿迪看见船头聚集着一些乘客，但他只能看见小小的人影，根本分不清谁是谁。他抬手遮住阳光，眯起眼睛望着地平线的方向，穿过等待的人群，沿码头走起来，岸边已经聚集了几十个人，他们也在等待船上的乘客。"公爵号"移动的速度慢得让人无法忍受。转眼间，阿迪已经走到码头最边上。最后，他实在是等不下去了。

"嘿！ ①"阿迪大声吼道，他向身边正在划船的渔夫招手。老渔夫抬起头。阿迪从口袋里掏出五克鲁塞罗 ②，"我能借你的船用一下吗？"

---

① 原文为葡萄牙语。
② 克鲁塞罗（cruzeiro）：巴西原法定货币名称，1993 年巴西发行新货币雷亚尔，克鲁塞罗现在已经停止流通。

坐在小船的木凳上，阿迪背对"公爵号"，他推动船桨，每划一下，海关大楼的白色砖墙便缩小一分。他越过漂在海面上的浮标，那是无尾流区①边界的标记，旁边正在靠岸的船上，船长对着阿迪的方向鸣哨——危险！②——但阿迪并未理会，反而更加用力划动船桨，渔船进入深海区，阿迪不时回头张望，好确定自己的位置。

聚在码头上的人群已经变为地平线上的一个个小点，阿迪放下船桨，他的心怦怦直跳，仿佛每分钟打一百二十下的节拍器。阿迪气喘吁吁，他抬起双脚跨过木凳，转身面对"公爵号"。他再次抬手遮住阳光，缓缓站起身，阿迪叉开双脚保持平衡，目光扫过船头。为了见家人一面，瞧瞧自己都干了些什么！不过阿迪什么都没看见。距离还是太远了。他放低身子坐了回去，再次转身背对客轮，他要再划近一些。

和"公爵号"只剩下三十米左右的距离，一个声音穿透阿迪的鼓膜，他觉得自己仿佛获得了新生，全身上下如同受到电击一般。他听出了声音的主人——过去十年的大部分时间里，他都只能在梦里听见这个声音。

"阿——迪！"

阿迪一把扔掉船桨，摇摇晃晃地站起身——他的速度太快了，小船差点翻过去，他慢慢稳住身体。阿迪看见母亲举着手帕在头顶挥舞，和几年前在车站送行时一模一样。父亲站在母亲身旁，拿着

---

① 无尾流区（no-wake zone）：水域指示区，在靠近岸边设置。船舶在快速航行过程中会产生尾流，进入无尾流区后，船舶需要降低航行速度，确保不会产生尾流。文中阿迪越过了无尾流区边界，前方的水域船舶航行速度较快，阿迪有翻船的可能性，因此比较危险。

② 原文为葡萄牙语。

一根手杖，不停地上下挥动，好像要往天上戳几个洞，哈利娜站在父亲身旁，疯狂地挥舞着手臂，另外一条胳膊抱着一个大大的包裹 —— 也许是个婴儿。看来妹妹给自己准备了一个惊喜。阿迪伸长脖子，目光停留在家人身上，他张开双臂，举过头顶，两只胳膊形成一个大大的"V"字 —— 要是自己的胳膊能再长一些，他就能碰到他们。阿迪大声呼喊着亲人的名字，家人也呼喊着阿迪的名字，他已经泪流满面，而他的家人，包括阿迪的父亲，也早已泣不成声。

第六十三章

库尔茨家

巴西里约热内卢 /1947 年 4 月 6 日

　　阿迪和卡罗琳将客厅的三张牌桌拼好，周围密密麻麻地摆满十八把椅子、两个儿童座椅和一辆摇篮车。这些家具大部分都是借来的。白天里烤箱几乎一直在工作，翻腾而起的热气将小小的公寓变成一间桑拿房，不过似乎没有人注意，而且即使他们注意到了也不会介意。全家人正在进行晚宴准备的收尾工作，聊天声、瓷器碰撞声不绝于耳，新鲜出炉的无酵饼香气四溢，这顿大餐他们期待已久——这是自战争开始以来，库尔茨家共同庆祝的首个逾越节。六个月前，剩下的亲属搭乘"坎帕纳号"来到里约。现在只有雅各布、贝拉和维克托不在这边。雅各布经常写信。最近一次来信中，雅各布说自己在美国找到了摄影师的工作。雅各布通常会在信中附带一两张照片，主角大部分是维克托，再过几个月孩子就两周岁了。在特别的日子里他会发电报过来。比如今天一早，家里人就收到了他的电报：

　　来自伊利诺伊的思念。干杯。雅

阿迪决定晚餐后借邻居家的电话打给弟弟。

索尔正在布置餐桌，他一边哼着曲子一边将桌布铺平，桌布是涅秋玛用一小块蕾丝花边缝制成的，花边则是在那不勒斯买的。索尔将自己的《哈加达》摆在桌首的座位上，接着将四处搜集来的祈祷书放到每把椅子上。

涅秋玛和米拉在厨房里准备仪式要用的盐水，她们给鸡蛋剥壳，每隔几分钟就要观察一下烤箱的情况，以防无酵饼烤过头。米拉将木勺放进汤锅，盛出澄清的肉汤，用嘴吹了吹，接着递给母亲，请她尝尝味道。

"是不是还要加点什么？"

涅秋玛用围裙擦了擦手，把勺子举到嘴巴前。她微微一笑，"够味儿了！"

米拉哈哈一笑。她有好几年没听过母亲这样说话了。

回到餐桌边，盖内克给每个人都倒了许多葡萄酒，他时不时会看一眼约泽夫，儿子刚刚过完六岁生日，正在和表姐费利西娅一起玩耍，等到了十一月，费利西娅就九岁了。两个孩子坐在窗边的地板上玩着挑棍游戏①，他们正在用葡萄牙语争论刚刚那一步约泽夫有没有用小指碰到蓝色竹签。

"你碰到了，我看见它动了！"费利西娅怒气冲冲地说。

"没有。"约泽夫坚持道。

---

① 挑棍游戏（pick-up sticks）：将所有挑棍抓在手中，垂直于桌面，然后放手，挑棍散开后，玩家要将挑棍一根根挑起来回收，不同玩法的规则略有不同，但一般来说，在挑其中一根棍时不能碰到其他棍。

亚当也坐在地板上，旁边是他一岁大的儿子里卡多，小男孩看着十个月大的表妹凯瑟琳围着自己爬圈圈，一副心满意足的模样。

"等你还没学会怎么站起来，她就要先学会跑了。"亚当戏弄道，捏了捏里卡多面团一样柔软的大腿。

里卡多是去年2月1日在那不勒斯的腓特烈二世医院出生的。然而在去年9月，全家人搬来里约的三个月后，哈利娜非常凑巧地"遗失"了里卡多在意大利的出生证明，同时申请了新的出生证。当巴西入籍部门工作人员询问她儿子的年龄时，哈利娜谎称孩子是8月在巴西出生的。哈利娜和亚当之前有过讨论——夫妻俩一致认为舍弃欧洲身份更有利于儿子成长。亚当的亲人已经离世（他最后得知他们死在了奥斯维辛），哈利娜的家人全在巴西和美国，他们已经和祖国没有了任何联系。只要巴西政府工作人员凑近瞧一瞧里卡多宽阔的下颌，他们就能准确推断出这个孩子已经很大了，不可能是一个月前出生的。不过当时里卡多正在婴儿车里熟睡，身体包裹在一堆毛毯中，工作人员也没有太注意。不到一个月时间，里卡多就拿到了他的第二张出生证明，这一次，他成了巴西人，出生日期也变为1946年8月15日。至于里卡多真正的生日，哈利娜和亚当决定将它作为秘密永远埋在心底。

亚当旁边，卡罗琳正跪在地板上指导赫塔如何包裹米歇尔，这是赫塔与盖内克的第二个孩子，现在只有两周大。"这是涅秋玛教给我的方法，我也是这么包裹凯瑟琳的。"卡罗琳平静地说，她调整着米歇尔身下柔软的平纹棉布。在阿迪的家人来里约之前，卡罗琳一直担心他们会怎么看自己——他们的儿子娶了一个美国人，而这个美国人对他们全家遭受的苦难知之甚少。阿迪不停地安慰卡罗琳，说家人一定会喜欢她。"事实上他们已经非常喜欢你了，"他说，"因为有你在，他们才能来到这里，你忘了吗？"

赫塔心怀感激地点了点头，卡罗琳微微一笑，虽然在语言上有些障碍，但她很高兴自己能帮上忙。"打包裹的关键就是要把胳膊底下捆好。"卡罗琳边说边演示起来。

阿迪在房间角落里放了一台转盘唱机（这是赶在家人来之前他置办的最后一件奢侈品），他和哈利娜对着一小摞唱片挑挑选选，商量接下来要播放哪首曲子。阿迪提议播放艾灵顿公爵的作品，但哈利娜不同意。"咱们听点当地音乐吧。"她说。两个人一致同意播放克劳迪奥·桑托罗的作品，这是一位年轻的巴西作曲家和小提琴家。阿迪调整好音量，旋律从唱机中缓缓流出——这是一首现代爵士乐风格的钢琴独奏曲，他微笑着看见房间另一头，父亲走到母亲身边，索尔闭上眼睛，搂住涅秋玛的腰，两个人随着音乐的节奏一起摇摆。

时间快到六点，晚宴的准备工作已经就绪。外面的天已经快黑了。里约正值秋末时节，白天越来越短，夜里越来越凉。阿迪调小唱机音量，移开指针；屋子里安静下来，每个人都走向自己的座位。卡罗琳和哈利娜将里卡多与凯瑟琳抱上儿童座椅，在孩子领口塞好餐巾。坐在对面的盖内克用手轻轻拍了拍旁边的椅子，大儿子约泽夫坐到自己的座位上，盖内克趁机偷偷捏了一把孩子的肋骨。约泽夫拍打走父亲的手，眯起蓝色的眼睛，对着盖内克微微一笑，露出两边的酒窝。赫塔将约泽夫的弟弟米歇尔舒舒服服地包裹好，轻轻放进凯瑟琳原先睡过的摇篮车里。

米拉和塞利姆坐在盖内克对面，费利西娅坐在父母中间。

"你今天真漂亮。"塞利姆小声对费利西娅说，"我喜欢你的蝴蝶结。"他继续说。

费利西娅摸了摸头上用来绑马尾的海蓝色丝带 —— 这是卡罗琳送给她的礼物。费利西娅害羞地一笑，她现在还是不知道该怎么回应父亲的夸赞，不过她喜欢听父亲说话；这些话蕴含着一种魔力，能让她充满幸福感。

泰尔扎、弗兰卡、萨拉克、阿拉，还有齐格蒙德分别坐在余下的椅子上。

索尔在桌首席位落座，涅秋玛递给卡罗琳一盒火柴。一般来说，点火仪式应该由涅秋玛负责（这是逾越节的传统，家中最年长的女性点燃蜡烛），但这一次，涅秋玛坚持让卡罗琳来做。"这是你的家，"当阿迪问涅秋玛是否愿意点蜡烛时，涅秋玛如是答道，"我可以负责念祝福语，但如果由卡罗琳来点燃这些蜡烛，那么我会非常高兴。"

卡罗琳起初还有些犹豫，她不知道自己能否担起这样的责任。不仅因为这是她的第一个逾越节，还因为这是她和新家人共同庆祝的第一个节日 —— 她说只要能帮上忙，自己做什么都行，但她更喜欢低调一些。"毕竟由我来点火不合适。"她坚持道。阿迪耐心劝导，告诉妻子如果由她来进行仪式，那么对于自己和母亲来说都意义非凡。

卡罗琳划开火柴，点燃两边的烛心。涅秋玛在一旁诵读起始祷文。祷告结束后，两位女士回到席间就座，卡罗琳坐到了阿迪身边，涅秋玛则坐在了索尔对面，紧接着，所有人的注意力都转到索尔身上。

索尔环顾四周，无声地问候着桌上的每个人，他的眼睛在烛光的映衬下闪闪发光。最后，他的目光落在涅秋玛身上。涅秋玛深吸一口气，她向后耸肩，轻点下颌，示意可以开始。索尔以同样的姿势回应。涅秋玛看着索尔的肩膀上下抖动，一时间竟不知自己的丈夫是不是在哭。她也有些哽咽，如果丈夫哭出声，那么自己肯定也会跟着哭起来。但片刻之后，索尔微微一笑。他打开《哈加达》，举起酒杯。

"耶和华，我们的神，天地的主宰……"索尔用男中音般的嗓音吟诵道，在这一瞬间，小房间里每个成年人的胳膊上都冒出许多鸡皮疙瘩。

索尔的祝福语非常简短：

"耶和华，我们的神，天地的主宰，祢是应当称颂的，

祢赐予我们生命，支撑我们活下去，

带领我们来到这个特殊的时刻。"

全家人沉浸在索尔的嗓音中，沉浸在祷文背后所蕴含的意义中，优美的祷词回荡在房间潮湿的空气中。祢赐予我们生命，支撑我们活下去，带领我们来到这个特殊的时刻。

"今天，"索尔继续说，"我们欢聚一堂，庆祝无酵饼节，庆祝我们重回自由。阿门。"

"阿门。"众人举起酒杯，齐声附和。

索尔开始吟诵卡尔帕斯的祝福，全家人将欧芹枝浸入盐水中。

索尔对面的涅秋玛看着眼前的一张张美丽脸庞 —— 她的孩子、孩子的配偶、五个孙辈，还有自己的表亲和姻亲，她的目光停留在为雅各布预留的空椅子上。她看了一眼手表，这是阿迪送给自己的礼物（他说是"为了弥补之前错过的所有生日"）；雅各布虽远在伊利诺伊，但此刻他肯定也在和贝拉的家人一起庆祝，享用着属于他的

逾越节晚宴。

涅秋玛抬起头，泪水模糊了她的双眼，周围亲人的脸庞变得模糊起来。她的孩子。所有人。他们健康无恙。生龙活虎。苗壮成长。这么多年来，她一直在担心会遇见最坏的结果，想象着难以想象的事情，恐惧在她的心底掏出了一个无底洞。想想当初他们曾经去过的地方，每前进一步，便会有混乱、死亡与毁灭紧随其后，想想他们曾经做过的决定和精心谋划的方案，她不知道自己还能不能活着见到家人，也不知道家人还能不能活着和自己团聚，现在回想起来，这一切简直就像是做了一场梦。他们已经竭尽所能，剩下的只有等待和祈祷。但现在 —— 此时此刻，再也无须等待。家人就在自己身边。最后竟是大团圆的结局，这简直就是个奇迹。眼泪顺着涅秋玛的脸颊流淌下来，她安静地说了声谢谢。

过了一会儿，涅秋玛感到一股暖意。一只手扶在了自己的肘部。是阿迪。涅秋玛微微一笑，她点点头，表示自己没事。阿迪莞尔一笑，他的眼里也饱含泪水，儿子将手帕递给母亲。她轻轻拭去眼角的泪水，摊开手帕放在腿上，抚摸着白色的针织字母 AAIK，她想起自己亲手绣上它们的那个午后。

涅秋玛对面，索尔掰下一块无酵饼，放在一旁作为隐藏之饼，他故意弄出很大动静。米拉在费利西娅耳边轻声低语。哈利娜把里卡多抱到自己的膝盖上，为了让孩子也能体验到仪式感，她将孩子的手指蘸进餐盘旁边的盐水碗内，然后让他尝了尝味道。盖内克搂住约泽夫与赫塔，手搭在母子俩的肩膀上。赫塔微微一笑，几个人一齐看向米歇尔，他正安静地睡在自己的摇篮里。

赫塔的父母、姐姐洛拉、姐夫和外甥女（除了哥哥齐格蒙德之外）都被杀死在了别尔斯科附近的集中营里，得知这个消息后不久，她就发现自己怀孕了。失去亲人的消息险些将她击垮，自己虽然当了表姨，但却永远见不到外甥女了，约泽夫也只会知道外公外婆的名字，她不晓得自己还能不能撑下去。接下来的几个月里，悲伤、愤怒，还有悔恨的情绪蒙住了赫塔的双眼，她夜不能寐，不停质问自己——难道自己当时就没办法救他们吗？怀孕让她再次看清了前进的方向，帮助她重新站了起来，赫塔正是靠着这份坚韧才挨过了那几年时间，她曾被流放到西伯利亚，后来又作为新手妈妈在巴勒斯坦独自一人抚养儿子，等待前线传回的消息。今年三月，当他们第二个儿子出生时，她和盖内克一致同意——用赫塔父亲的名字米歇尔来给孩子命名。

全家人依次传递着无酵饼，座位上费利西娅有些心神不定。在识文认字的家人中，她是最年轻的一个，外公索尔要求她提前背下来四个问题。这几周祖孙二人每天都在练习，费利西娅来提问，索尔吟唱出答案。

"准备好了吗？"索尔的声音很温柔。

费利西娅点点头，她深吸一口气，开口道："今晚和其他夜晚有何不同……①"费利西娅唱道。她的声音温柔而纯粹，如蜂蜜一般，给整个房间施下了咒语。其他人听得入了迷。

重述逾越节故事的环节结束后，索尔开始吟诵第二杯酒的祝福，接下来是无酵饼的祝福，他掰下一角无酵饼吃下。餐桌上的人依次接过盛有辣根和苹果坚果碎的碟子，完成苦菜的祝福和苦菜三明治

---

① 原文为希伯来语。

的祝福。

终于到了正餐环节，盛有无酵面丸汤 ① 的碗，放有盐渍鱼饼冻、百里香烤鸡和美味牛腩的大浅盘被一一端上餐桌，全家人开始谈天说地。

"干杯！"阿迪举杯道，餐桌上的盘子越摞越高。

"干杯！"众人齐声和道。

饱餐过后，众人收拾干净餐桌，索尔从椅子上站起来。他花了好几周时间，终于找到了藏匿隐藏之饼的绝佳地点，由于这是约泽夫和费利西娅自记事以来庆祝的首个传统逾越节，因此白天的时候索尔先向两个孩子解释了仪式的重要性。阿迪和卡罗琳的卧室里有个不高的书架，他将无酵饼藏到了一排书后面 —— 对约泽夫来说不是太难，而对费利西娅来说也不会很简单。藏好饼后，索尔回到餐厅，两个孩子飞向走廊，听着他们渐渐远去的轻快脚步声，大人的脸上露出微笑。索尔满面春风，涅秋玛则摇了摇头。索尔的愿望最终还是实现了 —— 孙辈也都长大了，他们已经能够享受寻找的快乐。她现在脑子里唯一的想法，就是转年，当里卡多和凯瑟琳也参加进来后，索尔会把无酵饼藏到什么地方。

没过几分钟，费利西娅就回到了餐厅，她的手里拿着一个纸包。

"这也太快了！"索尔大叫道，费利西娅将无酵饼递给外公。"来这边。"他示意费利西娅和约泽夫来到桌首位置。两个孙辈分别站在索尔左右，老人张开双臂抱住他们。"现在，告诉我，卡伊勒小姐，"

---

① 无酵面丸汤（matzah ball soup）：逾越节家宴主食。面丸由未经发酵的面粉、鸡蛋、水、油脂（如油、人造黄油或鸡脂）混合制成，一般放入鸡汤中食用。

索尔把自己的声音放低了几个八度，语气瞬间变得严肃起来，"对于这个隐藏之饼，你开价多少？"

费利西娅不知道应该如何回答。

"给你一克鲁塞罗怎么样？"索尔开价道，他从口袋里掏出一枚硬币放到桌上。费利西娅瞪大眼睛，她盯着桌上的硬币，手慢慢伸了过去。"就值这点钱吗？"没等费利西娅拿起硬币，索尔便取笑道。费利西娅有些疑惑。她抬头看着外公，手指停在了硬币上面。"难道你不认为自己应该得到更多的钱吗？"索尔问，他眨了眨眼睛，周围的人就这样看着他们。费利西娅从来没有干过讨价还价的事情。这是她人生的第一课。她停顿片刻，撤回手指，微微一笑。

"不够！ ① 还要更多！"费利西娅大声宣布，逗得桌上的大人哈哈大笑，她的脸蓦地一红。

"好吧，如果你坚持的话。"索尔叹了一口气，掏出第二枚硬币放到桌上。

费利西娅的手再次本能地伸向硬币，但这一次，她的手在半路停住，她看见了索尔的眼睛。她放下手，摇了摇头，为自己能够抵住诱惑而骄傲。

"你真会讨价还价，"索尔说，他鼓起脸，大声喘着气，从口袋里又掏出一枚硬币，"你怎么想，年轻人；我们要不要给她更多的钱呢？"他转身问约泽夫，约泽夫目睹了整个过程，显然有些吓傻了。

"要，爷爷，要！ ②"约泽夫激动地点着头。

口袋空空的索尔把双手举过头顶，摆出一副被打败的模样。

---

①② 原文为波兰语。

"你们已经拿走了我所有的钱！"他说，"但是，小姐，"索尔把一只手放在费利西娅红扑扑的脸蛋上，"这是你应得的。"费利西娅微微一笑，亲吻着外公①的脸颊。"还有你，先生，"索尔说，他将注意力转向约泽夫，"你也很努力，我都看在眼里。转年，也许找到隐藏之饼的那个人就会是你了！"他从衬衣口袋里掏出最后一枚硬币，放到约泽夫掌心，"你们两个现在可以走了。回到座位上。我们要完成逾越节家宴剩下的仪式。"

两个孩子回到餐桌，约泽夫满脸笑容，费利西娅紧紧攥着手里的克鲁塞罗，她稍微打开一个小口，给自己的父亲看了一眼。塞利姆瞪大眼睛，默默地"喔"了一声。

众人饮下第三杯酒，接着斟上第四杯，索尔吟诵起先知以利亚的祷文，他们打开公寓大门，迎接先知降临。全家人唱起《以利亚先知》，阿迪、盖内克、米拉还有哈利娜依次吟诵着《圣经》中的《诗篇》。

索尔放下空空的酒杯，他再次抬头环顾四周，微微一笑。"我宣布，逾越节家宴到此结束！"他说，索尔的嗓音浑厚，语气充满骄傲，但由于喝了许多酒，他的舌头有些不听使唤。没有半点迟疑，索尔紧接着唱起《他是全能者》，其他人跟着和起来，每完成一节副歌，他们的声音就变得越来越大，越来越有力。

　　愿他很快就能重建家园
　　快，快，在这个时代里，很快。
　　主啊，重建！主啊，重建！

---

① 原文为波兰语。

很快就能重建家园！

愿他很快就能重建家园
快，快，在这个时代里，很快。
主啊，重建！主啊，重建！
很快就能重建家园！

"终于结束了吗？"哈利娜问，"我们可以跳舞了吗？"与此同时，两个哥哥从椅子上跳起来，他们把餐桌推到一旁，窗户开到最大。屋外夜幕已经降临。

阿迪将头伸到窗外，呼吸着夜晚的空气。天鹅绒般的夜空中，一轮弦月挂在头顶，仿佛一个人在歪着嘴笑，银蓝色的月光洒在鹅卵石街道上。阿迪对着月亮微微一笑，闪身回到屋内。

"米拉先来吧。"盖内克先发制人。

"我已经好久没练习了，"米拉边说边坐在钢琴凳上，"不过我会尽力。"她演奏的是肖邦的《降B大调玛祖卡舞曲》——这是一首颇受欢迎的欢快曲子，充满波兰风情，旋律流淌进每个人心中，带来故乡的回忆，一时间所有人都听入了神。虽然已经好几年没碰过钢琴，但米拉的演奏依然完美无瑕。接替她的是哈利娜，最后轮到阿迪。他弹起格什温的《笙歌喧腾》，活泼的演奏让全家人都站了起来。库尔茨家的笑声与乐曲的旋律顺着四楼敞开的窗户飘到街上，过路的人纷纷抬起头，露出微笑。

时间已过午夜。全家人分散在客厅各处，有的瘫坐在椅子上，有的四肢摊开躺在地板上。几个孩子都已经睡着。唱机里流淌着路易斯·阿姆斯特朗的作品《闪耀》的旋律。

阿迪和卡罗琳一起坐在沙发上。妻子双眼紧闭，脑袋撑在靠背垫上。"你简直就是圣人。"阿迪小声说，夫妻俩十指相扣，卡罗琳闭着眼睛莞尔一笑。她不仅帮忙张罗了国际长途，让全家人能够电话联系上美国的雅各布（整个家族的人都挤到邻居家客厅，依次向雅各布问好），而且还证明了自己是集礼貌与耐心于一身的女主人，她用自己的沉着与冷静招待了他们这群喧闹的人，这些人说着各式各样的语言，一窝蜂似的冲进卡罗琳的小小公寓里。今天晚上他们至少说了三种语言（波兰语、葡萄牙语和意第绪语），但没有英语。即使卡罗琳真的有被惊讶到，她也完全没有表现出来。

卡罗琳睁开眼睛，她转过头，和阿迪四目相对。她的声音很轻柔，很真诚。"你拥有一个幸福美好的家庭。"她说。

阿迪捏了捏妻子的手，身子向后一仰，把头撑在沙发的靠背垫上，跟随音乐的节奏轻轻拍打着自己的脚趾。

> 只是因为我常常面带微笑
> 喜欢打扮成最时尚的样貌
> 庆幸自己还能活在这世上
> 我微笑着面对所有的烦恼

阿迪哼着旋律，愿今夜永不眠。

后　记

· 作者（一周岁）与外祖父

　　从小到大，我一直都以为外祖父埃迪（故事中阿迪·库尔茨的原型）是个土生土长的美国人。他是位成功的商人。他的英语在我听来十分纯正。外祖父住在一幢很大的现代化宅子里，顺着我们家所在的街道往前走便是，家中的落地窗从天花板直通地面，门廊很大，适合进行各种娱乐活动，私人车道上还停着一辆福特车。他唯一教过我的儿歌是用法语唱的，食品储藏室里绝对不能放番茄酱（外祖父管番茄酱叫化学物质①），家里大半东西都是他亲手制作的（比如他设计过一个奇妙的装置，利用磁铁把香皂挂在洗手间水槽上以保持干燥；还有摆放在楼梯井的黏土半身像，原型是外祖父的孩子；他把地下室改造成雪松木桑拿房；客厅的窗帘也是用外祖父手工制作的织布机编织而成），虽然有这么多奇怪的地方，但当时的我并没有想太多。外祖父有时会在餐桌上说"不要降落在你的豌豆上"这样的话（到底是什么意思？），我只是觉得有些古怪罢了，而且一旦我用"哦"或者"嗯嗯"来回答，他就会假装没有听见，"是的"是唯一正确的回答，因为这才符合他的语法标准，这些事有时让我抓狂。现在回想起来，若是换作其他人，应该会给外祖父这些习惯贴上"不同寻常"的标签。但当时的我还是个孩子，只有和外祖父一起生活的经验，对其他的事情一窍不通。即使母亲现在告诉我外祖父在说英语时语调会有轻微变化，我也会假装听不出来，对于外祖父的那些怪癖，我也会装作视而不见。我深爱着外公；他就是简简单单地在做自己。

当然，外祖父身上有许多事都给我留下了深刻的印象。首先要提的就是他的音乐。我从未见过有谁像他那样醉心于艺术。他的书架上堆满33转唱片，按照作曲家姓氏排序，除此之外，还有很多关于钢琴曲的书籍。外祖父家里永远在播放音乐——爵士、蓝调、古典，有时还会播放自己的专辑。去外祖父家时我总能看见他坐在施坦威钢琴前，耳朵后面塞着二号铅笔，他正在构思新作品的旋律，对着琴键反复推敲练习直到满意为止。外祖父偶尔会让我坐在旁边看他弹琴，每次近距离观摩都会让我心跳加速，我会等他轻轻点头，

---

① 原文为法语。

这是给乐谱翻页的信号。"谢谢，乔吉①。"外祖父会在演奏结束时向我道谢，我会满脸笑容地抬头看着他，为能帮上忙而骄傲。大部分时候，等外祖父结束手头工作，他就会问我要不要上一课，而我每次都会说好——倒不是因为我和他一样喜欢钢琴（我从来就不擅长弹钢琴），而是因为我知道他在教我时有多开心。他会从书架上取下一本入门书籍，我会把手指试探性地放在琴键上，感受身旁外祖父大腿传来的温度，我会尽可能地不犯错，外祖父会耐心地教导我，从只有几小节的主旋律到海顿的《惊愕交响曲》。我特别希望自己能给外祖父留下一个好印象。

除了精湛的钢琴演奏技巧，外祖父还精通七国语言，我对他十分敬畏。我想这种熟练驾驭语言的能力应该归功于他设立在世界各地的分公司，还有他的亲人定居在巴西和法国，不过外祖父那辈我知道名字的只有哈利娜，她是外祖父的妹妹，两个人关系尤其亲近。她住在圣保罗，之前来家中拜访过几回，除了她之外，还有一个和我年龄相仿的表亲偶尔会在夏天时从巴黎过来和我们待上几周，说是为了学习英语。看来外祖父家族里每个人都至少能说两门语言。

小时候的我并不知道外祖父原来出生在一个波兰城镇，那里曾经居住着三万多名犹太人；他出生时不叫埃迪（后来他给自己改了名字），而叫阿道夫，不过从小到大每个人都喊他阿迪。我不知道他是五个孩子中的老三，也不知道他有将近十年时间都在担心家人的下落，他不知道亲人是活过了战争，还是死在了集中营，抑或是和数千名犹太人一起在波兰隔都被杀害。

---

① 乔吉（Georgie）：乔治娅的昵称。

外祖母并不是有意对我隐瞒——这些只是外祖父选择抛下的过去生活片段。来到美国以后，他重塑自我，把大部分精力和创造力都放在了现在和未来。他不是会沉湎于过去的人，而我也从未想过要问他那些往事。

1993年，外祖父因帕金森病去世，那年我十四岁。一年后，高中英语老师给我们班布置了"寻找自我"的作业，旨在教会我们如何运用调查研究的技巧来挖掘祖先的过去。趁着亲人对外祖父的记忆仍然清晰，我决定坐下来采访我的外祖母卡罗琳，她是外祖父携手相伴近五十年的妻子，我想通过她来了解外祖父的故事。

正是通过这次采访，我第一次知道了拉多姆，虽然那个时候我还不知道这个地方对曾经的外祖父来说有多重要，更不知道这个地方对后来的我又有多重要——以至于二十年后，我会亲自拜访这座城市，走在铺满鹅卵石的大街上，想象在这里成长会是什么模样。外祖母在地图上点出拉多姆的位置，而我则说出了内心的疑惑，我想知道外祖父有没有在战争结束后回去过。没有，这是外祖母的回答，埃迪从来没有想过要回去。她接着解释道，1939年纳粹入侵波兰时埃迪刚好在法国，因此他是家族里唯一一位在战争开始时就逃离欧洲的人。外祖母告诉我外祖父曾经和一个在"阿尔西纳号"客轮上认识的捷克女人订过婚；外祖母与外祖父第一次见面是在里约热内卢伊帕内马的聚会上；两个人第一个孩子凯瑟琳也出生在里约，时间就在外祖父和家人团聚的几天前——他已经和父母、兄弟姐妹、姑伯姨舅还有堂表亲分开了近十年。超过九成的波兰犹太人死于战争，而生活在拉多姆的三万名犹太人，生还者只有三百来人（这是我后来才知道的），外祖父的亲人竟然都以某种方式奇迹般地活了下来。

外祖父的家人在巴西安顿下来之后，外祖母继续说，她和外祖父一起搬去了美国，我的母亲伊莎贝尔和舅舅蒂姆相继出生。外祖父毫不犹豫地把自己的名字从阿道夫·库尔茨改为埃迪·考茨，并宣誓成为美国公民。他翻开了人生的崭新一页，外祖母说。当我问到外祖父有没有保留从旧世界带来的习惯时，外祖母点了点头。他几乎从来不提自己的犹太人背景，也没人知道他出生在波兰——但他总会在不经意间暴露这些特点。就像钢琴是他成长不可分割的一部分，外祖父坚持让自己的孩子每天练习乐器。吃饭时必须用法语对话。在邻居还没听过意式浓缩咖啡时，外祖父老早就开始喝了，而且他很喜欢在波士顿赫马基特广场和那些露天商贩讨价还价（他经常会在那里买上一包牛舌，并且坚称这是美味佳肴）。他唯一允许家里人食用的糖果就是他出差去瑞士后带回来的黑巧克力。

外祖母的采访结束后，我感到有些晕头转向。就像掀起了一层面纱，我第一次清晰地看到了外祖父的人生。现在的我终于意识到，他身上的那些奇怪之处，还有我之前认为是怪癖的那些特点，其实都源于他的欧洲血统。这次采访反而勾起了我更多的疑问。外祖父的父母经历过什么？他的兄弟姐妹呢？他们是怎样在战争中活下来的？我缠着外祖母告诉我更多细节，但关于那些姻亲的事情，外祖母知之甚少，她只能告诉我一些细枝末节。我是在战争结束后才第一次见到他的家人，外祖母说，他们几乎从不谈论自己的经历。回到家中，我问母亲是不是知道些什么。外祖父有没有跟您说过他在拉多姆长大？他有没有跟您提过战争的事情？这些问题的答案总是没有。

时间来到2000年的夏天，大学毕业几周后，母亲提议在我家位于马撒葡萄园岛的宅子里举办库尔茨家族聚会。她的堂表亲纷纷赞同——他们已经很长时间没有见面了，而下一代更是有许多人连见都没见过。是时候来一次久别重逢了。主意敲定后，这些堂表亲（一共十人）开始安排各自的行程，七月就这样过去，库尔茨家的人从迈阿密、奥克兰、西雅图、芝加哥，还有更远的里约热内卢、巴黎、特拉维夫等地赶来。他们带着自己的孩子和配偶，我们数了数，一共有三十二人。

重聚的每天晚上，吃罢晚餐，母亲那一辈人便和外祖母聚在屋后门廊聊天。我晚上一般都和堂表亲待在一起，我们慵懒地坐在客厅沙发上，互相交流音乐和电影方面的爱好与品位（为什么那些巴西和法国来的堂表亲竟然比我还了解美国流行文化）。但最后一天晚上，我来到外面散步，坐在凯思①大姨身边的长椅上，听她们讲故事。

虽然母亲的堂表亲分别来自不同地方，他们有着各自不同的成长经历，说着不同的语言，有些人已经几十年没有见面，但大家聊天时却很轻松自然。整个过程充满欢声笑语，有人唱起了歌（一首波兰摇篮曲，这是里卡多舅舅和他妹妹安娜的童年回忆，兄妹俩说这是外公外婆教给他们的），有人讲了一个笑话，大家笑得更开心了，众人举杯祝福外祖母，她是外祖父这辈唯一健在的老人。他们说话时会在英语、法语和葡萄牙语之间来回切换；我能做的就是尽全力跟上大家的节奏。还好我做到了，长辈围绕着外祖父展开话题，后来又聊到了战争，我凑到大人近前，竖起耳朵听着。

说起在里约和外祖父第一次相遇的情景，外祖母的眼睛都亮了。

①　凯思（Kath）：凯瑟琳（Kathleen）的昵称，埃迪与卡罗琳的长女。

我花了好几年时间才学会葡萄牙语，她说，但埃迪只花了几周就掌握了英语。她说外祖父非常痴迷美国习语，即使他用得一团糟，外祖母也不忍心纠正他。凯思大姨想起外祖父有穿着内衣洗澡的习惯，她摇了摇头——据说这样能在沐浴的同时洗好内衣，这是外祖父在长期奔波中养成的习惯；只要打着高效的旗号，大姨说，什么事他都干得出来。蒂姆舅舅想起自己小时候，外祖父会跟所有人搭话，从服务员到街上的路人，舅舅总是被弄得很尴尬。他能跟任何人聊天，舅舅说，其他人笑着点了点头，从长辈发光的眼神中，我能感觉到他们非常尊敬外祖父。

我跟着长辈一起笑起来，要是自己能认识年轻时的外祖父该多好，过了一会儿，大家安静下来，从巴西过来的约泽夫堂舅讲起他父亲（也就是外祖父的大哥）的故事。我了解到，盖内克与妻子赫塔在战争期间被流放到了西伯利亚的劳改营。约泽夫堂舅告诉大家他是在营房里出生的，当时正值深冬时节，一到晚上，堂舅的眼睛就会被冻得睁不开，而他的母亲就会在转天早晨用温暖的乳汁将他的眼皮轻轻揉开，听到这些故事，我立刻起了一身鸡皮疙瘩。

听到这里，我唯一能做的就是控制自己不要喊出那句你刚才说她干了什么。尽管这件事已经出乎了我的预料，其他人还是立刻打开了话匣子，每个故事都令人震惊：有哈利娜徒步穿越奥地利阿尔卑斯山的壮举（而且还怀着孕）；有在漆黑房间里举行的秘密婚礼；有伪造的身份证和为了掩饰割礼而进行的孤注一掷；有胆大包天的隔都越狱行动；还有逃出死亡草地的恐怖经历。我的第一反应是：为什么我现在才知道这些事情。然后我接下来的反应是：这些故事需要被记录下来。

那时的我还不知道后来记录这些故事的人就是我自己。晚上睡觉时我也没有把这段家族历史写成书的想法。当时我只有二十一岁，刚刚取得学位，全部精力都放在找工作和找房子上，我面对的是"现实生活"。过了将近十年时间我才踏上欧洲的土地，拿着一支录音笔和一个空白笔记本，开始采访亲朋好友，记录战争期间整个家族的经历。那天晚上，我躺在床上，怀着澎湃的心情渐渐睡去。我深受启发。被这些故事迷住。我有许多疑问，渴望找到答案。

我已经记不得那天离开门廊回房休息是什么时候——但我想起最后发言的是费利西娅，她是母亲的堂表亲里年纪最长的。我发现和其他人相比，她有些寡言内向。当长辈聚在一起高谈阔论时，费利西娅一脸严肃，态度谨慎。当她开口讲话时，她的眼神透出一丝哀伤。我了解到战争刚开始时她只有一岁，等战争结束时她已经长到八岁。战争的记忆依旧让她刻骨铭心，但分享那段经历让她不安。当然，好几年后，我才慢慢了解她背后的故事，不过当时的我就在想，无论她心中藏着怎样的回忆，那段往事一定十分痛苦。

"我们这一家人，"费利西娅的法国口音很重，她语气严肃，"本来不应该活下来。或者说不应该有那么多人活下来。"她停顿片刻，微风拂过房屋两旁的矮栎树，树叶沙沙作响。其他人都安静下来。我屏住呼吸，等待她接下来的解释。费利西娅叹了一口气，一只手捂住脖子，周围的皮肤仍然留有许多痘痕，我后来才知道，她在战争期间患上了坏血病，几乎因此丧命。"从许多方面来讲，我们能活下来就是个奇迹，"最后，她望着远方的树林说，"我们是幸运的。"

这句话一直伴随着我，直到某一天，我迫切想知道自己的亲人是如何排除万难，我不禁想要寻找一切的答案。《我们是幸运的》这本书所描绘的，就是我的家族的生存故事。

后　续

　　当我踏上拉多姆城市的街道、着手撰写本书时，库尔茨家的故乡已经完成重建，这座城市充满亲和力，建筑风格古朴典雅；不过在我知晓了那段骇人听闻的大屠杀历史后，我终于明白亲人为何在战争结束后也从未想过要回波兰。接下来，我将简要介绍库尔茨家在安全抵达美洲海岸后各位成员的定居情况。（请注意我会在这里使用贝拉的真名玛丽拉。由于玛丽拉和米拉在读音上十分接近，容易引起读者混淆，因此我在书中进行了修改。）

　　对库尔茨家来说，巴西、美国，以及后来的法国成为他们战后的"故乡"。家人始终保持着密切联系，一般靠书信来往，有时也会去探望对方，他们经常在逾越节聚会。

　　米拉与塞利姆选择留在里约热内卢，费利西娅后来考上了医学院。毕业后她遇到一个法国男人，几年后移居法国，组建了自己的家庭。塞利姆去世后，米拉也搬到法国和女儿团聚。现在，米拉的外孙就住在巴黎十六区外祖母的老房子里，与费利西娅和丈夫路易居住的地方相隔几个街区，这间公寓十分雅致，直接能够看见埃菲尔铁塔。米拉依旧和战争期间照顾过费利西娅的修女保持着密切联系。1985年，由于米拉的提名，齐格蒙塔修女在死后被追授了民族正义勋章。

哈利娜与亚当在圣保罗扎了根，里卡多的妹妹安娜1948年在这里出生。他们与涅秋玛还有索尔住在一起，盖内克与赫塔和他们的两个儿子约泽夫与米歇尔住在附近。为报答战争期间的救命之恩，哈利娜会定期给现居维也纳的德恩先生汇款。她和亚当去世时也没有说出里卡多真正的出生日期；直到里卡多四十多岁时，已经移居迈阿密的他发现了自己的出生证，才知道自己的出生地原来不是巴西，而是意大利。

雅各布与玛丽拉来到美国伊利诺伊州斯科基市，维克托的弟弟加里在这里出生，雅各布（美国亲友都叫他杰克）在美国一直从事摄影职业。夫妻俩和阿迪（后改名为埃迪）还有卡罗琳一直保持密切联系，我的外祖父与外祖母1947年移居马萨诸塞州，凯瑟琳的妹妹伊莎贝尔（我的母亲）还有她们的弟弟蒂莫西①相继出生。埃迪经常去伊利诺伊、巴西还有法国探望家人，而且一直在做音乐；他出品了一系列唱片，既有流行又有古典，直到去世前都没有停下创作的脚步。

2017年，涅秋玛与索尔的孙辈连同配偶和后代的数量已经超过一百人。我们的家族如今遍布巴西、美国、法国、瑞士，还有以色列；家庭聚会对我们而言是真正的全球事务。我们中有钢琴家、小提琴家、大提琴家，还有横笛演奏家；有工程师、建筑师、律师、医生，

---

① 即蒂姆。

还有银行家；有木匠、摩托车手、电影制作人，还有摄影师；有海军军官、活动策划人、餐馆老板、流行音乐节日主持人、教师、企业家，还有作家。当大家聚在一起时，我们的交流既喧嚣又吵闹。我们相貌各异，衣着不同，甚至语言也不相通。但我们共有一颗感恩之心，只因一个简单的理由：我们是一家人。我们的心中永远有爱。当然，也永远有音乐陪伴。

致　谢

　　起初，写这本书只是为了兑现一个简单的承诺：将家族的故事记录下来，我想要做些什么，为自己，为库尔茨家族，为我的儿子，也为他的孩子、孩子的孩子，以及所有子孙后代——然而，对于这本书究竟会变成什么样子，还有究竟需要多少人帮助才能写完这本书，当时的我并没有什么概念。

　　首先要说的就是，亲人口述的历史构成了《我们是幸运的》这本书的基本骨架。我搜集了许多（许多）的数字录音，几十册笔记本上写满各种人名、日期，还有个人叙述的故事，这些都得益于我的家人，得益于他们愿意随时随地和我分享这些故事和记忆。在此我要特别感谢已故的外祖母卡罗琳，感谢她默默守护着外祖父故事的种子，感谢她在适当的时间将这些种子传给后人，我还要感谢费利西娅、米歇尔、安娜、里卡多、维克托、凯思，还有蒂姆，感谢长辈的热情招待，带我领略他们居住的美丽城市，耐心回答我无休止的提问。同样感谢艾丽丝卡，她告诉我外祖父在1941年初经历了怎样悲惨的难民生活，老人虽然已经八十八岁高龄，但提起年轻时的外祖父，蓝色的眼睛里依旧闪烁着光芒。

这几年里我在世界各地飞来飞去，和库尔茨家族的亲人密友会面——只要和我的故事有关，我就会跑去相见。当调查出现断层时，我就会去寻找有相似经历的幸存者，或者向专门从事大屠杀和二战研究的学者求助。我阅读书籍，观看影像资料，在档案室、图书馆、政府部门和地方官员中取材，只要和家族的过去有关，哪怕只是蛛丝马迹，无论看上去多么不切实际，我都会一路追寻。随着挖掘的不断深入，越来越多的资料被发现，世界范围内有许多人和组织都向我伸出援手，这一切都给我带来源源不断的惊喜。对于这些曾经给予过我帮助的个人和组织，虽然无法在此一一列出他们的名字，但我还是想对其中一些人和组织表达谢意。

感谢拉多姆市民俱乐部文化中心的雅各布·米泰克先生，米泰克先生非常和蔼，他花了一整天时间当向导，带领我走在外祖父故乡的街道上，为我讲述这座城市和它的历史，米泰克先生广博的知识为本书增色许多；感谢苏珊·温伯格女士在拉多姆社区网站上所做的许多工作，感谢多拉·泽登韦伯女士愿意和我分享战争开始前在拉多姆的成长故事；感谢法比奥·科伊夫曼先生，他撰写了关于索萨·丹塔斯大使的书，而且还在巴西国家档案馆帮助我查找资料，这些对我来说都是无价珍宝；感谢胡佛研究院的伊雷娜·切尔尼霍夫斯卡女士，在她的帮助下，我见到了伯外祖父盖内克手写的九页笔记（在其他地方她也帮了我很多），上面记录的是他在流放期间和军队服役期间的往事；感谢英国国防部的芭芭拉·克罗尔女士，她寄给我许多军事档案，在她的帮助下，那些曾经为盟军战斗过的亲人取回了之前无人认领的荣誉勋章；感谢国际红十字会的扬·拉德克先生，他亲手送来许多文件资料；感谢在美国大屠杀纪念馆工作的图书管理员和档案保管员，他们不厌其烦地回答了我许多问题；感谢美国南加州大学犹太大屠杀基金会，他们用镜头记录了数千名大屠杀幸存者的采访影像（对我来说，这些影像资料如同金子般珍贵）；感谢在东部西伯利亚雅虎团队工作的员工，他们和我分享了许多第一手资料，为我指明了正确的道路，让我从另外一个角度深入理解了斯大林的第二次世界大战；感谢西雅图波兰之家协会，通过该组织，我和部分劳改营幸存者取得联系，感谢从翻译变成朋友的亚历山德拉，在整个调查过程中我们一直合作无间；感谢汉克·格林斯潘先生、卡尔·舒尔金先生、博阿兹·塔尔先生，以及本书所有的早期读者，感谢他们付出的宝贵时间和提出的大量专业意见；感谢那些曾经帮我进行数据库分类和数字化的人，这些不计其数的人帮我处理了犹太族谱、犹太大屠杀纪念馆、美国犹太人联合救济委员会、国际寻人服务局、美国大屠杀纪念馆、波兰学院与西科尔斯基博物馆以及大屠杀与战争受害者追踪中心的大量数据。得益于这些资料库，如今个人能够搜索得到的信息简直多到令人无法置信。

在我的书还没有成形前，克里斯蒂娜、艾丽西亚、查德、约翰，还有珍妮特组成的西雅图写作小组是我最早的支持者；他们提出许多卓有见地的反馈意见，也许更重要的是，他们给了我足够勇气，鼓励我月复一月地继续写下去。让娜·考尔斯·埃萨雷女士帮助我坚定了实现更加宏伟、艰难和大胆目标（包括写完本书）的信心。非营利机构826西雅图对我的书表示了足够的信心，希望能将部分章节选入2014年文学选集《雨中读物》；此次约稿对我来说是一种荣誉，同时也给了我动力去打磨出更好的作品。

感谢约翰·舍曼，我的好友兼同行，他是第一批完整阅读本书的少数几个人之一；多年来，他不变的支持和敏锐的见解帮我坚定信心，让我的工作更上一层楼。

感谢简·弗兰松，她高超的编辑技巧为本书创造了奇迹。她发自内心地喜爱我家族的故事，同时对我的写作能力给予了充分肯定，她点燃了我心中的火焰，并帮助推动我的调查研究进入下一阶段。

感谢萨拉·道金斯，我们之间的友谊长存，她在本书出版过程中提出了许多中肯的建议，感谢我的那些闺蜜，无论近在咫尺还是远在天涯，在过去的十年里她们都在热切期盼本书出版（我保证这几年的等待都是值得的），感谢她们在我最需要帮助的时候给予了我足够的爱与支持，鼓舞着我的斗志。

如果书也有灵魂伴侣，那么《我们是幸运的》这本书的灵魂伴侣就是我的版权代理人：图书集团的布雷特妮·布卢姆女士。布雷特妮与我的故事之间产生了迅速且真挚的化学反应。她凭借聪慧的头脑、温柔敏锐的眼光，在无数次交流沟通和文稿校订过程中，指引着我的思路，锤炼着我的文笔。每天，我都心怀感激，感谢布雷特妮的友谊，感谢她非凡的才华，感谢她为本书顺利出版而倾注的大量精力和亲切关怀。

当我的手稿送到维京出版社萨拉·斯坦编辑手中的那一刻，我知道这本书已经找到了它的归宿。萨拉接纳了我的故事和书中描绘的场景，她极富热情、非常耐心，给出了一轮又一轮反馈，言之有物、切中要害。我们的合作将故事推到了崭新的高度，我的写作能力也迈上了全新台阶，这是凭我一己之力永远无法到达的高度。

同时也要大大感谢整个维京出版社团队，感谢那些极具创造力的工作人员，没有你们，这本书就不可能成功出版，没有你们的认真编辑与精心设计，这本书也不会以今时今日的模样呈现在读者面前：感谢安德烈亚·舒尔茨、布赖恩·塔特、凯特·斯塔克、林赛·普雷维特、玛丽·斯通、香农·图米、奥利维娅·陶西格、莉迪娅·希尔特、香农·凯利、瑞安·博伊尔、曹娜妍、贾森·拉米雷斯。同时还要感谢阿莉莎·泽尔曼和瑞安·米切尔在美术设计方面的付出。

过去的十年里，每当我心生动摇，不知道所有的研究和文字是否值得自己这样付出时，我的丈夫便会站出来，支持我一步步走到终点。由衷地感谢罗伯特·法林霍尔特——感谢他始终给予我还有这本书的信任（光是写完《我们是幸运的》这本书就已经是获得了最大的成功），感谢他始终保持乐观的态度（我们会庆祝本书创作过程中取得的每一次重大成果，这也是罗伯特立下的规矩），而且在罗伯特的坚持下，最近的暑期我们没有去沙滩度假，而是把时间用在追溯库尔茨家族的历史足迹上，我们走过波兰、奥地利和意大利，真的非常感谢他。相信在这个世界上，不会再有第二个人愿意陪我一起走过这1100英里的距离。

我还要感谢我们的儿子怀亚特，他和这本书一起成长（本书出版时他即将迎来五岁生日），怀亚特的骨子里透着一股坚强的品质，这种感觉既强烈又熟悉——我想他的曾外祖父应该会以此为傲，我也希望他能像我一样，凭借这份坚强，在充满起伏的人生道路上顽强前行。怀亚特让我变得更加平和与谦逊，他带给我前所未有的快乐与希望。

当然，在感谢儿子的同时，我也要感谢"他的利兹"，怀亚特是这样称呼她的——我们亲爱的保姆，在我埋头工作时，是她在默默支撑着这个家。

最后，我要特别感谢我的父母。父亲托马斯·亨特在我三岁时完成了自己的小说处女作（当时他已经从事了很长时间的表演和电影剧本创作，并取得了成功）——我们当时住在马萨诸塞州森林深处的小房子里，我永远也不会忘记父亲在楼上敲打好利获得打字机的声音，我更不会忘记手中捧着刚印刷好的《野兽悄然前行》时自己激动的心情。从我第一次尝试涂鸦写作开始（那时我四岁；我把自己的"小说"命名为《查理与野兽同行》），父亲就成了我的狂热读者与信徒。他是我持续不断、充满活力的灵感源泉。

最后的最后，我要感谢多年前就将创作本书的种子埋进我心底的人，也是之后一路陪伴在我身边的人：我的母亲伊莎贝尔·亨特。《我们是幸运的》问世，母亲功不可没，对此我感激不尽。书中许多角色都曾陪伴母亲成长，母亲分享的个人故事都是无价珍宝，这些故事折射出库尔茨家族独特的家庭生态。母亲曾反复阅读我的手稿，并给出细致入微的编辑反馈；她曾为了我进行了许多事实核查和细节挖掘工作，很多时候，为了阅读我刚写好的章节，她会放下手头的工作，而且为了赶上截稿日期，她通常会在一大早或者很晚的时候给我发来评论意见。母亲和我一样，对本书投入了非常多的热情。自始至终，母亲都是一个坚强且不知疲倦的人，我非常感谢母亲一直以来付出的时间和那些经过深思熟虑的观点，更感谢她注入我身体里以及留在书本每一页上的浓浓爱意。